國家『十二五』重點圖書出版規劃項目

新編元稹集 十三

[唐] 元稹 原著

吳偉斌 輯佚 編年 箋注

陝西新華出版傳媒集團

三秦出版社

新編元稹集第十三冊目錄

長慶元年辛丑(821) 四十三歲(續)

■ 聖唐西極圖三面^{(一)①}

見《元氏長慶集‧進西北邊圖狀》

[校記]

(一)聖唐西極圖三面：本佚失之文所據元稹《進西北邊圖狀》，見楊本、叢刊本、《佩文齋書畫譜‧西極圖》《玉海‧唐西極圖》，均不見異文。

[箋注]

① 聖唐西極圖三面：元稹《進西北邊圖狀》："臣先畫《聖唐西極圖》三面，草本並畢，伏候面自奏論，方擬呈進。前月十一日於思政殿面奉聖旨云：諸家所進《河隴圖》，勘驗皆有差異，并檢尋近日烽鎮城堡不得。令臣所畫，稍須精詳。伏緣臣先畫《西極圖》，疆界闊遠，郡國繁多，若烽鎮館驛盡言，即山川牓帖太密，恐煩聖覽，不甚分明……其《聖唐西極圖》三本，伏緣經略意大，事須面自陳。伏恐次及降誕務繁，未敢進狀候對。"據此，元稹應該有《聖唐西極圖三面》存世，今不見，故補。　聖：冠於朝代名前，用以稱頌本朝。薛存誠《太學創置石經》："聖唐復古制，德義功無替。奧旨悅詩書，遺文分篆隸。"王轂《玉樹曲》："聖唐御宇三百祀，濮上桑間宜禁止。請停此曲歸正聲，願將雅樂調元氣。"　西極：西邊的盡頭，謂西方極遠之處。《楚辭‧離騷》："朝發軔於天津兮，夕餘至於西極。"《漢書‧禮樂志》："天馬徠，

從西極,涉流沙,九夷服。"指長安以西的疆域。杜甫《送從弟亞赴河西判官》:"西極最瘡痍,連山暗烽燧。"杜甫《往在》:"安得自西極,申命空山東?"仇兆鰲注:"西極,指京師之西,與山東相對。或指吐魯蕃者,非。" 圖:版圖,地圖。《周禮·職方氏》:"職方氏掌天下之圖。"鄭玄注:"如今司空輿地圖也。"杜甫《秦州雜詩二十首》三:"州圖領同谷,驛道出流沙。降虜兼千帳,居人有萬家。" 面:量詞,表示物體的數量,多用於扁平的或能展開的物件。《隋書·禮儀志》:"後齊定令,親王、公主、太妃、妃及從三品已上喪者,借白鼓一面,喪畢進輸。"貫休《古鏡詞》:"我有一面鏡,新磨似秋月。"

[編年]

《年譜》、《年譜新編》編年"聖唐西極圖三面"於長慶元年"佚文"欄內,未見《元稹集》收錄,也未見《編年箋注》收錄與編年。

我們以爲,元稹《進西北邊圖狀》撰成於長慶元年七月二日或稍前一日,地點在長安,元稹時任中書舍人翰林承旨學士。而元稹《進西北邊圖狀》有"前月十一日"之句,前月就是上个月。岑參《北庭西郊候封大夫受降回軍獻上》:"胡地苜蓿美,輪臺征馬肥。大夫討匈奴,前月西出師。"白居易《自问行何迟》:"前月發京口,今辰次淮涯。二旬四百里,自問行何遲?"元稹《進西北邊圖狀》又有"臣先畫《聖唐西極圖》三面,草本並畢,伏候面自奏論,方擬呈進"之句,據此,《聖唐西極圖》三面應該完成於五月底至六月十一日間,地點在長安,元稹時任中書舍人、翰林承旨學士之職。

● 授薛昌族等王府長史制(一)①

敕：建邦之王府，置長史、司馬，以紀掾屬之秩序，而稽其職業也②。

前寧州刺史薛昌族、前沁州刺史烏重儒等(二)：皆勛伐之子孫，並良能之牧守。朕河山在念，肯忘獎勞？藩邸求才，實思高選③。

昔阮孚以嘯詠自樂，麗秀有忠烈可嘉(三)。更任王宮，咸稱國器④。今之榮授，其在茲乎！佇移汝理郡之方，以助予維城之固。昌族可行絳王府長史，重儒可守冀王府司馬，散官、勛如故(四)⑤。

錄自《元氏長慶集》補遺卷四

［校記］

（一）授薛昌族等王府長史制：《英華》、《淵鑑類函》、《古儷府》同，《全文》作"授薛昌族王府長史等制"，各備一說，不改。《古儷府》僅節錄"河山在念……其在茲乎"十句，錄以備考。

（二）前沁州刺史烏重儒等：原本誤作"前泌州刺史烏重儒等"，《英華》、《淵鑑類函》、《全文》同誤，元稹在世之時，李唐尚無"泌州"，據《元和郡縣志》、《舊唐書》、《新唐書》改。

（三）麗秀有忠烈可嘉：原本作"麗秀有忠烈可佳"，《古儷府》、《全文》同，據《英華》、《淵鑑類函》改。

（四）昌族可行絳王府長史，重儒可守冀王府司馬，散官、勛如故：《英華》、《全文》同，《淵鑑類函》無，不從不改。

［箋注］

① 授薛昌族等王府長史制：本文不見於諸多《元氏長慶集》，但《元氏長慶集》補遺卷四、《英華》、《全文》收録，據補。　薛昌族：薛平之弟，薛嵩之子，薛仁貴之玄孫。《舊唐書·薛嵩傳》：“薛嵩，絳州萬泉人。祖仁貴，高宗朝名將，封平陽郡公。父楚玉，爲范陽平盧節度使。嵩少以門蔭，落拓不事家產。有膂力，善騎射，不知書。自天下兵起，束身戎伍，委質逆徒。廣德元年，東都平，時皇太子爲天下兵馬元帥，遣僕固懷恩東收河朔。嵩爲賊守相州，聞賊朝義兵潰，王師至，嵩惶惑迎拜於懷恩馬前。懷恩釋之，令守舊職。”　王府：王爺的府第。楊炯《唐同州長史宇文公神道碑》：“初任國子生，擢第授道王府參軍兼鄭州參軍事。”孫逖《故滕王府諮議杜公神道碑》：“拜朝散大夫饒州長史，遷蘇州司馬兼滕王府諮議。”　長史：唐制，王府及上州刺史，各有僚屬長史。常袞《涼王妃張氏墓誌銘》：“父安仁，皇朝正議大夫、涇王府長史……”許渾《送從兄別駕歸蜀序》：“從兄彦昭與桂陽令韋伯達，貞元中俱爲千牛，伯達官至王府長史。”

② 邦：古代諸侯的封國。《書·堯典》：“百姓昭明，協和萬邦。”《詩·大雅·皇矣》：“王此大邦，克順克比。”　司馬：唐制，王府與節度使屬僚有行軍司馬。張九齡《和王司馬折梅寄京邑昆弟》：“林惜迎春早，花愁去日遲。還聞折梅處，更有棣華詩。”蘇頲《餞荆州崔司馬》：“茂禮雕龍昔，香名展驥初。水連南海漲，星拱北辰居。”　掾屬：佐治的官吏，漢代自三公至郡縣，都有掾屬，人員由主官自選，不由朝廷任命，魏晉以後，改由吏部任免。顔真卿《銀青光禄大夫海濮饒房睦台六州刺史上柱國汲郡開國公康使君神道碑銘》：“君之四代祖至於大父，爲諸王掾屬者七人，歷尚書郎、給事中、侍御史者二人。”李德裕《禱祝論》：“然歲或大旱，必先令掾屬祈禱。積旬無效，乃自躬行。未嘗不零雨隨車，或當宵而應。”　秩序：有條理，不混亂，符合社會規範化狀態。趙匡《舉選議》：“此一彼十，此百彼千，揆其秩序，無所差

降。"裴士淹《內侍陳忠盛神道碑》:"秩序斯崇,恩華轉茂。位益高而心益下,德逾邁而氣逾和。"　職業:職分應作之事。《國語·魯語》:"昔武王克商,通道於九夷百蠻,使各以其方賄來貢,使無忘職業。"王禹偁《和楊遂賀雨》:"爲霖非我事,職業唯詞臣。"

　　③ 寧州:州郡名,州治地當今寧夏寧縣。《元和郡縣志·寧州》:"《禹貢》:雍州之域,古西戎地也。當夏之衰,公劉邑焉……始皇分三十六郡,此爲北地郡,即義渠舊地也。漢氏因之,後漢移北地郡,居富平故城是也。後魏延興二年,爲三縣鎮,孝文帝太和十一年,改置班州,十四年改爲邠州,二十年改邠爲豳,取地名也。廢帝三年,改豳州爲寧州,以撫寧戎狄爲名。後周改爲北地郡,隋又爲寧州,大業中又爲郡,武德元年復爲寧州,貞觀元年改爲都督府,四年又廢府爲州……管縣六:安定、真寧、襄樂、彭原、定平、豐義。"李益《立春日寧州行營因賦朔風吹飛雪》:"邊聲日夜合,朔風驚復來。龍山不可望,千里一裴回。"楊巨源《登寧州城樓》:"宋玉本悲秋,今朝更上樓。清波城下去,此意重悠悠。"　沁州:州郡名,州治地當今山西沁源。《元和郡縣志·沁州》:"《禹貢》:冀州之域,春秋時其地屬晉,戰國屬韓,在秦爲上黨郡地,今州即漢上黨郡之穀遠縣地也。隋開皇十六年於此置沁州,因州東沁水爲名,大業二年省沁州,武德元年重置……管縣三:沁源、和川、綿上。"《舊唐書·地理志》:"沁州下,隋上黨郡之沁源縣,義寧元年置義寧郡,領沁源、銅鞮、綿上,仍分沁源置和川,凡四縣。武德元年改爲沁州,二年分沁源,置招遠縣。三年省招遠縣,六年以銅鞮屬韓州,天寶元年改沁州爲陽城縣,乾元元年復爲沁州。"《新唐書·地理志》:"沁州,陽城郡,下。本義寧郡,義寧元年置,天寶元年更郡名……縣三:沁源、和川、綿上。"劉禹之《酬鄭沁州》:"麒閣一代良,熊軒千里躅。緝圖昭國典,按部留宸矚。"司空圖《故鹽州防禦使王縱追述碑》:"授沁州刺史,外訓驍雄,內蘇疲瘵。"原本以及其他諸多版本均作"泌州",誤。"泌州"之名,出現在唐末朱全忠之時。

《新唐書·地理志》:"泌州,淮安郡,上。本昌州舂陵郡,治棗陽,武德五年以唐城山更名唐州,九年徙治比陽,天寶元年更郡名,天祐三年朱全忠徙治泌陽,表更名。" 烏重儒:兩《唐書》無傳,據《福建通志·泉州府》,寶曆間爲泉州刺史:"李迥、田謂(俱長慶間任),烏重儒、薛絨(俱寶曆間任),趙棨(有傳)、張俙、李震、賈繼宗(俱太和間任)。"其中的"薛絨"應該是"薛戎"之誤,但時在貞元十六年至永貞元年間,參見元稹《唐故越州刺史兼御史中丞浙江東道觀察等使贈左散騎常侍河東薛公神道碑文銘》以及《舊唐書·薛戎傳》。《兩浙金石志·烏重儒題名》:"泉州刺史烏重儒,寶曆二年六月十八日赴任□□□過遊此寺。" 勛伐:《史記·高祖功臣侯者年表序》:"太史公曰:'古者人臣功有五品:以德立宗廟定社稷曰勛,以言曰勞,用力曰功,明其等曰伐,積日曰閱。'"因以"勛伐"通稱功績。封演《封氏聞見記·第宅》:"中書令郭子儀勛伐蓋代,所居宅內諸院往來乘車馬。" 子孫:兒子和孫子,泛指後代。耿湋《奉和第五相公登鄱陽郡城西樓》:"一顧承英達,多榮及子孫。家貧仍受賜,身老未酬恩。"戴叔倫《南野》:"家世素業儒,子孫鄙食祿。披雲朝出畊,帶月夜歸讀。" 良能:指賢良而有才能。沈亞之《隴州刺史廳記》:"朝之命守,猶以爲重地,必拔其良能。"陳溪《彭州新置唐昌縣建德草市歇馬亭鎮並天王院等記》:"聖上以南夷不虔,邊塵岔起,俟旦授執政意,俾擇要郡以良能而牧之,遂命御史中丞渤海吳公行曾持節出刺雅安。" 牧守:州郡的長官,州官稱牧,郡官稱守。劉秩《選舉論》:"當乎漢室,除保傅將相,餘盡專之。州縣佐史,則皆牧守選辟。"顧況《韓公行狀》:"管郡十五,戶百萬,里尹、亭長、書佐、小史、令丞、牧守,通數萬人。" 河山:河流與山岳。《戰國策·魏策》:"魏武侯與諸大夫浮於西河,稱曰:'河山之險,豈不亦信固哉!'"疆域,國土。《史記·趙世家》:"燕秦謀王之河山,閑三百里而通矣!" 獎勞:獎其勞績。元稹《李昆滑州司馬制》:"能使承元之意上通,朝廷之澤下究,昆有力焉!將議獎勞,是宜加秩。"謂嘉獎慰勉。周密《齊東野語・趙伯美》:"旴江峒寇猖獗,以府丞吳蒙、明發知建昌軍,至則撫勞剿除,漸致安靖,朝廷獎勞之。"　藩邸:藩王之第宅。《北齊書・昭帝紀》:"月餘,〔高演〕乃居藩邸,自是詔敕多不關帝。"鄭棨《開天傳信記》:"上於藩邸時,每戲遊城南韋杜之間。"　高選:謂用高標準選拔官吏。《後漢書・王暢傳》:"是時政事多歸尚書,桓帝特詔三公,令高選庸能。太尉陳蕃薦暢清方公正,有不可犯之色,由是復爲尚書。"《新唐書・獨孤郁傳》:"〔獨孤郁〕最爲權德輿所稱,以女妻之……憲宗嘆德輿乃有佳婿,詔宰相高選世族,故杜悰尚岐陽公主。"

　　④ 阮孚以嘯詠自樂:事見《晉書・阮孚傳》:"孚字遙集,其母即胡婢也……初辟太傅府,遷騎兵屬。避亂渡江,元帝以爲安東參軍。蓬髮飲酒,不以王務嬰心……終日酣縱,恒爲有司所按,帝每優容之。琅邪王裒爲車騎將軍,鎮廣陵,高選綱佐,以孚爲長史。帝謂曰:'卿既統軍府,郊壘多事,宜節飲也。'孚答曰:'陛下不以臣不才,委之以戎旅之重。臣俛俛從事,不敢有言者。竊以今王蒞鎮,威風赫然,皇澤遐被,賊寇斂迹,氛祲既澄,日月自朗,臣亦何可爝火不息? 正應端拱嘯詠,以樂當年耳!'遷黃門侍郎,散騎常侍。嘗以金貂換酒,復爲所司彈劾,帝宥之,轉太子中庶子、左衛率領屯騎校尉。明帝即位,遷侍中,從平王敦,賜爵南安縣侯,轉吏部尚書,領東海王師,稱疾不拜,詔就家用之。尚書令郗鑒以爲非禮,帝曰:'就用之誠不快,不爾便廢才。'及帝疾,大漸,溫嶠入受顧命。過孚,要與同行,升車乃告之曰:'主上遂大漸,江左危弱,實資群賢,共康世務。卿時望所歸,今欲屈卿同受顧託!'孚不答,固求下車,嶠不許。垂至臺門,告嶠內迫,求暫下,便徒步還家。"　嘯詠:猶歌詠。《晉書・阮孚傳》:"竊以今王蒞鎮,威風赫然……正應端拱嘯詠,以樂當年耳!"谷神子《博異記・劉方玄》:"唯聞廳西有家口語言嘯詠之聲,殆不多辨。"　自樂:自娛自樂。李山甫《別墅》:"蒼蘚槎根匝,碧烟水面生。翫奇心自樂,暑月聽

蟬聲。"蘇拯《漁人》:"垂釣朝與暮,披簑卧横楫。不問清平時,自樂滄波業。" 麗秀有忠烈可嘉:事見《宋書·麗秀之傳》:"麗秀之,河南人也。以斌故吏,賊劭甚加信委,以爲遊擊將軍。奔世祖於新亭,時劭諸將未有降者,唯秀之先至。事平,以爲梁州刺史。秀之子弟爲劭所殺者將十人,而酬讌不廢,坐免官。後又爲徐州刺史、太子右衞率。孝建元年卒,追贈本官,加散騎常侍。" 忠烈:忠誠剛正。《宋書·朱齡石傳》:"綽爲人忠烈,受冲更生之恩,事冲如父。"杜甫《北征》:"桓桓陳將軍,仗鉞奮忠烈。" 可嘉:值得讚許。司馬相如《封禪文》:"白質黑章,其儀可嘉。"元稹《芳樹》:"芳樹已寥落,孤英尤可嘉。" 王宮:天子或藩王的宮殿。《史記·晉世家》:"晉師還至衡雍,作王宮於踐土。"朱熹《大學章句序》:"王宮、國都以及閭巷,莫不有學。" 國器:舊指可以治國的人材。《荀子·大略》:"口不能言,心能行之,國器也。"《新唐書·張九齡傳》:"仲方生歧秀,父友高郢見異之,曰:'是兒必爲國器,使吾得位,將振起之。'"

⑤ 授:任用,任命。《三國志·賀邵傳》:"〔高宗〕遠覽前代任賢之功,近痛今日謬授之失,清澄朝位,旌叙俊乂,放退佞邪,抑奪奸勢。"韋述《贈東平郡太守章仇府君神道之碑》:"弱冠以孝廉登科,授將仕郎。" 郡:古代地方行政區劃名,周制縣大郡小,戰國時逐漸變爲郡大於縣。秦滅六國,正式建立郡縣制,以郡統縣,漢因之。隋唐及其後,州郡互稱。《左傳·哀公二年》:"克敵者,上大夫受縣,下大夫受郡。"杜預注:"《周書·作雒篇》:千里百縣,縣有四郡。"陸德明釋文:"千里百縣,縣方百里;縣有四郡,郡方五十里。"《三國志·諸葛亮傳》:"自董卓以來,豪傑並起,跨州連郡者不可勝數。" 維城:連城以衛國。《文選·干寶〈晉紀總論〉》:"宗子無維城之助,而閼伯、實沈之郤歲構。"張銑注:"維,連也,言宗子連城封之,以助京室也。"《舊唐書·昭宗紀》:"丙辰,韓建上表,請封拜皇太子、親王,以爲維城之計。" 絳王:《舊唐書·憲宗二十子》:"憲宗二十子:穆宗皇帝、宣宗

皇帝、惠昭太子寧、灃王惲、深王悰、洋王忻、絳王悟、建王恪、鄜王憬、
瓊王悅、沔王恂、婺王懌、茂王愔、淄王協、衡王憺、澶王恱、棣王惴、彭
王惕、信王憻、榮王情……絳王悟，本名寮，憲宗第六子也。貞元二十
一年封文安郡王，元和元年進封絳王，七年改今名。寶曆二年冬遇
害。長子洙，太和八年封新安郡王。第二子溼，封高平郡王。” 冀
王：《舊唐書·德宗順宗諸子》：“順宗二十三子：莊憲皇后王氏生憲宗
皇帝，王昭儀生郯王經，趙昭儀生宋王結，王昭儀生郇王綜，王昭訓生
衡王絢，餘十八王，本錄，不載母氏……冀王綕，本名淮，順宗第十子。
初授太常卿，封宣城郡王。貞元二十一年進封，太和九年薨。” 散
官：有官名而無固定職事之官，與職事官相對而言。漢制，朝廷對大
僚重臣於本官之外加賜名號，而實無官守。魏、晉、南北朝因之，隋代
始定散官之制，唐、宋、金、元因之。文散官有開府儀同三司、特進、光
祿大夫等，武散官有驃騎將軍、輔國將軍、鎮國將軍等。其品秩之高
下，待遇之厚薄，各代不一。《隋書·百官志》：“居曹有職務者爲執事
官，無職務者爲散官。”陸游《施司諫注東坡詩序》：“東坡蓋嘗直史館，
然自謫爲散官，削去史館之職久矣！” 勛：即“勛官”，授給有功官員
的一種榮譽稱號，沒有實職。顏真卿《謝戶部侍郎表》：“先朝皇極，猶
佐藩條。官階勛封，盡蒙黜削。待罪三年，分從遐棄。”李至遠《唐維
州刺史安侯神道碑》：“總章年進爲右戎衛大將軍，刺史、勛封並
如故。”

［編年］

　　《年譜》編年本文於“庚子至辛丑所作其他制誥”欄內，沒有説明
理由。《編年箋注》、《年譜新編》編年：“制云：‘前寧州刺史薛昌
族……’《舊唐書·王沛傳》：‘及李師道誅，詔分許州兵戌于郊，以沛
爲都將，救鹽州，擊退吐蕃，以功加寧州刺史，遷陳州。’《資治通鑑》卷
二四一長慶元年云：‘吐蕃聞唐與回鶻婚，六月，辛未，寇青塞堡，鹽州

刺史李文悦擊却之。'雖然元和十五年吐蕃亦曾犯鹽州烏、白池，但很快退去，無戰事發生，故王沛爲寧州刺史在長慶元年六月後，薛昌族爲其前任。"

　　我們以爲，本文："前寧州刺史薛昌族、前沁州刺史烏重儒等……"應該結合薛昌族、烏重儒兩人的仕歷來考察：一、《舊唐書·王沛傳》："及李師道誅，詔分許州兵戍于鄆，以沛爲都將，救鹽州，擊退吐蕃，以功加寧州刺史。遷陳州，李岕反，詔沛兼忠武節度副使，率師討岕，岕平，加檢校右散騎常侍、遷兖海沂密節度觀察等使。"根據《資治通鑑·長慶元年》："吐蕃聞唐與回鶻婚，六月辛未，寇青塞堡，鹽州刺史李文悦擊却之。""六月辛未"，據干支推算，應該是六月七日。王沛升任鹽州刺史應該在長慶元年六月七日之後，而薛昌族應該是王沛的前任，其任職鹽州應該在長慶元年六月七日之前。二、《册府元龜·選將》："(長慶元年十二月)陳州刺史兼御史中丞王沛，宜委光顏量才任用。沛比爲光顏麾下都將，部署有方略，淮蔡平，授陳州刺史，以光顏方務征討，故委以軍任。"王沛在陳州刺史任之時間，應該在長慶元年十二月前後。元稹有《賀汴州誅李岕表》，王沛參與平李岕，應該在長慶二年八月十八日。據此，王沛自鹽州改任絳王府長史應該在長慶元年六月七日之後。三、據郁賢皓先生《唐刺史考》考定，烏重儒爲沁州刺史在"元和末"，其自沁州刺史改拜"冀王府司馬"似乎也應該在長慶元年。終上所述，本文應該撰成於長慶元年六月七日之後，撰文地點在長安，元稹時任中書舍人、翰林承旨學士之職。

● 授薛昌朝絳王傅制^{(一)①}

敕：薛昌朝等：國有政職之要，其一曰具員^(二)，所以稽績用而昇秩序也^②。

爾等典掌衆務，勤歷歲時。無畏厥官，能舉其政^③。擇才以佐諸邸，選士以列東朝，亦吾藴崇本枝之意也，爾無易之。可依前件^④。

録自《元氏長慶集》補遺卷四

［校記］

（一）授薛昌朝絳王傅制：《英華》、《文章辨體彙選》同，《全文》作“授薛昌朝等王傅等制”，各備一説，不改。

（二）其一曰具員：《文章辨體彙選》、《全文》同，《英華》作“其一曰其員”，語義不通，不改。

［箋注］

① 授薛昌朝絳王傅制：本文不見於諸多《元氏長慶集》，但《元氏長慶集》補遺卷四、《英華》、《全文》等收録，據補。　薛昌朝：兩《唐書》無傳，薛嵩之子，薛仁貴之玄孫。《舊唐書·憲宗紀》：“(元和四年)九月甲辰朔，庚戌，以成德軍都知兵馬使、鎮府右司馬王承宗起復檢校工部尚書，充成德軍節度使。以德州刺史薛昌朝檢校左常侍，充保信軍節度、德棣等州觀察等使。昌朝，薛嵩之子，婚於王氏，時爲德州刺史。朝廷以承宗難制，乃割二州爲節度，以授昌朝。制纔下，承宗以兵虜昌朝歸鎮州。”《舊唐書·王承宗傳》：“五年七月，承宗遣巡官崔遂上表三封，乞自陳首，且歸過於盧從史，其略曰……時朝廷以

承璀宿師無功，國威日沮，頗憂。會承宗使至，宰臣商量，請行赦宥，乃全以六郡付之。承宗送薛昌朝入朝，授以右武衛將軍。"《册府元龜・明罰》："（元和）九年正月己未詔曰：……右武衛將軍薛昌朝，惑於誑誘，通是貨財，可丹王府長史。"元稹另有《授薛昌族等王府長史制》，文中的薛昌族也是薛嵩之子，與本文的薛昌朝應該是兄弟，而且同時任職於絳王府，衹是職務有所不同，幸請讀者注意。 絳王：即絳王李悟，本名寮，憲宗第六子，貞元二十一年封文安郡王，元和元年進封絳王，七年改今名，寶曆二年冬遇害。李純《封鄧王等制》："平原郡王寧可封鄧王……文安郡王寮可封絳王，第十男審可封建王。"李昂《收葬絳王詔》："叔父絳王，爲逆賊等授立，竊窺大位，既無討賊之意，遂使忠義銜冤。" 王傅：官名，王府屬官，漢時有之，掌贊導，匡過失。唐爲從三品。常衮《授張崇俊韓王傅制》："朝散大夫、前守彭王府諮議參軍，充内飛龍廐驅使、賜紫金魚袋張崇俊……可銀青光禄大夫、韓王傅。"《資治通鑑・唐文宗開成四年》："臣屢求退，苟得王傅，臣之幸也。"胡三省注："王傅，散地，自宰執以下貶官者居之。"

② 政職：指賦税等政事。《周禮・夏官・大司馬》："乃以九畿之籍施邦國之政職。"鄭玄注："政職，所共王政之職，謂賦税也。"《資治通鑑・黄初六年》："時訪逮民間，及政職所宜，輒密以聞。若見納用，則歸之於上。不用，終不宣泄。" 具員：考察官員的薄籍，記録官員的課績、功賞等，作爲遷升官員之根據。《舊唐書・梁載言傳》："梁載言，博州聊城人。歷鳳閣舍人，專知制誥，撰《具員故事》十卷、《十道志》十六卷，並傳於時。中宗時，爲懷州刺史。"《宋史・藝文志》："《東漢百官表》一卷、陶彦藻《職官要録》七卷、又《職官要録補遺》十八卷、李吉甫《百司舉要》一卷、《唐宗六典》三十卷、杜英師《唐職該》一卷、梁載言《具員故事》十七卷……" 績用：猶功用。《書・堯典》："九載，績用弗成。"孔傳："三考九年，功用不成，則放退之。"《後漢書・循吏傳序》："若杜詩守南陽，號爲'杜母'，任延、錫光移變邊俗，斯其績

用之最章章者也。”　秩序：先後順序。趙匡《舉選議》：“此一彼十，此百彼千，揆其秩序，無所差降。故受官多底下之人，修業抱後時之嘆。待不才者何厚？處有能者何薄？”李儇《改元廣明詔》：“自今後武官不得轉入文臣選改，所冀輪轅各適，秩序區分，其內司不在此限。”

③ 典掌：主管，掌管。《顏氏家訓·涉務》：“故江南冠帶，有才幹者，擢爲令僕已下尚書郎中書舍人已上，典掌機要。”《新唐書·韋述傳》：“述典掌圖書餘四十年，任史官二十年，澹榮利，爲人純厚長者，當世宗之。”　衆務：各方面的事情。《北史·崔宏傳》：“出總庶事，入爲賓友，衆務修理，處斷無滯。”《顏氏家訓·風操》：“正以感慕罔極，惻愴無聊，故不接外賓，不理衆務耳！”　歲時：歲月，時間。杜甫《遭田父泥飲美嚴中丞》：“名在飛騎籍，長番歲時久。”韓愈《贈族姪》：“歲時易遷次，身命多厄窮。”　無畏：不要害怕。《左傳·哀公二十七年》：“寡君命恒曰：‘無及寡，無畏衆。’”《孟子·盡心》：“王曰：‘無畏！寧爾也，非敵百姓也。’”朱熹集注：“王謂商人曰：無畏我也。”　舉：糾正。《呂氏春秋·自知》：“故天子立輔弼，設師保，所以舉過也。”高誘注：“舉，猶正也。”韓愈《論變鹽法事宜狀》：“縱有敗闕，遣誰舉之？”政：政令，政策。《逸周書·命訓》：“震之以政，動之以事。”朱右曾校釋：“政，政令。”荀悅《漢紀·惠帝紀》：“參爲相國，遵何之政。”

④ 擇才：選擇才幹之人。韓愈《除崔群戶部侍郎制》：“選賢與能，於今雖重；擇才均賦，自古尤難。”蔣防《吏部議》：“吏部擇才用之地，職在辨九流之清濁，擇四科之邪正，推忠良而進英傑，舉廉直而黜不職。”　邸：王侯府第，有時也借指王侯。《南史·宋前廢帝紀》：“甲申，以北邸爲建章宮，南第爲長楊宮。”李格非《洛陽名園記跋》：“公卿貴戚開館列第於東都者，號千有餘邸。”　選士：泛指選拔人才。劉禹錫《奚公神道碑》：“復命稱旨，轉吏部員外郎。是曹在南宮爲眉目，在選士爲司命。”《舊唐書·楊綰傳》：“國之選士，必藉賢良。”　東朝：即東宮，太子所居。韓愈《順宗實錄》：“皇太子見百寮於東朝，百寮拜

6491

賀。"梅堯臣《贈太子太傅王尚書挽詞二首》一:"北極履聲絶,東朝車迹湮。" 蘊崇:積聚,堆積。《左傳·隱公六年》:"爲國家者,見惡,如農夫之務去草焉! 芟夷蘊崇之。"杜預注:"蘊,積也;崇,聚也。"張衡《東京賦》:"其遇民也,若薙氏之芟草,既蘊崇之,又行火焉!" 本枝:同一家族的嫡系和庶出子孫。顏延之《赭白馬賦》:"效足中黄,殉驅馳兮;願終惠養,蔭本枝兮!"蘇軾《賜皇弟大寧郡王偲生日禮物口宣》:"乃眷賢王,篤生兹日。本枝之慶,華萼相承。" 無易:正確不可改變。《韓非子·外儲説》:"爲虛辭,其無用而勝;實事,其無易而窮也。人主多無用之辯,而少無易之言,此所以亂也。"王先慎集解:"無易者,其道不可易。"不要輕易。《詩·小雅·小弁》:"君子無易由言,耳屬于垣。"鄭玄箋:"由,用也。王勿輕用讒人之言。" 前件:前已述及的人或事物。徐安貞《授席豫尚書右丞等制》:"席豫等……可以秉於樞轄,正之僕御;副於内府,亞以尹京。各恭乃職,允兹休命。可依前件。"元稹《邵常政等可内侍省内謁者監制》:"元從興元、朝議郎、行内侍邵常政等……各揚爾職,稱朕意焉! 可依前件。"本文指已經擬就的薛昌朝等人即將晉升的官職,制誥中之習用語。

[編年]

　　《年譜》、《年譜新編》編年本文於"庚子至辛丑所作其他制誥"、"庚子至辛丑所作其他文章"欄內,《編年箋注》編年:"授昌朝絳王傅之具體年月難以確知,權定此《制》撰於元和十五年(八二〇)至長慶元年(八二一)元稹知制誥期間。"

　　我們以爲,一、本文是元稹諸多制誥之一,據元稹知制誥臣的起止時間,本文毫無疑問應該撰成於元和十五年二月五日至長慶元年十月十九日之間。二、薛昌朝與薛昌族同是薛嵩之子,他們又都就職於絳王之府,根據元稹《授薛昌族等王府長史制》撰於長慶元年六月七日之後的史實,疑本文也撰作於同時,撰文地點在長安,元稹時任中書舍人、翰林承旨學士之職。

■ 京西京北州鎮烽戍道路等圖^{(一)①}

見《元氏長慶集·進西北邊圖狀》

［校記］

（一）京西京北州鎮烽戍道路等圖：本佚失之文所據元稹《進西北邊圖狀》，見楊本、叢刊本、《玉海·唐西極圖》，基本不見異文。

［箋注］

① 京西京北州鎮烽戍道路等圖：元稹《進西北邊圖狀》：“《京西京北州鎮烽戍道路等圖》一面……愚臣數日之間，別畫一《京西京北州鎮烽戍道路等圖》已畢，纖毫必載，尺寸無遺……其《京西京北鎮烽戍道路等圖》并《序》謹隨狀進呈。”據此補。　京：國都。《詩·大雅·文王》：“殷士膚敏，祼將於京。”朱熹集傳：“京，周之京師也。”張衡《東京賦》：“是以論其遷邑易京，則同規乎殷盤。”這裏指長安。盧僎《歲晚還京臺望城闕成口號先贈交親》：“紫陌開行樹，朱城出晚霞。猶憐慣去國，疑是夢還家。”徐堅《餞許州宋司馬赴任》：“舊許星車轉，神京祖帳開。斷烟傷別望，零雨送離杯。”　西：方位詞，日落的方向，西方。《史記·曆書》：“日歸於西，起明於東。月歸於東，起明於西。”韓愈《聞梨花發贈劉師命詩》：“聞道郭西千樹雪，欲將君去醉如何？”北：方位名，與“南”相對，清晨面對太陽時左手的一邊。《詩·鄘風·桑中》：“爰采麥矣！沫之北矣！”曹植《白馬篇》：“羽檄從北來，厲馬登高堤。”　州鎮：一方之重鎮。《三國志·虞翻傳》：“歸葬墓舊，妻子得還。”裴松之注引《會稽典錄》：“夫會稽上應牽牛之宿，下當少陽之位，

東漸巨海，西通五湖，南暢無垠，北渚浙江，南山攸居，實爲州鎮。”徐陵《與周冢宰宇文護論邊境事書》：“夫以南平等郡，地壤民豐，雲夢之田，楚王爲寶，吳當勁蜀，晉拒强秦，資彼山川，竝爲州鎮。” 烽戍：設置烽燧，駐兵防守之處。蔡琰《胡笳十八拍》：“原野蕭條兮！烽戍萬里。”郎士元《送李將軍赴定州》：“鼓鼙悲絶漠，烽戍隔長河。” 道路：地面上供人或車馬通行的部分。《周禮·夏官·司險》：“司險掌九州之圖，以周知其山林川澤之阻，而達其道路。”柳宗元《伯祖妣趙郡李夫人墓誌銘》：“王氏姑定省扶持，自揚州至於京師，道路遇疾，遂館於陳氏。”

［編年］

　　《年譜》、《年譜新編》編年“京西京北州鎮烽戍道路等圖”於長慶元年“佚文”欄内，未見《元稹集》收録，也不見《編年箋注》收録與編年。

　　我們以爲，元稹《進西北邊圖狀》撰成於長慶元年七月二日或稍前一日，地點在長安，元稹時任中書舍人翰林承旨學士。而元稹《進西北邊圖狀》有“前月十一日於思政殿面奉聖旨云：諸家所進《河隴圖》，勘驗皆有差異，并檢尋近日烽鎮城堡不得。令臣所畫稍須精詳……愚臣數日之間别畫一《京西京北州鎮烽戍道路等圖》已畢，纖毫必載，尺寸無遺”之句，前月就是上個月。岑參《送祁樂歸河東》：“天子不召見，揮鞭遂從戎。前月還長安，囊中金已空。”鮑防《秋暮憶中秋夜與王璠侍御賞月因愴遠離聊以奉寄》：“前月月明夜，美人同清光。清塵一以間，今夕坐相忘。”這裏的“前月”，應該是六月。本圖應該撰成於六月十一日之後“數日”，亦即長慶元年六月十三日或十四日間。地點在長安，元稹時任中書舍人、翰林承旨學士之職。

■ 京西京北州鎮烽戍道路等圖序^(一)①

見《元氏長慶集·進西北邊圖狀》

［校記］

（一）京西京北州鎮烽戍道路等圖序：本佚失之文所據元稹《進西北邊圖狀》，見楊本、叢刊本、《玉海》，基本不見異文。

［箋注］

① 京西京北州鎮烽戍道路等圖序：元稹《進西北邊圖狀》："《京西京北州鎮烽戍道路等圖》一面……愚臣數日之間，別畫一《京西京北州鎮烽戍道路等圖》已畢，纖毫必載，尺寸無遺……其《京西京北鎮烽戍道路等圖》并《序》謹隨狀進呈。"據此補。　序：同"敘"，文體名稱，亦稱"序文"、"序言"，一般是作者陳述作品的主旨、著作的經過等。司馬遷《太史公自序》："太史公曰：余述歷黃帝以來至太初而訖，百三十篇。"李翱《感知己賦并序》："貞元九年，翱始就州府之貢舉人事，其九月，執文章一通，謁於右補闕安定梁君。是時梁君之譽塞天下，屬詞求進之士，奉文章造梁君門下者，蓋無虛日。"

［編年］

未見《元稹集》收録，也未見《年譜》、《編年箋注》收録與編年，《年譜新編》將"序"與"圖"混在一篇之中，不可取。雖然《年譜》已經將《京西京北州鎮烽戍道路等圖》收録於長慶元年的佚文欄内，但"圖"與"序"是有區别的，兩者不應該混爲一談。

元稹《進西北邊圖狀》："其《京西京北州鎮烽戍道路等圖》并

《序》，謹隨狀進呈。"這說明，"圖"、"序"、"狀"是三件，不應該混爲一件或兩件。我們以爲，本序與《京西京北州鎮烽戍道路等圖》應該賦成於同時，稍有區别的是："圖"撰成在前，"序"撰成在後。亦即長慶元年六月十三日或十四日間，地點在長安，元稹時任中書舍人、翰林承旨學士之職。

◎ 杜載可監察御史制^{(一)①}

敕：杜載：西旅違言，侵掠縣道^(二)。雖有備無患，而予心惕然②。惟爾載奉捷潛奏，乘驛以奔。吉語亟來，人用胥悦③。

念驅攘之略，誠在將軍；獎飛馳之勞，宜加憲秩④。歸語爾帥，無忘乃庸。可^{(三)⑤}。

録自《元氏長慶集》卷四八

[校記]

（一）杜載可監察御史制：楊本、盧校、叢刊本作"杜載監察御史"，《全文》作"授杜載監察御史制"，各備一説，不改。

（二）侵掠縣道：原本作"侵坑縣道"，楊本、叢刊本、《全文》同，據盧校改。

（三）可：原本無，《全文》同，據楊本、盧校、叢刊本補。

[箋注]

① 杜載：《舊唐書·杜黄裳傳》："然（杜黄裳）爲宰相，除授不分流品，或官以賂遷，時論惜之。黄裳殁後，賄賂事發。八年四月，御史臺奏：'前永樂令吴憑爲僧鑒虚受託，與故司空杜黄裳，於故邠寧節度

使高崇文處納賂四萬五千貫,並付黃裳男載,按問引伏。'敕曰:'吳憑曾佐使府,忝履宦途。自宜畏法惜身,豈得爲人通貨!事關非道,理合懲愆,宜配流昭州。其付杜載錢物,宰輔之任,寵寄實深,致茲貨財,不能拒絕,已令按問,悉合徵收。貴全終始之恩,俾弘寬大之典。其所取錢物,並宜矜免,杜載等並釋放。'載爲太子僕,長慶中遷太僕少卿兼御史中丞,充入吐蕃使。"《唐會要·吐蕃》:"長慶元年……八月,吐蕃請盟,許之……十月,命太僕少卿兼御史中丞杜載持節充答吐蕃謝會盟使。"　　監察御史:御史臺屬員,正八品上,《舊唐書·職官志》:"監察掌分察巡按郡縣屯田、鑄錢、嶺南選補、知太府、司農出納、監決囚徒。監祭祀則閱牲牢,省器服,不敬則劾祭官。尚書省有會議,亦監其過謬。凡百官宴會、習射,亦如之。"孫樵《唐故倉部郎郎中康公墓誌銘并序》:"明年,授大理評事,兼監察御史、戶部巡官。"穆員《繡西方阿彌陀佛贊》:"唐故監察御史、河東裴府君捐館舍,二十五月而祥。"

　　② 西旅違言:事見《資治通鑑·穆宗長慶元年》:"五月丙申朔,回鶻遣都督宰相等五百餘人來迎公主……癸亥,以太和長公主嫁回鶻。公主,上之妹也。吐蕃聞唐與回鶻婚,六月辛未,寇青塞堡,鹽州刺史李文悅擊却之。戊寅,回鶻奏:'以萬騎出北庭,萬騎出安西,拒吐蕃以迎公主。'"　　西旅:我國古代西方少數民族所建的國名,後亦泛指少數民族。《書·旅獒》:"西旅獻獒。"孔傳:"西戎遠國貢大犬。"孔穎達疏:"西方之戎有國名旅者。"王維《送高判官從軍赴河西序》:"目無先零,氣射西旅。"本文指吐蕃。　　違言:失信,食言。韓愈《清河郡公房公墓碣銘》:"客主違言,徵貳太僕。"《太平廣記》李隱《瀟湘録·張勣》:"素聞將軍誓言,不害恒陽人,將軍幸不違言。"　　侵掠:出擊,進攻。《孫子·軍爭》:"故其疾如風,其徐如林,侵掠如火,不動如山,難知如陰,動如雷震。"王禹偁《故商州團練使翟公墓誌銘》:"公與洛州防禦使郭進,領偏師侵掠,深入敵境。"　　縣道:縣和道,漢制,邑

有少數民族雜居者稱道，無者稱縣。《史記·司馬相如列傳》："檄到，亟下縣道，使咸知陛下之意。"裴駰集解："《漢書·百官表》曰：'縣有蠻夷曰道。'"《漢書·梅福傳》："數因縣道上言變事，求假輒傳，詣行在所，條對急政，輒報罷。" 有備無患：事先有準備就可以避免灾禍。《左傳·襄公十一年》："《書》曰：'居安思危。'思則有備，有備無患。"元積《李光顏加階制》："不教人戰，是謂棄之；有備無患，可以應卒。"惕然：憂慮貌。元積《兩省供奉官諫駕幸温湯狀》："六軍守衛於空宫，百吏宴安於私室，忝爲臣子，誰不惕然？"陸游《歲暮感懷》："長老日零落，念之心惕然。"

③ "奉捷潜奏"四句：事見《舊唐書·迴鶻傳》："長慶元年，毗伽保義可汗薨，輟朝三日，仍令諸司三品已上官就鴻臚寺吊其使者。四月，正衙册迴鶻君長爲登羅羽録没密施句主録毗伽可汗，以少府監裴通爲檢校左散騎常侍，兼御史大夫，持節册立兼吊祭使。五月，迴鶻宰相、都督、公主、摩尼等五百七十三人入朝迎公主，於鴻臚寺安置。敕：太和公主出降迴鶻爲可敦，宜令中書舍人王起赴鴻臚寺宣示；以左金吾衛大將軍胡証檢校户部尚書，持節充送公主入迴鶻及册可汗使；光禄卿李憲加兼御史中丞，充副使；太常博士殷侑改殿中侍御史，充判官。吐蕃犯青塞堡，以迴紇和親故也。鹽州刺史李文悦，發兵擊退之。迴鶻奏：'以一萬騎出北庭，一萬騎出安西，拓吐蕃以迎太和公主歸國。'"杜載所奏，應該是"鹽州刺史李文悦發兵擊退""吐蕃犯青塞堡"之事，與下面四句相連。 乘驛：《新唐書·百官志》："乘傳者日四驛，乘驛者六驛。"唐制，一驛三十里。《新唐書·封常清傳》："明日，以常清爲范陽節度副大使，乘驛赴東京。常清募兵得六萬人，然皆市井庸保。乃部分旗幟斷河陽橋，以守賊。移書平原令太守顏真卿，以兵七千防河。" 吉語：好消息，吉祥的言辭。韓愈《此日足可惜贈張籍》："聞子高第日，正從相公喪。哀情逢吉語，惝怳難爲雙。"陸游《古別離》："紫姑吉語元無據，況憑瓦兆占歸日。" 亟：疾速，與"緩

慢"相對。《詩·豳風·七月》："亟其乘屋,其始播百穀。"鄭玄箋:
"亟,急。"《史記·陳涉世家》："趣趙兵,亟入關。"　胥:皆,都。《詩·
小雅·角弓》："爾之遠矣!民胥然矣!"鄭玄箋:"胥,皆也。"秦觀《盜
賊》："善氣既應,年穀胥熟。"　悦:歡樂,喜悦。《孫子·火攻》："怒可
以復喜,愠可以復悦。"陶潛《歸去來辭》："悦親戚之情話,樂琴書以
消憂。"

④ 驅攘:驅除。陸贄《請不與李萬榮汴州節度使狀》:"近者劉元
佐驅攘巨猾,底復大梁,即鎮如兹,幾將十載。"元稹《李光顏加階制》:
"故曰不教人戰,是謂棄之,有備無患,可以應卒:此先王驅攘戎狄、保
障黎元之大略也。"　將軍:泛指高級將領,或對軍官之尊稱。《史
記·項羽本紀》："臣與將軍戮力而攻秦,將軍戰河北,臣戰河南。"鮑
照《代東武吟》："將軍既下世,部曲亦罕存。"本文指鹽州刺史李文悦。
飛馳:猶疾速。《文心雕龍·樂府》："然俗聽飛馳,職競新異,雅詠溫
恭,必欠伸魚睨。"元稹《三嘆》："飛馳歲雲暮,感念雛在泥。"　憲秩:
御史的職位。《舊唐書·孔緯傳》："乃召三院御史謂之曰:'吾輩世荷
國恩,身居憲秩。雖六飛奔迫,而咫尺天顏,累詔追徵,皆無承稟,非
臣子之義也。'"《續資治通鑒·宋真宗咸平五年》："三院御史二十一
人,中曾有貪猥過犯者,不得令在憲秩,可改授他官。"

⑤ 歸語:回去告知。《周書·楊荐傳》："孝武曰:'卿歸語行臺,
迎我文帝。'"儲嗣宗《送道士》："泠然御風客,與道自浮沈。黃鶴有歸
語,白雲無忌心。"　帥:泛指官長。《周禮·夏官·大司馬》："帥以門
名,縣鄙各以其名。"鄭玄注:"帥謂軍將及師帥、旅帥至伍長也。"《北
史·魏臨淮王孝友傳》："百家之內,有帥二十五,徵發皆免,苦樂不
均。"　庸:功勳。《左傳·昭公四年》："告之以文辭,董之以武師,雖
齊不許,君庸多矣!"杜預注:"庸,功也。"王儉《褚淵碑文》："雖無受脤
出車之庸,亦有甘寢秉羽之績。"

[編年]

《年譜》編年:"《制》云:'西旅違言,侵坑縣道。'指吐蕃戰事(參閱《舊唐書·吐蕃傳》下、《新唐書·吐蕃傳》下)。《制》當撰於長慶元年九月'吐蕃請盟'以前。"《編年箋注》、《年譜新編》均引録《資治通鑑·穆宗長慶元年》"六月辛未,寇青塞堡,鹽州刺史李文悦擊却之"條以及《通鑑紀事本末·吐蕃入寇》"九月,吐蕃遣其禮部尚書論訥羅來求盟,庚戌,以大理卿劉元鼎爲吐蕃會盟使"條,都認爲:"此《制》撰於長慶元年(八二一)六月以後,九月以前。"

我們以爲,《年譜》、《編年箋注》、《年譜新編》的意見是不可取的。杜載乘驛回京報告的"吉言",即是《資治通鑑·穆宗長慶元年》"六月辛未,寇青塞堡,鹽州刺史李文悦擊却之"之消息,掃清了李唐各種使節西行的道路。在妹妹太和公主下月即將出嫁的大喜日子裏,杜載的消息來得如此及時,唐穆宗聞之自然大喜,即時晉升杜載爲監察御史以示獎勵,同時給鹽州刺史李文悦許諾:"歸語爾帥,無忘乃庸。"據此,杜載乘驛而至長安,定然又乘驛急急返回鹽州,來也匆匆,去也匆匆。而鹽州"南至上都一千五十里",以乘驛日六驛,一驛三十里計,杜載回到長安祇需八天。"六月辛未"是六月七日,拜杜載爲監察御史的制文應該在六月十六日撰就,正式拜職應該就在其後一天之內,撰文地點在長安,元稹時任中書舍人、翰林承旨學士。

◎ 韋珩等可京兆府美原等縣令制^{(一)①}

敕:河陽節度參議兼監察御史韋珩、前懷州武德令李鄂等^(二):昔先王眚灾肆赦,則殊死已降,無不宥免^②。而受賕枉法者^(三),獨不在數^(四)。常常罪之^(五),以此防吏。吏猶有豪奪於人者,朕甚憫焉^③!

　　日者覃懷有過籍之賦,使吾百姓無聊生於下,非珩等爲吾發覺,則吾終不得聞東人之疾苦矣④! 今美原、藍田,皆吾甸內之邑⁽六⁾,爾其爲吾養理生息,以惠困窮,使天下長人之吏,知朕用廉激貪之意焉! 珩可守美原令,鄂可藍田令⁽七⁾⑤。

録自《元氏長慶集》卷四八

［校記］

　　(一)韋珩等可京兆府美原等縣令制:《陝西通志》同,楊本、宋浙本、盧校、叢刊本作"韋珩京兆府美原縣令",《英華》、《文章辨體彙選》作"授韋珩等西畿令制",《全文》作"授韋珩等可京兆府美原等縣令制",各備一説,不改。

　　(二)河陽節度參議兼監察御史韋珩、前懷州武德令李鄂等:原本作"韋珩等",楊本、叢刊本、《陝西通志》同,《文章辨體彙選》作"具官韋珩、李鄂等",據《英華》、《全文》補改。

　　(三)而受賄枉法者:楊本、叢刊本、《陝西通志》、《全文》同,《英華》、《文章辨體彙選》作"而受財枉法者",各備一説,不改。

　　(四)獨不在數:楊本、叢刊本、《陝西通志》、《全文》同,盧校、《英華》、《文章辨體彙選》無此句,各備一説,不改。

　　(五)常常罪之:楊本、叢刊本、《陝西通志》同,《英華》、《文章辨體彙選》、《全文》作"常罪罪之",各備一説,不改。

　　(六)皆吾甸內之邑:宋浙本、錢校、叢刊本、《英華》、《全文》同,楊本作"昔吾甸內之邑",《文章辨體彙選》、《陝西通志》作"皆吾畿內之邑",各備一説,不改。

　　(七)珩可守美原令,鄂可藍田令:《英華》、《文章辨體彙選》、《全文》同,楊本、叢刊本、《陝西通志》無,各備一説,不改。

［箋注］

① 韋珩：元稹、白居易制科的同年。《唐大詔令集・放制舉人敕》："才識兼茂明於體用科人第三次等：元稹、韋惇；第四等：獨孤郁、白居易、曹京伯、韋慶復；第四次等：崔韶、羅讓、元修、薛存慶、韋珩；第五上等：蕭俛、李蟠、沈傳師、柴宿。達於吏理可使從政科第五上等：陳岵、（蕭睦）。"據《唐大詔令集・放制舉人敕》標示，祇有十六人及第，應該是漏了兩個人，除"蕭睦"外，還應該有一人。元稹《紀懷贈李六戶曹崔二十功曹五十韻》提及的"崔二十功曹"，岑仲勉《唐人行第錄》認爲："名未詳。"其實就是指元稹的制科同年崔琯，崔琯排行"二十"，與元稹、崔二十二詔元和元年同時登第"才識兼茂明於體用科"。《舊唐書・崔琯傳》："（崔）頲有子八人，皆至達官，時人比漢之荀氏，號曰'八龍'。長曰琯，貞元十八年進士擢第，又制策登科，釋褐諸侯府。"所謂"制策登科"，應該就是元和元年的"才識兼茂明於體用科"，徐松《登科記考》元和元年制科及第名單中正有"崔琯"，並指出《册府元龜》作"崔韶"、《唐會要》作"崔縮""皆誤"。據《唐大詔令集・放制舉人敕》以及《册府元龜》中均有"崔韶"在列，而"崔琯"亦有《舊唐書・崔琯傳》爲證，點閱《唐大詔令集・放制舉人敕》以及《册府元龜》的名單，人數僅僅祇有十六人，與《舊唐書・元稹傳》所云"二十八應制舉才識兼茂明於體用科，登第者十八人，稹爲第一"的人數不符，同時也與元稹《紀懷贈李六戶曹崔二十功曹五十韻》當事人所云"甲科崔並鷙"不合，因此我們以爲"崔琯"正是《唐大詔令集・放制舉人敕》誤漏的"十八人"之一，崔韶、崔琯都應該是元稹的制科同年。而元和五年的三月六日，元稹與吳士矩、崔韶相會於陝州，時間僅僅過去了二三月，崔韶又如何能夠突然離開陝州，出現在千里之外的江陵，又與李景儉、元稹成爲同僚？而"釋褐諸侯府"云云正是指崔琯來到江陵府任職功曹參軍之職。請讀者注意，不要過分盲從名家的考證。《册府元龜・重斂》："穆宗長慶元年六月，知懷州河陽節度參謀

兼監察御史韋珩奏論：當州元和九年秋至十四年夏，准聖旨額外加徵並節度使司見簡苗徵子及草等共計五百六十萬三千五百八十石束，詔曰：前刺史烏重胤等並位居守土，職在牧人，加稅縱緣軍須，豈得不先聞奏？遇赦雖當原宥，亦合量有科懲。烏重胤、令狐楚、魏義通等宜各罰五月俸料，知州官釋放。"除此而外，"韋珩"有好幾個：據《新唐書·宰相世系表·韋氏》，元稹岳丈韋夏卿的弟弟韋正卿有兒子韋珩；據《唐大詔令集·放制舉人敕》以及徐松《登科記考》，元稹元和元年制科同年中有一個韋珩；元稹浙東觀察使任内，台州刺史也有一個韋珩；《柳河東集注·寄韋珩》題下注："韋正卿之子。"估計這幾個"韋珩"應該就是同一人。而《江西通志·九江府》："唐太和三年，刺史韋珩築城東秋水堤……見《新唐書·地理志》，今失其址。"應該是韋珩大和年間的官職。　　美原：縣名，屬京兆府，地當今陝西美原。《元和郡縣志·京兆府》："管縣二十三：萬年、長安、昭應、三原、醴泉、奉天、奉先、富平、雲陽、咸陽、渭南、藍田、興平、高陵、櫟陽、涇陽、美原、華原、同官、鄠、盩厔、武功、好畤……美原縣（西南至府一百八十里），秦漢頻陽之地，以縣西北十一里有頻山，秦屬公于山南立縣，故曰頻陽。後魏別立土門縣，以頻山有二土門，狀似門，故曰土門。大業二年省，義寧二年再置，貞觀十七年又省，咸亨二年復置，改名曰美原。"權德輿《唐故銀青光祿大夫守吏部尚書兼御史大夫充諸道鹽鐵轉運等使上柱國趙郡開國公贈尚書右僕射李公墓誌銘并序》："始以明經筮仕爲華州參軍。試言超絶，補鄠縣尉，登朝爲監察御史殿中侍御史，由美原縣令課最爲刑部員外郎……"杜牧《楊知退除鄆州判官薛廷望除美原尉直宏文館等制》："各宜率勵，無累所舉，可依前件。"　縣令：一縣之行政長官，周有縣正，掌縣之政令，春秋時縣邑之長稱宰、尹、公、大夫，其職同。秦漢縣萬戶以上者稱令，不及萬戶者稱長。晉隋因之，唐時縣置令，縣有赤、畿、望、緊、上、中、下七等，不分令長。李白《贈臨洺縣令皓弟》："陶令去彭澤，茫然太古心。大音自成曲，但奏無弦琴。"劉禹錫《答東陽於令寒碧圖詩》："東陽本是佳山水,何况曾經沈隱侯!化得邦人解吟詠,如今縣令亦風流。"

②參議:參與謀議。《後漢書·班固傳》："永元初,大將軍竇憲出征匈奴,以固爲中護軍,與參議。"《舊唐書·李林甫傳》："林甫久典樞衡,天下威權,並歸於己,臺司機務,希烈不敢參議,但唯諾而已。"宋元以後"參議"漸漸演變成官名,本文也具有官名性質,是節度使的屬官之一。 武德:縣名,在懷州,地當今河南沁陽、武涉間。《元和郡縣志·懷州》："管縣五:河内、武陟、武德、修武、獲嘉……武德縣……隋開皇十六年,改州爲邢邱縣,遙取古邢丘爲名也。大業二年,改邢邱爲安昌縣,取安昌侯張禹國城爲名也。武德二年,改爲武德縣。"裴度《請釋王賞狀》："前懷州武德縣令王賞,以失縣庫子,賞乃盡償所欠緡錢,庫子莫可得,獄固難竟。"柳宗元《唐故中散大夫檢校國子祭酒兼安南都護御史中丞充安南本管經略招討處置等使上柱國武城縣開國男食邑三百户張公墓誌銘并序》："曾祖彦師,朝散大夫尚書駕部郎中。祖瑾,懷州武德縣令。" 李鄂:人名,曾任武德縣令,轉任藍田縣令,其餘不詳。 先王:指上古賢明君王。《孝經·開宗明義》："先王有至德要道,以順天下,民用和睦。"李隆基注:"先代聖德之主,能順天下人心,行此至要之化。"《文心雕龍·徵聖》:"先王聖化,布在方册。" 眚灾:因過失而造成灾害。《書·舜典》:"眚灾肆赦,怙終賊刑。"孔傳:"眚,過;灾,害……過而有害,當緩赦之。"《文心雕龍·詔策》:"眚灾肆赦,則文有春露之滋;明罰敕法,則辭有秋霜之烈。" 肆赦:猶緩刑,赦免。徐陵《陳高祖救州郡璽書》:"若有萑蒲之盗或犯戎商,山谷之酋擅强幽險,皆從肆赦,咸使知聞。"《舊唐書·憲宗紀》:"癸巳,以册儲,肆赦繫囚,死罪降從流,流以下遞降一等。" 殊死:指殊死刑。《漢書·高帝紀》:"今天下事畢,其赦天下殊死以下。"顔師古注:"韋昭曰:'殊死,斬刑也。'殊,絶也,異也,言其身首離絶而異處也。"《新唐書·徐有功傳》:"餘慶爲冲督償、通書,合謀明

甚，非曰支黨，請殊死，籍其家。”　宥免：赦免，寬恕。《北史·郭祚傳》：“十年之中，三經肆眚。赦前之罪，不問輕重，皆蒙宥免。”韋湊《論諡節湣太子疏》：“其李多祚等罪，請從宥免，不謂爲雪，以順天下之心，則盡善盡美矣！”

③ 受賄：接受賄賂。陸贄《請許臺省長官舉薦屬吏狀》：“臣請陛下當使所言之人，詳陳所犯之狀，某人受賄，某舉有情，陛下然後以事質於臣，臣復以事質於舉主。”元稹《王迪貶永州司馬制》：“王迪爲吏不廉，受賄六十餘萬。”　枉法：謂歪曲和破壞法律。《史記·滑稽列傳》：“又恐受賕枉法，爲奸觸大罪，身死而家滅。”白居易《重賦》：“稅外加一物，皆以枉法論。”　豪奪：仗勢強奪。《管子·國蓄》：“故大賈蓄家不得豪奪吾民矣！”《舊唐書·羅威傳》：“其凶戾者，強買豪奪，踰法犯令，長吏不能禁。”　憫：憐恤，哀憐。《顏氏家訓·省事》：“然而窮鳥入懷，仁人所憫。況死士歸我，當棄之乎？”韓愈《賀雨表》：“陛下憫兹黎庶，有事山川。”

④ 日者：往日，從前。《戰國策·齊策》：“日者，中山悉起而迎燕趙，南戰於長子，敗趙氏。”《漢書·高帝紀》：“吳，古之建國也，日者荊王兼有其地，今死亡後。”顏師古注：“日者，猶往日也。”　覃懷：近河地名，這裏指代河陽三城懷孟節度使所轄地區。《尚書·禹貢》：“覃懷底績，至於衡漳。”孔傳：“覃懷，近河地名。漳水橫流入河，從覃懷致功至橫漳。”宋之問《送懷州皇甫使君序》：“甸服三百里，共京都參化；良吏二千石，與天子分憂：覃懷奧區，必寄能者。”　過籍：超過規定的稅額。盧禧《對不受征判》：“農之制地，征不過籍，德將見優，賞莫爲稅。”姚齊梧《對稅千畝竹判》：“度田居民，因地制賦。出不過籍，汔可小康。”　聊生：賴以生活。《戰國策·秦策》：“百姓不聊生，族類離散，流亡爲臣妾。”蘇洵《上皇帝書》：“一經大禮，費以萬億，賦斂之不輕，民之不聊生，皆此之故也。”　發覺：告發，揭發。《史記·梁孝王世家褚少孫論》：“梁王聞其議出於袁盎諸大臣所，怨望，使人來殺

袁盎……視其劍，新治。問長安中削厲工，工曰：'梁郎某子來治此劍。'以此知而發覺之，發使者捕逐之。"許敬宗《曲赦并州管內詔》："貞觀二十年正月十六日申時以前，大辟罪已下，已發覺未發覺，已結正未結正，繫囚見徒，皆赦除之。" 東人：《詩·小雅·大東》："東人之子，職勞不來。"朱熹集傳："東人，諸侯之人也。"本指西周統治下的東方諸侯國之人，後泛指陝以東之人。韓愈《酬裴十六功曹巡府西驛途中見寄》："相公罷論道，聿至活東人。"李商隱《舊頓》："東人望幸久咨嗟，四海於今是一家。"因河陽三城懷孟節度使所轄地區在長安之東，故言。 疾苦：指百姓生活中的困苦。《史記·滑稽列傳》："豹往到鄴，會長老，問之民所疾苦。"荀悅《漢紀·宣帝紀》："蕩滌煩文，除民疾苦。"

⑤ 甸：古代京城郊外的地方稱"甸"。《禮記·王制》："千里之內曰甸，京邑在其中央。"孫希旦集解："甸，田也。千里之內，其田賦入於天子，故謂之甸。"韓愈《潮州刺史謝上表》："雖在萬里之外，嶺海之陬，待之一如畿甸之間、輦轂之下。" 養理：調養治理。元稹《幽州平告太廟祝文》："天革隋暴，付唐養理。高祖太宗，奉順天紀。元宗平寧，六合同軌。"白居易《王承林可安州刺史制》："安陸古鄖國也，介荊漢之間，承軍旅之後，宜得謹良長吏以養理之也。" 生息：生殖蕃息。韓愈《潮州刺史謝上表》："天戈所麾，莫不寧順。大宇之下，生息理極。"生存，生活。李覯《惜雞》："行行求飲食，欲以助生息。" 困窮：艱難窘迫。《易·繫辭》："困窮而通。"《史記·南越列傳論》："伏波困窮，智慮愈殖，因禍爲福。" 長人：指居上位者、官長。《新唐書·循吏傳序》："至宰相名臣，莫不孜孜言長人不可輕授亟易。"范仲淹《邠州謝上表》："假禁廷之要職，居郡國之長人。" 用：使用，任用。《詩·大雅·公劉》："執豕於牢，酌之用匏。"《孟子·梁惠王》："見賢焉！然後用之。" 廉：不苟取，不貪。《孟子·離婁》："孟子曰：可以取，可以無取，取傷廉。可以與，可以無與，與傷惠。可以死，可以無

死,死傷勇。"姚合《新昌里》:"近貧日益廉,近富日益貪。以此當自警,慎勿信邪讒!"　激貪:抑制貪婪。《三國志・姜維傳》:"察其所以然者,非以激貪厲濁,抑情自割也,直謂如是爲足,不在多求。"《南史・王弘之傳》:"阮萬齡辭事就閑,纂戎先業,既遠同羲唐,亦激貪厲競。"

[編年]

　　《年譜》節錄本文"敕河陽節度參議兼監察御史韋珩⋯⋯則吾終不得聞東人之疾苦矣"一段以及《册府元龜》"烏重胤、令狐楚、魏義通"加徵百姓草米而被罰俸料的資料,認爲本文:"當撰於長慶元年六月以後。"《編年箋注》、《年譜新編》編年理由與編年結論與《年譜》同。

　　我們以爲,一、據《册府元龜・重斂》記載,韋珩當時的官職是"知懷州河陽節度參謀兼監察御史",時間是"穆宗長慶元年六月","烏重胤、令狐楚、魏義通"三人因"韋珩奏論"而被罰俸。我們以爲,一邊是處罰犯過官員,而另一邊也應該獎勵揭發有功人員,兩者應該是同時進行,時間相差不會太遠。二、在穆宗朝,元和十五年六月前後,令狐楚因部下屬吏在修建憲宗陵寢貪贓枉法,大肆斂財,事敗被殺。元和十五年八月二十九日,令狐楚也因此貶官,元稹有《令狐楚衡州刺史制》貶斥令狐楚。而韋珩是揭發烏重胤、令狐楚、魏義通三人貪贓的官吏,故而在第二年得以晉升。三、據史書記載,烏重胤元和五年四月至元和十三年十一月在河陽節度使任,令狐楚元和十三年十一月接任,第二年七月回京拜任宰相,魏義通元和十四年七月接任,十五年改任右龍武統軍,白居易有《前河陽節度使魏義通授右龍武軍統軍前泗州刺史李進賢授右驍衛將軍並撿挍常侍兼御史大夫制》可證。韋珩是借著三人離開河陽而令狐楚又被貶職之後加以揭發,可謂順風防火。據此,我們以爲本文即撰作於長慶元年六月,地點在長安,元稹時任中書舍人、翰林承旨學士之職。

◎ 進西北邊圖狀①

《京西京北州鎮烽戍道路等圖》一面。

右，臣先畫《聖唐西極圖》三面，草本並畢，伏候面自奏論，方擬呈進②。前月十一日於思政殿面奉聖旨云："諸家所進《河隴圖》，勘驗皆有差異，并檢尋近日烽鎮城堡不得。"令臣⁽一⁾："所畫稍須精詳③。"

伏緣臣先畫《西極圖》，疆界闊遠，郡國繁多。若烽鎮館驛盡言，即山川牓帖太密，恐煩聖覽，不甚分明④。愚臣數日之間別畫一《京西京北州鎮烽戍道路等圖》已畢，纖毫必載，尺寸無遺⁽二⁾。若邊上奏報烟塵，陛下便可坐觀處所⁽三⁾⑤。若欲驗臣此圖與諸家所進何如，伏乞聖明於南衙及北軍中召取一久任邊將者，或於中使內有經過邊上校熟者，宣示其道⁽四⁾，辨別精粗，即知愚臣一一皆有依憑，不敢妄加增減⑥。

其《聖唐西極圖》三本，伏緣經略意大，事須當面自陳⁽五⁾。伏恐次及降誕務繁，未敢進狀候對。其《京西京北州鎮烽戍道路等圖》并《序》⁽六⁾，謹隨狀進呈⑦。

錄自《元氏長慶集》卷三五

[校記]

（一）令臣：原本作"今臣"，語義不順，據楊本、叢刊本、《佩文齋書畫譜》、《玉海》、《全文》改。

（二）尺寸無遺：楊本、叢刊本、《玉海》、《全文》同，盧校作"咫尺無遺”,各備一説,不改。

（三）陛下便可坐觀處所：楊本、叢刊本、《玉海》、《全文》同，盧校作“陛下便合坐觀處所”,各備一説,不改。

（四）宣示其道：《全文》同，盧校疑作“宣示共道”,楊本、叢刊本作“宣示其遺”,各備一説,不改。

（五）事須當面自陳：原本作“事須面自陳”,楊本、叢刊本、《全文》同,據前後文意徑補。

（六）其《京西京北州鎮烽戍道路等圖》并《序》：原本作“其《京西京北鎮烽戍道路等圖》并《序》”,楊本、叢刊本、《全文》同,據上文補。

[箋注]

① 進：進奉，奉獻。杜甫《惜別行送向卿進奉端午御衣之上都》：“裁縫雲霧成御衣，拜跪題封賀端午。向卿將命寸心赤，青山落日江潮白。”陸贄《論嶺南請於安南置市舶中使狀》：“嶺南節度經略使奏，近日舶船多往安南市易，進奉事大，實懼闕供。” 西北：方位名，介於西、北之間。《左傳·定公十年》：“初，衛侯伐邯鄲午於寒氏，城其西北而守之，宵熸。”阮籍《詠懷》：“孤鳥西北飛，離獸東南下。”這裏指李唐西北邊境地區。 邊圖：邊境之地圖。《圖書編·外四夷館考總叙》：“四夷邊圖，可以知險要，豫戰守之防。”《山西通志·名宦》：“吳百朋……又進邊圖，凡關塞險隘、番族部落、士馬強弱、亭障遠近、歷歷如指掌。”

② 州：古代行政區劃。《後漢書·桓帝紀》：“二月，荊揚二州人多餓死，遣四府掾分行賑給。”韓愈《贈崔復州序》：“賦有常而民產無恒，水旱癘疫之不期，民之豐約懸於州。” 鎮：古代於邊境重地設鎮，以重兵駐守，後內地亦設，唐初所設鎮，爲方鎮之始，所置戍邊兵力較少，鎮將祇掌防戍守禦，品秩與縣令相等，中唐起，鎮之地位上升，權力增大，而內地亦相繼設置，其長官爲節度使，掌一方軍政大權。張

説《幽州新歲作》："邊鎮戍歌連夜動，京城燎火徹明開。遙遙西向長安日，願上南山壽一杯。"白居易《和春深二十首》四："何處春深好？春深方鎮家。通犀排帶胯，瑞鶻勘袍花。" 烽戍：設置烽燧，駐兵防守之處。蔡琰《胡笳十八拍》："原野蕭條兮，烽戍萬里。"陳陶《賀容府韋中丞大府賢兄新除黔南經略》："耿家符節朝中美，袁氏芝蘭闕外香。烽戍悠悠限巴越，佇聽歌詠兩甘棠。" 西極：西邊的盡頭，謂西方極遠之處。崔融《擬古》："飲馬臨濁河，濁河深不測。河水日東注，河源乃西極。"指長安以西的疆域。徐彥伯《春閨》："有使通西極，緘書寄北河。年光只恐盡，征戰莫蹉跎！" 草本：原稿、底本。《後漢書·樊宏傳》："宏所上便宜及言得失，輒手自書寫，毀削草本。"王建《宮詞一百首》五："紅蠟燭前呈草本，平明昇出閤門宣。"

③ 思政殿：李唐宮殿之一，李唐當時重要的議政場所。《舊唐書·穆宗紀》："（元和）十五年正月庚子，憲宗崩。丙午，即皇帝位於太極殿東序。是日，召翰林學士段文昌、杜元穎、沈傳師、李肇、侍讀薛放、丁公著對於思政殿，並賜金紫。"《舊唐書·薛放傳》："穆宗深嘉其誠，因召對思政殿，賜以金紫之服，轉工部侍郎、集賢學士，雖任非峻切，而恩顧轉隆。" 聖旨：帝王的意旨和命令。蔡邕《陳政事七要疏》："臣伏讀聖旨，雖周成遇風，訊諸執事，宣王遭旱，密勿祗畏，無以或加。"杜甫《江陵望幸》："甲兵分聖旨，居守付宗臣。" 河隴：古代指河西與隴右，相當今甘肅省西部地區。《後漢書·隗囂傳》："數年之閑，冀聖漢復存，當挈河隴奉舊都以歸本朝。"《新唐書·吐蕃傳》："贊磨代之，爲東面節度使，專河隴。" 勘驗：調查檢驗。趙抃《奏狀乞勘驗王道在街坊稱冤》："臣竊聞有前孟州河陽縣尉王道，自今年五月以來，逐日於京城具公服靴笏，每每在街坊民間乞丐錢物。"《朱子語類》卷四一："先生厲聲曰：'公而今去何處勘驗他不用克己？'" 城堡：城壘。《晉書·劉牢之傳》："牢之進屯鄄城，討諸未服，河南城堡承風歸順者甚衆。"岑參《行軍詩二首》一："積尸若丘山，流血漲豐鎬。干戈

礙鄉國，豺虎滿城堡。”　精詳：精細周詳。《後漢書·竇融傳》：“融小心精詳，遂決策東向。”《顏氏家訓·文章》：“今世音律諧靡，章句偶對，諱避精詳，賢於往昔多矣！”

　　④ 疆界：國界，地界。《詩·周頌·思文》：“貽我來牟，帝命率育。無此疆爾界，陳常于時夏。”陸德明釋文：“疆，竟也。”《詩·大雅·江漢》：“徹我疆土。”鄭玄箋：“治我疆界於天下。”　闊遠：廣闊深遠。《韓非子·解老》：“衆人之輕棄道理而易忘舉動者，不知其禍福之深大而道闊遠若是也。”胡仔《苕溪漁隱叢話後集·杜子美》：“雖句讀文律，各異雅鄭之音，而詞意闊遠，指事言情，自非有爲而爲，則文不妄作。”　郡國：郡和國的並稱，漢初，兼采封建及郡縣之制，分天下爲郡與國，郡直屬中央，國分封諸王、侯，封王之國稱王國，封侯之國稱侯國。南北朝仍沿郡、國並置之制，至隋始廢國存郡，後亦以“郡國”泛指地方行政區劃。《史記·酷吏列傳》：“上乃拜成爲關都尉，歲餘，關東吏隷郡國出入關者，號曰‘寧見乳虎，無值寧成之怒。’”元稹《夏陽縣令陸翰妻河南元氏墓誌銘》：“當乾元、廣德之間，郡國多事。”館驛：驛站上設的旅舍。趙嘏《贈館驛劉巡官》：“雲別青山馬踏塵，負才難覓作閑人。莫言館驛無公事，詩酒能消一半春。”何光遠《鑒誡録·陪臣諫》：“當路州縣凋殘，所在館驛隘小。”　聖覽：猶御覽。元稹《同州刺史謝上表》：“或聞黨項小有動搖，臣今謹具手疏陳奏，伏望恕臣死罪，特留聖覽，臣此表並臣手疏並請留中不出。”白居易《論制科人狀》：“儻陛下察臣肝膽，知臣精誠，以臣此言可以聽採，則乞俯迴聖覽……”

　　⑤ 纖毫：極其細微。《三國志·武帝紀》：“君秉國之鈞，正色處中，纖毫之惡，靡不抑退。”杜甫《夏夜嘆》：“虛明見纖毫，羽蟲亦飛揚。”　尺寸：形容事物些許、細小或低微。《孟子·告子》：“無尺寸之膚不愛焉！則無尺寸之膚不養也。”歐陽修《答樞密吳給事見寄》：“報國愧無功尺寸，歸田仍值歲豐穰。”　烟塵：烽烟和戰場上揚起的塵

土，指戰亂。蕭統《七契》：“當朝有仁義之師，邊境無烟塵之驚。”高適《燕歌行》：“漢家烟塵在東北，漢將辭家破殘賊。” 坐觀：坐視，旁觀。《後漢書·皇甫規傳》：“臣窮居孤危之中，坐觀郡將，已數十年矣！”孟浩然《望洞庭湖贈張丞相》：“坐觀垂釣者，徒有羨魚情。”

⑥ 聖明：英明聖哲，無所不知，封建時代稱頌帝、后之詞。《漢書·晁錯傳》：“利施後世，名稱聖明。”荀悦《漢紀·平帝紀》：“聞太后聖明，安漢公至仁，天下太平。” 南衙：唐代禁衛軍有南衙、北衙之分，南衙又稱“南牙”，兵分隸十六衛，統屬宰相管轄。《新唐書·尉遲敬德傳》：“南衙北門兵與府兵尚雜鬥，敬德請帝手詔諸軍聽秦王節度，內外始定。”唐代宰相官署，因中書、門下、尚書三省均在皇宮之南，故稱。吳兢《貞觀政要·論納諫》：“太宗乃謂玄齡曰：‘君但知南衙事，我北門少有營造，何預君事？’”《新唐書·高元裕傳》：“元裕諫曰：‘今西頭勢乃重南衙，樞密之權過宰相。’”但本文指前者。 北軍：指唐代皇帝的北衙禁軍。張説《潁川郡太夫人陳氏神道碑》：“神龍三年七月五日，北軍作難，西華失守，騎入宮壼，兵纏御樓。公孤劍淩鋒，群凶奪氣，倉促之際，安危是屬。”韓愈《順宗實録》：“自叔文歸第，伻日詣中人並杜佑，請起叔文爲相，且總北軍。” 邊將：防守邊疆的將帥。應劭《風俗通·怪神》：“君後三歲當爲邊將。”鮮于侁《九誦·雙廟》：“訏謀顛置兮，邊將怙功。” 中使：宮中派出的使者，多指宦官。《文選·沈約〈齊故安陸昭王碑文〉》：“勉膳禁哭，中使相望。”張銑注：“天子私使曰中使。”白居易《繚綾》：“去年中使宣口敕，天上取樣人間織。” 宣示：宣佈，公佈。《後漢書·周興傳》：“臣等既愚暗，而諸郎多文俗吏，鮮有雅才，每爲詔文，宣示内外，轉相求請，或以不能而專己自由，辭多鄙固。”王讜《唐語林·文學》：“李趙公吉甫時爲承旨，以聖人上順天時，下盡物理，表請宣示天下，編之於令。” 愚臣：大臣對君主自稱的謙詞。曹植《上責躬應詔詩表》：“是以愚臣徘徊於恩澤，而不敢自棄者也。”《魏書·劉文曄傳》：“愚臣所見，猶有未申。”

⑦　經略：經營治理。《左傳・昭公七年》：“天子經略，諸侯正封，古之制也。”杜預注：“經營天下，略有四海，故曰經略。”《漢書・叙傳》：“自昔黃唐，經略萬國。”　自陳：自己陳述。《史記・老子韓非列傳》：“李斯使人遺非藥，使自殺。韓非欲自陳，不得見。”應瑒《百一詩》一：“避席跪自陳，賤子實空虛。”　降誕：誕生。元稹《賀降誕日德音狀》：“右，臣等伏奉今月日敕書，以降誕之辰，奉迎皇太后宮中上壽。”廣宣《降誕日內庭獻壽應制》：“慶壽千齡遠，敷仁萬國通。登霄欣有路，捧日愧無功。”　候對：等候帝王召對。白居易《早朝賀雪》：“待漏午門外，候對三殿裏。”康駢《劇談錄・宣宗夜召翰林學士》：“令狐相國自吳興郡守授司勳郎中，未居內署，初與學士候對，便以爲有宰輔之才。”　進呈：猶進獻。元稹《進詩狀》：“既無六義，皆出一時，詞旨繁蕪，倍增慚恐，今謹隨狀進呈，無任戰汗屏營之至。”孫奭《孟子正義序》：“作《音義》二卷，已經進呈。”

［編年］

　　《年譜》大段引錄本文之後，根據本文“伏恐次及降誕務繁，未敢進狀候對”，結合唐穆宗的生日在“七月六日”的史實，作出《京西京北州鎮烽戍道路等圖》爲長慶元年“七月初撰”的結論。《編年箋注》根據同樣的理由，編年：“知此《狀》撰於長慶元年(八二一)七月初。”《年譜新編》的編年理由及意見基本與《年譜》同。

　　元稹《進西北邊圖經狀》：“右，臣今月二日進《京西京北圖》。”而本文又云：“伏恐次及降誕務繁，未敢進狀候對。”唐穆宗的生日在七月六日，《舊唐書・穆宗紀》：“(元和十五年七月)乙巳詔……今月六日，是朕載誕之辰。”推知“今月”應該是“七月”。我們以爲，本文應該撰成於長慶元年七月二日或稍前一日，地點在長安，元稹時任中書舍人翰林承旨學士。

■ 京西京北圖^{(一)①}

見《元氏長慶集·進西北邊圖經狀》

[校記]

(一)京西京北圖：本佚失之文所據元稹《進西北邊圖狀》，見楊本、叢刊本，不見異文。

[箋注]

① 京西京北圖：元稹《進西北邊圖經狀》：“右，臣今月二日進《京西京北圖》一面，山川險易，細大無遺。”今不見元稹《京西京北圖》，據補。　圖：版圖，地圖。李賀《五粒小松歌》：“主人壁上鋪州圖，主人堂前多俗儒。月明白露秋淚滴，石筍溪雲肯寄書？”姚合《送林使君赴邵州》：“詔書飛下五雲間，才子分符不等閑。驛路籌程多是水，州圖管地少於山。”

[編年]

未見《元稹集》採録，也未見《編年箋注》採録與編年，《年譜》、《年譜新編》編年《京西京北圖》於長慶元年“佚文”欄内。

我們以爲，元稹《進西北邊圖狀》撰成於長慶元年七月二日或稍前一日，地點在長安，元稹時任中書舍人翰林承旨學士。而元稹《京西京北圖》與之撰成於同時，元稹《進西北邊圖經狀》“右，臣今月二日進《京西京北圖》一面，山川險易，細大無遺”就是明證。

◎ 鎮圭賦（以“王者端拱四維鎮寧”爲韻，依次用）^{(一)①}

天子之鎮圭十有二寸^(二)，其長義在撫十有二州之域，而爲億兆之王②。圭比德焉！所以表特達之美^(三)；鎮大名也，有以示彈壓之强③。以之徵守，則有土之臣至；以之恤患，則受突之地康④。當宁乃無爲於南面^(四)，朝日乃有事於東方^(五)。會百辟而執之，班五瑞於來者⑤。作山龍之端表，我則清光皎然；雜蒲穀以成行^(六)，爾則鞠躬如也⑥。

想夫彤闈乍曉^(七)，碧砌生寒。當玉座而高居，狀中峰之冠瑶岫；透爐烟而迥出，意秋月之壓雲端⑦。是以聖后矜持，庶寮瞻重。安八荒於度内^(八)，故捧必當心；握萬務於掌中，故大不盈拱⑧。映冕旒則璇樞星綴，間黼黻而瓊枝花擁^(九)。豈獨使威儀可觀，亦以明社稷有奉⑨。

美哉！聖人之制器也，靡不有類。鋭上以象天，方下而法地。備采章以盡飾，瑑崇高而定位⑩。夫衆色不可以雜施，依方面之正者惟五；群山不可以咸寫，選域中之大者有四⑪。盡舉凡而得一，故相傳而莫二。義存敬慎，道在底綏^(一〇)。詳觀組約，足辨操持⑫。

俾經制之不亂，若繰藉之相維。況國家備物繼周，垂衣體舜⑬。自天有命，非因桐葉而封唐；提象握機，故配土行而執鎮⑭。豈惟傳歷代之瑞寶，抑亦彰受命之符信者也^{(一一)⑮}。

重曰：圭，鋭也。睿作思，而百志靈。鎮，安也。安於道，而萬物寧。亦嘗三復斯名矣！所以表道德之維馨⑯。若此，則君爲道之本，器乃道之形。苟能據於道而依於德，亦可以執無名之璞而逍遙乎大庭⑰。

録自《元氏長慶集》卷二七

［校記］

（一）依次用：叢刊本、《英華》、《全文》、《歷代賦彙》同，楊本作"依次韵"，各備一説，不改。

（二）天子之鎮圭十有二寸：楊本、叢刊本、《全文》同，《英華》、《歷代賦彙》作"天子鎮圭十有二寸"，各備一説，不改。

（三）所以表特達之美：原本作"所以美特達之美"，楊本、叢刊本同，據《英華》、《歷代賦彙》、《全文》改。

（四）當宁乃無爲於南面：楊本、叢刊本同，《英華》、《歷代賦彙》、《全文》作"當宁無爲於南面"，各備一説，不改。

（五）朝日乃有事於東方：楊本、叢刊本同，《英華》、《歷代賦彙》、《全文》作"朝日有事於東方"，各備一説，不改。

（六）雜蒲穀以成行：楊本、叢刊本、《歷代賦彙》、《全文》同，《英華》作"雜蒲穀以成形"，各備一説，不改。

（七）想夫彤闈乍曉：楊本、叢刊本、《全文》同，《英華》、《歷代賦彙》作"想夫彤闕乍曉"，各備一説，不改。

（八）安八荒於度内：《全文》同，楊本、叢刊本、《英華》、《歷代賦彙》作"安八荒於術内"，各備一説，不改。

（九）間黼黻而瓊枝花擁：叢刊本、《歷代賦彙》、《全文》同，楊本、《英華》作"開黼黻而瓊枝花擁"，各備一説，不改。

（一〇）道在底綏：蘭雪堂本、叢刊本、《英華》、《歷代賦彙》、《全文》同，楊本作"進在底綏"，各備一説，不改。

（一一）抑亦彰受命之符信者也：叢刊本、《全文》同，《英華》、《歷代賦彙》作“抑亦彰受命之符信也”，楊本作“押亦彰受命之符信者也”，各備一説，不改。

［箋注］

①　鎮圭：古代舉行朝儀時天子所執的玉制禮器，長一尺有二，以四鎮之山爲雕飾，取安定四方之義，故稱。《周禮·春官·大宗伯》：“以玉作六瑞，以等邦國，王執鎮圭。”孫詒讓正義：“注云‘鎮，安也’者，《廣雅·釋詁》同。云‘所以安四方’者，《職方氏》注云‘鎮名山安地德者’也。王執此鎮圭，亦所以鎮安四方，故象彼爲文。《國語·周語》云：‘爲摯幣瑞節以鎮之。’韋注云：‘鎮，重也。’重與安義亦相成也。云‘鎮圭者，蓋以四鎮之山爲琢飾’者。《玉人》注云：‘琢，文飾也。’‘六瑞之琢飾’經無文，鄭皆依其名義推之……云圭長尺有二寸者，據《玉人》文。”《南齊書·禮志》：“天子冕而執鎮圭，尺有二寸。”賦：文體名，是韻文和散文的綜合體，講究詞藻、對偶、用韵。苗神客《祥妖對》：“雉升鼎耳，殷宗側身以修德；鵬止坐隅，賈生作賦以叙命：卒無患者，德勝妖也。”吕向《美人賦》：“若此之淑美，豈同夫玉顔絳唇、巧笑工顰、惑有國之君臣者哉！”蔣防與龐嚴均是元稹李紳賞識的後輩，甚得元稹、李紳器重：《舊唐書·龐嚴傳》：“龐嚴者……元和中登進士第，長慶元年應制舉賢良方正能直言極諫科，策入三等，冠制科之首，是月拜左拾遺。聰敏絶人，文章峭麗，翰林學士元稹、李紳頗知之。明年二月，召入翰林爲學士，轉左補闕，再遷駕部郎中、知制誥。嚴與右拾遺蔣防俱爲稹、紳保薦，至諫官内職。”蔣防也有《鎮圭賦以“王者端拱四維唐鎮寧”爲韵，依次用》，估計與元稹本文作於同時，讀者可參閲研讀：“天鎮四野，君尊萬方。取威重以馭物，在秉持而有章。協和人神，蓋先之於六瑞；表正旒扆，誠用之乎百王。斯爲貴也，誠之大者。琢磨有耀，温潤無瑕。天臨静謐，以我鎮壓乎寰中；帝德休明，以我熠耀乎諸夏。皓爾凝潔，温如可觀。蘊五德之符采，

寫四鎮之峰巒。其色正，其容端。乃直乃方，象名山而守固；不瑕不穢，配王室以常安。豈不真姿有奉，嘉名天寵？遠以視其凝命，近以彰其端拱。大而不琢，禮經匪尚其文華；執之不迴，聖人無離其輕重。想夫始自良工，成茲國器。端乎掌握，撫寧天地。邦有六瑞，而圭列其初；國有三山，而象包其四。穆穆之儀是佐，溫溫之德斯備。所謂天子是毗，邦國是維。雲虹發色，冰雪成姿。玉几臨朝，承德音而有裕；金門曉闢，布寬政而無私。是知岱華恒衡之高，自此而增峻；琳瑯琬琰之美，自此而發奇。形抱素以呈妍，聲含清而取振。當照臨之際，曾不掩瑕；在韜韞之時，寧忘作鎮！所以朝九有，接萬靈，奇姿粲粲，衆彩熒熒。大禹成功，垂芳於帝典；吾君致理，酌憲於國經。故曰觀一圭之質，見四鎮之形；觀一夫之政，見萬國之寧。儒臣賦鎮圭之事，敢大揚于王庭。”

②長義：深遠的寓意。《詩識名解·黍》：“芃芃對下悠悠，言悠悠者，行路之長也，此亦取長義。”《周禮纂訓·天官冢宰》：“長謂公卿大夫者，以大夫雖不立官，亦得稱長，是廣解長義。” 十二州：古代有“十二牧”之說，謂傳說中舜時十二州的長官。《書·舜典》：“咨十有二牧，曰：食哉惟時，柔遠能邇，惇德允元，而難任人，蠻夷率服。”蔡沈集傳：“十二牧，十二州之牧也。”唐武德初，析關中之地爲十二道，武德三年改爲十二軍。《新唐書·兵志》：“武德初……析關中爲十二道，曰：萬年道、長安道、富平道、醴泉道、同州道、華州道、寧州道、岐州道、豳州道、西麟州道、涇州道、宜州道，皆置府。” 億兆：指庶民百姓，猶言衆庶萬民。蔡邕《太尉汝南李公碑》：“憲天心以教育，沐垢濁以揚清，爲國有賞，蓋有億兆之心。”元稹《酬別致用》：“達則濟億兆，窮亦濟毫氂。”

③特達：原謂行聘時惟圭、璋能獨行通達，不加餘幣，後亦謂自達、自薦。《禮記·聘義》：“圭璋特達，德也。”孔穎達疏：“聘享之禮，有圭、璋、璧、琮。璧、琮則有束帛加之乃得達；圭、璋則不用束帛，故

云特達。”丘光庭《兼明書》卷四：“珪璋德重，可以獨行，故曰特達。”
彈壓：控制，制服，鎮壓。陳子昂《諫靈駕入京書》：“然後能削平天下，
彈壓諸侯，長彎利策，橫制宇宙。”范仲淹《奏雪滕宗諒張亢》：“邊上主
帥，若不仗朝廷威勢，何以彈壓將佐軍民，使人出死力禦捍強敵？”

④ 徵守：謂天子徵召守國的諸侯。《周禮・春官・典瑞》：“珍圭
以徵守，以恤凶荒。”鄭玄注：“‘以徵守’者，以徵召守國諸侯，若今時
徵郡守以竹使符也。” 徵：徵召，徵聘，多指君召臣。《左傳・僖公十
六年》：“王以戎難告於齊，齊徵諸侯而戍周。”康駢《劇談録・李鄩侯
救竇庭芝》：“鄩侯自南嶽徵迴，至行在，便爲宰相。” 守：守臣，地方
長官，後用爲郡守、太守、刺史等的簡稱。《史記・秦始皇本紀》：“（秦
始皇二十六年）分天下以爲三十六郡，郡置守、尉、監。”韓愈《唐故河
南令張君墓誌銘》：“爲御史中丞，舉彈無所避，由是出爲陳留守。”
有土：謂任地方行政長官。元稹《贈楚繼吾等制》：“并追有土之榮，用
明死政之節。”呂讓《楚州刺史廳記》：“使有土二千石，去蠹除弊，悉若
是舉，天下何憂於不理哉？” 恤患：謂濟人於患難。劉仁軌《盟新羅
百濟文》：“約之以婚姻，申之以盟誓。刑牲插血，共敦終始。分災恤
患，恩若兄弟。”王昂《對沈謀秘略科策第三道》：“觀夫古之良將之行
兵也，莫不救災恤患，以和其人；先謀後動，而制其敵。” 受災：遭受
災害。《晉書・戴洋傳》：“荊州受兵，江州受災，公可去此二州。”羅讓
《對才識兼茂明於體用策》：“察郡縣之受災者，擇其實以勞之，不使其
冤而無告也。”

⑤ 當宁：處在門屏之間，宁，古代宮室門內屏外之地，君主在此
接受諸侯的朝見。《禮記・曲禮》：“天子當宁而立，諸公東面，諸侯西
面，曰朝。”孔穎達疏：“天子當宁而立者，此爲春夏受朝時也。宁者，
《爾雅》云：‘門屏之間謂之宁。’郭注云：‘人君視朝所宁立處。’”後以
“當宁”指皇帝臨朝聽政。徐陵《陳公九錫文》：“酬庸報德，寂爾無聞，
朕所以垂拱當宁，載慚懷悸者也。”張説《開元正曆握乾符頌》：“〔聖

上〕受禪當宁，而光大前烈；垂統拜璧，而慎寧後嗣。” 無爲：儒家主張選能任賢，以德化人，亦稱爲“無爲”。《禮記·中庸》：“如此者，不見而章，不動而變，無爲而成。”董仲舒《春秋繁露·離合根》：“故爲人主者，以無爲爲道，以不私爲寶。”又作“無爲而治”。《論語·衛靈公》：“無爲而治者其舜也與？夫何爲哉？恭己正南面而已矣！”何晏集解：“言任官得其人，故無爲而治。”劉向《新序·雜事》：“故王者勞於求人，佚於得賢。舜舉衆賢在位，垂衣裳恭己無爲而天下治。” 南面：古代以坐北朝南爲尊位，故帝王諸侯見群臣，或卿大夫見僚屬，皆面南而坐，因用以指居帝王或諸侯、卿大夫之位。《易·說卦》：“聖人南面而聽天下，嚮明而治。”《論語·雍也》：“子曰：‘雍也可使南面。’” 朝日：古代帝王祭日之禮。《周禮·天官·掌次》：“朝日，祀五帝，則張大次小次，設重帟重案。”鄭玄注：“朝日，春分拜日於東門之外。”《漢書·郊祀志》：“十一月辛巳朔旦冬至，昒爽，天子始郊拜泰一，朝朝日，夕夕月，則揖。”顏師古注：“以朝旦拜日爲朝。” 有事：猶有司。《書·酒誥》：“文王誥教小子，有正有事，無彝酒。”孔傳：“事，謂下群吏。”孔穎達疏：“正官下治事之群吏。”《詩·小雅·十月之交》：“皇父孔聖，作都于向。擇三有事，亶侯多藏。”毛傳：“擇三有事，有司，國之三卿。” 東方：古代指陝以東地區或封國。《禮記·王制》：“東方曰夷，被髮文身，有不火食者矣！”《左傳·襄公十八年》：“中行獻子將伐齊……巫曰：‘今茲主必死，若有事於東方，則可以逞。’獻子許諾。”泛指所在地以東之地。《漢書·武帝紀》：“〔太初元年秋八月〕蝗從東方飛至敦煌。”韓愈《送張道士序》：“九年，聞朝廷將治東方貢賦之不如法者。三獻書，不報。” 百辟：百官。白居易《醉後走筆酬劉五主簿長句之贈》：“閶闔晨開朝百辟，冕旒不動香烟碧。”蘇軾《代普甯王賀冬表》：“臣猥以暗弱，仰荷誨憐，敢先百辟之朝，以祝萬年之壽。” 五瑞：古代諸侯作符信用的五種玉。《書·舜典》：“輯五瑞，既月，乃日覲四嶽群牧，班瑞於群后。”孔穎達疏：“《周禮·典瑞》云：‘公執桓圭，侯執信圭，伯執躬圭，子執穀璧，男執蒲璧。'是圭璧爲五等之瑞，諸侯執之以爲王者瑞信，故稱瑞也。"班固《白虎通·文質》："何謂五瑞？謂珪、璧、琮、璜、璋也……五玉者各何施？蓋以爲璜以徵召，璧以聘問，璋以發兵，珪以信質，琮以起土功之事。"

　　⑥山龍：指古代袞服或旌旗上的山、龍圖案。《書·益稷》："予欲觀古人之象，日月星辰，山龍華蟲，作會宗彝。藻火粉米，黼黻絺繡，以五采彰施於五色作服。"孔傳："畫三辰、山龍、華蟲於衣服、旌旗。"柳宗元《送豆盧膺秀才南游詩序》："琅乎璆璜衝牙之響發焉！煌乎山龍華蟲之采列焉！"　清光：清美的風彩，多喻帝王的容顏。《漢書·晁錯傳》："今執事之臣皆天下之選已，然莫能望陛下清光，譬之猶五帝之佐也。"顏師古注引晉灼曰："今之臣不能望見陛下之光景所及。"范仲淹《除樞密副使召赴闕陳讓第二狀》："竊念臣等，自臨邊鄙，久阻闕廷。入對清光，人臣所願。"　皎然：明亮潔白貌。劉義慶《世說新語·任誕》："王子猷居山陰，夜大雪，眠覺，開室命酌酒，四望皎然，因起仿偟，詠左思《招隱》詩。"陸龜蒙皮日休《寒夜聯句》："況聞風篁上，擺落殘凍雪。寂爾萬籟清，皎然諸靄滅。"　蒲穀：蒲璧和穀璧，二種璧名，是古代代表爵位等級的一種憑證。《周禮·春官·大宗伯》："以玉作六瑞，以等邦國。王執鎮圭，公執桓圭，侯執信圭，伯執躬圭，子執穀璧，男執蒲璧。"後因以"蒲穀"借指一定的等級和權力。張仲素《信圭賦（以分形立象于以保身爲韵）》："縒與蒲穀而齊列，冀邦家之永保，比楚玉之無瑕，哂夏璜之有考。或以圭爲瑞，或以象爲珍，傳命自同於符璽，達情可接於君臣。"　成行：排成行列。傅玄《雜詩》："繁星依青天，列宿自成行。"杜甫《贈衛八處士》："昔別君未婚，男女忽成行。"　鞠躬：亦即"鞠躬盡瘁"的略語，謂恭敬謹慎、竭盡心力。趙頤真《對小吏持劍判》："遂傭俛於下寮，俄鞠躬而從役。持劍曠久，執炬斯勤。竟無自明之效，莫騁鉛刀之割。"盧昌《對坐於左塾判》："公門鞠躬，未彰於嘉躅；黌塾促膝，便乖於令典。"

⑦ 彤闈：朱漆宮門，借指宮廷。謝朓《酬王晉安》：“拂霧朝清閣，日旰坐彤闈。”元萬頃《奉和春日二首》二：“鳳輦迎風乘紫閣，鸞車避日轉彤闈。巾堂促管淹春望，後殿清歌開夜扉。”　砌：臺階。謝朓《直中書省》：“紅藥當階翻，蒼苔依砌上。”陸龜蒙《白鷗詩序》：“有白鷗翩然，馴於砌下，因請浮而翫之。”　玉座：帝王的御座。《文選·謝朓〈同謝諮議銅雀臺〉》：“玉座猶寂漠，況乃妾身輕！”劉良注：“玉座，玉床也……言君王玉座尚自虛無若此，況群妾身至輕微，何以爲久長也！”白居易《蠻子朝》：“上心貴在懷遠蠻，引臨玉座近天顏。”　高居：處在高的地方。劉向《説苑·正諫》：“蟬高居悲鳴飲露，不知螳螂在其後也。”亦指居於高位。王融《永明九年策秀才文》一：“朕彚奉天命，恭惟永圖。審聽高居，載懷祇懼。”　中峰：主峰。沈佺期《辛丑歲十月上幸長安時扈從出西嶽作》：“諸嶺皆峻秀，中峰特美好。”李白《望黃鶴山》：“四面生白雲，中峰倚紅日。”　瑤：似玉的美石，亦泛指美玉。《書·禹貢》：“厥貢惟金三品，瑤、琨、篠、簜。”孔傳：“瑤、琨皆美玉。”孔穎達疏：“美石似玉者也。玉、石其質相類，美惡別名也。”潘尼《贈陸機出爲吳王郎中令》：“崑山何有？有瑤有瑉。”　岫：峰巒。陶潛《歸去來辭》：“雲無心以出岫，鳥倦飛而知還。”司空圖《楊柳枝壽杯詞十八首》一四：“隔城遠岫招行客，便與朱樓當酒旗。”　爐烟：舊時宮殿前丹墀設焚香爐，後因以指代宮廷、朝官。韋應物《燕李録事》：“與君十五侍皇闈，曉拂爐烟上赤墀。”方干《送杭州李員外》：“必恐駐班留立位，前程一步是爐烟。”　迥出：高聳貌。蕭繹《巫山高》：“巫山高不窮，迥出荆門中。”《資治通鑑·梁武帝太清二年》：“衆見飛橋迥出，崩騰而走。”　秋月：秋夜的月亮。陶潛《辛丑歲七月赴假還江陵夜行塗口》：“叩枻新秋月，臨流別友生。”杜甫《十七夜對月》：“秋月仍圓夜，江村獨老身。”　雲端：高處的雲層。張文琮《蜀道難》：“梁山鎮地險，積石阻雲端。深谷下寥廓，層巖上鬱盤。”盧照鄰《酬楊比部員外暮宿琴堂朝躋書閣率爾見贈之作》：“空谷歸人少，青山背日

寒。羨君栖隱處，遙望在雲端。”

　　⑧　是以：連詞，因此，所以。《老子》：“功成而弗居，夫唯弗居，是以不去。”蘇舜欽《火疏》：“明君不諱過失而納忠，是以懷策者必吐上前，蓄冤者無至腹誹。”　聖后：猶聖君。《韓詩外傳》卷二：“夫闢土殖穀者后稷也，決江疏河者禹也，聽獄執中者皋陶也，然而聖后者堯也。”齊己《謝丁秀才見示賦卷》：“聖后求賢久，明公得俊稀。”　矜持：竭力保持莊重。劉義慶《世說新語·雅量》：“王家諸郎，亦皆可嘉；聞來覓婿，咸自矜持。”鮑照《答客》：“愛賞好偏越，放縱少矜持。”　庶寮：百官。張衡《思玄賦》：“戒庶寮以夙會兮，僉恭職而並迓。”沈約《齊太尉文憲王公墓誌銘》：“微言永謝，庶寮誰仰？”　瞻重：莊重。《東漢觀記·黃香傳》：“京師號曰：‘天下無雙國士。’瞻重京師，貴戚慕其聲名，更饋衣物。”許志雍《唐故江南西道觀察判官監察御史裏行太原王公墓誌銘》：“蓮府才雄，軍門瞻重。每下徐孺之榻，獨奪陳琳之筆。”　八荒：八方荒遠的地方。《漢書·項籍傳贊》：“併吞八荒之心。”顏師古注：“八荒，八方荒忽極遠之地也。”韓愈《調張籍》：“我願生兩翅，捕逐出八荒。”　度內：計慮之內，意料之中。嵇康《與山巨源絕交書》：“四民有業，各以得志爲樂，唯達者爲能通之，此足下度內耳！”陸游《跋周侍郎奏稿》：“儻人人知所勉，則北平燕趙，西復關輔，實度內事也。”　當心：符合心意。宋無名氏《朝野遺紀》：“方岳飛獄具，一日檜獨居書室……若有思者。王氏窺見笑曰：‘老漢何一無決耶？捉虎易，放虎難也。’檜掣然當心，致片紙付入獄。”　萬務：諸多事務。《新唐書·李吉甫傳》：“故財日寡而受禄多，官有限而調無數，九流安得不雜？萬務安得不煩？”《宋史·樂志》：“君總萬化，不可執以一方；事通萬務，不可滯於一隅。”　拱：指兩手或兩臂合圍的徑圍。《左傳·僖公三十二年》：“爾何知？中壽，爾墓之木拱矣！”杜甫《觀公孫大娘弟子舞劍器行》：“金粟堆南木已拱，瞿唐石城草蕭瑟。”

　　⑨　冕旒：古代大夫以上的禮冠，頂有延，前有旒，故曰“冕旒”。

天子之冕十二旒，諸侯九，上大夫七，下大夫五。本文專指皇冠，借指皇帝、帝位。沈約《勸農訪民所疾苦詔》：“冕旒屬念，無忘夙興。”韓愈《江陵途中寄三學士》：“昨者京師至，嗣皇傳冕旒。” 璇樞：星名，北斗第一星爲樞，第二星爲璇，泛指北斗星。李德裕《唐故左神策軍護軍中尉劉公神道碑銘》：“宸極正位，運四時者璇樞；太微啓扉，分兩垣者上將。”柳永《送征衣》：“過韶陽，璇樞電繞，華渚虹流，運應千載會昌。” 綴：裝飾，點綴。《韓非子·外儲說》：“楚人有賣其珠於鄭者，爲木蘭之櫃，薰以桂椒，綴以珠玉，飾以玫瑰，輯以翡翠。”韓愈《送無本師歸范陽》：“始見洛陽春，桃枝綴紅糝。” 黼黻：泛指禮服上所繡的華美花紋。《晏子春秋·諫》：“公衣黼黻之衣，素繡之裳，一衣而王采具焉！”葉適《故寶謨閣待制知平江府趙公墓誌銘》：“黼黻爲章，宮徵成音。經綜緯錯，其行欽欽。” 瓊枝：傳說中的玉樹。《楚辭·離騷》：“溘吾遊此春宮兮，折瓊枝以繼佩。”洪興祖補注：“瓊，玉之美者。《傳》曰：南方有鳥，其名爲鳳；天爲生樹，名曰瓊枝。高百二十仞，大三十圍，以琳琅爲實。”喻嘉樹美卉。王涯《望禁門松雪》：“金闕晴光照，瓊枝瑞色封。” 威儀：莊重的儀容舉止。《書·顧命》：“思夫人自亂於威儀。”孔傳：“有威可畏，有儀可象。”《漢書·薛宣傳》：“宣爲人好威儀，進止雍容，甚可觀也。” 社稷：古代帝王、諸侯所祭的土神和穀神。社，土神；稷，穀神。《孟子·盡心》：“民爲貴，社稷次之，君爲輕。”舊時亦用爲國家的代稱。《禮記·檀弓》：“能執干戈以衛社稷。”奉：擁戴。《國語·晉語》：“庶幾曰：諸侯義而撫之，百姓欣而奉之，國可以固。”劉知幾《史通·疑古》：“觀近古，有奸雄奮發，自號勤王，或廢父而立其子，或黜兄而奉其弟。”

⑩ 聖人：君主時代對帝王的尊稱。杜甫《自京赴奉先縣詠懷五百字》：“聖人筐篚恩，實願邦國活。”仇兆鰲注：“唐人稱天子皆曰聖人。”歐陽修《豐樂亭記》：“及宋受天命，聖人出而四海一。” 制器：按制度造就的器具。魏緙《梓材賦》：“擬古呈功，觀象制器，或因事以立

法，亦憑質而托類。”梁肅《受命寶賦》：“考乎先王之統世也，以文經天，以武緯地。觀象備物，從宜制器。”　類：法式，法則。《禮記·緇衣》：“下之事上也，身不正，言不信，則義不壹，行無類也。”鄭玄注：“類，謂比式。”《荀子·非十二子》：“案往舊造説，謂之五行，甚僻違而無類。”王先謙集解引王念孫曰：“類者，法也，言邪僻而無法也。”　銳上：指腦袋尖。語本孔衍《春秋後語》：“平原君對趙王曰：‘沔池之會，臣察武安君之爲人也，小頭而銳，瞳子白黑分明。小頭而銳，斷敢行也；瞳子白黑分明者，視事明也。’”《新唐書·侯希逸傳》：“長七尺，豐下銳上。”　象：象徵。《易·繫辭》：“是故易者，象也。象也者，像也。”《漢書·郊祀志》：“池中有蓬萊、方丈、瀛州、壺梁，象海中神山龜魚之屬。”　法：標準，模式。《易·繫辭》：“制而用之謂之法。”孔穎達疏：“言聖人裁制其物而施用之，垂爲模範，故云‘謂之法’。”葉適《故贈右諫議大夫龔公謚節肅議》：“天子特賜之謚，追傷禍變艱難之所致，褒勸仗節敢言之臣，所以示爲百僚法也。”　采章：彩色花紋，多指有彩紋的旌旗、車輿、服飾等。《左傳·宣公十四年》：“臣聞小國之免於大國也，聘而獻物，於是有庭實旅百；朝而獻功，於是有容貌采章嘉淑，而有加貨。”杜預注：“采章，車服文章也。”孔穎達疏：“謂主人陳設物采文章以接賓。”《隋書·宇文愷閻毗等傳論》：“稽前王之采章，成一代之文物。”　崇高：地位特殊，優越。《易·繫辭》：“縣象著明莫大乎日月，崇高莫大乎富貴。”《文選·謝靈運〈從遊京口北固應詔〉》：“玉璽戒誠信，黃屋示崇高。”李善注：“居黃屋，所以示崇高。”　定位：確定事物的名位。《韓非子·揚權》：“故審名以定位，明分以辯類。”《文心雕龍·原道》：“仰觀吐曜，俯察含章，高卑定位，故兩儀既生矣！”

　　⑪ 衆色：各種色彩。司馬相如《子虛賦》：“衆色炫耀，照爛龍鱗。”崔損《五色土賦》：“衆色環封，所以示外共其方職；正色居上，所以表內附於中黃。”　依方面之正者惟五：古代以青、赤、白、黑、黃五

種顏色爲正色。《書·益稷》:"以五采彰施於五色,作服,汝明。"孫星衍疏:"五色,東方謂之青,南方謂之赤,西方謂之白,北方謂之黑,天謂之玄,地謂之黄,玄出於黑,故六者有黄無玄爲五也。"正色對間色而言。《論語·陽貨》:"惡紫之奪朱也。"何晏集解引孔安國曰:"朱,正色;紫,間色之好者。" 選域中之大者有四:四鎮謂四座大山,鎮,一方的主要山嶽。《周禮·春官·大司樂》:"凡日月食,四鎮五嶽崩。"鄭玄注:"四鎮,山之重大者,謂楊州之會稽山,青州之沂山,幽州之醫無閭,冀州之霍山。"唐代稱朔方、涇原、隴右、河東四節度爲四鎮。姚合《窮邊詞二首》二:"箭利弓調四鎮兵,蕃人不敢近東行。沿邊千里渾無事,唯見平安火入城。"

⑫ 舉凡:列舉其大要。孫逖《應賢良方正科對策》:"況實繁有衆,急景不留。聊舉凡以見意,豈遽數而周物?"元積《才識兼茂明於體用策》:"然臣所以上愚對,皆以指病陳術而爲典要,不以舉凡體論而飾文詞。" 得一:得道。《老子》:"昔之得一者:天得一以清,地得一以寧,神得一以靈,谷得一以盈,萬物得一以生,侯王得一以爲天下貞。"王弼注:"一,數之始而物之極也,各是一物之生,所以爲主也。物皆各得此一以成。"陶潛《感士不遇賦》:"承前王之清誨,曰天道之無親;澄得一以作鑒,恒輔善而佑仁。" 相傳:遞相傳授。《史記·魏其武安侯列傳》:"天下者,高祖天下,父子相傳,此漢之約也,上何以得擅傳梁王!"蘇軾《安樂山木葉如道士籙符》:"天師化去知何處?玉印相傳世共珍。" 莫二:沒有第二個。《後漢書·桓帝紀》:"永樂太后親尊莫二,冀又遏絕,禁還京師,使朕離母子之愛,隔顧復之恩。"《宋書·徐爰傳》:"封吴平縣子,食邑五百户,寵待隆密,群臣莫二。"敬慎:恭敬謹慎。《詩·大雅·抑》:"敬慎威儀,維民之則。"《文心雕龍·頌贊》:"原夫頌惟典雅,辭必清鑠,敷寫似賦,而不入華侈之區;敬慎如銘,而異乎規戒之域。" 底綏:安定,平定。《晉書·武帝紀》:"底綏四國,用保天休。"獨孤及《賀袁傪破賊表》:"非陛下之齊聖格

天,文思柔遠,豈能底綏盜亂,如此其速?"　組:絲帶。《書·禹貢》:
"厥篚玄纁璣組。"孔傳:"組,綬類。"司馬光《走索》:"繫組不厭長,縛
竿不厭高。"　約:總要,綱要。《商君書·修權》:"凡賞者,文也。刑
者,武也。文武者,法之約也。"《漢書·禮樂志》:"靁震震,電燿燿。
明德鄉,治本約。"顏師古注:"約讀曰要。"　操持:握持,掌握。《漢
書·蘇武傳》:"〔蘇武〕杖漢節牧羊,臥起操持,節旄盡落。"裴鉶《傳
奇·曾季衡》:"季衡曰:'此物雖非珍異,但貴其名如意,願長在玉手
操持耳!'"

⑬　經制:治國的制度。賈誼《治安策》:"豈如今定經制,令君君
臣臣上下有差,父子六親各得其宜,奸人亡所幾幸,而群臣衆信,上不
疑惑!"范仲淹《泰州張侯祠堂頌》:"我公雄傑,經制楚越。"　繅藉:繫
玉器的紺帛和承托玉器的墊物。梅堯臣《陌上二女》:"阿姊金盛珠,
阿妹繅籍圭。吹香襲行路,豈獨下蔡迷!"《宋史·禮志》:"皇帝搢大
圭執鎮圭詣上帝神位前,北向奠鎮圭於繅藉。"　相維:相連。《周
禮·夏官·職方氏》:"凡邦國小大相維。"鄭玄注:"相維,聯也。"《新
唐書·崔植傳》:"君明臣忠,聖賢相維,治致升平,固其宜也。"　備
物:備辦各種器物。《易·繫辭》:"備物致用,立成器以爲天下利,莫
大乎聖人。"孔穎達疏:"謂備天下之物,招致天下所用,建立成就天下
之器以爲天下之利。"《國語·楚語》:"夫神以精明臨民者也,故求備
物,不求豐大。"　周:朝代名,姬姓,公元前十一世紀武王滅商建周,
都城鎬京(今陝西西安),史稱西周。公元前七七一年,犬戎攻破鎬
京,周幽王被殺,次年周平王東遷洛邑(今河南洛陽),史稱東周,公元
前二五六年爲秦所滅,西周與東周共歷三十四王,八百多年。顏真卿
《中散大夫京兆尹漢陽郡太守贈太子少保鮮于公神道碑銘》:"公諱
向,字仲通,以字行,漁陽人也。其先出於殷太師,周武王封於朝鮮。"
周曇《三代門·武王》:"文王寢膳武王隨,内豎言安色始怡。七載豈
堪囚羑里?一夫爲報亦何疑!"　垂衣:謂定衣服之制,示天下以禮,

後用以稱頌帝王無爲而治。徐陵《勸進元帝表》:"無爲稱於華烏,至治表於垂衣。"高適《古歌行》:"天子垂衣方晏如,廟堂拱手無餘議。"舜:人名,五帝之一,傳説中我國父系氏族社會後期部落聯盟的賢明首領,姚姓,有虞氏,名重華,史稱虞舜或舜,相傳受堯禪讓,後禪位於禹,死在蒼梧。李賀《苦篁調嘯引》:"二十三管咸相隨,唯留一管人間吹。無德不能得此管,此管沈埋虞舜祠。"鮑溶《懷仙二首》一:"昆崙九層臺,臺上宮城峻。西母持地圖,東來獻虞舜。"

⑭ 有命:天命所歸之人,古代稱天子。《書•伊訓》:"於其子孫弗率,皇天降災,假手於我有命。"孔穎達疏:"天不能自誅於桀,故借手於我有命之人,謂成湯也。"《書•咸有一德》:"皇天不保,監于萬方,啓迪有命。"孔傳:"有天命者開道之。" 桐葉而封唐:事見《史記•晉世家》:"武王崩,成王立。唐有亂,周公誅滅唐。成王與叔虞戲,削桐葉爲珪,以與叔虞曰:'以此封若!'史佚因請擇日立叔虞,成王曰:'吾與之戲耳!'史佚曰:'天子無戲言! 言則史書之,禮成之,樂歌之。'於是遂封叔虞於唐,唐在河汾之東,方百里,故曰唐叔虞。"李隆基《過晉陽宮》:"緬想封唐處,實惟建國初。俯察伊晉野,仰觀乃參虛。"蘇頲《奉和聖製過晉陽宮應制》:"緬慕封唐道,追惟歸沛魂。詔書感先義,典禮巡舊藩。" 提象:謂人君觀天象而立法治國。《左傳•昭公十七年》:"鳳鳥氏,歷正也。"孔穎達疏:"《河紀》云:'堯即政七十年,鳳皇止庭。伯禹拜曰:昔帝軒提象,鳳巢阿閣。'"《舊唐書•禮儀志》:"永徽二年敕曰:'上玄幽贊,處崇高而不言;皇王提象,代神功而理物。'" 握機:掌握天下的權柄。《後漢書•祭祀志》:"昔在帝堯,聰明密微,讓與舜庶,後裔握機。"《文選•王融〈三月三日曲水詩序〉》:"我大齊之握機創歷,誕命建家,接禮貳宮,考庸太室。"吕延濟注:"握機,執天下之柄也。" 土行:即"土德",五德之一,古以五行相生相剋附會王朝命運,謂土勝者爲得土德。《史記•五帝本紀》:"〔軒轅〕有土德之瑞,故號黃帝。"司馬貞索隱:"炎帝火,黃帝以土代之。"

《唐大詔令集·開元玉牒文》:"有唐天子臣隆基敢昭告于昊天上帝:天啟李氏,運興土德。"

　⑮豈惟:亦作"豈唯",難道衹是,何止。《左傳·襄公二年》:"吾子之請,諸侯之福也,豈唯寡君賴之。"《新唐書·突厥傳》:"誠能復兩渠之饒,誘農夫趣耕,擇險要,繕城壘,屯田蓄力,河隴可復,豈唯自守而已。"　歷代:以往各代。《書序》:"夏、商、周之書……歷代寶之,以爲大訓。"杜甫《奉送魏六丈佑少府之交廣》:"子孫不振耀,歷代皆有之。"　瑞:古代用作符信的玉。《左傳·哀公十四年》:"司馬請瑞焉!以命其徒攻桓氏。"杜預注:"瑞,符節,以發兵。"《文選·范雲〈贈張徐州稷〉》:"軒蓋照墟落,傳瑞生光輝。"李善注引鄭玄曰:"瑞,節信也。"受命:受天之命,古帝王自稱受命於天,目的在於鞏固其統治。《史記·日者列傳》:"自古受命而王,王者之興何嘗不以卜筮決於天命哉!"蘇軾《策別十八》:"昔周之興,文王、武王之國,不過百里。當其受命,四方之君長,交至於其廷,軍旅四出,以征伐不義之諸侯,而未嘗患無財。"　符信:符節印章等信物的統稱。班固《白虎通·瑞贄》:"舜始即位,見四方諸侯合符信。"《後漢書·袁安傳》:"安乃劾景擅發邊兵,驚惑吏人,二千石不待符信而輒承景檄,當伏誅。"

　⑯圭:古代帝王諸侯朝聘、祭祀、喪葬等舉行隆重儀式時所用的玉製禮器。長條形,上尖下方,其名稱、大小因爵位及用途不同而異。《儀禮·聘禮》:"所以朝天子,圭與繅皆九寸,剡上寸半,厚半寸,博三寸。"鄭玄注:"圭,所執以爲瑞節也,剡上象天圓地方也……九寸,上公之圭也。"賈公彥疏:"凡圭,天子鎮圭,公桓圭,侯信圭,皆博三寸,厚半寸,剡上左右各寸半,唯長短依命數不同。"段成式《西陽雜俎·禮異》:"古者安平用璧,興事用圭,成功用璋,邊戎用珩。"　百志:各種志意。《書·大禹謨》:"任賢勿貳,去邪勿疑,疑謀勿成,百志惟熙。"孔穎達疏:"如是,則百種志意惟益廣也。"《禮記·大傳》:"庶民安故財用足,財用足故百志成。"鄭玄注:"百志,人之志意所欲也。"

鎮:古代稱一地區内最大最重要的名山,主山。《周禮·夏官·職方氏》:"其山鎮曰會稽。"孫詒讓正義:"注云'鎮,名山安地德者也'者,《廣雅·釋詁》云:'鎮,安也。'《大司樂》'四鎮'注云:'四鎮,山之重大者。'《書·舜典》'封十有二山'僞孔傳云:'每州之名山殊大者,以爲其州之鎮。'此九州九山,亦並當州重大之山以鎮安地域者,故尊之曰鎮也。"韓愈《謁衡嶽廟遂宿嶽寺題門樓》:"五嶽祭秩皆三公,四方環鎮嵩當中。" 萬物:統指宇宙間的一切事物。《易·乾》:"大哉乾元,萬物資始。"杜甫《哀江頭》:"憶昔霓旌下南苑,苑中萬物生顏色。" 三復:即"三復白圭"。《論語·先進》:"南容三復白圭,孔子以其兄之子妻之。"何晏集解引孔安國曰:"《詩》云:'白圭之玷,尚可磨也;斯言之玷,不可爲也。'南容讀詩至此,三反覆之,是其心慎言也。"後因以"三復白圭"謂慎於言行。駱賓王《夏日游德州贈高四》:"一諾黄金信,三復白圭心。" 道德:社會意識形態之一,是人們共同生活及其行爲的準則和規範。《韓非子·五蠹》:"上古競于道德,中世逐於智謀,當今爭於氣力。"《後漢書·種岱傳》:"臣聞仁義興則道德昌,道德昌則政化明,政化明而萬姓寧。" 馨:比喻可流傳廣遠的德行、聲譽。《晉書·苻堅載記》:"開庠序之美,弘儒教之風,化盛隆周,垂馨千祀。"韓愈《唐故江南西道觀察使太原王公神道碑銘》:"孰播其馨?孰發其明?"

⑰ 道:道德,道義。《左傳·桓公六年》:"所謂道,忠於民而信於神也。"《孟子·公孫丑》:"得道者多助,失道者寡助。" 本:事物的根基或主體。《論語·學而》:"君子務本。"《漢書·叔孫通傳》:"太子天下本,本壹搖天下震動,奈何以天下戲!" 形:形象,面貌。《書·説命》:"乃審厥象,俾以形旁求於天下。"《荀子·非相》:"故相形不如論心,論心不如擇術。" 無名:道家稱天地未形成時的狀態爲"無名"。《老子》:"道可道,非常道。名可名,非常名。無名天地之始,有名萬物之母。"王弼注:"凡有皆始於無,故未形無名之時,則爲萬物之始。"

道家謂質樸自然、玄默無爲之“道”爲“無名之樸”。《老子》：“道常無爲而無不爲，侯王若能守之，萬物將自化。化而欲作，吾將鎮之以無名之樸。鎮之以無名之樸，夫亦將無欲，無欲以靜，天下將自定。”逍遙：優遊自得，安閑自在。《莊子·逍遙遊》：“彷徨乎無爲其側，逍遙乎寢臥其下。”成玄英疏：“逍遙，自得之稱。”《後漢書·梁鴻傳》：“聊逍搖兮遨嬉，纘仲尼兮周流。”　大庭：外朝之廷。《逸周書·大匡》：“王乃召冢卿、三老、三吏、大夫百執事之人，朝於大庭。”朱右曾校釋：“庭當作廷，大廷，外朝之廷，在庫門内雉門外。”《韓非子·解老》：“故議於大庭而後言則立，權議之士知之矣！”

［編年］

　　未見《年譜》編年本文。《編年箋注》編年：“此《賦》題下注：‘以王者端拱四維鎮寧爲韵，依次用。’疑撰於元和十五年(八二〇)穆宗即位以後。”《年譜新編》編年理由與《編年箋注》同，結論是：“疑元和十五年或稍後作。”

　　我們以爲，一、在元稹的仕歷中，憲宗朝曾經以左拾遺、監察御史的身份參與朝會，但時間極爲短暫，而且由於官職卑微，朝列時離開帝皇較遠，不可能看清帝皇手中鎮圭上的山川圖案。而真正與憲宗面對面奏事的機會祇有一次，那就是《酬翰林白學士代書一百韵》中提及的“予元和元年任拾遺，八月十三日延英對，九月十三貶授河南尉”之事，但當時急於回答皇上的詢問，想來無暇顧及皇帝手中的鎮圭。二、祇有在穆宗朝，元稹“京官”時間最長，前後有二十九個月，有機會長時間觀察鎮圭，本文應該賦寫於元稹在穆宗朝任職京官期間。三、本文賦寫的主要對象是鎮圭，這是皇帝上朝時隨身携帶之物。一般朝臣上朝之時，都遠離皇帝低頭恭立，連皇帝的外貌也難以看清，更不要説祇有“十有二寸”的鎮圭了。而本文對鎮圭描寫細緻入微，非近距離長時間觀察才能看清。元稹《酬樂天待漏入閣見贈（時樂天爲中書舍人,予在翰林學士)》"密視樞機草,偷瞻咫尺顏。恩垂天語近,對久漏聲閑"描寫的就是這種情景。而據我們考證,元稹《酬樂天待漏入閣見贈》應該撰成於長慶元年三月,而二月十六日,元稹剛剛"一日之中,三加新命",成爲中書舍人、翰林承旨學士,故能"密視樞機草,偷瞻咫尺顏",其中也自然包括細細端詳寸步不離皇帝的鎮圭。

四、本文有"意秋月之壓雲端"之句,應該撰成於長慶元年的秋天。據《舊唐書·穆宗紀》:"(長慶元年)秋七月乙未朔……壬子,群臣上尊號曰文武孝德皇帝。是日,上受冊於宣政殿,禮畢,御丹鳳樓,大赦天下。"據干支推算,"壬子"是七月十八日,喜慶的氣氛洋溢在朝野內外,自然也在元稹的本文中情不自禁地流露出來。但好景不長,兩天以後,噩耗傳來,《舊唐書·穆宗紀》:"(長慶元年七月)甲寅,幽州監軍使奏:'今月十日軍亂,囚節度使張弘靖別館,害判官韋雍、張宗元、崔仲卿、鄭塤,軍人取朱滔子洄爲留後。'"聽到這樣令人泄氣的消息,我們推測元稹不僅沒有這種歡快的心情,也沒有了吟詩作賦的時間。據此,我們以爲本文具體撰成的時日,應該在七月上中旬,地點在長安,元稹時任中書舍人、翰林承旨學士之職。

◎ 進西北邊圖經狀[①]

《京西京北圖經》四卷。

右,臣今月二日進《京西京北圖》一面,山川險易,細大無遺[②]。猶慮幅尺高低,閱覽有煩於睿鑒;屋壁施設,俯仰頗勞於聖躬[③]。尋於古今圖籍之中,纂撰《京西京北圖經》,共成四卷。所冀袵席之上,欹枕而郡邑可觀;游幸之時,倚馬而山川盡在[④]。

又太和公主下嫁,伏恐聖慮念其道途[(一)],臣今具錄天德城巳北、到回鶻衙帳巳來食宿井泉，附於《圖經》之内。并別寫一本，與《圖經序》謹同封進。其《圖經》四卷^(二)，隨狀進呈⑤。

録自《元氏長慶集》卷三五

［校記］

（一）伏恐聖慮念其道途：楊本、叢刊本同，《英華》、《全文》作"伏恐聖慮念其道遠"，各備一説，不改。

（二）其《圖經》四卷：原本作"其《圖》四卷"，楊本、叢刊本、《英華》、《全文》同，據文題及上文補。

［箋注］

① 狀：文體名，向皇帝、上司陳述意見或事實的文書，有奏狀、訴狀、供狀。元稹《叙詩寄樂天書》："旋以狀聞天子曰：'某邑將某，能遏亂，亂衆寧附，願爲帥。'名爲衆情，其實逼詐，因而可之者又十八九。"白居易《論元稹第三狀（監察御史元稹貶江陵府士曹參軍）》："臣内察事情，外聽衆議，元稹左降不可者三……"

② 山川：山嶽、江河。《易·坎》："天險，不可升也；地險，山川丘陵也：王公設險以守其國。"沈佺期《興慶池侍宴應制》："漢家城闕疑天上，秦地山川似鏡中。"　險易：險阻與平坦。《史記·樗里子甘茂列傳》："自殽塞及至鬼谷，其地形險易皆明知之。"沈括《夢溪筆談·權智》："山川道路，形勢險易，無不備載。"　無遺：没有脱漏或遺留。《管子·版法解》："是故明君兼愛而親之……如此則衆親上鄉意，從事勝任矣！故曰兼愛無遺，是謂君心。"王讜《唐語林·方正》："明年，懿宗崩。京兆尹薛逢毁之（佛骨）無遺。"

③ 幅尺：泛指尺度、分寸。《朱子語類》卷一〇一："朱公掞文字

有幅尺,是見得明也。"牟巘《唐棣詩序》:"又聞作詩之暇,舐筆和墨,留意於畫。嘗作二圖,可丈餘,幅尺殊廣,而巖崖草樹,心目俱到,有非年少初學所能辦。" 高低:高高低低,或高或低。許渾《金陵懷古》:"松楸遠近千官塚,禾黍高低六代宮。"楊侃《皇畿賦》:"屈曲溝畎,高低稻畦。" 閱覽:看文字、看圖表等。杜牧《上周相公書》:"輒敢獻上,以備閱覽,少希鑑悉苦心,即爲至幸。"《宋史·盧多遜傳》:"太祖好讀書,每取書史館,多遜預戒吏令白己,知所取書,必通夕閱覽,及太祖問書中事,多遜應答無滯。" 睿鑒:御覽,聖鑒。劉禹錫《虁州謝上表》:"伏惟文武考德皇帝陛下,垂衣穆清,睿鑒旁達。三統交泰,百神降祥。"王定保《唐摭言·主司失意》:"伏乞陛下特開睿鑒,俯察愚衷。" 屋壁:房屋的墙壁。《漢書·王莽傳》:"桃湯赭鞭鞭灑屋壁。"元稹《翰林學士承旨記》:"昔魯共王餘畫先賢於屋壁以自警。"俯仰:低頭和抬頭。《墨子·魯問》:"大王俯仰而思之。"韓愈《岳陽樓別竇司直》:"星河盡涵泳,俯仰迷下上。" 聖躬:猶聖體,臣下稱皇帝的身體,亦代指皇帝。袁宏《後漢紀·順帝紀》:"恐左右忠孝,不欲屢勞聖躬,以爲親耕可廢。"李上交《近事會元·改岳山名》:"唐肅宗上元中,聖躬不康。"

④ 圖籍:地圖和户籍。《荀子·榮辱》:"循法則、度量、刑辟、圖籍,不知其義,謹守其所,慎不敢損益也。"楊倞注:"圖謂模寫土地之形,籍謂書其户口之數也。"文瑩《玉壺清話》卷七:"上顧俶曰:'朕固不欲爾,蓋跋扈之惡勢不可已,卿能自惜一方,以圖籍歸朝,不血於刃,乃爲嘉也。'" 纂撰:編輯撰述。元稹《故金紫光禄大夫檢校司徒兼太子少傅贈太保鄭國公食邑三千户嚴公行狀》:"其間親承講貫,子孫不得而聞者,往往漏略,恐他人纂撰,益復脱遺。感念曩懷,遂書行實。"文同《試秘書省校書郎趙君墓誌銘》:"事先生胡瑗,授諸經。鉤探摘抉,造詣深隱。纂譔辭語,精簡渾重,瑗獨常稱之。" 袵席:泛指卧席。《韓詩外傳》卷二:"(樊)姬曰:'妾得侍於王,執巾櫛,振袵席,

十有一年矣！"李德裕《蚍蜉賦序》："此郡多蚍蜉，余所居臨流，實繁其類。或聚於袵席，或入於盤盂，終日厭苦，而不知可禦之術。"　攲：通"倚"，倚靠，斜靠。杜甫《重題鄭氏東亭》："崩石攲山樹，清漣曳水衣。"劉禹錫《和宣武令狐相公郡齋對新竹》："攲枕閑看知自適，含毫朗詠與誰同？"　郡邑：府縣。張九齡《登荆州城樓》："古往山川在，今來郡邑殊。"元稹《茅舍》："牧民未及久，郡邑紛如化。"　遊幸：指帝王或后妃出遊。韋應物《温泉行》："北風慘慘投温泉，忽憶先皇遊幸年。身騎廄馬引天仗，直入華清列御前。"羅鄴《宮中二首》一："芳草長含玉輦塵，君王遊幸此中頻。今朝別有承恩處，鸚鵡飛來説似人。"　倚馬：靠在馬身上。劉義慶《世説新語·文學》："桓宣武北征，袁虎時從，被責免官。會須露布文，喚袁倚馬前令作。手不輟筆，俄得七紙，絕可觀。"崔融《西征軍行遇風》："坐覺威靈遠，行看氛祲息。愚臣何以報？？倚馬申微力。"

　　⑤　太和公主：唐憲宗第十女，唐穆宗之妹，下嫁回鶻崇德可汗，會昌三年來歸。《舊唐書·穆宗紀》："(長慶元年)五月丙申朔……癸亥……皇妹太和公主出降迴紇登羅骨没施合毗伽可汗，甲子，命金吾大將軍胡証充送公主入迴紇使，兼册可汗，又以太府卿李鋭爲入迴紇婚禮使……七月乙未朔……辛酉，太和長公主發赴迴紇，上以半仗御通化門臨送，群臣班於章敬寺前。"《舊唐書·迴紇傳》："長慶元年，毗伽保義可汗薨，輟朝三日，仍令諸司三品已上官就鴻臚寺吊其使者。四月，正衙册迴鶻君長爲登羅羽録没密施句主録毗伽可汗，以少府監裴通爲檢校左散騎常侍兼御史大夫，持節册立，兼吊祭使。五月，迴鶻宰相、都督、公主、摩尼等五百七十三人入朝迎公主，於鴻臚寺安置。敕：太和公主出降迴鶻爲可敦，宜令中書舍人王起赴鴻臚寺宣示；以左金吾衛大將軍胡証檢校户部尚書，持節充送公主入迴鶻及册可汗使；光禄卿李憲加兼御史中丞，充副使；太常博士殷侑改殿中侍御史，充判官。吐蕃犯青塞堡，以迴紇和親故也。鹽州刺史李文悦發

兵擊退之，迴鶻奏：'以一萬騎出北庭，一萬騎出安西，拓吐蕃以迎太和公主歸國。'其月敕：'太和公主出降迴紇，宜特置府，其官屬宜視親王例。'迴鶻自咸安公主歿後，屢歸款請繼前好，久未之許。至元和末，其請彌切，憲宗以北虜有勛勞於王室，又西戎比歲爲邊患，遂許以妻之。既許而憲宗崩，穆宗即位，逾年乃封第十妹爲太和公主，將出降。迴紇登邏骨没密施合毗伽可汗遣使伊難珠、句録都督思結並外宰相、駙馬、梅録司馬兼公主一人、葉護公主一人及達干並駞馬千餘來迎。太和公主發赴迴紇國，穆宗御通化門左介臨送，使百寮章敬寺前立班，儀衛甚盛，士女傾城觀焉！"王建《太和公主和蕃》："塞黑雲黄欲渡河，風沙眯眼雪相和。琵琶泪濕行聲小，斷得人腸不在多。"楊巨源《送太和公主和蕃》："蘆井尋沙到，花門度磧看。薰風一萬里，來處是長安。" 下嫁：謂帝王之女出嫁。《詩·召南·何彼穠矣序》："雖則王姬，亦下嫁於諸侯。"《新唐書·同安公主傳》："同安公主，高祖同母媦也，下嫁隋州刺史王裕。" 聖慮：帝王的思慮或憂念。《三國志·樓玄傳》："今海内未定，天下多事，事無大小，皆當關聞，動經御坐，勞損聖慮。"張固《幽閑鼓吹》："宣宗視遠郡謝上表，左右曰：'不足煩聖慮也。'" 天德城：即天德軍，《元和郡縣志·豐州》："天德軍，本安北都護，貞觀二十一年於今西受降城東北四十里置燕然都護，以瀚海等六都督、臯蘭等七州並隷焉！"《舊唐書·文宗紀》："會昌元年⋯⋯八月，迴鶻烏介可汗遣使告難，言本國爲黠戛斯所攻，故可汗死，今部人推爲可汗。緣本國破散，今奉太和公主南投大國。時烏介至塞上，大首領嗢没斯與赤心宰相相攻，殺赤心，率其部下數千帳近西域，天德防禦使田牟以聞。烏介又令其相頡於迦斯上表，借天德城以安公主，仍乞糧儲牛羊供給。"《新唐書·李德裕傳》："會嗢没斯殺赤心以降，赤心兵潰，於是回鶻勢窮，數丐羊馬，欲藉兵復故地，又願假天德城以舍公主。" 回鶻：即回紇，古代民族名兼國名，爲袁紇後裔，初受突厥統轄，唐天寶三年滅突厥後建立可汗政權，貞元四年改稱回鶻，開成五年被黠戛斯所滅，餘衆分三支西遷：一遷吐魯番盆地，稱高昌回鶻或西州回鶻；一遷葱嶺西楚河畔，稱葱嶺西回鶻；一遷河西走廊，稱河西回鶻，後改稱畏吾兒(即今維吾爾)，也叫回回，信仰伊斯蘭教。權德輿《送張閣老中丞持節册吊回鶻》："金章玉節鳴騶遠，白草黄雲出塞寒。欲散別離唯有醉，暫煩賓從駐征鞍。"顧非熊《送于中丞入回鶻》："風沙萬里行，邊色看雙旌。去展中華禮，將安外國情。""回鶻"亦稱"廻鶻"，古代文獻中常常混用。戎昱《聽杜山人彈胡笳歌》："南看漢月雙眼明，却顧胡兒寸心死。迴鶻數年收洛陽，洛陽士女皆驅將。"白居易《河陽石尚書破迴鶻迎貴主過上黨射鷺　繪畫爲圖猥蒙見示稱歎不足以詩美之》："塞北虜郊隨手破，山東賊壘掉鞭收。烏孫公主歸秦地，白馬將軍入潞州。"　井泉：水井。《禮記·月令》："天子命有司，祈祀四海、大川、名源、淵澤、井泉。"張籍《送流人》："擁雪添軍壘，收冰當井泉。"

[編年]

　　《年譜》大段引録本文以及"又太和公主下嫁"數句之後，又引録《舊唐書·穆宗紀》："(長慶元年五月癸亥)……皇妹太和公主出降迴紇登羅骨没施合毗伽可汗。"然後作出"《京西京北圖》、《京西京北圖經》等"，"當在五六月間"撰成的結論。《編年箋注》根據《舊唐書·穆宗紀》事關太和公主的三條記載，認爲："推知此《狀》撰於長慶元年(八二一)七月初。"《年譜新編》大段引録本文之後，又引録《舊唐書·穆宗紀》："(長慶元年五月癸亥)……皇妹太和公主出降迴紇登羅骨没施合毗伽可汗……(七月)辛酉，太和長公主發赴迴紇。"然後認爲："元稹進呈當在五六月間。"

　　我們以爲，本文當撰成於長慶元年七月，但不是《編年箋注》所認爲的"七月初"，而應該在唐穆宗生日，亦即七月六日之後，同月二十九日"太和長公主發赴迴紇"之前。我們的證據即由元稹自己提供：

本文:"臣今月二日進《京西京北圖》一面,山川險易,細大無遺。猶慮幅尺高低,閱覽有煩於睿鑒;屋壁施設,俯仰頗勞於聖躬。尋於古今圖籍之中,纂撰《京西京北圖經》,共成四卷。"明言本文撰成於《京西京北圖狀》之後,而《京西京北圖狀》撰成於長慶元年七月初二或稍前一日,其後即是唐穆宗的生日慶典,無論是元稹還是唐穆宗,都在爲此忙碌。衹有到生日慶典忙完之後,元稹才有時間繼續細工慢活繪製"天德城巳北、到回鶻衙帳巳來食宿井泉",供即將於七月二十九日遠赴回鶻和親的太和公主及其隨行人員使用,同時也使關心太和公主行蹤的唐穆宗預覽。我們以爲,本文即應該在七月中旬完成,地點在長安,元稹時任中書舍人翰林承旨學士之職。因此,《年譜》《年譜新編》認爲本文撰於"五六月間"的意見是錯誤的結論,因爲"五六月間"撰成的本文竟然出現了"七月初"才完成的"《京西京北圖》"篇名,豈非咄咄怪事? 而《編年箋注》認爲本文當撰於"七月初"的意見同樣是不可取的,理由上面已經闡述,此不重複。

■ 京西京北圖經四卷^{(一)①}

見《元氏長慶集·進西北邊圖經狀》

[校記]

(一)京西京北圖經四卷:本佚失之文所據元稹《進西北邊圖狀》,見楊本、叢刊本、《英華》《玉海》,不見異文。

[箋注]

① 京西京北圖經四卷:元稹《進西北邊圖經狀》:"《京西京北圖經》四卷。右,臣今月二日進《京西京北圖》一面,山川險易,細大無

遺。猶慮幅尺高低，閱覽有煩於睿鑒；屋壁施設，俯仰頗勞於聖躬。尋於古今圖籍之中，纂撰《京西京北圖經》，共成四卷。”今存元稹詩文不見“《京西京北圖經》四卷”，據補。　　京西：長安之西。姚係《京西遇舊識兼送往隴西》：“蟬鳴一何急！日暮秋風樹。即此不勝愁，隴陰人更去。”李涉《奉使京西》：“盧龍已復兩河平，烽火樓邊處處耕。何事書生走羸馬？原州城下又添兵。”　　京北：長安之北。劉禹錫《送工部蕭郎中刑部李郎中並以本官兼中丞分命充京西京北覆糧使》：“霜簡映金章，相輝同舍郎。天威巡虎落，星使出駕行。”李琪《奉試詔用拓拔思恭爲京北收復都統》：“人自日邊來。此處金門遠，何時玉輦回？早平關右賊，莫待詔書催。”　　圖經：附有圖畫、地圖的書籍或地理志。王建《題酸棗縣蔡中郎碑》：“不向圖經中舊見，無人知是蔡邕碑。”周密《齊東野語·徐漢玉》：“行至來賓縣，得圖經，視之，唐嚴州也。”

［編年］

　　未見《元稹集》、《編年箋注》採録與編年。《年譜》、《年譜新編》編年於長慶元年“佚文”欄内。《年譜》遺漏“圖經序”，很不應該；《年譜新編》又將“圖經”與“序”混在一起，作爲一篇處理也是不合適的。

　　據元稹《進西北邊圖經狀》所述，《進西北邊圖經狀》當撰成於長慶元年七月，但不是《編年箋注》所認爲的“七月初”，而應該在唐穆宗生日，亦即七月六日之後，同月二十九日“太和長公主發赴迴紇”之前，這一時間段已經與“七月初”有所不同。我們的證據即由元稹自己提供：“臣今月二日進《京西京北圖》一面，山川險易，細大無遺。猶慮幅尺高低，閱覽有煩於睿鑒；屋壁施設，俯仰頗勞於聖躬。尋於古今圖籍之中，纂撰《京西京北圖經》，共成四卷。”明言《進西北邊圖經狀》撰成於《京西京北圖狀》之後，而《京西京北圖狀》撰成於長慶元年七月初二或稍前一日，其後即是唐穆宗的生日慶典，無論是元稹還是唐穆宗，都在爲此忙碌。祇有到生日慶典忙完之後，元稹才有時間繼續細工慢活繪製"天德城已北、到回鶻衙帳已來食宿井泉",供即將於七月二十九日遠赴回鶻和親的太和公主及其隨行人員使用,同時也使關心太和公主行蹤的唐穆宗預覽。我們以爲,本圖經即應該在七月中旬完成,完成於《進西北邊圖經狀》稍前,地點在長安,元稹時任中書舍人翰林承旨學士之職。因此,《年譜》、《年譜新編》認爲本文撰於"五六月間"的意見是錯誤的結論,因爲"五六月間"撰成的本文竟然出現了"七月初"才完成的"《京西京北圖》"篇名,豈非咄咄怪事?而《編年箋注》認爲本文當撰於"七月初"的意見,與"七月中旬"的意見並不相同,同樣也是不可取的。元稹時任中書舍人、翰林承旨學士,地點自然在長安。

■ 京西京北圖經別本^{(一)①}

見《元氏長慶集·進西北邊圖經狀》

[校記]

(一)京西京北圖經別本:本佚失之文所據元稹《進西北邊圖狀》,見楊本、叢刊本、《英華》、《玉海》,不見異文。

[箋注]

① 京西京北圖經別本:元稹《進西北邊圖經狀》:"又太和公主下嫁,伏恐聖慮念其道途,臣今具録天德城已北、到回鶻衙帳已來食宿井泉,附於《圖經》之内。并別寫一本,與《圖經序》謹同封進。"今存元稹詩文集不見"別本",據補。 別本:副本。《南史·劉孝綽傳》:"又寫別本封至東宮,昭明太子命焚之。"劉義慶《世説新語·文學》:"初,注《莊子》者數十家,莫能究其旨要。向秀於舊注外爲解義,妙析奇

致,大暢玄風,唯《秋水》、《至樂》二篇未竟而秀卒。秀子幼,義遂零落,然猶有別本。"同書的另一種版本,本文應該指另一種版本。董逌《廣川書跋》卷六:"《黄庭經》別本,此當時唐人得舊本摹入石者,時見筆意與常見二本及今秘閣所存異甚。"

[編年]

不見《元稹集》採録,也不見《年譜》、《編年箋注》、《年譜新編》採録與編年。

我們以爲,此"別本"應該與《京西京北圖經四卷》同時完成,但具體時間應該在《京西京北圖經四卷》完成之後,亦即長慶元年七月中旬之時。

■ 圖經序^{(一)①}

見《元氏長慶集‧進西北邊圖經狀》

[校記]

(一) 圖經序:本佚失之文所據元稹《進西北邊圖狀》,見楊本、叢刊本、《英華》、《玉海》,不見異文。

[箋注]

① 圖經序:元稹《進西北邊圖經狀》:"又太和公主下嫁,伏恐聖慮念其道途,臣今具録天德城已北、到回鶻衙帳已來食宿井泉,附於《圖經》之内。并別寫一本,與《圖經序》謹同封進。"今存元稹詩文不見事關圖經之序,據補。　序:同"叙",文體名稱,亦稱"序文"、"序言",一般是作者陳述作品的主旨、著作的經過等。杜牧《注孫子序》:

"兵者,刑也。刑者,政事也。爲夫子之徒,實仲由、冉有之事也……"
孫樵《露臺遺基賦并序》:"武皇郊天明年,作望仙臺於城之南。農事
方殷,而興土工,且有糜於縣官也。樵東過驪山,得露臺遺基,遂作賦
以諷之。"

[編年]

不見《元稹集》採録,也未見《年譜》、《編年箋注》、《年譜新編》採
録與編年。

我們以爲,此"圖經序"應該與《京西京北圖經四卷》同時完成,但
具體時間應該在《京西京北圖經四卷》完成之後,亦即長慶元年七月
中旬之時。

◎ ● 册文武孝德皇帝赦文

(按《唐書》,長慶元年作)^{(一)①}

門下^(二):昔我高祖、太宗化隋爲唐,奄宅區夏,包舉四
海,全付子孫,其事何哉^(三)? 彼昏盈而我勞劬也^{(四)②}! 明皇
承之,能大其業,六戎八蠻,罔不貢奉。由是庶尹弛政,庶吏
弛刑。視人不勤,視盜不謹^(五)。燕寇勃起,洞無藩籬。六十
有七年,兵革大試^(六)。其事何哉^(七)? 據逸安而易萌
漸也^{(八)③}。

逮我聖父,勤身披攘,斬斷誅除,天下略定。曾是幽冀,
賜予懷來^(九),荷賴景靈,丕訓不墜,環歲之內,二方平寧^④。
粵余何功? 時帝之力。而卿大夫猥以大號^(一〇),加予眇
身^(一一),讓於四三,益甚其請。皇太后始聞其事,歡然慰心,

慈旨下臨,臣誠上迫,祇受典禮^(一二),懍乎予懷⑤。尚念昔者七十二君,莫不升中慶成,自以爲堯舜莫己若也。然而不爲堯舜之行者,來代無傳焉⑥!

　　朕嘗推是爲心,不欲名浮於實。今卿大夫謂我爲文武孝德矣!其將何道以匡予?予其業業兢兢^(一三),日慎一日,慕陶堯虞舜之行以自勉,思文祖憲考之道以自勖^(一四)。予苟不思,無忘納誨⑦。於戲!溢美之名,既不克讓;及物之澤^(一五),又何愛焉^(一六)!可大赦天下^(一七)⑧!

　　自長慶元年七月十八日昧爽已前,罪無輕重,咸赦除之。惟故殺人并官典犯贓,不在此限。應左降官及流人未經量移者,宜與量移近處。有左降官流人本因犯贓得罪者,宜依今年正月三日制處分⑨。京畿諸縣及度支鹽鐵戶部負欠^(一八),各疏理放免有差。應經戰陣之處所在州縣,收瘞遺骸,仍量事與槽櫝,兼以禮致祭⑩。李師道、吳元濟自絕於天,並從誅滅^(一九)。念其祖父嘗事先朝,墳墓所在,並不得令人擅有毀廢⑪。

　　愛人本於省賦,雖在必輕^(二〇),國用出於地財,又安可闕?今淮蔡并山東率三十餘州,約數千里,頒賜或逾於鉅萬,給復有至於連年。應河南北等州給復限滿處置^(二一),宜委所在長吏審詳墾田,并親見定數^(二二),均輸稅賦,兼濟公私⑫。每定稅詑,具所增加申奏^(二三)。其諸道定戶,宜委觀察使、刺史必加審實,務使均平,京兆府亦宜准此⑬。

　　其百司職田在京畿諸縣者,訪聞本地多被所由侵隱,抑令貧戶佃食蒿荒。百姓流亡,半在於此,宜委京兆府勘會均配,務使公平。其京兆府百姓屬諸軍諸使者^(二四),宜令各具挾名,敕下京兆府⑭。一戶之內,除已屬軍屬使⁽²⁵⁾,餘父兄子弟,據令式年幾合入色役者,並令京兆府明立籍簿,普同百姓⁽²⁶⁾,一例差遣。頻年已有制敕處分,委京兆府舉明舊章條件聞奏⁽²⁷⁾⑮。

刑獄所繫,理道最切。如聞比來多有稽滯,一拘圄圖,動變炎涼。自今以後,宜令御史臺切加訪察。每季差御史巡囚,事涉情故,或斷結不當,有失政刑,具事由聞奏⁽²⁸⁾。其天下州縣,並委御史臺并出使郎官、御史兼諸道巡院切加察訪⑯。近邊所置和糴,皆給實價。如聞頃來積弊頗甚,美利盡歸於主掌,善價不及于村閭,或虛招以奉於強家,或廣僦用資於游客。若不嚴約,弊何可除?宜委度支精擇京西京北應供軍糧及和糴院官并營田水陸運使⁽²⁹⁾,切加訪察,仍作條疏檢轄,速具奏聞⑰。應停諸道年終勾,并不許刺史上使,并錄事參軍不得擅離本州,委御史臺切加糾舉⑱。

內外文武見任并致仕官,賜官爵有差。神策六軍金吾威遠皇城將士,普恩之外,各賜勳三轉。大長公主、長公主⁽³⁰⁾、嗣王、郡主、縣主,神策六軍金吾威遠皇城等諸軍將士統軍以下兼將士等⁽³¹⁾、長行立仗及守本軍本營者,各賜物有差⑲。鴻臚禮賓院應在城內蕃客等,並節級賜物。陰山貴女、來迓天孫,會王明庭,克觀盛典⁽³²⁾,念吾妹之將遠,於禮賓而宜加,其迴紇公主別有賜物⑳。

攝侍中讀寶戶部侍郎平章事杜元穎、讀冊官中書侍郎平章事崔植⁽³³⁾,各加一階。撰冊文官,與一子正員官⁽³⁴⁾。奉冊奉寶綬書玉冊書寶官,各加兩階。進寶綬進冊中進中嚴外辦禮習儀贊導押冊押寶綬舁寶冊官,各加一階⁽³⁵⁾。其餘應職掌行事官，并寫制書官，太常修撰儀注禮官，并内定行事中使，三品已上各賜爵一級，四品已下加一階^(三六)，仍並賜勛兩轉。鎸造玉册并填金字造寶裝寶官等^(三七)，各賜五十段㉑。尊師重傳，有國常經，李逢吉、韋綬、薛放^(三八)、丁公著等，普恩之外各加一階。如已至三品四品者，賜爵一級㉒。天下百姓九十已上者，委所在長吏量加存問^(三九)。孝子順孫、義夫節婦先以旌表者，亦量加優恤。五岳四瀆、名山大川并自古聖帝明王、忠臣烈士，各令所在以禮致祭㉓。

　　　　分別録自《元氏長慶集》卷四〇、《唐大詔令集》卷一〇

［校記］

（一）册文武孝德皇帝赦文：楊本、叢刊本同，《英華》作"文武孝德皇帝册尊號赦書(長慶元年)"，《唐大詔令集》、《全文》作"長慶元年册尊號赦"，《淵鑑類函》作"文武孝德皇帝册尊號詔"，《文章辨體彙選》作"文武孝德皇帝册尊號赦文"，《册府元龜》没有標明題目，《全唐文補編》作"長慶元年册尊號赦"，均録以備考，不改。

（二）門下：原本無，《唐大詔令集》、《册府元龜》、《淵鑑類函》、《全文》同，據楊本、叢刊本、盧校、《英華》、《文章辨體彙選》補。

（三）其事何哉：楊本、叢刊本、《英華》、《唐大詔令集》同，《册府元龜》、《淵鑑類函》、《文章辨體彙選》、《全文》作"其何事哉"，各備一説，不改。

（四）彼昏盈而我勞劬也：楊本、叢刊本、《英華》、《唐大詔令集》、《文章辨體彙選》、《全文》同，《淵鑑類函》作"彼昏盈而我勞敬也"，《册府元龜》作"彼昏盈而我勤勞也"，各備一説，不改。

（五）視盗不謹：楊本、叢刊本、《唐大詔令集》、《全文》同，《册府元龜》作"視道不謹"，《英華》、《文章辨體彙選》、《淵鑑類函》作"視神

不謹”,各備一説,不改。

（六）兵革大試：楊本、叢刊本、《唐大詔令集》、《册府元龜》、《全文》同,《英華》、《文章辨體彙選》作“兵革大熾”,《淵鑑類函》無“六十有七年,兵革大試”兩句,各備一説,不改。

（七）其事何哉：楊本、叢刊本、《英華》、《唐大詔令集》同,《册府元龜》、《淵鑑類函》、《文章辨體彙選》、《全文》作“其何事哉”,各備一説,不改。

（八）據逸安而易萌漸也：楊本、叢刊本、《英華》、《淵鑑類函》、《文章辨體彙選》同,《册府元龜》、《全文》作“據安逸而易萌漸也”,《唐大詔令集》作“據易安而怠漸萌也”,各備一説,不改。

（九）賜予懷來：叢刊本、宋浙本、《唐大詔令集》、《英華》、《册府元龜》、《淵鑑類函》、《文章辨體彙選》、《全文》同,楊本作“賜子懷來”,録以備考,不改。

（一○）而卿大夫猥以大號：叢刊本、《唐大詔令集》、《英華》、《册府元龜》、《文章辨體彙選》、《淵鑑類函》、《全文》同,楊本作“而卿大夫猥以火號”,録以備考,不改。

（一一）加予眇身：楊本、叢刊本、《唐大詔令集》、《册府元龜》、《全文》同,《英華》、《文章辨體彙選》、《淵鑑類函》作“加於眇身”,各備一説,不改。

（一二）祇受典禮：楊本、叢刊本、《唐大詔令集》、《册府元龜》、《全文》同,《英華》、《文章辨體彙選》、《淵鑑類函》作“祇受大禮”,各備一説,不改。

（一三）予其業業兢兢：楊本、叢刊本、《唐大詔令集》、《英華》、《册府元龜》、《文章辨體彙選》、《淵鑑類函》同,《全文》作“予其兢兢業業”,各備一説,不改。

（一四）思文祖憲考之道以自勗：楊本、叢刊本同,《唐大詔令集》、《英華》、《册府元龜》、《淵鑑類函》、《文章辨體彙選》、《全文》作

"思文武憲章之道以自勤",各備一説,不改。

(一五)及物之澤:楊本、叢刊本、《英華》、《淵鑑類函》、《文章辨體彙選》同,《唐大詔令集》、《册府元龜》、《全文》作"潤物之澤",各備一説,不改。

(一六)又何愛焉:楊本、叢刊本同,《唐大詔令集》、《英華》、《册府元龜》、《文章辨體彙選》、《淵鑑類函》、《全文》作"夫何愛焉",各備一説,不改。

(一七)可大赦天下:此句以下,《元氏長慶集》卷四○無,楊本、叢刊本、《英華》、《文章辨體彙選》、《淵鑑類函》也無,據《唐大詔令集》、《册府元龜》、《全文》補,共五百十二字,此下以《唐大詔令集》爲底本,特此説明。由於本文的特殊情況,故文題前以"◎ ●"標識,不同於其他詩文篇目的標識,特此説明。

(一八)京畿諸縣及度支鹽鐵户部負欠:《全文》同,《册府元龜》作"京畿諸縣度支鹽鐵户部欠負",各備一説,不改。

(一九)並從誅滅:《册府元龜》同,《全文》作"並從誅戮",各備一説,不改。

(二○)雖在必輕:《全文》同,《册府元龜》作"雖必在輕",各備一説,不改。

(二一)應河南北等州給復限滿處置:原本作"應河北等州給復限滿處置",《全文》同,李師道跋扈黄河之北,而吴元濟盤踞黄河之南,所謂"淮蔡并山東率三十餘州,約數千里",故據《册府元龜》補。

(二二)并親見定數:原本作"并桑見定數",語義不通,《册府元龜》作"开桑見定數","开"應該是"并"之刊誤,據《全文》改。

(二三)具所增加申奏:《册府元龜》同,《全文》作"所增加申奏",各備一説,不改。

(二四)其京兆府百姓屬諸軍諸使者:原本作"其京兆百姓屬諸軍諸使者",《全文》同,據《册府元龜》補。

（二五）除已屬軍屬使：原本作"除已屬軍使"，《全文》同，據《冊府元龜》補。

（二六）普同百姓：《全文》同，《冊府元龜》作"並同百姓"，各備一説，不改。

（二七）委京兆府舉明舊章條件聞奏：《全文》同，《冊府元龜》作"委京兆府舉舊章條聞奏"，各備一説，不改。

（二八）具事由聞奏：《冊府元龜》同，《全文》作"具事由奏聞"，各備一説，不改。

（二九）宜委度支精擇京西京北應供軍粮及和糴院官并營田水陸運使：原本作"宜委度支精擇京西京北應供粮軍并和糴院官并營田水陸運使"，《全文》同，據《冊府元龜》乙改。

（三〇）長公主：原本作"公主"，《全文》同，據《冊府元龜》補。

（三一）神策六軍金吾威遠皇城等諸軍將士統軍以下并將士等：原本作"神策六軍金吾威遠皇城等諸軍將士統軍以下兼將士等"，《全文》同，據《冊府元龜》改。

（三二）克觀盛典：《冊府元龜》同，《全文》作"克勸盛典"，兩字語義相通，錄以備考，不改。

（三三）讀冊官中書侍郎平章事崔植：原本作"中書侍郎平章事崔植"，《全文》同，據《冊府元龜》補。

（三四）與一子正員官：《冊府元龜》同，《全文》作"與一子正員"，各備一説，不改。

（三五）各加一階：《冊府元龜》同，《全文》作"各加一級"，各備一説，不改。

（三六）四品已下加一階：《冊府元龜》同，《全文》作"四品已下加二階"，錄以備考，不改。

（三七）鐫造玉冊并填金字造寶裝寶官等：原本作"鐫造玉冊并填金事造寶裝寶官等"，《全文》作"鐫造玉冊并填墳金字造寶裝寶官等”,據《册府元龜》改。

（三八）薛放：原本作“薛倣”,《全文》同,據《册府元龜》、《舊唐書·薛放傳》改。

（三九）委所在長吏量加存問：原本作“委所在長吏量加存恤”,《全文》同,據《册府元龜》改。

［箋注］

① 册：古代帝王用於册立、封贈的詔書。《晉書·明穆庾皇后傳》：“明帝即位,立爲皇后,册曰：‘……是以追述先志,不替舊命,使使持節兼太尉授皇后璽綬。’”《新唐書·百官志》：“臨軒册命,則讀册。”　文武孝德皇帝：即以群臣名義給唐穆宗李桓上的尊號。《舊唐書·穆宗紀》：“（長慶元年）秋七月乙未朔……壬子,群臣上尊號曰文武孝德皇帝。是日上受册於宣政殿,禮畢,御丹鳳樓,大赦天下。”劉禹錫《夔州謝上表》：“伏惟文武孝德皇帝陛下,垂衣穆清,叡鑑旁達,三統交泰,百神降祥,浹宇華夷,盡致仁壽……長慶二年正月五日。”赦文：即“赦令”,舊時君主時逢國慶等大典而發佈的减免罪刑或賦役、加爵衆官、晉升百僚的命令。《史記·越王句踐世家》：“楚王大怒曰：‘寡人雖不德耳！奈何以朱公之子故而施惠乎！’令論殺朱公子,明日遂下赦令。”秦觀《財用》：“數因赦令而弛逋負,大出廩廥以振乏絶。”

② 化隋爲唐：通過武力,把隋朝楊家的天下變成唐朝李家的天下。韓愈《請遷玄宗廟議》：“高祖神堯皇帝創業經始,化隋爲唐,義同周之文王；太宗文皇帝神武應期,造有區夏,義同周之武王。”周必大《撰經筵故事·淳熙四年三月十五日進》：“臣觀唐太宗年甫弱冠,從高祖起義,師於晉陽,擒充戮竇,化隋爲唐,大小數十戰,皆躬履行陣,所當者破,所攻者滅,弧矢之威,震於華夷。”　奄宅：撫定,謂統治。陸機《答賈謐》：“赫矣隆晉,奄宅率土。”王禹偁《杜伏威傳贊并序》：

"唐公義旗,奄宅京邑。"　區夏:諸夏之地,指華夏、中國。《書·康誥》:"用肇造我區夏。"孔傳:"始爲政於我區域諸夏。"賈至《燕歌行》:"我唐區夏餘十紀,軍容武備赫萬祀。"　包舉:猶言全部佔有。賈誼《過秦論》:"有席捲天下,包舉宇内,囊括四海之意。"《史記·秦始皇本紀》:"秦孝公據殽函之固,擁雍州之地,君臣固守而窺周室,有席捲天下包舉宇内囊括四海之志、并吞八荒之心。"　四海:猶言天下,全國各處。蘇頲《奉和聖製過晉陽宮應制》:"立極萬邦推,登庸四海尊。慶膺神武帝,業付皇曾孫。"胡雄《儀坤廟樂章》:"送文迎武遞參差,一始一終光聖儀。四海生人歌有慶,千齡孝享肅無虧。"　子孫:兒子和孫子,泛指後代。李頎《贈蘇明府》:"不復有家室,悠悠人世中。子孫皆老死,相識悲轉蓬。"劉長卿《自都陽還道中寄褚徵君》:"愛君清川口,弄月時欋唱。白首無子孫,一生自疏曠。"　昏盈:義同"昏逸",昏亂逸樂。《北齊書·王晞傳》:"及文宣昏逸,常山王數諫,帝疑王假辭於晞,欲加大辟。"又義同"昏庸",糊塗而愚蠢。蘇軾《思子臺賦》:"吾築臺以寄哀,信同名而齊實;彼昏庸者固不足告也,吾將以爲明王之龜策。"　勞劬:勞苦,勞累。沈亞之《祭故室姚氏文》:"纜繶帷之撫臆,非彷徨於故居。惟靈魂之昭昭,省余心之勞劬。"蘇轍《堂成》:"築室三年,堂成可居。我初不知,諸子勞劬。"

③ 明皇:唐玄宗李隆基謚至道大聖大明孝皇帝,後世詩文多稱爲明皇。韋應物《送褚校書歸舊山歌》:"握珠不返泉,匣玉不歸山。明皇重士亦如此,忽怪褚生何得還?"元稹《和李校書新題樂府十二首·法曲》:"作之宗廟見艱難,作之軍旅傳糟粕。明皇度曲多新態,宛轉侵淫易沈著。"　大:擴大,光大。《陳書·周弘正傳》:"庶改澆競之俗,以大吳國之風。"柳宗元《故溫縣主簿韓君墓誌》:"嗣以文行,大其家業。"　業:基業,功業。《易·繫辭》:"盛德大業,至矣哉!"孔穎達疏:"於行謂之德,於事謂之業。"《孟子·梁惠王》:"君子創業垂統,爲可繼也。"　六戎:我國古代西方戎族之六部。《周禮·夏官·職方

氏》："五戎六狄。"鄭玄注引《爾雅》曰："九夷、八蠻、六戎、五狄，謂之
四海。"邢昺疏："《風俗通》云：'斬伐殺生，不得其中。戎者凶也，其類
有六。'李巡云：'一曰僥夷，二曰戎央，三曰老白，四曰耆羌，五曰鼻
息，六曰天剛。'"後用以爲西方民族之通稱。《漢故穀城長蕩陰令張
君表頌》："南苞八蠻，西羈六戎，北震五狄，東勤九夷。"《敦煌曲子
詞·望江南》："曹公德爲國託西關，六戎盡來作百姓。壓壇河隴定羌
渾，雄名遠近聞。" 八蠻：古謂南方的八蠻國。《周禮·夏官·職
方》："辨其邦國、都、鄙、四夷、八蠻、七閩、九貉、五戎、六狄之人民。"
《禮記·王制》："南方曰蠻。"孔穎達疏引《爾雅》李巡注云："一曰天
竺，二曰咳首，三曰僬僥，四曰跛踵，五曰穿胸，六曰儋耳，七曰狗軹，
八曰旁春。"後以泛指外族。王維《故右豹韜衛長史任君神道碑》："授
鉞以董八蠻，可傳首於魏闕。"蘇軾《司馬溫公神道碑》："中國知之可
也，九夷八蠻，何自知之？" 貢奉：獻物給朝廷。《後漢書·班超傳》：
"今西域諸國，自日之所入，莫不向化，大小欣欣，貢奉不絶。"《新五代
史·盧文紀傳》："自唐衰，天子微弱，諸侯强盛，貢奉不至。" 庶尹：
衆官之長。《書·益稷》："百獸率舞，庶尹允諧。"孔傳："尹，正也，衆
正官之長。"蔡沈集傳："庶尹者，衆百官府之長也。"指百官。《文選·
陸機〈辨亡論〉上》："庶尹盡規於上，四民展業於下。"吕延濟注："庶
尹，百官也。" 弛政：除去苛政。《禮記·樂記》："庶民弛政，庶士倍
禄。"鄭玄注："弛政，去其紂時苛政也。" 弛刑：指弛刑徒。《漢書·
宣帝紀》："西羌反，發三輔，中都官徒弛刑，及應募佽飛射士……詣金
城。"顔師古注："李奇曰：'弛，廢也，謂若今徒解鉗釱赭衣，置任輸作
也。'……弛刑，李說是也，若今徒囚但不枷鎖而責保散役之耳！"袁宏
《後漢紀·章帝紀》："上以幹爲假司馬，將弛刑及從千人詣超。" 不
勤：不勤勞，不勞苦。《論語·微子》："四體不勤，五穀不分，孰爲夫
子？"《管子·大匡》："有土之君不勤於兵，不忌於辱，不輔其過，則社
稷安。" 不謹：不敬慎，不小心。《管子·侈靡》："使人君不安者屬際

也,不可不謹也。"《舊唐書·柳宗元劉禹錫傳論》:"蹈道不謹,昵比小人。" 燕寇:盤踞在燕地河北一帶的安禄山、史思明叛亂藩鎮,曾經一度攻陷洛陽與長安,迫使李唐皇帝李隆基出逃至成都。元稹《和李校書新題樂府十二首·立部伎》:"明年十月燕寇來,九廟千門虜塵涴。"白居易《江南遇天寶樂叟》:"歡娛未足燕寇至,弓勁馬肥胡語喧。豳土人遷避夷狄,鼎湖龍去哭軒轅。" 藩籬:邊界,屏障。賈誼《過秦論》:"乃使蒙恬北築長城而守藩籬。"張端義《貴耳集》卷下:"江南是兩浙之藩籬。" 六十有七年:自安史之亂爆發的天寶十四載(755)至本文撰寫的長慶元年(821),時間已經過去了六十七年。元稹《授劉總守司徒兼侍中天平軍節度使制》:"況朕志先定,臣誠素通。偃七十年之干戈,垂千萬代之竹帛,非我獨斷,安能遽行?"所言"七十年",與本文"六十有七年"表述的實際含義相同。 兵革:指戰爭。《詩·鄭風·野有蔓草序》:"君之澤不下流,民窮於兵革。"《陳書·虞寄傳》:"且兵革已後,民皆厭亂。" 逸安:即"安逸",安閑舒適。《莊子·至樂》:"所苦者,身不得安逸,口不得厚味,形不得美服,目不得好色,耳不得音聲。"袁宏《後漢紀·明帝紀》:"君静於上,臣順於下。大化潛通,天下交泰。群臣安逸,自求多福。" 萌:比喻事情剛剛顯露的發展趨勢或開端。《韓非子·説林》:"聖人見微以知萌,見端以知末。"干寶《搜神記》卷六:"是時王莽爲大司馬,害上之萌,自此始矣!"

④ 聖父:對太上皇的尊稱,這裏指唐憲宗李純。元稹《幽州平告太廟祝文》:"幽燕狼顧,齊趙虎視。割據封壤,傳序孫子。不貢不覲,自卒自始。聖父披攘,霆駭波委。擒滅斬除,如運支指。冀方獨迷,再伐再已。"《宋史·樂志》:"既尊聖父,亦燕壽母。" 勤身:勞苦其身,謂努力於職事以致身體勞苦。《國語·晉語》:"文子勤身以定諸侯,至於今是賴。"司馬光《請建儲副或進用宗室第一狀》:"事無大小,關於祖宗者,未嘗不勤身苦體,小心翼翼,以奉承之。" 披攘:猶披靡。《文選·曹植〈責躬詩〉》:"朱旗所拂,九土披攘,玄化滂流,荒服

來王。"呂向注："披攘，猶披靡也。"杜牧《郡齋獨酌》："腥膻一掃灑，凶狠皆披攘。"　斬斷：砍斷，切斷。《荀子·正論》："捶笞臏腳，斬斷枯磔。"杜甫《後苦寒行二首》二："天兵斬斷青海戎，殺氣南行動坤軸。"誅除：誅滅。《後漢書·臧洪傳》："以此誅除國賊，爲天下唱義，不亦宜乎！"葛洪《抱朴子·道意》："第五公誅除妖道，而既壽且貴。"　略定：猶稍定。《後漢書·李通傳》："時天下略定，通思欲避榮寵，以病上書乞身。"《周書·漢王贊傳》："及諸方略定，又轉太師。"　"曾是幽冀"兩句：據史籍記載，從元和十五年十月至長慶元年七月，幽、冀兩地跋扈數十年的藩鎮先後歸順李唐，李唐政局出現空前向好的局面。《舊唐書·穆宗紀》："（元和十五年）冬十月庚午朔……成德軍節度使王承宗卒，其弟承元上表請朝廷命帥，遣起居舍人柏耆宣慰之……乙酉，以魏博等州節度觀察等使、光祿大夫、檢校司徒、兼侍中、魏博大都督府長史、上柱國、沂國公、食邑三千戶、實封三百戶田弘正可檢校司徒、兼中書令、鎮州大都督府長史、成德軍節度、鎮冀深趙等州觀察處置等使。以鎮冀深趙等觀察度支使、朝議郎、試金吾左衛冑曹參軍、兼監察御史王承元可銀青光祿大夫、檢校工部尚書、使持節滑州諸軍事、守滑州刺史、御史大夫，充義成軍節度、鄭滑等州觀察等使。以昭義節度使、檢校尚書左僕射、同中書門下平章事李愬可本官，爲魏州大都督府長史，充魏博等州節度、觀察等使。以義成軍節度使劉悟依前檢校右僕射、兼潞州大都督府長史，充昭義節度澤潞邢洺磁等州觀察等使。以左金吾將軍田布爲檢校左散騎常侍、兼懷州刺史、御史大夫，充河陽三城懷孟節度使。"《舊唐書·穆宗紀》："（長慶元年）二月戊辰朔……己卯，幽州節度使劉總奏請去位落髮爲僧，又請分割幽州所管郡縣爲三道，請支三軍賞設錢一百萬貫……三月丁酉朔……劉總進馬一萬五千匹。甲辰，鄭滑節度使王承元祖母晉國太夫人李氏來朝，既見上，令朝太后於南內……癸丑，以幽州盧龍軍節度副大使、知節度事、押奚契丹兩蕃經略等使、檢校司空、同中書門下平章事楚國公劉總可檢校司徒、兼侍中、天平軍節度、鄆曹濮等州觀察等使。以宣武軍節度使、檢校右僕射、同平章事張弘靖爲檢校司空、同平章事、兼幽州大都督府長史，充幽州盧龍軍節度使。從劉總所奏故也。"崔顥《贈輕車》："悠悠遠行歸，經春涉長道。幽冀桑始青，洛陽鹽欲老。"蕭穎士《登宜城故城賦》："方神武之君臨，尚未遑於戢兵；警山戎之外虞，重燕代之專征。罄帑藏之實，窮干甲之精。陸臨幽冀，水填滄溟。" 懷來：亦作"懷徠"，招來。陸賈《新語‧道基》："附遠寧近，懷來萬邦。"《後漢書‧李善傳》："以愛惠爲政，懷來異俗。" 荷賴：倚賴。《晉書‧盧志傳》："四海之人，莫不荷賴。"張九齡《叙懷二首》一："志合豈兄弟？道行無賤貧。孤根亦何賴！感激此爲鄰。" 景靈：即"明靈"，聖明神靈。《文選‧揚雄〈趙充國頌〉》："明靈惟宣，戎有先零。"李周翰注："聖明神靈，惟我宣帝。"亦指聖明的神靈。《新唐書‧長孫無忌傳》："朕憑明靈之祐，賢佐之力，克翦多難，清宇内。" 丕訓：重大的訓導。韓愈《順宗實錄》："朕奉若丕訓，憲章前式。"元稹《授李絳檢校右僕射兼兵部尚書制》："予小子銘鏤丕訓，夙夜求思。" 不墜：不辱。《國語‧晉語》："知禮可使，敬不墜命。"猶不失。《北齊書‧李渾傳》："〔梁武帝〕謂之曰：'伯陽之後，久而彌盛。趙李人物，今實居多。常侍曾經將領，今復充使，文武不墜，良屬斯人。'" 環歲：周歲，滿一年。元稹《夏陽縣令陸翰妻河南元氏墓誌銘》："或未環歲，或未浹時，而五命自天。"胡宿《答簽判張監丞謝及第啟》："契闊清言，忽成環歲之別。" 平寧：猶安定，安寧。元稹《處分幽州德音》："四十年間，海内滋殖，風俗謹樸，君臣平寧，人無事端。"杜荀鶴《亂後逢村叟》："因供寨木無桑柘，爲點鄉兵絶子孫。還似平寧徵賦税，未嘗州縣略安存。"

⑤ 粤：助詞，用於句首表示審慎的語氣。《史記‧周本紀》："我南望三塗，北望嶽鄙，顧詹有河，粤詹雒伊，毋遠天室。"張守節正義："粤者，審慎之辭也。"《漢書‧翟義傳》："粤其聞日，宗室之俊有四百

人，民獻儀九萬夫，予敬以終於此謀繼嗣圖功。"顏師古注："粵，發語辭也。"　卿大夫：卿和大夫，後借指高級官員。《國語·魯語》："卿大夫朝考其職，晝講其庶政。"《史記·汲鄭列傳》："至黯七世，世爲卿大夫。"　大號：國號，帝號。《陳書·高祖紀》："大同之末，邊政不修，李賁狂迷，竊我交愛，敢稱大號，驕恣甚於尉他。"劉知幾《史通·本紀》："夫位終北面，一概人臣，儻追加大號，止入傳限。"　眇身：猶言微末之身，封建帝后自謙之詞。《漢書·武帝紀》："朕以眇身承至尊，兢兢焉惟德菲薄，不明於禮樂，故用事八神。"《北齊書·神武帝紀》："以朕眇身，遇王武略，不勞尺刃，坐爲天子。"　慈旨：仁惠的詔旨。《新唐書·劉洎傳》："陛下降慈旨，假柔顏，虛心聽納，猶恐群臣惴縮不敢進。"慈母的教誨。元稹《誨侄等書》："憶得初讀書時，感慈旨一言之嘆，遂志於學。"　祗受：恭敬地領受。元稹《荆浦授左清道率府率制》："初朕宅憂西朝，祗受丕訓。爾或執携金吾，清道前馬：或操總戈戟，立陛周廬。"白居易《李愬李愿薛平王潛馬總孔戣崔能李翱李文悅咸賜爵一級並迴授男同制》："宜疏爵以啓封，許推恩而及嗣。祗受厥命，永孚於休。"　典禮：指某些隆重儀式。白居易《與諸同年賀座主侍郎新拜太常同宴蕭尚書亭子（座主於蕭尚書下及第得群字韵）》："寵新卿典禮，會盛客徵文。不失遷鶯侶，因成賀燕群。"鄭損《藝堂》："堂開凍石千年翠，藝講秋膠百步威。揖讓未能忘典禮，英雄孰不慣戎衣。"　懍：嚴正貌。劉義慶《世説新語·輕詆》："桓公懍然作色……四坐既駭，袁亦失色。"庾信《哀江南賦》："鎮北之負譽矜前，風飆懍然。"

　　⑥ 七十二君：事見《史記·封禪書》："古者封泰山禪梁父者七十二家，而夷吾所記者十有二焉！"古以爲天地陰陽五行之成數爲七十二，亦用以表示數量多。《玉臺新詠·古樂府詩〈相逢狹路間〉》："入門時左顧，但見雙鴛鴦。鴛鴦七十二，羅列自成行。"李白《梁甫吟》："東下齊城七十二，指揮楚漢如旋蓬。"　升中：古帝王祭天上告成功。

《禮記・禮器》："是故因天事天,因地事地,因名山升中於天。"鄭玄注："升,上也。中,猶成也。謂巡守至於方獄,燔柴,祭天,告以諸侯之成功也。"後以"升中"指祭天。陸倕《石闕銘》："類帝禋宗,光有神器。升中以祀群望,攝袂而朝諸夏。"《舊唐書・裴守真傳》："況升中大事,華夷畢集,九服仰垂拱之安,百蠻懷率舞之慶。" 慶成:指古代皇帝祭祀、封禪之禮告畢。曾鞏《郊祀慶成詩進狀》："謹作五言《郊祀慶成詩》一首,凡一百二十字。"《宋史・真宗紀》："〔大中祥符〕二年春正月癸亥,以封禪慶成,賜宗室、輔臣襲衣、金帶、器幣。" 莫己若:不如自己。李光《讀易詳說》卷二:"自謂臣下舉莫己若,不復詢謀咨訪,則又上下隔絕,堂下千里,門庭萬里,而其禍有不可勝言者矣!"楊簡《楊氏易傳》卷五:"(君)徒以居崇高之位,爲勢位所轉移,謂天下莫己若,與奪自我,威福自我,自用自專,以夬決爲履,雖不失正危,屬也。"來代:後代,後世。李白《比干碑》："正直聰明,至今猛視。咨爾來代,爲臣不易。"范仲淹《上張右丞書》："使伊尹之心邈乎無傳,則賢賢相廢,來代以降,豈復有致君堯舜,覺天下之後覺者哉!" 無傳:沒有留傳,沒有傳播。韓愈《南山詩》："得非施斧斤,無乃假詛呪。鴻荒竟無傳,功大莫酬僦。"《新五代史・宦者傳贊》："國家興廢之際,豈無謀臣之略辯士之談?而文字不足以發之,遂使泯然無傳於後世。"

⑦ 名實:名譽與事功。《孟子・告子》："先名實者,爲人也;後名實者,自爲也。"朱熹集注:"名,聲譽也;實,事功也。"韓愈《賀冊尊號表》："衆美備具,名實相當,赫赫巍巍,超今冠古。" 匡:輔佐,輔助。《詩・小雅・六月》："王于出征,以匡王國。"馬瑞辰通釋:"匡者,助也。'以匡王國',猶云'以佐天子'也。"《周書・文帝紀》："及居官也,則書不甘食,夜不甘寢,思所以上匡人主,下安百姓。" 業業兢兢:猶兢兢業業,小心謹慎、認真負責貌。《後漢書・明帝紀贊》："顯宗丕承,業業兢兢。危心恭德,政察姦勝。"《舊唐書・懿宗紀》："業業兢兢,日慎一日。" 自勉:自己勉勵自己。《莊子・天運》："此皆自勉,

以役其德者也。”《北史・辛昂傳》：“若不事斯語，何以成名？各宜自勉，克成令譽。”　文祖：泛指太祖廟。《魏書・任城王雲傳》：“儲宮正統，受終文祖。群公相之，有何不可？”張説《贈華州刺史楊君碑》：“神龍初，中宗克復丕業，格于文祖。”本文指唐高祖李淵與唐太宗李世民。　憲考：即顯考，指亡父。韓愈《鄆州溪堂》：“及我憲考，一牧正之。”元稹《蕭俛等加勛制》：“惟朕憲考集大命於朕躬，宅憂昏逾，罔克攸濟。”本文指唐穆宗的父親唐憲宗李純。　自勖：義同“自勉”，自己勉勵自己。李白《金門答蘇秀才》：“折芳愧遙憶，永路當自勖。遠見故人心，平生以此足。”劉敞《寄阮二舉之楊十七彥文》：“書紳願自勖，雜佩非可酬。欲知相憶心，淮水清悠悠。”　納誨：進獻善言。《書・説命》：“命之曰，朝夕納誨，以輔台德。”孔傳：“言當納諫誨直辭，以輔我德。”蔡沈集傳：“朝夕納誨者，無時不進善言也。”元稹《蕭俛等加勛制》：“王功曰勛，兹用報汝。尚克納誨，毋忘協心。”

⑧　於戲：猶於乎，感歎詞。《禮記・大學》：“《詩》云：‘於戲！前王不忘。’君子賢其賢而親其親，小人樂其樂而利其利。”吴少微《哭富嘉謨》：“吾友適不死，於戲社稷臣！”　溢美：過分讚美。《莊子・人間世》：“夫兩喜必多溢美之言。”司空圖《釋怨》：“豈溢美而是競，忘撝謙而自愛。”　克讓：亦作“克攘”，能謙讓。《書・堯典》：“允恭克讓。”孔傳：“克，能。”孔穎達疏：“善能謙讓。”《孔子家語・六本》：“昔堯治天下之位，猶允恭以持之，克讓以接下。”　及物：謂恩及萬物。李翱《與淮南節度使書》：“翱自十五已後，即有志於仁義，見孔子之論高弟，未嘗不以及物爲首。”林逋《和運使陳學士遊靈隱寺寓懷》：“溫顏煦槁木，真性馴幽禽。所以仁惠政，及物一一深。”　大赦：对全国已判罪犯普遍赦免或减刑。《史記・秦始皇本紀》：“二世乃大赦天下，使章邯將，擊破周章軍而走。”《南史・宋紀》：“禮畢，備法駕，幸建康宫，臨太極前殿，大赦，改元。”

⑨　昧爽：拂曉，黎明。《書・牧誓》：“時甲子昧爽，王朝至於商郊

牧野。《孔子家語·五儀》:"昧爽夙興,正其衣冠。" 赦除:猶赦免。《後漢書·光武帝紀》:"自殊死以下,皆赦除之。"《陳書·高祖紀》:"夫罪無輕重,已發覺未發覺,在今昧爽以前,皆赦除之。" 官典:指低級官吏。張延師《請曲赦河北諸州疏》:"近緣軍機,調發傷重。家道悉破,或至逃亡。拆屋賣田,人不爲售。内顧生計,四壁皆空。重以官典侵漁,因事而起。取其髓腦,曾無愧心?"韓愈《論變鹽法事宜狀》:"臣今計此用錢已多,其餘官典及巡察手力所由等糧課,仍不在此數。通計所給,每歲不下十萬貫。" 犯贓:猶貪贓。《宋書·劉湛傳》:"〔湛〕爲人剛嚴用法,奸吏犯贓百錢以上,皆殺之,自下莫不震肅。"吳兢《貞觀政要·政體》:"在京流外有犯贓者,皆遣執奏,隨其所犯,置以重法。" 左降:貶官,多指京官降職到州郡。《晉書·王羲之傳》:"或可左降,令在疆塞極難之地。"白居易《舟中雨夜》:"船中有病客,左降向江州。" 流人:被流放的人。《莊子·徐無鬼》:"子不聞夫越之流人乎?去國數日,見其所知而喜。"葉適《故贈右諫議大夫龔公謚節肅議》:"蓋元符之末,建中靖國之初,既昭雪流人,生死蒙澤,天下望盡復元祐政事。" 量移:多指官吏因罪遠謫,遇赦酌情調遷近處任職。白居易《自題》:"一旦失恩先左降,三年隨例未量移。"《舊唐書·玄宗紀》:"〔開元二十年〕大赦天下,左降官量移近處。" 今年正月三日制:指長慶元年正月初三改元慶典的大赦天下的詔書《長慶元年正月南郊改元赦》,許多内容與本文相似,文長不錄。《舊唐書·穆宗紀》:"長慶元年正月己亥朔,上親薦獻太清宫、太廟。是日,法駕赴南郊。日抱珥,宰臣賀於前。辛丑,祀昊天上帝於圓丘,即日還宫,御丹鳳樓,大赦天下,改元長慶。内外文武及致仕官三品已上賜爵一級,四品已下加一階,陪位白身人賜勛兩轉,應緣大禮移仗宿衛御樓兵仗將士,普恩之外賜勛爵有差。仍准舊例,賜錢物二十萬四千九百六十端匹。禮畢,群臣於樓前稱賀。仗退,上朝太后於興慶宫。" 處分:處理,處置。《玉臺新詠·古詩〈爲焦仲卿妻作〉》:"處分適兄意,那得自任專！"元結《奏免科率狀》："容其見在百姓，產業稍成，逃亡歸復，似可存活，即請依常例處分。"

⑩京畿：國都及其行政官署所轄地區。潘勖《册魏公九錫文》："遂建許都，造我京畿，設官兆祀，不失舊物。"《北齊書·封述傳》："遷世宗大將軍府從事中郎，監京畿事。"　度支：官署名，魏晉始置，掌管全國的財政收支，長官爲度支尚書。權德輿《送崔端公赴度支江陵院三韵》："津亭風雪霽，斗酒留征棹。星傳指湘江，瑤琴多楚調。"楊巨源《胡二十拜户部兼判度支》："清機果被公材撓，雄拜知承聖主恩。廟略已調天府實，國征方覺地官尊。"　鹽鐵：其主官是鹽鐵使，古代官名，唐代中葉以後特置，以管理食鹽專賣爲主，兼掌銀銅鐵錫的采冶，爲握有財權的重要官職。《新唐書·食貨志》："自兵起，流庸未復，稅賦不足供費，鹽鐵使劉晏以爲因民所急而稅之，則國足用。"亦省稱"鹽鐵"。《宋史·職官志》："鹽鐵，掌天下山澤之貨、關市、河渠、軍器之事，以資邦國之用。"　户部：古代官署名，秦爲治粟内史，漢爲大司農，三國以後常置度支尚書及左民尚書，掌財用及户籍。隋設民部尚書，唐因之，高宗即位，爲避太宗李世民諱，改稱户部。爲六部之一，掌管全國土地、户籍、賦稅、財政收支等事務，長官爲户部尚書。趙謙光《答户部員外賀遂涉戲贈》："錦帳隨情設，金爐任意熏。惟愁員外署，不應列星文。"崔融《户部尚書崔公挽歌》："八座圖書委，三臺章奏盈。舉杯常有勸，曳履忽無聲。"　負欠：拖欠，虧欠。趙抃《奏狀乞下淮南路應人户買撲酒坊課利許令只納見錢》："近年真、揚、濠、泗等州酒户，破竭家產，陪納官錢，負欠積壓，須至閉罷不免。"周密《齊東野語·謝惠國坐亡》："於是區處家事，凡他人負欠文券一切焚之。"放免：釋放，赦免。《宋史·太祖紀》："〔開寶四年三月〕丙申，詔：廣南有買人男女爲奴婢轉傭利者，並放免。"豁免，免除。高承《事物紀原·放房錢》："〔大中祥符〕七年二月，詔：貧民住官舍者，遇冬正、寒食免僦直三日，此節日放免之始也。"　戰陣：交戰對陣。《後漢書·

吳漢傳》：“諸將見戰陣不利，或多惶懼，失其常度。”陣列，陣營。韓愈《南山詩》：“或屹若戰陣，或圍若搜狩。” 收瘞：收殮埋葬。《北史·魏静帝紀》：“辛未，以旱故，詔京邑及諸州郡縣收瘞骸骨。”曾鞏《越州趙公救灾記》：“凡死者，使在處隨收瘞之。” 遺骸：指棄置而暴露的尸體。《南齊書·武帝紀》：“京師二縣，或有久墳毀發，可隨宜掩埋。遺骸未櫬，并加斂瘞。”駱賓王《爲李總管祭趙郎將文》：“停疲駭於九原，悲來有地；痛遺骸於四野，泣下無從。” 槥櫝：小棺材，亦泛指棺材。《漢書·成帝紀》：“其爲水所流壓死，不能自葬，令郡國給槥櫝葬埋。”顔師古注：“槥櫝，謂小棺。”《新唐書·令狐楚傳》：“楚以新誅大臣，暴骸未收，怨沴感結，稱疾不出，乃請給衣衾槥櫝以斂刑骨，順陽氣。” 祭：祭奠，以儀式追悼死者。韓愈《送楊少尹序》：“古之所謂鄉先生没而可以祭於社者，其在斯人歟！”范仲淹《重修文正書院記》：“又與子遊學，道相表裏，豈若鄉先生没而祭於社者等乎？”

⑪ 李師道：據《舊唐書·李師道傳》，元和中期任“檢校工部尚書，兼鄆州大都督府長史，充平盧軍及淄青節度副大使，知節度事、管内支度營田觀察處置、陸運海運押新羅渤海兩蕃等使”，“（元和）十年，王師討蔡州，師道使賊燒河陰倉，斷建陵橋”，暗中幫助叛亂淮西的吳元濟對抗李唐朝廷。元和末年李唐軍隊討伐李師道之時，爲李師道部將劉悟所殺。李翱《疏絶進獻》：“今吳元濟、李師道皆梟斬矣！中原無虞，而蓄兵如故，以耗百姓，臣以爲非是也。”李德裕《宰相與李執方書》：“李師道兵鋒物力足以自强，猶悉獻吏員，請頒貢賦，管内鹽法，皆歸有司。” 吳元濟：據《舊唐書·吳元濟傳》，元和十年，吳元濟乘其父、淮西節度使吳少陽病故之際，擁兵自稱留後，對抗李唐王室，經過數年討伐，至元和十二年十月，爲“隨唐節度使李愬率師入蔡州，執吳元濟以獻”。吳筠《宗玄集原序》：“元和中，遊淮西，遇王師討蔡賊吳元濟。”韓愈《故幽州節度判官贈給事中清河張君墓誌銘》：“君出門，罵衆曰：‘汝何敢反？前日吳元濟斬東市，昨日李師道斬于軍中，

同惡者父母妻子皆屠死,肉餧狗鼠鴟鴉,汝何敢反?汝何敢反!'行且罵。" 自絕:自取絕滅。《書·西伯戡黎》:"非先王不相我後人,惟王淫戲用自絕。"《史記·淮南衡山列傳》:"故《孟子》曰:'紂貴爲天子,死曾不若匹夫。'是紂先自絕於天下久矣!非死之日而天下去之。" 誅滅:屠戮除滅。《戰國策·中山策》:"撫其恐懼,伐其憍慢,誅滅無道,以令諸侯,天下可定。"蘇轍《歷代論·祖逖》:"晉室之亂,非上無道而下怨叛也,由藩王爭權,自相誅滅,遂使戎狄乘釁,流毒中原耳!" 先朝:指先帝。《南史·袁粲傳》:"武帝詔曰:'袁粲、劉彦節並與先朝同獎宋室。'"蘇軾《縣榜》:"先朝值夷狄懷服,兵革寢息,而又體質恭儉,在位四十有二年。" 毀廢:毀棄,廢棄。酈道元《水經注·湍水》:"〔六門堨〕溉穰、新野、昆陽三縣五千餘頃,漢末毀廢,遂不修理。"張說《進渾儀表》:"有張衡、陸績、王蕃、錢樂之等,並造斯器,雖渾體有象,而不能運行,事非經久,旋即毀廢。"

⑫ 愛人:愛護百姓,友愛他人。《論語·學而》:"節用而愛人,使民以時。"《孟子·離婁》:"仁者愛人。" 省賦:減輕稅賦。陸贄《收河中後請罷兵狀》:"既往之失畢懲,莫大之幸咸宥,約之以省賦,誓之以息兵。"張九成《狀元策》:"臣聞唐太宗之說曰:民之所以爲盜者,由賦繁役重,官吏貪求,饑寒切身,故不暇顧廉恥。爾當去奢從儉,輕徭省賦,使民衣食有餘,則自不爲盜。" 頒賜:賞賜,分賞,舊時多指帝王將財物分賞給臣下。《周禮·天官·膳夫》:"凡肉修之頒賜,皆掌之。"《舊五代史·晉高祖紀》:"壬申,詔朝臣覲省父母,依天成例頒賜茶藥。" 給復:免除賦稅徭役。《晉書·武帝紀》:"〔咸寧元年〕二月,以將士應已娶者多,家有五女者給復。"《新唐書·高祖紀》:"丙寅,竇建德伏誅。丁卯,大赦,給復天下一年。" 處置:安排,處理。《漢書·薛宣傳》:"宣知惠不能,留彭城數日,案行舍中,處置什器,觀視園菜,終不問惠以吏事。"蘇軾《與王敏仲書八首》一:"某垂老投荒,無復生還之望,昨與長子邁訣,已處置後事矣!" 長吏:指州縣長官的

輔佐。《漢書‧百官公卿表》:"〔縣〕有丞、尉,秩四百石至二百石,是爲長吏。百石以下有斗食、佐史之秩,是爲少吏。"王維《送緝雲苗太守》:"手疏謝明王,腰章爲長吏。" 審詳:仔細審察。《後漢書‧郎顗傳》:"陛下宜審詳明堂布政之務,然後妖異可消,五緯順序矣!"葉適《應詔條奏六事》:"誠先明其意,則國之所是可斟酌而定,議論趨向可審詳而決,課功責效可歲月而待。" 墾田:已開墾的田地。《國語‧周語》:"道無列樹,墾田若藝。"《後漢書‧光武帝紀》:"詔下州郡檢覈墾田頃畝及戶口年紀。" 定數:計定數量。《荀子‧正名》:"此事之所以稽實定數也。"《後漢書‧律曆志》:"竹聲不可以度調,故作準以定數。" 均輸:漢武帝實行的一項經濟措施,在大司農屬下置均輸令、丞,統一徵收、買賣和運輸貨物。桓寬《鹽鐵論‧本議》:"往者郡國諸侯,各以其物貢輸,往來煩雜,物多苦惡,或不償其費;故郡國置輸官以相給運,而便遠方之貢,故曰均輸。"《史記‧平準書》:"桑弘羊爲大農丞,管諸會計事,稍稍置均輸以通貨物矣!"裴駰集解引孟康曰:"謂諸當所輸於官者,皆令輸其土地所饒,平其所在時價,官吏於他處賣之,輸者既便而官有利。" 稅賦:田賦。《韓詩外傳》卷一:"稅賦繁數,百姓困乏,耕桑失時。"《宋史‧食貨志》:"扶老携幼,遠來請佃,以田畝寬而稅賦輕也。" 兼濟:謂使天下民衆、萬物咸受惠益。《莊子‧列御寇》:"小夫之知,不離苞苴竿牘,敝精神乎蹇淺,而欲兼濟導物。"韓愈《爭臣論》:"自古聖人賢士,皆非有求於聞用也……得其道,不敢獨善其身,而必以兼濟天下也。"

⑬ 申奏:向帝王陳述或申請。《宋書‧孝武帝紀》:"自今百辟庶尹,下民賤隸,有懷誠抱志,擁鬱衡閽,失理負謗,未聞朝聽者,皆聽躬自申奏,小大以聞。"李德裕《賜回鶻可汗書意》:"近各得本道申奏,緣自聞回鶻破亡。" 審實:核實。葛洪《抱朴子‧辨問》:"令周孔委曲其采色,分別其物名,經列其多少,審實其有無,未必能盡知,況於遠此者乎!"劉知幾《史通‧直言》:"次有宋孝王《風俗傳》、王劭《齊志》,

其叙述當時，亦務在審實。"　均平：平衡，均匀。《周禮·地官·賈師》："賈師各掌其次之貨賄之治，辨其物而均平之，展其成而奠其賈，然後令市。"《後漢書·虞詡傳》："臺郎顯職，仕之通階。今或一郡七八，或一州無人。宜令均平，以厭天下之望。"吕巖《七言》二九："水火均平方是藥，陰陽差互不成丹。"　京兆府：漢代京畿的行政區域，爲三輔之一，在今陝西西安以東至華縣之間，下轄十二縣，後因以稱京都。亦省稱"京兆"。張説《萬泉縣主薛氏神道碑》："魂兮何歸？京兆之野。"高適《同崔員外綦毋拾遺九日宴京兆府李士曹》："今日好相見，群賢仍廢曹。晚晴催翰墨，秋興引風騷。"

⑭　百司：即百官。韓愈《論變鹽法事宜狀》："又宰相者，所以臨察百司，考其殿最。"王安石《上仁宗皇帝言事書》："公卿既得其人，因使推其類以聚於朝廷，則百司庶物，無不得其人也。"　職田：即"職分田"，古代按品級授予官吏作俸禄的公田。北魏太和九年（485）均田，地方官吏也按級分給公田，爲授職分田之始。隋時已有職分田之稱，以後歷代相沿，唯授田數量各有增減。職分田于解任時移交後任，不得買賣。官吏受田佃給農民耕種，收取地租。《隋書·食貨志》："京官又給職分田，一品者給田五頃，每品以五十畝爲差，至五品，則爲田三頃，六品二頃五十畝，其下每品以五十畝爲差，至九品爲一頃。外官亦各有職分田，又給公廨田，以供公用。"亦省稱"職田"。白居易《議百官職田策》："臣伏以職田者，職既不同，田亦異數。"高承《事物紀原·職田》："《孟子》曰：'卿已下必有圭田。'《禮·王制》曰：'圭田無征。'《周官》亦有大夫之采地，此職田之起也。晉有芻槀之田，後魏給公田，北齊自一品已下各有差。武德元年十二月制外官各給職分田，則職田之名，唐始有之也。"　所由：即"所由官"，猶言有關官吏，因事必經由其手，故稱。南朝至唐宋，常用此語。《梁書·高祖丁貴嬪傳》："婦人無閫外之事，賀及問訊箋什，所由官報聞而已。"《資治通鑑·唐敬宗寶曆二年》："丞相不應許所由官呫囁耳語。"胡三省注：

"京尹任煩劇,故唐人謂府縣官爲'所由官'。項安世《家說》曰:'今坊市公人謂之所由。'""所由"一詞,《資治通鑑》屢見,所指各異,胡三省皆隨文作注。唐人筆記、小說中亦常用此詞,有:"度支所由"、"虞候所由"、"軍停所由"、"幹事所由"、"鄉所由"等等,皆爲親事之官,而以指吏人者爲多。　侵隱:侵吞隱没。張嶸《沈伯逵爲失收侵隱總制司錢降一官制》:"爾司緡錢,乃使放散。若不舉法,惰吏曷懲,姑褫一官,尚思愍慎。"袁燮《朝請大夫贈宣奉大夫趙公墓誌銘》:"明年主管冲佑觀漕,復言公守岳妄費,詔湖北憲司究實,無一侵隱,可謂明白矣!"　貧户:窮困的民户。白居易《别州民》:"税重多貧户,農飢足旱田。唯留一湖水,與汝救凶年。"李中《寄左偓》:"貧户懶開元愛静,病身纔起便思吟。"　蒿荒:猶荒蕪。常衮《放京畿丁役及免税制》:"宜委中書門下與所由計會處置百官及府縣官職田,歲月深久,多被换易,縱有本主,皆是蒿荒,虚配户人,令出苗子,閭閻之内,其弊至深。"元稹《論當州朝邑等三縣代納夏陽韓城兩縣率錢狀》:"臣今因令百姓自通田地,落下兩縣蒿荒之外,並據見定頃畝,一例徵率。"　流亡:因在本鄉、本國不能存身而逃亡流落在外。《詩·大雅·召旻》:"瘨我饑饉,民卒流亡。"鄭玄箋:"病國中以饑饉,令民盡流移。"《新五代史·王周傳》:"涇州張彦澤爲政苛虐,民多流亡。"　勘會:審核議定。陸贄《貞元改元大赦制》:"京畿及近縣所欠百姓和糴價直,委度支即勘會支給。"葉夢得《石林燕語》卷四:"尚書省文字下六司諸路,例皆言'勘會'。曾魯公爲相,始改作'勘當',以其父名會,避之也。"　公平:公正而不偏袒。《管子·形勢解》:"天公平而無私,故美惡莫不覆;地公平而無私,故小大莫不載。"慕幽《劍客》:"殺人雖取次,爲事愛公平。"

⑮ "一户之内"七句:承接"其京兆府百姓屬諸軍諸使者"三句而來,意謂一户之内除了服役於節度使、觀察使之外的其餘父兄子弟,根據他們的各種情况,由京兆府建立籍簿,同其他百姓一樣管理差

遣,爲京兆府服役。　　令式:章程,程式。《北史·房暉遠傳》:"諸儒莫不推其通博,皆自以爲不能測也。尋奉詔預修令式。"陸贄《論嶺南請于安南置市舶中使狀》:"嶺南、安南莫非王土,中使、外使悉是王臣。若緣軍國所須,皆有令式恒制,人思奉職,孰敢闕供?"　　年幾:年紀,歲數。幾,通"紀"。劉孝威《擬古應教》:"美人年幾可十餘,含羞轉笑斂風裾。"王讜《唐語林》卷五引黃幡綽奏曰:"大家年幾不爲小,聖體又重,儻馬力既極,以至顛躓,天下何望?"　　色役:古時徭役之一,盛行於唐代,即由官府僉派人戶去各級品官和官衙擔任僕役的一種差役。王定保《唐摭言·海叙不遇》:"李常侍驚廉察江西,特與放鄉里之役,盲俗互有論列。驚判曰:'江西境内,凡爲詩得及濤者,即與放色役,不止一任濤耳!'"《新唐書·食貨志》:"王鍏爲戶口色役使,歲進錢百億萬緡。"　　籍簿:即簿籍,登記、書寫所用的册籍,如户口名簿、軍隊名册、賬簿等。《南齊書·虞玩之傳》:"上患民間欺巧,及即位,敕玩之與驍騎將軍傅堅意檢定簿籍。"王讜《唐語林·補遺》:"甲楯有先後,部伍之次,皆著之簿籍。"　　差遣:派遣。《舊唐書·職官志》:"凡衛士,各立名簿。其三年以來征防差遣,仍定優劣爲三第。"官府加派的勞役。陸贄《蝗蟲避正殿降免囚徒德音》:"除正税正役外,徵科差遣,並宜禁絶。"　　制敕:皇帝的詔令。《舊唐書·中宗韋庶人》:"安樂恃寵驕恣,賣官鬻獄,勢傾朝廷,常自草制敕,掩其文而請帝書焉!"《舊五代史·唐明宗紀》:"時露布之文,類制敕之體,蓋執筆者誤,頗爲識者所嗤。"　　舊章:昔日的典章。《史記·秦始皇本紀》:"秦聖臨國,始定刑名,顯陳舊章。"元稹《批王播謝官表》:"況高祖太宗之法令具存,德宗憲考之舊章猶在。"　　條件:逐條逐件。《北史·郎基傳》:"州郡因循,失於請讞,緻密綱久施,得罪者衆。遂條件申臺省,仍以情量事科處,自非極刑,一皆決放。"《舊唐書·代宗紀》:"其京兆府長安、萬年宜各減丞一員,尉兩員,餘縣各減丞、尉一員,餘委吏部條件處分。"

⑯ 刑獄：猶刑罰。《左傳·文公六年》："正法罪，辟刑獄。"《晉書·元帝紀》："其有政績可述，刑獄得中……各以名聞。" 理道：理政之道。韓偓《朝退書懷》："孜孜莫患勞心力，富國安民理道長。"王讜《唐語林·夙慧》："開元初，上留心理道，革去弊訛。" 比來：近來，近時。《三國志·徐邈傳》："比來天下奢靡，轉相倣效，而徐公雅尚自若，不與俗同。"韓愈《與華州李尚書書》："比來不審尊體動止何似？" 稽滯：拖延，延誤。蔡邕《幽冀二州刺史久缺疏》："選既稽滯，又未必審得其人。"《宋書·倭國傳》："每致稽滯，以失良風。" 囹圄：監獄。《禮記·月令》："〔仲春之月〕命有司，省囹圄，去桎梏。"孔穎達疏："囹，牢也；圄，止也，所以止出入，皆罪人所舍也。"《漢書·禮樂志》："禍亂不作，囹圄空虚。" 炎凉：猶寒暑，喻歲月。《北史·元子思傳》："日復一日，遂歷炎凉。"司馬光《重過華下》："昔辭蓮幕去，三十四炎凉。" 訪察：通過訪問和觀察進行調查。《隋書·高麗傳》："有何陰惡，弗欲人知，禁制官司，畏其訪察？"顔真卿《論百官論事疏》："故其出使天下，事無巨細得失，皆令訪察，迴日奏聞，所以明四目達四聰也。" 巡：巡閲，巡行。《國語·晉語》："臣從君還軫，巡於天下，怨其多矣！"韋昭注："巡，行也。"陳子昂《諫曹仁師出軍書》："乃徵精卒十萬，北巡朔方，略地而還。" 情故：故舊之情。劉禹錫《歲夜詠懷》："春色無情故，幽居亦見過。"李德裕《論田群狀》："臣與田肇兄弟唯識其面，未嘗交言……豈敢稍涉情故，罔惑聖聽！" 斷結：判决，了斷。獨孤及《唐故揚州慶雲寺律師一公塔銘并序》："九歲出家，三十斷結。嚴持律藏，將紹法寶。示人文學，以誘世智。"孫覿《與蘇季文書》二："某守藩時，獄官示札，斷結罪人，試摘一二聞之。" 政刑：政令和刑罰。《左傳·隱公十一年》："君子謂鄭莊公失政刑矣！政以治民，刑以正邪。"《新唐書·王縉傳》："大曆政刑，日以堙陵，由縉與元載、杜鴻漸倡之也。" 察訪：調查訪問。白居易《奏所聞狀·向外所聞事宜》："臣伏料此事多是虚傳，且有此聞，不敢不奏。伏惟德音除

四節外,非時進奉一切並停。如有違越,仰御史臺察訪聞奏。"范仲淹《權三司鹽鐵判官尚書兵部員外郎王君墓表》:"朝廷選御史往究其事,以君爲湖南安撫,至則察訪利病。"

⑰　和糴:古時官府以議價交易爲名向民間强制徵購糧食,始於北魏。《魏書·食貨志》:"又收內郡兵資與民和糴,積爲邊備。"《新唐書·高力士傳》:"和糴不止,則私藏竭,逐末者衆。"　實價:實際的價格。韓愈《張平叔所奏鹽法條件》:"新法實價與舊每斤不校三四錢,以下通計五口之家,以平叔所約之法計之,賤於舊價日校一錢,月校三十,不滿五口之家所校更少。"《宋史·食貨志》:"今常平雖有折納之法,止用中價,故民不樂輸。若依和糴以實價折之,則無損於民。"頃來:近來。劉義慶《世說新語·賞譽》:"君以此試,頃來始乃有稱之者。"杜甫《最能行》:"朝發白帝暮江陵,頃來目擊信有徵。"　積弊:指積久的弊端。《宋書·武帝紀》:"此州積弊,事故相仍,民疲田蕪,杼軸空匱。"白居易《爲宰相賀赦表》:"生人之積弊盡除,有國之頹綱必舉。"　美利:大利,豐厚的利益。《易·乾》:"乾始能以美利利天下,不言所利,大矣哉!"杜甫《南池》:"皇天不無意,美利戒止足。"　主掌:猶主管。《宋書·盧江王褘傳》:"公不知慚懼,猶加營理,遣左右二人,主掌殯含。"《舊唐書·經籍志》:"内庫皆是太宗、高宗先代舊書,常令宫人主掌。"　善價:好價、高價。劉恂《嶺表録異》卷下:"龐蜂生於山野……人以善價求之以爲藥。"周煇《清波雜誌》卷一一:"自爾凡遇鱗介鮮活者,常取以善價。"　村閭:鄉村閭里。白居易《村居苦寒》:"迴觀村閭間,十室八九貧。"《新唐書·劉晏傳》:"多出菽粟,恣之糶運,散入村閭。"　强家:亦作"强家",勢力强盛的卿大夫、富豪。《左傳·昭公五年》:"箕襄、邢帶、叔禽、叔椒、子羽,皆大家也。韓賦七邑,皆成縣也。羊舌四族,皆强家也。"元結《崔潭州表》:"及領此州,在今日能使孤老寡弱無悲憂,單貧困窮安其鄉,富豪强家無利害,賈人就食之類各得其業。"　僦:雇傭,亦指雇傭之費或運費。《商

君書·墾令》:"令送糧無取僦,無得反庸,車牛輿重設必當名。"荀悦《漢紀·宣帝紀》:"官發僦民車牛三萬乘,載沙便橋下,送置陵上。"遊客:旅人,遊子。《管子·輕重》:"吾國者,衢處之國也,遠秸之所通,遊客蓄商之所道,財物之所遵。"曾鞏《寶月大師塔銘》:"而鄉邑之人,至於羈旅遊客,其歸之者,無不厭其意。"門客,古指出外投靠權貴的人。《後漢書·朱穆傳論》:"至乃田、竇、衛、霍之遊客,廉頗、翟公之門賓,進由執合,退因衰異。"陸游《南唐書·宋齊丘傳》:"烈祖怒曰:'太保始以遊客干朕,今爲三公足矣!'齊丘詞色愈厲,曰:'臣爲遊客時,陛下亦偏裨耳!'" 嚴約:嚴加約束。陸贄《論裴延齡奸蠹書》:"虛言無以應命,供辦皆承嚴約。"杜牧《戰論》:"元和時,天子急太平,嚴約以律下,常團兵數十萬以誅蔡,天下乾耗,四歲然後能取此。"條疏:猶條奏。柳珵《上清傳》:"會宣武節度使劉士寧通好於郴州,廉使條疏上聞。"王定保《唐摭言·慈恩寺題名遊賞賦詠雜紀》:"奉宣旨,不欲令及第進士呼有司爲座主,趨附其門,兼題名、局席等,條疏進來者。" 檢轄:拘束。王讜《唐語林·補遺》:"每公堂食會,雜事不至,則無所檢轄,唯相揖而已。雜事至,則盡用憲府之禮。"韓元吉《集議繁冗虛偽弊事狀》二:"蓋自國朝三司以來,有此所以勾稽檢轄,不可暫廢。"

⑱ 年終:一年的最後。《後漢書·周勰傳》:"至延熹二年,乃開門延賓,遊談宴樂,及秋而梁冀誅,年終而勰卒,時年五十。"白居易《祭社宵興,燈前偶作》:"更待年終後,支持歸計看。" 勾:即"勾注"用筆劃勾以示除去。韓元吉《跋司馬公倚几銘》:"勾注塗改甚多,而無一字行草。"朱熹《答鞏仲至》:"陳詩誤字,今別用紙録去,須逐字分付修了看過,就此勾消了,方再付一字,乃可無誤。" 上使:上訪節度使、觀察使等皇上派出的使者。韋驤《上使憲使書》:"夫士之有常心而不變於異物者,以其仁義禮知根於中,非有待於外而然也。故富貴不能滛,貧賤不能移,威武不能屈。"張方平《宋故推誠保德功臣資政

殿學士正奉大夫行右諫議大夫判南京留司御史臺上護軍南陽郡開國侯食邑一千八百户食實封二百户賜紫金魚袋贈工部尚書蔡公墓誌銘》："懇祈罷退，恩旨固留，章七八上，方除資政殿學士，判南京留司。御史臺上使，近臣宣旨慰諭。"　　錄事參軍：州刺史之官屬之一，品級上州"從七品上"，中州"正八品上"，下州"從八品上"。韋應物《信州錄事參軍常曾古鼎歌》："三年糾一郡，獨飲寒泉井。江南鑄器多，鑄銀罷官無？"李嘉祐《送從弟永任饒州錄事參軍》："一官萬里向千溪，水宿山行魚浦西。日晚長烟高岸近，天寒積雪遠峰低。"　　擅離：未經批准就離開。王珪《仁宗遺詔》："在外群臣止於本處舉哀，不得擅離治所，成服三日而除，一應緣邊州鎮皆以金革從事，不用舉哀。"汪藻《責李成軍中詔》："挾持兩端，猖獗萬狀，自謂能逃於天地，人皆洞見其肺肝，乃至擅離淮右之區，越蹂江南之地。"　　糾舉：督察舉發。《後漢書・桓帝紀》："長吏臧滿三十萬而不糾舉者，刺史二千石以縱避爲罪。"《北齊書・竇泰傳》："泰以勛戚居臺，雖無多糾舉，而百僚畏懼。"

⑲　見任：現任。韓愈《論變鹽法事宜狀》："請停觀察使見任，改散慢官。"吳曾《能改齋漫錄・記事》："大觀四年八月詔：'所在學生及五百人以上，許置教授二員；其不及八十人者不置。以本州見任有出身官兼領。'"　　致仕官：因年老或衰病而辭去職務的官員。《通典・職官》："諸執事官七十聽致仕……其五品以上籍年雖少、形容衰老者，亦聽致仕。開元十五年十月，致仕官三品以上，並聽朝朔望。"張世南《游宦紀聞》卷八："滎陽呂公嘗言：京洛致仕官與人相接，皆以閑居野服爲禮。"　　官爵：官職和爵位。《管子・七法》："官爵不審，則奸吏勝。"蘇軾《讀開元天寶遺事三首》二："三郎官爵如泥土，爭唱弘農得寶歌。"　　有差：不一，有區別。《後漢書・張敏傳》："今託義者得減，妄殺者有差，使執憲之吏得設巧詐。"鄭棨《開天傳信記》："路之父老，負擔壺漿，遠近迎謁。上皆親加存問，受其獻饋，錫賚有差。"　　神策：即"神策軍"，唐禁軍名之一。天寶中，隴右節度使哥舒翰破吐蕃

时,令军史成如璆建神策军於临洮西。安禄山乱起,临洮陷,如璆令其将卫伯玉领兵屯陕州,复号神策军。代宗、德宗时继由宦官统领,并归禁中定制,分左右厢,衣糧优厚,势居诸禁军上。白居易《宿紫阁山北村》:"紫衣挟刀斧,草草十余人。口称采造家,身属神策军。"《旧唐书·裴垍传》:"今闻其视(吐突)承璀如婴孩,往来神策间,益自恃不严,是天亡之时也。" 六军:指唐之禁军六军。《新唐书·百官志》:"左右龙武、左右神武、左右神策,号六军。"按《旧唐书·职官志》说六军与此不同。王鸣盛《十七史商榷·新旧唐书》:"六军,据《新志》以龙武、神武、神策各左右当之,而《旧志》说六军则数左右羽林,而不数左右神策。《通典》说六军与《旧志》同……要之,六军之名乃取旧制书之,至中晚唐神策军权最重,故《新志》以后定者言之歟!今未能详考。" 金吾:古官名,负责皇帝大臣警卫、仪仗以及徼循京师、掌管治安的武职官员,其名称、体制、许可权历代多有不同。崔颢《代闺人答轻薄少年》:"妾家近隔凤凰池,粉壁纱窗杨柳垂。本期汉代金吾婿,误嫁长安游侠儿。"李白《送白利从金吾董将军西征》:"西羌延国讨,白起佐军威。剑决浮云气,弓弯明月辉。" 威远:李唐护卫皇宫的禁军之一。《旧唐书·德宗纪》:"(贞元四年)九月丙午,诏……金吾、英武、威远诸卫将军,共赐钱二百贯文。"《旧唐书·宪宗纪》:"(元和十三年)十二月辛亥,敕左右龙武军六军及威远营应纳课户共一千八百人衣糧并停,仍付府县收管。" 普恩:普施的恩泽,指皇恩。白居易《神策军及诸道将士某等一千九百人各赐上柱国勋制》:"念天下材力之将,勇敢之士,进有征讨之苦,退有守捍之勤,藏之中心,何尝暂忘?而亟因大庆,思洽普恩。"薛逢《元日楼前观仗》:"欲识普恩无远近,万方欢忭一声雷。" 赐勋:天子赐给臣下勋爵。《旧唐书·玄宗纪》:"大赦天下,京文武官及朝集采访使三品已下加一爵,四品已下加一阶,外官赐勋一转。"《宋史·真宗纪》:"大赦天下,宗室加恩,群臣赐勋一转。" 大长公主:汉制,皇帝之姑称大长公主,后为帝姑的封號。《史記·衛將軍驃騎列傳》:"皇后,堂邑大長公主女也。"張守節正義引文穎云:"陳皇后,武帝姑女也。"《新唐書·同安公主傳》:"同安公主,高祖同母婿也,下嫁隋州刺史王裕,貞觀時,以屬尊進大長公主。"　長公主:皇帝的姊妹或皇女之尊崇者的封號,儀服同藩王,後代僅爲皇帝姊妹的封號。《後漢書·皇后紀》:"漢制,皇女皆封縣公主,儀服同列侯。其尊崇者,加號長公主,儀服同蕃王。"《新唐書·高宗三女傳》:"高安公主,義陽母弟也……神龍初,進冊長公主。"　嗣王:繼位之王。《禮記·曲禮》:"踐阼,臨祭祀,内事曰孝王某,外事曰嗣王某。"孔穎達疏:"云嗣王某,言此王繼嗣前王而立也。"韓愈《順宗實錄》:"元季方告哀於新羅,且冊立新羅嗣王。"　郡主:郡公主,晉始置,唐制太子之女爲郡主,宋沿唐制,而宗室女亦得封郡主。《世説新語·賢媛》:"桓公武平蜀,以李勢妹爲妾。"劉孝標注引《妒記》:"桓平蜀,以李勢女爲妾,郡主凶妒。"歐陽修《歸田錄》卷二:"宗室女封郡主者,謂其夫爲郡馬。"　縣主:皇族女子的封號,東漢帝女皆封縣公主,隋唐以來諸王之女亦封縣主。張元一《詠靜樂縣主》:"馬帶桃花錦,裙銜綠草羅。定知幰帽底,儀容似大哥。"王闢之《澠水燕談錄·官制》:"趙普以元勛諸女封郡主,高懷德二女特封縣主。"統軍:唐代禁軍左右龍武軍、左右神武軍、左右神策軍各置統軍一人,位次於大將軍。張説《贈涼州都督上柱國太原郡開國公郭君碑奉敕撰》:"曾祖欽,瓜州大黃府統軍、上柱國。祖才,朝議郎、瓜州常樂縣令、上柱國。父師,朝散大夫、上柱國、贈伊州刺史。"陸贄《冬至大禮大赦制》:"節度使及神策兵馬使、六軍統軍、金吾六軍大將軍、判度支侍郎,各與一子八品正員官。"　長行:遠行。《舊唐書·穆宗紀》:"上於馭軍之道,未得其要,常云宜姑息戎臣。故即位之初,傾府庫頒賞之,長行所獲,人至鉅萬,非時賜與,不可勝紀。"　行:行走。《詩·唐風·杕杜》:"獨行踽踽。豈無他人?不如我同父。"杜甫《無家別》:"久行見空巷,日瘦氣慘悽。"　立仗:設立儀仗。李肇《唐國史補》卷下:"每元日冬至立仗,大官皆備珂傘,列燭有至五六百炬者,謂之火城。"蘇軾《用前韵答西掖諸公見和》:"小殿垂簾白玉鈎,大宛立仗朱絲鞚。"

⑳ 鴻臚:官署名。《周禮》官名有大行人之職,秦及漢初稱典客,景帝六年更名大行令,武帝太初元年改稱大鴻臚,主掌接待賓客之事。東漢以後,大鴻臚主要職掌爲朝祭禮儀之贊導,北齊始置鴻臚寺,唐一度改爲司賓寺。主官或稱卿,或稱正卿,副職爲少卿,屬官因各朝代而異,或有鳴贊、序班,或置丞、主簿。《漢書·百官公卿表》:"典客,秦官,掌諸歸義蠻夷,有丞。景帝中六年更名大行令,武帝太初元年更名大鴻臚。"顔師古注引應劭曰:"郊廟行禮讚九賓,鴻聲臚傳之也。"蘇頲《奉和崔尚書贈大理陸卿鴻臚劉卿見示之作》:"戲藻嘉魚樂,栖梧見鳳飛。類從皆有召,聲應乃無違。" 禮賓院:唐代所設接待賓客的官署。《舊唐書·憲宗紀》:"〔元和九年〕置禮賓院於長興里之北。"曾鞏《英宗實録院申請》:"乞下禮賓院,具自嘉祐八年四月至治平四年正月八日已前,凡外蕃朝貢所記本國風俗、人物、道里、土産,詳實供報。" 蕃客:古代對外國商旅的泛稱。蕃,通"番"。《隋書·禮儀志》:"梁元會之禮……群臣及諸蕃客並集,各從其班而拜。"《新唐書·百官志》:"凡蕃客至,鴻臚訊其國山川、風土,爲圖奏之,副上於職方。" 節級:次第。《魏書·釋老志》:"年常度僧……若無精行,不得濫採。若取非人,刺史爲首,以違旨論,太守、縣令、綱僚節級連坐,統及維那移五百里外異州爲僧。"玄奘《大唐西域記·鉢邏耶伽國》:"備極珍玩,窮諸上饌,如是節級,莫不周施。" 陰山:山脈名,即今横亘於内蒙古自治區南境、東北接連内興安嶺的陰山山脈,山間缺口自古爲南北交通孔道。陸機《飲馬長城窟行》:"驅馬陟陰山,山高馬不前。"王昌齡《出塞二首》一:"但使龍城飛將在,不教胡馬度陰山。"本文指居住在陰山之北的胡族。 貴女:地位顯要之女。《前漢書·元后傳》:"元城郭東有五鹿之虚,即沙鹿地也。後八十年,當有

貴女興天下云。"周必大《賀表》："臣言伏以八十年而符貴女之興,久
儲祥於魏麓;萬千歲而歌壽母之頌,彌衍慶於魯邦。"　天孫:星名,即
織女星。《史記·天官書》:"婺女,其北織女。織女,天女孫也。"司馬
貞索隱:"織女,天孫也。"指傳説中巧於織造的仙女。柳宗元《乞巧
文》:"下土之臣,竊聞天孫,專巧於天。"　明庭:聖明的朝廷。杜牧
《雪中書懷》:"明庭開廣敞,才俊受羈維。"文天祥《正氣歌》:"皇路當
清夷,含和吐明庭。"　盛典:盛大的典禮。《隋書·音樂志》:"盛典弗
愆,群望咸秩。"蘇軾《賀明堂赦書表二首》一:"宗祀告成,修累朝之盛
典;端門肆眚,答萬宇之歡心。"　"念吾妹之將遠"三句:事見《舊唐
書·穆宗紀》:"(長慶元年)五月丙申朔……癸亥……皇妹太和公主
出降迴紇登羅骨没施合毗伽可汗。甲子,命金吾大將軍胡証充送公
主入迴紇使,兼册可汗;又以太府卿李鋭爲入迴紇婚禮使……秋七月
乙未朔……辛酉,太和長公主發赴迴紇,上以半仗御通化門臨送,群
臣班於章敬寺前。"又見《舊唐書·迴紇傳》:"長慶元年,毗伽保義可
汗薨,輟朝三日,仍令諸司三品已上官就鴻臚寺吊其使者。四月,正
銜册迴鶻君長爲登羅羽録没密施句主録毗伽可汗,以少府監裴通爲
檢校左散騎常侍,兼御史大夫,持節册立,兼吊祭使。五月,迴鶻宰
相、都督、公主、摩尼等五百七十三人入朝迎公主,於鴻臚寺安置。救
太和公主出降迴鶻爲可敦,宜令中書舍人王起赴鴻臚寺宣示;以左金
吾衛大將軍胡証檢校户部尚書,持節充送公主入迴鶻及册可汗使;光
禄卿李憲加兼御史中丞,充副使;太常博士殷侑改殿中侍御史,充判
官。吐蕃犯青塞堡,以迴紇和親故也。鹽州刺史李文悦發兵擊退之。
迴鶻奏以一萬騎出北庭,一萬騎出安西,拓吐蕃以迎太和公主歸國。
其月救:'太和公主出降迴紇,宜特置府,其官屬宜視親王例。'迴鶻自
咸安公主殁後,屢歸款請繼前好,久未之許。至元和末,其請彌切,憲
宗以北虜有勋勞於王室,又西戎比歲爲邊患,遂許以妻之。既許而憲
宗崩,穆宗即位逾年,乃封第十妹爲太和公主,將出降,迴紇登邏骨没

密施合毗伽可汗遣使伊難珠、句錄都督思結並外宰相、駙馬、梅錄司馬，兼公主一人、葉護公主一人，及達幹並駝馬千餘來迎。太和公主發赴迴紇國，穆宗御通化門左介臨送，使百寮章敬寺前立班，儀衛甚盛，士女傾城觀焉！" 禮賓：禮敬賓客。《周禮·天官·大宰》："以八統詔王馭萬民，一曰親親，二曰敬故……八曰禮賓。"鄭玄注："禮賓，賓客諸侯，所以示民親仁善鄰。"賈公彥疏："天子待朝聘之賓，在下皆當禮於賓客。"王安石新義："禮賓，則所以接外也……馭以禮賓，則民知交際當以禮。"《國語·晉語》："禮賓矜窮，禮之宗也。" 賜：賞賜，給予。《禮記·少儀》："其以乘壺酒、束修、一犬賜人。"鄭玄注："於卑者曰賜。"《漢書·蘇武傳》："陵惡自賜武，使其妻賜武牛羊數十頭。"

㉑ 攝：兼職。《論語·八佾》："管氏有三歸，官事不攝，焉得儉？"朱熹集注："攝，兼也。"《新唐書·杜如晦傳》："俄檢校侍中，攝吏部尚書。" 侍中：古代職官名，秦始置，兩漢沿置，爲正規官職外的加官之一。因侍從皇帝左右，出入宮廷，與聞朝政，逐漸變爲親信貴重之職，晉以後曾相當於宰相，隋因避諱改稱納言，又稱侍內，唐復稱爲門下省長官，乃宰相之職。《漢書·百官公卿表》："侍中、左右曹諸史、散騎、中常侍，皆加官……侍中、中常侍得入禁中。"《新唐書·百官志》："唐因隋制，以三省之長中書令、侍中、尚書令共議國政，此宰相職也。" 寶：印信符璽，古代天子諸侯以圭璧爲符信，泛稱寶。秦始以帝后的印爲璽，唐改稱寶。《詩·大雅·崧高》："錫爾介圭，以爲爾寶。"《新唐書·車服志》："至武后改諸璽皆爲寶，中宗即位，復爲璽，開元六年，復爲寶。" 讀寶：意謂宣讀刻有唐穆宗尊號的玉璽之文，宣告天下。《舊五代史·唐莊宗紀》："丁卯，奉皇太后尊謚、寶冊赴西宮靈座，宰臣豆盧革攝太尉，讀冊文，吏部尚書李琪讀寶文，百官素服班於長壽宮門外。"《宋史·禮志》："中書令參知政事史浩讀冊，攝侍中葉義問讀寶，讀訖，退復位，皇帝再拜稱賀……" 讀冊：宣讀冊封唐穆宗李恒爲"文武孝德皇帝"的冊文。《舊唐書·張延賞傳》："故

事,臨軒册拜三公,中書令讀册,侍中奉禮。如闕,即以宰相攝之。"
《新唐書·百官志》:"王言之制有七:一曰册書,立皇后、皇太子,封諸
王,臨軒册命則用之……臨軒册命,則讀册。"本次册文由嚴綬領銜,
題名是《文武孝德皇帝册文》,在本書稿《批宰臣請上尊號第二表》中
已經引錄,讀者如有興趣,可以參閱。　　階:官階,品級。《漢書·匡
衡傳》:"平原文學匡衡材智有餘,經學絕倫,但以無階朝廷,故隨牒在
遠方。"顏師古注:"階謂升次也。隨牒,謂隨選補之恆牒,不被招擢
者。"張蠙《贈水軍都將》:"平生爲有安邦術,便別秋曹最上階。"　　册
文:文體名,簡稱"册",原爲册命、册書等誥命文字的一種,祇用於帝
王封贈臣下;後世應用漸繁,有祝册、立册、封册、哀册、贈册、謚册、贈
謚册、祭册、賜册、免册等名目,凡祭告、上尊號及諸祀典,均得用之。
《文選》列有"册"的一類,收潘勗《册魏公九錫文》。沈括《夢溪筆談·
故事》:"上親郊廟,册文皆曰'恭薦歲事'。"孔平仲《孔氏談苑》卷一:
"真宗將立明肅作後,令丁謂諭旨於楊大年,令作册文。"　　正員:正式
編制内的人員。張鷟《朝野僉載》卷一:"選司考練,總是假手冒名。
勢家囑請手不把筆,即送東司;眼不識文,被舉南舘;正員不足,權補
試攝。"《新五代史·豆盧革傳》:"責授革費州司户參軍,(韋)説夷州
司户參軍,皆員外置同正員。"　　"奉册奉寶綬書玉册書寶官"十三句:
意謂在"上尊號"慶典中各色各樣的參與人員,亦都得到或進階或加
勛或賜物的賞賜。　　玉册:古代册書的一種,帝王祭祀告天或上尊號
用之,用玉簡製成。岑參《送許子擢第因寄王大昌齡》:"皇帝受玉册,
群臣羅天庭。"《宋史·輿服志》:"册制,用珉玉簡,長一尺二寸,闊一
寸二分。"　　制書:古代皇帝命令的一種。蔡邕《獨斷》:"其(皇帝)命
令:一曰策書,二曰制書,三曰詔書,四曰戒書。"白居易《遊豐樂招提
佛光三寺》:"漢容黄綺爲逋客,堯放巢由作外臣。昨日制書臨郡縣,
不談愚谷醉鄉人。"　　儀注:制度,儀節。沈約《議乘輿升殿疏》:"正會
儀注,御出乘輿至太極殿前,納舄升階。"《南史·陳鄱陽王伯山傳》:

"武帝時，天下草創，諸王受封，儀注多闕。"

　　㉒ 尊師：尊敬師長。《禮記·學記》："大學之禮，雖詔於天子，無北面，所以尊師也。"《漢書·蕭望之傳》："國之將興，尊師而重傳。"重傳：敬重師傅。韓愈《順宗實錄》："爾其尊師重傳，親賢遠佞，非禮勿踐，非義勿行，對越天地之耿光，丕承祖宗之休烈。"徐鉉《張居詠制》："昔在先王，任賢尚齒。出將入相，所以任賢也；尊師重傳，所以尚齒也。"　有：助詞，無義，作名詞詞頭。賀知章《太和》："昭昭有唐，天俾萬國。列祖應命，四宗順則。"李洞《贈徐山人》："山房古竹籠於樹，海島靈童壽等龜。知歟有唐三百載，光陰未抵一先棋。"　常經：固定不變的法令規章。《戰國策·趙策》："國有固籍，兵有常經。變籍則亂，失經則弱。"《管子·問》："國有常經，人知終始，此霸王之術也。"　李逢吉加一階：元稹另有《李逢吉等加階制》，與本文所示"加階"是同一回事情，文云："某官李逢吉，是朕皇子時侍讀也，忠孝之訓，何嘗忘之……楊造等祇事內外，夙夜惟寅，並沐前恩，遞升榮級，上下有等，式示彝章。"文中提及的"楊造"，見白居易《楊造等亡母追贈太君制》，爲"通事舍人"，朱金城先生《白居易集箋校》編年於"長慶元年至長慶二年。"　韋綬：元和九年閏八月，以屯田郎中的身份入爲皇太子諸王侍讀。《舊唐書·韋綬傳》："韋綬，字子章，京兆人。少有至性，喪父，刺血寫佛經。初爲長安縣尉，遭朱泚之亂，變服乘驢赴奉天。于頔鎮襄陽，辟爲賓佐。嘗因言政，面刺頔之縱恣。入朝爲工部員外，轉屯田郎中。元和十年，改職方郎中，充太子諸王侍讀，再遷諫議大夫。時穆宗在東宮，方幼好戲，綬講書之隙，頗以嘲誚悅之。嘗密齎家所造食，入宮餉太子。憲宗嘗召對，綬奏曰：'太子學書，至依字，輒去旁人。臣問之，太子云：君父以此字可天下奏事，臣子不合全書。上益嘉太子之賢，賜綬錦綵。綬無威儀，時以人間鄙說戲言以取悅太子。太子因入侍，道綬語，憲宗不悅，謂侍臣曰：'凡侍讀者，當以經義輔導太子，納之軌物，而綬語及此，予何望耶？'乃罷侍讀，出爲虔

州刺史。穆宗即位，以師友之恩，召爲尚書右丞，兼集賢院學士，甚承恩顧，出入禁中。綬以七月六日是穆宗載誕節，請以是日百官詣光順門賀太后，然後上皇帝壽。時政道頗僻，救出，人不敢議。久之，宰臣奏古無生日稱賀之儀，其事終寢。綬在集賢，遇重陽，賜宰臣百官曲江宴，綬請與集賢學士別爲一會，從之。長慶元年三月轉禮部尚書，判集賢院事。帝嘗問：‘禳災祈福，其可必乎？’綬對曰：‘昔宋景公以一善言而法星退之三舍，此禳災以德也。漢文帝除秘祝，每於祠祭，盡敬而已，言無所祈，以明福不可以求致也。而二君卒能變已變之災，享自致之福，著於史傳，其理甚明。如失德以祈災消，媚神以祈福至，神苟有知，當因以致譴，非祈禳之道也。’時人主失德，綬因以諷之。二年十月，檢校户部尚書、興元尹、山南西道節度使。辭日，請門戟十二，自將赴鎮；又訴家貧，請賜錢二百萬；又面乞授子元弼官。上皆可之，綬御事無術，洎臨戎鎮，庶政瘝紊。二年八月卒，贈尚書右僕射。博士劉端夫請謚爲‘通’，殿中侍御史孟珀上言以爲非當，博士權安請謚爲‘謬’，竟不施行。　薛放：薛戎的弟弟，唐穆宗爲太子時的侍讀，曾歷職工部、刑部侍郎，官終江西觀察使，與元稹的關係甚密，元和末、長慶初元稹平步青雲的仕途，有薛放推薦的因素在内。《舊唐書·薛放傳》：“（薛）放登進士第，性端厚寡言，於是非不甚繫意。累佐藩府，莅事幹敏，官至試大理評事，擢拜右拾遺，轉補闕，歷水部、兵部二員外，遷兵部郎中。遇憲宗以儲皇好書，求端士輔導經義，選充皇太子侍讀。及穆宗嗣位，未聽政間，放多在左右，密參機命。穆宗常謂放曰：‘小子初承大寶，懼不克荷，先生宜爲相以匡不逮。’放叩頭曰：‘臣實庸淺，獲侍冕旒，固不足猥塵大位。輔弼之任，自有賢能。’其言無矯飾，皆此類也。穆宗深嘉其誠，因召對思政殿，賜以金紫之服，轉工部侍郎、集賢學士。雖任非峻切，而恩顧轉隆。轉刑部侍郎，職如故……轉兵部侍郎、禮部尚書，判院事。放閨門之内，尤推孝睦，孤孀百口，家貧每不給贍，常苦俸薄。放因召對，懇求外任。其時偶以節制無闕，乃授以廉問。及鎮江西，惟用清潔爲理，一方之人至今思之。寶歷元年，卒於江西觀察使，廢朝一日。" 丁公著：唐穆宗爲太子時的侍讀，曾歷任浙江西道都團練觀察使、河南尹、尚書右丞、兵部吏部侍郎、禮部尚書翰林侍講學士等職。《舊唐書·丁公著傳》："丁公著，字平子，蘇州吳郡人。祖衷，父緒，皆不仕。公著生三歲，喪所親。七歲，見鄰母抱其子，哀感不食，因請於父，絕粒奉道，冀其幽贊，父憫而從之。年十七，父勉令就學。年二十一，五經及第。明年，又通《開元禮》，授集賢校書郎。秩未終，歸侍鄉里，不應請辟。居父喪，躬負土成墳，哀毀之容，人爲憂之，裏閭聞風，皆敦孝悌。觀察使薛蘋表其行，詔賜粟帛，旌其門閭。淮南節度使李吉甫慕其才行，薦授太子文學，兼集賢殿校理。吉甫自淮南入相，廷薦其行，即日授右補闕，遷集賢直學士，尋授水部員外郎，充皇太子及諸王侍讀，著《皇太子及諸王訓》十卷。轉駕部員外，仍兼舊職。穆宗即位，未及聽政，召居禁中，詢訪朝典，以宰相許之。公著陳情，詞意極切，超授給事中，賜紫金魚袋。未幾，遷工部侍郎，仍兼集賢殿學士，寵青宮之舊也。知吏部選事。公著知將欲大用，以疾辭退，因求外官，遂授浙江西道都團練觀察使，二年授河南尹，皆以清靜爲理。改尚書右丞，轉兵部、吏部侍郎，遷禮部尚書、翰林侍講學士。上以浙西灾寇，詢求良帥，命檢校戶部尚書領之。詔賜米七萬石以賑給，浙民賴之。改授太常卿，以疾請歸鄉裏，未至而終，年六十四。贈右僕射，廢朝一日，著《禮志》十卷。公著清儉守道，每得一官，未嘗不憂色滿容。年四十四喪室，以至終身，無妓妾聲樂之好。凶問至日，中外痛惜之。"

㉓ 存問：慰問，慰勞，多指尊對卑，上對下。《史記·高祖本紀》："病癒，西入關，至櫟陽，存問父老。"鄭棨《開天傳信記》："路之父老負擔壺漿，遠近迎謁，上皆親加存問，受其獻饋。" 孝子：孝順父母的兒子。韓愈《復仇狀》："蓋以爲不許復仇，則傷孝子之心，而乖先王之訓。"蘇軾《代張方平諫用兵書》："慈父孝子、孤臣寡婦之哭聲，陛下必

不得而聞也。”　順孫：孝孫。《孔子家語·致思》：“子曰：吾欲言死之有知，將恐孝子順孫妨生以送死。”《三國志·杜畿傳》：“班下屬縣，舉孝子、貞婦、順孫，復其繇役，隨時慰勉之。”　義夫：堅守大義的人，情專的男子。陸機《答賈長淵》：“雄臣馳騖，義夫赴節。”《晉書·忠義傳序》：“隕節苟合其宜，義夫豈吝其没！捐軀若得其所，烈士不愛其存。”　節婦：指有節操的婦女，舊指夫死守貞不再嫁的婦女。傅玄《秋胡行二首》一：“奈何秋胡，中道懷邪？美此節婦，高行巍峨。”胡曾《望夫山》：“一上青山便化身，不知何代怨離人？古來節婦皆銷朽，獨爾不爲泉下塵。”　旌表：表彰，後多指官府爲忠孝節義的人立牌坊賜匾額以示表彰。《晉書·荀崧傳》：“今承大弊之後，淳風積散，苟有一介之善，宜在旌表之例。”趙儋《梓州刺史兼御史大夫鮮于公爲故右拾遺陳公建旌德之碑》：“況陳君顔閔之行，管樂之材，而守牧之臣久闕旌表，何哉？”　優恤：體恤，優待照顧。韓愈《論淮西事宜狀》：“所在將帥，以其客兵，難處使先，不存優恤。待之既薄，使之又苦。”王林《燕翼詒謀録》卷五：“自後軍帥亦仰承朝廷優恤之意，待遇之禮與統領官等。”　五嶽：我國五大名山的總稱，古書中記述略有不同，一般指東嶽泰山、南嶽衡山、西嶽華山、北嶽恒山、中嶽嵩山。王維《贈東嶽焦鍊師》：“先生千歲餘，五嶽遍曾居。遙識齊侯鼎，新過王母廬。”李白《江上吟》：“興酣落筆搖五嶽，詩成笑傲凌滄洲。功名富貴若長在，漢水亦應西北流。”　四瀆：長江、黄河、淮河、濟水的合稱。《禮記·王制》：“天子祭天下名山大川，五嶽視三公，四瀆視諸侯。”《史記·殷本紀》：“東爲江，北爲濟，西爲河，南爲淮，四瀆已修，萬民乃有居。”　名山：著名的大山，古多指五嶽。《禮記·禮器》：“是故因天事天，因地事地，因名山升中於天，因吉土以饗帝於郊。”鄭玄注：“名，猶大也。”孫希旦集解：“名山，謂五嶽也。”李白《秋下荆門》：“此行不爲鱸魚鱠，自愛名山入剡中。”　大川：大的河流。儲光羲《洛潭送人覲省》：“清洛帶芝田，東流入大川。舟輕水復急，别望杳如仙。”楊巨源

《同薛侍御登黎陽縣樓眺黃河》:"倚檻恣流目,高城臨大川。九回紆白浪,一半在青天。" 聖帝:猶聖主,聖君。東方朔《答客難》:"今則不然,聖帝流德,天下震慴,諸侯賓服,威振四夷。"白居易《泛渭賦》:"我爲人兮最靈,所以愧賢相而荷聖帝。" 明王:聖明的君主。《左傳·宣公十二年》:"古者明王伐不敬。"王通《中說·天地》:"願執明王之法,使天下無冤人。" 忠臣:忠於君主的官吏。《國語·越語》:"〔吳王〕信讒喜優,憎輔遠弼,聖人不出,忠臣解骨。"杜甫《秦州見敕目薛璩遷官》:"忠臣詞憤激,烈士涕飄零。" 烈士:有節氣有壯志的人。陸機《辯亡論》:"雖忠臣孤憤,烈士死節,將奚救哉?"楊炯《上騎都尉高則神道碑》:"然後達人知足,徒興白髮之歌;烈士徇名,不受黃金之賞。" 祭:祭祀,對陳物供奉神鬼祖先的通稱。《穀梁傳·成公十七年》:"祭者,薦其時也,薦其敬也,薦其美也,非享味也。"韓愈《題楚昭王廟》:"猶有國人懷舊德,一間茅屋祭昭王。"在結束本文箋注之前,我們還要再說幾句:就在七月十八日上尊號慶典的喜慶氣氛還沒有散盡的時候,僅僅過了兩天,亦即七月二十日,幽州就傳來不和諧的聲符:《舊唐書·穆宗紀》:"(長慶元年)秋七月乙未朔……壬子,群臣上尊號曰文武孝德皇帝。是日,上受册於宣政殿,禮畢,御丹鳳樓,大赦天下。甲寅,幽州監軍使奏:'今月十日軍亂,囚節度使張弘靖別舘,害判官韋雍、張宗元、崔仲卿、鄭塤,軍人取朱滔子洄爲留後……辛酉,太和長公主發赴迴紇,上以半仗御通化門臨送,群臣班於章敬寺前。"接著鎮州又響起了叛亂的軍號:《舊唐書·穆宗紀》:"(長慶元年)八月甲子朔,己巳,鎮州監軍宋惟澄奏:'七月二十八日夜軍亂,節度使田弘正并家屬將佐三百餘口並遇害,軍人推衙將王廷湊爲留後。'""皇妹"太和公主,就在這樣不安定的氛圍中出嫁迴紇。

[編年]

《年譜》編年本文的理由:"《敕》云:'今卿大夫謂我爲文武孝德

矣。'又云：'自長慶元年七月十八日昧爽已前，罪無輕重，咸赦除之。'據《舊唐書・穆宗紀》云：'（長慶元年七月）壬子，群臣上尊號曰文武孝德皇帝。是日，上受册於宣政殿，禮畢，御丹鳳樓，大赦天下。'"從《年譜》敍述的語氣以及其編年的慣例來看，意謂本文應該撰作於長慶元年七月"壬子"，亦即七月十八日。《年譜新編》的編年理由與編年結論與《年譜》同："七月乙未朔，'壬子'爲十八日。"《編年箋注》據《年譜》同樣的理由，編年本文："此《赦文》撰於長慶元年（八二一）七月十八日以前。"

我們根據本文："自長慶元年七月十八日昧爽已前，罪無輕重，咸赦除之。"以及《舊唐書・穆宗紀》："（長慶元年七月）壬子，群臣上尊號曰文武孝德皇帝。是日上受册於宣政殿，禮畢御丹鳳樓，大赦天下。"可以斷定本文應該撰成於長慶元年七月十八日之時，但應該説明，大赦天下是當時重大事件，本文雖然由元稹執筆，但相信重要的大臣都可能參與意見，最後尚需唐穆宗首肯與同意，并必須在七月十八日唐穆宗"御丹鳳樓，大赦天下"時宣讀，昭告天下。據此推算，本文最遲應該在七月十八日之前一二天之内撰成，地點在長安，元稹時任中書舍人翰林承旨學士之職。

◎ 李逢吉等加階制[(一)][①]

門下[(二)]：某官李逢吉，是朕皇太子時侍讀也[(三)]。忠孝之訓，何嘗忘之[②]！

惟秘洎瓘[(四)]，實爲藩臣[(五)]。克壯威猷，用以垣翰[(六)][③]。

楊造等祗事内外，夙夜惟寅，並沐前恩，遞升榮級[④]。

上下有等，式示彝章。可依前件[(七)][⑤]。

録自《元氏長慶集》卷四九

［校記］

（一）李逢吉等加階制：《全文》同，楊本、叢刊本作"李逢吉等加階"，《英華》作"授李逢吉章秘等加階制"，各備一説，不改。

（二）門下：原本無，楊本、叢刊本、《全文》同，據《英華》補。

（三）是朕皇太子時侍讀也：原本作"是朕皇子時侍讀也"，楊本、叢刊本、《全文》同，《舊唐書·穆宗紀》"（元和）七年十月，册爲皇太子。"《舊唐書·李逢吉傳》："（元和）七年，與司勛員外郎李巨並爲太子諸王侍讀。"兩相符合，故據《英華》改。

（四）惟秘洎瓘：楊本、叢刊本、《全文》同，《英華》作"惟秘洎璀"，各備一説，不改。

（五）實爲藩臣：原本作"實惟藩臣"，楊本、叢刊本、《英華》同，據《全文》改。

（六）用以垣翰：楊本、叢刊本、《全文》同，《英華》作"以固垣翰"，各備一説，不改。

（七）可依前件：原本無，《全文》同，據楊本、叢刊本、《英華》補。

［箋注］

① 李逢吉：唐穆宗爲太子時的東宫師傅之一，李逢吉前期曾經是元稹的同僚，元稹《使東川·駱口驛二首》有"崔李題名王白詩"提及李逢吉，元稹另有《和東川李相公慈竹十二韵》、《酬東川李相公十六韵》兩詩與李逢吉唱和，但後期李逢吉却成爲迫害元稹的主謀。這時在襄州，出任山南東道節度使。後期執掌朝政，迫害元稹，陰謀不斷。《舊唐書·李逢吉傳》："李逢吉，字虛舟，隴西人……逢吉登進士第，釋褐授振武節度掌書記，入朝爲左拾遺、左補闕，改侍御史，充入吐蕃册命副使、工部員外郎，又充入南詔副使。元和四年使還，拜祠部郎中，轉右司。六年遷給事中，七年與司勛員外郎李巨並爲太子諸

王侍讀，九年改中書舍人，十一年二月權知禮部貢舉、騎都尉，賜緋。四月，加朝議大夫、門下侍郎、同平章事，賜金紫……逢吉天與奸回，妒賢傷善。時用兵討淮蔡，憲宗以兵機委裴度，逢吉慮其成功，密沮之，繇是相惡。及度親征，學士令狐楚爲度制辭，言不合旨，楚與逢吉相善，帝皆黜之，罷楚學士，罷逢吉政事，出爲劍南東川節度使、檢校兵部尚書。穆宗即位，移襄州刺史、山南東道節度使。逢吉於帝有侍讀之恩，遣人密結倖臣，求還京師。長慶二年三月，召爲兵部尚書。時裴度亦自太原入朝，以度招懷河朔功，復留度，與工部侍郎元稹相次拜平章事。度在太原時，嘗上表論稹奸邪。及同居相位，逢吉以爲勢必相傾，乃遣人告和王傅于方結客，欲爲元稹刺裴度。及捕于方，鞫之無狀，稹、度俱罷相位，逢吉代度爲門下侍郎平章事。”　加階：晉升官階。《魏書・盧同傳》：“吏部加階之後，簿不注記，緣此之故，易生僥倖。”劉肅《大唐新語・持法》：“履霜曰：‘准令當刑能申理者，加階而編入史，乃侍御史之美也。’”

　　② 皇太子：皇帝所選定的繼承皇位的皇子，一般爲皇帝的嫡長子。《漢書・高帝紀》：“漢王即皇帝位於氾水之陽，尊王后曰皇后，太子曰皇太子。”韓愈《順宗實錄》：“建中元年，立爲皇太子。”這裏指唐穆宗登位前的太子身份。　　侍讀：陪侍帝王讀書論學或爲皇子等授書講學。高承《事物紀原・侍讀》：“唐明皇開元三年七月，敕每讀史籍中有闕，宜選耆儒博碩一人，每日侍讀，故馬懷素、褚元量更日入直，此侍讀之始也。”侍讀職務與侍讀學士略同，然級別較其爲低。韓愈《順宗實錄》：“上在東宮，嘗與諸侍讀並叔文論政。”　　忠孝：忠於君國，孝於父母。《孝經・開宗明義》：“終於立身。”鄭玄注：“忠孝道著，乃能揚名榮親，故曰終於立身也。”《東觀漢記・北海敬王劉睦傳》：“大王忠孝慈仁，敬賢樂士。”

　　③ 秘、瓘：人名，《英華》卷四一七收錄元稹本文，題作《授李逢吉章秘等加階制》，則此“秘”應該“章”姓，其餘無考。元稹另有《獨孤朗

可尚書都官員外郎韋瓘可守右補闕同充史館修撰制》,韋瓘時任左拾遺之職,疑"瓘"即韋瓘,但與"實爲藩臣"似乎不合,存疑有待智者破解。　藩臣:拱衛王室之臣。《史記·南越列傳》:"〔南越王尉佗〕乃頓首謝,願長爲藩臣,奉貢職。"嵇康《管蔡論》:"故曠世不廢,名冠當時,列爲藩臣。"　克壯:宏大,强盛。《後漢書·胡廣傳》:"〔廣〕時年已八十,而心力克壯。"李綱《與宰相論捍賊札子》:"毅然親征,將士用命,捷音繫路,廟謨克壯,虜勢退屈,誠可爲天下慶。"　威猷:義近"威重",威嚴持重的神態、氣度。《漢書·王商傳》:"〔王商〕爲人多質有威重,長八尺餘,身體鴻大,容貌甚過絕人。"《三國志·崔琰傳》:"琰聲姿高暢,眉目疏朗,鬚長四尺,甚有威重。"指威嚴持重的人。《魏書·袁翻傳》:"是以鎮邊守塞,必寄威重;伐叛柔服,實賴溫良。"　垣翰:《詩·大雅·板》:"價人維藩,大師維垣。大邦維屏,大宗維翰。"毛傳:"垣,墙也。翰,幹也。"後以"垣翰"比喻屏障或國家的重臣。陸贄《冬至大禮大赦制》:"方鎮乃國之垣翰,禁衛實予之爪牙。"白居易《除某官王某魏博節度使制》:"爲我垣翰,永孚於休。"

④ 楊造:據白居易《楊造等亡母追贈太君制》:"通事舍人楊造、翰林待詔某亡母等……或相禮彤庭,或待詔金馬。咸居禁近,率有忠勤。"時爲"通事舍人",而"通事舍人"掌詔命及呈奏案章等事。孟元老《東京夢華録·下赦》:"樓上以紅綿索通門下一綵樓,上有金鳳銜赦而下,至綵樓上,而通事舍人得赦宣讀。"　祗事:恭敬事奉,敬於其事。《南史·到仲舉傳》:"帝又嘗因飲夜宿仲舉帳中,忽有神光五采照於室內,由是祗事益恭。"敬業盡職。曾鞏《李舜舉等轉官制》:"而爾於其官次,與有祗事之勤。"　內外:指皇后六宮和朝廷卿大夫。《周禮·天官·內豎》:"內豎掌內外之通令。"鄭玄注:"內,后六宮;外,卿大夫也。"《北史·魏明元密皇后杜氏傳》:"太后訓厘內外,甚有聲稱。"　夙夜:朝夕,日夜。魏知古《春夜寓直鳳閣懷群公》:"鴛池滿不溢,鷄樹久逾滋。夙夜懷山甫,清風詠所思。"杜甫《別崔潩因寄薛

據孟雲卿》:"夙夜聽憂主,飛騰急濟時。荆州過薛孟,爲報欲論詩。"
寅:恭敬。班固《封燕然山銘》:"寅亮聖皇,登翼王室。"張説《賽江
文》:"潔牲明酌,寅奠江浦。"　榮級:榮譽爵位。《南史·劉瓛傳》:
"近初奉教,便自希得託迹客遊之末,而固辭榮級,其故何邪?"皎然
《哭吳縣房聳明府》:"恨以榮級淺,嘉猷未及宣。"

⑤上下:指位分的高低,猶言君臣、尊卑、長幼。《易·泰》:"上
下交而其志同也。"孔穎達疏:"上,謂君也;下,謂臣也。"《吕氏春秋·
論威》:"義也者,萬事之紀也,君臣上下親疏之所由起也。"高誘注:
"上,長;下,幼。"　彝章:常典、舊典。任昉《爲范尚書讓吏部封侯第
一表》:"矜臣所乞,特迴寵命,則彝章載穆,微物知免。"司空圖《上考
功狀》:"共仰推公之志,敢忘效報之心! 克振彝章,必光僉議。"　前
件:前已述及的人或事物。元稹《王悦等可昭武校尉行左千牛備身
制》:"莊憲皇后侄王悦等,勉奉我朝廷之儀,敬順爾父兄之教。可依
前件。"杜牧《盧告除左拾遺制》:"承奉郎、行京兆府長安縣尉、直史館
盧告……忠告不倦,爾當奉職。自用則小,予不吝過。勉思有犯,無
事遜言。可依前件。"本文是指包括李逢吉在内的三位事先呈報的晉
封名單以及初步擬就給予的官階。

[編年]

《年譜》編年本文"元和十五年二月丁丑後撰",理由是:"《制》云:
'某官李逢吉,是朕皇太子時侍讀也'云云。據穆宗《登極德音》云:
'東官官及侍讀,普恩之外,賜爵加階,仍並與進改。'"《編年箋注》引
録《年譜》所引并《舊唐書·李逢吉傳》部份材料,編年本文"元和十五
年(八二〇)二月"。《年譜新編》編年本文於元和十五年,没有説明具
體時間,也没有説明編年理由。

我們以爲,《年譜》"元和十五年二月丁丑後"有點概念不清,不知到
底應該"後"到什麼時候?《編年箋注》"二月"的結論則有點寬泛,而《年

譜新編》"元和十五年"的結論則過於籠統。而且,本文編年不僅僅是
"不清"、"寬泛"、"籠統",而且根本是錯誤的。《年譜》根據本文"某官李
逢吉,是朕皇太子時侍讀也"的描述以及唐穆宗元和十五年二月五日
《登極德音》:"東宮官及侍讀,普恩之外,賜爵加階,仍並與進改"的記
載,再給合《舊唐書·李逢吉傳》的敘述,編年本文於元和十五年二月,
但這是靠不住的,因爲僅僅根據這些條件,它既可以編年元和十五年二
月五日登位慶典之時,也可以編年長慶元年正月初三改元慶典或長慶
元年七月十八日上尊號慶典之時。而且,據《舊唐書·李逢吉傳》,元和
十五年之前的李逢吉,剛剛因阻擾淮蔡用兵,受到唐憲宗的貶斥,出貶
外任,"穆宗即位,移襄州刺史、山南東道節度使",這時不宜違反尸骨未
寒唐憲宗的生前旨意,對李逢吉再給予加階的寵榮。

　　我們以爲,本文中提及的"楊造"應該是編年關鍵所在。穆宗朝
有兩個"楊造",其一爲隋代皇族後代,穆宗朝老臣之一,襲封酅國公。
《舊唐書·穆宗紀》:"(元和十五年)夏四月壬申朔……乙酉,三恪酅
國公楊造卒。"《舊唐書·敬宗紀》"寶曆元年……八月辛丑朔,戊申,
以酅國公楊造男元湊襲酅國公,食邑三千户。"如果是這個"楊造",根
據其病故於元和十五年四月的史實,本文編年元和十五年二月五日
登位慶典則似乎有根有據。但"三恪"是周朝新立之時封前代三王朝
的子孫,給以王侯名號,稱三恪,以示敬重,後世帝王亦多承三恪之
制。《新唐書·玄宗紀》:"〔天寶九載〕九月辛卯,以商、周、漢爲三
恪。"《新五代史·晉高祖紀》:"〔天福二年春正月〕封唐宗室子爲公,
及隋酅公爲二王後,以周介公備三恪。"此"楊造"是隋代後裔,李唐對
其照顧有加,根本不會參與具體的朝廷事務,與本文"祗事内外,夙
夜惟寅"不符,無法作爲本文編年的根據。其二是另一個楊造,白居易
《楊造等亡母追贈太君制》:"敕:通事舍人楊造、翰林待詔某亡母等,
生播徽華,殁留儀範。訓保家之子,爲有國之臣。或相禮彤庭,或待
詔金馬。咸居禁近,率有忠勤。風樹之心,必憂深而思遠;蓼蕭之澤,

宜自葉而流根。並啓邑封，各從子貴。揚名之孝，與汝成之。可依前件。”所述“咸居禁近，率有忠勤”不僅符合“通事舍人”的身份，而且也與本文“祇事内外，夙夜惟寅”相符，故我們以爲本文的“楊造”應該就是白居易文中的“楊造”。據朱金城先生《白居易集箋校》，《楊造等亡母追贈太君制》編年於“長慶元年(八二一)至長慶二年(八二二)”。而據白居易生平，白居易元和十五年夏天才從忠州刺史任返回長安任職“司門員外郎”，元和十五年十二月二十八日才拜職“主客郎中、知制誥”，白居易《楊造等亡母追贈太君制》不可能撰成於元和十五年十二月二十八日之前。

　　元稹《册文武孝德皇帝赦文》：“尊師重傅，有國常經。李逢吉、韋綏、薛放、丁公著等，普恩之外各加一階。”已經明確揭示給李逢吉等人加階，而元稹《册文武孝德皇帝赦文》作於群臣給唐穆宗上尊號之時，亦即長慶元年七月十八日之前一二日之時。結合白居易《楊造等亡母追贈太君制》和元稹《册文武孝德皇帝赦文》，本文應該撰成於長慶元年七月十八日或稍後一二日之内，地點在長安，元稹時任中書舍人翰林承旨學士之職。

◎ 追封王潛母齊國大長公主制(潛父縣尚玄宗女永穆公主)(一)①

　　敕：荆南節度使、觀察處置等、銀青光禄大夫、檢校兵部尚書兼江陵尹、御史大夫、上柱國、沂水縣開國子、食邑五百户王潛母(二)、贈晉國大長公主，於朕祖宗之姑姊妹也②。始以肅雍之德，下嫁於公侯(三)。淑問怡聲，禮無違者③。訓其愛子(四)，有過嚴君。不因恩澤以求郎，每致忠貞而事主(五)④。使勤貴富(六)，戒敕廉能(七)。鬱爲勛臣，實資聖善⑤。

徽猷盡在，典禮宜加。猶狹平陽之封^(八)，式廣營丘之地。克宣朕命，用慰潛心^(九)。可贈齊國大長公主^⑥。

録自《元氏長慶集》卷五〇

［校記］

（一）追封王潛母齊國大長公主制：《全文》同，楊本、叢刊本作"追封王潛母齊國大長公主"，《唐大詔令集》作"追封齊國大長公主制"，各備一説，不改。潛父縣尚玄宗女永穆公主：此題注不見於楊本、叢刊本、《唐大詔令集》、《全文》，僅見於馬本《元氏長慶集》，應該是馬本《元氏長慶集》整理者馬元調所加，但與史實相符，録以備考。

（二）荆南節度使、觀察處置等、銀青光禄大夫、檢校兵部尚書兼江陵尹、御史大夫、上柱國、沂水縣開國子、食邑五百户王潛母：原本作"檢校兵部尚書王潛母"，楊本、叢刊本、《全文》同，據《唐大詔令集》補改。

（三）下嫁於公侯：楊本、叢刊本、《全文》同，《唐大詔令集》作"下教於公侯"，各備一説，不改。

（四）訓其愛子：楊本、叢刊本、《全文》同，《唐大詔令集》作"撫其愛子"，各備一説，不改。

（五）每致忠貞而事主：楊本、叢刊本、《全文》同，《唐大詔令集》作"每教忠貞而事主"，各備一説，不改。

（六）使勤貴富：楊本、叢刊本同，《唐大詔令集》、《全文》作"使勤富貴"，各備一説，不改。

（七）戒斁廉能：楊本、叢刊本、《全文》同，《唐大詔令集》作"戒勵廉能"，各備一説，不改。

（八）猶狹平陽之封：楊本、叢刊本、《全文》同，《唐大詔令集》作"尚狹平陽之封"，各備一説，不改。

（九）用慰潛心：楊本、叢刊本、《全文》同，《唐大詔令集》作“用慰
朕心”，各備一説，不改。

[箋注]

① 追封：死後封爵。白居易《鄭絪烏重胤馬總劉悟李佑田布薛
平等亡母追封國郡太夫人制》：“是用啓封追號，各顯乃親。慰後光
前，孝道備矣！”錢珝《代兵部崔相公謝追贈三代表》：“伏奉今月某日
制書，追封臣亡曾祖母、亡祖母、亡母某國夫人者。典常重舉，渥澤下
流。臣某中謝。”　王潛：事迹見《新唐書·王潛傳》：“同皎子繇，尚永
穆公主，生子潛，字弘志。生三日，賜緋衣、銀魚。幼莊重，不喜兒弄。
以帝外孫，補千牛，復選尚公主，固辭。元和中，擢累將作監。吏或籍
名北軍，輒驕慠不事，潛悉奏罷之，故不戒而辦。監無公食，而息錢舊
皆私有。至潛，取以具食，遂爲故事。遷左散騎常侍，拜涇原節度使。
憲宗與對，大悦，曰：‘吾知而善職，我自用之。’潛至鎮，繕壁壘，積粟，
構高屋偫兵，利而嚴。遂引師自原州逾硤石，取虜將一人，斥烽候，築
歸化、潘原二壘，請復城原州。度支沮議，故原州復陷。穆宗即位，封
琅邪郡公，更節度荆南。疏吏惡，榜之里閭，殺尤縱者。分射三等，課
士習之。不能者罷，故無冗軍。太和初，檢校尚書左僕射，卒於官，贈
司空。”　大長公主：漢制，皇帝之姑稱大長公主，後爲帝姑的封號。
蘇頲《故高安大長公主挽詞》：“彤管承師訓，青圭備禮容。孟孫家代
寵，元女國朝封。”白居易《長恨歌序》：“（貴妃）姊妹封國夫人，富埒王
室，車服邸第與大長公侔，而恩澤勢力則又過之。”

② 上柱國：官名，戰國楚制，凡立覆軍斬將之功者，官封上柱國，
位極尊寵。北魏置柱國大將軍，北周增置上柱國大將軍，唐宋也以上
柱國爲武官勛爵中的最高級，柱國次之，歷代沿用。《戰國策·齊
策》：“〔陳軫〕見昭陽，再拜賀戰勝，起而問：‘楚之法，覆軍殺將，其官
爵何也？’昭陽曰：‘官爲上柱國，爵爲上執珪。’”《舊五代史·唐明宗

紀》：“詔曰：‘上柱國，勛之極也……今後凡加勛，先自武騎尉，十二轉方授上柱國。’” 開國：晉以後在五等封爵前所加的稱號。王儉《褚淵碑文》：“封雩都縣開國伯，食邑五百户。”高承《事物紀原·開國》：“晉令始有開國之稱，故五等皆郡縣開國。陳亦有開國郡公、縣侯伯子男，侯已降，無郡封。由唐迄今，因而不改。” 子：我國古代五等爵位中的第四等。《孝經·孝治》：“子曰：‘昔者明王之以孝治天下也，不敢遺小國之臣，而況於公、侯、伯、子、男乎？’”常璩《華陽國志·巴志》：“武王伐紂，前歌後舞也。武王既克殷，以其宗姬於巴，爵之以子。古者遠國雖大，爵不過子，故吴楚及巴皆曰子。” 食邑：指古代君主賜予臣下作爲世禄的封地。《史記·曹相國世家》：“參將兵守景陵二十日，三秦使章平等攻參，參出擊，大破之，賜食邑於寧秦。”唐宋時亦作爲一種賜予宗室和高級官員的榮譽性加銜。古代封建國家名義上封賜給功臣貴戚食邑的户數與實際封賞數往往不符，實際上賜與的封户叫實封。《資治通鑑·唐玄宗開元十年》：“十一月乙未，初令宰相共食實封三百户。”胡三省注引《唐會要》曰：“舊制，凡有功之臣賜實封者，皆以課户先準户數，州縣與國官、邑官執帳，供其租調，各準配租調，遠近，州縣官司收其脚值，然後付國邑官司。其丁準此，入國邑者收其庸。”高承《事物紀原·實封》：“《通典》曰：唐封公侯無國土，其加實封者，則食其所封之户，分食諸郡，以租庸調給。沿革曰魏黄初間，爵自關内侯不食邑，但虚封而已。故唐因之加實封。《宋朝會要》曰：唐制食實封者，户給縑帛，每賜爵遞加一級，唐末及五代始有特加邑户，而罷實封之給，今位爲虚名也。”歐陽修《觀文殿大學士行兵部尚書西京留守贈司空兼侍中晏公神道碑銘》：“〔晏〕勛上柱國，爵臨淄侯，食邑萬二千户，實封三千七百户。” 朕祖宗之姑姊妹：《舊唐書·肅宗韋妃傳》：“肅宗韋妃，父元珪，兖州都督。肅宗爲忠王時，納爲孺人。及昇儲位，爲太子妃。生兖王僩、絳王佺、永和公主、永穆公主。天寶中宰相李林甫不利於太子妃，兄堅爲刑部尚書，林甫羅織起曹柳勛之獄,堅連坐得罪,兄弟並賜死。太子懼,上表自理,言與妃情義不睦,請離婚。玄宗慰撫之,聽離。妃遂削髮被尼服,居禁中佛舍。西京失守,妃亦陷賊,至德二年薨於京城。"據此,則永穆公主爲唐肅宗之女,唐玄宗之孫女,馬元調所注"玄宗女永穆公主",應該是"玄宗孫女永穆公主"之誤。《舊唐書·玄宗紀》:"(開元十八年八月)辛亥,幸永穆公主宅,即日還宮。"所幸爲孫女之宅,非女兒之宅。

③ 肅雍:亦作"肅邕"。《詩·召南·何彼襛矣》:"曷不肅雍,王姬之車。"原指行車之貌。《詩序》則謂:"《何彼襛矣》,美王姬也。雖則王姬,亦下嫁於諸侯,車服不繫其夫,下王后一等,猶執婦道以成肅雍之德也。"後因以"肅雍"爲稱頌婦德之辭。《後漢書·皇后紀序》:"所以能述宣陰化,修成內則,閨房肅雍,險謁不行也。"劉潛《爲王儀同謝國姻啟》:"荊布陋飾,已膺凡獎;負薪微胤,復降肅邕。"　下嫁:謂帝王之女出嫁。蘇頲《高安長公主神道碑》:"始封宣城公主,下嫁乎王氏。"孫逖《封永甯公主制》:"第十七女,幼而閑和,長實徽懿。引圖史以自鑒,用肅雍而成德。將擇近日,言遵下嫁。"　公侯:公爵與侯爵。《禮記·王制》:"王者之制祿爵,公、侯、伯、子、男,凡五等。"泛指有爵位的貴族和官高位顯的人。白居易《歌舞》:"秦中歲云暮,大雪滿皇州。雪中退朝者,朱紫盡公侯。"　淑問:美名。《漢書·匡衡傳》:"道德弘於京師,淑問揚乎疆外。"顏師古注:"淑,善也;問,名也。"楊炯《原州百泉縣令李君神道碑》:"淑問秀於閨房,柔風治於《詩》《禮》。"　怡聲:猶柔聲。《禮記·內則》:"及所,下氣怡聲,問衣襖寒。"元稹《鶯鶯傳》:"崔已陰知將訣矣!恭貌怡聲,徐謂張曰:'始亂之,終棄之,固其宜矣!愚不敢恨。'"　無違:特指不違反禮法、天道。《論語·爲政》:"孟懿子問孝,子曰:'無違。'"楊伯峻注引黃式三《論語後案》:"古人凡背禮者謂之違。"朱熹《齋居感興二十首》三:"至人秉元化,動靜體無違。"

④ 愛子：寵愛的兒子。《左傳・宣公二年》：“趙盾請以括爲公族，曰：‘君姬氏之愛子也，微君姬氏，則臣狄人也。’”江淹《別賦》：“攀桃李兮不忍別，送愛子兮霑羅裙。” 嚴君：指父親。潘尼《乘輿箴》：“國事明王，家奉嚴君。”梅堯臣《任廷平歸京詩序》：“君之嚴君，以太子少保致仕西都。” 恩澤：帝王或朝廷給予臣民的恩惠，言其如雨露之澤及萬物，故云。《史記・律書》：“今陛下仁惠撫百姓，恩澤加海內。”薛用弱《集異記・張鎰》：“因奏事稱旨，代宗面許宰相，恩澤獨厚。”特指恩蔭。《宋史・選舉志》：“〔大中祥符〕七年，帝幸南京，詔臣僚逮事太祖者，賜一子恩澤。” 郎：女婿。《顏氏家訓・治家》：“南陽有人……性殊儉吝，冬至後女婿謁之，乃設一銅甌酒，數臠麞肉；婿恨其單率，一舉盡之。主人愕然，俛仰命益，如此者再。退而責其女曰：‘某郎好酒，故汝常貧。’”《資治通鑑・後唐明宗天成元年》：“帝遣中使崔延琛至成都，遇紹琛軍，紿之曰：‘吾奉詔召孟郎，公若緩兵，自當得蜀。’”胡三省注：“孟知祥妻，太祖弟克讓女也，故呼爲孟郎，俗謂婿爲郎也。” 忠貞：忠誠堅貞。《書・君牙》：“惟乃祖乃父，世篤忠貞。”杜甫《八哀詩・贈左僕射鄭國公嚴公武》：“顏回竟短折，賈誼徒忠貞。” 事主：事奉君主。禰衡《鸚鵡賦》：“女辭家而適人，臣出身而事主。”杜甫《暮春題瀼西新賃草屋》：“事主非無祿，浮生即有涯。”

⑤ 貴富：猶富貴。《國語・吳語》：“民之惡死而欲貴富以長没也，與我同。”韓愈《圬者王承福傳》：“將貴富難守，薄功而厚饗之者邪？抑豐悴有時，一去一來而不可常者邪？” 斁：敗壞。《後漢書・班固傳》：“俾其承三季之荒末，值亢龍之災孽，懸象暗而恒文乖，彝倫斁而舊章缺。”韓愈《與孟尚書書》：“三綱淪而九法斁，禮樂崩而夷狄橫。” 廉能：清廉能幹。《周禮・天官・小宰》：“以聽官府之六計，弊群吏之治……二曰廉能。”元稹《授衛中行陝州觀察使制》：“出補近郡，號爲廉能。勤而不煩，簡而不苟。郊迓館穀，賓至如歸。長勸農人，咸用胥悅。” 勛臣：功臣。《後漢書・祭遵傳》：“昔高祖大聖，深

見遠慮。班爵割地，與下分功。著錄勛臣，頌其美德。"《宋書・臧質傳》："質國戚勛臣，忠誠篤亮。"　聖善：專用以稱頌母德。《後漢書・鄧騭傳》："伏惟和熹皇后聖善之德，爲漢文母。"元稹《祭翰林白學士太夫人文》："太夫人族茂簪纓，仁深聖善。"

　　⑥ 徽猷：美善之道。猷，道，指修養、本事等。《梁書・謝幾卿》："故得仰慕徽猷，永言前哲。"《舊唐書・姚珽傳》："小人無知，不識輕重。因爲詐僞，有玷徽猷。"　典禮：制度禮儀。《後漢書・延篤傳》："朝則誦羲文之《易》，虞夏之《書》，歷公旦之典禮，覽仲尼之《春秋》。"司馬光《稷下賦》："修先王之典禮，踐大聖之規模。德被品物，威加海隅。"　平陽之封：指王潛母原來的晉國大長公主的封地。《元和郡縣志・晉州》："《禹貢》：冀州之域，即堯舜禹所都平陽也。春秋時其地屬晉，戰國時屬韓，後韓將馮亭以上黨降趙，又屬趙。在秦，爲河東郡地也。今州，即漢河東郡之平陽縣也。永嘉之亂，劉元海僭號稱漢，建都於此……後魏太武帝於此置東雍州，孝明帝改爲唐州，尋又改爲晉州，因晉國以爲名也。高齊武城帝於此置行臺，周武帝平齊，置晉州。總管義旗初建，改爲平陽郡。武德元年罷郡，置晉州。三年，爲總管府。四年，爲都督府。貞觀六年，廢府，復爲晉州。"　式：語助詞。裴寂《爲李密檄洛州文》："而荒湎於酒，俾晝作夜。式號且呼，甘嗜聲伎。"梁蕭《著作郎贈秘書少監權公夫人李氏墓誌》："于江之東，棘人充充。式號且恫，哀思無窮。"　營丘：古邑名，在今山東省淄博市臨淄北，以營丘山而得名。周武王封吕尚於齊，建都於此，後改名臨淄。《史記・齊太公世家》："武王已平商而王天下，封師尚父于齊營丘。"張守節正義引《括地志》："營丘，在青州臨淄北百步外城中。"李白《鞠歌行》："一舉釣六合，遂荒營丘東。"這裏借指王潛母新封的齊國大長公主的封地。　克：限定，約定。王符《潛夫論・交際》："懷不來而外克期。"《宋書・南郡王義宣傳》："義宣因此發怒，密治舟甲，克孝建元年秋冬舉兵。"　朕命：皇帝的命令。岑文本《冊趙王孝恭改

封河間郡王文》:"鑒於典禮,勤恤民隱。無棄朕命,可不慎歟?"常衮《授王縉侍中兼河南都統制》:"往哉汝諧,無替朕命!" 用:介詞,猶言以,表示憑藉或者原因。《書·顧命》:"命汝嗣訓,臨君周邦,率循大卞,燮和天下,用答揚文武之光訓。"《史記·佞幸列傳》:"衛青、霍去病亦以外戚貴幸,然頗用材能自進。" 慰:安慰,慰撫。《詩·邶風·凱風》:"有子七人,莫慰母心。"毛傳:"慰,安也。"韓愈《和侯協律詠笋》:"侯生來慰我,詩句讀驚魂。"

[編年]

《年譜》編年:"《制》稱王潛爲'檢校兵部尚書'。元和十五年王潛爲涇原節度使時,未檢校兵部尚書。長慶元年正月癸卯,'以涇原節度使王潛檢校兵部尚書、江陵尹,充荆南節度使。'《制》當撰於長慶元年正月癸卯王潛'檢校兵部尚書'以後。"《年譜新編》的編年理由與編年結論同《年譜》。《編年箋注》也引錄《舊唐書·穆宗紀》,認爲:"推知追封其母爲齊國大長公主在王潛官位榮升之際,即穆宗長慶元年(八二一)。權定此《制》撰於是年正月。"

我們以爲,一、《編年箋注》"撰於是年正月"的説法肯定是不對的,而《年譜》與《年譜新編》認定的"當是長慶元年正月癸卯後作"也過於含糊,"以後"究竟"以後"到什麼時候?僅僅憑《年譜》、《年譜新編》舉證的材料,恐怕也"以後"不清楚。二、《舊唐書·穆宗紀》:"長慶元年正月已亥朔……癸卯……以刑部尚書兼司農卿郭釗檢校户部尚書、懷州刺史,充河陽三城懷節度使。以涇原節度使王潛檢校兵部尚書、江陵尹,充荆南節度使。"據干支推算,"癸卯"是正月初五,穆宗朝三次慶典活動的第二次——改元慶典當時已經結束,因此本文不應該撰作於第二次慶典活動之時。三、最有力的證據我們也不必遠徵,郭釗的轉勛就是最現成的例證。郭釗與王潛同日拜授新職,但長慶元年正月初三改元慶典時,《郭釗等轉勛制》中郭釗的身份是"刑部尚書兼司農卿”，正與王潛“涇原節度使”的身份一樣。既然郭釗是以“刑部尚書兼司農卿”身份而不以“檢校户部尚書、懷州刺史，充河陽三城懷節度使”的名義轉勛，爲什麼王潛却不以“涇原節度使”的名義而以“檢校兵部尚書”的身份追封他的母親？這充分説明，對王潛母親的追封，與郭釗轉勛並不同時，郭釗轉勛在長慶元年正月初三之時或其後一日，而追封王潛的母親不在長慶元年正月三日的改元慶典活動中，而在其後，亦即長慶元年七月十八日進行的上尊號慶典之時，具體時間在其後一二日之内，地點自然在長安，元稹時任中書舍人翰林承旨學士之職。

◎ 哭子十首(翰林學士時作)①

維鵜受刺因吾過，得馬生災念爾冤②。獨在中庭倚閑樹，亂蟬嘶噪欲黃昏③。

纔能辨別東西位，未解分明管帶身④。自食自眠猶未得，九重泉路託何人(一)⑤？

爾母溺情連夜哭，我身因事有時悲(二)⑥。鍾聲欲絶東方動，便是尋常上學時⑦。

蓮花上品生真界，兜率天中離世途⑧。彼此業緣多障礙，不知還得見兒無⑨？

節量梨栗愁生疾，教示詩書望早成⑩。鞭朴校多憐校少，又緣遺恨哭三聲⑪。

深嗟爾更無兄弟，自嘆予應絶子孫⑫。寂寞講堂基址在，何人車馬入高門⑬？

往年鬢已同潘岳，垂老年教作鄧攸(三)⑭。煩惱數中除一事,自茲無復子孫憂⑮。

長年苦境知何限！豈得因兒獨喪明⑯！消遣又來緣爾母（四），夜深和淚有經聲⑰。

烏生八子今無七，猿叫三聲月正孤⑱。寂寞空堂天欲曙，拂簾雙燕引新雛⑲。

頻頻子落長江水，夜夜巢邊舊處棲⑳。若是愁腸終不斷，一年添得一聲啼㉑。

録自《元氏長慶集》卷九

［校記］

（一）九重泉路託何人：宋蜀本、蘭雪堂本、叢刊本、《古詩鏡・唐詩鏡》、《全詩》同，楊本作“九重泉路記何人”，語義不佳，不從不改。

（二）我身因事有時悲：宋蜀本、蘭雪堂本、叢刊本、《古詩鏡・唐詩鏡》、《全詩》同，楊本作“我身因事不時悲”，語義相類。不改。

（三）垂老年教作鄧攸：楊本、叢刊本、《古詩鏡・唐詩鏡》、《全詩》同，《全詩》注作“垂老天教作鄧攸”，語義近似，不改。

（四）消遣又來緣爾母：楊本、《古詩鏡・唐詩鏡》、《全詩》同，叢刊本誤作“消遣又來緣爾毋”，《全詩》注作“消遣不來緣爾母”，語義不同，不改。

［箋注］

① 哭子：祭哭兒子。盧藏用《祭拾遺陳公文》：“嗚呼！置酒祭子子不顧，失聲哭子子不回。唯天道而無托，但撫心而已摧。”韓翃《爲田神玉母太夫人謝男神功葬賜錢及神玉領節度表》：“敬姜年暮，俯矜哭子之哀；庾翼才微，尚使領兄之衆。” 子：這裏指元稹與小妾安仙嬪所生的兒子元荊，也是元稹當時唯一的兒子。生於元和六年（811）

之年底，病故於長慶元年(821)的夏天，夭折時僅僅十歲，即使計算虛歲，也衹有十一歲。《年譜》：“(長慶元年)夏，子荊夭亡，年十四年。”明顯是誤判，不取。

②維鵜受刺：《詩·曹風·候人》：“維鵜在梁，不濡其翼。”鄭玄箋：“鵜在梁，當濡其翼，而不濡者，非其常也。以喻小人在朝，亦非其常。”後以“維鵜”比喻小人在朝或在位者才德不稱。杜光庭《馬尚書醮詞》：“常懷聚鷸之譏，每懼維鵜之誚。”蘇轍《謝賜對衣金帶鞍馬狀》：“才下位高，畏維鵜濡翼之誚；任重道遠，懷老驥伏櫪之心。”這裏是元稹的自謙之辭，意謂身居高位，不稱其職。　得馬生災：《喻林》引《淮南子·人間訓》：“塞上之人有善術者，馬無故亡而入胡，人皆吊之，其父曰：‘此何遽不爲福乎？’居數月，其馬將胡駿馬而歸，人皆賀之，其父：‘此何遽不能爲禍乎？’家富良馬，其子好騎，墮而折其髀，人皆吊之，其父曰：‘此何遽不爲福乎？’居一年，胡人大入塞，丁壯者引弦而戰，近塞之人死者十九，此獨以跛之故，父子相保。故福之爲禍，禍之爲福，化不可極，深不可測也。”元稹因受到穆宗青睞而官拜翰林承旨學士，但自己的兒子卻又無緣無故夭折，“福之爲禍，禍之爲福”，故元稹有“因吾過”的悔恨，有“念爾冤”至感嘆。其實，元稹的“福禍”與“禍福”並非到此爲止，接下來他受到的打擊將更加沉重；千年以來，貶毀不斷。但我們相信，假的真不了，真的假不了，元稹的歷史功績，終將被人揭開，終將被人評說。

③中庭：古代廟堂前階下正中部分，爲朝會或授爵行禮時臣下站立之處，也作廳堂正中、廳堂之中。這裏作庭院、庭院之中解。司馬相如《上林賦》：“醴泉湧於清室，通川過於中庭。”鮑照《梅花落》：“中庭雜樹多，偏爲梅咨嗟。”　倚閑樹：“閑倚樹”的倒裝，茫然若失，無所事事，因不勝體力而靠樹而立。劉希夷《采桑》：“看花若有情，倚樹疑無力。”李嘉祐《暮秋遷客增思寄京華》：“倚樹看黃葉，逢人訴白頭。佳期不可失，落日自登樓。”　嘶噪：鳴聲喧雜。江總《修心賦》：

"風引蜩而嘶謰,雨鳴林而修颯,鳥稍狎而知來,雲無情而自合。"元稹《和李校書新題樂府十二首·陰山道》:"臣聞平時七十萬匹馬,關中不省聞嘶噪。四十八監選龍媒,時貢天庭付良造。"　黃昏:日已落而天色尚未黑的時候。《楚辭·離騷》:"曰黃昏以爲期兮,羌中道而改路。"李商隱《樂遊原》:"夕陽無限好,只是近黃昏。"

④ 辨別:分辨區別。趙博《琴歌》:"七絃脆斷蟲絲朽,辨別不曾逢好手。琴聲若似琵琶聲,賣與時人應已久。"曾鞏《范貫之奏議集序》:"或矯拂情欲,或切劘計慮,或辨別忠佞而處其進退。"　東西:方位名,東方與西方,東邊與西邊。《墨子·節用》:"古者堯治天下,南撫交阯,北降幽都,東西至日所出入,莫不賓服。"劉向《九嘆·遠逝》:"水波遠以冥冥兮,眇不睹其東西。"　分明:明確,清楚。董仲舒《春秋繁露·保位權》:"黑白分明,然後民知所去就,民知所去就,然後可以致治。"元稹《內狀詩寄楊白二員外》:"彤管內人書細膩,金奩御印篆分明。"辨明。陸賈《新語·辨惑》:"夫曲直之異形,白黑之異色,乃天下之易見也。然自謬也,或不能分明其是非者,衆邪誤之矣。"《漢書·薛宣傳》:"即無其事,復封還記,得爲君分明之。"　管帶:關照指點。雍陶《春詠》:"風惱花枝不耐頻,等閑飛落易愁人。殷勤最是章臺柳,一樹千條管帶春。"

⑤ "自食自眠猶未得"兩句:意謂元荊祇是一個十來歲的孩子,連吃飯睡覺都要別人照料,現今他獨自一個到了陰曹地府,又能委託哪一個來照料他的日常生活?　自食:靠己力養活自己。《史記·張耳陳餘列傳》:"張耳、陳餘乃變名姓,俱之陳,爲裏監門以自食。"《漢書·韓信傳》:"母怒曰:'大丈夫不能自食,吾哀王孫而進食,豈望報乎?'"　九重:九層,九道,泛指多層。楊師道《闕題》:"漢家伊洛九重城,御路浮橋萬里平。桂戶雕梁連綺翼,虹梁繡柱映丹楹。"王勃《銅雀妓二首》二:"妾本深宮妓,層城閉九重。君王歡愛盡,歌舞爲誰容?"　泉路:泉下,地下,指陰間。喬知之《哭故人》:"平生不得意,泉

路復何如？"杜甫《送鄭十八虔貶台州司户傷其臨老陷賊之故闕爲面別情見於詩》："便與先生應永訣，九重泉路盡交期。"

　　⑥　爾母：你的母親。柳開《宋故河南府伊闕縣令太原王公墓誌銘》"凡生子男一人，吾是也。女四人，皆嫁仕君子，爾母，其長矣！"蘇舜欽《朝奉大夫尚書度支郎中允天章閣待制知陝州軍府事平晉縣開國男食邑三百户上護軍賜紫金魚袋王公行狀》："又謂其婦之子曰：'爾母薄于姑，爾獨不念父邪？'遂切責。"這裏指元荆的繼母裴淑。溺情：囿於情，沉陷於感情。《陳書·孔奐傳》："〔孔奐〕性耿介，絶請託，雖儲副之尊，公侯之重，溺情相及，終不爲屈。"田錫《上中書相公書》："且自古亂世多而理世少，君子寡而小人衆，以姚崇之賢，而值玄宗晚年稍溺情於逸樂……"　連夜：夜以繼日，一夜連著另一夜。崔湜《同李員外春閨》："落日啼連夜，孤燈坐徹明。捲簾雙燕入，披幌百花驚。"張説《幽州新歲作》："去歲荆南梅似雪，今年薊北雪如梅……邊鎮戍歌連夜動，京城燎火徹明開。"　哭：因悲傷痛苦或情緒激動而流泪、發聲。《論語·述而》："子於是日哭則不歌。"韓愈《送孟東野序》："其歌也有思，其哭也有懷。"　有時：有時候，表示間或不定，與上句"連夜"對舉成文。《周禮·考工記·序》："天有時以生，有時以殺；草木有時以生，有時以死。"張喬《滕王閣》："疊浪有時有，閑雲無日無。"　悲：哀痛，傷心。無聲，與有聲之哭對舉。《詩·豳風·七月》："女心傷悲，殆及公子同歸。"《古詩十九首·西北有高樓》："上有絃歌聲，音響一何悲！"

　　⑦　"鍾聲欲絶東方動"兩句：顯示夜間更次的鐘聲快要停止，東方即將發白，太陽即將升起，而往時正是兒子背著書包上學的時候。鍾聲：古代夜間報時的信號，與更鼓相類。皇甫冉《小江懷靈一上人》："江上年年春早，津頭日日人行。借問山陰遠近，猶聞薄暮鍾聲。"孟貫《宿山寺》："溪山盡日行，方聽遠鍾聲。入院逢僧定，登樓見月生。"　鍾：通"鐘"，佛寺所懸挂的鐘，擊以報時的鐘。《新唐書·宗

晉卿傳》："晉卿髭貌雄偉,聲如洪鍾。"文天祥《己卯十月一日至燕越五日罹狴犴有感而賦》："鍾信忽然動,屋陰俄又斜。" **東方**:方位名,太陽升起的方向。《詩·邶風·日月》："日居月諸,東方自出。"司馬相如《長門賦》："觀衆星之行列兮,畢昴出於東方。" **尋常**:經常,平時。杜甫《江南逢李龜年》："岐王宅裏尋常見,崔九堂前幾度聞。"《敦煌曲子詞·十二月相思》："無端嫁得長征婿,教妾尋常獨自眠。"

⑧ **蓮花**:即荷花。江淹《蓮華賦》："余有蓮花一池,愛之如金。"郭震《蓮花》："臉膩香薰似有情,世間何物比輕盈? 湘妃雨後來池看,碧玉盤中弄水晶。"喻佛門的妙法。李贄《觀音問》："若無國土,則阿彌陀佛爲假名,蓮華爲假相,接引爲假説。" **上品**:佛教謂修净土法門而道行較高者,命終化生西方净土後所居的高等品位。劉禹錫《楚州開元寺北院枸杞臨井繁茂可觀群賢賦詩因以繼和》："枝繁本是仙人杖,根老新成瑞犬形。上品功能甘露味,還知一勺可延齡。"周繇《以人葠遺段成式》："人形上品傳方志,我得真英自紫團。慚非叔子空持藥,更請伯言審細看。" **真界**:指寺觀。武元衡《題故蔡國公主九華觀上池院》："瑤瑟含風韵,紗窗積翠虛。秦樓今寂寞,真界竟何如?"皎然《奉同盧使君幼平遊精舍寺》："真界隱青壁,春山凌白雲。" **兜率天**:梵語音譯,佛教謂天分許多層,第四層叫兜率天。它的内院是彌勒菩薩的净土,外院是天上衆生所居之處。《法華經·勸發品》："若有人受持讀誦,解其義趣,是人命終……即往兜率天上彌勒菩薩所。"白居易《祭中書韋相公文》："靈鷲山中,既同前會;兜率天上,豈無後期?" **世途**:同"世塗",《三國志·荀彧傳》："詵弟顗,咸熙中爲司空。"裴松之注引孫盛《晉陽秋》:"〔荀粲〕常謂頫、玄曰:'子等在世塗間,功名必勝我,但識劣我耳!'"李白《古風》五九:"世途多翻覆,交道方嶮巇。"

⑨ **彼此**:那個和這個,雙方。《墨子·經説》："正名者'彼此'。彼此可:'彼彼'止於彼;'此此'止於此。彼此不可:彼且此也;此亦可

彼。"嵇康《與呂長悌絕交書》:"間令足下,因其順親,蓋惜足下門户,欲令彼此無恙也。"　業緣:佛教語,謂苦樂皆爲業力而起,故稱爲"業緣"。《維摩經·方便品》:"是身如幻,從顛倒起;是身如夢,爲虚妄見;是身如影,從業緣現。"元稹《漫天嶺贈僧》:"五上兩漫天,因師懺業緣。漫天無盡日,浮世有窮年。"　障礙:佛教語,惡業所引起的煩惱困惑,因能擾亂身心,故佛典稱"障礙"。《百喻經·觀作瓶喻》:"法雨無障礙,緣事故不聞。"李贄《觀音問》:"然則無時無處無不是山河大地之生者,豈可以山河大地爲作障礙而欲去之也?"　無:副詞,用於句末,表示疑問,相當於"否"。盧綸《敦顏魯公送挺贇歸翠微寺》:"寺懸金榜半山隈,石路荒涼松樹枯。虎迹印雪大如斗,閏月暮天過得無?"元稹《與李十一夜飲》:"寒夜燈前賴酒壺,與君相對興猶孤。忠州刺史應閑卧,江水猿聲睡得無?"

⑩ 節量:節制度量,限量。《後漢書·梁節王暢傳》:"臣欲多還所受,恐天恩不聽許,節量所留,於臣暢饒足。"《顏氏家訓·兄弟》:"娣姒之比兄弟則疏薄矣!今使疏薄之人而節量親厚之恩,猶方底而圓蓋,必不合矣!"　梨栗:梨樹與栗樹。揚雄《長楊賦》:"馳騁秔稻之地,周流梨栗之林。"本詩是指梨樹與栗樹的果實梨子與栗子。秦系《山中奉寄錢起員外兼簡苗發員外》:"稚子唯能覓梨栗,逸妻相共老烟霞。"　生疾:生病。張籍《學仙》:"虚羸生疾疹,壽命多夭傷。身殁懼人見,夜埋山谷傍。"韋應物《冰賦》:"豈知乎一寒一温日夜相激,久之以生疾兮。"　教示:教導,訓誨。元稹《估客樂》:"父兄相教示,求利莫求名。求名有所避,求利無不營。"曾鞏《策問》:"患風俗之敝也,正己以先百姓,而明於教示。"　詩書:《詩經》和《尚書》。《左傳·僖公二十七年》:"《詩》、《書》,義之府也;《禮》、《樂》,德之則也。"泛指書籍。韓愈《感春四首》三:"朝騎一馬出,暝就一床卧。詩書漸欲抛,節行久已惰。"　早成:指人的身心早熟,亦謂年少功成名就。《三國志·諸葛瞻傳》:"瞻已八歲,聰慧可愛,嫌其早成,恐不爲重器耳!"韓

愈《唐故秘書少監贈絳州刺史獨孤府君墓誌銘》："始微有知,則好學問;咨稟教飭,不煩提諭;月開日益,卓然早成。"

⑪ 鞭朴:亦作"鞭扑"、"鞭撲",用作刑具的鞭子和棍棒,亦指用鞭子或棍棒抽打。《國語·魯語》："大刑用甲兵,其次用斧鉞,中刑用刀鋸,其次用鑽笮,薄刑用鞭扑,以威民也。"韋昭注:"鞭,官刑也,扑,教刑也。"《漢書·刑法志》："薄刑用鞭扑。"顏師古注:"扑,杖也。"校:比較。《孟子·滕文公》："龍子曰:'治地莫善於助,莫不善於貢。'貢者,校數歲之中以爲常。"柳渾《牡丹》："近來無奈牡丹何,數十千錢買一顆。今朝始得分明見,也共戎葵不校多。" 憐:哀憐,憐憫。《史記·項羽本紀》："籍與江東子弟八千人渡江而西,今無一人還,縱江東父兄憐而王我,我何面目見之?"戴叔倫《口號》："白髮千莖雪,寒窗嬾著書。最憐吟苜蓿,不及向桑榆。"喜愛,疼愛。戴叔倫《送張南史》："草座留山月,荷衣遠洛塵。最憐知己在,林下訪閑人。"元稹《生春二十首》一一:"鴻雁驚沙暖,鴛鴦愛水融。最憐雙翡翠,飛入小梅叢。" 遺恨:到死還感到悔恨。《後漢書·王常傳》："聞陛下即位河北,心開目明,今得見闕庭,死無遺恨。"陸機《文賦》："恒遺恨以終篇,豈懷盈而自足!"也謂事情已過去但還留下的悔恨。張說《崔司業挽歌二首》一:"疾起揚雄賦,魂遊謝客詩。從今好文主,遺恨不同時!"杜甫《壯遊》："東下姑蘇臺,已具浮海航。到今有遺恨,不得窮扶桑。"《古詩鏡·唐詩鏡》評述本詩云:"深恨。"可謂一語中的。

⑫ 嗟:嘆詞,表悲傷。《詩·魏風·陟岵》："父曰:'嗟! 予子行役,夙夜無已。'"嘆息。《易·離》："日昃之離,不鼓缶而歌,則大耋之嗟,凶。" 兄弟:哥哥和弟弟。《爾雅·釋親》："男子先生爲兄,後生爲弟。"《詩·小雅·常棣》："凡今之人,莫如兄弟。"鄭玄箋:"人之恩親,無如兄弟之最厚。" 自嘆:自我感嘆感傷。宋之問《別之望後獨宿藍田山莊》："鵷鴒有舊曲,調苦不成歌。自嘆兄弟少,常嗟離別多。"王維《靈雲池送從弟》："金杯緩酌清歌轉,畫舸輕移艷舞回。自

嘆鶺鴒臨水別，不同鴻雁向池來。"　子孫：兒子和孫子，泛指後代。《書·洪範》："身其康強，子孫其逢吉。"賈誼《過秦論》："自以爲關中之固，金城千里，子孫帝王萬世之業也。"

⑬ 寂寞：寂静無聲，沉寂。《楚辭·劉向〈九嘆·憂苦〉》："巡陸夷之曲衍兮，幽空虚以寂寞。"王逸注："寂寞，無人聲也。"謝道韞《登山》："巖中間虚宇，寂寞幽以玄。"　講堂：儒師講學的堂舍。岑參《文公講堂》："文公不可見，空使蜀人傳。講席何時散？高臺豈復全！"劉禹錫《生公講堂》："生公説法鬼神聽，身後空堂夜不扃。高坐寂寥塵漠漠，一方明月可中庭。"　基址：亦作"基阯"、"基趾"，建築物的地基、基礎。《左傳·宣公十一年》："令尹蒍艾獵城沂……議遠邇，略基趾，具餱糧，度有司，事三旬而成。"杜預注："趾，城足。"元稹《古社》："古社基阯在，人散社不神。"　車馬：車和馬。宋之問《長安路》："秦地平如掌，層城出雲漢。樓閣九衢春，車馬千門旦。"沈佺期《臨高臺》："高臺臨廣陌，車馬紛相續。回首思舊鄉，雲山亂心曲。"　高門：《漢書·于定國傳》："始定國父于公，其閭門壞，父老方共治之。於公謂曰：'少高大閭門，令容駟馬高蓋車。我治獄多陰德，未嘗有所冤，子孫必有興者。'至定國爲丞相，永爲御史大夫，封侯傳世云。"後因以"高門"指高大其門閭，比喻青雲得志，光耀門庭。《後漢書·霍諝傳》："明將軍德盛位尊，人臣無二，言行動天地，舉厝移陰陽，誠能留神，沛然曉察，必有于公高門之福，和氣立應，天下幸甚。"劉禹錫《寄樂天》："于公必有高門慶，謝守何煩曉鏡悲！"

⑭ 往年鬢已同潘岳：元和四年，元稹三十一歲，已經生有白髮，他元和五年《酬翰林白學士代書一百韵》詩曰："甯牛終夜永，潘鬢去年衰。"其下特地注云："予今年始三十二，去歲已生白髮。"比潘岳三十二歲開始生有白髮還早了一年。　往年：以往的年頭，從前。《左傳·昭公十七年》："往年吾見之，是其徵也，火出而見。今兹火出而章，必火入而伏。"元結《漫酬賈沔州》："往年壯心在，嘗欲濟時難。"這

裏指元和四年。　　鬢：臉旁靠近耳朵的頭髮。《莊子·説劍》：“然吾
王所見劍士，皆蓬頭突鬢垂冠。”杜牧《郡齋獨酌》：“前年鬢生雪，今年
鬚帶霜。”　　潘岳：晉代文學家，三十二歲白了頭髮，《晉書·潘岳傳》：
“岳少以才穎，見稱鄉邑，號爲奇童。”中年喪妻，有《悼亡詩三首》傳名
後世。　　垂老：將近老年。杜甫《垂老別》：“四郊未寧静，垂老不得
安。”劉長卿《見秦系離婚後出山居作》：“豈知偕老重，垂老絶良姻。
郗氏誠難負，朱家自媿貧。”元稹時年四十三歲，正在壯年，稱“垂老”
顯然過早，但從中可見詩人未老先衰的心態。儲光羲《同張侍御鼎和
京兆蕭兵曹華歲晚南園》：“潘岳閑居賦，鍾期流水琴。一經當自足，
何用遺黄金？”盧綸《和太常王卿立秋日即事》：“嵩高雲日明，潘岳賦
初成。籬槿花無色，階桐葉有聲。”　　鄧攸：據《晉書·鄧攸傳》，鄧攸
途中擔其兒及其弟之子鄧綏，遇賊，難以兩全，於是棄己子而負侄子
逃命，終世無兒。元稹《遣悲懷三首》三：“閑坐悲君亦自悲，百年都是
幾多時？鄧攸無子尋知命，潘岳悼亡猶費詞。”白居易《哭崔兒》：“悲
腸自斷非因劍，啼眼加昏不是塵。懷抱又空天黙黙，依前重作鄧
攸身。”

　　⑮　煩惱：佛教語，謂迷惑不覺，包括貪、嗔、痴等根本煩惱以及隨
煩惱能擾亂身心，引生諸苦，爲輪回之因。蕭衍《净業賦》：“抱惑而
生，與之偕老；隨逐無明，莫非煩惱。”《壇經·般若品》：“凡夫即佛，煩
惱即菩提。前念迷即凡夫，後念悟即佛。前念著境即煩惱，後念離境
即菩提。”憂愁苦悶。孟浩然《宿天台桐柏觀》：“願言解纓紱，從此去
煩惱。”歐陽修《蝶戀花》一：“酒入横波，困不禁煩惱。”　　自茲無復子
孫憂：此句詩意，與白居易《閑坐》“有室同摩詰，無兒比鄧攸。莫論身
在日，身後亦無憂”異曲同工。　　無復：不再，不會再次。《晉書·王
導傳》：“桓彝見朝廷微弱……憂懼不樂。往見導，極談世事，還，謂顗
曰：‘向見管夷吾，無復憂矣！’”韓愈《落葉送陳羽》：“落葉不更息，斷
蓬無復歸。”《古詩鏡·唐詩鏡》評述本詩：“絶痛。”可謂體諒詩人之内

心苦痛。

⑯ 長年：整年，長期。寒山《詩三百三首》八二：“夏天將作衫，冬天將作被。冬夏遞互用，長年只這是。”王安石《招約之職方並示正甫書記》：“欲往無舟梁，長年寄心目。” 苦境：困境，逆境。元稹《酬樂天得微之詩知通州事因成四首》四（筆者按：實爲錯簡詩《酬樂天見寄》）：“饑搖困尾喪家狗，熱暴枯鱗失水魚。苦境萬般君莫問，自憐方寸本來虛。”道宣《出家懷道門十二》：“已出馳動入寂定，已離染著得無礙。已捨苦境得無惱，已離妻子無纏縛。” 何限：無限，無邊。韓愈《郴口又贈二首》二：“沿涯宛轉到深處，何限青天無片雲。”劉禹錫《送從弟郎中赴浙西》：“又食建業水，曾依京口居。共經何限事，賓主兩如初。” 喪明：眼睛失明，語出《禮記·檀弓》：“子夏喪其子而喪其明，曾子吊之，曰：‘吾聞之也，朋友喪明則哭之。’”鄭谷《兵部盧郎中光濟借示詩集以四韻謝之》：“才大始知寰宇窄，吟高何止鬼神驚！葉公好尚渾疏闊，忽見真龍幾喪明！”從現有材料中，未見元稹有喪明的舊病，這裏應該是詩人勸慰裴淑也勸慰自己之語，但接連喪兒夭女，要想真正做到是不可能的。詩人這裏顯然用《禮記·檀弓》之典，抒發傷子的哀痛。

⑰ 消遣：原來指用自己感覺愉快的事來度過空閑時間，消閑解悶。鄭谷《渼陂》：“潸然四顧難消遣，祇有佯狂泥酒盃。”蔣捷《虞美人·梳樓》：“天憐客子鄉關遠，借與花消遣。”本詩是反用其意。 夜深：猶深夜。杜甫《玩月呈漢中王》：“夜深露氣清，江月滿江城。”戴叔倫《聽歌回馬上贈崔法曹》：“共待夜深聽一曲，醒人騎馬斷腸迴。”和淚：泪眼朦朧貌。白居易《曉別》：“曉鼓聲已半，離筵坐難久。請君斷腸歌，送我和淚酒。”長孫佐輔《答邊信》：“君寄邊書書莫絶，妾答同心心自結……結成一夜和淚封，貯書只在懷袖中。”

⑱ 烏：這裏是詩人自喻，大概從古代神話傳説太陽中有三足烏，因以“烏”爲太陽的代稱的傳説轉化而來。《山海經·大荒東經》：“一

日方至，一日方出，皆載於烏。"郭璞注："中有三足烏。"《文選·左思〈蜀都賦〉》："羲和假道於峻岐，陽烏迴翼乎高標。"李善注引《春秋元命包》："陽成於三，故日中有三足烏。烏者，陽精。" **烏生八子今無七**：元稹的子女情況大致可以推論如下：據韓愈的《監察御史元君妻京兆韋氏夫人墓誌銘》"實生五子，一女之存"的描述，韋叢有四個子女夭折，僅存者爲女兒保子；小妾安仙嬪生有一男，即元荆，長慶元年夭折，本詩就是哀悼元荆之作。元稹《葬安氏志》："近歲嬰疾，秋方綿痼。"所謂"嬰疾"即是纏綿不絕的疾病，最後安仙嬪因此而喪生，因此有病的安氏不大可能連續生育子女，《年譜》所云安仙嬪元和七年"生女，名樊"、元和八年"生女，名降真"的説法是不可取的。而裴淑與元稹結婚之時正值青春年少之時，從元和十一年至長慶元年的五六年間，除育有元樊之外，不可能不另外生育子女。元稹《哭女樊四十韵》中有"最憐貪栗妹，頻救懶書兄"之句很容易誤認"貪栗妹"是小迎，但小迎到元稹謝世時尚在人間，與本詩中的"烏生八子今無七"句不合。我們以前也一直未能認定"降真"的母親是韋叢、安氏，還是裴淑，現在看來降真就是元稹《哭女樊四十韵》中的"貪栗妹"，她的母親就是裴淑，降真夭折時間大約在元樊夭折之後元荆夭折之前。元稹詩《哭小女降真》"雨點輕漚風復驚，偶來何事去何情？浮生未到無生地，暫到人間又一生"的詩句就非常切合"貪栗妹"的情景。這樣韋叢夭折的四個子女加上安氏夭折的元荆，還有裴淑夭折的元樊以及"貪栗妹"降真，正好是七個子女夭折，僅有女兒保子存世，故有"烏生八子今無七"的哀嘆。至於"小迎"大概出生在長慶元年元荆夭折之後，至元稹謝世的大和五年，估計已經十歲以上，是"韶齔"亦即七八歲的道衛、道扶的姐姐，而七八歲的道衛、道扶又是三歲的道護的姐姐。所以白居易《唐故武昌軍節度處置等使正議大夫檢校户部尚書鄂州刺史兼御史大夫賜紫金魚袋尚書右僕射河南元公墓誌銘并序》文曰："今夫人河東裴氏……生三女：曰小迎，未筓。道衛、道扶，韶齔。一子曰道護,三歲。"笄是女子成年之禮。《禮記·內則》:"十有五年而笄。""未笄"的含義應該是沒有達到十五歲,當然也不可稱僅僅七八歲或者七八歲以下的女孩,如果祇有七八歲,她應該與道衛、道扶一樣稱爲"韶齔"。關於裴淑連續生育子女的推測,本詩其一、其九、其十即透露了其中的資訊,元荆夭折於"亂蟬嘶噪"的夏秋間,估計裴淑當時已有身孕,産期大約在第二年"拂簾雙燕引新雛"之時,故詩人作"一年添得一聲啼"之期待以作安慰,而即將降生的即是參與元積葬禮的小迎。　　猿叫三聲月正孤:元積在這裏化用"斷腸猿"的典故:劉義慶《世說新語·黜免》:"桓公入蜀,至三峽中,部伍中有得猿子者,其母緣岸哀號,行百餘里不去。遂跳上船,至便即絕。破視其腹中,腸皆寸寸斷。公聞之,怒,令黜其人。"後世用作因思念愛子而極度悲傷之典。李白《贈武十七諤》:"愛子隔東魯,空悲斷腸猿。"黃庭堅《上冢》:"康州斷腸猿,風枝割永痛。"　月正孤:亦即"孤月",因明月獨懸天空,故稱孤月。王昌齡《送人歸江夏》:"曉夕雙帆歸鄂渚,愁將孤月夢中尋。"蘇軾《送小本禪師赴法雲》:"孤月挂空碧,是身如浮雲。"詩人以哀猿自喻,聲聲哀嘆之中,抬頭看月,似乎月亮也像自己一樣孤孤單單。不是夜景感染了元積的情緒,而是元積的哀傷情緒影響了詩人對明媚月光的欣賞。

⑲　空堂:空曠寂寞的廳堂。阮籍《詠懷八十二首》一七:"獨坐空堂上,誰可與歡者? 出門臨永路,不見行車馬登。"王維《秋夜獨坐》:"獨坐悲雙鬢,空堂欲二更。"　曙:天亮,破曉。《楚辭·九章·悲回風》:"涕泣交而淒淒兮,思不眠以至曙。"王逸注:"曙,明也。"曹植《洛神賦》:"夜耿耿而不寐,霑繁霜而至曙。"　雛:小鷄,泛指幼禽或幼獸。《淮南子·時則訓》:"天子以雛嘗黍。"高誘注:"雛,新鷄也。"白居易《晚燕》:"百鳥乳雛畢,秋燕獨蹉跎。"《古詩鏡·唐詩鏡》評述本詩:"景逼情生。"評述中肯,頗見功力。

⑳　頻頻子落長江水:這裏詩人暗喻自己的兒女們頻頻夭折,猶

如花木之籽粒一個跟著另一個落入長江，一去而不返。　頻頻：成群結隊貌。王安石《次韵吳季野再見寄》："流俗尚疑身察察，交遊方笑黨頻頻。"蘇軾《巫山廟上下數十里有烏鳶》："江山飢烏無足怪，野鷹何事亦頻頻。"屢次，連續不斷。劉知幾《史通·書志》："前志已錄，而後志仍書，篇目如舊，頻頻互出。"　夜夜巢邊舊處栖：意謂詩人與自己的妻子雖然情深誼重，夜夜恩愛，希望能够給自己的晚年帶來新的希望。　夜夜：一夜連著一夜。王績《田家三首》二："平生唯酒樂，作性不能無。朝朝訪鄉里，夜夜遣人酤。"張九齡《賦得自君之出矣》："自君之出矣，不復理殘機。思君如滿月，夜夜減清輝。"　栖：原指禽鳥歇宿。《莊子·至樂》："夫以鳥養養鳥者，宜栖之深林。"左思《詠史詩八首》八："巢林栖一枝，可爲達士模。"本詩作居住、停留解。《莊子·山木》："夫豐狐文豹，栖於山林，伏於巖穴，静也。"《史記·蘇秦列傳》："越王句踐栖於會稽。"陶潛《丙辰歲八月中于下潠田舍穫》："遙謝荷蓧翁，聊得從君栖。"

㉑ 若是：如此，這樣。《史記·老子韓非列傳》："吾所以告子，若是而已。"劉長卿《北歸入至德州界偶逢洛陽鄰家李光宰》："華髮相逢俱若是，故園秋草復如何？"如果，如果是。李紳《答章孝標》："假金方用眞金鍍，若是真金不鍍金。十載長安得一第，何須空腹用高心？"楊收《嘲吳人觀者》："爾幸無羸角，何用觸吾藩？若是升堂者，還應自得門。"　愁腸：憂思鬱結的心腸。《藝文類聚》卷一引傅玄："青雲徘徊，爲我愁腸。"謝朓《秋夜講解》："沉沉倒營魄，苦蔭蹙愁腸。"這裏指元積與裴淑爲子女操勞的愁腸。　一年添得一聲啼：意謂你裴淑年齡還輕，祇要我們有意，也許每年我們還可以再添一個孩子。　一年：每一年。裴漼《奉和聖製龍池篇》："乾坤啓聖吐龍泉，泉水年年勝一年。始看魚躍方成海，即覩飛龍利在天。"韋應物《三臺二首》一："一年一年老去，明日後日花開。未報長安平定，萬國豈得銜杯！"　啼：這裏指"兒啼"，小孩啼哭，嬰兒降生時的第一聲啼哭。賈讓《奏治河

三策》："治土而防其川,猶止兒啼而塞其口。"《史記·循吏列傳》："丁壯號哭,老人兒啼。"《古詩鏡·唐詩鏡》綜述全詩："數首顛倒思量,婉轉沉痛,殆難爲讀。"筆者深有同感,相信讀者也有同感。

[編年]

《年譜》編年本詩於"長慶元年夏作",有譜文"夏,子荆夭亡,年十四歲"。《編年箋注》編年:"長慶元年(八二一)二月,元稹守中書舍人,充翰林學士。是年夏,子荆夭亡,年十四歲。此詩作於同時。見下《譜》。"《年譜新編》編年長慶元年,其譜文云:"夏,子荆夭亡,年十一歲。元稹《哭子十首》題下注云:'翰林學士時作。'其一云:'亂蟬嘶噪欲黃昏。'其九云:'拂簾雙燕引新雛。'"

據《漢語大詞典》,蟬是一種常見的昆蟲,夏秋間由幼蟲蜕化而成,吸樹汁爲生。雄的腹部有發聲器,能連續發聲。種類很多,俗稱蜘蟟、知了。徐陵《山池應令》："猿啼知谷晚,蟬咽覺山秋。"而燕子也並非僅僅活躍於夏天,秋天仍然可以見到它們的身影,其撫育"新雛"並待"兒女們"能够與自己一起南飛應該在秋天。杜甫《送許八拾遺歸江寧覲省甫昔時嘗客游此縣于許生處乞瓦棺寺維摩圖樣志諸篇末》："春隔鷄人畫,秋期燕子凉。"本詩題注:"翰林學士時作。"元稹長慶元年二月十六日至同年十月十九日在翰林承旨學士任,這段時間正好涵蓋長慶元年的夏秋。我們以爲,本詩應該作于長慶元年夏秋間,斷言"夏天"似乎有點不妥。

順便説一句,元荆生於元和六年(811),夭亡於長慶元年(821),夭折之時,年僅十歲,或者可以算作虛歲十一歲。《編年箋注》斷言元荆"年十四歲",自然是錯誤的。而其錯誤,則來自盲從《年譜》的錯誤:"(長慶元年)夏,子荆夭亡,年十四歲。"

◎ 授劉悟檢校司空幽州節度使制（長慶元年七月，幽州軍士囚其節度使張弘靖以反，故以悟爲節度使）（一）①

門下：朕聞將星明則英豪用，靈旗指則氛祲銷（二）。勁草可以受疾風，盤根然後見利器。苟非處劇，何以用長②？況幽并少年，燕趙奇士，居常以紫騮自騁，失意則白刃相仇（三）。將領斯難（四），是先才傑③。

昭義軍節度副大使、知節度事、澤潞磁邢洺等州觀察制置使、金紫光禄大夫、檢校尚書右僕射兼潞州大都督府長史、御史大夫、上柱國、彭城郡王、食邑三百户劉悟：天與忠誠，人推敬讓。蘊孟賁之勇，不以力聞；避廉頗之強，使之心伏（五）。是以居危邦以智免，臨大節以功高。嘗見委於先朝，屢作藩於右地④。

朕以遼陽巨鎮，自我康寧。姑欲撫之以仁，然後示之以禮（初，劉總以弘靖寬簡御衆，故舉自代）⑤。而守臣嬰疾（弘靖莊默自尊，涉旬一出），幕吏擅權（判官韋雍輩嗜酒豪恣，損剋糧賜，詬責將士，軍中怨怒）。撓政行私，虧恩剥下。過爲箠楚，妄作威棱。不均饗士之羊，徒養乘軒之鶴。致兹擾變，職此之由⑥。

不有將才，孰懲兒戲？敷求朕志，深謂汝諧。是用拔奇，式冀宣力⑦。帖以亞相，寵之上公。俾光十乘之行，以壯三軍之氣。可檢校司空兼幽州大都督府長史、御史大夫，充幽州盧龍軍節度副大使、知節度事、觀察處置押奚契丹兩蕃經略盧龍等使（六），散官、勳封如故⑧。

錄自《元氏長慶集》卷四三

[校記]

（一）授劉悟檢校司空幽州節度使制：楊本、叢刊本、《英華》、《文章辨體彙選》、《淵鑑類函》、《四六法海》、《全文》同，《盛京通志》誤作"唐文宗授劉悟幽州節度使制"，不從不改。長慶元年七月，幽州軍士因其節度使張弘靖以反，故以悟爲節度使：此題注僅見於馬本《元氏長慶集》，其他各本均無，應該是馬本《元氏長慶集》的整理者馬元調根據史實所作的題注，僅録以備考。

（二）靈旗指則氛祲銷：楊本、叢刊本、《全文》同，《英華》、《文章辨體彙選》、《盛京通志》作"靈旗指則妖祲銷"，《淵鑑類函》、《四六法海》作"靈旗指則妖祲消"，各備一說，不改。

（三）失意則白刃相仇：楊本、叢刊本、《英華》、《淵鑑類函》、《四六法海》、《文章辨體彙選》、《全文》同，《盛京通志》作"失意則白刃相批"，不從不改。

（四）將領斯難：原本作"將領司難"，楊本、叢刊本同，據《英華》、《文章辨體彙選》、《淵鑑類函》、《四六法海》、《盛京通志》、《全文》改。

（五）使之心伏：楊本、叢刊本、《英華》、《文章辨體彙選》、《盛京通志》同，《淵鑑類函》、《四六法海》、《全文》作"使之心服"，兩字可通，僅録以備考。

（六）可檢校司空兼幽州大都督府長史、御史大夫，充幽州盧龍軍節度副大使、知節度事、觀察處置押奚契丹兩蕃經略盧龍等使：楊本、叢刊本、《淵鑑類函》、《盛京通志》、《全文》同，《英華》、《四六法海》作"可檢校司空兼幽州大都督長史、御史大夫，充幽州契丹兩番經略盧龍等使"，《文章辨體彙選》無，各備一說，不改。

[箋注]

① 授劉悟檢校司空幽州節度使制：這道制誥其實並沒有真正付

諸實施,劉悟并没有履任幽州,仍舊留在原來的昭義軍節度使任上,敬請讀者注意。　劉悟:事迹見《舊唐書·劉悟傳》:"元和末,憲宗既平淮西,下詔誅師道,師道遣悟將兵拒魏博軍,而數促悟戰。悟未及進,馳使召之。悟度使來必殺己,乃僞疾不出,令都虞候往迎之。使者亦果以誠告其人云:'奉命殺悟以代悟。'都虞候即時先還,悟劫之得其實,乃召諸將與謀曰:'魏博田弘正兵强,出戰必敗,不出則死。今天子所誅者,司空一人而已。悟與公等皆爲所驅迫,使就其死。何如殺其來使,整戈以取鄆,立大功,轉危亡爲富貴耶?'衆咸曰:'善!唯都將所命!'悟於是立斬其使,以兵取鄆,圍其内城,兼以火攻其門。不數刻,擒師道并男二人,並斬其首以獻。擢拜悟檢校工部尚書兼御史大夫、義成軍節度使,封彭城郡王,仍賜實封五百户,錢二萬貫,莊宅各一區。十五年正月入覲,又加檢校兵部尚書,餘如故。穆宗即位,以恩例遷檢校尚書右僕射。是歲十月,移鎮澤潞,旋以本官兼平章事。長慶元年,幽州大將朱克融叛,囚其帥張弘靖,朝廷求名將以鎮漁陽,乃加悟檢校司空、平章事,充盧龍軍節度使。"　幽州節度使:轄區大致相當今河北、北京地區。《舊唐書·地理志》:"幽州節度使,治幽州,管涿、幽、瀛、莫、檀、薊、平、營、媯、順等十州。"其中幽、瀛、莫、檀、薊、平、營、媯之州治分別是幽州、河間、莫縣、密雲、薊縣、盧龍、柳城、懷戎,地當今天的北京、河間、白洋澱、密雲、薊縣、盧龍、朝陽、懷來地區。詩詞中常常以"漁陽"代稱。王昌齡《寄穆侍御出幽州》:"一從恩譴度瀟湘,寒北江南萬里長。莫道薊門書信少,雁飛猶得到衡陽。"劉長卿《穆陵關北逢人歸漁陽》:"逢君穆陵路,匹馬向桑乾。楚國蒼山古,幽州白日寒。"

②　將星:古人認爲帝王將相與天上星宿相應,將星即象徵大將的星宿。典見《隋書·天文志》:"大將星摇,兵起,大將出。"李納《授陳君從鄜州節度使塞門行營使制》:"雖遵條共理,仁風見重於朱輪;而授脈分麾,將星宜明於紫塞。"白居易《除軍使邠寧節度使制》:"金

方之氣，凝爲將星。王者法天，選命豪傑。授之以鉞，拜爲將軍。以威西戎，以護中夏。」　英豪：英雄豪傑。《三國志·郭嘉傳》：「〔孫策〕新併江東，所誅皆英豪雄傑，能得人死力者也。」司空圖《力疾山下吳村看杏花十九首》一二：「不如分減閑心力，更助英豪濟活人。」　靈旗：戰旗，出征前必祭禱之，以求旗開得勝，故稱。《史記·孝武本紀》：「其秋，爲伐南越，告禱泰一，以牡荊畫幡日月北斗登龍，以象天一三星，爲泰一鋒，名曰‘靈旗’。爲兵禱，則太史奉以指所伐國。」《漢書·禮樂志》：「招搖靈旗，九夷賓將。」顏師古注：「畫招搖於旗以征伐，故稱靈旗。」　氛祲：指預示灾禍的雲氣。《詩·大雅·靈臺》：「經始靈臺。」朱熹集傳：「國之有臺，所以望氛祲，察灾祥，時觀遊，節勞佚也。」比喻戰亂，叛亂。駱賓王《兵部奏姚州道破逆賊諸没弄楊虔柳露布》：「飛塵埃而匝地，白日爲之晝昏；掃氛祲以稽天，滄溟爲之晦色。」王禹偁《求致仕第三表》：「外不能出奇畫策，廓氛祲而偃干戈；內不能阜俗安人，救惸嫠而躋富壽。」　勁草：堅韌的草，多喻操守堅貞，威武不屈的人。《東觀漢記·王霸傳》：「上謂霸曰：‘潁川從我者皆逝，而子獨留，始驗疾風知勁草。’」《舊唐書·高沐傳》：「式表漏泉之澤，且彰勁草之節。」　疾風：急劇而猛烈的風。《莊子·天下》：「〔禹〕沐甚雨，櫛疾風，置萬國。」鮑照《出自薊北門行》：「疾風衝塞起，沙礫自飄揚。」比喻劇烈的變故、變亂。曹冏《六代論》：「是以聖王安而不逸，以慮危也；存而設備，以懼亡也。故疾風卒至而無摧拔之憂，天下有變而無傾危之患矣！」　盤根：謂樹木根株盤曲糾結。庾信《至老子廟應詔》：「毨毛新鵠小，盤根古樹低。」齊己《古松化爲石》：「盤根幾聳翠崖前，却偃凌雲化至堅。」比喻相互勾結，根深蒂固。袁宏《後漢紀·安帝紀》：「〔虞詡〕笑曰：‘難者不避，易者必從，臣之節也。不遇盤根錯節，無以別堅利。此乃吾立功之秋，怪吾子以此相勞也。’」《魏書·甄琛傳》：「今河南郡是陛下之堅木，盤根錯節，亂植其中。六部里尉即攻堅之利器，非貞剛精銳，無以治之。」　利器：喻傑出的才能。王昌齡《上侍御士兄》：“利器必先舉，非賢安可任？”蘇軾《乞擢用林豫札子》：“〔林豫〕勇於立事，常有爲國捐軀之意，試之盤錯之地，必顯利器。” 劇：指繁重的職務。孟浩然《贈蕭少府》：“處腴能不潤，居劇體常閑。”王安石《上曾參政書》：“某材不足以任劇，而又多病，不敢自蔽。” 何以：怎麼。《詩·召南·行露》：“誰謂雀無角？何以穿我屋？”用反問的語氣表示沒有或不能。劉向《列女傳·楚江乙母》：“今令尹之治也，耳目不明，盜賊公行，是故使盜得盜妾之布，是與使人盜何以異也？” 用長：運用其所長。《管子·兵法》：“教其手以長短之利。”尹知章注：“長兵短兵，各有所利。遠用長，近用短也。”《晉書·劉隗傳》：“周弘武巧於用短，杜方叔拙於用長。”

③ 幽并少年：即“幽并兒”，語出曹植《白馬篇》：“借問誰家子？幽并遊俠兒。”杜甫《送高三十五書記十五韻》：“高生跨鞍馬，有似幽并兒。”“幽并”是幽州和并州的並稱，約當今河北、山西北部和内蒙古、遼寧一部分地方，其俗尚氣任俠，因借指豪俠之氣。鮑照《擬古三首》三：“幽并重騎射，少年好馳逐。”李頎《塞下曲》：“少年學騎射，勇冠并州兒。直愛出身早，邊功沙漠垂。”岑參《北庭西郊候封大夫受降回軍獻上》：“自逐定遠侯，亦着短後衣。近來能走馬，不弱并州兒。” 燕趙：指戰國時燕趙兩國，亦泛指其所在地區，即今河北省北部及山西省西部一帶。吳少微《怨歌行》：“綠柏黃花催夜酒，錦衣羅袂逐春風。建章西宮焕若神，燕趙美女三千人。”王維《送高適弟耽歸臨淮作》：“少年客淮泗，落魄居下邳。遨遊向燕趙，結客過臨淄。” 奇士：非常之士，德行或才智出衆的人。《史記·貨殖列傳》：“無巖處奇士之行，而長貧賤，好語仁義，亦足羞也。”蘇軾《破琴詩序》：“子玉名瑾，善作詩及行草書……仲殊本書生，棄家學佛，通脱無所著，皆奇士也。” 居常：平時，經常。《史記·淮陰侯列傳》：“信由此日夜怨望，居常鞅鞅。”《後漢書·崔瑗傳》：“瑗愛士，好賓客，盛情肴膳，單極滋味，不問餘産，居常蔬食菜羹而已。” 紫騮：古駿馬名。《南史·羊侃

傳》:"帝因賜侃河南國紫騮,令試之。侃執稍上馬,左右擊刺,特盡其妙。"李益《紫騮馬》:"爭場看鬥雞,白鼻紫騮嘶。"　自騁:自展其才能。袁宏《後漢紀·獻帝紀》:"武王伐紂不爲不義,況曹氏而云無稱?且公師武臣勇,將士憤怒,人思自騁,而不及時早定大業,慮之失者。"曹丕《典論·論文》:"斯七子者,於學無所遺,於辭無所假,咸以自騁驥騄於千里,仰齊足而並馳。"　失意:不遂心,不得志。《漢書·蓋寬饒傳》:"寬饒自以行清能高,有益於國,而爲凡庸所越,愈失意不快。"鄭谷《贈下第舉公》:"見君失意我惆悵,記得當年落第情。"　白刃:鋒利的刀。《史記·日者列傳》:"以官爲威,以法爲機,求利逆暴:譬無異於操白刃劫人者也。"劉長卿《送裴郎中貶吉州》:"亂軍交白刃,一騎出黃塵。"　相仇:互相仇恨。《史記·遊俠列傳》:"雒陽人有相仇者,邑中賢豪居間者以十數,終不聽。"葉適《福建運使直顯謨閣少卿趙公墓銘》:"猶昔自相仇而鬥,我主斷不平,數使叛逆,已前誤矣!"將領:率領。《左傳·宣公四年》:"子公之食指動。"孔穎達疏:"將者,言其將領諸指也。"張九齡《敕幽州節度張守珪書》:"宜且停舊官,令白衣將領,卿更審量本狀,亦任隨事處之。"　斯:副詞,皆,盡。《書·金縢》:"周公居東二年,則罪人斯得。"孔穎達疏:"罪人於此皆得,謂獲三叔及諸叛逆者。"《呂氏春秋·報更》:"宣孟曰:'斯食之,吾更與女。'乃復賜之脯二束與錢百。"高誘注:"斯,猶盡也。"　難:困難,不易。《書·說命》:"禮煩則亂,事神則難。"孔傳:"事神禮煩,則亂而難行。"《文心雕龍·樂府》:"《韶》響難追,鄭聲易啓。"　先:推讓。《禮記·儒行》:"爵位相先也。"鄭玄注:"相先,猶相讓也。"柳宗元《憎王孫文》:"(猿)居相愛,食相先。"　才傑:傑出的人才。《晉書·文苑傳序》:"至於吉甫、太沖、江右之才傑;曹毗、庾闡,中興之時秀。"陸游《九月一日夜讀詩稿有感走筆作歌》:"世間才傑固不乏,秋毫未合天地隔。"

　④ 忠誠:真心誠意,無二心。張九齡《故辰州瀘溪令趙公碣銘》:

"雖在幽暗,鬼神不欺。苟推忠誠,蠻貊何陋?"元稹《辨日旁瑞氣狀》:"'抱'者,扶抱向就之象,鄰國臣佐來降,天子有喜賀之事,子孫之慶,臣下忠誠輔主,國中歡喜和合。" 敬讓:恭敬謙讓。《禮記·經解》:"是故隆禮由禮,謂之有方之士;不隆禮,不由禮,謂之無方之民,敬讓之道也。"《漢書·元帝紀》:"蓋聞明王之治國也,明好惡而定去就,崇敬讓而民興行,故法設而民不犯,令施而民從。" 孟賁:戰國時勇士。《孟子·公孫丑》:"若是,則夫子過孟賁遠矣!"孫奭疏引《帝王世說》:"秦武王好多力之人,齊孟賁之徒並歸焉!孟賁生拔牛角,是謂之勇士也。"《史記·袁盎晁錯列傳》:"雖賁育之勇,不及陛下。"司馬貞索隱引《尸子》:"孟賁水行不避蛟龍,陸行不避兕虎。" 廉頗:戰國時期趙國名將,有"將相和"的故事傳流後世。張說《南中送北使二首》二:"廉頗誠未老,孫叔且無謀。若道馮唐事,皇恩尚可收。"杜甫《奉和嚴中丞西城晚眺十韻》:"汲黯匡君切,廉頗出將頻。直詞才不世,雄略動如神。" 心伏:猶心服。庾信《謝趙王賚絲布啓》:"妾遇新縑,自然心伏;妻聞裂帛,方當含笑。"劉知幾《史通·申左》:"夫解難者以理爲本,如理有所闕,欲令有識心伏,不亦難乎!" "是以居危邦以智免"兩句:事見上引《舊唐書·劉悟傳》,劉悟斬李師道以歸朝廷之事。危邦:不安寧的國家。《論語·泰伯》:"危邦不入,亂邦不居。"溫庭筠《過孔北海墓二十韻》:"故國將辭寵,危邦竟緩刑。" 大節:臨難不苟的節操。吳兢《貞觀政要·忠義》:"姚思廉不懼兵刃,以明大節,求諸古人,亦何以加也!"高遠宏大的志節、節概。《後漢書·馬援傳》:"〔劉秀〕且開心見誠,無所隱伏,闊達多大節,略與高帝同。" 見委:猶見托。獨孤及《爲杭州李使君論李藏用守杭州有功表》:"天聽高邈,無人爲言。遂使殊勛見委,忠節未錄。口不言賞,賞亦不及。"張述《代魏博田僕射辭官表》:"伏遇陛下神武應期,聖謀獨斷。臣得盡陳忠款,見委赤心。" 先朝:前朝,多指上一個朝代。曹植《與楊德祖書》:"昔揚子雲,先朝執戟之臣耳!"蘇軾《司馬溫公神道碑》:"又論濮安懿王,當準先朝封贈期親尊屬故事,天下韙之。"指先帝。《南史·袁粲傳》:"武帝詔曰:'袁粲、劉彥節並與先朝同獎宋室。'"蘇軾《縣榜》:"先朝值夷狄懷服,兵革寢息,而又體質恭儉,在位四十有二年。"藩:本文指唐代的節度使,亦即藩鎮。關播《鄂州新廳記》:"今之州,即舊城於江夏。吳仲謀經營之,程普始守之。當荆吳江漢之衛要,爲藩鎮固護之雄制。"李絳《論裴均進銀器狀》:"倘陛下以裴均位當藩鎮,官極崇顯,未能行法以懲奸人……"　右地:猶要地。沈約《齊謳行》:"東秦稱右地,川隰固夷昶。"常袞《賀張獻恭破賊表》:"嘯聚之黨,今已戮除。噍類之餘,自當殄滅。廓清右地,計日可期。"

　　⑤ 遼陽:地名,泛指今遼陽市一帶地方。《文選·孫楚〈爲石仲容與孫晧書〉》:"宣王薄伐,猛鋭長驅。師次遼陽,而城池不守。"李善注:"《漢書》曰:遼東郡有遼陽縣。"沈佺期《古意呈補闕喬知之》:"九月寒砧催木葉,十五征戍憶遼陽。"本文指代幽州節度使府所轄地域,其中也包括遼陽在內。　巨鎮:強大的藩鎮。白居易《和渭北劉大夫借便秋遮虜寄朝中親友》:"巨鎮爲邦屏,全材作國楨。韜鈐漢上將,文墨魯諸生。"薛能《將赴鎮過太康縣有題》:"十萬旌旗移巨鎮,幾多輶軒負孤莊?時人欲識征東將,看取欃槍落太荒。"　自我:自己肯定自己。《文選·陸機〈豪士賦〉序》:"夫我之自我,智士猶嬰其累,物之相物,昆蟲皆有此情。"呂延濟注:"自我謂自説己是,相物謂物皆相輕。"元稹《戒勵風俗德音》:"留中不出之請,蓋發其陰私;公論不容之詞,實生於朋黨。擢一官則曰恩皆自我,黜一職則曰事出他門。"　康寧:安寧。《漢書·宣帝紀》:"天下蒸庶,咸以康寧。"顏師古注:"康,安也。"吳兢《貞觀政要·論政體》:"數年間,海内康寧,突厥破滅。"撫:安撫。李嶠《攀龍臺碑》:"會唐高祖安撫太原,便留鎮守。"陸贄《安撫淮西歸順將士百姓救》:"率土之内,莫非王臣。雖陷寇中,諒非獲已。但能效順,即是平人。務於招綏,副朕所恤。"　仁:行惠施利,以恩德濟助。《韓非子·詭使》:"少欲寬惠行德謂之仁。"賈誼《新

書·道德説》：“安利物者，仁行也。仁行出於德，故曰：‘仁者，德之出也。’” 示：教導。《禮記·檀弓》：“國奢則示之以儉，國儉則示之以禮。”桓寬《鹽鐵論·本議》：“夫導民以德，則民歸厚；示民以利，則民俗薄。” 禮：社會生活中由於風俗習慣而形成的行爲準則、道德規範和各種禮節。《晏子春秋·諫》：“凡人之所以貴於禽獸者，以有禮也。故《詩》曰：‘人而無禮，胡不遄死？’禮，不可無也。”《論語·子罕》：“博我以文，約我以禮。”

⑥ “而守臣嬰疾”十句：事見《舊唐書·張弘靖傳》：“俄以劉總累求歸闕，且請弘靖代己，制加檢校司空、平章事，充幽州盧龍等軍節度使。弘靖之入幽州也，薊人無老幼男女，皆夾道而觀焉！河朔軍帥冒寒暑，多與士卒同，無張蓋安輿之别。弘靖久富貴，又不知風土，入燕之時，肩輿於三軍之中，薊人頗駭之。弘靖以禄山、思明之亂始自幽州，欲於事初盡革其俗，乃發禄山墓，毀其棺柩，人尤失望。從事有韋雍、張宗厚數輩，復輕肆嗜酒，常夜飲醉歸，燭火滿街，前後呵叱，薊人所不習之事。又雍等詬責吏卒，多以反虜名之，謂軍士曰：‘今天下無事，汝輩挽得兩石力弓，不如識一丁字。’軍中以意氣自負，深恨之。劉總歸朝，以錢一百萬貫賜軍士，弘靖留二十萬貫充軍府雜用，薊人不勝其憤，遂相率以叛。囚弘靖於薊門舘，執韋雍、張宗厚輩數人，皆殺之。續有張徹者，自遠使迴，軍人以其無過，不欲加害，將引置舘中。徹不知其心，遂索弘靖所在，大駡軍人，亦爲亂兵所殺。明日，吏卒稍稍自悔，悉詣舘請弘靖爲帥，願改心事之。凡三請，弘靖卒不對，軍人乃相謂曰：‘相公無言，是不赦吾曹必矣！軍中豈可一日無帥？’遂取朱洄爲兵馬留後。朝廷既除洄子克融爲幽州節度使，乃貶弘靖爲撫州刺史，未幾遷太子賓客、少保少師。長慶四年六月卒，年六十五。”又見《舊唐書·崔植傳》：“長慶初，幽州節度使劉總表以幽薊七州上獻，請朝廷命帥。總仍懼部將構亂，乃籍其豪鋭者，先送京師，時朱克融在籍中。植與同列杜元穎素不知兵，且無遠慮。克融等在京

羈旅窮餓,日詣中書乞官,殊不介意。及張弘靖赴鎮,令克融等從還。不數月,克融囚弘靖,害賓佐,結王廷湊,國家復失河朔。”　守臣:諸侯對天子或大夫對諸侯的自稱。《禮記·玉藻》:“凡自稱,天子曰予一人,伯曰天子之力臣;諸侯之於天子,曰某土之守臣某。”《左傳·宣公十年》:“凡諸侯之大夫違,告於諸侯曰:‘某氏之守臣某,失守宗廟,敢告。’”鎮守一方的地方長官。權德輿《哭劉四尚書》:“士友惜賢人,天朝喪守臣。”曾鞏《明州擬辭高麗送遺狀》:“州郡當其道途所出,迎勞燕餼,所以宣達陛下寵錫待遇之意,此守臣之職分也。”　嬰疾:纏綿疾病,患病,亦即馬元調所注“弘靖莊默自尊,涉旬一出”。《後漢書·李膺》:“道近路夷,當即聘問。無狀嬰疾,闕於所仰。”謝靈運《曇隆法師誄》:“同學嬰疾,振錫萬里相救。”　幕吏:泛指屬吏。其屬吏所作所爲,亦即馬元調所注“判官韋雍輩嗜酒豪恣,損刻糧賜,詬責將士,軍中怨怒”。《舊唐書·崔胤傳》:“近省全忠章表,兼遣幕吏敷陳,言宰臣繼飛密緘,促其兵士西上。”杜牧《罷鍾陵幕吏十三年來泊溢浦感舊爲詩》:“青梅雨中熟,檣倚酒旗邊。故國殘春夢,孤舟一褐眠。”擅權:專權,攬權。《荀子·仲尼》:“處重擅權,則好專事而妒賢能,抑有功而擠有罪。”《史記·酈生陸賈列傳》:“吕太后時,王諸吕,諸吕擅權,欲劫少主,危劉氏。”　撓:擾亂,阻撓。《逸周書·史記》:“外内相間,下撓其民,民無所附,三苗以亡。”干寶《晉紀總論》:“劉淵、王彌,撓之於青冀。”　行私:懷著私心行事。《管子·君臣》:“爲人君者,倍道棄法,而好行私,謂之亂。”《吕氏春秋·貴公》:“桓公行公去私惡,用管子而爲五伯長;行私阿所愛,用豎刁而蟲出於户。”　虧恩:義近“孤恩”,負恩,背棄恩德。舊題李陵《答蘇武書》:“陵雖孤恩,漢亦負德。昔人有言,雖忠不烈,視死如歸,陵誠能安?”《後漢書·明德馬皇后》:“臣叔父援孤恩不報,而妻子特獲恩全,戴仰陛下,爲天爲父。”李賢注:“孤,負也。”　剥下:猶“剥削”,搜刮民財。《北史·劉騰傳》:“山澤之饒,所在固護,剥削六鎮,交通底市,歲入利息以巨萬計。”魏徵《爲李密檄滎陽守郇王慶文》：“剥削黔黎，塗毒天下。” 箠楚：本指棍杖之類，引申爲拷打。《文選·司馬遷〈報任少卿書〉》：“太上不辱先，其次不辱身……其次關木索被箠楚受辱。”李善注：“箠與棰同，以之笞人，同謂之‘箠楚’。箠、楚皆杖木之名也。”司空圖《迎修十會齋文》：“僕乘之勢，時加箠楚。或存或没，若重若輕。並願各遂逍遥，永祛冤結。” 威棱：威力，威勢。《漢書·李廣傳》：“是以名聲暴於夷貉，威棱憺乎鄰國。”王先謙補注：“《説文》：‘棱，柧也。’《一切經音義》十八引《通俗文》：‘木四方爲棱。’人有威，如有棱者然，故曰威棱。”《梁書·武帝紀》：“旂麾所指，威棱無外。龍驤虎步，並集建業。” 饗士：以酒食款待士兵，犒勞士卒。《尉繚子·踵軍令》：“踵軍饗士，使爲之戰勢，是謂趨戰者也。”《史記·田單列傳》：“與士卒分功，妻妾編於行伍之閑，盡散飲食饗士。” 乘軒：乘坐大夫的車子。《左傳·閔公二年》：“衛懿公好鶴，鶴有乘軒者。”杜預注：“軒，大夫車。”蘇軾《次韵子由述懷四絶》三：“兩鶴摧頹病不言，年來相繼亦乘軒。” 擾：混亂，煩亂。《孫子·行軍》：“軍擾者，將不重也。”桓寬《鹽鐵論·詔聖》：“民之仰法，猶魚之仰水。水清則静，濁則擾。擾則不安其居，静則樂其業。” 變：事變，有重大影響的突發事件。《穀梁傳·昭公十五年》：“君在祭樂之中，大夫有變，以聞可乎？”范寧注：“變謂死喪。”《漢書·高後紀》：“嬰至滎陽，使人諭齊王與連和，待吕氏變而共誅之。”顔師古注：“變謂發動也。” 職：猶惟，祇，表示主要由於某種原因。《詩·小雅·巧言》：“無拳無勇，職爲亂階。”馬瑞辰通釋：“職當訓爲適……適，祇也，言祇爲亂階耳！”《新唐書·李聽傳》：“於是御史中丞温造等劾奏魏州亂，憲誠死，職繇於聽，請論如法。”

⑦ 不有：無有，没有。劉義慶《世説新語·嘗譽》：“不有此舅，焉有此甥？”杜甫《城西陂泛舟》：“不有小舟能蕩槳，百壺那送酒如泉？” 將才：亦作“將材”，將帥之才。于益《左武衛將軍白公神道碑》：“淳維之地，上載斗極。其氣勁悍，其人驍雄。間生將才，恢我王略。”獨孤

授《賀擒周智光表》:"而將才受鉞,兵未血刃,已梟元惡之首,載安舊污之俗。"　孰:疑問代詞,怎麼。《楚辭·九章·哀郢》:"曾不知夏之爲丘兮,孰兩東門之可蕪?"王逸注:"言郢城兩東門非先王所作耶?何可使逋廢而無路?"《楚辭·九章·悲回風》:"萬變其情豈可蓋兮,孰虛僞之可長!"洪興祖補注:"明者察之,則虛僞安可久長乎?"　懲:懲罰。《荀子·王制》:"故姦言、姦說、姦事、姦能、遁逃反側之民,職而教之,須而待之,勉之以慶賞,懲之以刑罰,安職則畜,不安職則棄。"《漢書·董仲舒傳》:"殷人執五刑以督姦,傷肌膚以懲惡。"　兒戲:兒童遊戲,比喻處事輕率,不嚴肅。《史記·絳侯周勃世家》:"曩者霸上、棘門軍,若兒戲耳!其將固可襲而虜也。"《北史·隋紀》:"臨三軍猶兒戲,視人命如草芥。"　敷求:廣求,遍求。敷,通"溥"。《書·伊訓》:"敷求哲人,俾輔於爾後嗣。"蔡沈集傳:"敷,廣也。廣求賢哲,使輔爾後嗣也。"《書·康誥》:"往敷求于殷先哲王,用保乂民。"　拔奇:選拔奇才。《漢武故事》:"上喜接士大夫,拔奇取異,不問僕隸,故能得天下奇士。"《文選·任昉〈王文憲集序〉》:"拔奇取異,興微繼絕,望側階而容賢,候景風而式典。"李善注引王隱《晉書》:"羊祜曰:'吾不能取異於屠釣,拔奇於版築,豈不愧知人之難哉!'"　式:用,以,以此。《書·盤庚》:"式敷民德,永肩一心。"孔穎達疏:"用此布示於民。"柳宗元《舜廟祈晴文》:"敢望誅黑蜺,挾陰蜺,式乾后土,以廓天倪。"　冀:希望,盼望。《楚辭·離騷》:"冀枝葉之峻茂兮,願竢時乎吾將刈。"《南齊書·垣崇祖傳》:"淮北士民,力屈胡虜,南向之心,日夜以冀。"　宣力:效力,盡力。《後漢書·楊璇傳論》:"若夫數將者,並宣力勤慮,以勞定功。"葛洪《抱朴子·博喻》:"鼎食萬鍾,宣力之弘報也。"

⑧ 帖:兼領。《晉書·溫嶠傳》:"豫章十郡之要,宜以刺史居之。尋陽濱江,都督應鎮其地。今以州帖府,進退不便。"司空圖《王縱追述碑》:"長慶初,以力戰拜監察御史。名藩振迹,初加馭貴之榮;憲府揚威,更帖承華之秩。"　亞相:指官位次於丞相的大臣。《南史·張

邵傳》：“劉毅位居亞相，好士愛才。”御史大夫的別稱。秦漢時，御史大夫爲丞相之副，丞相缺人，常以之遞升，故唐以後有此別稱。顔真卿《讓憲部尚書表》：“陛下御極，又録臣無功，寵以非次，常伯、亞相，一時猥集。”白居易《李昌元可兼御史大夫制》：“亞相之秩，威重寵崇。”時劉悟位兼“御史大夫”，故以“亞相”稱之。　寵：恩寵，寵愛。《東觀漢記·和帝紀》：“望長陵東門，見二臣之墓。生既有節，終不遠身。誼臣受寵，古今所同。”韓愈《爲韋相公讓官表》：“伏奉今日制命，以臣爲尚書右丞，同中書門下平章事。非常之寵，忽降於上天；不次之恩，遽屬於庸品。承命震駭，心神靡寧。”　上公：周制，三公（太師、太傅、太保）八命，出封時，加一命，稱爲上公。《周禮·春官·典命》：“上公九命爲伯，其國家、宮室、車旗、衣服、禮儀皆以九爲節。”鄭玄注：“上公，謂王之三公有德者，加命爲二伯。二王之後亦爲上公。”賈公彦疏：“案下文，三公八命，出封皆加一等。”晉制，太宰、太傅、太保皆爲上公。《晉書·職官志》：“晉初，以景帝諱故，又採《周官》官名，置太宰以代太師之任，與太傅、太保皆爲上公。”本文指劉悟又職“司空”而言。　俾：使。《詩·邶風·緑衣》：“我思古人，俾無訧兮。”毛傳：“俾，使。”《新唐書·裴冕傳》：“陛下宜還冕於朝，復俾輔相，必能致治成化。”　光：榮耀，榮寵，光彩。《漢書·禮樂志》：“下民之樂，子孫保光。”顔師古注：“言永保其光寵也。”韓愈《爲裴相公讓官表》：“周文用吕望於屠釣，齊桓起甯戚於飯牛，雪耻蒙光，去辱居貴。”　十乘：諸侯彩旗之車的數量。《詩經·商頌·玄鳥》：“龍旗十乘，大糦是承。”朱熹注：“龍旗，諸侯所建交龍之旗也。”唐代節度使赴任，也有彩旗開路護後。元稹《初除浙東妻有阻色因以四韵曉之》：“嫁時五月歸巴地，今日雙旌上越州。”于邵《唐劍南東川節度使鮮于公經武頌》：“今秋自元戎十乘，以先啓行。白露始降，秋草方實。筋角勁而膂力既堅，樵蘇積而糗糧斯峙。”　壯：壯大，加强。《詩·小雅·采芑》：“方叔元老，克壯其猶。”毛傳：“壯，大；猶，道也。”韓愈《與鄂州柳中丞書》：“閣下，書生也……陳師鞠旅，親與爲辛苦。慷慨感激，同食下卒。將二州之牧，以壯士氣。斬所乘馬，以祭蹬死之士。雖古名將，何以加茲！”　三軍：軍隊的通稱。高適《酬秘書弟兼寄幕下諸公》：“孰云三軍壯？懼我彈射雄。誰謂萬里遙？在我樽俎中。”杜甫《遣興三首》一：“漢虜互勝負，封疆不常全。安得廉頗將，三軍同晏眠！”押奚：古民族名，與幽州節度使府以及契丹相鄰，李唐時，幽州節度使府兼管押奚的有關事宜。《舊唐書·德宗紀》：“(貞元元年七月)壬子，以前涿州刺史兼御史中丞劉怦爲幽州長史、御史大夫、幽州盧龍節度副大使，兼知節度管理度支營田觀察、押奚契丹經略盧龍等軍使。”《舊唐書·穆宗紀》：“(元和十五年三月)癸丑，以幽州盧龍軍節度副大使、知節度事、押奚契丹两蕃經略等使、檢校司空、同中書門下平章事、楚國公劉總可檢校司徒兼侍中、天平軍節度、鄆曹濮等州觀察等使。”　契丹：古民族名，源於東胡，居今遼河上游西拉木倫河一帶，以遊牧爲生。北魏時，自號契丹，唐末迭剌部首領阿保機統一各部族，稱帝建遼國。唐無名氏《幽州謠》：“舊來誇戴竿，今日不堪看。但看五月裏，清水河邊見契丹。”《舊唐書·契丹傳》：“契丹，居潢水之南，黄龍之北，鮮卑之故地。”

［編年］

　　《年譜》、《年譜新編》編年長慶元年，但沒有説明具體時日，編年理由是：“《舊唐書·穆宗紀》云：‘(長慶元年七月)庚申，以昭義軍節度使劉悟檢校司空，兼幽州大都督府長史，充幽州盧龍軍節度副大使、知節度事。’”《編年箋注》編年理由與《年譜》同，結論是：“知此《制》作於長慶元年(八二一)七月。”

　　我們以爲，本文還可以進一步精確編年。一、《舊唐書·穆宗紀》云：“(長慶元年)秋七月乙未朔……庚申，以昭義軍節度使劉悟檢校司空兼幽州大都督府長史，充幽州盧龍軍節度副大使、知節度事。”

據干支推算，"庚申"應該是七月二十六日，但這是劉悟幽州節度使任命正式發佈的日子，而元稹撰寫本文應該在此前一二日。二、而這個時日，正是幽州變亂相接：《舊唐書·穆宗紀》："（長慶元年）秋七月乙未朔……甲寅，幽州監軍使奏：'今月十日軍亂，囚節度使張弘靖別館，害判官韋雍、張宗元、崔仲卿、鄭塤。軍人取朱滔子洄爲留後，'丁巳，貶張弘靖爲太子賓客分司。己未，再貶弘靖爲吉州刺史。朱洄自以年老，令軍人立其子克融爲留後。"據干支推算，幽州叛亂報到長安在"甲寅"，是七月二十日，與"七月二十六日"前後連接。而幽州叛亂的史實也與本文"朕以遼陽巨鎮……職此之由"云云相符。據此，本文撰寫應該在長慶元年七月二十四日或二十五日，地點在長安，元稹時任中書舍人翰林承旨學士之職。

◎ 楊元卿可涇原節度使制⁽一⁾①

門下：士之捐妻子⁽二⁾，冒白刃，勇於爲國⁽三⁾，輕於爲身⁽四⁾，貢先見之明於群疑之際者，大則書竹帛以示後，次則建麾棨以臨戎②。功不見圖，則勞者何勸？忠不見賞⁽五⁾，則悖者何誅⁽六⁾？聿求其人，用激爾類③。

游擊將軍、守右金吾衛將軍⁽七⁾、權句當左街事楊元卿⁽八⁾，衣冠貴胄，文武長材。嘗求三略之師，恥學一夫之敵④。是以陷豺狼之穴，履尾甚危（元卿爲吳少陽判官）；蓄鷹鸇之心⁽九⁾，卑飛待擊⑤。請分金以間楚，願奉璧以伐虞（元卿奏事長安，具以淮西虛實及取元濟之策告）。身以智全，家因義喪（元濟殺元卿妻及其四男，以圬扜坍）。誅蔡之始，實有力焉⑥！及典方州，尤彰績效。自居環尹，益茂勛勤⑦。

西旅未平，實資良帥。拔於不次^(一〇)，式佇奇功⑧。爾其闢我土疆，謹我封守。視我士卒如爾子，攘我夷狄如爾仇⑨。勉竭乃誠，以敷朕意。珥貂持簡，用示兼榮。可朝散大夫、檢校左散騎常侍^(一一)、使持節涇州諸軍事兼涇州刺史、御史大夫、充四鎮北庭行軍兼涇原等州節度觀察處置等使，勳賜如故。主者施行⑩。

録自《元氏長慶集》卷四四

［校記］

（一）楊元卿可涇原節度使制：楊本、宋浙本、叢刊本、盧校、《英華》作"授楊元卿涇原節度使制"，《全文》作"楊元卿涇原節度使制"，各備一說，不改。《編年箋注》"校記"：《全文》題作'授楊元卿涇原節度使制'。"失校。

（二）士之捐妻子：楊本、叢刊本、《全文》同，《英華》作"士以捐妻子"，各備一說，不改。

（三）勇於爲國：楊本、叢刊本同，《英華》、《全文》作"忠於許國"，各備一說，不改。

（四）輕於爲身：楊本、叢刊本同，《英華》、《全文》作"勇於忘家"，各備一說，不改。

（五）忠不見賞：楊本、叢刊本、《全文》同，《英華》作"忠不見用"，各備一說，不改。

（六）則悖者何誅：叢刊本、《英華》、《全文》同，楊本作"則勃者何誅"，兩字相通，各備一說，不改。

（七）游擊將軍、守右金吾衛將軍：原本作"守右金吾衛將軍"，楊本、叢刊本、《全文》同，據《英華》改。《舊唐書·穆宗紀》以及《舊唐書·楊元卿傳》作"左金吾衛將軍"，録以備考。

（八）權句當左街事楊元卿：楊本、叢刊本、《全文》同，《英華》作"御史大夫楊元卿"，各備一説，不改。

（九）蓄鷹鶻之心：原本作"蓄鷹鶻之心"，楊本、叢刊本、《全文》同，《英華》作"蓄鷹鸇之心"，雖兩詞均能説通，後者更佳，據改。

（一〇）拔於不次：楊本、叢刊本、《全文》同，《英華》作"授以不次"，各備一説，不改。

（一一）檢校左散騎常侍：原本作"檢校左常侍"，楊本、叢刊本同，據《英華》、《全文》作改。

［箋注］

① 楊元卿：原爲淮西吳元濟部將，主動歸順李唐，成爲中唐著名戎臣。《舊唐書·楊元卿傳》："楊元卿……元卿少孤，慷慨有才略。及冠，尚漂蕩江嶺之表，縱遊放言，人謂之狂生。時吳少誠專蔡州，朝廷姑息之。元卿白衣謁見，署以劇縣，旋辟爲從事，奏授試大理評事。亦事少陽，後奏轉監察裏行，因上奏，宰相李吉甫深加慰納，自是一歲或再隨奏至京師。元卿每與少陽言，諭以大義，乃爲凶黨所構，賴節度判官蘇肇保持，故免。元卿潛奉朝廷，内耗少陽之事。及少陽死，其子元濟繼立，元卿説曰：'先尚書性吝，諸將皆饑寒，今須布惠以自固也。府中有無，元卿熟知之，曷若散聘諸道，卑辭厚禮，以丈人行呼群帥，庶幾一助，而諸將大獲矣！元卿願將留後表上聞，朝廷安得不從哉？'元濟許之，元卿即日離蔡，以賊勢盈虛條奏，潛請詔諸道拘留使者。及元濟覺，元卿妻陳氏并四男並爲元濟所殺，同坑一射垛。蘇肇以保持元卿，亦同日被害。詔授元卿岳王府司馬，尋遷太子僕射。元和十三年，授蔡州刺史、兼御史中丞。未行，改授光禄少卿。初，朝廷比令元卿與李愬會議，於唐州東境選要便處，權置行蔡州。如百姓官健有歸順者，便準敕優恤，必令全活。既而召見，元卿遽奏請借度支錢，及言事頗多不合旨。宰相裴度亦以諸將討賊三年，功成在旦

暮,如更分土地與元卿,即恐相侵生事,故罷前命而改授焉!是歲既平淮西,元卿奏曰:'淮西甚有寶貨及犀帶,臣知之,往取必得。'上曰:'朕本討賊,爲人除害,今賊平人安,則我求之得矣!寶貨犀帶,非所求也!勿復此言!'是月,詔授左金吾衛將軍,未幾改汾州刺史,復徵爲左金吾衛將軍。長慶初,易置鎮魏守臣,元卿詣宰相深陳利害,并具表其事。後穆宗感悟,賜白玉帶,旋授檢校左散騎常侍、涇州刺史、涇原渭節度觀察等使,兼充四鎮北庭行軍。元卿乃奏置屯田五千頃,每屯築墻,高數仞,鍵閉牢密,卒然寇至,盡可保守。加檢校工部尚書,營田成,復加使號。居六年,涇人論奏,爲立德政碑。移授懷州刺史,充河陽三城節度觀察等使。太和五年,就加檢校司空,進階光禄大夫,以其營田納粟二十萬石,以裨經費故也。是歲,改授汴宋亳觀察等使。凡所廢置,皆有弘益,詔並從之。年七十,寢疾,歸洛陽,詔授太子太保。是歲八月,卒,廢朝三日,贈司徒。元卿始以毀家效順,累授方鎮。然性險巧,所至好聚斂,善結交,涇人得情,亦由此也。"《唐大詔令集·置行蔡州敕》:"淮蔡近郊,久隔皇化,本殲凶虐,在拯生靈。況今賊黨携離,相繼效順,思俾阽危之俗,盡霑收養之恩,勞徠招綏,今之所切。其新除蔡州刺史楊元卿,宜令與李愬商量計會,且於唐州東界,選擇要便,權置行蔡州。如百姓官健有歸順者,便准敕優恤存撫,令知國恩,必使全活(元和十年三月)。"　涇原節度使:《元和郡縣志·關內道》:"涇州:今爲涇原節度使理所。"《舊唐書·地理志》:"涇原節度使:治涇州,管涇、原、渭、武四州。"涇州管縣五:保定、靈臺、臨涇、良原、潘原,府治今甘肅涇川。原州管縣四:平高、平涼、百泉、蕭關,府治今寧夏固原。渭州管縣四:襄武、渭源、隴西、彰,府治今甘肅隴西。武州管縣三:將利、福津、盤堤,府治今甘肅隴南與康縣之間。沈亞之《答殷堯藩贈罷涇原記室》:"勞君輟雅話,聽說事疆場。提筆從征虜,飛書始伏羌。"白居易《李石楊毅張殷衡等並授官充涇原判官同制》:"用武之地曰涇,與原合爲一鎮,控扼夷虜。"

②門下：即"門下省"，亦省稱"門下"，官署名，後漢謂侍中寺，晉時因其掌管門下衆事，始稱門下省。南北朝因之，與中書省、尚書省並立，侍中爲長官。隋承其制，唐龍朔二年改名東臺，咸亨初復舊稱，武則天臨朝，改名鸞堂、鸞臺，神龍初復舊稱，開元元年改名黃門省，五年仍復舊稱。門下省掌受天下之成事，審查詔令，駁正違失，受發通進奏狀，進請寶印等。其長官初名侍中，後又或稱左相、黃門監等。《隋書·百官志》："門下省置侍中、給事黃門侍郎各四人，掌侍從左右，擯相威儀，盡規獻納，糾正違闕。"張淏《雲谷雜紀·門下》："門下省掌管詔令，今詔制之首，必冠以門下二字，此制蓋自唐已然。傅亮《修張子房廟教》，首曰紀綱，唐呂延濟注云：紀綱爲主簿之司，教皆主簿宣之，故先呼之，亦猶今出制首言門下是也。" 妻子：妻和子。《孟子·梁惠王》："必使仰足以事父母，俯足以畜妻子。"《後漢書·吳祐傳》："祐問長有妻子乎？對曰：'有妻未有子也。'" 白刃：鋒利的刀。《史記·日者列傳》："以官爲威，以法爲機，求利逆暴：譬無異於操白刃劫人者也。"劉長卿《送裴郎中貶吉州》："亂軍交白刃，一騎出黃塵。" 先見之明：能預先洞察事物的眼力。《後漢書·楊彪傳》："後子修爲曹操所殺，操見彪問曰：'公何瘦之甚？'對曰：'愧無日磾先見之明，猶懷老牛舐犢之愛。'"張九齡《敕契丹知兵馬中郎李過折書》："賴卿先見之明，遽爲轉禍之計，以救萬人之命，以成萬代之名。" 群疑：種種懷疑。《易·暌》："遇雨之吉，群疑亡也。"諸葛亮《後出師表》："群疑滿腹，衆難塞胸。"衆人的疑惑。劉禹錫《上杜司徒書》："弘我大信，以袪群疑。" 竹帛：竹簡和白絹，古代初無紙，用竹帛書寫文字。《墨子·天志》："又書其事於竹帛，鏤之金石，琢之槃盂，傳遺後世子孫。"引申指書籍、史乘。《史記·孝文本紀》："然後祖宗之功德著於竹帛，施於萬世，永永無窮，朕甚嘉之。"曹植《求自試表》："每覽史籍，觀古忠臣義士，出一朝之命，以殉國家之難，身雖屠裂，而功名著於景鍾，名稱垂於竹帛，未嘗不拊心而嘆息也。" 麾旌：指旗戟之

類的儀仗。元稹《授馬總檢校刑部尚書天平軍節度使制》：“遂以丞相度旌旗授之於總，總果善於其職，蔡人宜之。會鄆寇底平，復換靡榮。丕變污俗，大蘇悍傲。”楊億《上陳州李相公啓》：“供東門之祖帳，宜綴簪裳；望南浦之仙舟，合辭靡榮。” 臨戎：親臨戰陣。《三國志·高貴鄉公髦傳》：“今宜皇太后與朕暫共臨戎，速定醜虜，時寧東夏。”李商隱《漫成五章》四：“不妨常日饒輕薄，且喜臨戎用草萊。”

③ 功：功勞，功績。《周禮·夏官·司勛》：“王功曰勛，國功曰功。”杜甫《八陣圖》：“功蓋三分國，名成八陣圖。” 圖：圖畫，畫成的形象、肖像。《莊子·田子方》：“宋元君將畫圖，衆史皆至，受，揖而立。”《史記·留侯世家論》：“余以爲其人計魁梧奇偉，至見其圖，狀貌如婦人好女。”本文指“淩烟閣”之圖畫，淩烟閣是封建王朝爲表彰功臣而建築的繪有功臣圖像的高閣，其中以唐太宗貞觀十七年畫功臣像於淩烟閣之事最著名。劉肅《大唐新語·褒錫》：“貞觀十七年，太宗圖畫太原倡義及秦府功臣趙公長孫無忌、河間王孝恭、蔡公杜如晦、鄭公魏徵、梁公房玄齡、申公高士廉、鄂公尉遲敬德、郢公張亮、陳公侯君集、盧公程知節、永興公虞世南、渝公劉政會、莒公唐儉、英公李勣、胡公秦叔寶等二十四人於淩烟閣，太宗親爲之贊，褚遂良題閣，閻立本畫。”白居易《題酒甕呈夢得》：“淩烟閣上功無分，伏火爐中藥未成。更擬共君何處去？且來同作醉先生。” 勞：功勞，功績。《國語·吳語》：“吳王夫差既退于黃池，乃使王孫苟告勞于周。”韋昭注：“勞，功也。”《新唐書·劉幽求傳》：“幽求自謂有勞於國，在諸臣右，意望未滿。” 勸：獎勉，鼓勵。《國語·越語》：“國人皆勸，父勉其子，兄勉其弟，婦勉其夫。”蘇軾《東坡志林·記告訐事》：“然熙寧、元豐間，每立一法……皆立重賞以勸告訐者。” 忠：忠誠無私，盡心竭力。嵇康《釋私論》：“讒言似信，不可謂有誠；激盜似忠，不可謂無私：此類是而非是也。”司馬光《四言銘系述》：“盡心於人曰忠，不欺於己曰信。”賞：賞賜，獎賞。《左傳·襄公十一年》：“夫賞，國之典也，藏在盟府，

不可廢也,子其受之!"《文心雕龍·指瑕》:"夫賞訓錫賚,豈關心解?撫訓執握,何預情理!" 悖:謂叛逆,叛亂。《漢書·刑法志》:"夫征暴誅悖,治之威也。"違逆,違背。《禮記·中庸》:"萬物並育而不相害,道並行而不相悖。"桓寬《鹽鐵論·詔聖》:"非二尺四寸之律異,所行反古而悖民心也。" 誅:殺戮。《孟子·梁惠王》:"聞誅一夫紂矣!未聞弑君也。"柳宗元《佩韋賦》:"尼父戮齊而誅卯兮!本柔仁以作極。" 聿:助詞,用於句首或句中。《詩·唐風·蟋蟀》:"蟋蟀在堂,歲聿其莫。"韓愈《禘祫議》:"凡在擬議,不敢自專,聿求厥中,延訪群下。" 求:謀求,追求。《淮南子·說山訓》:"求美則不得美,不求美則美矣!"劉知幾《史通·雜說》:"道鸞不揆淺才,好出奇語,所謂欲益反損,求妍更媸者矣!" 用:介詞,猶言以,表示憑藉或者原因。《書·顧命》:"命汝嗣訓,臨君周邦,率循大卞,燮和天下,用答揚文武之光訓。"《史記·佞幸列傳》:"衛青、霍去病亦以外戚貴幸,然頗用材能自進。" 激:激發,激勵。《史記·范雎蔡澤列傳論》:"然二子不困戹,惡能激乎?"張協《詠史》:"清風激萬代,名與天壤俱。"

④ 守:猶攝,暫時署理職務,多指官階低而署理較高的官職。高承《事物紀原·守官》:"漢有守令、守郡尉,以秩未當得而越授之,故曰守,猶今權也。則官之有守,自漢始也……《通典》曰:試,未正命也,階高官卑稱行,階卑官高稱守。"《史記·汲鄭列傳》:"司馬安爲淮陽太守,發其事,莊以此陷罪,贖爲庶人,頃之,守長史。"《後漢書·王允傳》:"初平元年,代楊彪爲司徒,守尚書令如故。" 金吾:古官名,負責皇帝大臣警衛、儀仗以及徼循京師、掌管治安的武職官員。其名稱、體制、許可權歷代多有不同,漢有執金吾,唐宋有金吾衛、金吾將軍、金吾校尉等。《漢書·百官公卿表》:"中尉,秦官,掌徼循京師,有兩丞、侯、司馬、千人。武帝太初元年更名'執金吾'。"顏師古注:"應劭曰:'吾者,禦也,掌執金革以禦非常。'金吾,鳥名也,主辟不祥。天子出行,職主先導,以禦非常。故執此鳥之象,因以名官。"崔豹《古今

注》:"車輻棒也,漢朝'執金吾','金吾'亦棒也,以銅爲之,黃金塗兩末,謂爲'金吾'。"　權:唐以來稱試官或暫時代理官職爲"權"。《舊唐書·高祖紀》:"天策上將府司馬宇文士及,權檢校侍中。"戴埴《鼠璞·權行守試》:"本朝職事官,並以寄禄官品高下爲權、行、守、試。侍郎、尚書,始必除權,即真後始除試、守、行。予考之漢,試、守即權也……權字唐始用之,韓愈權知國子博士,三歲爲真。"　句當:辦理,掌管。李德裕《洺州事宜狀》:"伏望速降使賜宏敬詔,看彼事宜,如王釗出彼未得,且令句當,待盧鈞到後,令赴闕不遲。"《新唐書·第五琦傳》:"帝悦,拜監察御史,句當江淮租庸使。"　左街事:負責京城巡邏的官員,有左右前後之分。白居易《授田盛金吾將軍勾當左街事制》:"敕:右金吾衞將軍田盛夫,仕官至執金吾,古今之榮重也。"《舊唐書·渾鐬傳》:"三年,入爲右金吾衞大將軍、知街事,歷諸衞大將軍,卒。"　衣冠:代稱縉紳、士大夫。《漢書·杜欽傳》:"茂陵杜鄴與欽同姓字,俱以材能稱京師,故衣冠謂欽爲'盲杜子夏'以相別。"顏師古注:"衣冠謂士大夫也。"李白《登金陵鳳凰臺》:"吳宮花草埋幽徑,晉代衣冠成古丘。"　貴胄:貴族的後裔。《陳書·江總傳》:"中權將軍、丹陽尹何敬容開府,置佐史,并以貴胄充之,仍除敬容府主簿。"李清照《長壽樂·南昌生日》:"有令容淑質,歸逢佳偶。到如今,畫錦滿堂貴胄。"　文武:文才和武略。《詩·小雅·六月》:"文武吉甫,萬邦爲憲。"朱熹集傳:"非文無以附衆,非武無以威敵,能文能武,則萬邦以之爲法矣!"《漢書·朱雲傳》:"平陵朱雲,兼資文武。"　長材:比喻才能出衆的人。元稹《授李愿檢校司空宣武軍節度使制》:"朕以浚郊重地,尤藉長材。俾爲司空,以表東夏。持我邦憲,用清爾人。"白居易《薛常翩可邢州刺史本州團練使制》:"翩之長材,居邢之要地,故命魚符換郡,熊軾移轅。"　"嘗求三略之師"兩句:這裏引用項羽的典故。《史記·項羽本紀》:"項籍者,下相人也,字羽……項籍少時,學書不成。去學劍,又不成。項梁怒之,籍曰:'書,足以記名姓而已;劍,一人敵，不足學：學萬人敵。’於是項梁乃教籍兵法，籍大喜。” 三略：古兵書名，相傳爲漢初黃石公作，全書分上略、中略、下略。《隋書·經籍志》：有《黃石公三略》三卷，已佚。今存者爲後人依託成篇，收入《武經七書》中。亦以泛指兵書及作戰的謀略。李康《運命論》：“張良授黃石之符，誦《三略》之説，以遊於群雄。”虞世南《出塞》：“上將三略遠，元戎九命尊。” 一夫：一人，指男人。《書·君陳》：“爾無忿疾於頑，無求備於一夫。”孔穎達疏：“無求備於一人。”《漢書·谷永傳》：“秦居平土，一夫大呼而海内崩析者，刑罰深酷，吏行殘賊也。”

⑤ 是以：連詞，因此，所以。《老子》：“功成而弗居，夫唯弗居，是以不去。”蘇舜欽《火疏》：“明君不諱過失而納忠，是以懷策者必吐上前，蓄冤者無至腹誹。” 豺狼：豺與狼，皆凶獸。《楚辭·招魂》：“豺狼從目，往來侁侁些。”比喻凶殘的惡人。《東觀漢記·陽球傳》：“願假臣一月，必令豺狼、鴟梟悉伏其辜。”李白《古風》一九：“俯視洛陽川，茫茫走胡兵。流血塗野草，豺狼盡冠纓。”本文喻指盤踞淮西叛亂的“吳元濟”們。 履尾：踩踏虎尾，喻身蹈危境。《晉書·袁宏傳》：“仁者必勇，德亦有言，雖遇履尾，神氣恬然。”又作“履虎尾”。《易·履》：“履虎尾，不咥人，亨。”王弼注：“履虎尾者，言其危也。”《後漢書·荀淑荀爽傳論》：“荀公之急急自勵，其濡迹乎？不然何爲違貞吉而履虎尾焉？” 鷹鸇：鷹與鸇，比喻忠勇的人。語出《左傳·文公十八年》：“見無禮於其君者，誅之，如鷹鸇之逐鳥雀也。”杜甫《秋日夔府詠懷奉寄鄭監李賓客一百韵》：“乘威滅蜂蠆，戮力效鷹鸇。”《舊唐書·王義方傳》：“金風届節，玉露啓塗。霜簡與秋典共清，忠臣將鷹鸇並擊。” 卑飛：低飛。《孫子·勢》：“鷙鳥之疾，至於毀折者，節也。”李靖注：“鷙鳥如擊，卑飛斂翼，皆言待之而後發也。”後用以比喻仕進不利，屈身微職。杜甫《贈鄭十八賁》：“卑飛欲何待，捷徑應未忍。”范仲淹《送黃灝員外》：“卑飛塵土味甚薄，達宦風波憂更深。”

⑥ 請分金以間楚：事見《史記·高祖本紀》：“（劉邦）與項羽相距

歲餘，項羽數侵奪漢甬道，漢軍乏食，遂圍漢王。漢王請和，割滎陽以西者爲漢，項王不聽。漢王患之，乃用陳平之計，予陳平金四萬斤，以間疏楚君臣。於是項羽乃疑亞父，亞父是時勸項羽遂下滎陽，及其見疑，乃怒辭老，願賜骸骨歸卒伍，未至彭城而死。"這裏引用歷史典故以讚揚楊元卿。　　間：離間。《逸周書•武紀》："間其疏，薄其疑。"朱右曾校釋："間，謂設事以離間之。"《史記•陳丞相世家》："大王誠能出捐數萬斤金，行反間，間其君臣，以疑其心，項王爲人意忌信讒，必內相誅。"　　願奉璧以伐虞：事見《左傳•桓公十年》："初，虞叔有玉，虞公求旃，弗獻。既而悔之，曰：'周諺有之：匹夫無罪，懷璧其罪。吾焉用此？其以賈害也。'乃獻之。又求其寶劍，叔曰：'是無厭也！無厭將及我。'遂伐虞公，故虞公出奔共池。"這裏借用歷史典故來讚揚楊元卿，參閱馬元調注："元卿奏事長安，具以淮西虛實及取元濟之策告。"　　璧：玉器名，扁平，圓形，中心有孔，邊闊大於孔徑，古代貴族用作朝聘、祭祀、喪葬時的禮器，也作佩帶的裝飾。《詩經•衛風•淇奧》："有匪君子，如金如錫，如圭如璧。"《荀子•大略》："聘人以珪，問士以璧。"泛指美玉。《莊子•山木》："子獨不聞假人之亡與？林回棄千金之璧，負赤子而趨。"劉知幾《史通•探賾》："蓋明月之珠不能無瑕，夜光之璧不能無纇。""身以智全"兩句：參閱馬元調注："元濟殺元卿妻及其四男，以圩射堋。"　　智：智慧，聰明。賈誼《治安策》："凡人之智，能見已然，不能見將然。"江淹《詣建平王上書》："魯連之智，辭祿而不返；接輿之賢，行歌而忘歸。"　　義：謂符合正義或道德規範。《論語•述而》："不義而富且貴，於我如浮雲。"《韓非子•忠孝》："湯武自以爲義而弑其君長。"　　蔡：蔡州，亦即淮西，吳少陽、吳少誠、吳元濟向來以蔡州爲其首府。劉禹錫《平蔡州三首》："蔡州城中衆心死，妖星夜落照壕水。漢家飛將下天來，馬箠一揮門洞開。"白居易《侍中晉公欲到東洛先蒙書問期宿龍門思往感今輒獻長句》："功成名遂來雖久，雲臥山遊去未遲。聞說風情筋力在，只如初破蔡州時。"

⑦ 典：掌管，主持，任職。《南史·毛喜傳》："及帝即位，除給事黃門侍郎，兼中書舍人，典軍國機密。"司馬光《蘇騏驥墓碣銘》："以公素善武事，加習邊務，遂改供備庫副使，知威勝軍事，繼典嵐、莫、石、鳳、夔五州，皆著聲績。" 方州：指州郡。王維《責躬薦弟表》："顧臣謬官華省，而弟遠守方州。"洪邁《容齋三筆·帝王諱名》："帝王諱名……方州科舉尤甚，此風殆不可革。" 彰：明顯，顯著。《荀子·勸學》："登高而招，臂非加長也，而見者遠；順風而呼，聲非加疾也，而聞者彰。"顯揚，表彰。《舊唐書·郭子儀傳》："聖旨微婉，慰諭綢繆，彰微臣一時之功，成子孫萬代之寶。" 績效：功績。《後漢書·荀彧傳》："原其績效，足享高爵。"《舊唐書·夏侯孜傳》："錄其績效，擢處鈞衡。" 環尹：即"環列之尹"，皇宮禁衛官，亦即指楊元卿當時之職"右金吾衛將軍"。《左傳·文公元年》："穆王立，以其爲大子之室與潘崇，使爲大師，且掌環列之尹。"杜預注："環列之尹，宮衛之官，列兵而環王宮。"後亦省作"環尹"。蘇軾《除苗授殿前副都指揮使制》："出總元戎，作先聲於士氣；入爲環尹，寓軍政於國容。" 茂勛：豐功。《晉書·元帝紀》："茂勛格於皇天，清暉光於四海。"任昉《宣德皇后令》："元功茂勛，若斯之盛。"陸游《德勛廟碑》："茂勛明德，爛然史册。" 勤：次數多，經常。《文子·上仁》："力勤財盡，有旦無暮。"韓愈《木芙蓉》："願得勤來看，無令便逐風。"

⑧ 西旅：我國古代西方少數民族所建的國名，後亦泛指少數民族。《書·旅獒》："西旅獻獒。"孔傳："西戎遠國貢大犬。"王維《送高判官從軍赴河西序》："目無先零，氣射西旅。" 資：憑藉，依靠。《淮南子·主術訓》："夫七尺之橈而制船之左右者，以水爲資。"《三國志·荀攸傳》："董卓無道，甚於桀紂，天下皆怨之，雖資强兵，實一匹夫耳！" 帥：軍隊中主將、統帥。《左傳·宣公十二年》："命爲軍帥，而卒以非天，唯群子能，我弗爲也。"韓愈《唐故檢校尚書左僕射右龍武軍統軍劉公墓誌銘》："公不好音聲，不大爲居宅，於諸帥中獨然。"泛指官

長。《周禮・夏官・大司馬》："帥以門名,縣鄙各以其名。"鄭玄注："帥謂軍將及師帥、旅帥至伍長也。"《北史・魏臨淮王孝友傳》："百家之內,有帥二十五,徵發皆免,苦樂不均。"　不次:不依尋常次序,猶言超擢,破格。《漢書・東方朔傳》："武帝初即位,徵天下舉方正賢良文學材力之士,待以不次之位。"顏師古注："不拘常次,言超擢也。"《舊唐書・許遠傳》："祿山之亂,不次拔將帥。"　式:語助詞。《詩・大雅・蕩》："式號式呼,俾晝作夜。"《舊唐書・文宗紀》："載軫在予之責,宜降恤辜之恩,式表殷憂,冀答昭誠。"　佇:企盼,期待。謝靈運《酬從弟惠連》："夢寐佇歸舟,釋我吝與勞。"陸贄《博通墳典達于教化科文》："虛襟以佇,側席以求。"　奇功:異常的功勞、功勛。《漢書・陳湯傳》："湯爲人沈勇有大慮,多策謀,喜奇功。"劉長卿《觀校獵上淮西相公》："誰不羨周郎? 少小立奇功。"

⑨　土疆:領土,疆界。《詩・大雅・崧高》："王命召伯,徹申伯土疆。"曹植《漢武帝贊》："威振百蠻,恢拓土疆。"　封守:邊防,封疆。《書・畢命》："申畫郊圻,慎固封守,以康四海。"孔傳："謹慎堅固封疆之守備。"《宋史・度宗紀》："宜申儆國人,保固封守。"　士卒:甲士和步卒,後泛指士兵。《管子・立政》："兼愛之説勝,則士卒不戰。"《後漢書・皇甫嵩傳》："嵩溫恤士卒,甚得衆情,每軍行頓止,須營幔修立,然後就舍帳。"　子:指兒子。劉向《列女傳・齊東郭姜》："崔子前妻子二人,大子城,少子強。"陳玄祐《離魂記》："天授三年,清河張鎰因官家於衡州,性簡靜,寡知友。無子,有女二人。"子孫,後代。《荀子・正論》："聖王之子也,有天下之後也,埶籍之所在也,天下之宗室也。"楊倞注："子,子孫也。"　夷狄:指邊遠少數民族地區。《國語・鄭語》："或在王室,或在夷狄,莫之數也。"聶夷中《行路難》："莫言行路難,夷狄如中國。"　仇:仇敵。《書・泰誓》："誕以爾衆士,殄殲乃仇。"韓愈《嗟哉董生行》："時之人夫妻相虐,兄弟爲仇,食君之禄,而令父母愁。"

⑩　勉:盡力,努力。王充《論衡・禍虛》："惰竊之人,不力農勉商

以積穀貨,遭歲飢饉,腹餓不飽。"王安石《上仁宗皇帝言事書》:"不患人之不能,而患己之不勉。" 竭:窮盡。《左傳·莊公十年》:"夫戰,勇氣也。一鼓作氣,再而衰,三而竭。"曹冏《六代論》:"夫泉竭則流涸,根朽則葉枯。" 乃:代詞,你,你的。《書·舜典》:"帝曰:'格!汝舜。詢事考言,乃言底可績,三載。'"孔傳:"乃,汝。"《左傳·僖公十二年》:"往踐乃職,無逆朕命。" 誠:誠實,真誠,忠誠。《禮記·學記》:"今之教者,呻其佔畢,多其訊,言及於數,進而不顧其安,使人不由其誠,教人不盡其材。"孔穎達疏:"誠,忠誠。"酈道元《水經注·漸江水》:"文種誠於越,而伏劍於山陰。越人哀之,葬於重山。" 敷:施行。《孔子家語·致思》:"回願得明王聖主輔相之,敷其五教,導之以禮樂。"皮日休《原弈》:"堯不忍加兵,而以命舜,舜不忍伐,而敷之文德,然後有苗格焉!" 朕:秦始皇二十六年起定為帝王自稱之詞,沿用至清。《史記·秦始皇本紀》:"臣等昧死上尊號,王為'泰皇',命為'制',令為'詔',天子自稱曰'朕'。"賈曾《命皇太子即位制》:"朕聞宇宙者,至公之器,不獲已而臨之;帝王者,因時之運,非有待而居之。" 珥貂:插戴貂尾,漢代侍中、中常侍於冠上插貂尾為飾,後借指皇帝之近臣。曹植《王仲宣誄》:"戴蟬珥貂,朱衣皓帶。入侍帷幄,出擁華蓋。"白居易《孔戣可右散騎常侍制》:"可使珥貂,立吾左右。從容侍從,以備顧問。" 簡:即"象笏",象牙製的手板,古代品位較高的官員朝見君主時所執,供指畫和記事。《禮記·玉藻》:"史進象笏,書思對命。"鄭玄注:"書之於笏,為失忘也。"《新唐書·車服志》:"象笏,上圓下方,六品以竹木,上挫下方。" 兼榮:加倍的榮耀。韋建《黔州刺史薛舒神道碑》:"汝實專征,嘗受元戎之鉞;我惟共理,兼榮副相之印。"劉禹錫《故朝散大夫檢校尚書吏部郎中兼御史中丞賜紫金魚袋清河縣開國男贈太師崔公神道碑》:"奏課連最,德音張明。就加執法,好爵兼榮。" 主者:主管人。《史記·陳丞相世家》:"上曰:'主者謂誰?'平曰:'陛下即問決獄,責廷尉;問錢穀,責治粟內史。'"沈約《南郊恩詔》：“主者詳爲條格，疾速施行。”

[編年]

　　《年譜》編年本文於長慶元年八月“辛未”，理由是：“《舊唐書·穆宗紀》云：‘(長慶元年八月)辛未，以左金吾將軍楊元卿爲涇州刺史，充四鎮北庭行軍、涇原節度使。’”《編年箋注》、《年譜新編》據與《年譜》同樣的理由，前者編年：“知此《制》撰於長慶元年(八二一)八月。”後者編年“長慶元年”。

　　《舊唐書·穆宗紀》：“(長慶元年)八月甲子朔……辛未，以左金吾將軍楊元卿爲涇州刺史，充四鎮北庭行軍、涇原節度使。”推其干支，“辛未”應該是八月八日。但這祇是本文在李唐朝廷上正式發佈的日子，元稹本文撰成應該在此前一二日内，祇有經過唐穆宗過目和首肯之後，本文才能正式發佈。據《舊唐書·職官志》，“王者”對有關制誥，常常要“檢討”、“視草”，才能最後定稿。故本文撰成在長慶元年八月六七日間，地點在長安，元稹時任中書舍人翰林承旨學士。

◎ 劉悟可依前昭義軍節度使制（悟本昭義節度，朱克融反，議者假威名以厭其亂，移守盧龍。至邢州，會王廷湊之變，悟以克融方强，請徐圖之，仍還昭義軍）(一)①

　　門下：昔潢池驟變，則冀遂巫行；河内去思，而寇悄來復：所以順人情而急時病也②。況鷄澤衡漳，附于上黨；控帶河洛，扼束燕趙(二)。其土埆，其人勁，養理訓習，尤所重難③。

　　而幽州盧龍軍節度使、檢校司空劉悟，前臨是邦，其政方睦。甲兵完利(三)，師徒具嚴。刑當罪而人不冤，賞當功而財

6637

不費。軍政威而非虐⁽四⁾，吏道察而不苛。州里行信讓之風，鄉曲除武斷之患④。方將久次，以惠斯人。而難起幽陵，救深焚溺。輟於既理，與彼惟新⑤。

乘軒纔及於邢郊，妖彗忽生於冀分。空沉台座，未辯魁渠⁽五⁾。予懷震驚，物聽傾駭⑥。校其遠邇，當有後先。遂駐腹心之雄，以供臂指之用⑦。復還龍節，再息棠陰。勉受新恩，無移舊貫。可依前檢校司空兼潞州大都督府長史兼御史大夫、昭義軍節度副大使、知節度事、澤潞磁邢洺等州觀察使，勳、封如故⑧。

録自《元氏長慶集》卷四三

[校記]

（一）劉悟可依前昭義軍節度使制：楊本、叢刊本、宋浙本、盧校、《山西通志》、《全文》作“授劉悟昭義軍節度使制”，《畿輔通志》作“唐穆宗授劉悟昭義軍節度使制”，《英華》誤作“授劉悟昭義勇節度使制”，僅録以備考，不改。悟本昭義節度，朱克融反，議者假威名以厭其亂，移守盧龍。至邢州，會王廷湊之變，悟以克融方強，請徐圖之，仍還昭義軍：此題注僅見於馬本《元氏長慶集》，其他各本均無，應該是馬本《元氏長慶集》的整理者馬元調根據史實所作的題注，僅録以備考。

（二）扼束燕趙：楊本、叢刊本、《全文》同，《英華》、《畿輔通志》、《山西通志》作“扼束燕趙”，兩字相通，各備一說，不改。

（三）甲兵完利：楊本、叢刊本、《全文》同，《英華》、《畿輔通志》、《山西通志》作“兵甲完備”，各備一說，不改。

（四）軍政威而非虐：楊本、叢刊本、《山西通志》、《全文》同，《英華》、《畿輔通志》作“軍政威而無虐”，各備一說，不改。

（五）未辯魁渠：楊本、叢刊本同，《英華》、《畿輔通志》、《山西通志》、《全文》作"未辨魁渠"，兩字相通，各備一說，不改。

［箋注］

① 劉悟可依前昭義軍節度使制：元稹詩文集中與本文有關的文章共有三篇，除本文外，還有《授劉悟檢校司空幽州節度使制》、《批劉悟謝上表》，提及劉悟的另有《加裴度幽鎮兩道招撫使制》、《劉師老可尚書右司郎中郭行餘守秘書省著作郎制》、《沂國公魏博德政碑》，讀者可以並讀。　　劉悟：原爲李師道部將，李師道叛唐，劉悟斬李師道以獻朝廷，拜義成軍節度使。元和十五年十月，移鎮澤潞節度使。《舊唐書·劉悟傳》："長慶元年，幽州大將朱克融叛，囚其帥張弘靖，朝廷求名將以鎮漁陽，乃加悟檢校司空、平章事，充盧龍軍節度使。悟以幽州方亂，未克進討，請授之節鉞，徐圖之。乃復以悟爲澤潞節度，拜檢校司徒兼太子太傅，依前平章事。"《舊唐書·劉悟傳》在這裏簡略了一個極其重要的新情況，那就是劉悟授命之後，移師北上，但到達邢州之後，成德的王廷湊又跟著叛變，成德軍橫在中間，切斷了幽州節度使府與澤潞節度使府之間的地理聯繫，故劉悟難以北上，李唐朝廷也認識到劉悟北上已經失去了依托澤潞，鎮定幽州的本來意義，故接受劉悟返回澤潞節度使府的懇請，以便保有澤潞"徐圖之"，亦即本文"校其遠邇，當有後先"之意，因此才有了本文之詔令。關於此點，《新唐書·劉悟傳》有明確的表述："穆宗立，徙昭義軍。朱克融亂，議者假威名以厭其亂，移守盧龍。至邢州，會王庭湊之變，不得入，還屯。進兼幽鎮招討使，治邢州。"　　昭義軍節度使：《舊唐書·地理志》："昭義軍節度使：治潞州，領潞、澤、邢、洺、磁五州。"其中潞州、澤州、邢州、洺州四州府治分別地當今天的長治、晉城、邢臺和邯鄲市東北。磁州時廢時置，《元和郡縣志·磁州》有記載："本漢魏郡武安縣之地，周武帝于此置滏陽縣及成安郡。隋開皇十年廢郡，于縣置磁

州，以縣西九十里有磁山，出磁石，因取爲名。大業二年廢，以縣屬相州。皇朝永泰元年重置，以河東有慈州，故此加石也……管縣四：滏陽、邯鄲、昭義、武安。”顧非熊《送李相公昭義平復起彼宣慰員外副行》：“天井雖收寇未平，所司促戰急王程。曉馳雲騎穿花去，夜與星郎帶月行。”李商隱《寄和水部馬郎中題興德驛時昭義已平》：“仙郎倦去心，鄭驛暫登臨。水色瀟湘闊，沙程朔漠深。”

　　② 潢池：即“潢池弄兵”之緊縮語。語見《漢書·龔遂傳》：“海瀕遐遠，不霑聖化，其民困於飢寒而吏不恤，故使陛下赤子盜弄陛下之兵於潢池中耳！”後因以“潢池弄兵”謂叛亂，造反。樓鑰《論帥臣不可輕出奏議》：“水旱、饑饉，既不能免，潢池弄兵，安保其無？”亦省作“潢池”。楊炯《遂州長江縣先聖孔子廟堂碑》：“絶磴奸豪，每縱潢池之虣。”　驟變：突然變化。盧照鄰《悲今日》：“罵蕭朱爲賈豎，目張陳爲老兵。悲蒼黃兮驟變，恨消長之相傾。貴而不驕，人皆共推晏平仲；死且不朽，吾每獨稱范巨卿。”令狐楚《爲樓煩監楊大夫請朝覲第二表》：“臣自罷侍龍樓，出班馬政，星霜驟變，十有三年。”　龔遂：漢代循吏，事迹見《漢書·龔遂傳》：“龔遂，字少卿，山陽南平陽人也……宣帝即位，久之，勃海左右郡歲饑，盜賊並起，二千石不能禽制。上選能治者，丞相、御史舉遂可用，上以爲勃海太守。時遂年七十餘，召見，形貌短小，宣帝望見，不副所聞，心內輕焉！謂遂曰：‘勃海廢亂，朕甚憂之，君欲何以息其盜賊，以稱朕意？’遂對曰：‘海瀕遐遠，不霑聖化。其民困於饑寒，而吏不恤，故使陛下赤子盜弄陛下之兵於潢池中耳！今欲使臣勝之邪？將安之也？’上聞遂對，甚説。答曰：‘選用賢良，固欲安之也！’遂曰：‘臣聞治亂民，猶治亂繩，不可急也。唯緩之，然後可治。臣願丞相、御史且無拘臣以文法，得一切便宜從事！’上許焉！”後來勃海果然大理，成爲漢代著名的循吏。戴叔倫《撫州被推昭雪答陸太祝三首》一：“求理由來許便宜，漢朝龔遂不爲疵。如今謗起翻成累，唯有新人子細知。”貫休《賀鄭使君》：“龔遂劉寬同煦嫗，

張飛關羽太驅馳。"　　亟行：急速行進。韓愈《唐故檢校尚書左僕射右龍武軍統軍劉公墓誌銘》："上益遣使者勞問，敕無亟行。"殷崇義《南唐祈仙觀記》："況像嚴十聖，一方之異氣遝連。觀號三皇，百里之慶雲何在？因宸心之有屬，流明詔以亟行。"　　河內：古代指黃河以北的地區。《周禮·夏官·職方氏》："河內曰冀州。"也常常專指河南省黃河以北的地區。《左傳·定公十三年》："銳師伐河內，傳必數日而後及絳。"《孟子·梁惠王》："河內凶，則移其民於河東，移其粟於河內。"寇恂：東漢名臣，事迹見《後漢書·寇恂傳》："寇恂，字子翼，上谷昌平人也。"漢光武帝以"河內帶河爲固，戶口殷實，北通上黨，南迫洛陽"，而"寇恂文武備足，有牧人御衆之才"，"乃拜恂河內太守，行大將軍事。"接著又任職潁川、汝南太守。後來潁川盜賊蜂起，漢光武帝"即日車駕南征，恂從至潁川。盜賊悉降，而竟不拜。郡百姓遮道曰：'願從陛下復借寇君一年！'乃留恂。"杜甫《奉寄章十侍御》："湘西不得歸關羽，河內猶宜借寇恂。朝覲從容問幽仄，勿云江漢有垂綸。"錢起《送張員外出牧岳州》："鳳凰銜詔與何人？善政多才寵寇恂。臺上鴛鸞爭送遠，岳陽雲樹待行春。"　　人情：人心，衆人的情緒與願望。《後漢書·皇甫規傳》："而災異猶見，人情未安者，殆賢遇進退，威刑所加，有非其理也。"《北齊書·盧文偉傳》："善於撫接，好行小惠，是以所在頗得人情。"　　時病：當時的弊病。杜牧《高元裕除吏部尚書制》："在長慶、寶曆之際，匡拂時病，磨切貴近。罔有顧慮，知無不爲。"穆員《鮑防碑》："公賦《感遇》十七章，以古之正法，刺譏時病。"

③ 鷄澤：水名，又洺州所轄縣名。《元和郡縣志·洺州》："鷄澤：在縣西南十里，《左傳》：諸侯同盟於鷄澤，今其澤魚鱉菱芡，州境所資……鷄澤縣：本漢廣平縣地，隋開皇十六年于廣平城置鷄澤縣，大業三年省，武德四年重置。洺、漳二水在縣東南二十五里合流，東入平鄉縣界。"李翰《淮南節度行軍司馬廳壁記》："鄢陵之役，韓厥爲司馬；鷄澤之會，魏絳爲司馬。"唐無名氏《進苑恕策奏》："前管州鷄澤縣

主簿苑恕進策五件,可行者有二。" 衡漳:古水名,即漳水。《書·禹貢》:"覃懷底績,至於衡漳。"孔穎達疏:"衡即古横字,漳水横流入河,故云横漳。"李敬玄《奉和别越王》:"飛蓋迴蘭阪,宸襟佇柏梁。别館分涇渭,歸路指衡漳。"宋之問《使往天平軍馬約與陳子昂新鄉爲期及還而不相遇》:"恒碣青雲斷,衡漳白露秋。知君心許國,不是愛封侯。" 上黨:地名。《元和郡縣志·河東道》:"潞州:今爲澤潞節度使理所……秦爲上黨郡地,後漢末,董卓作亂,移理壺關城,即今州理是也。周武帝建德七年,於襄垣縣置潞州,上黨郡屬焉!隋開皇十年罷郡,自襄垣縣復移潞州於壺關,即今州是也,州得名因潞子之國。武德元年,又於襄垣縣置韓州,貞觀十七年廢,開元七年以玄宗歷試嘗在此州,置大都督府……管縣十:上黨、長子、屯留、潞城、壺關、黎城、銅鞮、鄉、襄垣、涉。"李白《酬張司馬贈墨》:"上黨碧松烟,夷陵丹砂末。蘭麝凝珍墨,精光乃堪掇。"權德輿《送從翁赴任長子縣令》:"地雄韓上黨,秩比魯中都。拜首春郊夕,離杯莫向隅!" 控帶:縈帶。韓愈《送李尚書赴襄陽八韵》:"控帶荆門遠,飄浮漢水長。"王安石《清風閣》:"遠引江山來控帶,平看鷹隼去飛翔。" 河洛:亦作"河雒",黄河與洛水的並稱。《史記·鄭世家》:"和集周民,周民皆説,河雒之間,人便思之。"班昭《東征賦》:"望河洛之交流兮,看成皋之旋門。"指黄河與洛水兩水之間的地區。江淹《北伐詔》:"驍雄競奮,火烈風掃。剋定中原,肅清河洛。"《南史·宋武帝紀》:"時帝將鎮下邳,進兵河洛,及徵使至,即日班師。" 扼:據守,控制。陸機《漢高祖功臣頌》:"肇謀漢濱,還定渭表,京索既扼,引師北討。"蘇舜欽《上范希文書》:"扼其衝塞,絶其牙市,閉之沙漠之外,俟其隙且困,則破散之。" 束:謂環繞,纏繞。張鷟《朝野僉載》卷一:"定州人崔務墜馬折足,醫令取銅末和酒服之,遂痊平。及亡後十餘年改葬,視其脛骨折處,有銅末束之。"吴融《和嚴諫議蕭山廟十韵》:"老狖尋危棟,秋蛇束畫楹。"燕趙:指戰國時期燕、趙二國,亦泛指其所在地區,即今河北省北部及山西省東部一帶。司馬扎《感古》：“九折無停波，三光如轉燭。玄珠人不識，徒愛燕趙玉。”于濆《古征戰》：“齊魯足兵甲，燕趙多娉婷。仍聞麗水中，日日黃金生。”　塯：土地貧瘠，亦指貧瘠的土地。《後漢書·秦彭傳》：“興起稻田數千頃，每於農月，親度頃畝，分別肥塯，差爲三品。”《隋書·地理志》：“河東……土地沃少塯多，是以傷於儉嗇。”　勁：剛強。《韓非子·孤憤》：“能法之士，必强毅而勁直。”司空圖《書屏記》：“人之格狀或峻，其心必勁；心之勁，則視其筆迹，亦足見其人矣！”　養理：調養治理。元稹《幽州平告太廟祝文》：“天革隋暴，付唐養理。高祖太宗，奉順天紀。元宗平寧，六合同軌。”陸宬《授周岳嶺南西道節度使制》：“念兹黔首，系我皇風。聿求養理之仁，兼藉鎮寧之略。”　訓習：訓練教習。張九齡《敕隴右節度陰承李書》：“今年交兵，新到隴右，未經戎事，大須訓習。”尹洙《乞募士兵札子》：“臣竊見諸路揀選到士兵，其間不無驍勇，然怯弱者亦多未經訓習。”　重難：繁重而艱難。羅隱《淮南送盧端公歸臺》：“道從上國曾匡濟，才向牢盆始重難。”范仲淹《奏杜曾張沔》：“錢穀重難，實所諳練。”

④ 臨：監視，監臨，引申爲統治，治理。韓愈《祭故陝府李司馬文》：“歷臨大邑，惟政有聲。”歐陽修《章望之字序》：“〔古之君子〕立乎朝廷而正君臣，出入宗廟而臨大事。”　睦：親善，和睦。《書·堯典》：“九族既睦，平章百姓。”韓愈《順宗實錄》：“内睦於九族，外勤於萬機。”　甲兵：鎧甲和兵械，泛指兵器。孫逖《授王斛斯太僕卿仍兼安西都護制》：“間歲以來，頗有騷警。能清寇虐，不頓甲兵。”陸贄《論替換李楚琳狀》：“今若因行幸之威勢，假迎扈之甲兵，易置以歸，是同虜執。”　完利：堅固適用。《荀子·王制》：“辨功苦，尚完利，便備用。”楊倞注：“完，堅也；利，謂便於用，若車之利轉之類也。”指堅固鋒利。《漢書·晁錯傳》：“兵不完利，與空手同；甲不堅密，與袒裼同。”　師徒：士卒，亦借指軍隊。白居易《送陳許高僕射赴鎮》：“敦詩説禮中軍帥，重士輕財大丈夫。常與師徒同苦樂，不教親故隔榮枯。”元稹《招

討鎮州制》："是以魏之師徒，一年而知恩，二年而知禮，三年而知相與讓於道矣！" 　**當罪**：謂罰當其罪。《管子·問》："審刑當罪，則人不易訟。"尹知章注："所刑皆當其罪，故人不交相訟。"《荀子·君子》："故刑當罪則威，不當罪則侮。" 　**當功**：謂賞當其功。魏徵《九成宮醴泉碑銘》："謹按《禮緯》云：'王者刑殺當罪，賞錫當功，得禮之宜，則醴泉出於闕庭。'"陸贄《興元論中官及朝官賜名定難功臣狀》："矧今國步猶艱，王化未洽，方資武力，以殄寇仇。蓋非恩幸競進之時，文儒角逐之日。當功而獎，尚恐未孚。獎又非功，固宜見誚。" 　**軍政**：軍中政教，軍中政事。《左傳·襄公二十四年》："楚子爲舟師以伐吳，不爲軍政，無功而還。"范仲淹《除樞密副使召赴闕陳讓第五狀》："自西寇猖獗，久當戎事。雖才不逮志，未有成績。若其裁處軍政，審料敵情，既逾歲年，粗亦詳練。" 　**虐**：殘暴，凶殘。《書·泰誓》："今商王受，弗敬上天，降災下民，沈湎冒色，敢行暴虐。"孔傳："沈湎嗜酒，冒亂女色，敢行酷暴，虐殺無辜。"韓愈《唐故檢校尚書左僕射右龍武軍統軍劉公墓誌銘》："蜀人苦楊琳寇掠，公單船往說，琳感欷，雖不即降，約其徒不得爲虐。" 　**吏道**：爲政之道。《舊唐書·姚崇傳》："崇獨當重任，明於吏道，斷割不滯。"陸游《曾文清公墓誌銘》："公嘗決疑獄，徐公謝曰：'始徒謂君儒者，乃精吏道如是邪！'" 　**苛**：苛刻，狠虐，嚴厲。《詩大序》："國史明乎得失之迹，傷人倫之廢，哀刑政之苛。吟詠情性，以風其上。"《荀子·富國》："重田野之税以奪之食，苛關市之征以難其事。" 　**信讓**：誠信謙讓。《禮記·坊記》："故君子信讓以涖百姓，則民之報禮重。"常袞《授郭曜太子詹事制》："丞相之子，夙聞禮訓。孝悌信讓，清公仁厚。" 　**鄉曲**：家鄉，故里。《戰國策·秦策》："賣僕妾售乎閭巷者，良僕妾也；出婦嫁鄉曲者，良婦也。"司馬遷《報任少卿書》："僕少負不羈之才，長無鄉曲之譽。" 　**武斷**：以威勢妄斷是非。《史記·平準書》："當此之時，網疏而民富，役財驕溢，或至兼併豪黨之徒，以武斷於鄉曲。"司馬貞索隱："謂鄉曲豪富無官位，而以威勢主斷曲直，故曰武斷也。"謂妄以權勢獨斷獨行。曾鞏《襄州到任表》："野有群行之盜，里多武斷之豪。"

⑤　方將：將要，正要。《詩·邶風·簡兮》："簡兮簡兮，方將萬舞。"李白《大獵賦》："方將延榮光於後昆，軼玄風於邃古。"　久次：年資長。《史記·儒林列傳》："孝景時，〔董仲舒〕爲博士，下帷講誦，弟子傳以久次相受業，或莫見其面。"久居官次。《後漢書·黃琬傳》："舊制光禄舉三署郎，以高功久次才德尤異者爲茂才四行。"李賢注："久次，謂久居官次也。"　惠：施予恩惠。《尚書大傳》卷三："振貧窮，惠孤寡。"蘇軾《張龍公祠記》："惠於有生，我則從之。"　幽陵：原指北狄拔野古歸附李唐之後所建的幽陵都督府，地在今天的河北蔚縣，後來代指安禄山盤踞並最終起兵作亂的幽州盧龍節度使府。李華《淮南節度使尚書左僕射崔公頌德碑銘》："逆臣起幽陵，陷潼關……"裴抗《魏博節度使田公神道碑》："天寶季年，逆帥安禄山竊幽陵之甲以叛……"本文以安史之亂喻指殺害田弘正的成德節度使王庭湊及其同夥。　焚溺：喻人受虐，如同陷身水火之中。白居易《寓言題僧》："力小無因救焚溺，清涼山下且安禪。"石介《感事》："三歲出南狩，王師拯焚溺。"　"輟於既理"兩句：意謂將劉悟自澤潞節度使移鎮幽州盧龍軍節度使，事見元稹《授劉悟檢校司空幽州節度使制》。　理：謂治理得好，秩序安定，與"亂"相對。《吕氏春秋·勸學》："聖人之所在，則天下理焉！"王讜《唐語林·政事》："數年之間，漁商闐湊，州境大理。"　惟新：更新，語出《詩·大雅·文王》："周雖舊邦，其命維新。"毛傳："乃新在文王也。"《後漢書·楊修傳》："彪備漢三公，遭世傾亂，不能有所補益。耄年被病，豈可贊惟新之朝？"杜甫《別蔡十四著作》："異才復間出，周道日惟新。"

⑥　"乘軒纚及於邢郊"兩句：事見《舊唐書·穆宗紀》："（長慶元年）八月甲子朔，己巳，鎮州監軍宋惟澄奏：'七月二十八日夜軍亂，節度使田弘正并家屬將佐三百餘口並遇害，軍人推衙將王廷湊爲留

後。'……癸酉,王廷湊遣盜殺冀州刺史王進岌,據其郡。"又據馬元調本文題注:"至邢州,會王廷湊之變,悟以克融方强,請徐圖之,仍還昭義軍。"　乘軒:乘坐大夫的車子。《左傳·閔公二年》:"衛懿公好鶴,鶴有乘軒者。"杜預注:"軒,大夫車。"後用以指做官。鮑照《擬古八首》六:"不謂乘軒意,伏櫪還至今。"　邢:邢州,澤潞節度使所轄五州之一。竇牟《奉使至邢州贈李八使君》:"獨占龍岡部,深持虎節居。盡心敷吏術,含笑掩兵書。"李山甫《賀邢州盧員外》:"紫泥飛詔下金鑾,列象分明世仰觀。北省諫書藏舊草,南宮郎署握新蘭。"　郊:泛指城外,野外。《左傳·襄公二十六年》:"伍舉奔鄭,將遂奔晉。聲子將如晉,遇之於鄭郊。"班固《西都賦》:"若乃觀其四郊,浮遊近縣,則南望杜霸,北眺五陵。"　妖彗:彗星,古人認爲彗星預兆灾禍,故稱。《晉書·天文志》:"妖星:一曰彗星,所謂掃星……見則兵起,大水。"比喻寇賊。穆員《驃騎大將軍劉海賓墓銘》:"偉哉段公!與我同德。將滅妖彗,載清宸極。"　冀:冀州,成德軍節度使所轄恒州、趙州、冀州、深州之一。岑參《冀州客舍酒酣貽王綺寄題南樓》:"憶昨始相值,值君客貝丘。相看復乘興,携手到冀州。"吳融《陳琳墓》:"冀州飛檄傲英雄,却把文辭事鄴宮。縱道筆端由我得,九泉何面見袁公?"　分:地分,地域。賈島《晚晴見終南諸峰》:"秦分積多峰,連巴勢不窮。"韋莊《贈戎兵》:"夜指碧天占晉分,曉磨孤劍望秦雲。"指分野。《漢書·地理志》:"自柳三度至張十二度,謂之鶉火之次,周之分也。"　台座:指宰相之位。韓愈《和崔舍人詠月二十韵》:"右掖連台座,重門限禁局。"武元衡《西亭早秋送徐員外》:"鼎鉉辭台座,麾幢領益州。"舊時稱呼對方的敬辭。王安石《與王宣徽書》:"某頓首再拜留守宣徽太尉台座……"趙彥衛《雲麓漫抄》卷九:"〔章子厚〕以書抵先生:'某惶恐再拜端明尚書台座……'"本文劉悟位兼同平章事,故言。　魁渠:首領,常含貶義,語本《書·胤征》:"殲厥渠魁。"柳宗元《唐鼓吹鐃歌·鐵山碎》:"破定襄,降魁渠。"司空圖《華帥許國公德政碑》:"奮少擊多,排山壓卵。魁渠折首,支黨束身。"　震驚:震動而驚懼。《後漢書·任光傳》:"世祖遂與光等投暮入堂陽界,使騎各持炬火,彌滿澤中,火炎燭天地,舉城莫不震驚惶怖。"陸贄《優恤畿內百姓並除十縣令詔》:"今穀價騰踴,人情震驚。"　物聽:衆人的言論。《晉書·王敦傳》:"天下荒弊,人心易動;物聽一移,將致疑惑。"孔平仲《續世說·方正》:"貽範憂未數月,遽令起復,實駭物聽,傷國體。"　傾駭:驚駭。《史記·大宛列傳》:"見漢之廣大,傾駭之。"韓愈《謝自然詩》:"觀者徒傾駭,躑躅詎敢前?"

⑦　校:比較。《孟子·滕文公》:"龍子曰:'治地莫善於助,莫不善於貢。'貢者,校數歲之中以爲常。"元稹《哭子十首》五:"鞭朴校多憐校少,又緣遺恨哭三聲。"　遠邇:猶遠近。《荀子·議兵》:"兵不血刃,遠邇來服。"《後漢書·朱暉傳》:"憲度既張,遠邇清壹。"　後先:先後。《楚辭·招魂》:"與王趨夢兮課後先。"文天祥《指南錄後序》:"舟與哨相後先,幾邂逅死。"　腹心:肚腹與心臟,皆人體重要器官,比喻近中心的重要地區。《史記·趙世家》:"今中山在我腹心,北有燕,東有胡,西有林胡、樓煩、秦、韓之邊,而無強兵之救,是亡社稷,奈何?"韓愈《論天旱人饑狀》:"又京師者,四方之腹心,國家之根本。"　臂指:手臂與手指。獨孤及《楊公遺愛碑頌》:"每循行屬縣,問所疾苦,時其饑飽,心爲慘怛,如身之恤臂指、慈父之視幼子也。"權德輿《劉公神道碑銘》:"如使臂指,可蹈水火。孰云危事? 決勝在我。"

⑧　龍節:泛指奉王命出使者所持之節。王維《平戎辭》:"卷施生風喜氣新,早持龍節靜邊塵。"蘇軾《表忠硯碑》:"金券玉冊,虎符龍節。"　棠陰:原指棠樹樹蔭,事見《史記·燕召公世家》:"召公巡行鄉邑,有棠樹,決獄政事其下,自侯伯至庶人各得其所,無失職者。召公卒,而民人思召公之政,懷棠樹不敢伐,哥詠之,作《甘棠》之詩。"後來喻惠政或良吏的惠行。蕭綱《罷丹陽郡往與吏民別》:"柳栽今尚在,

棠陰君詎憐?”劉長卿《餘干夜宴奉餞前蘇州韋使君新除婺州作》:“幸容栖託分,猶戀舊棠陰。” 新恩:新的恩惠。孫逖《授元環右監門衛將軍制》:“徵於舊典,洽以新恩,宜有命於移官,更增榮於賜服。”劉禹錫《連州刺史謝上表》:“哀臣老母羸疾,閔臣一身零丁,特降新恩,移臣善郡。” 舊貫:原來的樣子。《論語·先進》:“魯人爲長府,閔子騫曰:‘仍舊貫,如之何? 何必改作?’”舊制度,舊辦法。《漢書·段會宗傳》:“願吾子因循舊貫,毋求奇功。” 依前:照舊,仍舊。賈思勰《齊民要術·種榆白楊》:“尤忌捋心。”原注:“捋心則科茹不長,更須依法燒之,則依前茂矣!”韓愈《黃家賊事宜狀》:“不能別立規模,依前還請攻討。”

[編年]

《年譜》編年:“《制》云:‘而幽州盧龍軍節度使、檢校司空劉悟……復還龍節,再息棠陰。勉受新恩,無移舊貫。可依前檢校司空兼潞州大都督府長史兼御史大夫、昭義軍節度副大使、知節度事、澤潞磁邢洺等州觀察使。’當撰於長慶元年七月庚申以後。”《編年箋注》根據《資治通鑑·穆宗長慶元年》載:“(七月)庚申,以昭義節度使劉悟爲盧龍節度使。悟以朱克融方强,奏請‘且授克融節鉞,徐圖之’,乃復以悟爲昭義軍節度使。”編年本文:“長慶元年(八二一)七月,乙未朔,庚申爲二十六日,此《制》成於其時。”《年譜新編》引用《舊唐書·劉悟傳》:“長慶元年……乃加悟檢校司空、平章事,充盧龍軍節度使。悟以幽州方亂,未可進討,請授之節鉞,徐圖之。乃復以悟爲澤潞節度,拜檢校司徒兼太子太傅,依前平章事。”編年本文:“制當約作於長慶元年八月。”

我們以爲,一、《年譜》、《編年箋注》編年本文於“七月庚申以後”、“七月庚申”都是錯誤的,本文:“乘軒纊及於邢郊,妖彗忽生於冀分。空沉台座,未辯魁渠。予懷震驚,物聽傾駭。”所言指鎮州王庭湊之叛亂。而王庭湊的叛亂雖然發生在七月二十八日夜,亦即"七月庚申"之後兩日之"壬戌"。但此噩耗傳至長安已經是八月六日,《舊唐書・穆宗紀》:"(長慶元年)八月甲子朔,己巳,鎮州監軍宋惟澄奏:'七月二十八日夜軍亂,節度使田弘正并家屬將佐三百餘口並遇害,軍人推衙將王廷湊爲留後。"二、而《年譜新編》編年本文於"長慶元年八月"不僅籠統,而且《舊唐書・劉悟傳》與《年譜新編》都沒有舉出劉悟"乃復以悟爲澤潞節度"爲何是"長慶元年八月"的任何證據,看來祇是想當然之語。三、據《舊唐書・穆宗紀》,劉悟拜任幽州節度使在長慶元年七月二十六日,其移鎮幽州當在其後,但劉悟並未離開澤潞節度使府的轄境,祇是到達邢州,即向朝廷提出"以幽州方亂,未可進討,請授之節鉞,徐圖之"的請求,計其進兵及向朝廷奏請的時日,李唐朝廷改變劉悟的任命亦應該在八月六日之後。據此,本文應該撰成於長慶元年八月六日之後的數日之內,地點在長安,元稹時任中書舍人翰林承旨學士之職。

◎ 翰林承旨學士記^{(一)①}

　　舊制,學士無得以承旨爲名者,應對、顧問、參會、旅次、班第^(二),以官爲上下②。憲宗章武孝皇帝以永貞元年即大位,始命鄭公絪爲承旨學士^(三),位在諸學士上,居在東第一閣③。乘輿奉郊廟,輒得乘廄馬。自浴殿由內朝以從,揚鷄竿^(四),布大澤^(五),則昇丹鳳之西南隅^(六)。外賓客進見於麟德,則止直禁中以俟^{(七)④}。大凡大誥令^(八)、大廢置、丞相之密畫、內外之密奏、上之所甚注意者,莫不專受專對^(九),他人無得而參。非自異也,法不當言⑤。

　　用是十七年間,由鄭至杜,十一人而九參大政⑥。其不至者，衞公詔及門而返⁽一〇⁾，事適然也（禁省中備傳其事）⁽一一⁾。至於張，則弄相印以俟其病間者久之，卒不興⁽一二⁾，命也已⑦。若此，則安可以昧陋不肖之稹，繼居九丞相二名卿之後乎⑧？

俛仰瞻睹，如遭大賓。每自誨其心曰：以若之不俊不明，而又使欲惡歌曲攻於內，且決事於冥冥之中，無暴揚報效之言⁽一三⁾，不忿行私，易也⁽一四⁾⑨。然而陰潛之神，必有記善惡之餘者。以君父之遇若如是，而猶舉枉措直，可乎哉⑩？使若之心，忽而爲他人盡，數若之所爲，而終不自愧，斯可矣⑪！昔魯共王餘畫先賢於屋壁以自警⁽一五⁾，臨我以十一賢之名氏，豈直自警哉！由是謹述其遷授⁽一六⁾，書於座隅。

長慶元年八月十日記⑫。

録自《元氏長慶集》卷五一

［校記］

（一）翰林承旨學士記：楊本、叢刊本同，《英華》、《淵鑑類函》、《古今事文類聚》、《全文》作“翰林承旨學士廳壁記”，《翰苑群書》、《宋史·藝文志》作“承旨學士院記”，各備一說，不改。

（二）應對、顧問、參會、旅次、班第：楊本、叢刊本、《古今事文類聚》同，《英華》、《淵鑑類函》、《全文》作“應對、顧問、參會、班第、旋次”，《翰林志》作“應對、顧問、參列、班第、旋次”，《翰苑群書》作“應對、顧問、參會、班第”，它卷又作“應對、顧問、旅次、班第”，各備一說，不改。

（三）始命鄭公絪爲承旨學士：原本作“始命鄭公爲承旨學士”，楊本、叢刊本同，據《英華》、《翰苑群書》、《古今事文類聚》、《淵鑑類函》、《全文》補改。

（四）揚鷄竿：楊本、叢刊本同，《英華》、《翰苑群書》、《古今事文類聚》、《淵鑑類函》、《全文》作“揭鷄竿”，各備一説，不改。

（五）布大澤：楊本、叢刊本、《翰苑群書》、《全文》同，《英華》、《古今事文類聚》、《淵鑑類函》作“而布大澤”，各備一説，不改。

（六）則昇丹鳳之西南隅：原本作“則丹鳳之西南隅”，楊本、叢刊本同，據《英華》、《古今事文類聚》、《淵鑑類函》、《翰苑群書》、《全文》改。

（七）則止直禁中以俟：楊本、叢刊本、《翰苑群書》、《全文》同，《英華》、《淵鑑類函》、《古今事文類聚》作“則直上禁中以俟”，《翰苑群書》另卷則作“則上直禁中以俟”，《淵鑑類函》作“則直上禁中以候”，各備一説，不改。

（八）大凡大誥令：楊本、叢刊本、《英華》、《古今事文類聚》作“大凡大詔令”，《全文》作“大禮大誥令”，《淵鑑類函》、《翰苑群書》作“凡大誥令”，各備一説，不改。

（九）莫不專受專對：原本作“莫不專對”，楊本、叢刊本同，據《英華》、《古今事文類聚》、《淵鑑類函》、《翰苑群書》、《全文》補改。《淵鑑類函》此下僅存“他人無得而參焉”一句，録以備考。

（一〇）衛公詔及門而返：原本作“衛詔及門而返”，楊本、叢刊本同，據《英華》、《古今事文類聚》、《翰苑群書》、《全文》補改。

（一一）禁省中備傳其事：楊本、叢刊本、《翰苑群書》同，《英華》、《古今事文類聚》、《全文》無，各備一説，不改。

（一二）卒不興：原本作“卒不典”，楊本、叢刊本同，據《英華》、《古今事文類聚》、《翰苑群書》、《全文》改。

（一三）無暴揚報效之言：楊本、叢刊本同，《翰苑群書》、《全文》作“無暴揚報效之慮”，《英華》、《古今事文類聚》作“若之無暴揚報校之慮”，各備一説，不改。

（一四）不忿行私，易也：楊本、叢刊本同，《翰苑群書》、《全文》作“遂忿行私，易也”，《英華》、《古今事文類聚》作“遂忿行於私易，易也”，各備一説，不改。

（一五）昔魯共王餘畫先賢於屋壁以自警：楊本同，叢刊本、《全文》作“昔魯共王餘畫先賢於屋壁以自警臨”，《古今事文類聚》、《翰苑群書》作“昔魯恭王餘畫先賢於屋壁以自警臨”，《英華》作“昔魯恭王餘畫先賢於壁以自警臨”，各備一説，不改。

（一六）由是謹述其遷授：原本作“由是謹其遷授”，楊本、叢刊本、《翰苑群書》同，據《英華》、《古今事文類聚》、《全文》改。

［箋注］

① 翰林：即“翰林學士”，官名，唐玄宗開元初以張九齡、張説、陸堅等掌四方表疏批答、應和文章，號“翰林供奉”，與集賢院學士分司起草詔書及應承皇帝的各種文字。德宗以後，翰林學士成爲皇帝的親近顧問兼秘書官，常值宿内廷，承命撰擬有關任免將相和册后立太子等事的文告，有“内相”之稱，並往往即以翰林學士升任宰相。宋之問《上陽宫侍宴應制得林字》：“舊渥驂宸御，慈恩忝翰林。微臣一何幸，再得聽瑤琴！”杜甫《贈翰林張四學士》：“翰林逼華蓋，鯨力破滄溟。天上張公子，宫中漢客星。” 承旨：官名，唐代翰林院有翰林學士承旨，位在諸學士之上。凡大誥令、大廢置、重要政事，皆得專受專對。《舊唐書·職官志》：“翰林院：天子在大明宫，其院在右銀臺門内。在興慶宫，院在金明門内。若在西内，院在顯福門。若在東都、華清宫，皆有待詔之所。其待詔者，有詞學、經術、合練、僧道、卜祝、術藝、書奕，各别院以廩之，日晚而退。其所重者詞學，武德、貞觀時有温大雅、魏徵、李百藥、岑文本、許敬宗、褚遂良。永徽後有許敬宗、上官儀。皆召入禁中驅使。未有名目。乾封中劉懿之、劉褘之兄弟、周思茂、元萬頃、范履冰，皆以文詞召入待詔，常於北門候進止，時號‘北門學士’。天后時，蘇味道、韋承慶皆待詔禁中。中宗時，上官昭容獨當書詔之任。睿宗時，薛稷、賈膺福、崔湜又代其任。玄宗即位，

張説、陸堅、張九齡、徐安貞、張泊等召入禁中，謂之翰林待詔。王者尊極，一日萬幾，四方進奏，中外表疏批答，或詔從中出，宸翰所揮，亦資其檢討，謂之視草。故嘗簡當代士人，以備顧問。至德已後，天下用兵，軍國多務，深謀密詔，皆從中出。尤擇名士，翰林學士得充選者，文士爲榮。亦如中書舍人，例置學士六人，内擇年深德重者一人爲承旨，所以獨承密命故也。德宗好文，尤難其選。貞元已後，爲學士承旨者，多至宰相焉！"黃滔《丈六金身碑》："座客有右省常侍隴西李公洵、翰林承旨制誥兵部侍郎昌黎韓公偓……"田錫《聖主靖邊歌》："示暇皇歡有餘意，御筆題詩饒綺思。翰林承旨先受宣，西掖詞臣及近侍。"　記：文體名，以叙事爲主，兼及議論抒情和山川景觀的描寫。李吉甫《編次鄭欽悦辨大同古銘記》："夫一邱之土，無情也；遇雨而圮，偶然也。窮象數者，已懸定於十八萬六千四百日之前，矧於理亂之運，窮達之命。聖賢不逢，君臣偶合。"韓愈《汴州東西水門記》："貞元十四年正月戊子，隴西公命作東西水門。越三月辛巳朔，水門成。三日癸未，大合樂，設水嬉，會監軍、軍司馬、賓位、僚屬、將校、熊羆之士，肅四方之賓客以落之。士女穌會，闠郭溢郛。既卒事，其從事昌黎韓愈請紀成績。"洪遵《翰苑群書·丁居晦重修承旨學士壁記》："尚書元積《承旨學士廳記》，舊題在東廡之右。歲月滋久，日爍雨潤，墻屋罅缺，文字昧没，不稱深嚴之地。院使郭公、王公皆以茂器精識，參掌院事，顧是言曰：'吾儕厘務罄盡心力，細大之事，人謂無遺，而兹獨未暇，使衆賢名氏翳不光耀，失之不治，後誰治之？'遂占工賦程，不日而成。峭麗齊平，粉繪耀明。玉粹雲輕，隨顧而生。貫列豪英，千千萬齡。無缺無傾，工告休命。予紀完葺之美，舊記所載，今皆不書。開成表號之二年五月十四日記（學士姓名，此本據院中壁上寫，並無大曆、天寶學士姓名）。"後面附録學士姓名及其入院始末，限於篇幅，故今僅録學士姓名以供參考："開元後八人：吕向、尹愔、劉光謙、張垍、張淑、張漸、竇華、裴士淹；至德後四人：相董晉、于可封、蘇源明、潘炎；寶應後六人：相常袞、柳伉、張涉、李翰、于邵、于益；建中後八人：張周、相姜公輔、相趙宗儒、歸崇敬、相陸贄、吳通微、吳通玄、顧少連；興元後二人：奚陟、吉中孚；貞元後十二人：相韋執誼、梁肅、韋綬、相鄭絪、相鄭餘慶、衛次公、相李程、張聿、李建、凌準、王叔文、王伾；永貞後二人：相李吉甫、相裴垍；元和後二十四人：相李絳、相崔群、白居易、衛次公、錢徽、韋弘景、獨孤郁、相蕭俛、劉從周、獨孤郁、徐晦、相令狐楚、郭求、張仲素、相段文昌、沈傳師、相杜元穎、李肇、相李德裕、相李紳、庾敬休、相韋處厚、相路隋、柳公權；長慶後七人：相元稹、高鈇、蔣防、韋表微、龐嚴、崔郾、高重；寶曆後二人：王源中、相宋申錫；大和後二十人：鄭澣、許康佐、相李讓夷、柳公權、丁公著、相崔鄲、相鄭覃、路群、薛廷老、相李珏、相鄭覃、相陳夷行、使相鄭涯、高重、元晦、柳公權、丁居晦、歸融、黎埴、袁郁；開成後十四人：柳璟、相周墀、相王起、高元裕、裴素、丁居晦、高少逸、李褒、周敬復、相鄭朗、盧懿、李訥、相崔鉉、敬晦；會昌後八人：相韋琮、魏扶、相白敏中、封敖、相徐商、孫毅、相劉瑑；大中後二十九人：相蕭鄴、宇文臨、沈詢、宇文臨、相令狐綯、鄭顥、鄭處誨、相崔慎由、相令狐綯、鄭薰、相畢諴、相蕭寘、蘇滌、相蕭鄴、韋澳、相曹確、庾道蔚、李淳儒、孔溫裕、于德孫、皇甫珪、相蔣伸、苗恪、楊知溫、嚴祁、相杜審權、相高璩、李覿、相劉鄴；咸通後三十二人：張道符、相楊收、相路巖、趙隱、劉允章、獨孤霖、李瓚、相于琮、侯備、裴璩、劉允章、鄭言、相劉瞻、李隋、盧深、崔珮、相劉瞻、相鄭畋、張禓、崔充、相韋保衡、韋蟾、杜裔休、鄭延休、薛調、韋保乂、劉承雍、崔璆、李溥、相豆盧瑑、崔湜、相盧攜。”

②舊制：原來的制度、規定。元結《論舜廟狀》：“臣謹遵舊制，於州西山上已立廟訖。”顏真卿《請復七聖諡號狀》：“累聖之諡有加至十一字者，皇帝則悉有大聖之號，皇后則皆有順聖之名，使言之者惑於今，行之者異於古，非舊制也。” 應對：酬對，對答。《論語·子張》：“子夏之門人小子，當灑掃應對進退，則可矣！抑末也。”蘇鶚《蘇氏演

義》卷下:"〔侯白〕博聞多知,諧謔辯論,應對不窮,人皆悅之。" 顧問:諮詢,詢問。《北史·蕭吉傳》:"時上陰欲廢立,得其言,是之。由此,每被顧問。"蘇鶚《杜陽雜編》卷下:"是時中貴人買酒於廣化旗亭,忽相謂曰:'坐來香氣何太異也?'同席曰:'豈非龍腦耶?'曰:'非也,余幼給事於嬪御宮,故常聞此,未知今日由何而致?'因顧問當壚者,遂云公主步輦夫以錦衣換酒於此也。" 參會:參酌綜合。趙與時《賓退錄》卷一:"天台桑澤卿(世昌)編《蘭亭博議》一書甚詳,與時參會眾說,芟繁撮要,記其本末如此。"參見,拜會。蘇頌《賀皇太妃箋》:"某榮預宗藩,日親宮壺,祝春祺而參會,與天序以俱新!" 旅次:旅途中暫作停留。王勃《鑿鑒圖銘序》:"予將之交趾,旅次南海。"李復言《續玄怪錄·張逢》:"旅次淮陽,舍於公館。" 班第:猶"班次",官員按品級排列的位次。《後漢書·鄭弘傳》:"時舉將第五倫為司空,班次在下,每正朔朝見,弘曲躬而自卑。"《新唐書·百官志》:"入院一歲,則遷知制誥,未知制誥者不作文書。班次各以其官,內宴則居宰相之下,一品之上。" 上下:指位分的高低,猶言君臣、尊卑、長幼。《易·泰》:"上下交而其志同也。"孔穎達疏:"上,謂君也;下,謂臣也。"《書·周官》:"宗伯掌邦禮,治神人,和上下。"孔傳:"和上下尊卑等列。"

③ 鄭公絪:即鄭絪。《舊唐書·鄭絪傳》:"鄭絪,字文明……德宗朝,在內職十三年……憲宗監國,遷中書舍人,依前學士。俄拜中書侍郎平章事,加集賢殿大學士,轉門下侍郎,弘文館大學士。"《舊唐書·鄭絪傳》未直接提及鄭絪"承旨學士"之事,據《翰苑群書·元稹承旨學士院記》記載,《舊唐書·鄭絪傳》闕載鄭絪任職翰林承旨學士之事。 "位在諸學士上"兩句:《古今事文類聚·翰林院·翰林學士承旨》:"歷代沿革:唐玄宗始置翰林學士,而無承旨。憲宗又置學士,承旨,永貞元年始命鄭絪為之。大詔令、大廢置、丞相之密書、內外之密奏、上之所甚注意者,莫不專受專對,居東第一閣。五代後,唐明宗

天成八年敕：翰林學士入院，必以先後爲定，唯承旨一員出自朕意，不計官資先後，在學士之上。宋承旨不常置，於院中久次者一人充。元翰林院置學士承旨，又置學士及侍講、侍讀學士、直學士之員。”

④乘輿：古代特指天子和諸侯所乘坐的車子。《孟子·梁惠王》：“今乘輿已駕矣！有司未知所之。”賈誼《新書·等齊》：“天子車曰乘輿，諸侯申曰乘輿，乘輿等也。” 郊廟：古代天子祭天地與祖先。《書·舜典》：“汝作秩宗。”孔傳：“秩，序；宗，尊也，主郊廟之官。”孔穎達疏：“郊謂祭天南郊，祭地北郊；廟謂祭先祖，即《周禮》所謂天神人鬼地祇之禮是也。”古帝王祭天地的郊宮和祭祖先的宗廟。陳琳《爲袁紹檄豫州》：“使從事中郎徐勛，就發遣操，使繕修郊廟，翊衛幼主。” 廄馬：特指皇家豢養的良馬。武元衡《途次近蜀驛蒙恩賜寶刀及飛龍廄馬使還因寄中書李鄭二公》：“草草事行役，遲遲違故關。碧幢遙隱霧，紅斾漸依山。”溫庭筠《陽春曲》：“廄馬何能齧芳草？路人不敢隨流塵。” 浴殿：皇宮內的浴室。元稹《酬樂天待漏入閣見贈》：“未勘銀臺契，先排浴殿關。”王禹偁《闕下言懷上執政三首》三：“浴殿失恩成一夢，鼎湖攀駕即千秋。” 內朝：古代天子、諸侯處理政事和休息的場所，對外朝而言。“內朝”有二：一在路門外，爲天子、諸侯處理政事之處，亦謂之“治朝”；一在路門內之路寢，爲天子、諸侯處理政事後休息之所，亦謂之“燕朝”。《禮記·玉藻》：“朝服以日視朝於內朝。”鄭玄注：“此內朝，路寢門外之正朝也。”《周禮·秋官·朝士》鄭玄注：“周天子、諸侯皆有三朝：外朝一，內朝二。內朝之在路門內者，或謂之燕朝。” 雞竿：一端附有金雞的長竿，古代多於大赦日樹立。《新唐書·百官志》：“赦日，樹金雞於仗南，竿長七丈，有雞高四尺，黃金飾首，銜絳幡長七尺，承以綵盤，維以絳繩，將作監供焉！”許渾《正元》：“高揭雞竿闢帝閽，祥風微曖瑞雲屯。”後用爲赦罪之典。 大澤：大恩惠。《禮記·祭統》：“祭者，澤之大者也，是故上有大澤，則惠必及下。”《文選·司馬相如〈封禪文〉》：“詩大澤之博，廣符瑞之富。”

李周翰注：“大澤，謂天子之惠澤。”　丹鳳：指丹鳳城或丹鳳闕、丹鳳門、丹鳳樓。東方虯《昭君怨三首》二：“掩泪辭丹鳳，銜悲向白龍。”王維《敕借岐王九成宮避暑應教》：“帝子遠辭丹鳳闕，天書遙借翠微宮。隔窗雲霧生衣上，卷幔山泉入鏡中。”　賓客：春秋戰國時多用稱他國派來的使者。《論語·公冶長》：“赤也，束帶立於朝，可使與賓客言也。”邢昺疏：“可使與鄰國之大賓小客言語應對也。”《史記·屈原賈生列傳》：“〔屈原〕入則與王圖議國事，以出號令；出則接遇賓客，應對諸侯。”　麟德：即麟德殿。賈島《內道場僧弘紹》：“麟德燃香請，長安春幾回？”杜牧《郡齋獨酌》：“功成賜宴麟德殿，猿超鶻掠廣球場。”馮集梧注引《長安志》：“東內大明宮有麟德殿。”　禁中：指帝王所居宮內。蔡邕《獨斷》卷上：“漢天子正號曰皇帝……所居曰禁中，後曰省中……禁中者，門戶有禁，非侍御者不得入，故曰禁中。”《新唐書·柳芳傳》：“芳始謫時，高力士亦貶巫州，因從力士質開元、天寶及禁中事，具識本末。”

　　⑤誥令：朝廷、君上發佈的命令。元稹《論追制表》：“況陛下肇臨黎庶，教化惟新，誥令之間，四方所仰，小有得失，天下必聞。”韓琦《謝知制誥表》：“誥令之出，勉追深厚之風；名節所持，靡蹈諛邪之徑。庶盡捐軀之報，仰酬當宸之仁。”　廢置：指官吏的任免或帝王的廢立。《周禮·天官·大宰》：“三曰廢置，以馭其吏。”鄭玄注：“廢猶退也，退其不能者，舉賢而置之。”《漢書·霍光傳論》：“處廢置之際，臨大節而不可奪。”　密畫：機密的謀劃。元稹《授王師魯等嶺南判官制》：“是以非吳處默之清德，不可以耀遠人；非孫子荊之長才，不可以參密畫。”柳宗元《送邠甯獨孤書記赴辟命序》：“吾子歷覽古今之變，而通其得失，是將植密畫於借箸之宴，發群謀於章奏之筆。”　密奏：秘密奏章。沈約《梁武帝集序》：“懷君人之大德，有事君之小心，爲下奉上，形於辭旨。雖密奏忠規，遺稿必削，而國謨藩政，存者猶多。”《宋史·李沆傳》：“帝以沆無密奏，謂之曰：‘人皆有密啓，卿獨無，何

也?’” 受：付與，後作“授”。李亢《獨異志》卷中引《西京雜記》：“弘成子少時好學，嘗有人過門，受一文石，大如燕卵，吞之，遂明悟而更聰敏。”葛洪《神仙傳·沈羲》：“有三仙人，羽衣持節，以白玉簡青玉介丹玉字受羲，羲不能識。” 專對：單獨應對。《後漢書·馬援傳》：“客卿幼而岐嶷，年六歲，能應接諸公，專對賓客。”劉禹錫《唐故衡州刺史呂君集紀》：“明年，西域請和，上問能使絕域者，君以奇表有專對材膺選。” 自異：自我標榜，故意求異。元稹《韋氏館與周隱客杜歸和泛舟》：“衆處豈自異？曠懷誰我儔？”白居易《和答詩十首序》：“其間所見同者，固不能自異，異者亦不能強同。同者謂之和，異者謂之答。”法：規章，制度。《周禮·天官·大宰》：“以八法治官府。”陸德明釋文：“法，古‘法’字。”孫詒讓正義：“法本爲刑法，引申之，凡典禮文制通謂之法。”司馬光《與王介甫書》：“言利之人，皆攘臂圜視，衒鬻争進，各鬥智巧，以變更祖宗舊法。”

⑥ 用是：因此。《漢書·趙充國傳》：“車騎將軍張安世始嘗不快上，上欲誅之，卬家將軍以爲安世本持橐簪筆事孝武帝數十年，見謂忠謹，宜全度之，安世用是得免。”柳宗元《答吳武陵非國語書》：“恒恐後世之知言者，用是訴病。” 十七年間：從唐憲宗登位的永貞元年（805）至長慶元年（821），前後正是十七年。 “由鄭至杜”兩句：這十一人依次分別是鄭絪、李吉甫、裴垍、衞次公、李絳、崔群、王涯、令狐楚、張仲素、段文昌、杜元穎，見洪遵《翰苑群書·元稹承旨學士院記》後面所附題名：“鄭絪：貞元二十一年二月自司勳員外郎、翰林學士拜中書舍人、賜紫金魚袋充，其年十月二十七日拜中書侍郎、同中書門下平章事、集賢殿大學士；李吉甫：永貞元年十二月二十四日自考功郎中、知制誥入院，二十七日正除，仍賜紫金魚袋充，元和元年加銀青光禄大夫，二年正月二十一日拜中書侍郎、同中書門下平章事；裴垍：元和二年四月十六日自考功郎中、知制誥、翰林學士、賜紫金魚袋拜中書舍人充，三年四月二十五日出院，拜户部侍郎，其年冬拜中書侍

郎、平章事；衛次公：元和三年六月二十五日以兵部侍郎入院充，七月
二十三日加知制誥，四年三月改太子賓客出院，後拜淮南節度使；李
絳：元和四年四月十七日自主客員外郎、翰林學士拜司勛員外郎、知
制誥充，五月十九日賜紫金魚袋，五年五月五日遷司勛郎中、知制誥，
十二月正除，六年二月二十七日出院，拜戶部侍郎，其年十月拜中書
侍郎、平章事；崔群：元和六年二月四日以庫部郎中、知制誥、翰林學
士、賜緋魚袋充，七年四月二十九日正除，九年六月二十六日出院，拜
戶部侍郎，十二月拜中書侍郎、平章事；王涯：元和十一年正月十八日
以中書舍人入院充，二十四日賜紫金魚袋，十月十七日拜工部侍郎、
知制誥，十二月十九日拜中書侍郎、同中書門下平章事；令狐楚：元和
十二年二月二十四日以職方郎中、知制誥、翰林學士、賜緋魚袋充，三
月二十日正除，八月四日出守本官，後自河陽節度拜中書侍郎、平章
事；張仲素：元和十三年二月十八日以司封郎中、知制誥、翰林學士，
仍賜紫金魚袋，十四年三月二十八日正除，其年卒官，贈禮部侍郎；段
文昌：元和十五年閏正月一日以中書舍人、翰林學士，與杜元穎同承
旨，仍賜紫金魚袋，八月拜中書侍郎、同中書門下平章事；杜元穎：元
和十五年閏正月一日以司勛員外郎、翰林學士充，賜紫金魚袋，二十
一日正除，十一月十七日拜戶部侍郎、知制誥，長慶元年二月十五日
以本官同中書門下平章事。”此後還有元稹、李德裕、李紳、韋處厚四
人相繼以翰林承旨學士的身份執掌“內相”之職，并一一拜相。　　大
政：國家政務，意即宰相之任。《左傳·襄公二十九年》：“吾子爲魯宗
卿，而任其大政，不慎舉，何以堪之？”劉肅《大唐新語·匡贊》：“張說
獨排太平之黨……前後三秉大政，掌文學之任，凡三十年。”

　　⑦ 衛公詔及門而返：衛公即衛次公，因亟請罷征討淮西之兵而
被追回拜相的成命。《舊唐書·衛次公傳》：“衛次公，字從周，河東
人……上方命爲相，已命翰林學士王涯草詔。時淮夷宿兵歲久，次公
累疏請罷。會有捷書至，相詔方出，憲宗令追之，遂出爲淮南節度使、

檢校工部尚書、兼揚州大都督府長史、御史大夫,元和十三年十月受代歸朝,道次病卒。"　"至於張"四句:"張"即張仲素,"元和十三年二月十八日以司封郎中、知制誥、翰林學士,仍賜紫金魚袋,十四年三月二十八日正除,其年卒官,贈禮部侍郎",因病未能拜相。此事未見史籍,也包括《唐才子傳》等記載,因擬拜其爲相,但並未能够付諸實現,故史籍不書,此事僅因元稹之文得以傳流至今。　相印:丞相之印。《戰國策·秦策》:"應侯因謝病,請歸相印。"《史記·張儀列傳》:"乃以相印授張儀,厚賂之。"　興:昌盛,興旺。《書·太甲》:"與治同道罔不興,與亂同事罔不亡。"《詩·小雅·天保》:"天保定爾,以莫不興。"鄭玄箋:"興,盛也。"韓愈《子產不毀鄉校頌》:"在周之興,養老乞言;及其已衰,謗者使監。"本文借指病愈。　命:天命,命運。《易·乾》:"乾道變化,各正性命。"孔穎達疏:"命者,人所禀受若貴賤夭壽之屬是也。"朱熹本義:"物所受爲性,天所賦爲命。"嵇康《釋難宅無吉凶攝生論》:"夫命者,所禀之分也。"本文指衛次公與張仲素兩人未能拜相而言。

⑧ 昧陋:愚昧淺陋。蘇頌《滄州謝上》:"臣禀賦拙艱,操修昧陋,早荷聖神之眷,擢躋禁近之聯。"范仲淹《謝放罪表》:"向以昧陋,參於幾微。"　不肖:自謙之稱。元稹《和樂天贈樊著作》:"謬予頑不肖,列在數子間。"白居易《朱陳村》:"下有妻子累,上有君親恩。承家與事國,望此不肖身。"　繼居九丞相二名卿之後乎:元稹幸而言中,第二年,亦即長慶二年二月十九日,元稹確實隨同"九丞相"而拜相,可惜爲時甚短,同年六月五日即被誣陷而罷相。洪遵《翰苑群書·元稹承旨學士院記》後面所附題名:"元稹:長慶元年二月十六日自祠部郎中、知制誥充行中書舍人、翰林學士,仍賜紫金魚袋,其年十月十九日拜工部侍郎,出院,二年二月拜本官平章事。李德裕:長慶元年正月二十九日以考功郎中、知制誥、翰林學士、賜緋魚袋,二月四日遷中書舍人充,餘如故,十九日改御史中丞,出院。李紳:長慶二年二月十九

日自司勛員外郎、知制誥、翰林學士、賜緋魚袋，遷中書舍人充，二十三日賜紫金魚袋，三年三月二十七日改御史中丞，出院。韋處厚：長慶四年二月十三日以侍講學士、權知兵部侍郎、知制誥、賜紫金魚袋，爲翰林學士充，十月十四日正拜兵部侍郎，餘如故。寶曆元年十二月十七日拜中書侍郎平章事。”　名卿：有聲望的公卿。《管子·幼官》：“三年名卿請事，二年大夫通吉凶。”《漢書·翟方進傳》：“三人皆名卿，俱在選中。”

　　⑨　俛仰：低頭抬頭。《墨子·節用》：“俛仰周遊威儀之禮，聖王弗爲。”盧象《嘆白髮》：“我年一何長！鬢髮日已白。俛仰天地間，能爲幾時客？”　瞻睹：觀看，看見。李德裕《次柳氏舊聞》：“天寶中，興慶池上小龍嘗出遊宮垣南溝，水中蜿蜒，奇狀靡不瞻覿。”《舊唐書·韋景駿傳》：“咸對曰：‘此間長宿傳説，縣中廨宇、學堂、館舍、堤橋，並是明公遺迹，將謂古人，不意親得瞻覿，不覺欣戀倍於常也。’”　大賓：周王朝對來朝覲的要服以內的諸侯的尊稱。《周禮·秋官·大行人》：“大行人，掌大賓之禮，及大客之儀，以親諸侯。”鄭玄注：“大賓，要服以內諸侯。”後來泛指國賓。《論語·顏淵》：“出門如見大賓，使民如承大祭。”　誨：教導，訓誨。《詩·小雅·綿蠻》：“飲之食之，教之誨之。”白居易《讀張籍古樂府》：“讀君學仙詩，可諷放佚君。讀君董公詩，可誨貪暴臣。”　不俊：沒有才智。曾鞏《李太白集序》：“余以爲才不俊，識不卓，學不充，則是非淆雜，視朱若紫，混鄭爲雅者多矣！”王邁《反艷歌曲復三山林斗南》：“此曲豈不俊，所儗非吾倫！”不明：不賢明。《史記·殷本紀》：“帝太甲既立三年，不明，暴虐，不遵湯法，亂德，於是伊尹放之於桐宮。”干寶《晉紀總論》：“故齊王不明，不獲思庸於亳。”　欹曲：猶曲折。元結《水樂説》：“取欹曲竇缺之石，高下承之，水聲少，似聽之亦便。”司馬光《書樓》：“横肱欹曲幾，搔首落烏紗。此趣人誰識？長吟窗日斜。”　決事：決斷事情，處理公務。《戰國策·楚策》：“敝邑秦王使使臣獻書大王之從車下風，須以決

事。"《漢書・刑法志》:"〔秦始皇〕晝斷獄,夜理書,自程决事,日縣石之一。" 冥冥:私下,暗中。《荀子・修身》:"行乎冥冥而施乎無報。"楊倞注:"行乎冥冥,謂行事不務求人之知。"劉向《列女傳・衛靈夫人》:"夫忠臣與孝子不爲昭昭信節,不爲冥冥墮行。" 暴揚:暴露傳揚。《漢書・杜欽傳》:"假令(王)章内有所犯,雖陷正法,事不暴揚,自京師不曉,况於遠方?"劉知幾《史通・雜説》:"昔漢王數項,袁公檄曹,若不具録其文,難以暴揚其過。" 報效:報恩效力。《後漢書・樂恢傳》:"〔樂恢〕上書辭謝曰:'仍受厚恩,無以報效。'"韓愈《答柳柳州食蝦蟆》:"雖蒙句踐禮,竟不聞報效。" 不忿:不平,不服氣。李端《閨情》:"月落星稀天欲明,孤燈未滅夢難成。披衣更向門前望,不忿朝來鵲喜聲。"孔氏《贈夫詩三首》一:"不忿成故人,掩涕每盈巾。死生今有隔,相見永無因。" 行私:懷著私心行事。《管子・君臣下》:"爲人君者,倍道棄法,而好行私,謂之亂。"《吕氏春秋・貴公》:"桓公行公去私惡,用管子而爲五伯長;行私阿所愛,用豎刁而蟲出於户。" 易:容易,與"難"相對。《詩・大雅・文王》:"宜鑒于殷,駿命不易。"朱熹集傳:"不易,言其難也。"岑參《秋夜宿仙游寺南》:"物幽興易愜,事勝趣彌濃。"

⑩ 陰潛:暗中。《文選・揚雄〈甘泉賦〉》:"下陰潛以慘廪兮,上洪紛而相錯。"劉良注:"言臺高,其下潛陰不明,其上廣大光彩交錯也。"王惲《竇儼水論》:"德宗之在位也,啓導邪政,狎暱小人。裴延齡專利爲心,陰潛引納。" 善惡:好壞,褒貶。《楚辭・離騷》:"世幽昧以眩曜兮,孰云察余之善惡?"韓愈《答劉秀才論史書》:"後之作者,在據事迹實録,則善惡自見。"朱熹注:"褒貶。" 君父:特稱天子。曹植《求自試表》:"昔耿弇不俟光武,亟擊張步,言不以賊遺於君父也。"元稹《贈田弘正父庭玠等》:"朕以眇身,欽承大寶,爲億兆人之君父,奉十一聖之宗祧。" 舉枉措直:起用奸邪者而罷黜正直者,語出《論語・爲政》:"舉枉錯諸直,則民不服。"邢昺疏:"舉邪枉之人用之,廢

置諸正直之人。"《後漢書·梁鴻傳》:"競舉枉兮措直,咸先佞兮啞啞。"以上十一句,元稹借此表明自己雖然受到誣陷受到委屈,但決不假公濟私,報復自己的政敵。元稹另有《感事三首(此後並是學士時詩)》,其一:"爲國謀羊舌,從來不爲身。此心長自保,終不學張陳。"其二:"自笑心何劣!區區辨所冤。伯仁雖到死,終不向人言。"其三:"富貴年皆長,風塵舊轉稀。白頭方見絕,遙爲一霑衣。"元稹《題翰林東閣前小松》又云:"檐礙修鱗亞,霜侵簇翠黃。惟餘入琴韵,終待舜絃張。"又《謝御札狀》:"況臣謀猷失次,罪戾是憂。"四者應該是互爲注解,是爲同一件事情,亦即受到裴度彈劾之事而發的感慨。

⑪　使:連詞,假使。《國語·吳語》:"使死者無知,則已矣!若其有知,吾何面目以見員也?"《史記·陳丞相世家》:"誠臣計劃有可采者,願大王用之;使無可用者,金具在,請封輸官,得請骸骨。"　若:你(的),你們(的)。《史記·淮陰侯列傳》:"趙見我走,必空壁逐我,若疾入趙壁,拔趙幟,立漢赤幟。"韓愈《月池》:"若不妒清妍,却成相映燭。"他(的),他們(的)。《書·召誥》:"今王嗣受其命,我亦惟兹二國命,嗣若功。"王引之《經傳釋詞》卷七:"若,其也。嗣其功者,嗣二國之功也。"《呂氏春秋·貴直論》:"殷有比干,吳有子胥,齊有狐援,已不用若言,又斬之東閭。"　盡:竭盡,完。《管子·乘馬》:"貨盡而後知不足,是不知量也。"韓愈《秋懷》:"退坐西壁下,讀詩盡數編。"數:屢次。《孫子·行軍》:"屢賞者窘也,數罰者困也。"《史記·李斯列傳》:"見吏舍廁中鼠食不絜,近人犬,數驚恐之。"　自愧:自感羞愧。劉長卿《見秦系離婚後出山居作》:"豈知偕老重,垂老絕良姻。郗氏誠難負,朱家自媿貧。"李白《遊太山六首》一:"稽首再拜之,自愧非仙才。曠然小宇宙,棄世何悠哉!"

⑫　魯共王餘:《史記·五宗世家》:"魯共王餘,以孝景前二年用皇子爲淮陽王。二年,吳楚反破後,以孝景前三年徙爲魯王。好治宮室苑囿狗馬,季年好音,不喜辭辨,爲人吃,二十六年卒。"陳郁《藏一

話腴》:"昔魯共王餘畫先贊於屋壁以自警,凡視聽、言動、目擊、道存,毋敢一毫妄想。知此意,則知金盆、浴鴿、孔雀、牡丹張陳滿室者,胸中之塵不可萬斛量也。" 先賢:先世的賢人。《禮記·祭義》:"祀先賢於西學,所以教諸侯之德也。"《後漢書·吳祐傳》:"嫌疑之閑,誠先賢所慎也。" 屋壁:房屋的牆壁。王維《遊李山人所居因題屋壁》:"世上皆如夢,狂來止自歌。問年松樹老,有地竹林多。"王迥《同孟浩然宴賦》:"共賦新詩發宮徵,書于屋壁彰厥美。" 自警:自我警醒。白居易《禽蟲十二章序》:"予閑居,乘興偶作一十二章,頗類志怪。放言每章,可致一哂。一哂之外,亦有以自警。"姚合《新昌里》:"近貧日益廉,近富日益貪。以此當自警,慎勿信邪讒。" 遷授:遷升官職。《南史·蔡興宗傳》:"王景文、謝莊等遷授失序,興宗又欲改爲美選。"元稹《上門下裴相公書》:"欲人之不怨,莫若遷授之有常;欲人之竭誠,莫若授拯於焚溺。" 座隅:坐位的旁邊。顏延之《秋胡詩》:"歲暮臨空房,凉風起座隅。"元結《系謨》:"公之所述,真王者之謨,必當篆刻,置之座隅。"

[編年]

《年譜》編年本文於長慶元年,理由是:"文末題:'長慶元年八月十日記。'"《編年箋注》、《年譜新編》編年意見與理由同《年譜》所示。

有元稹在本文文末標示的日期,實際上也是作者自己爲本文編好了年,已經不需要後人多費口舌了。我們自然也以元稹標示的年月日爲據,編年本文於長慶元年八月十日,地點在長安,元稹時任中書舍人、翰林承旨學士之職。

但過去的研究者祇重視《翰林承旨學士記》所揭示的中唐時期翰林承旨學士的可貴資料,而忽視元稹爲何在任職翰林承旨學士不前不後的時刻,亦即"長慶元年八月十日"撰寫本文?我們以爲,《翰林承旨學士記》最後一段流露出來了作者含冤受屈的情緒:"自誨其心"

的表白，"舉枉措直，可乎哉"的自問自答，"書於座隅"的"自警"，都清清楚楚表明了這種欲言又止的委屈情緒。

　　如果我們再結合元稹同一時期的詩作《感事三首》、《題翰林東閣前小松》、《謝御札狀》一起來讀，作者這種思想傾向則更爲明顯，《感事三首(此後並是學士時詩)》，其一："爲國謀羊舌，從來不爲身。此心長自保，終不學張陳。"其二："自笑心何劣，區區辨所冤。伯仁雖到死，終不向人言。"其三："富貴年皆長，風塵舊轉稀。白頭方見絕，遥爲一霑衣。"《題翰林東閣前小松》："檐礙修鱗亞，霜侵簇翠黄。唯餘入琴韵，終待舜弦張。"《謝御札狀》最後云："臣實庸愚，難議窺測。況臣謀猷失次，罪戾是憂。宸翰忽臨，天章煥發。舞鳳回翔於懷袖，飛龍顧盼於縑緗。豈獨傳之子孫，便可鑴于肌骨。微臣無任踴躍光榮之至。"連同《翰林承旨學士記》的最後一段，共兩篇文章四首詩歌，均是元稹爲裴度三次彈劾自己所謂"破壞河朔平叛"的冤屈而發，幸請讀者對照起來仔細閱讀，以破解迷失千年的歷史真相，詳情請參閱拙稿《元稹考論·元稹與宦官考論》之《裴度的彈劾與元稹的貶職——三論"元稹與宦官"》，因拙文過長，難以全文引錄，僅將小標題陳述如下：一、裴度連續三次彈劾元稹魏弘簡；二、裴度彈劾元稹的原因；三、裴度的彈劾是根本站不住腳的誣陷；四、裴度在河朔平叛中的消極態度；五、互相矛盾的"史實"與拙劣造假的文章；六、元稹罷職之後的感慨和此後裴度的所作所爲。

◎ 起復田布魏博節度等使制(一)①

　　門下：《經》曰："父母之仇不同天。"雖及匹夫(二)，而猶寢苦枕干(三)，以期必報②。是以子胥不徇伍奢之死，卒能發既葬之墓，鞭不義之尸，取貴《春秋》，垂名萬古③。而況於身登將壇⁽四⁾，父死人手，家仇國耻，併在一門！當懷嘗膽之心，豈竢絕漿之禮？金革無避，其在茲乎④？

前四鎮北庭行軍兼涇原節度使、檢校右散騎常侍⁽五⁾、御史大夫田布：咨爾先臣，惟國元老。首自河朔，來朝帝庭⑤。而又東取青齊，北討燕趙⁽六⁾。提挈義旅，勤勞王家。冒白刃而不疑，推赤心而自信⑥。屬冀方求帥，余所重難。輟自大名，付茲巨鎮。而中台暗拆，上將妖侵。蝥賊潛寘於腹心，豺狼勃興於肘腋。人神憤痛，朝野驚嗟。深軫予懷，誓擒元惡⁽七⁾⑦。

以爾布《詩》《書》並習，忠孝兩全。嘗用魏師，克征淮孽。素行恩信，共著勛庸。豈無奮激之徒⁽八⁾，爲報寇仇之黨⑧？且魏之諸將，由爾父而崇高⁽九⁾；魏之三軍，蒙爾父之仁愛。昔既同其美利，今豈忘其深冤⑨？爾其淬礪勇夫，敬恭義士。一飯之飽，必同於卒伍；一毫之費，必用其干矛⁽一〇⁾⑩。非算畫勿萌於心，非軍旅勿宣於口⁽一一⁾。居則席藁，寒則抱冰⑪。以喪禮處之，若哀心感著。必有爲橫身列頸，感智捐軀。下報營魂，旁清醜類⑫。

於戲！至誠可託，稔惡難逃。矧彼凶狂⁽一二⁾，去將安往⑬？墨縗居體，玄纛在前。提劍執金⁽一三⁾，無忘哀敬。可起復寧遠將軍，守右金吾衛大將軍、員外同正員、檢校工部尚書兼魏州大都督府長史、御史大夫，充魏博等州節度觀察處置等使，勛、賜如故。主者施行⁽一四⁾⑭。

錄自《元氏長慶集》卷四三

［校記］

（一）起復田布魏博節度等使制：《全文》同，楊本、宋蜀本、叢刊本、《英華》、《四六法海》、《文章辨體彙選》作“授田布魏博節度使制”，各備一說，不改。

（二）雖及匹夫：楊本、叢刊本、《全文》同，《英華》、《四六法海》、《文章辨體彙選》作“雖及匹士”，各備一說，不改。

（三）而猶寢苫枕干：叢刊本、《英華》、《四六法海》、《文章辨體彙選》、《全文》同，楊本誤作“而猶寢苫枕于”，不從不改。

（四）而況於身登將壇：楊本、叢刊本、《全文》同，《英華》、《四六法海》、《文章辨體彙選》作“而況於身備將壇”，各備一說，不改。

（五）檢校右散騎常侍：楊本、叢刊本、《全文》同，《英華》、《舊唐書·憲宗紀》作“檢校左散騎常侍”，各備一說，不改。

（六）北討燕趙：原本作“北討深趙”，楊本、叢刊本同，據《英華》、《四六法海》、《文章辨體彙選》、《全文》改。

（七）誓擒元惡：原本作“誓擒彼惡”，叢刊本作“誓擒□惡”，據楊本、宋浙本、盧校、《英華》、《四六法海》、《文章辨體彙選》、《全文》改。

（八）由爾父而崇高：原本作“由爾父之崇高”，楊本、叢刊本同，據《英華》、《四六法海》、《文章辨體彙選》、《全文》改。

（九）豈無奮激之徒：楊本、叢刊本同，《英華》、《四六法海》、《文章辨體彙選》、《全文》作“豈無奮激之圖”，各備一說，不改。

（一〇）必用其干矛：楊本、叢刊本、《全文》同，《英華》作“必用於戎矛”，《四六法海》、《文章辨體彙選》作“必用於戈矛”，各備一說，不改。

（一一）非軍旅勿宣於口：楊本、叢刊本、《全文》同，《英華》、《四六法海》、《文章辨體彙選》作“非軍旅勿言於口”，各備一說，不改。

（一二）矧彼凶狂：楊本、叢刊本、《全文》同，《英華》、《四六法海》、《文章辨體彙選》作“矧彼凶殘”，各備一說，不改。

（一三）提劍執金：原本作"題鼓執金"，楊本、叢刊本、《全文》同，據《英華》、《四六法海》、《文章辨體彙選》改。

（一四）可起復寧遠將軍，守右金吾衛大將軍、員外同正員、檢校工部尚書兼魏州大都督府長史、御史大夫，充魏博等州節度觀察處置等使，勛賜如故，主者施行：楊本、叢刊本、《英華》、《全文》同，《四六法海》缺"守"字，《文章辨體彙選》無此六十字，各備一説，不改。

［箋注］

① 起復田布魏博節度等使制：事見《舊唐書·穆宗紀》："（長慶元年）八月甲子朔，己巳，鎮州監軍宋惟澄奏：'七月二十八日夜軍亂，節度使田弘正并家屬將佐三百餘口並遇害，軍人推衙將王廷湊爲留後。辛未，以左金吾將軍楊元卿爲涇州刺史，充四鎮北庭行軍涇原節度使。敕公卿大臣至中書議幽鎮討伐之謀。癸酉，王廷湊遣盜殺冀州刺史王進岌，據其郡。乙亥，以前涇原節度使田布起復檢校工部尚書兼魏州大都督府長史，充魏博節度使。" 起復：封建時代官員遭父母喪，守制尚未滿期而應召任職。《舊唐書·房玄齡傳》："其年，玄齡丁繼母憂去職，特敕賜以昭陵葬地。未幾，起復本官。"《宋史·富弼傳》："故事，執政遭喪皆起復，帝虚位五起之，弼謂此金革變禮，不可施於平世，率不從命。"田弘正夫婦遇害，作爲兒子的田布理應守制在家，故有楊元卿拜命之事，代替田布的涇原節度使之職。繼而公卿議事中書省，因"魏博節度使李愬病不能軍"，故而奪制起復田布出任魏博節度使。 田布：田弘正第三子，田弘正遇害後起復爲魏博節度使，殉職其任，詳細事迹見《新唐書·田布傳》："布字敦禮，幼機悟。弘正戍臨清，布知季安且危，密白父，請以衆歸朝，弘正奇之。及得魏，使布總親兵。王師誅蔡，以軍隸嚴綬，屯唐州。帝以布大臣子，或有罪，且撓法，弘正請以董晼代，而士卒愛布，願留，帝乃止。凡十八戰，破凌雲栅，下郾城，以功授御史中丞。裴度輕出觀兵沱口，賊將董

重質以奇兵掩擊,布伏騎數百突出薄之,諸軍繼至,賊驚引還。蔡平,入爲左金吾衛將軍。諫官嘗論事帝前,同列將麾卻之,布止曰:'使天子容直臣,毋輕進!'弘正徙成德,以布爲河陽節度使,父子同日受命。時韓弘與子公武亦皆領節度,而天下以忠義多田氏。布所至,必省冗將,募戰卒,寬賦勸穡,人皆安之。長慶初,徙涇原。弘正遇害,魏博節度使李愬病不能軍,公卿議以魏强而鎮弱,且魏人素德弘正,以布之賢而世其官,可以成功。穆宗遽召布,解縗拜檢校工部尚書、魏博節度使,乘傳以行。布號泣固辭,不聽,乃出伎樂,與妻子賓客決曰:'吾不還矣!'未至魏三十里,跣行被髮,號哭而入,居堊室,屏節旄。凡將士老者,兄事之。禄奉月百萬,一不入私門,又發家錢十餘萬緡頒士卒。以牙將史憲誠出麾下可任,乃委以精鋭。時中人屢趣戰,而度支饋餉不繼,布輒以六州租賦給軍。引兵三萬進屯南宫,破賊二壘。於是朱克融據幽州,與王庭凑脣齒。河朔三鎮舊連衡,桀驁自私,而憲誠蓄異志,陰欲乘釁。又魏軍驕,憚格戰,會大雪,師寒糧乏,軍中謗曰:'它日用兵,團粒米盡仰朝廷。今六州刮肉與鎮、冀角死生,雖尚書瘠己肥國,魏人何罪?'憲誠得間,因以搖亂。會有詔分布軍合李光顔救深州,兵怒,不肯東,衆遂潰,皆歸憲誠。唯中軍不動,布以中軍還魏。明日,會諸將議事,衆嘩曰:'公能行河朔舊事,則生死從公。不然,不可以戰。'布度衆且亂,嘆曰:'功無成矣!'即爲書謝帝曰:'臣觀衆意,終且負國。臣無功,不敢忘死。願速救元翼,毋使忠臣義士塗炭於河朔!'哭授其從事李石訖,乃入,至几筵,引刀刺心曰:'上以謝君父,下以示三軍!'言訖而絶,年三十八。贈尚書右僕射,謚曰孝。子鐬,宣宗時歷銀州刺史,坐以私鎧易邊馬論死,宰相崔鉉奏布死節於國,可貸鐬以勸忠烈,故貶爲州司馬。"李桓《赠田布尚书右仆射诏》:"朕以寡昧,临御万邦。威刑不能禁干纪之徒,道化不能驯多僻之俗。致使上公罹祸,田氏衔冤。爰整旅以租征,每终食而浩叹。自兹吊伐,骤疠寒暄。虽良將锐师,率皆协力。而俟时观衅,未即齐驱。嗟我诚臣,结其哀愤。引迁延之咎以自刻责,奋决烈之志以谢君亲。白刃置於肝心,鸿毛论其生死。忠臣孝子,一举两全。晋称卞氏之门,汉表尸乡之节。比方於布,今古为邻。况其临命须臾,处之不挠。载形章表,并深衷悯。间使发缄,悼心疾首。从先臣於厚载,尔则无愧;睹遗像於麟阁,予何所堪?端拱崇名,职垂彝典。据斯以报,聊摅永怀。可赠尚书右仆射。"元稹《加裴度镇州四面招討使制》:"當元翼授命之初(時牛元翼初爲成德節度時),乘田布雪冤之忿(起復田布爲魏博節度使,以討廷湊),舉毛拾芥,其易可知。"李涉《哭田布》:"魏師臨陣却抽營,誰管豺狼作信兵?縱使將軍能伏劍,何人島上哭田橫?"

② 門下:即"門下省"的省稱。張九齡《諸王實封制》:"門下:先王之制,封建有等,諸侯所食,征賦以歸。"劉禹錫《上宰相賀改元赦書狀》:"同州狀上中書門下:改元赦書。右伏奉今月一日制書,改大和十年爲開成元年,大赦天下者。" "《經》曰"五句:典見《禮記·檀弓》:"子夏問於孔子曰:'居父母之仇如之何?'夫子曰:'寢苫枕干,不仕,弗與共天下也。遇諸市朝,不反兵而鬥。'" 不同天:謂不能共存於人世間。《晉書·王廣女傳》:"吾聞父仇不同天,母仇不同地。"韓愈《復仇狀》:"復仇,據《禮經》,則義不同天;徵法令,則殺人者死。禮法二事,皆王教之大端,有此異同,必資論辯。" 匹夫:古代指平民中的男子,亦泛指平民百姓。《左傳·昭公六年》:"匹夫爲善,民猶則之,況國君乎?"《韓非子·有度》:"刑過不避大臣,賞善不遺匹夫。"寢苫:猶"寢苫枕塊",古時居父母喪之禮,鋪草苫,枕土塊。《儀禮·既夕禮》:"居倚廬,寢苫枕塊。"賈公彥疏:"孝子寢卧之時,寢於苫以塊枕頭,必寢苫者,哀親之在草;枕塊者,哀親之在土云。"亦省作"寢苫"。柴少儒《居喪惰績判》:"且啜菽飲水,樂盡其中;泣血寢苫,孝乎斯在。"林逢《宰臣等請聽政第四表》:"誠宜抑其至性,以副群心。成先帝之大功,繼中興之盛業。豈可寢苫啜泣,庶政闕然!" 枕干:語見《禮記·檀弓》,干,盾,後因以"枕干"表示復仇志切。白居易《田布

贈右僕射制》:"鎮陽之亂,弘正歿焉!而布枕干嘗膽,誓報冤耻。"于邵《爲人請合祔表》:"承光臨訃自失,倉卒西還。亦既通表華陽,奉箋靈武。枕干待命,俟期而往。"期:希望,企求。《書·大禹謨》:"刑期于無刑,民協於中,時乃功。"蔡沈集傳:"其始雖不免於刑,而實所以期至於無刑之地。"韓愈《哭楊兵部凝陸歙州參》:"人皆期七十,纔半豈蹉跎?"報:報復。干寶《搜神記》卷一一:"吾干將、莫邪子也,楚王殺吾父,吾欲報之。"元稹《四皓廟》:"遂令英雄意,日夜思報秦。"

③"是以子胥不徇伍奢之死"五句:事見《史記·楚世家》:"平王二年,使費無忌如秦,爲太子建娶婦。婦好,來,未至,無忌先歸,説平王曰:'秦女好,可自娶,爲太子更求。'平王聽之,卒自娶秦女,生熊珍,更爲太子娶。是時伍奢爲太子太傅,無忌爲少傅,無忌無寵於太子,常讒惡太子建。建時年十五矣!其母蔡女也,無寵於王,王稍益疏外建也。六年,使太子建居城父守邊。無忌又日夜讒太子建於王曰:'自無忌入秦女,太子怨,亦不能無望於王,王少自備焉!且太子居城父,擅兵,外交諸侯,且欲入矣!'平王召其傅伍奢責之,伍奢知無忌讒,乃曰:'王奈何以小臣疏骨肉?'無忌曰:'今不制,後悔也!'於是王遂囚伍奢,乃令司馬奮揚召太子建,欲誅之。太子聞之,亡奔宋。無忌曰:'伍奢有二子,不殺者爲楚國患。盍以免其父召之,必至。'於是王使使謂奢:'能致二子則生,不能將死。'奢曰:'尚至,胥不至。'王曰:'何也?'奢曰:'尚之爲人,廉,死節,慈孝而仁,聞召而免父,必至,不顧其死。胥之爲人,智而好謀,勇而矜功,知來必死,必不來。然爲楚國憂者,必此子。'於是王使人召之,曰:'來!吾免爾父!'伍尚謂伍胥曰:'聞父免而莫奔,不孝也;父戮莫報,無謀也;度能任事,智也!子其行矣!我其歸死。'伍尚遂歸,伍胥彎弓屬矢,出見使者曰:'父有何罪,以召其子爲?'將射,使者還走,遂出奔吴。伍奢聞之,曰:'胥亡,楚國危哉!'楚人遂殺伍奢及尚。"又見《史記·伍子胥列傳》:"始,伍員與申包胥爲交,員之亡也,謂包胥曰:'我必覆楚!'包胥曰:'我必

存之！'及吳兵入郢,伍子胥求昭王。既不得,乃掘楚平王墓,出其尸,鞭之三百,然後已。申包胥亡於山中,使人謂子胥曰:'子之報仇,其以甚乎！吾聞之:人眾者勝天,天定亦能破人。今子,故平王之臣,親北面而事之,今至於僇死人,此豈其無天道之極乎！'伍子胥曰:'爲我謝申包胥曰:吾日暮塗遠,吾故倒行而逆施之。'於是申包胥走秦告急,求救於秦。秦不許,包胥立於秦廷,晝夜哭,七日七夜不絕其聲。秦哀公憐之曰:'楚雖無道,有臣若是,可無存乎?'乃遣車五百乘,救楚擊吳。六月,敗吳兵於稷。" 是以:連詞,因此,所以。《老子》:"功成而弗居,夫唯弗居,是以不去。"蘇舜欽《火疏》:"明君不諱過失而納忠,是以懷策者必吐上前,蓄冤者無至腹誹。" 子胥:即伍員,子胥是其字,戰國時期楚國太子太傅伍奢的小兒子。《莊子·盜跖》:"比干剖心,子胥抉眼,忠之禍也。"李白《行路難》:"子胥既棄吳江上,屈原終投湘水濱。陸機雄才豈自保！李斯稅駕苦不早。" 徇:通"殉",謂有所求而不惜身。司馬遷《報任少卿書》:"常思奮不顧身,以徇國家之急。"張悛《爲吳令謝詢求爲諸孫置守塚人表》:"家積義勇之基,世傳扶危之業,進爲徇漢之臣,退爲開吳之主。" 伍奢:楚國太子太傅,爲了保護太子而被殺。李翱《淮制祭伏波神文》:"曾氏殺人,母投于機。居竊厥嫂,陳平不疑。申生置菫,晉有驪姬。無極巧舌,伍奢族夷。"元積《楚歌十首》三:"平王漸昏惑,無極轉承恩。子建猶相貳,伍奢安得存?" 鞭尸:事見《史記·伍子胥列傳》。元積《楚歌十首》三:"豈料奔吳士,鞭尸郢市門。"《史記·季布欒布列傳》:"此伍子胥所以鞭荊平王之墓也。"鞭墓,謂以鞭擊墓,意在鞭撻死者,報仇雪恨。《後漢書·蘇不韋傳》:"〔伍子胥〕而但鞭墓戮尸,以舒其憤,竟無手刃後主之報。"《魏書·劉昶蕭寶夤等傳論》:"劉昶猜疑懼禍,蕭夤亡破之餘,並潛骸竄影,委命上國。俱稱曉了。咸當任遇,雖有枕戈之志,終無鞭墓之誠。" 不義:不合乎道義。《國語·周語》:"佻天不祥,乘人不義。"《史記·汲鄭列傳》:"天子置公卿輔弼之臣,寧從諛承意,陷主於不義乎?"　貴:尊重,敬重。《史記·樗里子甘茂列傳》:"向壽如楚,楚聞秦之貴向壽,而厚事向壽。"李白《送侯十一》:"時無魏公子,豈貴抱關人?"　《春秋》:編年體史書名,相傳孔子據魯史修訂而成,所記起于魯隱公元年,止于魯哀公十四年,凡二百四十二年。叙事極簡,用字寓褒貶。爲其傳者,以《左氏》、《公羊》、《穀梁》最著。《孟子·滕文公》:"孔子懼,作《春秋》。"范仲淹《近名論》:"孔子作《春秋》,即名教之書也。善者褒之,不善者貶之,使後世君臣,愛令名而勸,畏惡名而慎矣!"　垂名:謂留傳聲名。《史記·樊酈滕灌列傳論》:"方其鼓刀屠狗賣繒之時,豈自知附驥之尾,垂名漢廷,德流子孫哉?"劉知幾《史通·列傳》:"尋附出之爲義,攀列傳以垂名。"　萬古:猶萬代,萬世,形容經歷的年代久遠。《北齊書·文宣帝紀》:"〔高洋〕詔曰:'朕以虛寡,嗣弘王業,思所以贊揚盛績,播之萬古。'"杜甫《戲爲六絕句》二:"爾曹身與名俱滅,不廢江河萬古流。"

　　④　將壇:將帥的指揮臺或閱兵臺。張謂《進寶應長寧樂表》:"頃歲自王邸登將壇,祇奉廟謀,龔行天罰。"元稹《故中書令贈太尉沂國公墓誌銘》:"公與子布同日登將壇,諸子泊伯季龜綰金銀被腰佩者十數人,不亦多乎哉!"　家仇:家族或家庭的怨仇。李公佐《謝小娥傳》:"使我獲報家仇,得雪冤恥,是判官恩德也。"呂夢奇《後唐招討使李存進墓碑》:"尋以家仇未雪,國患已深,四方每切於經營,中土尚稽於平定。"　國恥:國家所蒙受的恥辱。《後漢書·劉虞傳》:"今天下崩亂,主上蒙塵,吾被重恩,未能清雪國恥。諸君各據州郡,宜共勠力,盡心王室。"白居易《讓絹狀》:"未報父仇,未雪國恥。"　嘗膽:比喻刻苦自勵,發憤圖強。王維《燕支行》:"報仇只是聞嘗膽,飲酒不曾妨刮骨。"語出"嘗膽臥薪",春秋時,越王勾踐自吳釋歸後,以柴草爲床褥,經常嘗苦膽,立志滅吳,報仇雪恥。孫覿《辭顯謨閣待制知平江府狀》:"雖嘗膽臥薪,莫追往咎;謬當叩轅擊壤,以俟太平。"　漿:古代一種微酸的飲料。《周禮·天官·酒正》:"辨四飲之物:一曰清,二

曰醫，三曰漿，四曰酏。”鄭玄注：“漿，今之截漿也。”孫詒讓正義：“案漿截同物，纍言之則曰截漿。蓋亦釀糟爲之，但味微酢耳！”《史記·魏公子列傳》：“薛公藏於賣漿家。”裴駰集解引徐廣曰：“漿，一作醪。”　金革：借指戰爭。《禮記·曾子問》：“子夏問曰：‘三年之喪卒哭，金革之事無辟也者，禮與？’”孔穎達疏：“人遭父母之喪，卒哭之後，國有金革戰伐之事，君使則行，無敢辭辟。”《文心雕龍·檄移》：“其在金革，則逆黨用檄，順命資移。”　避：躲開，回避。《管子·立政》：“罰避親貴，不可使主兵。”枚乘《上書諫吳王》：“忠臣不避重誅，以直諫，則事無遺策，功流萬世。”

　　⑤　先臣：古代臣稱自己已死的祖先、父親爲“先臣”。《左傳·文公十五年》：“宋華耦來盟……公與之宴，辭曰：‘君之先臣督，得罪於宋殤公，名在諸侯之策，臣承其祀，其敢辱君？’”杜預注：“耦，華督曾孫也。”陸機《謝平原內史表》：“世無先臣宣力之效，才非丘園耿介之秀。”　元老：天子的老臣。《詩·小雅·采芑》：“方叔元老，克壯其猶。”毛傳：“元，大也。五官之長，出於諸侯，曰天子之老。”後稱年輩、資望皆高的大臣或政界人物。《後漢書·章帝紀》：“行太尉事節鄉侯熹三世在位，爲國元老。”曾鞏《與杜相公書》：“閣下以舊相之重、元老之尊，而猥自抑損，加禮於草茆之中、孤煢之際。”　河朔：古代泛指黃河以北的地區。《書·泰誓》：“惟戊午，王次於河朔。”孔傳：“戊午渡河而誓，既誓而止於河之北。”《三國志·袁紹傳》：“〔袁紹〕振一郡之卒，撮冀州之衆，威震河朔，名重天下。”　帝庭：宮廷，朝廷。班昭《大雀賦》：“翔萬里而來遊，集帝庭而止息。”《文心雕龍·章表》：“俞往欽哉之授，並陳辭帝庭，匪假書翰。”

　　⑥　青：指唐代方鎮淄青節度。韓愈《元和聖德詩》：“天地中間，莫不順序。魏幽恒青，東盡海浦，南至徐蔡。”錢仲聯集釋：“魏本引孫汝聽曰‘……青謂淄青平盧節度。’”韓翃《送高員外赴淄青使幕》：“遠水流春色，回風送落暉。人趨雙節近，馬遞百花歸。”鮑溶《和淮南李

相公夷簡喜平淄青迴軍之作》：“橫笛臨吹發曉軍，元戎幢節拂寒雲。搜山羽騎乘風引，下瀨樓船背水分。”　齊：古地名，今山東省泰山以北黃河流域和膠東半島地區，爲戰國時齊地，漢以後仍沿稱爲齊。陸贄《收河中後請罷兵狀》：“河朔青齊，固當回應，建中之禍，勢必重興。”韓愈《元和聖德詩序》：“外斬楊惠琳、劉闢以收夏蜀，東定青齊積年之叛。海内怖駭，不敢違越。”　燕趙：指戰國時燕趙二國，亦泛指其所在地區，即今河北省北部及山西省一帶。《史記·春申君列傳》：“王之地一經兩海，要約天下，是燕趙無齊楚，齊楚無燕趙也。”崔湜《景龍二年春日赴襄陽途中言志》：“余本燕趙人，秉心愚且直。”　提挈：帶領，統率。《南齊書·蕭穎胄傳》：“〔梅蟲兒、茹法珍〕帳飲闌肆之間，宵遊街陌之上，提挈群豎，以爲歡笑。”白居易《與元微之書》：“長兄去夏自徐州至，又有諸院孤小弟妹六七人提挈同來。”　義旅：猶義師。徐陵《陳公九錫表》：“英圖邁俗，義旅如雲。”李德裕《誅郭誼等敕》：“況郭誼、王協，聞邢洺歸款，懼義旅覆巢。賣孽童以圖全，據堅城而請命。”　勤勞：憂勞，辛勞。《書·金縢》：“昔公勤勞王家，惟予冲人弗及知。”《隋書·辛公義傳》：“此蓋小事，何忍勤勞使君！”王家：猶王室，王朝，朝廷。呂溫《道州律令要録序》：“太尉侍中勤勞王家，惠於生人。”強至《上參政趙侍郎啓》：“十載台路，一心王家。”白刃：鋒利的刀。《史記·日者列傳》：“以官爲威，以法爲機，求利逆暴：譬無異於操白刃劫人者也。”劉長卿《送裴郎中貶吉州》：“亂軍交白刃，一騎出黃塵。”　赤心：赤誠的心。《三國志·董昭傳》：“吾與將軍聞名慕義，便推赤心。”蘇軾《明君可以爲忠言賦》：“上之人聞危言而不忌，下之士推赤心而無損，豈微忠之能致，有至明而爲本。”　自信：相信自己。《墨子·親士》：“雖雜庸民，終無怨心，彼有自信者也。”陸機《君子行》：“近情苦自信，君子防未然。”

　　⑦“屬冀方求帥”四句：事見《舊唐書·穆宗紀》：“(元和十五年十月)成德軍節度使王承宗卒，其弟承元上表請朝廷命帥……乙酉，

以魏博等州節度觀察等使、光禄大夫、檢校司徒、兼侍中、魏博大都督府長史、上柱國、沂國公、食邑三千户、實封三百户田弘正可檢校司徒、兼中書令、鎮州大都督府長史、成德軍節度、鎮冀深趙等州觀察處置等使。"又見元稹《招討鎮州制》:"而承元請覲,冀部擇才。苟非勛賢,不敢輕授。是用咨我元老,臨於是邦。"　冀:即冀州,古代行政區劃名,漢武帝時爲十三刺史部之一,轄境大致爲河北省中南部,山東省西端和河南省北端。岑參《冀州客舍酒酣貽王綺寄題南樓》:"憶昨始相值,值君客貝丘。相看復乘興,携手到冀州。"吴融《陳琳墓》:"冀州飛檄傲英雄,却把文辭事鄴宫。縱道筆端由我得,九泉何面見袁公?"這裏指魏博節度使府的轄境。　帥:軍隊中主將、統帥。《左傳·宣公十二年》:"命爲軍帥,而卒以非天,唯群子能,我弗爲也。"韓愈《唐故檢校尚書左僕射右龍武軍統軍劉公墓誌銘》:"公不好音聲,不大爲居宅,於諸帥中獨然。"　大名:謂尊崇的名號。《史記·陳涉世家》:"且壯士不死則已,死即舉大名耳!王侯將相寧有種乎!"司馬貞索隱:"大名謂大名稱也。"《新唐書·陸贄傳》:"古之人君,德合於天曰'皇',合於地曰'帝',合於人曰'王',父天母地以養人治物,得其宜者曰'天子',皆大名也。"本文指田弘正原任的"魏博等州節度觀察等使、魏博大都督府長史"的名號。　巨鎮:强大的藩鎮。白居易《和渭北劉大夫借便秋遞虜寄朝中親友》:"巨鎮爲邦屏,全材作國楨。韜鈐漢上將,文墨魯諸生。"薛能《將赴鎮過太康縣有題》:"十萬旌旗移巨鎮,二三軒軺負孤莊。時人欲識征東將,看取檛槍落大荒。"本文指田弘正後來任職的"鎮州大都督府長史、成德軍節度、鎮冀深趙等州觀察處置等使",在當時的李唐,"成德軍節度"屬於大鎮。　中台:漢代以來,以三台當三公之位,中台比司徒或司空,後遂成爲司徒或司空的代稱。《後漢書·郎顗傳》:"白虹貫日,以甲乙見者,則譴在中台……宜黜司徒,以應天意。"王維《故太子太師徐公挽歌》:"久踐中台座,終登上將壇。"田弘正前往鎮州時曾"檢校司徒兼中書令",故言。　拆：拆毀，拆除。杜甫《自京赴奉先縣詠懷五百字》：“河梁幸未拆，枝撐聲窸窣。”陸游《夏日》一：“村村隴麥登場後，户户吳鹽拆簇時。”　上將：星名。《史記·天官書》：“斗魁戴匡六星曰文昌宫：一曰上將，二曰次將。”主將，統帥。《孫子·地形》：“料敵制勝，計險阨遠近，上將之道也。”葛洪《抱朴子·清鑒》：“咸謂勇力絶倫者，則上將之器；洽聞治亂者，則三九之才也。”　妖：指反常、怪異的事物。《左傳·莊公十四年》：“人棄常則妖興，故有妖。”《吕氏春秋·慎大》：“晝見星而天雨血，此吾國之妖也。”指動物或植物變成的精怪。干寶《搜神記》卷一八：“狐曰：‘我天生才智，反以爲妖，以犬試我，遮莫千試萬慮，其能爲患乎？’”沈既濟《任氏傳》：“任氏，女妖也。”　侵：侵襲。韓愈《縣齋讀書》：“南方本多毒，北客恒懼侵。”陳與義《巴邱書事》：“四年風露侵遊子，十月江湖吐亂洲。”　蟊賊：原指吃禾苗的兩種害蟲，這裏喻危害人民或國家的人。《詩·大雅·召旻》：“天降罪罟，蟊賊内訌。”《後漢書·岑彭傳》：“我有蟊賊，岑君遏之。”李賢注：“蟊賊，食禾稼蟲名，以喻奸吏侵漁也。”本文喻指王庭凑等殺害田弘正的叛亂藩鎮。　腹心：肚腹與心臟，皆人體重要器官，亦比喻賢智策謀之臣。《孟子·離婁》：“君之視臣如手足，則臣視君如腹心。”陳子昂《上軍國利害事·牧宰》：“宰相，陛下之腹心，刺史縣令，陛下之手足，未有無腹心手足而能獨理者也。”　豺狼：豺與狼，皆凶獸，比喻凶殘的惡人。《東觀漢記·陽球傳》：“願假臣一月，必令豺狼、鴟梟悉伏其辜。”李白《古風》一九：“俯視洛陽川，茫茫走胡兵。流血塗野草，豺狼盡冠纓。”本文仍然喻指王庭凑等殺害田弘正的叛亂藩鎮。　肘腋：胳膊肘與胳肢窩，比喻親信、助手。白居易《夏州軍將二人授侍御史制》：“或千里移鎮，從爲紀綱；或十乘啓行，倚爲肘腋。”魏泰《東軒筆録》卷五：“王荆公再爲相，承黨人之後，平日肘腋盡去，而在者已不可信。”　人神：人與神。班固《東都賦》：“人神之和允洽，群臣之序既肅。”曹植《洛神賦》：“恨人神之道殊兮，怨盛年之莫當。”　憤痛：憤怒悲痛。陳琳《爲袁紹檄豫州》："故九江太守邊讓，英才俊偉，天下知名，直言正色，論不阿諂，身首被梟懸之誅，妻孥受灰滅之咎，自是士林憤痛，民怨彌重。"唐無名氏《補江總白猿傳》："迨明，絕無其迹。紇大憤痛，誓不徒還。"　**朝野**：朝廷與民間，亦指政府方面與非政府方面。《後漢書・杜喬傳》："由是海內嘆息，朝野瞻望焉！"韓愈《爲宰相賀雪表》："見天人之相應，知朝野之同歡。"　**驚嗟**：猶驚嘆。《南史・曹景宗傳》："（沈）約及朝賢驚嗟竟日。"蘇舜欽《王公行狀》："一日，以所著文獻於文正，文正覽之驚嗟，親爲作詩以美之。"　**軫**：隱痛。《楚辭・九章・惜誦》："背膺牉以交痛兮，心鬱結而紆軫。"王逸注："軫，隱也，言己不忍變心易行，則憂思鬱結，胸背分裂，心中交引而隱痛也。"洪興祖補注："軫，痛也。"王安石《乞皇帝御正殿復常膳表》一："少違常候，深軫清衷。"　**元惡**：大惡之人，首惡。《書・康誥》："元惡大憝，矧惟不孝不友！"孔傳："大惡之人猶爲人所大惡，況不善父母、不友兄弟者乎！"沈佺期《赦到不得歸題江上石》："天鑒誅元惡，宸慈恤遠黎。"

⑧**《詩》**：指《詩經》。《左傳・隱公元年》："《詩》曰：'孝子不匱，永錫爾類。'"韓愈《郾州溪堂詩》："公在中流，右詩左書。"　**《書》**：指《尚書》。《禮記・經解》："溫柔敦厚，《詩》教也；疏通知遠，《書》教也……故《詩》之失愚，《書》之失誣。"《文心雕龍・徵聖》："《易》稱'辨物正言，斷辭則備'；《書》云'辭尚體要，弗惟好異'。"　**忠孝**：忠於君國，孝於父母。張九齡《和蘇侍郎小園夕霽寄諸弟》："人倫用忠孝，帝德已光輝。贈弟今爲貴，方知陸氏微。"蘇頲《九月九日望蜀臺》："青松繫馬攢巖畔，黃菊留人籍道邊。自昔登臨湮滅盡，獨聞忠孝兩能傳。"　**"嘗用魏師"兩句**：事見《舊唐書・田布傳》："及弘正節制魏博，布掌親兵。國家討淮蔡，布率偏師隸嚴綬，軍於唐州。授檢校秘書監，兼殿巾侍御史。前後十八戰，破淩雲柵，下郾城，布皆有功，擢授御史中丞。"　**孽**：指作亂或邪惡的人。《文選・何晏〈景福殿賦〉》："因東師之獻捷，就海孽之賄賂。"李善注："以吳僻居海曲而稱亂，故

曰海孽。”韓愈《與鄂州柳中丞書》：“淮右殘孽，尚守巢窟。”　恩信：恩德信義。《漢書·韓延壽傳》：“延壽恩信周遍二十四縣，莫復以辭訟自言者。”《三國志·周瑜傳》：“瑜時年二十四，吳中皆呼爲周郎。以瑜恩信著於盧江，出備牛渚，後領春穀長。”　勳庸：功勳。《後漢書·荀彧傳》：“曹公本興義兵，以匡振漢朝，雖勳庸崇著，猶秉忠貞之節。”《舊唐書·李嗣業傳》：“總驍果之衆，親當矢石，頻立勳庸。”　奮激：激動振奮。《百喻經·五百歡喜丸喻》：“師子見之，奮激鳴吼，騰躍而前。”曾鞏《徐孺子祠堂記》：“天下聞其風慕其義者，人人感慨奮激。”寇仇：仇敵，敵人。《左傳·僖公三十三年》：“武夫力而拘諸原，婦人暫而免諸國，墮軍實而長寇仇，亡無日矣！”《後漢書·仲長統傳》：“昔之爲我哺乳之子孫者，今盡是我飲血之寇仇也。”

⑨ 崇高：地位特殊，優越。《易·繫辭》：“縣象著明莫大乎日月，崇高莫大乎富貴。”《文選·謝靈運〈從遊京口北固應詔〉》：“玉璽戒誠信，黃屋示崇高。”李善注：“居黃屋，所以示崇高。”　仁愛：寬仁慈愛，親愛。《淮南子·修務訓》：“堯立孝慈仁愛，使民如子弟。”《史記·袁盎列傳》：“仁愛士卒，士卒皆爭爲死。”　美利：大利，豐厚的利益。《易·乾》：“乾始能以美利利天下，不言所利，大矣哉！”杜甫《南池》：“皇天不無意，美利戒止足。”　冤：冤仇，仇敵。焦贛《易林·坤之大壯》：“乾溪驪山，秦楚結冤。”陸贄《貞元改元大赦制》：“豈兵戎之後，餘梗尚存？將獄犴之中，深冤未釋？”

⑩ 淬礪：激勵，磨煉。元稹《授李愿檢校司空宣武軍節度使制》：“爾乃提持戈戟，淬礪卒徒。一戰而蜂蠆盡殲，不時而鴟獍就戮。”杜牧《忠武軍都押衙檢校太子賓客王仲元等加官制》：“將軍列狀，憲班酬勞。勿矜常勝，無忘淬礪。”　勇夫：勇敢的人。《書·秦誓》：“仡仡勇夫，射御不違，我尚不欲。”《晉書·段灼傳》：“臣聞魚懸由於甘餌，勇夫死於重報。”　敬恭：恭敬奉事，敬慎處事。《詩·大雅·雲漢》：“敬恭明神，宜無悔怒。”元稹《于季友授右羽林將軍制》：“爾其敬恭，

無替朕命。" 義士:恪守大義、篤行不苟的人。《左傳·桓公二年》:"武王克商,遷九鼎於雒邑,義士猶或非之。"劉向《列女傳·楚接輿妻》:"義士非禮不動,不爲貧而易操,不爲賤而改行。" 卒伍:古人軍隊編制,五人爲伍,百人爲卒。《禮記·郊特牲》:"季春出火爲焚也,然後簡其車賦,而歷其卒伍。"泛指軍隊,行伍。《韓非子·顯學》:"故明主之吏,宰相必起於州部,猛將必發於卒伍。"指士兵。《北齊書·清河王岳傳》:"今所翻叛,多是貴人。至於卒伍,猶未離貳。" 干:盾牌。《書·牧誓》:"稱爾戈,比爾干,立爾矛,予其誓。"孔傳:"干,楯也。"《禮記·樂記》:"總干而山立,武王之事也。"鄭玄注:"總干,持盾也。" 矛:我國古代的主要兵器,在長柄上裝以矛頭,用於刺殺。殷周時矛頭用青銅製成,至漢代盛行鐵矛。《史記·仲尼弟子列傳》:"〔越王〕送子貢金百鎰,劍一,良矛二。"《宋書·顧覬之傳》:"函矢殊用,矛戈異適。"

⑪ 算畫:猶計畫,謀劃。元稹《紀懷贈李户曹》:"夔龍勞算畫,貔虎帶威棱。"杜牧《上李司徒相公論用兵書》:"雖樽俎之謀,算畫已定,而賤末之士,芻蕘敢陳。" 萌:開始,產生。《史記·酷吏列傳序》:"昔天下之網嘗密矣!然奸僞萌起,其極也,上下相遁,至於不振。"葛洪《抱朴子·明本》:"曩古純樸,巧僞未萌。" 軍旅:軍事。《後漢書·鄭太傳》:"孔公緒清談高論,噓枯吹生。並無軍旅之才。"王安石《和董伯懿詠裴晉公平淮西將佐題名》:"裹瘡入朝議軍旅,國火一再更檀槐。" 宣:顯示,宣揚。班固《兩都賦序》:"或以抒下情而通諷諭;或以宣上德而盡忠孝。"韓愈《順宗實錄》:"佩詩禮之明訓,宣忠孝之弘規。" 席藁:以藁薦爲坐席,古時臣下表示請罪的一種方式,亦用作居喪的禮節。《讀禮通考·喪儀節》:"《列女傳》:魯黔婁先生之死,曾子與門人往吊焉!隱門而入,立於堂下。其妻出,衣褐袍,曾子吊之。上堂見先生,尸坐牖下,枕墼席藁,縕袍無表,覆以布被,首足不盡,斂覆頭,則足見;覆足,則頭見。"蘇軾《上神宗皇帝書》:"自知瀆

犯天威,罪在不赦,席藁私室,以待斧鉞之誅。" 　抱冰:喻刻苦自勵。
趙曄《吳越春秋·勾踐歸國外傳》:"越王念復吳仇非一旦也,苦身勞
心,夜以接日。目臥則攻之以蓼,足寒則漬之以水。冬常抱冰,夏還
握火。愁心苦志,懸膽於戶,出入嘗之。"元稹《冬白紵》:"共笑越王窮
惴惴,夜夜抱冰寒不睡。"

　⑫ 喪禮:有關喪事的禮儀、禮制。《周禮·春官·大宗伯》:"以
凶禮哀邦國之憂,以喪禮哀死亡。"《禮記·曲禮》:"居喪未葬,讀喪
禮。既葬,讀祭禮。"孔穎達疏:"喪禮,謂朝夕奠下室,朔望奠殯宮及
葬等禮也。" 　哀心:悲傷的心情。《禮記·樂記》:"是故其哀心感者,
其聲噍以殺。"何薳《春渚紀聞·叔夜有道之士》:"孔子既祥,五日,彈
琴而不成聲,言其哀心未忘也。" 　橫身:挺身,置身。郎肅《甘泉普濟
禪寺靈塔記》:"橫身塞河決之波,舉手正山岡之勢。"郭威《監國教》:
"旋屬三叛連衡,四郊多壘。謬膺朝旨,委以專征。兼守重藩,俾當勍
敵。敢不橫身戮力,竭節盡心?" 　刎頸:割脖子,自殺。《公羊傳·宣
公六年》:"'君將使我殺子,吾不忍殺子也。雖然,吾亦不可復見吾君
矣!'遂刎頸而死。"何休注:"勇士自斷頭也。"干寶《搜神記》卷一一:
"妻仰天而嘆,刎頸而死。" 　感智:即"感知",感激知遇。李商隱《為
滎陽公上西川李相公狀》:"空吟風水,感知懷戀。"袁郊《甘澤謠·紅
綫》:"憂往喜還,頓忘於行役;感知酬德,聊副於心期。" 　捐軀:為國
家為正義而死。袁康《越絕書·外傳紀策考》:"子胥至直,不同邪曲,
捐軀切諫,虧命為邦。"蘇軾《到黃州謝表》:"若獲盡力鞭棰之下,必將
捐軀矢石之間。" 　營魂:猶魂魄。盧照鄰《益州至真觀主黎君碑》:
"鳳交開景,返徐甲之營魂;龍光照天,杜宣尼之神氣。"郭象《睽車志》
卷一:"頃隨兄赴永嘉幕官,未至郡,溺死。逮今二十年,營魂蕩無所
歸。" 　醜類:同類,族類。《禮記·學記》:"古之學者比物醜類。"孔穎
達疏:"古之學者,比方其事以醜類,謂以同類之事相比方。"比類,引
以為同類。《左傳·文公十八年》:"昔帝鴻氏有不才子,掩義隱賊,好

行凶德，醜類惡物，頑嚚不友，是與比周。"楊伯峻注："醜，類也。醜類，同義詞連用，此作動詞，惡物爲其賓語，言與惡物相比類也。"

⑬ 至誠：極忠誠，極真誠。《管子·幼官》："用利至誠，則敵不校。"袁康《越絕書·外傳計倪》："願君王公選於衆，精鍊左右，非君子至誠之士，無與居家，使邪僻之氣，無漸以生。" 稔惡：醜惡，罪惡深重。《舊唐書·憲宗紀》："而承宗象恭懷奸，肖貌稔惡，欺裝武於得位之後，囚昌朝於授命之中。"洪邁《夷堅甲志·陳大錄》："秀州華亭縣吏陳生者爲錄事，冒賄稔惡，常帶一便袋，凡所謀事，皆書納其中。" 矧：況且，而況。《書·大誥》："厥子乃弗肯堂，矧肯構?"孔傳："子乃不肯爲堂基，况肯構立屋乎?"《隱居通議·古賦》引無名氏《梅花賦》："山瘦兮月小，天空兮水光。落片景之冥鴻，照疏枝之夕陽。矧無人兮，霜封霧銷。挺孤獨兮，瘦節貞香。" 凶狂：指凶惡倡狂的人。《宋書·蔡興宗傳》："若朝廷有事，可共立桓文之功，豈與受制凶狂，禍難不測，同年而語乎?"《舊唐書·杜審權傳》："果聞敗衄，尋挫凶狂。"

⑭ 墨縗：黑色喪服。《魏書·李彪傳》："愚謂如有遭大父母、父母喪者，皆聽終服……其軍戎之警，墨縗從役，雖愆於禮，事所宜行也。"《舊五代史·敬翔傳》："臣聞李亞子自墨縗統衆，於今十年。每攻城臨陣，無不親當矢石。" 纛：古時軍隊或儀仗隊的大旗。許渾《中秋夕寄大梁劉尚書》："柳營出號風生纛，蓮幕題詩月上樓。"《新唐書·僕固懷恩傳》："初，會軍汜水，朔方將張用濟後至，斬纛下。" 提劍：《史記·高祖本紀》："吾以布衣提三尺劍取天下，此非天命乎?"後以"提劍"謂起兵或從軍。杜牧《感懷詩》："高文會隋季，提劍徇天意。扶持萬代人，步驟三皇地。"李山甫《又代孔明哭先主》："提劍尚殘吳郡國，垂衣猶欠魏山河。鼎湖無路追仙駕，空使群臣泣血多。" 金：武器，刀劍等。《淮南子·説山訓》："砥石不利而可以利金。"高誘注："金，刀劍之屬。"王融《三月三日曲水詩序》："四方無拂，五戎不距。

偃革辭軒,銷金罷刃。"　哀敬:悲痛莊敬。《荀子・禮論》:"故喪禮者無他焉!明死生之義,送以哀敬而終周藏。"江淹《雜體詩・效袁淑〈從駕〉》:"宮廟禮哀敬,枌邑道嚴玄。"

[編年]

　　《年譜》、《年譜新編》編年本文於長慶元年,理由均是:"《舊唐書・穆宗紀》云:‘(長慶元年八月)乙亥,以前涇原節度使田布起復,檢校工部尚書,兼魏州大都督府長史,充魏博節度使。'"《編年箋注》根據同樣的理由,編年:"此《制》撰於長慶元年(八二一)八月。"

　　我們以爲,《年譜》、《年譜新編》編年本文於"長慶元年",《編年箋注》編年本文於"長慶元年(八二一)八月",都過於籠統。據《舊唐書・穆宗紀》云:"(長慶元年)八月甲子朔……辛未,以左金吾將軍楊元卿爲涇州刺史,充四鎮北庭行軍、涇原節度使。敕公卿大臣至中書議幽鎮討伐之謀……乙亥,以前涇原節度使田布起復,檢校工部尚書,兼魏州大都督府長史,充魏博節度使。"推其干支,"乙亥"應該是八月十二日。但本文不應該撰成於八月十二日,而是應該在八月"辛未"亦即在八月八日之後,"乙亥"亦即是八月十二日之前。而"乙亥"僅僅是朝廷發佈田布任職魏博節度使的日子。《新唐書・田布傳》記載"公卿議以魏强而鎮弱,且魏人素德弘正,以布之賢而世其官,可以成功"之時,就是《舊唐書・穆宗紀》"辛未……敕公卿大臣至中書議幽鎮討伐之謀"之日,也是決定"以左金吾將軍楊元卿爲涇州刺史,充四鎮北庭行軍、涇原節度使"之時,《新唐書・田布傳》:"弘正遇害,魏博節度使李愬病不能軍……穆宗遽召布,解縗拜檢校工部尚書、魏博節度使,乘傳以行。布號泣固辭,不聽。乃出伎樂,與妻子賓客決曰:‘吾不還矣!'"表明田布也有推辭的言行,故也遲疑了一二天。但河朔軍情如火,最後還是在八月十一日下達了這道詔命,元稹自然連夜草就,并於第二天早上,亦即八月十二日的朝會上宣佈。本文撰就的地點自然是在長安,元積時任中書舍人、翰林承旨學士之職。

◎ 招討鎮州制(《唐書》:長慶元年七月,成德軍大將王廷湊殺其節度使田弘正以反,故有是制)(一)①

門下(二):朕嘗讀玄元書,至於佳兵者,是樂殺人。因念自孩名之逮于羈(《禮》:"男角女羈。")丱(《詩》:"總角丱兮。")(三),十三年不能爲成人(四),豈忍以一朝之忿(五),驅而殺之②?

然而田弘正首以六州(魏、博、貝、衛、澶、相)之衆歸於朝廷,開先帝之雄圖,變河朔之舊俗(河朔四十九年不霑王化,而田興變之)。除去苛暴,昭宣惠和。愛人如身,養士如子。拊循教訓,必以忠孝爲先(六)。是以魏之師徒,一年而知恩,二年而知禮,三年而知相與讓於道矣③!故南征淮蔡(討蔡時,弘正遣子布以兵三千進戰有功),東伐青齊(弘正與宣武等五節度進討李師道,斬平之,取十有二州以獻),北定趙地(王承宗送質獻州,輸租請吏,俱弘正爲之奏請)。元勛茂績,皆自魏師。肆我憲宗,付之心膂。入則輔弼,出則藩宣(七)。推誠不疑,近實無比④。

顧朕小子,獲受丕圖。嗣守不遑,何暇恢復!而承元請覲,冀部擇才。苟非勛賢,不敢輕授。是用咨我元老,臨於是邦(弘正自魏博徙成德)(八)⑤。而又寵諸將以懋官,加三軍以厚賞(九)。復其租入,惠彼蒸黎。於此一方之人,可謂無有不至(謂諫議大夫鄭覃詣鎮州,宣慰賜賞將士)⑥。

而梟音未革,狼顧猶存。忍害忠良,恣爲殘賊。臨軒震悼，撫几驚嗟。天乎不仁[一〇]，一至於此⑦！朕下爲君父，上奉祖宗，肆舟楫於鯨鯢[一一]，陷股肱於蛇豕。尚欲因循忍恥，僶俛偷安，非唯傷心於田氏之子孫，亦將何顏謁先帝之陵廟⑧？人神共憤，卿士叶謀。咸願誅夷，用申冤痛。便合興師進討，以翦奸凶。尚念一軍之中，豈無義勇[一二]？倉卒變動，必非衆謀。苟得其魁，餘復何罪[一三]⑨！

宜令魏博、橫海、昭義、河東、義武等軍[一四]，各出全軍，以臨界首。仍各飛書檄，具諭朝旨⑩。如王廷湊能執首謀爲亂、扇動三軍者，送付鄰道[一五]，或就鎮州處置[一六]，然後束身歸朝，必當超獎三品正員官，并與實封五百戶[一七]⑪。其餘三軍將士，一切不問。其中大將等，或有能相勸諭、翻然改圖者，各隨事迹，當加寵擢。如王廷湊遂迷不寤[一八]，諸道宜便進軍，以時翦滅。苟不得已，至於用師⑫。

其有效忠，則宜懸賞。如有能斬凶渠者[一九]，先是六品已下官，宜與三品正員官；先是五品已上官，節級升進[二〇]，仍與實封三百戶，莊宅各一區，錢二萬貫。以一州歸順者，便與當州刺史，仍賜實封二百戶[二一]。如先是本州刺史以一州歸順者[二二]，超三資與官[二三]，仍賜實封二百戶[二四]；以一縣歸順者[二五]，超兩資與官[二六]，賜實封一百戶[二七]。如有能率所管兵馬及以城鎮來降者[二八]，並超三資與官[二九]，仍賜實封一百戶[三〇]，錢一萬貫[三一]。以身降者，亦與轉改，仍賜錢帛[三二]⑬。

應赴行營將士，如有能梟斬凶渠者[三三]，亦准前例處分。其有城鎮將士百姓等守節拒賊身死王事者[三四]，各委長吏優給其家，仍具事迹聞奏，當加褒贈。其有潛謀誅斬渠魁、被其屠戮者,宜優加追贈⁽三五⁾,并賜錢帛,仍與一子官⑭。

諸軍所至,不得妄加殺戮及焚燒廬舍、掠奪資產,并有拘執,以爲俘馘。其管內州縣,有能自置義營堡柵,王師所至,能相率來歸,各加酬獎⑮。時當秋候,務切農功。邊界之人,懼廢耕織。應緣軍務所須,並不得干擾百姓。如要車、牛、夫役及工匠之類,並宜和雇情願,仍優給價錢⑯。賊平之後,應立功將士,並與超資改官,節級賜物。其長行官吏歸降者,亦當優厚褒賞⁽三六⁾。幽陵變擾,誠謂亂常⁽三七⁾。以其旁及賓寮,有異上加台鉉,校其輕重,示以招携。尚開迷復之門,用廣自新之路⑰。如聞賊中文牒妄作異端,皆云朝廷徵兵欲戍邊塞,此皆狂詐扇動人心。況今邊上甲兵足以備禦,欲令悉知,故重宣明,仍委所在即時以此告諭⁽三八⁾⑱。

昔者堯舜之俗,比屋可封;虞芮之人,讓畔可感。仁義則水火可蹈,忠信則蠻貊可行⑲。由是言之,亦在化之而已。逮我長理,何其遠哉!豈朕之滿假荒寧,自聖而不可教耶⁽三九⁾?將朝之魁梧骨鯁,自持而莫我念也⁽四〇⁾。二者之來,皆朕不敏。內省終夕,其心洗然⑳。

於戲!封域之中,干戈作矣!廊廟罇俎,無忘弭寧!布告朕懷,以須良畫,主者施行⁽四一⁾。

八月十四日⁽四二⁾㉑。

錄自《元氏長慶集》卷四一

[校記]

(一)招討鎮州制:楊本、叢刊本同,《英華》作"長慶元年德音",《全文》作"討鎮州王廷湊德音",《冊府元龜》無題,各備一說,不改。

《唐大詔令集·討鎮州王廷湊德音》與本文長短不同,出入較大,實際不是同一篇文章,不作爲本文的參校本。《唐書》:長慶元年七月,成德軍大將王廷湊殺其節度使田弘正以反,故有是制:此題注僅見於馬本《元氏長慶集》,應是馬元調編集時所加,録以備考。

(二)門下:楊本、叢刊本、《英華》、《全文》同,《册府元龜》無,各備一説,不改。

(三)因念自孩名之逮于羈丱:楊本、叢刊本、《英華》、《全文》同,《册府元龜》作"因念子孫名之建於霸",各備一説,不改。

(四)十三年不能爲成人:楊本、叢刊本同,《英華》、《全文》作"不三十年不能爲成人",《册府元龜》作"非不三十年不能爲成人",各備一説,不改。

(五)豈忍以一朝之忿:原本作"豈忍一朝之忿",楊本、叢刊本、《全文》同,據《英華》、《册府元龜》改。

(六)必以忠孝爲先:楊本、叢刊本、《英華》、《全文》同,《册府元龜》作"必忠孝爲先",各備一説,不改。

(七)出則藩宣:楊本、叢刊本、《英華》、《全文》同,《册府元龜》作"出則藩垣",各備一説,不改。

(八)臨於是邦:楊本、叢刊本、《英華》、《全文》同,《册府元龜》作"囂於是邦",語義不佳,不從不改。

(九)加三軍以厚賞:楊本、叢刊本、《全文》同,《英華》、《册府元龜》作"加三軍以厚賜",各備一説,不改。

(一〇)天乎不仁:楊本、叢刊本、《英華》、《全文》同,《册府元龜》作"天胡不仁",各備一説,不改。

(一一)肆舟楫於鯨鯢:楊本、叢刊本、《全文》同,《英華》、《册府元龜》作"毀舟楫於鯨鯢",各備一説,不改。

(一二)豈無義勇:楊本、叢刊本、《英華》、《全文》同,《册府元龜》作"豈得無義勇",各備一説,不改。

（一三）苟得罪人，其餘何過：原本作“苟得罪人，其餘何過”，楊本、叢刊本、《全文》同，據《英華》、《册府元龜》改。

（一四）宜令魏博、橫海、昭義、河東、義武等軍：楊本、叢刊本、《英華》、《全文》同，《册府元龜》作“宜令魏博、橫海、昭義、河東、義武軍等”，各備一説，不改。

（一五）送付鄰道：楊本、叢刊本、《全文》同，《英華》作“送赴鄰道”，《册府元龜》作“送至鄰道”，各備一説，不改。

（一六）或就鎮州處置：楊本、叢刊本、《英華》、《全文》同，《册府元龜》作“或就州處置”，各備一説，不改。

（一七）并與實封五百户：原本作“并與實封二百户”，楊本、叢刊本、《英華》、《全文》同，據《册府元龜》以及前後文意改。

（一八）如王廷湊遂迷不寤：楊本、叢刊本、《英華》、《全文》同，《册府元龜》作“如王廷湊執迷不寤”，各備一説，不改。

（一九）如有能斬凶渠者：楊本、叢刊本、《全文》同，《英華》、《册府元龜》作“如有能梟斬凶渠者”，各備一説，不改。

（二〇）節級升進：宋浙本、叢刊本、《英華》、《册府元龜》、《全文》同，楊本誤作“節級并進”，不從不改。

（二一）仍賜實封二百户：楊本、叢刊本、《英華》、《全文》同，《册府元龜》作“仍賜實封三百户”，各備一説，不改。

（二二）如先是本州刺史以一州歸順者：原本作“如先是刺史以州歸順者”，楊本、叢刊本、《册府元龜》、《全文》同，據《英華》改。

（二三）超三資與官：楊本、叢刊本、《全文》同，《英華》作“升三資與官”，《册府元龜》作“超上資與官”，各備一説，不改。

（二四）仍賜實封二百户：楊本、叢刊本、《册府元龜》、《全文》同，《英華》作“仍賜實封三百户”，各備一説，不改。

（二五）以一縣歸順者：楊本、叢刊本、《英華》、《全文》同，《册府元龜》作“一縣歸順者”，各備一説，不改。

（二六）超兩資與官：楊本、叢刊本、《冊府元龜》、《全文》同，《英華》作"升兩資與官"，各備一說，不改。

（二七）賜實封一百戶：楊本、叢刊本、《英華》、《全文》同，《冊府元龜》作"實封二百戶"，各備一說，不改。

（二八）如有能率所管兵馬及以城鎮來降者：楊本、叢刊本、《英華》、《全文》同，《冊府元龜》作"如有能率所管兵馬并以城鎮來降者"，各備一說，不改。

（二九）並超三資與官：楊本、叢刊本、《冊府元龜》、《全文》同，《英華》作"并升三資與官"，各備一說，不改。

（三〇）仍賜實封一百戶：楊本、叢刊本、《英華》、《全文》同，《冊府元龜》作"賜爵實封一百戶"，各備一說，不改。

（三一）錢一萬貫：楊本、叢刊本、《全文》同，《冊府元龜》作"賜錢一萬貫"，《英華》作"賜錢一□萬貫"，各備一說，不改。

（三二）亦與轉改，仍賜錢帛：楊本、叢刊本、《英華》、《全文》同，《冊府元龜》無，疑是脫文。

（三三）應赴行營將士，如有能梟斬凶渠者：楊本、叢刊本、《全文》同，《英華》作"應付行營將士，如有能梟斬凶渠者"，《冊府元龜》無，疑是脫文。

（三四）其有城鎮將士百姓等守節拒賊身死王事者：楊本、叢刊本、《英華》、《全文》同，《冊府元龜》作"其有城鎮將士百姓等守節拒賊身死王事"，各備一說，不改。

（三五）宜優加追贈：楊本、叢刊本、《全文》同，《英華》、《冊府元龜》作"宜便加追贈"，各備一說，不改。

（三六）亦當優厚褒賞：原本作"亦當優字褒賞"，據楊本、叢刊本、《英華》、《全文》改。

（三七）誠謂亂常：楊本、叢刊本、《英華》、《冊府元龜》、《全文》同，盧校作"式謂亂常"，各備一說，不改。

（三八）“如聞賊中文牒妄作異端”七句：原本無，楊本、叢刊本、《全文》同，據《英華》、《册府元龜》補。

（三九）自聖而不可教耶：楊本、叢刊本、《英華》、《全文》同，《册府元龜》作“自聖而不可教也”，各備一説，不改。

（四〇）自持而莫我念也：楊本、叢刊本、《全文》同，《英華》、《册府元龜》作“自持而莫我念耶”，各備一説，不改。

（四一）主者施行：楊本、叢刊本、《英華》、《全文》同，《册府元龜》無，録以備考，不改。

（四二）八月十四日：原本無，楊本、叢刊本、《册府元龜》、《全文》同，據《英華》補。

［箋注］

① 招討：招撫征討。無可《送李使君赴瓊州兼五州招討使》：“分竹雄兼使，南方到海行。臨門雙旆引，隔嶺五州迎。”《新五代史·西方鄴傳》：“荆南高季興叛，明宗遣襄州節度使劉訓等招討，而以東川董璋爲西南面招討使。”　鎮州：這裏代指成德節度使府及其所轄的鎮州、冀州、深州、趙州四個州郡，府治分別是安德、信都、陸澤、贊皇，分別地當今天的山東的陵縣、河北的冀州市、深縣、贊皇。征討之事的始末，見《舊唐書·穆宗紀》：“（元和十五年十月）乙酉，以魏博等州節度觀察等使、光禄大夫、檢校司徒兼侍中、魏博大都督府長史、上柱國、沂國公、食邑三千户、實封三百户田弘正可檢校司徒兼中書令、鎮州大都督府長史、成德軍節度、鎮冀深趙等州觀察處置等使……（戊午）是日，田弘正奏今月十六日入鎮州訖……（長慶元年）八月甲子朔，己巳，鎮州監軍宋惟澄奏：‘七月二十八日夜軍亂，節度使田弘正並家屬將佐三百餘口並遇害，軍人推衙將王廷湊爲留後。辛未，以左金吾將軍楊元卿爲涇州刺史，充四鎮北庭行軍、涇原節度使。敕公卿大臣至中書議幽鎮討伐之謀。癸酉，王廷湊遣盜殺冀州刺史王進岌，

據其郡。乙亥，以前涇原節度使田布起復檢校工部尚書兼魏州大都督府長史，充魏博節度使。"《續通志》："（長慶元年八月）丁丑，詔魏博、橫海、昭義、河東、義武諸軍討之。"而本文即"丁丑詔"，亦即八月十四日制文。楊巨源《聖恩洗雪鎮州寄獻裴相公》："天借春光洗綠林，戰塵收盡見花陰。好生本是君王德，忍死何妨壯士心！"韓愈《鎮州路上謹酬裴司空相公重見寄》："銜命山東撫亂師，日馳三百自嫌遲。風霜滿面無人識，何處如今更有詩？"　制：指帝王的命令。《禮記·曲禮》："國君死社稷，大夫死衆，士死制。"鄭玄注："制，謂君教令，所使爲之。"《史記·秦始皇本紀》："臣等昧死上尊號，王爲'泰皇'，命爲'制'，令爲'詔'。"裴駰集解引蔡邕曰："制書，帝者制度之命也。其文曰'制'。"

　　② 玄元：即"玄元皇帝"，唐奉老子爲始祖，於乾封元年二月追號老子爲"太上玄元皇帝"，天寶二年正月加老子尊號"大聖祖"，天寶八載六月又加老子尊號爲"聖祖大道玄元皇帝"。杜甫《喜聞盜賊總退口號五首》五："大曆三年調玉燭，玄元皇帝聖雲孫。"李紳《贈毛仙翁》："憶昔我祖神仙主，玄元皇帝周柱史。"　佳兵：《老子》："夫佳兵者，不祥之器，物或惡之，故有道者不處。"河上公注："祥，善也。兵者，驚精神，濁和氣，不善人之器也，不當修飾之。"王念孫《讀書雜誌餘編·老子》："佳當作'佳'，字之誤也。佳，古'唯'字也。"後世沿用"佳兵"爲堅甲利兵或好用兵之義。庾肩吾《被使從渡江》："八陣引佳兵，三河總艫軸。"陳子昂《送著作佐郎崔融等從梁王東征》："王師非樂戰，之子慎佳兵。"　孩名：爲嬰兒命名，引申爲嬰兒時期，語出《禮記·內則》："子生三月，父執子之右手，咳而名之。"陸德明釋文："孩字又作咳。"黃仲元《彥聖字訓名宜春》："吾友戴君存厚之嗣適曰宜春，孩名也。"　羈丱：猶羈角，丱，兒童髮髻的樣式，因以指童年。顏真卿《茅山玄靖先生廣陵李君碑銘》："先生孩提則有殊異，晬日，獨取《孝經》，如捧讀焉！羈丱好靜處誦習墳典。"《新唐書·許王素節傳》：

"方羈丱,即誦書日千言。" 十三年不能爲成人:意謂十三歲的男女,還没有成年,祇能算是孩子。事見《周書·武帝紀》:"(建德)三年春正月……癸酉詔:自今已後,男年十五,女年十三已上,爰及鰥寡所在,軍民以時嫁娶,務從節儉,勿爲財幣稽留。"《唐會要·嫁娶》:"(開元)二十二年二月敕:男年十五,女年十三以上,聽婚嫁。" 成人:成年。《儀禮·喪服》:"未嫁者,其成人而未嫁者也。"鄭玄注:"成人,謂年二十已笄醴者也。"劉長卿《送姨子弟往南郊》:"一展慰久闊,寸心仍未伸。别時兩童稚,及此俱成人。"亦指成年人。《史記·趙世家》:"今趙武既立,爲成人,復故位。"盧象《八月十五日象自江東止田園移庄慶會未幾歸汶上小弟幼妹尤嗟其别兼賦是詩三首》一:"家人皆佇立,相候衡門裏。疇類皆長年,成人舊童子。" 一朝:一時,一旦。《淮南子·道應訓》:"使者謁之,襄子方將食而有憂色,左右曰:'一朝而兩城下,此人之所喜也。今君有憂色,何也?'"《魏書·劉靈助傳》:"靈助本寒微,一朝至此,自謂方術堪能動衆。" 驅殺:驅趕殺戮。《漢書·鮑宣傳》:"又有七死:酷吏毆殺,一死也;治獄深刻,二死也;冤陷亡辜,三死也;盗賊横發,四死也;怨仇相殘,五死也;歲惡飢餓,六死也;時氣疾疫,七死也。"元結《奏免科率狀》:"臣當州被西原賊屠陷,賊停留一月餘日,焚燒糧儲屋宅,俘掠百姓男女,驅殺牛馬老少,一州幾盡。"

③ 先帝:前代已故的帝王。令狐楚《進憲宗哀册文狀》:"聖意以臣備位相府,策名文場。忘其庸虚,賜以撰述。"劉禹錫《唐故中書侍郎平章事韋公集序》:"長慶四年春,敬宗踐祚。以公用經術左右先帝五年,稔聞其德,尤所欽倚。"本文的"先帝"指唐玄宗李純。 雄圖:遠大的抱負,宏偉的謀略。陸瑰《垓下楚歌賦》:"汝起楚舞,吾將楚歌。弱冠舉兵,霸世之名則振;窮途敗績,拔山之力空多。固知天命有歸,雄圖不遂。"高適《東征賦》:"經洛城而永望,想譙郡而銷憂;慨魏武之雄圖,終大濟於横流。" 河朔:古代泛指黄河以北的地區。元

積《起復田布魏博節度等使制》：“咨爾先臣，惟國元老。首自河朔，來朝帝廷。”白居易《河朔復亂合諸道兵討無功賊取弓高絕糧道深州圍益急因上言》：“兵多則難用，將衆則不一。宜詔魏博、澤潞、定、滄四節度，令各守境，以省度支貲餉。”　舊俗：原有的風俗習慣。徐安貞《送丹陽採訪》：“舊俗吳三讓，遺風漢六條。願言除疾苦，天子聽歌謠。”杜甫《九日諸人集於林》：“九日明朝是，相要舊俗非。老翁難早出，賢客幸知歸。”　苛暴：暴虐。《南史·趙伯符傳》：“爲政苛暴，吏人畏懼如與虎狼居。”《新五代史·李罕之傳》：“罕之御衆無法，性苛暴，頗失士心。”　昭宣：明宣。謝靈運《撰征賦》：“降俊明以鏡鑑，迴風猷以昭宣。”張元琮《衛州共城縣百門陂碑序》：“縣令曹府君諱懷節，切宇峻邈，德聲昭宣。”　惠和：仁愛和順。《後漢書·和熹鄧皇后紀》：“政非惠和，不圖於心；制非舊典，不訪於朝。”元積《夏陽縣令陸翰妻河南元氏墓誌銘》：“睦族以惠和，煦下以慈愛。”　愛人：愛護百姓，友愛他人。《論語·學而》：“節用而愛人，使民以時。”《孟子·離婁》：“仁者愛人。”　養士：培養人才。《漢書·賈山傳》：“地之美者善養禾，君之美者善養士。”陸贄《冬至大禮大赦制》：“將務選士之道，必精養士之方。”　拊循：安撫，撫慰。《荀子·富國》：“垂事養民，拊循之，呃嘔之。”楊倞注：“拊循，慰悦之也。”《史記·越王勾踐世家》：“勾踐自會稽歸七年，拊循其士民，士民欲用以報吳。”　教訓：教導訓戒。《左傳·文公十八年》：“顓頊有不才子，不可教訓。”元積《唐故建州浦城縣尉元君墓誌銘》：“君即某官之次子也，少孤，母曰渤海封夫人，提捧教訓，不十四五，其心卓然。”　忠孝：忠於君國，孝于父母。李邕《左羽林大將軍臧公神道碑》：“碑一代兮人英，征九原兮鬼錄。”李湜《唐江州沖陽觀碑》：“禮樂專門，詩書領藝。家邦共理，忠孝相資。博通應時，恭勤挨務。”　師徒：士卒，亦借指軍隊。胡交《修洛陽宮記》：“宣王中興，大會諸侯，纂承文武。師徒狩獵，詩人詠歌。”于公異《李晟收復西京露布》：“以今月二十五日，總領師徒，直趨都邑。略瀍滻以揚旆，瞰苑圃而下營。” 恩：德澤，恩惠。《孟子·梁惠王》：“今恩足以及禽獸，而功不至於百姓者，獨何與？”曹植《求通親親表》：“誠可謂恕己治人，推愛施恩者矣！” 禮：社會生活中由於風俗習慣而形成的行爲準則、道德規範和各種禮節。《晏子春秋·諫》：“凡人之所以貴於禽獸者，以有禮也。故《詩》曰：‘人而無禮，胡不遄死？’禮，不可無也。”《漢書·公孫弘傳》：“進退有度，尊卑有分，謂之禮。” 相與：互相，交相。《韓非子·五蠹》：“毀譽賞罰之所加者，相與悖繆也，故法禁壞而民愈亂。”《史記·廉頗藺相如列傳》：“卒相與驩，爲刎頸之交。” 讓道：謙讓之道。《禮記·文王世子》：“諸父諸兄守貴室，子弟守下室，而讓道達矣！”孔穎達疏：“而貴者守貴，賤者守賤，賤者讓於貴，貴者不相陵犯，是讓道達也。”

④ “故南征淮蔡”三句：事見《新唐書·田弘正傳》：“天子討蔡，弘正遣子布以兵三千進戰，數有功。李師道疑其襲己，不敢顯助蔡，故元濟失援，王師得致誅焉！王承宗叛，詔弘正以全師壓境，破其衆南宮，承宗懼，歸窮於弘正，弘正表諸朝，遂獻德、棣二州，以謝納二子爲質。俄而李師道拒命，詔弘正與宣武等五節度兵進討。弘正自揚劉度河，距鄆四十里堅壁；師道大將劉悟率精兵屯河東。戰陽穀，再遇再北，斬萬餘級。賊勢蹙，悟乃反兵，斬師道首，詣弘正降，取十有二州以獻。” 南征：征伐南方。《書·仲虺之誥》：“東征西夷怨，南征北狄怨。”韓愈《送區弘南歸》：“穆昔南征軍不歸，蟲沙猿鶴伏以飛。汹汹洞庭莽翠微，九疑鑱天荒是非。” 東伐：向東討伐。杜牧《張保皋鄭年傳》：“今國亂主遷，非公不能東伐，豈懷私忿時耶？”蘇洵《書論》：“今我奉承其志，舉兵而東伐，而東國之士女束帛以迎我，紂之兵倒戈以納我。” 北定：北討而平定之。鄭獬《武侯論》：“先帝三顧臣於草廬之中，由是感激。今獎率三軍，北定中原，此臣所以報先帝之職分也。”胡宏《上光堯皇帝書》：“自此以降，如曹、魏、晉、宋、齊、梁、陳、隋，得尊位者皆本于篡弑，以三綱爲虛假，以神化爲茫昧，以智術

爲紀綱,以利勢爲權柄,前後相因,莫之能革。故五部雲擾,慇懷遷死,神州陸沈,蹙足江表,終不能申大義,踰河而北定中原也。” 元勛:有極大功績的人。《三國志・高柔傳》:“逮至漢初,蕭曹之儔並以元勛代作心膂。”《舊唐書・郭子儀傳》:“帝以子儀、光弼俱是元勛,難相統屬,故不立元帥,唯以中官魚朝恩爲觀軍容宣慰使。” 茂績:豐功偉績。《後漢書・朱祐景丹等傳論》:“英姿茂績,委而無用。”潘岳《楊荆州誄》:“忠節克明,茂績惟嘉。” 肆:迨,及至。韓愈《順宗實錄》:“惟皇天佑命烈祖,誕受方國,九聖儲祉,萬邦咸休。肆予一人,獲纘丕業,嚴恭守位,不遑暇逸。”岳珂《桯史・周益公降官》:“惟光宗興念於元僚,亦屢分於閫寄;肆陛下曲憐其末路,爰俾遂於裏居。” 心膂:喻主要的輔佐人員,亦以喻親信得力之人。《三國志・周瑜傳》:“入作心膂,出爲爪牙。”司空圖《太尉琅琊王公中生祠碑》:“心膂連營,蓄雷霆於北落;股肱重鎮,寄柱石於東門。”喻重要的部門或職任。庾亮《讓中書監表》:“今以臣之才,兼如此之嫌,而使内處心膂,外總兵權,以此求治,未之聞也。” 輔弼:輔佐,輔助。《國語・吳語》:“昔吾先王,世有輔弼之臣,以能遂疑計惡,以不陷於大難。”吳兢《貞觀政要・求諫》:“太宗曰:‘公言是也! 人君必須忠良輔弼,乃得身安國寧。’” 藩宣:比喻衛國重臣。語本《詩・大雅・崧高》:“四國于蕃,四方于宣。”馬瑞辰通釋:“‘宣’,當爲‘垣’之假借……‘四國于蕃,四方于宣’猶《板》之詩:‘價人維藩,大師維垣’也。”白居易《杭州刺史謝上表》:“合當鼎鑊之誅,尚忝藩宣之寄。” 推誠:以誠心相待。《淮南子・主術訓》:“塊然保真,抱德推誠,天下從之,如響之應聲,景之象形。”《魏書・高祖紀》:“凡爲人君,患於不均,不能推誠御物。”無比:無與倫比。《漢書・霍去病傳》:“於今尊貴無比。”權德輿《雜興五首》四:“乳燕雙飛鶯亂啼,百花如繡照深閨。新妝對鏡知無比,微笑時時出甌犀。”

　　⑤ 小子:舊時自稱謙詞,也包括皇帝在内。元稹《贈鄭餘慶太保

制》：“況朕小子，獲承祖宗，實賴一二元老朝夕教誨，以儀刑於四方。”錢珝《授張濬特進守右僕射依前充諸道租庸使制》：“先皇帝爰立作相，朕小子圖任舊人。” 丕圖：猶大業，宏圖。白居易《答黃裳請上尊號表制》：“朕以薄德，嗣守丕圖。不敢荒寧，以弘理道。”《宋史·禮志》：“非臣否德，肇此丕圖。實賴先正儲休，上玄降鑒。” 嗣守：繼承並遵守和保持。《晉書·慕容超載記》：“今陛下嗣守社稷，不宜以私親之故而降統天之尊。”韓愈《順宗實錄》：“朕嗣守洪業，敷弘理道。” 不遑：無暇，沒有閑暇。《詩·小雅·四牡》：“王事靡盬，不遑啟處。”《舊唐書·裴度傳》：“度受命之日，搜兵補卒，不遑寢息。” 何暇：哪里有閑暇。韋曜《博弈論》：“君子之居室也，勤身以致養；其在朝也，竭命以納忠。臨事且猶旰食，而何暇博弈之足耽？”引申爲哪里談得上。曹冏《六代論》：“譬之種樹，久則深固其根本，茂盛其枝葉，若造次徙於山林之中，植於宮闕之下，雖壅之以黑墳，暖之於春日，猶不救於枯槁，何暇繁育哉？”盧諶《贈崔溫》：“苟云免罪戾，何暇收民譽？” 恢復：《文選·班固〈東都賦〉》：“系唐統，接漢緒，茂育群生，恢復疆宇。”劉良注：“恢，大也，大復前後之疆宇。”後凡失而復得或回復原狀皆稱“恢復”。《新五代史·李景世家》：“苟不能恢復内地，申畫邊疆，便議班旋，真同戲劇。” “而承元請覲”兩句：事見《舊唐書·穆宗紀》：“（元和十五年十月庚辰）成德軍節度使王承宗卒，其弟承元上表請朝廷命帥……乙酉，以魏博等州節度觀察等使、光禄大夫、檢校司徒兼侍中、魏博大都督府長史、上柱國、沂國公、食邑三千户、實封三百户田弘正可檢校司徒兼中書令、鎮州大都督府長史、成德軍節度、鎮冀深趙等州觀察處置等使。” 覲：泛稱朝見帝王。《新唐書·李錡傳》：“憲宗即位，不假借方鎮，故倔强者稍稍入朝。錡不自安，亦三請覲。”權德輿《陸宣公翰苑集序》：“覲見之日，天子爲之興，改容叙吊，優禮如此。” 冀部：即成德軍節度府，它轄有鎮、冀、深、趙四州，故以冀部代稱。韓愈《請上尊號表》：“今天子……不謀於庭，不戰於野，坐收冀部，旋定幽都。"宋庠《賢良等科廷試設次札子》："臣等伏以冀部不幸，決溢爲灾。"　勛賢：有功勛有才能的人。元稹《故中書令贈太尉沂國公墓誌銘》："十五年，會上新即位，成德表帥，上曰：'非吾勛賢，莫可入者。'"白居易《與王承宗詔》："朕以卿累代積勛賢之業，一門有忠義之風。功著艱危，恩連姻戚。"　是用：因此。柳宗元《送幸南容歸使聯句詩序》："冬十有二月，朝右禮備，復於轅門。我同升之友，是用榮其趣舍，惜其離曠，卜兹良夜，詠嘆其美。"李德裕《祭唐叔文》："屬淮雨爲灾，粢盛將廢。是用率兹祀典，以榮閟宮。"　元老：天子的老臣，後稱年耆、資望皆高的大臣。《後漢書·章帝紀》："行太尉事節鄉侯熹三世在位，爲國元老。"唐時宰相相呼爲元老。李肇《唐國史補》卷下："宰相相呼爲元老，或曰堂老。"田弘正當時位兼三公，故稱。

⑥ 諸將：諸多將領。劉希夷《將軍行》："將軍闢轅門，耿介當風立。諸將欲言事，逡巡不敢入。"盧象《雜詩二首》一："死生遼海戰，雨雪薊門行。諸將封侯盡，論功獨不成。"　懋官：謂授官以示勉勵。《書·仲虺之誥》："德懋懋官，功懋懋賞。"孔傳："勉於德者，則勉之以官。"陸贄《渾瑊侍中制》："論道經邦，興戎定亂。執是二柄，毗予一人。得諸全才，康濟大難。懋官胙土，備舉彝章。"　三軍：軍隊的通稱。李頎《古意》："遼東小婦年十五，慣彈琵琶解歌舞。今爲羌笛出塞聲，使我三軍淚如雨。"劉長卿《奉餞鄭中丞罷浙西節度還京》："天上移將星，元戎罷龍節。三軍含怨慕，橫吹聲斷絶。"　厚賞：豐厚的獎賞。楊譚《兵部奏桂州破西原賊露布》："臣遂激勸將士，宣傳聖旨，誘以厚賞，使其盡節。"李翰《三名臣論（管樂諸葛）》："然窺其軍令，迹其用法，必俟中原克復，然後厚賞寬刑。"　復：還，返回。王維《送孟六歸襄陽》："杜門不復出，久與世情疏。以此爲良策，勸君歸舊廬。"崔顥《黃鶴樓》："昔人已乘白雲去，此地空餘黃鶴樓。黃鶴一去不復返，白雲千載空悠悠。"　租入：繳納的賦稅。柳宗元《捕蛇者説》："募

有能捕之者,當其租入。"元稹《故中書令贈太尉沂國公墓誌銘》:"赦死罪,復租入。" 蒸黎:百姓,黎民。杜甫《石龕》:"奈何漁陽騎,颯颯驚蒸黎。"司馬光《祭雷道矩文》:"獨我友生,煩冤涕洟。恨此膏澤,不霑蒸黎。"

⑦ 梟音:邪惡之聲,惡逆之聲。元稹《桐花》:"奸聲不入耳,巧言寧孔壬。梟音亦云革,安得淰與裖?"馮宿《魏府狄梁公祠堂碑》:"鳳鳴而梟音革,蘭芳而棘刺死。甘醴湧而盜泉竭,慶雲飛而濁祲消。" 狼顧:狼行走時,常轉過頭看,比喻壞人如狼之視物,不肯輕易放棄,形容凶狠而貪婪地企圖攫取。陳琳《檄吳將校部曲文》:"自董卓作亂,以迄於今……鋒捍特起,鶚視狼顧,爭爲梟雄者,不可勝數。"《晉書·劉聰載記》:"石勒鴟視趙魏,曹嶷狼顧東齊。" 忠良:忠誠善良的人。《左傳·成公十六年》:"信讒慝而棄忠良,若諸侯何?"鮑照《代出自薊北門行》:"時危見臣節,世亂識忠良。" 恣:放縱,放肆。《呂氏春秋·適威》:"驕則恣,恣則極物。"王安石《上杜學士書》:"雖將相大臣,氣勢烜爀,上所尊寵,文書指麾,勢不得恣。" 殘賊:指凶殘暴虐的人。董仲舒《春秋繁露·暖燠熟多》:"桀,天下之殘賊也;湯,天下之盛德也。"高適《燕歌行》:"漢家煙塵在東北,漢將辭家破殘賊。" 臨軒:皇帝不坐正殿而御前殿,殿前堂陛之間近檐處兩邊有檻楯,如車之軒,故稱。《後漢書·李膺傳》:"讓訴冤於帝,詔膺入殿,御親臨軒,詰以不先請便加誅辟之意。"王維《少年行四首》四:"漢家君臣歡宴終,高議雲臺論戰功。天子臨軒賜侯印,將軍佩出明光宮。" 震悼:驚愕悲悼。《楚辭·九章·抽思》:"願承閑而自察兮,心震悼而不敢。"《陳書·徐陵傳》:"奄然殞逝,震悼於懷。" 撫几:憑几,拍几,表示感嘆。陸機《赴洛中道中作》:"撫几不能寐,振衣獨長想。"《南史·韋叡傳》:"帝見叡甚悅,撫几曰:'佗日見君之面,今日見君之心,吾事就矣!'" 驚嗟:猶驚嘆。《南史·曹景宗傳》:"(沈)約及朝賢驚嗟竟日。"蘇舜欽《王公行狀》:"一日,以所著文獻於文正,文正覽之驚嗟,

親爲作詩以美之。”　乎:嘆詞,相當於"啊"。《史記·秦始皇本紀》:"天乎! 吾無罪!"韓愈《答元侍御書》:"微之乎! 子眞安而樂之者!"不仁:無仁厚之德,殘暴。《易·繫辭》:"小人不恥不仁,不畏不義。"《漢書·翟方進傳》:"不仁而多材,國之患也。"

⑧ 君父:特稱天子。元稹《贈田弘正父庭玠等》:"朕以眇身,欽承大寶。爲億兆人之君父,奉十一聖之宗祧。"蘇軾《再論積欠六事四事札子》:"只爲朝廷惜錢,不爲君父惜民,類皆如此。"　祖宗:特指帝王的祖先。白居易《賀雨》:"帝曰予一人,繼天承祖宗。"牛僧孺《請祧遷元宗廟主奏》:"則知天子上祭七代,典籍通規,祖宗功德,不在其數。"　肆:縱恣。《左傳·昭公十二年》:"昔穆王欲肆其心,周行天下。"《論語·陽貨》:"古之狂也肆,今之狂也蕩。"　舟楫:比喻宰輔之臣。《書·説命》:"若濟巨川,用汝作舟楫。"葛洪《抱朴子·嘉遯》:"夫有唐所以巍巍,重華所以恭己……漢高所以應天,未有不致群賢爲六翮,託豪傑爲舟楫者也。"　鯨鯢:即鯨,雄曰鯨,雌曰鯢,比喻凶惡的敵人。李白《中丞宋公以吳兵三千赴河南軍次尋陽脱余之囚參謀幕府因贈之》:"戎虜行當翦,鯨鯢立可誅。自憐非劇孟,何以佐良圖?"劉禹錫《美温尚書鎮定興元以詩寄賀》:"旌旗入境犬無聲,戮盡鯨鯢漢水清。從此世人開耳目,始知名將出書生。"　啗:食,吃。《史記·項羽本紀》:"樊噲覆其盾於地,加彘肩上,拔劍切而啗之。"《北史·魏濟陰王暉業傳》:"暉業以時運漸謝,不復圖全,唯事飲啗,一日三羊,三日一犢。"　股肱:原指大腿和胳膊,這裏比喻左右輔佐之臣。《書·益稷》:"臣作朕股肱耳目。"《漢書·蘇武傳》:"上思股肱之美,乃圖畫其人於麒麟閣,法其形貌,署其官爵姓名。"　蛇豕:長蛇封豕,比喻貪殘害人者。語出《左傳·定公四年》:"吳爲封豕長蛇,以薦食上國。"杜預注:"言吳貪害如蛇豕。"李咸用《題陳正字林亭》:"家林蛇豕方群起,宮沼龜龍未有期。"　因循:保守,守舊。吕温《簡獲隱户奏》:"臣不敢因循,設法團定,簡獲隱户,數約萬餘。"崔蠡《請停國忌

行香奏》："昨日閤中再求顧問，雖因循未變，亦無損于盛朝。" 忍耻：忍受耻辱。《左傳·哀公二十七年》："以能忍耻，庶無害趙宗乎？"杜牧《題烏江亭》："勝敗兵家事不期，包羞忍耻是男兒。" 僶俛：勉强。《文選·陸機〈文賦〉》："在有無而僶俛，當淺深而不讓。"李善注："僶俛，由勉强也。"白居易《爲宰相謝官表（爲微之作）》："若又僶俛安懷，因循保位，不惟恩德是負，實亦軍國可憂。" 偷安：祇圖目前的安逸，苟安。《史記·秦始皇本紀》："小人乘非位，莫不悅惚失守，偷安日日。"司馬光《遺表》："臣竊見十年以來，天下以言爲諱，大臣偷安於祿位，小臣苟免於罪戾。閭閻之民，憔悴困窮，無所控告。宗廟社稷，危於累卵，可爲寒心。" 非唯：不祇，不僅。《左傳·昭公八年》："子大叔曰：'若何吊也？其非唯我賀，將天下實賀。'"司馬相如《封禪文》："非唯雨之，又潤澤之。" 傷心：心靈受傷，形容極其悲痛。司馬遷《報任少卿書》："故禍莫憯於欲利，悲莫痛於傷心。"陸游《重過沈園作》一："傷心橋下春波綠，曾是驚鴻照影來。" 謁：稟告，陳説。《禮記·月令》："〔孟春之月〕先立春三日，太史謁之天子曰：'某日立春。'"鄭玄注："謁，告也。"《史記·蘇秦列傳》："臣聞明王務聞其過，不欲聞其善，臣謂謁王之過。" 陵廟：陵墓與宗廟。《南史·謝裕傳》："安泰以令史職拜謁陵廟，爲御史中丞鄭鮮之所糾，白衣領職。"《新唐書·姜慶傳》："故事，太常職奉陵廟。"

⑨ 人神：人與神。班固《東都賦》："人神之和允洽，群臣之序既肅。"曹植《洛神賦》："恨人神之道殊兮，怨盛年之莫當。" 憤：憤怒，怨恨。宋玉《大言賦》："壯士憤兮絶天維，北斗戾兮太山夷。"陳子昂《國殤文》："徒手奮呼誰救哉？含憤沉怒志未迴。" 卿士：指卿、大夫，後用以泛指官吏。《書·牧誓》："是信是使，是以爲大夫卿士。"孫星衍疏："大夫卿士不云卿大夫士，蓋以此士，卿之屬也。"《史記·宋微子世家》："殷既小大好草竊奸宄，卿士師師非度，皆有罪辜，乃無維獲，小民乃並興，相爲敵仇。" 叶謀：合謀，共謀。張九齡《賀北庭解

圍狀》："此皆陛下聖武，將士恭行，遠必叶謀，動無遺策，能令氛祲，坐
自廓清。"《舊五代史·漢隱帝紀》："內則稟太后之慈訓，外則仗多士
之忠勛，股肱叶謀，爪牙宣力。"　　誅夷：殺戮，誅殺。《史記·封禪
書》："人有上書告新垣平所言氣神事皆詐也，下平吏治，誅夷新垣
平。"蘇軾《到常州謝表二首》一："伏念臣所犯罪戾，本合誅夷。向非
先帝之至明，豈有餘生於今日？"　　冤痛：指爲他人感到冤屈悲痛。
《三國志·楊俊傳》："黃初三年，車駕至宛，以市不豐樂，發怒收俊。
尚書僕射司馬宣王、常侍王象、荀緯請俊，叩頭流血，帝不許。俊曰：
'臣知罪矣！'遂自殺，眾冤痛之。"何薳《春渚紀聞·叔夜有道之士》：
"余觀嵇中散被譖就刑，冤痛甚矣！"　　興師：舉兵，起兵。《詩·秦
風·無衣》："王於興師，修我戈矛，與子同仇。"蘇軾《代張方平諫用兵
書》："興師十萬，日費千金。"　　進討：進攻討伐。《後漢書·耿弇傳》：
"因詔弇進討張步。"陸贄《誅李懷光後原宥河中將吏並招諭淮西詔》：
"因茲大慶，使洽鴻恩，諸道應與淮西接連，宜且各守封境，非被侵軼，
不須進討。"　　翦：消滅，削弱。《左傳·宣公十二年》："其翦以賜諸
侯，使臣妾之，亦唯命。"杜預注："翦，削也。"沈約《齊故安陸昭王碑
文》："不待赭污之權，而奸渠必翦。"　　奸凶：指奸詐凶惡的人。諸葛
亮《出師表》："庶竭駑鈍，攘除奸凶。"李翱《祭中書韋相公文》："升俊
良之滯淹，摧奸凶之熾盛。"　　義勇：指義勇的人。《後漢書·張酺
傳》："酺雖儒者，而性剛斷，下車擢用義勇，搏擊豪強。"呂溫《代李尚
書賀生擒李錡表》："果得義勇叶心，鬼神假手。大旆迴指，長戟合圍。
兵火之氣天運，金鼓之聲海動。曾不終夜，遂擒元凶。"　　倉卒：亦作
"倉猝"，匆忙急迫。《漢書·王嘉傳》："今諸大夫有材能者甚少，宜豫
畜養可成就者……臨事倉卒迺求，非所以明朝廷也。"王充《論衡·逢
遇》："倉猝之業，須臾之名。"　　變動：變亂，動亂。劉向《列女傳·魯
臧孫母》："凡奸將作，必於變動害子者，其於斯發事乎！汝其戒之。"
《隋書·天文志》："天下變動，心星見祥。"　　眾謀：眾人的謀略。辨機

《大唐西域記贊》：“側聞餘論，考厥衆謀，競黨專門之義，俱嫉異道之學。”段文昌《平淮西碑》：“天子淵默以思，霆馳以斷，獨發宸慮，不詢衆謀。” 魁：首領，領頭人。《後漢書·黨錮傳序》：“刻石立墠，共爲部黨，而（張）儉爲之魁。”李賢注：“魁，大帥也。”韓愈《故幽州節度判官贈給事中清河張君墓誌銘》：“守者以告其魁，魁與其徒皆駭。”

⑩ 魏博：節度使府名。《舊唐書·地理志》：“魏博節度使，治魏州，管魏、貝、博、相、澶、衛六州。”王建《朝天詞十首寄上魏博田侍中》二：“相感君臣總淚流，恩深舞蹈不知休。初從戰地來無物，唯奏新添十八州。”孟郊《魏博田興尚書聽嫂命不立非夫人詩》：“魏博田尚書，與禮相綢繆。善詞聞天下，一日一再周。” 橫海：節度使府名，又名義昌軍節度使府。《舊唐書·憲宗紀》：“（元和十三年十一月）壬寅，以河陽節度使烏重胤爲滄州刺史、橫海軍節度、滄景德棣觀察等使。”陸贄《嘉王橫海軍節度使制》：“開府儀同三司嘉王運……可橫海軍節度使、滄景等州觀察處置等使，勛封如故。”李翱《唐故橫海軍節度齊棣滄景等州觀察處置等使傅公神道碑》：“傅爲古姓，介子誅樓蘭王，封義陽侯；俊爲二十八將，功高稱於兩漢……” 昭義：節度使府名，《舊唐書·地理志》：“昭義軍節度使，治潞州，領潞、澤、邢、洺、磁五州。”顧非熊《送李相公昭義平復起彼宣慰員外副行》：“天井雖收寇未平，所司促戰急王程。曉馳雲騎穿花去，夜與星郎帶月行。”李商隱《行次昭應縣道上送戶部李郎中充昭義攻討》：“將軍大旆掃狂童，詔選名賢贊武功。暫逐虎牙臨故絳，遠含雞舌過新豐。” 河東：節度使府名，《舊唐書·地理志》：“河東節度使，治太原府，管汾、遼、沁、嵐、石、忻、憲等州。”杜審言《和李大夫嗣真奉使存撫河東》：“六位乾坤動，三微曆數遷。謳歌移大德，圖讖在金天。”王昌齡《駕幸河東》：“晉水千廬合，汾橋萬國從。開唐天業盛，入沛聖恩濃。” 義武：節度使府名，《舊唐書·地理志》：“義武軍節度使，治定州，領易、祁二州。”權德輿《九華觀宴餞崔十七叔判官赴義武幕兼呈書記蕭挍書》：“炎光三

伏晝，洞府宜幽步。宿雨潤芝田，鮮風搖桂樹。”元稹《加陳楚檢校左
僕射義武軍節度使制》：“自非國之干城，物之利器，安能爲我保障，芟
夷寇仇？” 全軍：整個軍隊。劉長卿《送孔巢父赴河南軍》：“江南相
送隔烟波，況復新秋一雁過。聞道全軍征北虜，又言詩將會南河。”賈
島《贈李金州》：“泝流隨大旆，登岸見全軍。曉角吹人夢，秋風卷雁
群。” 界首：邊界前緣，交界的地方。《後漢書·董宣傳》：“今勒兵界
首，檄到，幸思自安之宜。”《梁書·范岫傳》：“永明中，魏使至，有詔妙
選朝士有詞辯者，接使於界首，以岫兼淮陰長史迎焉！” 書檄：書簡
與檄文，泛指文書。《三國志·王粲傳》：“太祖並以琳、瑀爲司空軍謀
祭酒，管記室，軍國書檄，多琳、瑀所作也。”蘇軾《送表弟程六知楚
州》：“我正含毫紫微閣，病眼昏花困書檄。” 朝旨：朝廷的旨意。任
昉《齊竟陵文宣王行狀》：“朝旨以董司岳牧，敷興邦教。”《南史·王鎮
之傳》：“有鮮于文粲與晏子德元往來，密探朝旨，告晏有異志。”

⑪ 首謀：最先謀劃。《北齊書·張雕傳》：“今者之諫，臣實首謀，
意善功惡，無所逃死。”《舊唐書·高祖紀》：“群賊蜂起，江都阻絕，太
宗與晉陽令劉文靜首謀，勸舉義兵。”主犯。劉知幾《史通·惑經》：
“而《春秋》捐其首謀，捨其親弒，亦何異魯酒薄而邯鄲圍，城門火而池
魚及。” 扇動：煽動，鼓動。孫楚《爲石仲容與孫晧書》：“二邦合從，
東西唱和，互相扇動，距捍中國。”《宋書·柳元景傳》：“〔龐季明〕招廬
氏少年進入宜陽苟公谷，以扇動義心。” 處置：安排，處理。《漢書·
薛宣傳》：“宣知惠不能，留彭城數日，案行舍中，處置什器，觀視園菜，
終不問惠以吏事。”處罰，懲治。孔平仲《續世説·直諫》：“今日中宮
有罪，未聞處置；御史無過，却先貶官。遠近聞之，實損聖德。” 束
身：自縛其身，表示歸順。羅隱《讒書·婦人之仁》：“漢祖得天下，而
良、平之功不少焉！吾觀留侯破家以仇韓，曲逆束身以歸漢，則有爲
之用，先見之明，又何以加焉！”約束自己，謂不放縱。袁宏《後漢紀·
和帝紀下》：“臣暢知大貸不可再得，束身不敢復出。” 歸朝：歸附朝

廷。《舊唐書·憲宗紀》：“賊吳元濟上表，請束身歸朝。”陸游《老學庵筆記》卷五：“鄧王乃錢俶歸朝後所封。”　三品：九品等級中的一級，九品是古代官吏的等級，始於魏晉，從一品到九品，共分九等，北魏時每品各分正、從，第四品起正、從又各分上下階，共爲三十等，唐宋文職與北魏同。劉禹錫《白舍人見酬拙詩因以寄謝》：“雖陪三品散班中，資歷從來事不同。名姓也曾鐫石柱，詩篇未得上屏風。”白居易《南亭對酒送春》：“刺史二千石，亦不爲賤貧。天下三品官，多老於我身。”　正員：正式編制內的人員。張鷟《朝野僉載》卷一：“選司考練，總是假手冒名。勢家囑請手不把筆，即送東司；眼不識文，被舉南舘；正員不足，權補試攝。”《新五代史·豆盧革傳》：“責授革費州司戶參軍，（韋）說夷州司戶參軍，皆員外置同正員。”　實封：古代封建國家名義上封賜給功臣貴戚食邑的戶數與實際封賞數往往不符，實際上賜與的封戶叫實封。張九齡《諸王實封制》：“既申開國之典，宜崇書社之數，可各食實封二千戶，主者施行。”陸贄《李晟司徒兼中書令制》：“李晟……可司徒兼中書令，仍賜實封一千戶，餘並如故。”

⑫　一切：副詞，一概，一律。《史記·李斯列傳》：“諸侯人來事秦者，大抵爲其主游閑於秦耳！請一切逐客。”司馬貞索隱：“一切猶一例，言盡逐之也。言切者，譬若利刃之割，一運斤無不斷者。”《後漢書·光武帝紀》：“詔隴蜀民被略爲奴婢自訟者，及獄官未報，一切免爲庶民。”　不問：不依法處分，不追究刑事責任。韓愈《論淮西事宜狀》：“朕即赦元濟不問，迴軍討之。”劉禹錫《賀德音表》：“非同謀者，一切不問；未結正者，三宥從寬。”　勸諭：勸勉曉喻。劉仁軌《盟新羅百濟文》：“仍遣使人、右威衛將軍魯城縣公劉仁願親臨勸諭，具宣成旨，約之以婚姻，申之以盟誓。”王維《六祖能禪師碑銘》：“則天太后、孝和皇帝並敕書勸諭，徵赴京城。”　翻然改圖：迅速改變過來，另作打算。《三國志·呂凱傳》：“將軍若能翻然改圖，易迹更步，古人不難追，鄙土何足宰哉！”《陳書·陳寶應傳》：“若能翻然改圖，因機立功，

非止肆眚,乃加賞擢。"　　寵擢:寵愛提拔。白居易《與楊虞卿書》:"當
其在近職時,自惟賤陋,非次寵擢,夙夜腆愧,思有以稱之。"《資治通
鑑·唐玄宗天寶十三年》:"〔安祿山〕見上於華清宫,泣曰:'臣本胡
人,陛下寵擢至此,爲國忠所疾,臣無死日矣!'"　　遂迷不寤:執迷不
悟,堅持錯誤而不覺悟,亦作"遂迷忘反"。《南齊書·顧憲之傳》:"竊
尋民之多僞,實由宋季軍旅繁興,役賦殷重,不堪勤劇,倚巧祈優,積
習生常,遂迷忘反。"　　翦滅:消滅。《左傳·成公二年》:"余姑翦滅此
而朝食。"《舊唐書·韓思復傳》:"思復以爲蝗蟲是天灾,當修德以禳
之,恐非人力所能翦滅。"　　用師:使用軍隊作戰。《左傳·襄公四
年》:"〔寒浞〕使澆用師,滅斟灌及斟尋氏。"韓愈《與鄂州柳中丞書》:
"夫一衆人心力耳目,使所至如時雨,三代用師,不出是道。"

　　⑬　效忠:竭盡忠誠。王逸《九思·守志》:"伊我後兮不聰,焉陳
誠兮效忠?"《新唐書·陸贄傳》:"接不以禮則其徇義輕,撫不以情則
其效忠薄。"　　懸賞:出具賞格。陸賈《新語·道基》:"於是皋陶乃立
獄制罪,懸賞設罰,異是非,明好惡。"歐陽修《論捕盜賞罰札子》:"臣
伏見方今天下,盜賊縱橫……得一捕賊可使之人,則必須特示旌酬以
行激勵,苟或未能者,猶須懸賞以待之。"　　凶渠:凶徒的首領,元凶。
《舊唐書·段秀實傳》:"誓碎凶渠之首,以敵君父之仇,視死如歸,履
虎致咥。"《資治通鑑·宋順帝昇明元年》:"凶渠逆黨,盡已梟夷。"胡
三省注:"凶渠,謂渠魁也。"　　節級:次第。《魏書·釋老志》:"年常度
僧……若無精行,不得濫採。若取非人,刺史爲首,以違旨論,太守、
縣令、綱僚節級連坐,統及維那移五百里外異州爲僧。"沈括《夢溪筆
談·藥議》:"其意以爲藥雖衆,主病者專在一物,其他則節級相爲用,
大略相統制,如此爲宜。"　　歸順:指向敵對勢力投誠、歸降。《魏書·
昭成帝紀》:"虎死,子務桓立,始來歸順。"韓愈《論淮西事宜狀》:"銷
其凶悖之心,貸以生全之幸,自然相率棄逆歸順。"　　三資:謂三級。
陸贄《奉天改元大赦制》:"其應在行營者,並超三資與官,仍賜勳五

轉；不離鎮者，依資與官，賜勛三轉。"王摶《命錢鏐討董昌詔》："如有梟戮生擒董昌者，授三品正員，當錢一萬貫。如先有官者，超三資酬獎。"　轉改：遷升轉任官職。《舊唐書·憲宗紀》："(元和七年八月)戊申制：'……諸使府參佐、檢校官，從元授官月日計，如是五品已上官及臺省官，經三十個月外，任與轉改；餘官經三十六個月奏轉改。'"《舊唐書·崔鄆傳》："陛下用臣爲侍講，半歲有餘，未嘗問臣經義。今蒙轉改，實慚尸素，有愧厚恩。"

⑭　行營：出征時的軍營，亦指軍事長官的駐地辦事處。庾信《詠畫屏風詩》之一五："淺草開長埒，行營繞細厨。"劉長卿《寄李侍郎中丞行營五十韵》："吳山依重鎮，江月帶行營。"　前例：先前的事例。《南齊書·陸慧曉傳》："(王)融曰：'兩賢同時，便是未有前例。'"《南史·王儉傳》："魯有靈光殿，漢之前例也。"　處分：處理，處置。《玉臺新詠·古詩〈爲焦仲卿妻作〉》："處分適兄意，那得自任專?"元結《奏免科率狀》："容其見在百姓，產業稍成，逃亡歸復，似可存活，即請依常例處分。"　守節：堅守節操。《左傳·成公十五年》："聖達節，次守節，下失節。"韓愈《論孔戣致仕狀》："戣爲人守節清苦，議論平正。"王事：特指朝聘、會盟、征伐等王朝大事。《易·坤》："或從王事，無成有終。"高亨注："從征者有人未立功亦得賞，是無成有終。"《禮記·喪大記》："既葬，與人立。君言王事，不言國事。"孫希旦集解："王事，謂朝聘、會盟、征伐之事。"　褒贈：謂爲嘉獎死者而贈予其官爵。白居易《贈劉總太尉册文》："兹朕所以廢朝軫念，備禮加恩，庸建爾於上公：蓋褒贈之崇重者也。"《舊唐書·李適之傳》："於是下詔追贈承乾爲恒山滔王，象爲越州都督、郇國公，伯父厥及亡兄數人並有褒贈。"追贈：死後贈官。《後漢書·公孫述傳》："初，常少、張隆勸述降，不從，並以憂死。帝下詔追贈少爲太常，隆爲光禄勛。"韓愈《馬府君行狀》："其弟少府監暢，上印綬，求追贈。"

⑮　殺戮：殺害，屠殺。《書·吕刑》："殺戮無辜，爰始淫爲劓、刵、

柝、黥。”杜甫《佳人》:“兄弟遭殺戮,官高何足論!”　　廬舍:房屋,住宅。《史記·項羽本紀》:“項羽乃悉引兵渡河,皆沉船,破釜甑,燒廬舍,持三日糧,以示士卒必死,無一還心。”蘇洵《田制》:“塞谿壑,平澗谷,夷丘陵,破墳墓,壞廬舍,徙城郭,易疆壠。”　　掠奪:搶劫,強取。荀悦《申鑒·政體》:“偷竊則民備之,備之而不得,則暴迫而取之,謂之掠奪。”《後漢書·朱穆傳》:“牧守長吏,多非德選……又掠奪百姓,皆託之尊府。”　　資產:資財,產業。《後漢書·崔駰傳》:“葬訖,資產竭盡,因窮困,以酤釀販鬻爲業。”封演《封氏聞見記·除蠹》:“因自詣郡,具言‘陳氏豪暴日久,謹已除之,計其資產,足充當縣一年稅租’。”拘執:拘捕。《史記·李斯列傳》:“李斯拘執束縛,居囹圄中。”《舊唐書·哥舒翰傳》:“及遇羯賊,旋致敗亡,天子以之播遷,自身以之拘執,此皆命帥而不得其人也。”　　俘馘:生俘的敵人和被殺的敵人的左耳。《左傳·僖公二十二年》:“丙子晨,鄭文夫人芈氏、姜氏勞楚子於柯澤,楚子使師縉示之俘馘。”杜預注:“俘,所得囚;馘,所截耳。”孔穎達疏:“俘者,生執囚之;馘者,殺其人截取其左耳,欲以計功也。”指被俘虜者。《左傳·成公三年》:“臣不才,不勝其任,以爲俘馘。”楊伯峻注:“知罃實被‘俘’,而未被‘馘’,此‘馘’字是連類而及之詞。”《舊五代史·唐明宗紀》:“辛酉,帝御咸安樓受定州俘馘,百官就列,宣露布於樓前。”　　酬獎:給以獎賞。《資治通鑑·宋文帝元嘉二十九年》:“歸義建績者,隨勞酬獎。”范仲淹《議守》:“少田處,許蕃部進納荒田,以遷資酬獎,或量給價直。”

　　⑯　農功:農事。《左傳·襄公十七年》:“宋皇國父爲大宰,爲平公築臺,妨於農收。子罕請俟農功之畢,公弗許。”晁錯《論貴粟疏》:“一曰主用足,二曰民賦少,三曰勸農功。”　　耕織:耕種紡織,猶言農桑。《管子·幼官》:“三會諸侯,令曰:‘田租百取五,市賦百取二,關賦百取一,毋乏耕織之器。’”《後漢書·梁鴻傳》:“乃共入霸陵山中,以耕織爲業。”　　軍務:軍中事務,軍事任務。《三國志·孫瑜傳》:“是

時諸將皆以軍務爲事,而瑜好樂墳典。"杜甫《詠懷古迹五首》五:"運移漢祚終難復,志決身殲軍務勞。" 干擾:干犯擾亂,騷擾。《三國志·陸遜傳》:"斬首獲生,凡千餘人。其所生得,皆加營護,不令兵士干擾侵侮。"常袞《放京畿丁役及免稅制》:"所由不得輒有干擾,如官典隱盜在腹內及有欠負者,不在免限。" 和雇:古代官府出價雇用人力。魏徵《十漸疏》:"雜匠之徒,下日悉留和雇;正兵之輩,上番多別驅使。"蘇轍《論雇河夫不便札子》:"兼訪聞河上人夫亦自難得,名爲和雇,實多抑配。"

⑰ 長行:遠行。張九齡《敕磧西支度等使章仇兼瓊書》:"西庭既無節度,緩急不相爲憂,藉卿使車,兼有提振,不獨長行轉運營田而已。"《舊唐書·穆宗紀》:"上於馭軍之道,未得其要,常云宜姑息戎臣。故即位之初,傾府庫頒賞之。長行所獲,人至鉅萬。非時賜與,不可勝紀。" 優厚:豐厚,亦特指禮遇、待遇的優渥。《宋書·彭城王義康傳》:"資奉優厚,信賜相係,朝廷大事,皆報示之。"范仲淹《答竊議》:"每來入朝,必召對命坐,賜與優厚,撫而遣之。" 褒賞:嘉獎,賞賜。《詩·大雅·崧高序》:"《崧高》,尹吉甫美宣王也。天下復平,能建國親諸侯,褒賞申伯焉!"孔穎達疏:"褒賞者,錫賚之名;車馬衣服,是褒賞之物也。"《資治通鑑·陳文帝天嘉元年》:"(八月)乙酉,詔紹封功臣,禮賜耆老,延訪直言,褒賞死事,追贈名德。" 幽陵:原指北狄拔野古歸附李唐之後所建幽陵都督府,後來代指安祿山盤踞並最終起兵作亂的幽州盧龍節度使府。《舊唐書·郭子儀傳》:"史臣曰:天寶之季,盜起幽陵。萬乘播遷,兩都覆沒。"《舊唐書·田弘正傳》:"伏念天寶已還,幽陵肇亂。山東奧壤,悉化戎墟。"本文以安史之亂喻指殺害田弘正的成德節度使的王庭湊及其同伙。 變擾:猶"搔擾",動亂不安,擾亂。王符《潛夫論·邊議》:"今邊陲搔擾,日放族禍,百姓晝夜望朝廷救己,而公卿以爲費煩不可。"《魏書·劉義隆傳》:"時義隆江北蕭條,境內搔擾。"這裏指安史之亂。 亂常:破杜

綱常，違反人倫。摯虞《思遊賦》：“唐則天而民咨兮，癸亂常而感虞。”王通《文中子·禮樂》：“子謂京房郭璞，古之亂常人也。”阮逸注：“二子並乖正經，亂人倫者也。”　賓寮：幕僚。白居易《韋審規可西川節度副使御史中丞制》：“其於張大光榮，與四方征鎮之賓寮不侔矣！”張齊賢《洛陽縉紳舊聞記·安中令大度》：“中令寬宏大度，不妄喜怒，事無大小，既與賓寮商議，至夜，必召劉某審之。”　台鉉：猶台鼎，鉉，鼎耳，以代鼎。鼎三足，有三公之象，故以喻宰輔重臣。《魏書·元禧傳》：“太尉位居台鉉，在冢宰之上。”白居易《贈杜佑太尉制》：“外領藩鎮，內參台鉉。積勤盡悴，迨過三紀。”本文喻指田弘正，時已被害。迷復：語出《易·復》：“上六，迷復，凶……象曰：迷復之凶，反君道也。”孔穎達疏：“以其迷暗不復，而反違於君道，故象云：‘迷復之凶，反君道也。’”後用以指迷失不改過，糊塗不醒悟。王禹偁《賀收復益州表》：“雖依九伐之法，特開三面之羅，尚敢嬰城，斯爲迷復。”邵雍《誡子吟》：“改圖不害爲君子，迷復終歸作小人。”　自新：自己改正錯誤，重新做人。《史記·孝文本紀》：“妾願没入爲官婢，贖父刑罪，使得自新。”葉適《代宗彥遠青詞》：“雖積罪以致禍，猶積哀而自新。”

⑱ 文牒：案卷，文書。韓愈《上留守鄭相公啓》：“盜相公文牒，竊注名姓於軍籍中，以陵駕府縣。”《舊唐書·崔器傳》：“器懼，所受賊文牒符敕一時焚之。”　異端：猶異志，離心。《宋書·武帝紀》：“既知毅不能居下，終爲異端，密圖之。”《南齊書·謝超宗傳》：“〔超宗〕協附奸邪，疑間忠烈，構扇異端，譏議時政。”　徵兵：謂徵集百姓服兵役。韓愈《與鄂州柳中丞書》：“徵兵滿萬，不如召募數千。”白居易《新豐折臂翁》：“無何天寶大徵兵，户有三丁點一丁。”　邊塞：邊疆地區的要塞，泛指邊疆。《史記·三王世家》：“宜專邊塞之思慮，暴骸中野無以報。”孟浩然《同張明府清鏡嘆》：“寄語邊塞人，如何久離别？”　狂詐：義近“狂夫”，指悖逆胡爲者。《墨子·非攻》：“武王乃攻狂夫，反商之周。”《漢書·息夫躬傳》：“如使狂夫嚎呼於東崖，匈奴飲馬於渭水，邊

竟雷動,四野風起,京師雖有武邊精兵,未有能窺左足而先應者也。"
甲兵:披甲的士兵,亦指軍隊。《荀子·王制》:"故不戰而勝,不攻而
得,甲兵不勞而天下服。"高蟾《宋汴道中》:"甲兵年正少,日久戍天
涯。" 備禦:防備。《國語·周語》:"將民之與處而離之,將災是備禦
而召之,則何以經國?"《三國志·呂蒙傳》:"又勸權夾水口立塢,所以
備禦甚精,曹公不能下而退。" 宣明:宣揚,顯揚。《漢書·元帝紀》:
"相守二千石誠能正躬勞力,宣明教化,以親萬姓,則六合之内和親,
庶幾虖無憂矣!"《後漢書·袁安傳》:"陛下奉承洪業,大開疆宇,大將
軍遠師討伐,席捲北庭,此誠宣明祖宗,崇立弘勛者也。" 告諭:曉
喻,曉示。《史記·殷本紀》:"盤庚乃告諭諸侯大臣。"元積《祭翰林白
學士太夫人文》:"問訊殘疾,告諭禮儀。"

⑲ 堯舜:唐堯和虞舜的並稱,遠古部落聯盟的首領,古史傳說中
的聖明君主。杜甫《奉贈韋左丞丈二十二韵》:"致君堯舜上,再使風
俗淳。此意竟蕭條,行歌非隱淪。"古之奇《秦人謠》:"微生祖龍代,却
思堯舜道。何人仕帝庭,拔殺指佞草?" 比屋:家家户户,常用以形
容衆多、普遍。《漢書·王莽傳》:"明聖之世,國多賢人,故唐虞之時,
可比屋而封。至功成事就,則加賞焉!"《三家詩拾遺》卷二:"《後漢·
楊終傳》:終聞堯舜之民,可比屋而封;桀紂之民,可比屋而誅。何者?
堯舜爲之堤防,桀紂示之驕奢也。" "虞芮之人"兩句:虞與芮是周初
之國名,相傳兩國有人曾因爭地興訟,到周求西伯姬昌平斷。事見
《史記·周本紀》:"於是虞、芮之人有獄不能決,乃如周。入界,耕者
皆讓畔,民俗皆讓長。虞、芮之人未見西伯,皆慚,相謂曰:'吾所爭,
周人所恥,何往爲?祇取辱耳!'遂還,俱讓而去。"後因以"虞芮"指能
謙讓息訟者。葛洪《抱朴子·用刑》:"但當先令而後誅,得情而勿喜,
使伯氏無怨於失邑,虞芮知恥而無訟耳!" 仁義:亦作"仁誼",仁愛
和正義,寬惠正直。《孟子·梁惠王》:"王何必曰利?亦有仁義而已
矣!"《漢書·食貨志》:"陵夷至於戰國,貴詐力而賤仁誼,先富有而後

禮讓。"　水火：謂水深火熱，比喻艱險的境地。《管子·法法》："蹈白
刃，受矢石，入水火，以聽上令。"《孟子·梁惠王》："簞食壺漿以迎王
師，豈有他哉？避水火也。"　忠信：忠誠信實。薛稷《唐故洛州洛陽
縣令鄭府君碑》："於是明察以斷，忠信以寬，奸利息機，則俗化醇厚。"
李蒙《南有嘉魚賦》："植忠信以自保，俟休明而觀國；屬王度之清夷，
復何求而不得？"　蠻貊：亦作"蠻貉"，古代稱南方和北方落後部族，
亦泛指四方落後部族。桓寬《鹽鐵論·通有》："求蠻貊之物以眩中
國，徙卭筰之貨致之東海。"岑參《陪狄員外早秋登府西樓因呈院中諸
公》："威聲振蠻貊，惠化鍾華陽。"

⑳ 化：改變人心風俗，教化，教育。《易·乾》："善世而不伐，德
博而化。"《東觀漢記·茨充傳》："建武中，桂陽太守茨充，教人種桑
蠶，人得其利。至今江南頗知蠶桑織履，皆充之化也。"　逮：追上，趕
上。《公羊傳·成公二年》："郤克眣魯衛之使，使以其辭而為之請，然
後許之，逮于袁婁而與之盟。"何休注："逮，及也，追及國佐于袁婁
也。"曹植《七啓》："縱輕體以迅赴，景追形而不逮。"　長理：宰治，治
理。元稹《祈雨九龍神文》："今夫蠢蠢何罪？物物何知？使不肖者長
理，而災害隨至，無乃天之降罰不得其所耶？"沈詢《授韋損鄆州節度
使制》："以爾才周物務，識洞事先。斷自余懷，得之長理。"　滿假：自
滿自大。《書·大禹謨》："克勤於邦，克儉於家，不自滿假。"孔傳：
"滿，謂盈實；假，大也。"孔穎達疏："言己無所不知，是為自滿；言己無
所不能，是為自大。"司馬光《涑水記聞》卷六："封禪，帝王之盛事，然
願陛下慎于盈成，不可遂自滿假。"　荒寧：荒廢懈怠，貪圖安逸。
《書·無逸》："治民祗懼，不敢荒寧。"孔傳："為政敬身畏懼，不敢荒怠
自安。"《漢書·元帝紀》："朕戰戰栗栗，夙夜思過失，不敢荒寧。"
聖：事無不通，光大而化，超越凡人者。《書·洪範》："恭作肅，從作
乂，明作哲，聰作謀，睿作聖。"孔傳："於事無不通謂之聖。"《孟子·盡
心》："充實而有光輝之謂大，大而化之之謂聖，聖而不可知之之謂

神。" 教:教育。《孟子·梁惠王》:"謹庠序之教,申之以孝悌之義。" 韓愈《祭十二郎文》:"當求數頃之田於伊潁之上,以待餘年。教吾子與汝子幸其成,長吾女與汝女待其嫁:如此而已。" 魁梧:猶言高大壯實。《史記·留侯世家論》:"余以爲其人計魁梧奇偉,至見其圖,狀貌如婦人好女。"裴駰集解引應劭曰:"魁梧,丘虛壯大之意。"黄庭堅《武昌松風閣》:"依山築閣見平川,夜闌箕門插屋椽。我來名之意適然,老松魁梧數百年。" 骨鯁:剛直。《史記·吳太伯世家》:"方今吳外困於楚,而内空無骨鯁之臣,是無奈我何。"《南史·徐勉傳》:"勉雖骨鯁不及范雲,亦不阿意苟合。" 自持:自己維持,自己堅持。皮日休《鹿門夏日》:"身外所勞者,飲食須自持。何如便絶粒,直使身無爲。"陸游《費夫人墓誌銘》:"雖有疾,强自持不怠,至疾平,太夫人或終不知。" 念:思考,考慮。《史記·廉頗藺相如列傳》:"顧吾念之,强秦之所以不敢加兵於趙者,徒以吾兩人在也。"歐陽修《誨學説》:"人性因物則遷,不學則捨君子而爲小人,可不念哉!" 不敏:謙詞,猶不才。《論語·顔淵》:"回雖不敏,請事斯語矣!"《漢書·司馬遷傳》:"小子不敏,請悉論先人所次舊聞,不敢闕。" 内省:内心反省自己的思想和言行,檢查有無過失。《論語·顔淵》:"内省不疚,夫何憂何懼!"傅玄《傅子·仁論》:"君子内省其身,怒不亂德,喜不亂義也。" 終夕:通宵,徹夜。《左傳·昭公二十年》:"終夕與於燎。"杜甫《八哀詩·故著作郎貶台州司户滎陽鄭公虔》:"操紙終夕酣,時物集遐想。" 洗然:明朗貌,清晰貌。司空圖《月下留丹灶詩序》:"故爲物怪之所中者,見之莫不洗然,欲蓋其事,目擊可數也。"《新唐書·張嘉貞傳》:"循憲召見,咨以事。嘉貞條析理分,莫不洗然。"

㉑ 封域:疆域,領地。《周禮·春官·保章氏》:"以星土辨九州之地所封,封域皆有分星。"《史記·秦始皇本紀》:"諸侯各守其封域。" 干戈:指戰爭。《史記·儒林列傳序》:"然尚有干戈,平定四海,亦未暇遑庠序之事也。"葛洪《抱朴子·廣譬》:"干戈興則武夫奮,

《韶》《夏》作則文儒起。」　廊廟：殿下屋和太廟，喻指朝廷。《國語·越語》：「謀之廊廟，失之中原，其可乎？王姑勿許也。」《後漢書·申屠剛傳》：「廊廟之計，既不豫定，動軍發衆，又不深料。」李賢注：「廊，殿下屋也；廟，太廟也。國事必先謀於廊廟之所也。」　罇俎：古代盛酒食的器皿，罇以盛酒，俎以置肉。劉向《説苑·修文》：「若夫置罇俎，列籩豆，此有司之事也。」高適《酬秘書弟兼寄幕下諸公》：「誰謂萬里遙，在我罇俎中？」　弭寧：平息。元稹《加裴度幽鎮兩道招撫使制》：「而撫馭失理，盤牙復生。求思弭寧，中夜有得：國有元老，夫何患焉？」錢珝《代史館王相公讓相位第一表》：「所務者生靈富壽，每痛雕殘；所制者兵革弭寧，尚聞侵伐。」　佈告：遍告，宣告。《史記·吕太后本紀》：「劉氏所立九王，吕氏所立三王，皆大臣之議，事已佈告諸侯，諸侯皆以爲宜。」陳鴻《册太子禮畢赦文》：「佈告遐邇，咸使聞知。」畫：謀劃，籌畫。《文選·鄒陽〈上書吴王〉》：「然則計議不得，雖諸賁不能安其位亦明矣！故願大王審畫而已。」張銑注：「畫，謂畫策。」指計策，計謀。《史記·淮陰侯列傳》：「臣事項王……言不聽，畫不用，故倍楚而歸漢。」　主者施行：謂朝廷法令送交主管部門執行。《後漢書·黄瓊傳》：「使中常侍以瓊奏屬主者施行。」後作公文常用語。元稹《許劉總出家制》：「宜賜法號大覺，仍賜僧臘五十夏。主者施行。」吴曾《能改齋漫録·主者施行》：「今朝廷行移下州縣，必云‘主者施行’者，本《後漢·黄瓊傳》也。」

[編年]

　　《年譜》、《年譜新編》編年本文於長慶元年，理由均是：「《唐大詔令集》卷一二〇《政事·討伐》下載此文，注：‘長慶元年八月十四日。’」《編年箋注》編年：「《唐大詔令集》卷一二〇《政事·討伐》下載此文，注：‘長慶元年八月十四日。’《資治通鑑·穆宗長慶元年》載：八月‘丁丑，詔魏博、橫海、昭義、河東、義武諸軍各出兵臨成德之境，若王庭凑执迷不复,宜即进讨'。此即此《制》'宜令魏博、横海、昭义、河东、义武等军,各出全军以临界首,仍各飞书檄,具谕朝旨'之旨。丁丑即十四日。此《制》撰于长庆元年(八二一)八月十四日。"

首先应该指出,《年谱》、《编年笺注》、《年谱新编》所谓的"《唐大诏令集》卷一二〇《政事·讨伐》下载此文,注:'长庆元年八月十四日'"云云是不根之谈:一、本文一千零六十六字,而《唐大诏令集》所载《讨镇州王庭凑德音》仅仅二九四字,除开头数句与本文相同之外,其余与本文毫无干涉。二、检其内容,有"宜特舍雪,仍授检校右散骑常侍、兼镇州大都督府长史、御史大夫,充成德军节度、镇冀深赵等州观察处置等使。应成德军将士官吏,一切依旧,待之如初。仍令兵部侍郎韩愈充宣慰使"之言,属于朝廷讨伐失败之后的昭雪王庭凑之文。三、《唐大诏令集》所载《讨镇州王庭凑德音》文末根本无注文"长庆元年八月十四日"九字。四、《唐大诏令集》卷一二〇《政事·讨伐》卷目所载《讨镇州王庭凑德音》、《讨王庭凑诏》两条,正文内却是《讨镇州王庭凑德音》、《雪王庭凑诏》两条,但均与本文无涉。

本文应该撰成于何时? 一、《英华·长庆元年德音》文末注云:"八月十四日。"应该是本文发布的日期。二、《资治通鉴·穆宗长庆元年》载:"(八月)丁丑,诏魏博、横海、昭义、河东、义武诸军各出兵临成德之境,若王庭凑执迷不复,宜即进讨。"与本文"宜令魏博、横海、昭义、河东、义武等军,各出全军以临界首,仍各飞书檄,具谕朝旨"一一相符。三、《旧唐书·穆宗纪》:"八月甲子朔,己巳,镇州监军宋惟澄奏:七月二十八日夜军乱,节度使田弘正并家属将佐三百余口并遇害,军人推衙将王廷凑为留后。辛未,以左金吾将军杨元卿为泾州刺史,充四镇北庭行军泾原节度使。敕公卿大臣至中书议幽镇讨伐之谋。癸酉,王廷凑遣盗杀冀州刺史王进岌,据其郡。乙亥,以前泾原节度使田布起复检校工部尚书,兼魏州大都督府长史,充魏博节度使。己卯,以深州刺史本州团练使牛元翼充深冀节度使。"据干支推算，"己巳"是八月六日，"辛未"是八月八日，"癸酉"是八月十日，"乙亥"是八月十二日，"己卯"是八月十六日。而本文"魏博、橫海、昭義、河東、義武"中的"五道"，沒有提及牛元翼的深冀節度使一路軍馬，說明本文發佈應該在八月十六日之前。四、《資治通鑑》所記載以及《英華》文末所注，應該是本文正式發佈的日期，但還不是本文撰成的日期。討伐王庭湊，事關重大，絕非元稹"倚馬可待"之作，而是朝廷經再三考量之後作出的重大決定，我們估計此事在"辛未"亦即八月八日"敕公卿大臣至中書議幽鎮討伐之謀"之時已經議論，隨後再三斟酌，并於八月十四日發佈本文，并與"乙亥"即八月十二日任命田布之詔令相切合。據此，我們以爲本文當撰成於八月十四日之前數日之內，最終定稿於八月十三日之時，地點自然在長安，元稹時任中書舍人翰林承旨學士之職。

◎ 批劉悟謝上表①

省表具知(一)。朕聞上黨(即昭義軍，時悟爲節度使)亦天下之勁兵處(二)，昔者李抱真用之，一舉破朱滔，再舉斃田悅。訓養十萬，威聲殷然。人到於今，號爲良將②。

夫以卿之勇義才略，猶將遠慕韓、彭。區區抱真，夫豈難繼③！況以克融、廷湊之狂脆小賊(三)，比朱滔、田悅之結連大盜(四)，是猶以孩嬰而校賁育也。蜂蟻相聚，其能久乎④？

卿宜密運謨猷，明宣號令，避強擊惰(五)，取暴撫羸。勿爭蛇豕之鋒，宜得鯨鯢之首(六)⑤。再圖麟閣，永煥縑緗。無爲他人所先，當使功居第一。策勳在近，勿復爲勞。所謝知⑥。

録自《元氏長慶集》卷四一

［校記］

（一）省表具知：原本無，楊本、叢刊本、《全文》同，據《英華》補。

（二）亦天下之勁兵處：原本作"亦天下之勁兵"，楊本、叢刊本、《全文》同，據《英華》補。

（三）況以克融、庭凑之狂脆小賊：原本作"況以克融、廷凑之狂脆小賤"，楊本、叢刊本、《全文》同，據《英華》改。

（四）比朱滔、田悦之結連大盗：原本作"比朱滔、田悦之熾大結連"，楊本、叢刊本、《全文》同，據《英華》改。

（五）避强擊惰：楊本、叢刊本、《全文》同，《英華》作"避狂擊惰"，各備一説，不改。

（六）宜得鯨鯢之首：楊本、叢刊本、《全文》同，《英華》作"直取鯨鯢之首"，各備一説，不改。

［箋注］

① 批劉悟謝上表：在元稹的詩文集中，有兩篇文章《授劉悟檢校司空幽州節度使制》、《劉悟可依前昭義軍節度使制》與本文緊密相關，請讀者一併審閲。前一篇是任命劉悟爲幽州節度使，後一篇是依舊任命無法進入幽州任職的劉悟依前回到昭義軍擔任節度使，而本文就是對劉悟在重回昭義軍節度使任上謝表的批覆。　劉悟：事迹見《舊唐書·劉悟傳》、《新唐書·劉悟傳》，其《新書》本傳："劉悟，其祖正臣，平盧軍節度使，襲范陽不克，死。叔父全諒，節度宣武，器其敢毅，署牙將，以罪奔潞州。王虔休復署爲將，被病去，還東都，全諒積緡錢數百萬在焉！悟破縢鐍用之。從惡少年殺人屠狗，豪橫犯法，繫河南獄。留守韋夏卿貸免，李師古厚幣迎之。始未甚知，後從擊球，軒然馳突，撞師古馬仆，師古恚，將斬之，悟盛氣以語觸師古，不懾，師古奇其才，令將後軍，妻以從媧，歷牙門右職。師道以軍用屈，

率賈人錢爲助，命悟督之。悟獨寬假，人皆歸賴。師道被討，使將兵屯曹，法一而信，士卒樂爲用，軍中刁斗不鳴。田弘正兵屯陽穀，悟徙營潭趙。魏師逾河取盧縣，壁阿井，城中飛語以謂馮利涉與悟當爲帥。師道內疑，數召悟計事，悟曰：'今與魏如角力者，勢已交，先退者負。悟還，魏踵薄城下矣！'左右諫曰：'兵成敗未可知，殺大將，孰肯爲用？'師道然之。或言悟且亂，不如速去。師道遣使兩輩來責戰，密語其副張暹使斬悟。使者與暹屏語移時，悟疑之，暹以情告，悟乃斬使者，召諸將議曰：'魏博兵强，出則敗，不出則死。且天子所誅，司空而已。吾屬爲驅迫就死地，孰若還兵取鄆，立大功，轉危亡爲富貴乎？'衆皆唯唯，而別將趙垂棘沮其行，悟因殺之，并殺所惡三十人，尸帳前，衆畏伏。下令曰：'入鄆，人賞錢十萬，聽復私怨，財蓄恣取之，唯完軍帑，違者斬。'因遣報弘正，使進兵潭趙。悟夜半薄西門，邏明啓而入，殺師道并大將魏銑等數十人。即拜悟義成節度使，封彭城郡王，實封戶五百。元和十五年來朝，進檢校兵部尚書。穆宗立，徙昭義軍。朱克融亂，議者假威名以厭其亂，移守盧龍。至邢州，會王庭湊之變，不得入，還屯。進兼幽鎮招討使，治邢州。圍臨城，觀望久不拔，與監軍劉承偕不叶。衆辱悟，縱其下亂法，悟不堪其忍。承偕與都將張問謀縛悟送京師，以問代節度事。悟知之，以兵圍監軍，殺小使。其屬賈直言質責悟曰：'李司空死有知，使公所爲至此，軍中將復有如公者矣！'悟遽謝曰：'吾不欲聞李司空字，少選當定。'即撝兵退，匿承偕因之。帝重違其心，貶承偕，然悟自是頗專肆，上書言多不恭。天下負罪亡命者多歸之，强列其冤。累進檢校司徒、同中書門下平章事。寶曆初，巫者妄言師道以兵屯琉璃陂，悟惶恐，命禱祭，具千人膳，自往求哀。將易衣，嘔血數斗，卒，贈太尉。"李純《平李師道德音》："淄青都知兵馬使、金紫光祿大夫、試殿中監兼監察御史劉悟，義勇中激，沈謀外通。攄三軍響順之誠，申列郡受之憤。回戈首唱，萬旅響從。渠魁就殲，梟獍同戮。"李翶《論事疏表》："劉悟所以能一夕而擒斬師道者，以三軍之心皆以苦師道而思陛下之德，故能不費日而成大功也。”

② 上黨：地名，澤潞節度使，亦即昭義軍節度使府治的所在地。《元和郡縣志·河東道》：“潞州……秦爲上黨郡地，後漢末，董卓作亂，移理壺關城，即今州理是也。周武帝建德七年，於襄垣縣置潞州，上黨郡屬焉！隋開皇十年罷郡，自襄垣縣復移潞州於壺關，即今州是也，州得名因潞子之國。武德元年，又於襄垣縣置韓州，貞觀十七年廢，開元七年以玄宗歷試嘗在此州，置大都督府……管縣十：上黨、長子、屯留、潞城、壺關、黎城、銅鞮、鄉、襄垣、涉。”白居易《河陽石尚書破迴鶻迎貴主過上黨射鸞鵰繪畫爲圖猥蒙見示稱嘆不足以詩美之》：“塞北虜郊隨手破，山東賊壘掉鞭收。烏孫公主歸秦地，白馬將軍入潞州。”杜牧《東兵長句十韵》：“上黨争爲天下脊，邯鄲四十萬秦坑。狂童何者欲專地？聖主無私豈黷兵！” 勁兵：精鋭的部隊。《史記·魏其武安侯列傳》：“今上初即位，以爲淮陽天下交，勁兵處，故徙夫爲淮陽太守。”《新唐書·竇建德傳》：“建德以勁兵伏旁澤中，悉拔諸城僞遁。” 李抱真：《舊唐書·李抱真傳》：“李抱真，抱玉從父弟也。抱玉爲澤潞節度使，甚器抱真，任以軍事……”最後於大曆十一年(776)接任澤潞節度使，至貞元十年(794)病故任上，在節度使任上前後計十九年。陸贄《授王武俊李抱真官封並招諭朱滔詔》：“三公之職，論道經邦，序五行之和，任百事之理，歷代崇重，不常厥官。”李宗閔《苻公神道碑銘》：“天子命並帥馬燧、潞帥李抱真督諸軍合討之，戰於洹水，悦軍大敗，王師進逼魏城。” 朱滔：《舊唐書·朱滔傳》：“朱滔，賊泚之弟也。平州刺史朱希彩爲幽州節度，以滔同姓，甚愛之，常令將腹心親兵。”大曆九年(774)主持幽州軍事，建中元年(780)爲盧龍，亦即幽州節度使，直至貞元元年(785)病故於任上。權德輿《馬公行狀》：“六月，朱滔以漁陽之甲三萬至於城下。”劉怦《與朱滔書》：“竊思近日務大樂戰，不顧成敗，而家滅身屠者，安、史是也。” 田悦：大曆

十四年(779)至興元元年(784)在魏博節度使任,《舊唐書‧田悅傳》:"悅初爲魏博中軍兵馬使、檢校右散騎常侍、魏府左司馬。大曆十三年承嗣卒,朝廷用悅爲節度留後。驍勇有膂力。性殘忍好亂。而能外飾行義,傾財散施,人多附之,故得兵柄。尋拜檢校工部尚書、御史大夫,充魏博七州節度使。大曆末,悅尚恭順。建中初,黜陟使洪經綸至河北,方聞悅軍七萬。經綸素昧時機,先以符停其兵四萬,令歸農畝。悅僞亦順命,即依符罷之。既而大集所罷將士,激怒之曰:'爾等久在軍戎,各有父母妻子,既爲黜陟使所罷,如何得衣食自資?'衆遂大哭,悅乃盡出其家財帛衣服以給之,各令還其部伍,自此魏博感悅而怨朝廷。"後來"朱滔稱冀王,悅稱魏王,武俊稱趙王,又請李納稱齊王",在宴請朝廷使者的酒宴上被其從弟田緒所殺。陸贄《奉天改元大赦制》:"李希烈、田悅、王武俊、李納等,有以忠勞,任膺將相,有以勛舊,繼守藩維。"崔元翰《爲河東副元帥馬司徒請罷節度表》:"臣以往年奉詔,東征田悅,尋又伏奉恩命,加臣魏博節度使。" 訓養:訓教養育。白居易《徐登授醴泉令制》:"今醴泉人與蒲相類,宜用此道,往訓養之。"《宋史‧岳飛傳》:"將和士銳,人懷忠孝,皆飛訓養所致。" 威聲:威名。陸雲《答兄平原》:"紫庭既穆,威聲爰振。"《周書‧齊煬王憲傳》:"齊人夙聞威聲,無不憚其勇略。" 殷:盛,大。《文選‧王延壽〈魯靈光殿賦〉》:"殷五代之純熙,紹伊唐之炎精。"李善注:"殷,盛也。"鮑照《蕪城賦》:"是以板築雉堞之殷,井幹烽櫓之勤,格高五嶽,袤廣三墳。" 良將:能征善戰的將領。《孫子‧火攻》:"明主慎之,良將警之,此安國全軍之道也。"《史記‧李斯列傳》:"離其君臣之計,秦王乃使其良將隨其後。"

③ 勇義:義近"勇毅",勇敢堅毅。《荀子‧修身》:"勇毅猛戾,則輔之以道順。"《孔子家語‧執轡》:"食肉者勇毅而捍,食氣者神明而壽。" 才略:才能和謀略。《後漢書‧胡廣傳》:"廣才略深茂,堪能撥煩,願以參選,紀綱頹俗。"任華《送祖評事赴黔府李中丞使幕序》:"自

非忠義特達,有文武才略者,曷以致茲?" 慕:思慕,嚮往。嵇康《與山巨源絕交書》:"且延陵高子臧之風,長卿慕相如之節。志氣所託,不可奪也。"柳宗元《亡妻弘農楊氏志》:"後每及是,必遑遑涕慕。" 韓彭:韓信與彭越,兩人在劉邦建立漢朝的過程中都立下了汗馬功勞,分別被封爲淮陰侯與建成侯,但又都以謀反之罪被殺。劉希夷《從軍行》:"南登漢月孤,北走代雲密。近取韓彭計,早知孫吳術。"劉長卿《從軍六首》五:"將軍追虜騎,夜失陰山道。戰敗仍樹勛,韓彭但空老。" 區區:小,少,形容微不足道。曹植《與司馬仲達書》:"今賊徒欲保江表之城,守區區之吳爾,無有争雄於宇内、角勝於中原之志也。"《舊唐書·張鎬傳》:"臣聞天子修福,要在安養含生,靖一風化,未聞區區僧教,以致太平!" 難繼:難以爲繼。張薦《奉酬禮部閣老轉韵離合見贈》:"間闊向春闈,日復想光儀。格言信難繼,木石强爲詞。"元稹《襄陽道》:"羊公名漸遠,唯有峴山碑。近日稱難繼,曹王任馬彝。"

④ 狂:失却常態,狂亂。《老子》:"馳騁田獵,令人心發狂。"李白《廬山謡寄盧侍御虛舟》:"我本楚狂人,鳳歌笑孔丘。" 脆:脆弱,單薄,容易折斷破碎。《文心雕龍·序志》:"形同草木之脆,名逾金石之堅。"白居易《簡簡吟》:"大都好物不堅牢,彩雲易散琉璃脆。" 賊:謂對國家、人民、社會道德風尚造成嚴重危害的人。《周禮·秋官·士師》:"二曰邦賊。"鄭玄注:"爲逆亂者。"《漢書·高帝紀》:"明其爲賊,敵乃可服。" 結連:聯結,結合。《漢書·趙充國傳》:"臣恐羌變未止此,且復結聯他種,宜及未然之備。"元稹《授牛元翼成德軍節度使制》:"王庭湊,山東一叛卒也,非有席勛藉寵之資、强大結連之勢。" 盜:對反叛者的貶稱。《後漢書·光武帝紀贊》:"炎正中微,大盜移國。"李賢注:"大盜,謂王莽篡位也。"《舊唐書·代宗紀論》:"自三盜合從,九州羹沸……人不聊生。"三盜,指安禄山、史思明、僕固懷恩。孩嬰:幼兒,幼小。鮑照《松柏篇》:"資儲無擔石,兒女皆孩嬰。"《新唐

書·李訓傳》:"是時暴尸旁午,有詔棄都外,男女孩嬰相雜厠。"　賁育:戰國時勇士孟賁和夏育的並稱。《韓非子·守道》:"戰士出死,而願爲賁育。"《漢書·司馬相如傳》:"臣聞物有同類而殊能者,故力稱烏獲,捷言慶忌,勇期賁育。"顏師古注:"孟賁,古之勇士也,水行不避蛟龍,陸行不避豺狼,發怒吐氣,聲響動天。夏育,亦猛士也。"　蜂蟻:喻叛亂者。杜甫《青絲》:"不聞漢主放妃嬪,近靜潼關掃蜂蟻。"元稹《加裴度幽鎮兩道招撫使制》:"昔者區域之中,蜂蟻巢聚。蔡有逆孽,齊有狡童。"　相聚:集合,彼此聚會。《史記·李斯列傳》:"今怠而不急就,諸侯復强,相聚約從,雖有黃帝之賢,不能並也。"蘇軾《夜泊牛口》:"居民偶相聚,三四依古柳。"

　　⑤　密運:周密運籌。王勃《九成宫頌序》:"元宫密運,敷造化於靈襟;黃屋神凝,創經綸於寶思。"暗中施行。《雲笈七籤》卷五:"桂陽王構逆暴,白骨遍野。先生具棺槨收而瘞之,其陰德密運,則無得而稱也。"　謨猷:謀略。《周書·寇洛李弼於謹傳論》:"帷幄盡其謨猷,方面宣其庸績,擬巨川之舟艫,爲大廈之棟梁。"蘇舜欽《杜公求退第四表》:"臣實以量狹而位已過,器重而力不任,謨猷若斯,陛下所盡悉。"　明宣:大力宣揚。崔瑗《東觀箴》:"辛尹顧訪,文武明宣,倚相見寶,荆國以安。"《三國志·馬超傳》:"其明宣朝化,懷保遠邇,肅慎賞罰,以篤漢祜,以對於天下。"　號令:發佈的號召或命令。《禮記·月令》:"〔季秋之月〕是月也,申嚴號令。"《史記·屈原賈生列傳》:"入則與王圖議國事,以出號令。"　避:躲開,回避。《管子·立政》:"罰避親貴,不可使主兵。"枚乘《上書諫吳王》:"忠臣不避重誅,以直諫,則事無遺策,功流萬世。"　擊:攻打,進攻。《史記·白起王翦列傳》:"王翦果代李信擊荆。"高適《宋中送族侄式顏》:"大夫東擊胡,胡塵不敢起。胡人山下哭,胡馬海邊死。"　惰:衰敗,敗壞。《墨子·修身》:"雄而不修者,其後必惰。"葉適《朝散大夫主管建寧府武夷山冲佑觀周先生墓誌銘》:"我述斯銘,無堕後聞。"　取:稱斬獲敵人的首級爲

取。蘇軾《陽關詞·贈張繼願》：“恨君不取契丹首，金甲牙旗歸故鄉。”捕捉，捉拿。《詩·豳風·七月》：“取彼狐狸，爲公子裘。”《新唐書·權懷恩傳》：“賞罰明，見惡輒取。” 撫：存恤，安撫。《墨子·節用》：“古者堯治天下，南撫交阯，北降幽都。”韓愈《祭董相公文》：“帝念東土，公其來撫。” 蛇豕：長蛇封豕，比喻貪殘害人者。李華《雲母泉詩》：“東西同放逐，蛇豕尚縱橫。江漢阻携手，天涯萬里情。”李咸用《題陳正字林亭》：“家林蛇豕方群起，宮沼龜龍未有期。賴有平原憐賤子，滿亭山色借吟詩。” 鯨鯢：即鯨，雄曰鯨，雌曰鯢，比喻凶惡的敵人。崔沔《爲安國相王讓東宮第三表》：“伏願陛下雄略潛明，皇威誕發，熏逐狐鼠，梟剪鯨鯢。上慰祖宗之心，下保元元之命。”趙子卿《出師賦》：“野氣蒼茫而助殺，軍聲慷慨以含仁。奮威則鯨鯢忉爨，流詠則梟獍懷親。”

⑥ 麟閣：“麒麟閣”的省稱。虞義《詠霍將軍北伐》：“當令麟閣上，千載有雄名。”陳子昂《送著作佐郎崔融等從梁王東征》：“海氣侵南部，邊風掃北平。莫賣盧龍塞，歸邀麟閣名！” 縑緗：供書寫用的淺黃色細絹，借指書册、史册。孫過庭《書譜》：“若乃師宜官之高名，徒彰史牒；邯鄲淳之令範，宜著縑緗。”駱賓王《上兗州刺史啓》：“頗遊簡素，少閱縑緗。” 無爲：別做，不做，不使。《左傳·哀公二十六年》：“乃盟於少寢之庭，曰：‘無爲公室不利！’”韓愈《北極贈李觀》：“無爲兒女態，憔悴悲賤貧。” 居：處在，處於。《易·乾》：“是故居上位而不驕，在下位而不憂。”沈作喆《寓簡》卷一：“君人者居極否之世，能約己以厚下，則否傾而爲益矣！” 策勛：記功勛於策書之上。《後漢書·光武帝紀》：“夏四月，大司馬吳漢自蜀還京師，於是大饗將士，班勞策勛。”李賢注：“其有功者，以策書紀其勛也。”《古詩源·木蘭詩》：“策勛十二轉，賞賜百千强。” 謝：泛指感謝。《漢書·張安世傳》：“嘗有所薦，其人來謝。安世大恨，以爲舉賢達能，豈有私謝邪？”秦觀《次韵裴仲謨和何先輩》：“多謝名郎傳綠綺，愧無佳句比南金。”

本文指劉悟重回澤潞節度使任,亦即昭義軍節度使任的謝上表。

[編年]

　　《年譜》編年本文於長慶元年,沒有標示具體日期,理由是:"《批》云:'朕聞上黨亦天下之勁兵……況以(朱)克融、(王)廷湊之狂脆小賊……蜂蟻相聚,其能久乎!'據《新唐書》卷三十九《地理志》三《河東道》云:'潞州上黨郡,大都督府。'"《編年箋注》編年:"所批者劉悟檢校司空、幽州節度使謝上表也。"理由是:"參閱《授劉悟檢校司空幽州節度使制》。"《年譜新編》編年本文於長慶元年,列《授劉悟檢校司空幽州節度使制》之後:"制作於劉悟授盧龍軍節度使後,參前制。"

　　但我們翻閱《編年箋注》之《授劉悟檢校司空幽州節度使制》,祇見:"長慶元年加檢校司空、平章事,充盧龍軍節度使,旋改澤潞節度。"又云:"《舊唐書·穆宗紀》載:長慶元年七月,'庚申,以昭義軍節度使劉悟檢校司空、兼幽州大都督府長史,充幽州盧龍軍節度副大使,知節度事'。正與此《制》相符,知此《制》作於長慶元年(八二一)七月。"并沒有涉及編年《批劉悟謝上表》的隻言片字,祇是以"參閱《授劉悟檢校司空幽州節度使制》"糊弄讀者而已,讀者好不容易翻到沒有標示頁碼的那一頁,却又空無所得,大呼上當。《編年箋注》以這樣的手法糊弄讀者,這不是第一次,也不是最後一次。

　　我們以爲,《年譜》、《編年箋注》、《年譜新編》對本文的編年是錯誤的,無法苟同。一、劉悟第二次拜任澤潞節度使,亦即昭義軍節度使之後,理應撰表謝恩,本文就是元稹代表唐穆宗爲批答劉悟拜任昭義軍節度使之後的謝表而作。《編年箋注》、《年譜新編》認爲:"所批者劉悟檢校司空、幽州節度使謝上表也。"判斷有誤。據《舊唐書·穆宗紀》:"(長慶元年)秋七月乙未朔……庚申,以昭義軍節度使劉悟檢校司空兼幽州大都督府長史,充幽州盧龍軍節度副大使、知節度事。"推算其干支,"庚申"應該是七月二十六日,如果是劉悟爲幽州節度使而上的謝表,應該在七月二十六日當天或第二天呈上,元稹代表唐穆宗撰寫的本文自然也在隨後下達,時間不會超出七月二十八日吧!而本文:"況以克融、廷湊之狂脆小賊……"朝廷明顯已經知道王庭湊叛唐并殺害田弘正之事,據《舊唐書·穆宗紀》:"八月甲子朔,己巳,鎮州監軍宋惟澄奏:'七月二十八日夜軍亂,節度使田弘正并家屬將佐三百餘口並遇害,軍人推衙將王廷湊爲留後。'"而此消息是八月六日才傳至長安,元稹如何可能未卜先知,提前知道王庭湊叛唐之事?幸請讀者審別,切不要輕易相信《編年箋注》、《年譜新編》不顧史實的謬論。二、根據我們本書的編年,元稹《劉悟可依前昭義軍節度使制》應該撰作於長慶元年八月十日或十一日之間,本文應該緊隨其後,考慮到長安與邢州之間的距離及往返所需時間,大約在長慶元年八月十四日或十五日之間,元稹當時在長安,任職中書舍人翰林承旨學士之職。

◎ 牛元翼可深冀等州節度使制^{(一)①}

門下:鷹隼擊則妖鳥除,弧矢張則天狼滅^(二)。湯沐具而蟣虱相吊,針石熾而癭疽立潰^{(三)②}。苟得韓盧而示之,狡兔則可備俎豆而俟於脯醢矣!復何憂於越逸乎^(四)?夫將者,亦蟣虱之湯沐,而渠魁之韓盧也。我得之矣!又何患焉③!

檢校右散騎常侍、深州刺史牛元翼,挺生河朔之間(趙州人),迥鍾海嶽之秀。幼爲兒戲,營壘已成;長學神樞,風雲暗曉。眾推然諾,已任功名^(五)。善用奇兵,尤精技擊^{(六)④}。陳安之矛丈八,顏高之弓六鈞。或山立於軍前,或肉飛於馬上。而又謙能養勇,孝以資忠。雖膽力過人,而心誠許國⑤。

自常山作沴,上將罹灾。慟哭轅門,誓清妖孽。羽書三奏,驛騎四馳。上請廟謀,旁徵鄰援。指期斬叛,刻日圖功^{(七)⑥}。斷自予衷，開懷用爾。夫以爾之材力，而取彼之凶殘。是猶以火焚枯，以石壓卵。螳臂拒轍^(八)，鷄肋承拳。萬萬相殊，破之必矣⑦！

而况於鎮之黎人，皆朕之赤子；爾之部曲，即鎮之卒徒。聞爾鼙鼓之音，懷爾椒蘭之德，吾知此輩，誰不革心⑧？爾其寒者衣之，饑者食之。無廢室廬，無害農稼。苟獲戎首，置之藁街。下以報忠臣之冤，上以告先帝之廟。則蚩蚩從亂，予又何誅⑨！

於戲！殺人盈城，爾其深戒！孥戮誓衆，朕不忍言。再換蟬冠，特新武節^(九)。恩不虛授，爾其敬之。可檢校左常侍、深冀等州節度觀察等使^{(一〇)⑩}。

録自《元氏長慶集》卷四四

［校記］

（一）牛元翼可深冀等州節度使制：楊本、叢刊本作"授牛元翼深冀州節度使制"，《英華》、《文章辨體彙選》、《全文》作"授牛元翼深冀等州節度使制"，《畿輔通志》作"唐穆宗授牛元翼深冀等州節度使制"，各備一説，不改。

（二）弧矢張則天狼滅：《英華》、《文章辨體彙選》、《畿輔通志》同，楊本、宋浙本、叢刊本、《全文》作"弧弓張則天狼滅"，各備一説，不改。

（三）針石熾而癰疽立潰：楊本、叢刊本、《全文》同，《英華》、《文章辨體彙選》、《畿輔通志》作"針石熾而痤疽立潰"，各備一説，不改。

（四）復何憂於越逸乎：楊本、叢刊本、《全文》同，《英華》、《文章辨體彙選》、《畿輔通志》作"復何憂於越軼乎"，各備一説，不改。

（五）已任功名：楊本、叢刊本同，《英華》、《文章辨體彙選》、《畿輔通志》、《全文》作"已任安危"，各備一説，不改。

（六）尤精技擊：楊本、叢刊本、《全文》同，《英華》、《文章辨體彙選》、《畿輔通志》作“尤精攻擊”，各備一説，不改。

（七）尅日圖功：《英華》、《文章辨體彙選》、《畿輔通志》同，楊本、叢刊本、《全文》作“尅己圖功”，各備一説，不改。

（八）螳臂拒轍：《英華》、《文章辨體彙選》、《畿輔通志》同，楊本、叢刊本作“虫臂拒轍”，《全文》作“蟲臂拒轍”，各備一説，不改。

（九）特新武節：楊本同，《英華》、《文章辨體彙選》、《畿輔通志》、《全文》作“新持武節”，叢刊本作“持新武節”，各備一説，不改。

（一〇）可檢校左常侍、深冀等州節度觀察等使：楊本、叢刊本同，《英華》、《畿輔通志》、《全文》作“可檢校右常侍，充深冀等州節度觀察等使”，《文章辨體彙選》無此句，各備一説，不改。

［箋注］

① 牛元翼：忠於李唐的反叛名將，事迹見《新唐書·牛元翼傳》：“牛元翼，趙州人。材果而謀，王承宗時倚其計爲强雄，與傅良弼二人冠諸將。王庭湊叛，穆宗以元翼在成德，名出庭湊遠甚，自深州刺史擢爲深冀節度使，以携其軍。庭湊怒，遣部將王位以鋭兵攻元翼，不勝，乃合朱克融共圍之。詔進元翼成德軍節度使，以宣武兵五百進援，元翼固守。長慶二年，詔赦庭湊罪，徙元翼山南東道，以深州賜庭湊，使中人促元翼南。庭湊恨之，已受詔，兵不解。招討使裴度詒書誚讓，克融解而歸，庭湊退舍。詔並加檢校工部尚書，兩悦之。淹月，元翼率十餘騎冒圍跳德、棣，朝京師。庭湊入，盡殺元翼親將臧平等百八十人。元翼見延英，賚問優縟，命中人楊再昌取其家，并迎田弘正喪。庭湊辭以弘正殯亡在所，元翼家須秋遣。魏博節度使史憲誠遣其弟入趙，四返，説庭湊曰：‘田公非得罪於趙，尸尚何惜？元翼去深州，乃一孤將，何利其家？’庭湊乃歸弘正喪于京師。元翼聞平等死，憤恚卒，悉還所賜于朝，庭湊遂夷其家。”元稹《自責》詩中的“牛常

侍”就是牛元翼：“犀帶金魚束紫袍，不能將命報分毫。他時得見牛常侍，爲爾君前捧佩刀。”李翱《唐故橫海軍节度傅公神道碑》：“诏以乐寿为神策行营，命公以为都知兵马使，与深州將牛元翼、博野李寰掎角相应。”白居易《牛元翼可撿挍左散騎常侍深州刺史御史大夫制》：“而元翼有理戎之才，扞城之略。權領軍郡，能修武經。士樂人安，厥有成績。是用假威臺憲，真拜郡符。仍以金貂，示其兼寵。”　深冀節度使：長慶年間爲討伐王庭湊而臨時設置的節度使府，節度使即牛元翼，隨著牛元翼突圍而出、部將臧平等被王庭湊殺害而不復存在。元稹《授牛元翼成德軍節度使制》：“自領深冀，殷若雷霆。居四戰之中，堅一城之守。以少擊衆，以智料愚。鼓角不驚，而梯冲自隕。人願爲用，寇不敢前。”　深州：州郡名，府治深州，地當今河北深縣。《元和郡縣志·河北道》：“深州，《禹貢》冀州之域，七國時爲趙地，秦爲鉅鹿郡地，漢爲饒陽縣地，屬涿郡。隋開皇十六年于饒陽置深州，以州西故深城爲名，大業二年廢深州。武德元年討平竇建德，四年復置，貞觀十七年又廢，先天元年于斯理重置……管縣四：陸澤、鹿城、饒陽、安平。”韓翃《送深州吳司馬歸使幕》：“行驄看暮雨，歸雁踏青雲。一去蘂臺北，佳聲幾日聞？”權德輿《再從叔京兆府咸陽縣丞府君墓誌銘》：“府君諱達，字某，天水略陽人……考僎，皇深州安平縣令。”　冀州：州郡名，府治冀州，地當今河北冀縣。《元和郡縣志·河北道》：“冀州：周武帝于此置恒州，隋煬帝大業九年罷州，以管縣屬高陽郡。武德元年重置爲恒州，三年陷賊，四年討平竇建德，仍舊焉……管縣十：真定、藁城、九門、靈壽、行唐、井陘、獲鹿、石邑、房山、鼓城。”白居易《唐故湖州長城縣令贈户部侍郎博陵崔府君神道碑銘》：“隋散騎常侍諱洽，公六代祖也；唐冀州武强令諱紹，曾祖也；監察御史諱預，王父也；常州江陰令育，皇考也。”吳融《陳琳墓》：“冀州飛檄傲英雄，却把文辭事鄴宫。縱道筆端由我得，九泉何面見袁公？”

②鷹隼：鷹和雕，泛指猛禽。《禮記·月令》：“〔季夏之月〕行冬

令,則風寒不時,鷹隼蚤鷙,四鄙入保。"《大戴禮記·曾子疾病》:"鷹鶉以山爲卑,而曾巢其上。" 妖鳥:邪惡之鳥,喻指作惡多端之人。白居易《有木詩八首》四:"媚狐言語巧,妖鳥聲音惡。憑此爲巢穴,往來互栖託。"李懌《封錢鏐爲吳越王玉册文》:"清淮甸之邪氛,不得縈我王氣。斬羅平之妖鳥,不得鳴我王郊。" 弧矢:弓箭。《易·繫辭》:"弦木爲弧,剡木爲矢。弧矢之利,以威天下。"鄭棨《開天傳信記》:"上封泰山,進次滎陽旃然河上。見黑龍,命弧矢射之,矢發龍潛藏。" 天狼:星名,天空中非常明亮的恒星,屬於大犬座,有一個伴星,用望遠鏡可以看見,古以爲主侵掠。《楚辭·九歌·東君》:"青雲衣兮白霓裳,舉長矢兮射天狼。"王逸注:"天狼,星名,以喻貪殘。"後以"天狼"比喻殘暴的侵略者。李白《幽州胡馬客歌》:"何時天狼滅,父子得安閑?" 湯沐:沐浴。《公羊傳·隱公八年》:"邴者何? 鄭湯沐之邑也。天子有事于泰山,諸侯皆從,泰山之下,諸侯皆有湯沐之邑焉!"何休注:"有事者,巡守祭天告至之禮也。當沐浴絜齊以致其敬,故謂之湯沐邑也。"《史記·蘇秦列傳》:"君誠能聽臣,燕必致旃裘狗馬之地,齊必致魚鹽之海,楚必致橘柚之園,韓、魏、中山皆可使致湯沐之奉。" 蟣蝨:亦作"蟣蟲",蝨及其卵。《韓非子·喻老》:"天下無道,攻擊不休,相守數年不已,甲胄生蟣蟲,燕雀處帷幄,而兵不歸。"元稹《捉捕行》:"蟣蝨誰不輕? 鯨鯢誰不惡?" 相吊:互相吊念,哀嘆死亡的來臨。王昌齡《塞下曲四首》四:"部曲皆相吊,燕南代北聞。"蘇軾《定惠院顒師爲余竹下開嘯軒》:"暗蛩泣夜永,唧唧自相吊。" 針石:用砭石製成的石針,古代針灸用石針,後世用金針。《韓非子·喻老》:"疾在腠理,湯熨之所及;在肌膚,針石之所及。"葛洪《抱朴子·廣譬》:"和鵲雖不長生,而針石不可謂非濟命之器也。" 癰疽:毒瘡名。桓寬《鹽鐵論·申韓》:"若癰疽之相漂,色淫之相連,一節動而百枝搖。"《急就篇》卷四:"癰疽瘰癧痿痹痕。"顏師古注:"癰之言壅也,氣壅否結,裹腫而潰也,癰之久者曰疽。"比喻禍患。《舊唐書·孫思邈》：“山崩土陷，天地之癰疽也。”　潰：敗逃，散亂。《左傳·僖公四年》：“齊侯以諸侯之師侵蔡，蔡潰。”《東觀漢記·來歙傳》：“上大發關東兵，自將上隴討囂，囂衆潰走，圍解。”

③ 韓盧：戰國時韓國良犬，色墨。《戰國策·秦策》：“以秦卒之勇，車騎之多，以當諸侯，譬若放韓盧而逐蹇兔也。”鮑彪注：“韓盧，俊犬名。《博物志》：‘韓有黑犬，名盧。’”《戰國策·齊策》：“韓子盧者，天下之壯犬也。”泛指良犬。辛棄疾《滿江紅·和廓之雪》：“記少年，駿馬走韓盧，掀東郭。”　狡兔：狡猾多疑的兔子。蘇頲《御箭連中雙兔》：“宸遊經上苑，羽獵向閑田。狡兔初迷窟，纖驪詎著鞭！”劉禹錫《題于家公主舊宅》：“馬埒蓬蒿藏狡兔，鳳樓烟雨嘯愁鴟。何郎獨在無恩澤，不似當初傅粉時。”　俎豆：俎和豆，古代祭祀、宴饗時盛食物用的兩種禮器，亦泛指各種禮器。班固《東都賦》：“獻酬交錯，俎豆莘莘。下舞上歌，蹈德詠仁。”柳宗元《游黃溪記》：“以爲有道，死乃俎豆之，爲立祠。”　脯醢：佐酒的菜肴。《周禮·天官·膳夫》：“凡王之稍事，設薦脯醢。”賈公彥疏：“脯醢者，是飲酒肴饈，非是食饌。”白居易《齋畢開素》：“佐以脯醢味，間之椒薤香。”古代酷刑之一，處斬之後剁肉成泥。《戰國策·趙策》：“曷爲與人俱稱帝王？卒就脯醢之地也。”越逸：逃跑，逃竄。《三國志·鍾會傳》：“南杜走吳之道，西塞成都之路，北絶越逸之徑。”《北齊書·祖珽傳》：“令録珽付禁，勿令越逸。”渠魁：大頭目，首領。《書·胤征》：“殲厥渠魁，脅從罔治。”孔傳：“渠，大。魁，帥也。”孔穎達疏：“‘殲厥渠魁’，謂滅其元首，故以渠爲大，魁爲帥，史傳因此謂賊之首領爲渠帥，本原出於此。”陸游《董逃行》：“渠魁赫赫起臨洮，僵尸自照臍中膏。”

④ 挺生：挺拔生長，亦謂傑出。劉孝標《辯命論》：“聞孔墨之挺生，謂英睿擅英響。”杜甫《秋日荊南述懷》：“昔承推獎分，愧匪挺生才。”　河朔：古代泛指黃河以北的地區。宋之問《送姚侍御出使江東》：“帝憂河朔郡，南發海陵倉。坐嘆青春別，逶迤碧水長。”張説《送

任御史江南發糧以賑河北百姓》："河朔人無歲，荊南義廩開。將興泛舟役，必仗濟川才。" 迴：副詞，表示程度深，爲甚或全之義。杜甫《冬日洛城北謁玄元皇帝廟》："翠柏深留景，紅梨迴得霜。"曹唐《劉晨阮肇遊天台》："樹入天台石路新，雲和草靜迴無塵。" 鍾：彙聚，集中。酈道元《水經注·濟水》："澤水森漫，俱鍾睢泗。"權德輿《寓興》："弱冠無所就，百憂鍾一身。" 海嶽：大海和高山。《舊唐書·房玄齡傳》："臣老病三公，且夕入地，所恨竟無塵露，微增海嶽。"也謂四海與五嶽。《文心雕龍·時序》："海嶽降神，才英秀發。"《新唐書·車服志》："毳冕者，祭海嶽之服也。" 兒戲：兒童遊戲。《史記·絳侯周勃世家》："曩者霸上、棘門軍，若兒戲耳！其將固可襲而虜也。"《北史·隋紀》："臨三軍猶兒戲，視人命如草芥。" 營壘：軍營周圍的防禦建築物，堡壘。《六韜·軍略》："設營壘則有天羅、武落、行馬、蒺藜。"《宋書·武帝紀》："冠軍將軍柳元景前鋒至新亭，修建營壘。" 神樞：亦即"神樞鬼藏"，謂神奇奧妙的兵書。劉洎《賀常州龍見表》："惟幾惟深，運神樞而不測；無爲無事，致寶曆於平分。"元稹《南陽郡王贈某官碑文銘》："少學讀經史子，至古今成敗之言尤所窮究，遂貫穿於神樞鬼藏之間，而久擒縱弛張之術矣！" 風雲：古軍陣名有"風""雲"等，後即以"風雲"泛稱軍陣。王涯《從軍詞三首》一："戈甲從軍久，風雲識陣難。"《易·乾》："雲從龍，風從虎，聖人作而萬物覩。"意謂同類相感應，後因以"風雲"比喻遇合、相從。荀悅《漢紀·高祖紀贊》："高祖起於布衣之中，奮劍而取天下，不由唐虞之禪，不階湯武之王，龍行虎變，率從風雲，征亂伐暴，廓清帝宇。"王勃《上明員外啓》："神交可託，風雲於杵臼之間。" 暗曉：默默領會。張說《開元正曆握乾符頌》："神用外表，事行先兆。萬目朝徹，千心暗曉。" 曉：明白，瞭解。《列子·仲尼》："公子牟曰：'智者之言，固非愚者之所曉。'"《顏氏家訓·風操》："視聽之所不曉，故聊記錄，以傳示子孫。" 然諾：然、諾皆應對之詞，表示應允，引申爲言而有信。《史記·遊俠列傳序》："而布衣之徒，設取予然諾，千里誦義，爲死不顧世，此亦有所長，非苟而已也。"張謂《題長安壁主人》："縱令然諾暫相許，終是悠悠行路心。"功名：功業和名聲。李白《江上吟》："興酣落筆搖五嶽，詩成笑傲凌滄洲。功名富貴若長在，漢水亦應西北流。"岳飛《滿江紅》："三十功名塵與土，八千里路雲和月。" 奇兵：出乎敵人意料而突然襲擊的軍隊。《舊唐書·劉黑闥傳》："建德署爲將軍，封漢東郡公，令將奇兵東西掩襲。"陳亮《酌古論·李靖》："正兵，節制之兵也；奇兵，簡捷之兵也。" 技擊：戰鬥的技巧，搏鬥的武藝。《漢書·刑法志》："齊湣以技擊強，魏惠以武卒奮，秦昭以銳士勝。"顏師古注引孟康曰："兵家之技巧，技巧者，習手足，便器械，積機關，以立攻守之勝。"《新唐書·淮陽王道玄傳》："淮陽壯王道玄，性謹厚，習技擊，然進止都雅。"

⑤ 陳安之矛丈八：事見《晉書·劉曜傳》："(陳)安留楊伯支、姜沖兒等守隴城，帥騎數百突圍而出，欲引上邽平襄之衆，還解隴城之圍。安既出，知上邽被圍，平襄已敗，乃南走陝中。(劉)曜使其將軍平先、丘中伯率勁騎追安，頻戰，敗之，俘斬四百餘級。安與壯士十餘騎於陝中格戰，安左手奮七尺大刀，右手執丈八蛇矛，近交則刀矛俱發，輒害五六。遠則雙帶鞬服，左右馳射而走。平先亦壯健絕人，勇捷如飛，與安搏戰三交，奪其蛇矛而退。會日暮雨甚，安棄馬與左右五六人步逾山嶺，匿於溪澗。翌日尋之，遂不知所在。會連雨始霽，輔威呼延清尋其徑迹，斬安于澗曲，曜大悅。安善於撫接，吉凶夷險與衆同之。及其死，隴上歌之曰：'隴上壯士有陳安，軀幹雖小腹中寬。愛養將士同心肝，騄驄父馬鐵瑕鞍。七尺大刀奮如湍，丈八蛇矛左右盤。十盪十決無當前，戰始三交失蛇矛。棄我騄驄竄巖幽，爲我外援而懸頭。西流之水東流河，一去不還奈子何？'曜聞而嘉傷，命樂府歌之。"杜牧《田克加檢校國子祭酒依前宥州刺史制》："李信之氣蓋關中，陳安之勇聞隴上。委以邊郡，能得士心。"田錫《鄂公奪槊賦》："況陳安擅賈於蛇矛，敢爲匹敵；羊偘得名於折樹，未知馳驅。是知天

生聖哲，贊以英傑，料敵在於籌謀，破敵由乎勇烈。" 顏高之弓六鈞：顏高，古代勇士。《左傳·定公八年》："公侵齊，門於陽州，士皆坐列，曰：'顏高之弓六鈞。'皆取而傳觀之。"郭行則《對矜射判》："是處顏高之室，稱乎六鈞。實發養繇之弦，先於百中。"何據《射楊葉百中賦》："養叔之復一矢，顏高之持六鈞。庸麗景而同塵，此射禮所以宜爾。"六鈞：三十斤爲鈞，六鈞是百八十斤，後因以指強弓。張說《將赴朔方軍應制》："幼志傳三略，衰材謝六鈞。"蘇軾《次韵王定國得潁倅二首》一："賈牛但自捐三尺，射鼠何勞挽六鈞。" 山立：像高山一樣屹立不動。陸雲《吳故丞相陸公誄》："乃誓我衆，乃整我旅，神干山立，雄旗電舉。"《新唐書·王雄誕傳》："雄誕愛人，善撫士，能致下死力，每破城邑，整衆山立，無絲毫犯。" 肉飛：形容戰鬥者飛動之態。《後漢書·西南夷傳》："昌樂肉飛，屈伸悉備。"王損之《汗血馬賦》："骨騰肉飛，既揮紅而沛艾；麟超龍驤，亦流汗以徜徉。" 養勇：培養勇氣。《墨子·雜守》："養勇高奮，民心百倍。"曾鞏《賀熙寧十年南郊禮畢大赦表》："宅仁由義，縉紳之徒成材於學校；超距蹻鞠，熊羆之旅養勇於營屯。" 資忠：實行忠義之道。潘岳《閑居賦》："是以資忠履信以進德，修辭立誠以居業。"曾鞏《明州謝到任表》："自效驅馳，敢廢資忠之義；庶依長育，未愆致養之私。" 膽力：膽量和魄力。劉劭《人物志·流業》："膽力絕衆，材略過人，是謂驍雄，白起、韓信是也。"杜甫《湖中送敬十使君適廣陵》："形容吾校老，膽力爾誰過？" 過人：超過別的人，超越一般人。《宋書·蒯恩傳》："既習戰陣，膽力過人，誠心忠謹，未嘗有過失，甚見愛信。"程頤《程伯淳行狀》："強記過人，十歲能爲詩賦。" 許國：謂將一身奉獻給國家，報效國家。《晉書·陸玩傳》："誠以身許國，義忘曲讓。"柳宗元《冉溪》："少時陳力希公侯，許國不復爲身謀。"

⑥"自常山作沴"兩句：指長慶元年七月十日幽州朱克融叛亂而囚禁節度使張弘清與同月二十八日成德王庭湊殺害統帥田弘正之

事。《編年箋注》：“常山：指成德軍節度使王承宗之叛。”大誤，王承宗叛唐又歸唐、反反復復之事在憲宗朝，且無殺害、囚禁主將之行爲。《新唐書·王庭湊傳》：“廷湊生駢脅，沈鷙少言，喜讀《鬼谷》、兵家諸書。王承宗時，爲兵馬使。田弘正至鎮州，詔以度支繒錢百萬勞軍，不時致，廷湊暴其稽以觀衆心，衆果怨，由是害弘正，自稱留後，脅監軍表請節。又取冀州，殺刺史王進岌。穆宗怒，以弘正子布爲魏博節度使，率軍進討，仍敕橫海、昭義、河東、義武軍並力。於是大將王位等謀執廷湊，不克，死者三千餘人。會朱克融囚張弘靖，以幽州亂，乃合從拒王師。”　常山：地名，原爲恒山郡，因恒山爲名，漢代避文帝之諱，曾改名常山。《元和郡縣志·河北道》：“恒州，今爲恒冀節度使理所（常山大都督府，管恒州、冀州、深州、趙州、德州、棣州）。《禹貢》：冀州之域，周爲併州地，春秋時屬鮮虞國，戰國時屬趙。秦兼天下，爲鉅鹿郡之地。漢三年韓信東下井陘，擊破陳餘，趙王歇以鉅鹿之北境置恒山郡，因恒山爲名。後避文帝諱，改曰常山。兩漢恒山太守皆理于元氏，晉理於真定，即今常山故城是也。後魏道武帝登恒山郡城北望安樂壘，嘉其美名，遂移郡理之，即今州理是也。周武帝於此置恒州，隋煬帝大業九年罷州，以管縣屬高陽郡。武德元年重置爲恒州，三年陷賊，四年討平竇建德，仍舊焉。”本文泛指幽燕及鎮冀地區。在中唐，詩文中因避唐穆宗之諱，也稱恒山爲常山。元稹《授劉總守司徒兼侍中天平軍節度使制》：“日者除凶淮甸，易帥常山，張吾犄角之雄，賴爾股肱之力。”符載《送盧端公歸恒州序》：“九月、十月之交，想端公下太行，抵常山，停車騎，拂霜雪，嚴城旦開，矛戟如林，復命於雙旌之下，赫然有光也。”　沴：舊謂天地四時之氣不和而生的災害。《莊子·大宗師》：“陰陽之氣有沴。”《漢書·五行志》：“氣相傷，謂之沴。沴猶臨莅，不和意也。”引申爲相害，相傷。葛洪《抱朴子·吳失》：“陰陽相沴，寒燠繆節。”　上將：主將，統帥。白居易《深州奏事官衛推試原王友韓季重可兼監察御史充職制》：“上將臨戎，陪臣將命。詳其奏報,頗盡事情。特加寵章,用獎勞效。王官憲職,以示兼榮。"盧求《成都記序》:"況赤府畿縣,與秦洛並,故非上將賢相,殊勳重德,望實爲人所歸伏者,則不得居此。" 罹災:遭遇禍害。李觀《上陸相公書》:"一人不修,一境罹災;十人不修,十境罹災。"劉禹錫《上杜司徒書》:"小生仕逢聖日,豈曰不辰?知有相居,豈曰不遇?而乘運鍾否,俾躬罹災。同生無手足之助,終歲有病貧之厄。" 慟哭:痛哭。干寶《搜神記》卷一一:"彥見之,抱母慟哭,絕而復蘇。"王安石《嘆息行》:"官驅群囚入市門,妻子慟哭白日昏。" 轅門:古代帝王巡狩、田獵的止宿處,以車爲藩。出入之處,仰起兩車,車轅相向以表示門,稱轅門。《周禮·天官·掌舍》:"設車宫、轅門。"鄭玄注:"謂王行止宿阻險之處,備非常。次車以爲藩,則仰車以其轅表門。"這裏指領兵將帥的營門。《史記·項羽本紀》:"於是已破秦軍,項羽召見諸侯將入轅門,無不膝行而前,莫敢仰視。"歐陽詹《許州送張中丞出臨潁鎮》:"心誦陰符口不言,風驅千騎出轅門。" 誓清:《晉書·祖逖傳》:"仍將本流徙部曲百餘家渡江,中流擊楫而誓曰:'祖逖不能清中原而復濟者,有如大江!'"後以"誓清"指立誓消除敵人。文天祥《集杜詩·福安宰相序》:"楊守爲余言:欲得海船數百艘,當約許帥文德擁兵勤王,慨然有誓清之志。" 妖孽:猶禍害,危害。《國語·吳語》:"今大夫老,而又不自安恬逸,而處以念惡,出則罪吾衆,撓亂百度,以妖孽吳國。"比喻邪惡的事或人。《樂府詩集·西顥》:"奸僞不萌,妖孽伏息。" 羽書:猶羽檄。《後漢書·西羌傳論》:"傷敗踵係,羽書日聞。"李賢注:"羽書即檄書也。"高適《燕歌行》:"校尉羽書飛瀚海,單于獵火照狼山。" 驛騎:乘馬送信、傳遞公文的人。《漢書·丙吉傳》:"嘗出,適見驛騎持赤白囊,邊郡發奔命書馳來至。馭吏隨驛騎至公車刺取。"劉禹錫《平齊行二首》一:"驛騎函首過黃河,城中無賊天氣和。" 廟謀:猶廟算。杜甫《奉送王信州崟北歸》:"徙倚瞻王室,從容仰廟謀。"王讜《唐語林·政事》:"每有朝廷重事,廟謀未決者,必

資於韋公。”　鄰援：鄰道。陸贄《賜吐蕃宰相尚結贊書》：“朕自嗣膺
寶位，即與贊普通和。敦以舅甥，結爲鄰援。懲戰争之弊，知禮讓之
風。彼此大同，務安衆庶。”李商隱《唐梓州慧義精舍南禪院四證堂碑
銘》：“大張鄰援，尋覆賊巢。既而軍壘無喧，郡齋多暇。”　指期：猶指
日，不日，限期。《周書·武帝紀》：“可分命衆軍，指期進發。”皇甫曾
《遇風雨作》：“望路殊未窮，指期今已促。”　斬叛：斬殺叛逆。元稹
《授劉師老尚書右司郎中郭行餘守秘書省著作郎制》：“曩者劉悟以全
齊之地，斬叛來獻。”元稹《論討賊表》：“臣願陛下可有司之奏，法皇天
之威，與公卿大臣議斬叛弔人之師，以快天下人人之憤，實天下幸
甚。”　剋日：約定或限定日期。《晉書·羊祜傳》：“每與吳人交兵，剋
日方戰，不爲掩襲之計。”元稹《唐故使持節萬州諸軍事萬州刺史賜緋
魚袋劉君墓誌銘》：“韓一見奇之，竟夕與語，遂命陳、許、懷、汝大梁之
衆據青陵，剋日遂據之。”　圖功：圖謀建立功業。劉憲《奉和聖製幸
望春宮送朔方大總管張仁亶》：“命將擇耆年，圖功勝必全。光輝萬乘
餞，威武二庭宣。”白居易《贈寫真者》：“迢遞麒麟閣，圖功未有期。區
區尺素上，焉用寫真爲？”

⑦　衷：内心。《左傳·僖公二十八年》：“今天誘其衷，使皆降心
以相從也。”駱賓王《上吏部裴侍郎書》：“情蓄於衷，事符則感；形潛於
内，迹應斯通。”　開懷：放寬胸懷，能容人，推誠相待，虛心聽取意見。
潘岳《馬汧督誄》：“忘爾大勞，猜爾小利，苟莫開懷，子何不至？”心中
無所拘束，十分暢快。《隋書·房陵王勇傳》：“我（隋文帝）新還京師，
應開懷歡樂，不知何意，翻邑然愁苦？”　材力：勇力，膂力。《史記·
殷本紀》：“帝紂資辨捷疾，聞見甚敏，材力過人，手格猛獸。”《新唐
書·竇建德傳》：“〔竇建德〕材力絶人，少重然許，喜俠節。”才能，能
力。《漢書·東方朔傳》：“武帝初即位，徵天下舉方正賢良文學材力
之士，待以不次之位。”王安石《上曾參政書》：“某聞古之君子立而相
天下，必因其材力之所宜，形勢之所安，而役使之。”　凶殘：指凶惡殘

暴的人或事。歐陽建《臨終詩》：“下顧所憐女，惻惻中心酸。二子棄若遺，念皆遘凶殘。”元稹《箭鏃》：“箭鏃本求利，淬礪良甚難。礪將何所用？礪以射凶殘。” 焚枯：烤煮乾魚。錢起《和慕容法曹尋漁者寄城中故人》：“茅齋對雪開尊好，稚子焚枯飯客遲。”陸游《歲晚盤樽索然戲書》：“名酒不來唯飲濕，長魚難覓且焚枯。” 壓卵：謂以山壓卵，極言以強壓弱。《晉書·孫惠傳》：“況履順討逆，執正伐邪，是烏獲摧冰，賁育拉朽，猛獸吞狐，泰山壓卵，因風燎原，未足方也。”蘇頲《諫鑾駕親征第二表》：“重賞之下，必有勇夫。以敢死之師，當疲老之寇。若排山壓卵，何必勞聖躬哉？” 螳臂拒轍：猶“螳臂當車”，《莊子·人間世》：“汝不知夫螳蜋乎？怒其臂以當車轍，不知其不勝任也。”《韓詩外傳》卷八：“齊莊公出獵，有螳蜋舉足將搏其輪。問其御曰：‘此何蟲也？’御曰：‘此螳蜋也。其爲蟲，知進而不知退，不量力而輕就敵。’”後以“螳臂”比喻自不量力，招致失敗。杜光庭《虯髯客傳》：“人臣之謬思亂者，乃螳臂之拒走輪耳！” 鷄肋：鷄的肋骨，比喻瘦弱的身體。《晉書·劉伶傳》：“嘗醉與俗人相忤，其人攘袂奮拳而往。伶徐曰：‘鷄肋不足以安尊拳。’其人笑而止。”温庭筠《上吏部韓郎中啓》：“故人爲累，僅得豬肝；薄技所存，殆成鷄肋。” 萬萬：絕對，無論如何。《文子·微明》：“患禍之所由來，萬萬無方。”蘇軾《答李端叔書》：“歲行盡，寒苦，惟萬萬節哀強食。”

⑧ 黎人：黎民。《魏書·天象志》：“自八年至十一年，黎人阻饑，且仍歲災旱。”《舊五代史·郭崇韜傳》：“甲胄生蟣虱，黎人困輸輓。”赤子：比喻百姓，人民。《漢書·龔遂傳》：“其民困於飢寒而吏不恤，故使陛下赤子盜弄陛下之兵於潢池中耳！”胡銓《上高宗封事》：“祖宗數百年之赤子，盡爲左衽。” 部曲：部屬，部下。袁宏《後漢紀·靈帝紀》：“今將軍既有元舅之尊，二府並領勁兵，部曲將吏皆英俊之士，樂盡死力，事在掌握，天贊之時也。”張元幹《葉少蘊生朝》：“小試擒縱孰敢攖？部曲愛戴如父兄。” 卒徒：徒衆，兵衆。《莊子·達生》：“夫畏

塗者，十殺一人，則父子兄弟相戒也，必盛卒徒而後敢出焉！不亦知乎！"成玄英疏："强盛卒伍，多結徒伴，斟量平安，然後敢去。"權德輿《金紫光禄大夫檢校禮部尚持節度都督廣州諸軍事兼廣州刺史御史大夫充嶺南節度度支營田觀察處置本營經略等使東海郡開國公贈太子少保徐公墓誌銘》："時庸蜀未靖，公密疏請發卒徒五千，循伏波故道，抵岷峨以會師，期誅不恪。"　鼙鼓：小鼓和大鼓，古代軍所用，古代樂隊也用。陸機《演連珠五十首》三六："臣聞枕敔希聲，以諧金石之和；鼙鼓疏擊，以節繁絃之契。"白居易《長恨歌》："漁陽鼙鼓動地來，驚破霓裳羽衣曲。"　椒蘭：比喻美好。《史記·禮書》："稻粱、五味，所以養口也。椒蘭、芬茝，所以養鼻也。鍾鼓、管絃，所以養耳也。刻鏤、文章，所以養目也。"《晉書·習鑿齒傳》："夫芬芳起於椒蘭，清響生乎琳琅。命世而作佐者，必垂可大之餘風。高尚而邁德者，必有明勝之遺事。"　革心：謂改正錯誤思想。《舊唐書·高沐傳》："諷其不庭之咎，將冀革心；數其煮海之饒，聿求利國。"王安石《送吳龍圖知江寧》："才高明主睠方深，屬郡聞風自革心。"

　⑨　寒者：寒凍之人。韋應物《城中臥疾知閻薛二子屢從邑令飲因以贈之》："渴者不思火，寒者不求水。人生羈寓時，去就當如此。"孟郊《寒地百姓吟》："寒者願爲蛾，燒死彼華膏。"　饑者：飢餓之人。孟郊《秋懷十五首》一一："饑者重一食，寒者重一衣。"陸長源《唐故靈泉寺元林禪師神道碑》："饑者推之以食，寒者解之以衣。"　室廬：居室，房舍。《管子·山國軌》："巨家美修其宮室者服重租，小家爲室廬者服小租。"《漢書·東方朔傳》："又壞人冢墓，發人室廬。"　農稼：指農業生産。《後漢書·樊宏傳》："父重，字君雲，世善農稼，好貨殖。"柳宗元《同劉二十八院長述舊》："即事觀農稼，因時展物華。"　戎首：發動戰爭的主謀、禍首。《禮記·檀弓》："毋爲戎首，不亦善乎？"鄭玄注："爲兵主來攻伐曰戎首。"《新唐書·長孫無忌傳》："宇文化及父宰相，弟尚主，而身掌禁兵，煬帝處之不疑，然而起爲戎首，遂亡隋。"

藁街：漢時街名，在長安城南門內，爲屬國使節館舍所在地。陸機《飲馬長城窟行》："振旅勞歸士，受爵藁街傳。"李子昂《西戎即叙》："懸首藁街中，天兵破犬戎。誉收低隴月，旗偃度湟風。" 忠臣：忠於君主的官吏。《國語·越語》："〔吳王〕信讒喜優，憎輔遠弼，聖人不出，忠臣解骨。"杜甫《秦州見敕目薛畢遷官》："忠臣詞憤激，烈士涕飄零。"先帝：前代已故的帝王。王建《舊宮人》："先帝舊宮宮女在，亂絲猶挂鳳皇釵。霓裳法曲渾抛却，獨自花間掃玉階。"劉得仁《哭翰林丁侍郎》："即期匡聖主，豈料哭賢人。應是隨先帝，依前作近臣。" 蚩蚩：敦厚貌，無知貌。《詩·衞風·氓》："氓之蚩蚩，抱布貿絲。"毛傳："蚩蚩者，敦厚之貌。"朱熹集傳："蚩蚩，無知之貌。"王禹偁《君者以百姓爲天賦》："徒觀乎浩浩玄穹，蚩蚩黔首。"惑亂貌，紛擾貌。揚雄《法言·重黎》："大國蚩蚩，爲嬴弱姬。"《文選·劉孝標〈廣絕交論〉》："於是素交盡，利交興，天下蚩蚩，鳥驚雷駭。"李善注："《廣雅》曰：'蚩，亂也。'"吕延濟注："蚩蚩，猶擾擾也。" 誅：懲罰，責罰。韓愈《進學解》："然而聖主不加誅，宰臣不見斥，兹非其幸歟？"王安石《上杜學士言開河書》："有所未安，教而勿誅，幸甚。"

⑩ "殺人盈城"四句：此四句引自孟子所言。陳淵《論用兵》："孟子曰：'爭地以戰，殺人盈野。爭城以戰，殺人盈城。此所謂率土地而食人肉，罪不容於死！'"陸九淵《雜説》："當戰國之時，皆矜富國强兵以相侵伐。爭城以戰，殺人盈城；爭地以戰，殺人盈野。"四句透露出元稹關心百姓的深情，祝穆《古今事文類聚·唐詔誥似尚書》評云："丁晉公言：王二文元之忽一日面較元和長慶時名臣所行詔誥有勝於《尚書》，衆皆驚而請益，曰：'如元稹行牛元翼制云：殺人盈城，汝當深戒；孥戮爾衆，朕不忍聞。且《尚書》云：不用命，戮于社。又：予則孥戮。汝以此方之，《書》不如矣！其閲覽精詳如此，衆皆服之（《談録》）。盈：滿，充滿。《詩·周南·卷耳》："采采卷耳，不盈頃筐。"杜甫《自京赴奉先縣詠懷五百字》："多士盈朝廷，仁者宜戰慄。" 戒：防備，警

戒，鑒戒。《易·萃》：“君子以除戎器，戒不虞。”孔穎達疏：“修治戎器，以戒備不虞也。”《新唐書·康承訓傳》：“可師恃勝不戒，弘立以兵襲之，可師不克陣而潰。”　孥戮：誅及子孫。《書·甘誓》：“予則孥戮汝。”孔傳：“孥，子也。非但止汝身，辱及汝子，言恥累也。”多用爲殺戮之意。《後漢書·張綱傳》：“既陷不義，實恐投兵之日，不免孥戮。”《舊唐書·李全略傳》：“全略忌而殺之，仍孥戮其屬。”　誓衆：誓師，告戒衆人。《孔叢子·儒服》：“君親素服誓衆於太廟：某人不道，侵犯大國，二三子尚皆用心比力。”《新唐書·高祖十九女傳》：“乃申法誓衆，禁剽奪，遠近咸附。”　不忍言：不忍心而言。温大雅《爲高祖報李密書》：“殪商辛於牧野，所不忍言；執子嬰於咸陽，非敢聞命。”張説《府君墓誌》：“夫人少而守義，老而無子。因心創巨，事不忍言。喪紀之數，加人一等。”　蟬冠：漢代侍從官所戴的冠，上有蟬飾，並插貂尾，故亦稱貂蟬冠，後泛指高官。錢起《中書王舍人輞川舊居》：“一從解蕙帶，三入偶蟬冠。”蘇轍《代三省祭司馬丞相文》：“龍袞蟬冠，遂以往襚。”　武節：古代將帥憑以專制軍事的符節。《漢書·武帝紀》：“朕將巡邊垂，擇兵振旅，躬秉武節，置十二部將軍，親帥師焉！”楊廣《飲馬長城窟行示從征群臣》：“北河秉武節，千里捲戎旌。”　虛授：謂授職給德才不相稱的人。曹植《求自試表》：“夫論德而授官者，成功之君也；量能而授爵者，畢命之臣也。故君無虛授，臣無虛受，虛授謂之謬舉，虛受謂之尸祿。”劉禹錫《讓同平章事表》：“臣聞以德詔官，以勞定賞。苟或虛授，人無勸心。”　敬：恭敬，端肅。《易·坤》：“君子敬以直内，義以方外。”孔穎達疏：“内謂心也，用此恭敬以直内。”《文心雕龍·祝盟》：“祈禱之式，必誠以敬；祭奠之楷，宜恭且哀。”

[編年]

　　《年譜》、《年譜新編》編年：“《舊唐書·穆宗紀》：‘(長慶元年八月)已卯，以深州刺史、本州團練使牛元翼充深冀節度使。’”“《編年箋注》根據與《年譜》同,編年:"此《制》當撰於長慶元年(八二一)八月。"

我們以爲,編年"長慶元年八月"或"八月己卯"都是含糊之詞、不確之論,不能苟同。《舊唐書·穆宗紀》:"(長慶元年)八月甲子朔……辛未……敕公卿大臣至中書議幽鎮討伐之謀。"李唐朝廷在八月八日曾經爲幽州叛亂與鎮州叛亂特地召開大臣的會議,疑田布與牛元翼的任命在當時的議論中已經涉及。《舊唐書·穆宗紀》又云:"(長慶元年)八月甲子朔……己卯,以深州刺史、本州團練使牛元翼充深冀節度使。"推其干支,"己卯"應該是八月十六日,但這是朝廷正式發佈任命的日子,元稹撰成本文應該在此前數日,可能在八月十五、十四日之時,地點在長安,元稹時任中書舍人翰林承旨學士之職。

◎ 秋分日祭百神文[①]

維長慶元年,歲次辛丑,八月甲子朔,十八日辛巳,皇帝遣通議大夫行內侍省常侍賜紫金魚袋李某[(一)],祭于百神之靈[②]:朕奄宅萬有,亭毒品類。日月所照,永思和寧[③]。上極于天,下蟠于地。包山絶海,窮冥入玄[④]。至于毛鱗裸羽之神,咸秩無文[⑤]。

以祛不若,秋序始肅。時將順成,且報且祈。用舉常祀,罔害嘉穀,以貽神羞[⑥]。

録自《元氏長慶集》卷四一

[校記]

(一)皇帝遣通議大夫行內侍省常侍賜紫金魚袋李某:宋浙本、叢刊本、《全文》同,盧校作"皇帝遣通議大夫行內侍省常侍賜紫金魚袋丁某",各備一説,不改。楊本作"皇帝遣通識大夫行內侍省常侍賜紫金魚袋李某”,唐代無“通議大夫”,楊本誤。《編年箋注》在“校記”
欄內云:“李:盧本作‘丁’。”而“箋證”欄內又云:“李某,盧本作李丁。”
沒有指出“通議大夫”之誤,《編年箋注》校勘本文的態度過於隨意,讓
人莫衷一是。

[箋注]

① 秋分:二十四節氣之一,每年在陽曆九月二十三日或二十四
日,這天南北半球晝夜等長。董仲舒《春秋繁露·陰陽出入》:“至於
中秋之月,陽在正西,陰在正東,謂之秋分。秋分者,陰陽相半也,故
晝夜均而寒暑平。”周賀《再過王輅原居納涼》:“夏天多憶此,早晚得
秋分。舊月來還見,新蟬坐忽聞。”馬戴《送僧歸金山寺》:“金陵山色
裏,蟬急向秋分。迴寺橫洲島,歸僧渡水雲。” 祭:祭祀,陳物供奉神
鬼祖先的通稱。《禮記·祭統》:“祭者,所以追養繼孝也。”韓愈《題楚
昭王廟》:“猶有國人懷舊德,一間茅屋祭昭王。” 百神:指各種神靈。
《詩·周頌·時邁》:“懷柔百神,及河喬嶽。”《孟子·萬章》:“使之主
祭,而百神享之,是天受之。”

② 維:助詞,用於句首或句中。《詩·小雅·六月》:“維此六月,
既成我服。”韓愈《元和聖德詩》:“維是元年,有盜在夏。” 通議大夫:
文散官,正四品下。《舊唐書·職官志》:“通議大夫,為正四品下。”王
維《謝弟縉新授左散騎常侍狀》:“……上元二年五月四日,通議大夫
守尚書右丞臣王維狀進。”顏真卿《敘石幢事》:“出兼懷州刺史,二十
四年罷州,又以本官充東都副留守,累加通議大夫。二十七年冬十一
月有七日,寢疾,薨於位。” 行:謂兼攝官職。《後漢書·陳俊傳》:
“是時太山豪傑多擁衆與張步連兵,吳漢言於帝曰:‘非陳俊莫能定此
郡。’於是拜俊太山太守,行大將軍事。”《資治通鑑·後漢高祖乾祐元
年》:“(三月)丙寅,以(侯)益兼中書令,行開封尹。” 內侍省:官署
名,隋置內侍省,所掌皆宮廷內部事物,雖亦參用士人,主要仍為宦官

之職。唐沿用不改，全部以太監充當。《舊唐書·職官志》："內侍省，內侍二員，內常侍六人。內侍之職，掌在內侍奉、出入宮掖宣傳之事，總掖廷、宮闈、奚官、內僕、內府五局之官屬。內常侍爲之貳。凡皇后祭先蠶，則相儀。后出，則爲之夾引。"于邵《內侍省內常侍孫常楷神道碑》："公乃通和獯戎，俾發義師，與郭汾陽等諸軍犄角。奸凶敗績，萬國底寧，斯又公之勞也。"馮審《謝獎諭表》："臣某言：今月日，本道監軍使內侍省宮闈令劉某至……" 魚袋：唐代官吏所佩盛放魚符的袋，宋以後，無魚符，仍佩魚袋。《舊唐書·輿服志》："咸亨三年五月，五品以上賜新魚袋，並飾以銀……垂拱二年正月，諸州都督刺史，並准京官帶魚袋。"《宋史·輿服志》："魚袋，其制自唐始，蓋以爲符契也……宋因之，其制以金銀飾爲魚形，公服則繫於帶而垂於後，以明貴賤，非復如唐之符契也。"

③奄宅：撫定，謂統治。元稹《册文武孝德皇帝赦文》："昔我高祖太宗，化隋爲唐，奄宅區夏，包舉四海。"王禹偁《杜伏威傳贊并序》："唐公義旗，奄宅京邑。" 萬有：猶萬物。程本《子華子·陽城胥渠問》："太初胚胎，萬有權輿。"鍾嶸《詩品·總論》："照燭三才，暉麗萬有。" 亭毒：《老子》："長之育之，亭之毒之，養之覆之。"高亨正詁："'亭'當讀爲'成'，'毒'當讀爲'熟'，皆音同通用。"後引申爲養育，化育。《文選·劉孝標〈辯命論〉》："生之無亭毒之心，死之豈虔劉之志。"李周翰注："亭、毒，均養也。"杜光庭《賀雅川進白鵲表》："亭毒萬方，再樹乾坤之本；照臨下土，重懸日月之光。" 品類：指等級，類別。董仲舒《春秋繁露·玉英》："《春秋》理百物，辨品類，別嫌微，修本末者也。"劉知幾《史通·探賾》："或行仁而不遇，或盡忠而受戮，何不求其品類，簡在一科，而乃異其篇目，各分爲卷？" 日月：太陽和月亮。《易·離》："日月麗乎天，百穀草木麗乎土。"韓愈《秋懷詩》一："羲和驅日月，疾急不可恃。"喻指帝后，語本《禮記·昏義》："故天子之與后，猶日之與月。"《史記·魏其武安侯列傳論》：

“魏其之舉以吳楚，武安之貴在日月之際。”　和寧：和睦安寧。《禮記·燕義》：“是以上下和親而不相怨也，和寧，禮之用也。”孔穎達疏：“上下和親是和也，而不相怨是安寧也。”《漢書·劉向傳》：“四海之內，靡不和寧。”

　　④ 極：引申爲達到頂點、最高限度。《吕氏春秋·大樂》：“天地車輪，終則復始，極則復反，莫不咸當。”《史記·李斯列傳》：“物極則衰，吾未知所税駕也。”　蟠：遍及，充滿。《孔子家語·致思》：“旂旗繽紛，下蟠於地。”蘇軾《策斷》：“夫天子之勢，蟠於天下而結於民心者甚厚，故其亡也，必有大隙焉！而日潰之。”　包：裹。《詩·召南·野有死麕》：“野有死麕，白茅包之。”毛傳：“包，裹也。”黄庭堅《和答子瞻》：“故園溪友膾腹腴，遠包春茗問何如？”　絶：竭，盡。《吴子·治兵》：“凡行軍之道，無犯進止之節，無失飲食之適，無絶人馬之力。”李白《贈華州王司士》：“淮水不絶波瀾高，盛德未泯生英髦。”　窮：徹底推求，深入鑽研。《文子·上仁》：“有言者窮之以辭，有諫者誅之以罪。”《顏氏家訓·書證》：“大抵服其爲書，隱括有條例，剖析窮根源。”冥：指陰間。《後漢書·馮衍傳》：“傷誠善之無辜兮，齎此恨而入冥。”周密《癸辛雜識·二僧入冥》：“與甲午歲茂僧入冥所睹皆肳合。”玄：《易·坤》：“天玄而地黄。”孔穎達疏：“天色玄，地色黄。”後因以“玄”指天。《文選·揚雄〈劇秦美新〉》：“或玄而萌，或黄而芽。”劉良注：“玄，天也；黄，地也。”李嶠《爲張令讓麟臺監國公表》：“無私之覆，彌大於九玄；至公之途，永隆於萬國。”

　　⑤ 毛：借指獸類。元稹《授李愿檢校司空宣武軍節度使制》：“蹄角齒毛之良，一無取於夷落。而不貪之寶，大布朔陲。”范仲淹《雕鶚在秋天》：“下眄群毛遁，橫過百鳥暌。”　鱗：泛指有鱗甲的動物，如魚、蛇等。《禮記·月令》：“〔孟春之月〕其蟲鱗。”鄭玄注：“鱗，龍蛇之屬。”杜甫《麗人行》：“紫駝之峰出翠釜，水精之盤行素鱗。”　裸：光著身子，裸露。《史記·陳丞相世家》：“平恐，乃解衣裸而佐刺船。”《梁

書·扶南國傳》："扶南國俗本裸體，文身被髮，不制衣裳。"本文應該指存留於原始社會的各類神仙。　羽：鳥類的代稱。《周禮·梓人》："天下之大獸五：脂者、膏者、臝者、羽者、鱗者。"鄭玄注："羽，鳥屬。"《文選·張衡〈西京賦〉》："乃有迅羽輕足，尋景追括。"薛綜注："迅羽，鷹也。"　咸秩：謂皆依次序行事。《文選·揚雄〈劇秦美新〉》："夫改定神祇上儀也，欽修百祀咸秩也。"張銑注："謂敬修百祀皆得秩序也。"陸倕《石闕銘》："一介之才必記，無文之典咸秩。"　無文：沒有文字記述。《書·洛誥》："周公曰：'王肇稱殷禮，祀於新邑，咸秩無文。'"孔傳："言王當始舉殷家祭祀，以禮典祀於新邑，皆次秩不在禮文者而祀之。"蔣防《連州廖先生碑銘》："仙書無文，仙語無詞。以心傳心，天地不知。"

　　⑥袪：攘，驅除妖邪。陶潛《閑情賦》："迎清風以袪累，寄弱志於歸波。"李德裕《賜回鶻可汗書》："去歲，嗢沒斯特勤已至近界，邊將憤激，便請袪除。朕念其無主可歸，且令安撫。"　不若：猶言不祥或不祥的事物，指傳說中的魑魅魍魎等害人之物。《左傳·宣公三年》："鑄鼎象物，百物而爲之備，使民知神奸。故民入川澤、山林，不逢不若。"杜預注："若，順也。"楊伯峻注："不若，不順，意指不利於己之物。"張衡《西京賦》："禁禦不若，以知神奸。"　秋序：秋季，秋時。江淹《雜體詩·效張協〈苦雨〉》："有弇興春節，愁霖貫秋序。"李嘉祐《至七里灘作》："萬木迎秋序，千峰駐晚暉。"　順成：謂風調雨順，五穀豐收。《禮記·郊特牲》："四方年不順成，八蠟不通，以謹民財也。"孔穎達疏："謂四方之內，年穀不得和順成熟，則當方八蠟之神，不得與諸方通祭。"劉禹錫《爲京兆韋尹謝許折糴表》："伏以聖明在上，風雨應時。順成之年，穀糴常賤。"　報：報效，報答。《逸周書·命訓》："極罰則民多詐，多詐則不忠，不忠則無報。"韓愈《縣齋有懷》："祗緣恩未報，豈謂生足藉！"　祈：向天或神求禱。《詩·小雅·甫田》："琴瑟擊鼓，以御田祖，以祈甘雨，以介我稷黍。"韓愈《潮州祭神文》："謹以清

酌腶修之奠,祈於大湖神之靈。”　常祀:固定的祭祀。《左傳·僖公三十一年》:“禮不卜常祀。”《新唐書·禮樂志》:“凡歲之常祀,二十有二。”　罔:不可。《書·大禹謨》:“籲!戒哉,儆戒無虞:罔失法度,罔遊於逸,罔淫於樂。”不。白行簡《李娃傳》:“生惶惑發狂,罔知所措。”嘉穀:古以粟(小米)爲嘉穀,後爲五穀的總稱。司馬相如《封禪文》:“嘉穀六穗,我穡曷蓄。”張籍《董公詩》:“田有嘉穀隴,異畝穗亦同。賢人佐聖人,德與神明通。”　貽:贈送,給予。《詩·邶風·靜女》:“靜女其孌,貽我彤管。”曹植《朔風詩》:“子好芳草,豈忘爾貽?繁華將茂,秋霜悴之。”　羞:美味的食品,後多作“饈”。《左傳·僖公十七年》:“雍巫有寵於衛共姬,因寺人貂以薦羞於公。”林堯叟注:“羞,食味也。”《新五代史·蘇逢吉傳》:“逢吉已貴,益爲豪侈,謂中書堂食爲不可食,乃命家廚進羞,日極珍善。”

[編年]

　　《年譜》編年本文於長慶元年八月十八日,理由是:“文首題:‘維長慶元年,歲次辛丑,八月甲子朔,十八日辛巳,皇帝遣……’元稹代穆宗作。”《年譜新編》編年理由及意見同《年譜》。《編年箋注》沒有説明編年理由,但編年結論也是:“此《文》撰於長慶元年(八二一)八月十八日。”

　　我們以爲,根據本文“維長慶元年,歲次辛丑,八月甲子朔,十八日辛巳”的明示,本文毫無疑問應該撰成於長慶元年八月。但本文是元稹代唐穆宗所作,因此按照慣例,元稹撰作本文不應該在祭祀百神的當天倚馬可待,一揮而就,因爲它撰成之後,至少還應該經由呈請唐穆宗審閲并交由“李某”前往祭祀之地在八月十八日宣讀這樣必不可少的程序,故本文應該作於長慶元年八月十八日之前一二天之内,地點在長安,元稹時任中書舍人翰林承旨學士之職。

◎ 加陳楚檢校左僕射制^{(一)①}

門下：昔楚師多寒，楚子巡而撫之，士皆如挾纊，明號令之可以動人也^{(二)②}。由是天以雷震蘇蟄氣^(三)，兵以鼓鼙作戰力。高官重秩，其爲號令也，不亦多乎^{(四)③}？我無愛焉！加以戎師，亦所以作萬夫之氣^(五)，增一鼓之雄也④。

義武軍節度使、檢校工部尚書陳楚^(六)，茂昭之甥，酷似其舅^(七)。總齊義武^(八)，於今六年。以兩郡（易定）之賦輿，備三軍之供費。民不勞耗，而兵能繕完，政有經矣⑤！

今遼陽冀分，紛亂交虐，楚實間居於此，其勤可知。自非國之干城，總之利器，安能爲我堡障，芟夷寇仇⑥？欲將激其壯心^(九)，夫何吝於好爵^(一〇)？加之左揆，以盛中權。苟有庸功，豈無後命⑦。

於戲！《書》云："功懋懋賞。"言其當也；《傳》曰："捨爵策勳。"言其速也⑧。今則寇未平而進律，馘方獻而先恩。吾於將臣，可謂無所負也。苟不自效，其如法何^(一一)？可檢校左僕射、使持節定州諸軍事兼定州刺史，充義武軍節度使，散官、勳、封如故。主者施行⑨。

錄自《元氏長慶集》卷四三

[校記]

（一）加陳楚檢校左僕射制：楊本、叢刊本同，《英華》作"加授楚義武軍節度使制"，《全文》作"加陳楚檢校左僕射義武軍節度使制"，各備一說，不改。

（二）昔楚師多寒,楚子巡而撫之,士皆如挾纊,明號令之可以動人也：楊本、叢刊本、《全文》同,《英華》無,各備一説,不改。

（三）由是天以雷震蘇蟄氣：楊本、叢刊本、《全文》同,《英華》作"朕聞天以雷霆蘇蟄氛",各備一説,不改。

（四）其爲號令也,不亦多乎：楊本、叢刊本同,《英華》、《全文》作"可以興起人之壯心",各備一説,不改。

（五）亦所以作萬夫之氣：楊本、《英華》、《全文》同,叢刊本作"亦所以作萬□之氣",各備一説,不改。

（六）義武軍節度使、檢校工部尚書陳楚：原本誤作"義成軍節度使、檢校工部尚書陳楚",楊本、叢刊本、《全文》同誤,據下文、《英華》、兩《唐書》本傳及《憲宗紀》、《穆宗紀》改。

（七）酷似其舅：楊本、叢刊本、《全文》同,《英華》作"雅似其舅",各備一説,不改。

（八）總齊義武：楊本、叢刊本、《全文》同,《英華》作"總齊武旅",各備一説,不改。

（九）欲將激其壯心：楊本、叢刊本同,《英華》、《全文》作"欲將激其懋勛",各備一説,不改。

（一○）夫何吝於好爵：叢刊本、《英華》、《全文》同,楊本作"夫何恪於好爵",各備一説,不改。

（一一）於戲!《書》云："功懋懋賞。"言其當也;《傳》曰："捨爵策勛。"言其速也。今則寇未平而進律,馘方獻而先恩。吾於將臣,可謂無所負也。苟不自效,其如法何：楊本、叢刊本、《全文》同,《英華》作"勉爾勛效,副余憂勤",各備一説,不改。

［箋注］

① 陳楚:《新唐書·陳楚傳》:"陳楚者,茂昭甥也,字材卿,定州人。有武幹,事茂昭,歷牙將,常統精卒從征伐。茂昭入朝,擢諸衛大

將軍，封普寧郡王。元和末，義武節度使渾鎬喪師，定州亂，拜楚爲節度使，馳傳赴軍。及郊，無迎者，左右勸無入，楚曰：'定軍不來迎以試我，今不入，正墮計中。'乃冒雪行四十里，夜入其州，然軍校部伍，皆楚舊也，由是衆心乃定。徙河陽三城，入爲左羽林統軍，檢校司空。卒，年六十一，贈司空。"白居易《陳楚男王府諮議參軍君賞可定州長史兼御史軍中驅使制》："敕：某官陳君賞，夙承義訓，幼有令聞。專繼弓裘之名，通知軍旅之事。因仍憲職，兼佐郡符，敬服寵章，勉從任使。"　僕射：官名，秦始置，漢以後因之，漢成帝建始四年，初置尚書五人，一人爲僕射，位僅次尚書令，職權漸重，漢獻帝建安四年，置左右僕射，唐宋左右僕射爲宰相之職。蘇頲《代家君讓左僕射表》："臣某言：伏奉制書，以臣爲尚書左僕射，餘如故。"陸贄《李納檢校右僕射平章事制》："忠所貴乎竭誠，善莫大於改過，況茂勛有舊，崇德日新。"

②"昔楚師多寒"四句：典見《左傳·宣公十二年》："申公巫臣曰：'師人多寒。'王巡三軍，拊而勉之。三軍之士，皆如挾纊。'"　挾纊：披著綿衣，亦以喻受人撫慰而感到溫暖。《左傳·宣公十二年》杜預注："纊，綿也，言說以忘寒。"潘岳《馬汧督誄》："霑恩撫循，寒士挾纊。"《舊唐書·劉晏傳》："東自淮陰，西臨蒲坂，亘三千里，屯戍相望。中軍皆鼎司元侯，賤卒儀同青紫，每云食半菽，又云無挾纊，輓漕所至，船到便留，即非單車使折簡書所能制矣！其病四也。"　號令：號召，發佈命令。《詩·齊風·東方未明序》："朝廷興居無節，號令不時。"《國語·越語》："越王句踐栖於會稽之上，乃號令於三軍。"

③雷震：雷擊，雷鳴。《孫子·軍爭》："動如雷震。"劉孝標《辯命論》："秦人坑趙氏，沸聲若雷震。"　蟄氣：謂冬季閉塞之氣。《隋書·藝術傳》："蟄氣者，去日十八度外，三十六度內。"《天原發微·變化》："西方爲甲蟲蜾蟲常多，蟄氣漸入故也。東方爲鱗蟲羽蟲常多，生氣漸出故也。"　鼓鼙：亦作"鼓鞞"，古代軍中常用的樂器，指大鼓和小鼓。《禮記·樂記》："君子聽鼓鼙之聲，則思將帥之臣。"《舊唐書·郭

子儀傳》：“子儀遣六軍兵馬使張知節、烏崇福、羽林軍使長孫全緒等將兵萬人爲前鋒，營於韓公堆，盛張旗幟，鼓鼙震山谷。”　戰力：勇力，戰鬥能力。《後漢書・朱景王杜等傳論》：“降自秦漢，世資戰力，至於翼扶王運，皆武人屈起。”蘇舜欽《吳越大旱》：“復聞藉兵民，驅以教戰力。”　秩：俸祿。《周禮・天官・宮伯》：“行其秩叙。”鄭玄注：“秩，祿稟也。”《左傳・莊公十九年》：“王奪子禽、祝跪與詹父田，而收膳夫之秩。”杜預注：“秩，祿也。”官職，品位。《左傳・文公六年》：“委之常秩。”杜預注：“常秩，官司之常職。”韓愈《雪後寄崔二十六丞公》：“秩卑俸薄食口衆，豈有酒食開客顏？”　號令：發佈的號召或命令。《禮記・月令》：“〔季秋之月〕是月也，申嚴號令。”《史記・屈原賈生列傳》：“入則與王圖議國事，以出號令。”

　　④戎師：軍隊。常袞《代杜相公讓河南等道副元帥第二表》：“臣……得以貂蟬袞服，趨侍雲陛。擁旄仗節，統護戎師。崇班厚遇，頓極於此。”韋貫之《南平郡王高崇文神道碑》：“寶應中，代宗避狄陝服，公從戎師，又赴難行營，扈蹕還京，策勳居最。”　萬夫：萬人，萬民，衆人。陸機《擬古・東城一何高》：“一唱萬夫嘆，再唱梁塵飛。”杜甫《將適吳楚留別章使君留後兼幕府諸公》：“近辭痛飲徒，折節萬夫後。”　一鼓：擊鼓一次，引申謂一舉，一戰。《晉書・温嶠傳》：“（蘇）峻勇而無謀，藉驕勝之勢，自謂無前，今挑之戰，可一鼓而擒也。”義同“一鼓作氣”，《左傳・莊公十年》：“夫戰，勇氣也。一鼓作氣，再而衰，三而竭。”古代作戰擊鼓進軍，擂第一通鼓時士氣最盛，後多喻趁銳氣旺盛之時一舉成事或鼓足幹勁，一往直前。楊炯《左武衛將軍成安子崔獻行狀》：“一鼓作氣，方輕肉食之謀；七旬舞干，始受昌言之拜。”

　　⑤義武軍節度使：節度使府名，府治地當今河北定縣。《舊唐書・地理志》：“義武軍節度使：治定州，領易、祁二州。”白居易《義武軍奏事官虞候衛紹則可檢校秘書監職如故制》：“某官衛紹則，服勤藩鎮，敷奏闕庭。奉主帥之表章，達軍府之情狀。”崔嘏《授盧就等侍御

史制》：“前義武軍節度判官盧就、東川節度判官爾朱杭等。侍御史居其府則掌領推按，糾繩愆尤；立於朝則正其視瞻，峻彼風範。官號清重，才資鯁直。拔而用之，不在階級。” 茂昭：即張茂昭，《舊唐書·張茂昭傳》：“茂昭，本名昇雲，幼有志氣，好儒書，以父蔭累官至檢校工部尚書。貞元七年，孝忠卒，德宗以邕王諒爲義武軍節度大使、易定觀察使；以昇雲爲定州刺史，起復左金吾衛大將軍，充節度觀察留後，仍賜名茂昭。九年正月授節度使，累遷檢校僕射、司空。二十年十月入朝，累陳奏河北及西北邊事，詞情忠切，德宗聳聽，嘆曰：‘恨見卿之晚！’錫宴於麟德殿，賜良馬、甲第、器用、珍幣甚厚，仍以其第三男克禮尚晉康郡主。德宗方欲委之以邊任，明年晏駕，茂昭入臨於太極殿，每朝晡預列，聲哀氣咽，人皆獎其忠懇。順宗聽政，加中書門下平章事，且令還鎮。賜女樂二人，三表辭讓。及中使押犢車至第，茂昭立謂中使曰：‘女樂出自禁中，非臣下所宜目覩。昔汾陽、咸寧、西平、北平嘗受此賜，不讓爲宜。茂昭無四賢之功，述職入覲，人臣常禮，奈何當此寵賜！後有立功之臣，陛下何以加賞？’順宗聞之，深加禮異，允其所讓。又錫安仁里第，亦固讓不受。元和二年，又請入覲，五上章懇切。憲宗許之，冬十月至京師，留數月，詔令歸鎮。茂昭願奉朝請於闕下，不許，加太子太保，復令還鎮。四年，王承宗叛，詔河東、河中、振武三鎮之師，合義武軍爲恒州北道招討。茂昭創廩厩，開道路，以待西軍……茂昭親擐甲冑，爲諸軍前鋒，累獻戎捷，幾覆承宗。會朝廷洗雪承宗，乃詔班師，加檢校太尉兼太子太傅。自安史之亂，兩河藩帥多阻命自固，父死子代。唯茂昭表請舉族還朝，鄰藩累遣遊客間説，茂昭志意堅決，拜表求代者數四。上乃命左庶子任簡迪爲其行軍司馬，乘驛赴之。以兩郡之簿書、管鑰、符印付簡迪，遣其妻季氏、男克讓、克恭等先就路。將行，誡之曰：‘吾使爾曹侍親出易者，庶後之子孫不爲風俗所染，則吾無恨矣！’時五年冬也。行及晉州，拜檢校太尉兼中書令，充河中晉絳慈隰等州節度觀察等使。十二月十二日至京師,故事雙日不坐,是日特開延英殿對茂昭,五刻乃罷。又上表請遷祖考之骨墓於京兆。在朝兩月未之鎮,六年二月疽發於首,卒,時年五十,廢朝五日,册贈太師,賻絹三千匹、布一千端、米粟三千石。喪事所須官給,詔京兆尹監護,諡曰獻武。”　總齊:猶統一。韋孟《諷諫詩》:“總齊群邦,以翼大商。”《舊唐書·裴度傳》:“迨弼朕躬,總齊方夏,爾則有吊伐底寧之力。”　於今六年:《舊唐書·憲宗紀》:“(元和十一年)十二月丙午,以易州刺史陳楚爲定州刺史、義武軍節度使。”以此下推六年,應該是長慶元年。　郡:古代地方行政區劃名,周制縣大郡小,戰國時逐漸變爲郡大於縣,秦滅六國,正式建立郡縣制,以郡統縣,漢因之,隋唐後,州郡互稱。《左傳·哀公二年》:“克敵者,上大夫受縣,下大夫受郡。”杜預注:“《周書·作雒篇》:千里百縣,縣有四郡。”陸德明釋文:“千里百縣,縣方百里;縣有四郡,郡方五十里。”《三國志·諸葛亮傳》:“自董卓以來,豪傑並起,跨州連郡者不可勝數。”　賦輿:賦稅。黄滔《大唐福州報恩定光多寶塔碑記》:“二之年,陳末耗,均賦輿。”王禹偁《上許殿丞論榷酒書》:“某以爲賦輿之重,出蘇臺五邑之右。”　三軍:軍隊的通稱。《論語·子罕》:“三軍可奪帥也,匹夫不可奪志也。”《漢書·灌夫傳》:“魏其言灌夫父死事,身荷戟馳不測之吳軍,身被數十創,名冠三軍。”　繕完:修繕牆垣,完,通“院”,垣。《左傳·襄公三十一年》:“以敝邑之爲盟主,繕完葺牆,以待賓客。”楊伯峻注:“完借爲院……《廣雅·釋宮》云:‘院,垣也。’”泛指修繕。元稹《代諭淮西書》:“蓄聚糗糧,繕完城壘。”　經:常道,指常行的義理、準則、法制。《左傳·宣公十二年》:“昔歲入陳,今兹入鄭,民不罷勞,君無怨讟,政有經矣!”杜預注:“經,常也。”《國語·周語》:“國無經,何以出令?”

⑥ 遼陽:曾爲縣名、府名,泛指今遼陽市一帶地方。《文選·孫楚〈爲石仲容與孫晧書〉》:“宣王薄伐,猛鋭長驅,師次遼陽,而城池不守。”李善注:“《漢書》曰:遼東郡有遼陽縣。”沈佺期《古意呈補闕喬知

之》:"九月寒砧催木葉,十五征戍憶遼陽。" 冀:企圖,非分地謀求。《左傳·僖公三十三年》:"鄭有備矣!不可冀也。"嵇康《釋私論》:"公私交顯,則行私者無所冀,而淑亮無所負矣!行私者無所冀,則思改其非。" 分:分裂。《漢書·地理志》:"陵夷至於戰國,天下分而爲七。"孫光憲《河傳》:"龍爭虎戰分中土。人無主,桃葉江南渡。" 紛亂:紛爭,混亂。《史記·魯仲連鄒陽列傳》:"所貴於天下之士者,爲人排患釋難解紛亂而無取也。"蘇洵《幾策·審勢》:"誅鋤其强梗怠惰不法之人,以定紛亂。" 虐:殘害,侵凌。《書·洪範》:"無虐煢獨,而畏高明。"孔傳:"單獨者不侵虐之。"《左傳·文公十五年》:"君子之不虐幼賤,畏於天命也。" 楚實間居於此:從地理位置上看,叛亂的幽鎮節度使府位其北,而另一叛鎮成德軍節度使府在其南,故言。 干城:比喻捍衛或捍衛者。《詩·周南·兔罝》:"赳赳武夫,公侯干城。"獨孤及《爲獨孤中丞天長節進鏡表》:"位至剖竹,任兼干城。" 利器:鋒利的武器。《書·說命》:"若金,用汝作礪。"孔傳:"鐵須礪以成利器。"徐陵《梁貞陽侯與王太尉僧辯書》:"精兵利器,勢勇雷霆。"指兵權。《資治通鑑·漢靈帝中平六年》:"但當速發雷霆,行權立斷,則天人順之。而反委釋利器,更徵外助,大兵聚會,强者爲雄,所謂倒持干戈,授人以柄,功必不成。"胡三省注:"利器,謂兵柄也。" 堡障:猶屏障,用於戰守的堡壘。司空圖《解縣新城碑》:"彼或蔽捍邊荒,繕修堡障,猶誇溢美,顯示將來。"《新唐書·裴識傳》:"識至,治堡障,整戎器,開屯田。" 芟夷:剗除,削平。《三國志·諸葛亮傳》:"今操芟夷大難,略已平矣!遂破荆州,威震四海。"司馬光《進古文〈孝經〉指解表》:"并州者,太宗皇帝所以芟夷僭亂,混一九圍。" 寇仇:仇敵,敵人。《左傳·僖公三十三年》:"武夫力而拘諸原,婦人暫而免諸國,墮軍實而長寇仇,亡無日矣!"曹唐《和周侍御買劍》:"將軍溢價買吳鉤,要與中原靜寇仇。"

　　⑦ 壯心:豪壯的志願,壯志。曹操《步出夏門行四解》四:"老驥

伏櫪，志在千里。烈士暮年，壯心不已。"錢起《鑾駕避狄歲寄別韓雲卿》："白髮壯心死，愁看國步移。"　好爵：高官厚禄。陶潛《辛丑歲七月赴假還江陵夜行塗口》："投冠旋舊墟，不爲好爵縈。"孔稚珪《北山移文》："雖假容於江皐，乃纓情於好爵。"　左揆：左丞相。權德輿《杜公淮南遺愛碑銘》："俄授左揆，竟參大政，加徐泗濠等州節度使。"元稹《授趙宗儒尚書左僕射制》："奉常正秩，左揆兼榮。"本文指陳楚檢校的左僕射榮銜。　中權：指主將的權勢。司空圖《復安南碑》："中權令峻，按虎節以風生；上將策奇，指龍編而天落。"《宋史·劉廷讓傳》："萬旅所集，實制於中權。"　庸功：功績，功勛。《後漢書·朱祐傳贊》："帝績思乂，庸功是存。"李賢注："庸，勛也。言將興帝績，則念勛功之臣也。"元稹《春六十韵》："歌鍾齊錫宴，車服獎庸功。"　後命：指續發的命令。《左傳·僖公九年》："齊侯將下拜，孔曰：'且有後命。'"趙彦衛《雲麓漫抄》卷九："始聞後命，方在浙東，即欲便道省覲。"

　⑧ 功懋懋賞：典見《尚書全解》卷一三："德懋懋官，功懋懋賞。用人惟已，改過不吝。克寬克仁，彰信兆民。"林之奇注："此言湯之修身，行已見於實效者。如此，其取天下固無利之之心也。而又能官有德，賞有功，與天下同其利也。"又注曰："德懋懋官，功懋懋賞，蓋有德者則宜崇之以高爵厚禄，使之在高位，以致君澤民。至於有功者，則但報之以厚賞，而不居之於位，各適其當而已。"　當：適宜，適當。《禮記·樂記》："古者天地順而四時當，民有德而五穀昌。"孔穎達疏："當，謂不失其所。"吳兢《貞觀政要·公平》："夫淫洗盜竊，百姓之所惡也。我從而刑罰之，雖過乎當，百姓不以我爲暴者，公也。"　捨爵策勛：典見《左傳·桓公二年》："凡公行，告于宗廟。反行，飲至舍爵，策勛焉！禮也。"杜預注："爵，飲酒器也。既飲，置爵，則書勛勞於策，言速紀有功也。"　速：迅速，快。《論語·子路》："欲速則不達，見小利則大事不成。"王建《遠將歸》："去願車輪遲，回思馬蹄速。"

⑨ 進律：提高標誌爵位的禮儀等級。《禮記·王制》："有功德於民者，加地進律。"鄭玄注："律，法也。"孔穎達疏："法謂法度，諸事皆是，即《大行人》上公九命'繅藉九寸、冕服九章、建常九斿'之等是也。"柳宗元《祭崔君敏文》："出令三歲，人無怨讟。進律未行，歸神何速！" 馘：原指所割下敵人或俘虜的耳朵。《詩·魯頌·泮水》："矯矯虎臣，在泮獻馘。"鄭玄箋："馘，所格者之左耳。"陳子昂《奏白鼠表》："執馘獻俘，期在不遠。"後來指俘虜。《左傳·成公三年》："二國治戎，臣不才，不勝其任，以爲俘馘。" 恩：德澤，恩惠。《孟子·梁惠王》："今恩足以及禽獸，而功不至於百姓者，獨何與？"張衡《東京賦》："洪恩素蓄，民心固結。" 將臣：武臣，與儒臣相對。蔣偕《李司空論諫集序》："大中初，有詔史官，差第元和間相臣五人、將臣五人，將命圖形，以補凌煙二十四人之次，有司即以公之名迹列在選中。"《新唐書·李福傳》："時党項羌震擾，議者以將臣貪牟產虜怨，議擇儒臣治邊。" 自效：願爲別人或集團貢獻自己的力量或生命。《漢書·蘇武傳》："今將殺身自效，雖蒙斧鉞湯鑊，誠甘樂之。"《三國志·魏武帝紀》："孫權遣使上書，以討關羽自效。"

［編年］

《年譜》編年："《制》云：'義武軍節度使、檢校工部尚書陳楚……總齊義武，於今六年。'據《舊唐書·憲宗紀》下，陳楚於元和十一年十二月丙午爲義武軍節度使，至長慶元年，正'六年'。"《編年箋注》編年理由同《年譜》，結論是"下推六年，爲穆宗長慶元年（八二一），此《制》即撰於其時。"《年譜新編》編年："制云：'總齊義武，於今六年。'《舊唐書·憲宗紀下》云：'（元和）十二月丙午，以易州刺史陳楚爲定州刺史、義武軍節度使。'下推'六年'，正是長慶元年。"

我們以爲，一、《年譜》、《編年箋注》、《年譜新編》編年本文於長慶元年，首先是與元稹知制誥任職的起止時間不符，因爲本年十月十九日之後,元稹已經不在翰林承旨學士、知制誥之任。二、《年譜新編》引錄《舊唐書・憲宗紀》作爲根據,但却因粗疏脱漏了元和"十一年"這樣非常關鍵的字眼,又如何"下推'六年'"?三、本文:"今遼陽冀分,紛亂交虐。"明言陳楚的加官進爵發生在幽州與成德軍相繼叛亂之後,而據《舊唐書・穆宗紀》,幽鎮叛亂在長慶元年七月,傳至長安在八月六日,至少長慶元年八月六日之前的時日應該排除在外。而長慶元年八月六日,則應該是本文撰作的上限;其下限,則應該是元稹被免職中書舍人、翰林承旨學士的長慶元年十月十九日:前後總計七十三天。四、據"今遼陽冀分,紛亂交虐……今則寇未平而進律,馘方獻而先恩"的明確表述,本文不僅撰成於幽鎮朱克融、王庭湊聯兵叛亂之後,而且也表明當時陳楚參與平叛尚未立功之時。據《舊唐書・穆宗紀》記載:八月六日成德軍王庭湊叛亂的消息傳至長安,八月八日"敕公卿大臣至中書議幽、鎮討伐之謀",八月十日"王廷湊遣盜殺冀州刺史王進岌,據其郡",八月十二日"以前涇原節度使田布起復檢校工部尚書兼魏州大都督府長史,充魏博節度使","以深州刺史本州團練使牛元翼充深冀節度使",八月十八日"冀州刺史吳暐潛爲幽州兵所逐。瀛州兵亂,囚觀察使盧士玫,瀛州尋爲幽州兵所據",八月二十二日"以河東節度裴度充幽鎮兩道招撫使",八月三十日"鎮州出兵圍深州"。整個八月,李唐朝廷與幽鎮叛亂雙方緊鑼密鼓,針鋒相對,幽鎮意在擴大地盤,打通幽州與成德軍之間的聯繫,實現"聯兵叛唐"的初衷,故先後奪取冀州、瀛州、深州。而易州、定州則横亘在幽鎮中間,地理位置非常重要,軍事意義十分重大,是雙方都想奪取的重點目標。正是在這樣的情勢下,李唐朝廷給義武節度使,亦即易、定兩州的實際掌控者陳楚加官進爵,授其左僕射的榮銜。而以情理計,應該在冀州、瀛州失守之後,情勢更爲急迫之時。據此,本文應該撰成於長慶元年八月之後半月,地點在長安,元稹時任中書舍人、翰林承旨學士之職。

◎ 李愬妻韋氏封魏國夫人制^{(一)①}

敕：夫尊於朝，婦貴於室，由古道也。安有邦君之妻而無
湯沐之地乎②？況魏博等州節度使、特進、檢校左僕射、同中
書門下平章事、涼國公李愬妻韋氏^(二)，德宗皇帝之外孫也③。
笄年事愬，克有令儀。天蔭雖高，猶執婦道④。持其門戶，使
愬有姻族之和；奉其蘋蘩，使愬有烝嘗之潔。愬當分閫之際，
終無內顧之憂者，由此婦也⑤。

今愬積行累功，以致爵位。六遷重鎮（愬歷爲隋唐鄧、山南東
道、鳳翔、武寧、昭義、魏博六節度使），名列上台⑥。而韋氏猶限彝章，
未嘗開國，甚不稱也。因愬大名之邦，式建小君之號。可封
魏國夫人⑦。

録自《元氏長慶集》卷五〇

［校記］

（一）李愬妻韋氏封魏國夫人制：《全文》同，楊本、叢刊本作"李
愬妻韋氏封魏國夫人"，《英華》作"封李愬妻韋氏魏國公夫人制"，各
備一說，不改。

（二）況魏博等州節度使、特進、檢校左僕射、同中書門下平章
事、涼國公李愬妻韋氏：原本作"涼國公李愬妻韋氏"，楊本、叢刊本、
《全文》同，據《英華》補改。

［箋注］

① 李愬：中唐名將李晟之子，史迹見《舊唐書·李愬傳》："愬以

父蔭起家,授太常寺協律郎,遷衛尉少卿……授右庶子,轉少府監、左庶子。出爲坊、晉二州刺史,以理行殊異,加金紫光祿大夫,復爲庶子。累遷至太子詹事、宮苑閑廄使。愬有籌略,善騎射。元和十一年,用兵討蔡州吳元濟。七月,唐鄧節度使高霞寓戰敗,又命袁滋爲帥,滋亦無功。愬抗表自陳,願於軍前自效。宰相李逢吉亦以愬才可用,遂檢校左散騎常侍兼鄧州刺史、御史大夫,充隋唐鄧節度使。兵士摧敗之餘,氣勢傷沮,愬揣知其情,乃不肅軍陣,不齊部伍。或以不肅爲言,愬曰:'賊方安袁尚書之寬易,吾不欲使其改備。'乃紿告三軍曰:'天子知愬柔而忍恥,故令撫養爾輩。戰者,非吾事也。'軍衆信而樂之。愬又散其優樂,未嘗宴樂。士卒傷痍者,親自撫之。賊以嘗敗高、袁二帥,又以愬名位非所畏憚者,不甚增其備。愬沉勇長算,推誠待士,故能用其卑弱之勢,出賊不意。居半歲,知人可用,乃謀襲蔡,表請濟師。詔河中、鄜坊騎兵二千人益之,由是完緝器械,陰計戎事。嘗獲賊將丁士良,召入與語,辭氣不撓,愬異之,因釋其縛,置爲捉生將。士良感之,乃曰:'賊將吳秀琳總衆數千,不可遽破者,用陳光洽之謀也。士良能擒光洽以降秀琳。'愬從之,果擒光洽。十二月,吳秀琳以文成柵兵三千降。愬乃徑徙之新興柵,遂以秀琳之衆攻吳房縣,收其外城。初,將攻吳房,軍吏曰:'往亡日,請避之!'愬曰:'賊以往亡,謂吾不來,正可擊也!'及戰,勝捷而歸。賊以驍騎五百追愬,愬下馬據胡床,令衆悉力赴戰,射殺賊將孫忠憲,乃退。或勸愬遂拔吳房,愬曰:'取之則合勢而固其穴,不如留之以分其力。'初,吳秀琳之降,愬單騎至柵下與之語,親釋其縛,署爲衙將。秀琳感恩,期於效報,謂愬曰:'若欲破賊,須得李祐,某無能爲也。'祐者,賊之騎將,有膽略,守興橋柵,常侮易官軍,去來不可備。愬召其將史用誠,誠之曰:'今祐以衆獲麥於張柴,爾可以三百騎伏旁林中,又使搖旆於前,示將焚麥者。祐素易我軍,必輕而來逐,爾以輕騎搏之,必獲祐。'用誠等如其料,果擒祐而還。官軍常苦祐,皆請殺之,愬不聽,解縛而客禮之。

愬乘間常召祐及李忠義，屏人而語，或至夜分。忠義，亦降將也，本名憲，愬致之。軍中多諫愬，愬益寵祐。始募敢死者三千人，以爲突將，愬自教習之。愬將襲元濟，會雨水，自五月至七月不止，溝塍潰溢，不可出師。軍吏咸以不殺祐爲言，簡牘日至，且言得賊諜者具言其事。愬無以止之，乃持祐泣曰：‘豈天意不欲平此賊，何爾一身見奪於眾口？’愬又慮諸軍先以謗聞，則不能全祐，乃械送京師，先表請釋，且言：‘必殺祐，則無以成功者。’比祐至京，詔釋以還愬，乃署爲散兵馬使，令佩刀巡警，出入帳中，略無猜間。又改爲六院兵馬使，舊軍令，有舍賊諜者屠其家，愬除其令，因使厚之，諜反以情告愬，愬益知賊中虛實。陳許節度使李光顏勇冠諸軍，賊遂以精卒抗光顏。由是愬乘其無備，十月將襲蔡州。其月七日，使判官鄭澥告師期於裴度。十日夜，以李祐率突將三千爲先鋒，李忠義副之。愬自帥中軍三千，田進誠以後軍三千殿而行。初出文成柵，眾請所向，愬曰：‘東六十里止。’至賊境，曰張柴砦，盡殺其戍卒，令軍士少息，繕鞴靮甲胄，發刃彀弓，復建旆而出。是日，陰晦雨雪，大風裂旗旆，馬慄而不能躍，士卒苦寒，抱戈僵仆者道路相望。其川澤梁逕險夷，張柴已東，師人未嘗蹈其境，皆謂投身不測。初至張柴，諸將請所止，愬曰：‘入蔡州，取吳元濟也！’諸將失色，監軍使哭而言曰：‘果落李祐計中！’愬不聽，促令進軍，皆謂必不生還。然已從愬之令，無敢爲身計者。愬道分五百人斷洄曲路橋，其夜凍死者十二三，又分五百人斷朗山路。自張柴行七十里，比至懸瓠城，夜半，雪愈甚。近城有鵝鴨池，愬令驚擊之，以雜其聲。賊恃吳房、朗山之固，晏然無一人知者。李祐、李忠義坎墉而先登，敢銳者從之，盡殺守門卒而登其門，留擊柝者。黎明，雪亦止，愬入，止元濟外宅。蔡吏告元濟曰：‘城已陷矣！’元濟曰：‘是洄曲子弟歸求寒衣耳！’俄聞愬軍號令將士云：‘常侍傳語！’乃曰：‘何常侍，得至於此？’遂驅率左右乘子城拒捍，田進誠以兵環而攻之。愬計元濟猶望董重質來救，乃令訪重質家，安恤之，使其家人持書召重質。重質單騎而歸愬,白衣泥首,愬以客禮待之。田進誠焚子城南門,元濟城上請罪,進誠梯而下之,乃檻送京師。其申、光二州及諸鎮兵,尚二萬餘人,相次來降。自元濟就擒,愬不戮一人,其爲元濟執事帳下廚廄之間者,皆復其職,使之不疑。乃屯兵鞠場,以待裴度。翌日,度至,愬具櫜鞬候度馬首。度將避之,愬曰:'此方不識上下等威之分久矣!請公因以示之!'度以宰相禮受愬迎謁,衆皆聳觀。明日,愬軍還於文成柵。十一月,詔以愬檢校尚書左僕射兼襄州刺史、山南東道節度、襄鄧隋唐復郢均房等州觀察等使、上柱國,封涼國公,食邑三千户,食實封五百户,一子五品正員。憲宗有意復隴右故地,元和十三年五月,授愬鳳翔隴右節度使,仍詔路由闕下。愬未發,屬李師道再叛,詔田弘正、義成、宣武等軍討之,乃移愬爲徐州刺史、武寧軍節度使,代其兄愿,兄弟交換岐、徐二鎮,旬日間再踐父兄之任。愬至徐方,理兵有方略。時蔡將董重質貶春州司户,愬上表請愬重質賜之,堪於軍前驅使,即詔徵還送武寧軍,愬乃署爲牙將。愬破賊金鄉,凡十一戰,擒賊將五十,俘斬萬計。淄青平,將有事燕、趙。元和十五年九月,以愬檢校左僕射、同中書門下平章事、潞州大都督府長史、昭義節度使,仍賜興寧里第。十月,王承宗卒,魏博田弘正移任鎮州。愬至潞州,四(是)月,遷魏州大都督府長史、魏博節度使。長慶元年,幽、鎮復亂,愬聞之,素服以令三軍曰:'魏人所以富庶而能通知聖化者,由田公故也。天子以其仁而愛人,使理鎮冀。且田公出於魏,撫師七年,一旦鎮人不道,敢茲殘害,以魏爲無人也。若父兄子弟食田公恩者,其何以報?'衆皆慟哭,又以玉帶、寶劍與牛元翼,遣使謂之曰:'吾先人常以此劍立大勳,吾又以此劍平蔡寇,今鎮人叛逆,公以此翦之!'元翼承命感激,乃以劍及帶令於軍中,報之曰:'願以衆從,竭其死力。'方有制置,會疾作,不能治軍,人違紀律,功遂無成。朝廷以田布代之,除太子少保,歸東都。是年十月,卒於洛陽,時年四十九。穆宗聞之震悼,賻賵加等,贈太尉。始晟尅復京城,市不改肆。

及愬平淮蔡,復踵其美,父子仍建大勛,雖昆仲皆領兵符,而功業不侔於愬,近代無以比倫。加以行己有常,儉不違禮。弟兄席父勛寵,率以僕馬第宅相矜,唯愬六遷大鎮,所處先人舊宅一院而已。晚歲忽於取士,辟請不得其人,至使吏緣爲奸,軍政不肅,物論稍減,惜哉!"王建《贈李愬僕射》:"唐州將士死生同,盡逐雙旌舊鎮空。獨破淮西功業大,新除隴右世家雄。"王建《贈李愬僕射二首》一:"和雪翻營一夜行,神旗凍定馬無聲。遙看火號連營赤,知是先鋒已上城。" 韋氏:李愬之妻,亦即促成《平淮西碑》重撰的唐安公主之女,在中唐歷史上曾經掀起一場不大不小的政治風波。《新唐書·吳元濟傳》:"愈以元濟之平,縣度能固天子意,得不赦,故諸將不敢首鼠,卒禽之,多歸度功,而愬特以入蔡,功居第一。愬妻,唐安公主女也。出入禁中,訴愈文不實。帝亦重牾武臣心,詔斲其文,更命翰林學士段文昌爲之。"國夫人:命婦的一種封號。《通典·職官》:"大唐外命婦之制,諸王母、妻及妃,文武官一品及國公母、妻,爲國夫人。"李慈銘《越縵堂讀書記·札記》:"至婦人之封,六朝以前見於史傳者,間有國夫人、太夫人之封,其詳不可考。唐則一品封國夫人,二品三品郡夫人。"

②尊:尊貴,高貴。《荀子·正論》:"天子者,執位至尊。"韓愈《讀荀》:"始吾讀孟軻書,然後知孔子之道尊。" 朝:指君王處理政務處,古代君王及高級官吏處理政務的地方皆稱朝,後專指帝王接受朝見處理政務處。《詩·齊風·雞鳴》:"雞既鳴矣!朝既盈矣!"孔穎達疏:"朝盈,謂群臣辨色入,滿於朝上。"孔融《薦禰衡表》:"使衡立朝,必有可觀。" 貴:地位顯要。《論語·里仁》:"子曰:富與貴,是人之所欲也。不以其道得之,不處也。"《漢書·金日磾傳》:"日磾兩子貴,及孫則衰矣!" 室:家。劉向《列女傳·齊東郭姜》:"君子曰:'東郭姜殺一國君,而滅三室,又殘其身,可謂不祥矣!'"韓愈《太原府參軍苗君墓誌銘》:"君同生昆弟姊凡三人,皆先死。四室之孤,男女凡二十人,皆幼。"特指夫家。焦贛《易林·無妄之豫》:"東家中女,嫫母最

醜，三十無室，媒伯勞苦。」　古道：古代之道，泛指古代的制度、學術、思想、風尚等。桓寬《鹽鐵論·殊路》：「夫重懷古道，枕籍《詩》《書》，危不能安，亂不能治。」韓愈《師說》：「余嘉其能行古道，作《師說》以貽之。」　邦君：指刺史等地方官。韓愈《題合江亭寄刺史鄒君》：「維昔經營初，邦君實王佐。」曾季貍《艇齋詩話》：「老杜‘燈影照無睡，心清聞妙香’，韋蘇州‘兵衛森畫戟，燕寢凝清香’，皆曲盡其妙。不問詩題，杜詩知其宿僧房，韋詩知其爲邦君之居也，此爲寫物之妙。」　湯沐：指湯沐邑，國君、皇后、公主等收取賦稅的私邑。《史記·平準書》：「自天子以至於封君湯沐邑，皆各爲私奉養焉！」楊炯《瀘州都督王湛神道碑》：「母常山公主，河東有湯沐邑，因家焉！」

③ 魏博節度使：節度使府名，府治地當今河北大名。《舊唐書·地理志》：「魏博節度使：治魏州，管魏、貝、博、相、澶、衛六州。」王建《朝天詞十首寄上魏博田侍中》八：「胡馬悠悠未盡歸，玉關猶隔吐蕃旗。老臣一表求高臥，邊事從今欲問誰？」楊巨源《辭魏博田尚書出境後感恩戀德因登蒺臺》：「薦書及龍鍾，此事鏤心骨。親知殊恨恨，徒御方咄咄。」　特進：官名，始設於西漢末，授予列侯中有特殊地位的人，位在三公下。東漢至南北朝僅爲加官，無實職，隋唐爲散官。徐彥伯《送特進李嶠入都祔廟》：「特進三公下，台臣百揆先。孝圖開寢石，祠主卜牲筵。」劉長卿《送南特進赴歸行營》：「聞道軍書至，揚鞭不問家。虜雲連白草，漢月到黃沙。」　德宗皇帝之外孫：李愬妻之母爲唐安公主，唐德宗之女，死後賜謚曰莊穆公主。《舊唐書·德宗紀》：「(興元元年三月)庚寅，車駕次城固，唐安公主薨，上愛女，悼惜之甚。壬申，至梁州。」《舊唐書·德宗紀》：「(貞元十五年七月)丙午，故唐安公主賜謚曰莊穆公主，賜謚自唐安始也。」《舊唐書·韓皋傳》：「會唐安公主女出適右庶子李愬，內官中使於愬家往來，百姓遮道投狀，內官繼以事上聞德宗。」

④ 笄年：謂女子成年。王韞秀《寄姨妹》：「笄年解笑鳴機婦，恥

見蘇秦富貴時。”《舊五代史·晉高祖紀》：“癸丑，長安公主薨，帝之長女也，笄年降於駙馬楊承祚，帝悼惜之甚，輟視朝二日，追贈秦國公主。” 令儀：指美好的儀容、風範。司空圖《障車文》：“夫人璇躔濬發，金縷延長。令儀淑德，玉秀蘭芳。”秦觀《蔡氏哀詞》：“惟夫人之高誼兮，真一時之女英；既富有此好德兮，又申之以令儀。” 蔭：庇蔭，封建時代子孫因先世有功勞而得到封賞或免罪。《隋書·柳述傳》：“少以父蔭，爲太子親衛。”《新唐書·顏杲卿傳》：“杲卿以蔭調遂州司法參軍。” 婦道：爲婦之道，舊多指貞節、孝敬、卑順、勤謹而言。《後漢書·鮑宣妻》：“修行婦道，鄉邦稱之。”韓愈《楚國夫人墓誌銘》：“皇姑以夫人能盡婦道，稱之六親。”

⑤ 門户：家庭，户口。《樂府詩集·隴西行》：“健婦持門户，亦勝一丈夫。”《顏氏家訓·後娶》：“異姓寵則父母被怨，繼親虐則兄弟爲仇。家有此者，皆門户之禍也。”王利器集解：“門户，猶今言家庭。”姻族：有姻親關係的各家族或其成員。《後漢書·皇甫規傳》：“今大將軍梁冀、河南尹不疑，處周邵之任，爲社稷之鎮，加與王室世爲姻族，今日立號雖尊可也。”劉禹錫《謝裴相公啓》：“姻族相賀，壺觴盈門。” 蘋蘩：蘋和蘩，兩種可供食用的水草，古代常用於祭祀。《詩·召南·采蘩序》：“《采蘩》，夫人不失職也。夫人可以奉祭祀，則不失職矣！”後以“蘋蘩”借指能遵祭祀之儀或婦職等。謝朓《齊敬皇后哀策文》：“始協德於蘋蘩兮，終配祇而表命。”陳子良《祭司馬相如文》：“至於蘋蘩可薦，黍稷非馨。庶降明靈，幸垂嘉祐。神其如在，希能饗之。” 烝嘗：本指秋冬二祭，後亦泛稱祭祀。《詩·小雅·楚茨》：“絜爾牛羊，以往烝嘗。”鄭玄箋：“冬祭曰烝，秋祭曰嘗。”蔡邕《文範先生陳仲弓銘》：“立廟舊邑，四時烝嘗。歡哀承祀，其如祖禰。”分閫：指出任將帥或封疆大吏。《文心雕龍·檄移》：“故分閫推轂，奉辭伐罪，非唯致果爲毅，亦且厲辭爲武。”張先《喜朝天·清暑堂贈蔡君謨》：“佳景在。吳儂還望，分閫重來。” 内顧：指對家事或

其他内部事務的顧念。《漢書·楊僕傳》:"失期内顧,以道惡爲解。"顏師古注:"内顧,言思妻妾也。"左思《詠史詩八首》八:"外望無寸禄,内顧無斗儲。"

　　⑥ 積行:累積善行。《孔子家語·好生》:"周自後稷積行累功,以有爵土。"荀悦《漢紀·武帝紀》:"夫十室之邑,必有忠信;三人並行,厥有我師。今或至闔郡不薦一人,是化不下究而積行之君子擁於上聞也。"　累功:功勞一個連著一個。杜甫《唐故德儀贈淑妃皇甫氏神道碑》:"非夫清門華胄,積行累功,序於王者之有始有卒,介於嬪御之不僭不濫。"張貫然《忠武將軍茹公神道碑》:"夫其策名委質,積行累功,禄以實千,職無越請。"　爵位:爵號,官位。葛洪《抱朴子·論仙》:"夫有道者,視爵位如湯鑊,見印綬如縗絰。"韓愈《答竇秀才書》:"高可以釣爵位,循次而進,亦不失萬一於甲科。"　重鎮:軍事上占重要地位的城鎮。李邕《岳麓寺碑》:"思神賜土,靈化度堂。重鎮牧伯,上游侯王。"王師乾《王右軍祠堂碑》:"匯澤西浮,潯陽重鎮。伊昔南夏,埒擬扶風。"　上臺:泛指三公、宰輔。吕頌《賀陸相公拜相啓》:"伏見詔書,相公拜上臺之位,寅亮天工,登翊王室,弼成大化,佇致和平。"李商隱《爲榮陽公上荆南鄭相公狀》:"近者上臺出爲外相,伏思元老已注宸心。"

　　⑦ 彝章:常典,舊典。解貫《對燕弓矢舞判》:"實遵古典,豈紊彝章?樂師所巡,奚妄加撻?"吕温《道州刺史謝上表》:"唯當勤宣皇化,虔奉彝章。苦節勵精,少酬萬一。"　開國:原指晉代以後在五等封爵前所加的稱號。任昉《齊竟陵文宣王行狀》:"封聞喜縣開國公,食邑千户。"高承《事物紀原·開國》:"晉令始有開國之稱,故五等皆郡縣開國。陳亦有開國郡公、縣侯伯子男,侯已降,無郡封。由唐迄今,因而不改。"這裏借指對李愬妻韋氏魏國夫人的封號。孫逖《封牛仙客妻王氏幽國夫人制》"寵其車服,已膺命婦之榮;錫以山川,更表從夫之貴。可封幽國夫人。"于邵《謝贈亡妻鄭國夫人表》:"某月日中使某

至,特蒙聖慈追贈妻單氏鄭國夫人,捧拜絲綸,載光窀穸。" **大名**:謂尊崇的名號。《史記·陳涉世家》:"且壯士不死則已,死即舉大名耳!王侯將相寧有種乎!"司馬貞索隱:"大名謂大名稱也。"《新唐書·陸贄傳》:"古之人君,德合於天曰'皇',合於地曰'帝',合於人曰'王',父天母地以養人治物,得其宜者曰'天子',皆大名也。" **小君**:周代稱諸侯之妻。《穀梁傳·莊公二十二年》:"小君非君也。其曰君何也?以其爲公配,可以言小君也。"趙彦衛《雲麓漫抄》卷一:"周制諸侯曰國君,妻曰小君。"

[編年]

《年譜》編年:"《制》云:'今恕……六遷重鎮,名列上台。'李恕已爲隋唐鄧節度使、山南東道節度使、鳳翔隴右節度使、武寧軍節度使、昭義軍節度使,至元和十五年十月乙酉,又爲魏博六節度使,《制》當撰於十月乙酉以後。"《編年箋注》、《年譜新編》編年理由與編年結論同《年譜》所列。

我們以爲,一、本文稱李恕爲"魏博等州節度使",應該在李恕魏博等州節度使任期之内,據《舊唐書·穆宗紀》,李恕元和十五年十月乙酉,亦即十月十六日至長慶元年九月癸丑,亦即九月二十日在魏博節度使任,本文即應該撰成於這一時期。而並非一定是"元和十五年乙酉"之後的時日,不應該排除長慶元年九月十九日元稹尚在中書舍人、翰林承旨學士任期之内和李恕也在魏博等州節度使任期之内的歲月。二、元和十五年十月十六日李恕移任魏博,是接替田弘正移鎮成德軍之後的空缺,屬於正常調動。如無特別的原因,沒有必要隨即要給調動之後的重臣夫人晉封。三、據《舊唐書·李恕傳》,長慶元年七月,幽、鎮復亂,這時李恕激勵魏博之三軍,奮起抗擊叛亂的王庭湊。又以祖傳的玉帶、寶劍贈送深冀節度使牛元翼,支持牛元翼抗擊殺害田弘正的王庭湊。所有這一切,都是李恕站在李唐朝廷一邊、積極反叛的具體表現，朝廷自然應該給予鼓勵。四、而魏博節度使府的轄境北面與成德軍節度使府轄境相鄰，與陳楚掌控的易定節度使府轄境一樣，地理位置也十分重要。在朝廷與叛鎮角逐的長慶元年八月，雙方都在爭取盡可能爭取的力量。何況李愬一貫忠於李唐，更是不應該忽視。因此李唐在給予陳楚"左僕射"榮銜的同時，也自然應該給予一直沒有"開國"的李愬之妻韋氏加封"魏國夫人"。據此，本文應該與《加陳楚檢校左僕射制》作於同時，亦即長慶元年八月的後半月，地點在長安，元稹時任中書舍人、翰林承旨學士之職。

◎ 加裴度幽鎮兩道招撫使制（長慶元年七月，朱克融反于幽，王廷湊反于鎮，命度招撫之）⁽¹⁾①

門下⁽²⁾：夫以區區秦伯，而猶念晉國，曰其君是惡，其人何罪②？況朕均養億兆，爲之君親⁽³⁾，燕人冀人，皆吾乳哺而育之，安忍以豺狼驅脅之故，絕其飛走，盡致網羅？止行犯命之誅，是用開其一面③。

河東節度觀察處置等使、金紫光祿大夫、守司空兼門下侍郎、同中書門下平章事、太原尹、北都留守、上柱國、晉國公、食邑三千戶裴度⁽⁴⁾：昔者區域之中，蜂蟻巢聚。蔡有逆孽，齊有狡童。厥初圖征，疑議滿野。不懼不惑，挺然披攘（度請自往督戰）④。苟無司南，允罔能濟？佑我憲考，爲唐神宗。實賴股肱⁽⁵⁾，運用忠力⁽⁶⁾⑤。

肆朕小子，蒙受景靈。冀服於前，燕平於後。而撫御失理，盤牙復生⑥。求思弭寧，中夜有得⁽⁷⁾。國有元老⁽⁸⁾，夫何患焉！用是亟宣懇惻之誠，就加招撫之命⑦。

於戲！頃者師道、元濟，乘累代襲授之資，藉山東結連之勢。以丞相布畫於千里之外，使諸將持重於四封之中⑧。而猶劉悟裂蛇豕之軀（悟斬師道），李祐潰鯨鯢之腹（祐謀元濟）。蓋逆順之情異，而忠孝之道明也⑨。

況彼幽鎮，無名暴狂（九）。以丞相進觀其宜（一〇），以諸將齊奮其力。斧鑕之刑坐迫，椒蘭之氣外薰⑩。誰不自愛其生，焉能與亂同死？度宜開懷緩帶，以待其歸。可依前守司空兼門下侍郎、同中書門下平章事、河東節度使，充幽鎮兩道招撫使，餘如故⑪。

錄自《元氏長慶集》卷四二

［校記］

（一）加裴度幽鎮兩道招撫使制：楊本、叢刊本、《四六法海》、《文章辨體彙選》、《山西通志》、《全文》同，《英華》作“加裴度幽鎮兩道招討使制”，《唐大詔令集》作“裴度幽鎮兩道招撫使制”，各備一說，不改。長慶元年七月，朱克融反于幽，王廷湊反于鎮，命度招撫之：此題注僅見於馬本《元氏長慶集》，其他各本，亦即楊本、叢刊本、《英華》、《唐大詔令集》、《四六法海》、《文章辨體彙選》、《山西通志》、《全文》、盧校均未見，應該是馬本《元氏長慶集》的整理者馬元調所加，僅錄以備考。

（二）門下：楊本、叢刊本、《英華》、《唐大詔令集》、《四六法海》、《文章辨體彙選》、《全文》同，《山西通志》無，各備一說，不改。

（三）爲之君親：楊本、叢刊本、《英華》、《唐大詔令集》、《四六法海》、《文章辨體彙選》、《山西通志》、《全文》同，盧校作“爲人之君親”，各備一說，不改。

（四）河東節度觀察處置等使、金紫光禄大夫、守司空兼門下侍郎[四]、同中書門下平章事、太原尹、北都留守、上柱國、晉國公、食邑三千户裴度：叢刊本、《英華》、《唐大詔令集》、《全文》同，《四六法海》作"晉國公裴度"，《文章辨體彙選》、《山西通志》作"具官裴度"，各備一説，不改。楊本誤作"河東節度觀察處置等使、金紫光禄大夫、中司空兼門下侍郎、同中書門下平章事、太原尹、北都留守、上柱國、晉國公、食邑三千户裴度"，不從不改。

（五）實賴股肱：原本作"實惟股肱"，楊本、叢刊本、《山西通志》、《全文》同，據《英華》、《唐大詔令集》、《文章辨體彙選》、《四六法海》改。

（六）運用忠力：楊本、叢刊本同，《英華》、《唐大詔令集》、《文章辨體彙選》、《四六法海》、《山西通志》、《全文》作"運用心力"，各備一説，不改。

（七）中夜有得：楊本、叢刊本、《全文》同，《英華》、《唐大詔令集》、《文章辨體彙選》、《四六法海》、《山西通志》作"中夕有得"，各備一説，不改。

（八）國有元老：楊本、叢刊本、《全文》同，《英華》、《唐大詔令集》、《文章辨體彙選》、《四六法海》、《山西通志》作"國老尚在"，各備一説，不改。

（九）況彼幽鎮，無名暴狂：原本作"況幽鎮無名暴狂"，叢刊本同，《唐大詔令集》作"況彼幽鎮，無名狂暴"，《英華》、《文章辨體彙選》、《四六法海》、《山西通志》、《全文》作"況彼幽鎮，無名暴征"，據楊本改。

（一〇）以丞相進觀其宜：楊本、叢刊本、《全文》同，《英華》、《唐大詔令集》、《四六法海》、《文章辨體彙選》、《山西通志》作"以丞相近觀其宜"，各備一説，不改。

[箋注]

① 加裴度幽鎮兩道招撫使：事見《舊唐書·穆宗紀》：“（長慶元年）八月甲子朔……己丑，以河東節度裴度充幽鎮兩道招撫使。”又《新唐書·穆宗紀》：“（長慶元年八月）己丑，裴度爲幽鎮招撫使。”幽鎮：幽州節度使府與成德軍節度使府，時幽州朱克融與成德軍王庭凑相繼叛唐，故有任命裴度統領全局、招撫與征討並行之詔命。庾承宣《魏博節度使田布碑》：“時討幽鎮諸軍，庶事草創，計司荒略，供饋大虧。”李程《河東節度使太原尹贈太尉李光顔神道碑》：“幽鎮挺灾，輔車爲用，詢於群議，非公莫能。” 道：古代行政區劃名。唐初分全國爲十道，後增爲十五道。《新唐書·地理志》：“太宗元年，始命併省，又因山川形便，分天下爲十道……開元二十一年，又因十道分山南、江南爲東西道，增置黔中道及京畿、都畿，置十五採訪使。”這裏僅僅借指節度使府而已。所謂的兩道，亦即幽州節度使府與成德軍節度使府而已，裴度涪州招撫的範圍。張説《右羽林大將軍王公神道碑奉敕撰》：“維大唐開元十五年閏九月二十三日庚申，右羽林大將軍、持節河西隴右兩道節度使、營田九姓、轉運十副大使，兼赤水大使、專知節度事，攝御史中丞，判涼州都督、上柱國、晉昌伯薨於鞏茥亭故也。”顔真卿《中散大夫京兆尹漢陽郡太守贈太子少保鮮于公神道碑銘》：“瓊以兩道採訪節度使務悉以委公，無何，攝監察御史充劍南、山南兩道山澤使。遷大理評事，充西山督察使。” 招撫：招安，使歸附。《後漢書·賈琮傳》：“琮即移書告示，各使安其資業，招撫荒散，蠲復傜役。”封演《封氏聞見記·惠化》：“閻伯嶼爲袁州時，征役煩重，袁州先已殘破。伯嶼專以惠化招撫，逃亡皆復。”關於裴度與元稹的前期關係，元稹有《上門下裴相公書》，請參閲。而後期裴度對元稹誣陷與彈劾，請參閲裴度《論魏弘簡元稹疏》、《第二表》兩文，最後導致元稹罷相，説詳拙稿《元稹考論·裴度的彈劾與元稹的貶職——三論“元稹與宦官”》，文長不録，拜請審閲。

②門下：即門下省，官署名，起於後漢，稱於晉，與中書省、尚書省並立。唐代一度改名東臺、鸞堂、鸞臺、黃門省。王維《春日直門下省早朝》：“騎省直明光，鷄鳴謁建章。遙聞侍中珮，暗識令君香。”杜甫《野人送朱櫻》：“憶昨賜霑門下省，退朝擎出大明宮。金盤玉筯無消息，此日嘗新任轉蓬。”“夫以區區秦伯”四句：事見《史記·秦本紀》：“十二年，齊管仲、隰朋死，晉旱，來請粟。丕豹説繆公勿與，因其飢而伐之。繆公問公孫支，支曰：‘飢穰，更事耳！不可不與。’問百里傒，傒曰：‘夷吾得罪於君，其百姓何罪？’於是用百里傒、公孫支言，卒與之。粟以船漕車轉，自雍相望至絳。十四年，秦飢，請粟於晉。晉君謀之群臣，虢射曰：‘因其飢伐之，可有大功。’晉君從之。十五年，興兵將攻秦。繆公發兵，使丕豹將自往擊之。九月壬戌，與晉惠公夷吾合戰於韓地。晉君棄其軍，與秦爭利，還而馬鷙。繆公與麾下馳追之，不能得晉君，反爲晉軍所圍。晉擊繆公，繆公傷。於是岐下食善馬者三百人馳冒晉軍，晉軍解圍，遂脱繆公，而反生得晉君。初，繆公亡善馬，岐下野人共得而食之者三百餘人。吏逐得，欲法之。繆公曰：‘君子不以畜產害人，吾聞食善馬肉不飲酒，傷人。’乃皆賜酒而赦之。三百人者聞秦擊晉，皆求從。從而見繆公窘，亦皆推鋒爭死，以報食馬之德。於是繆公虜晉君以歸，令於國：‘齋宿，吾將以晉君祠上帝！’周天子聞之，曰：‘晉我同姓。’爲請晉君。夷吾姊亦爲穆公夫人。夫人聞之。乃衰絰跣曰：‘妾兄弟不能相救，以辱君命。’繆公曰：‘我得晉君以爲功，今天子爲請，夫人是憂。’乃與晉君盟，許歸之，更舍上舍，而饋之七牢。十一月，歸晉君夷吾，夷吾獻其河西地，使太子圉爲質於秦。秦妻子圉以宗女，是時秦地東至河。”　區區：微不足道。《左傳·襄公十七年》：“宋國區區，而有詛有祝，禍之本也。”《舊唐書·張鎬傳》：“臣聞天子修福，要在安養含生，靖一風化。未聞區區僧教，以致太平。”　秦伯：即秦繆公，伯通“霸”，春秋時諸侯盟主稱伯。《荀子·成相》：“子胥見殺百里徙，穆公任之，强配五伯、六卿

施。"楊倞注："伯讀曰霸。"《史記·齊太公世家》："昭公元年，晉文公敗楚於城濮，而會諸侯踐土，朝周，天子使晉稱伯。"

③ 億兆：指庶民百姓，猶言衆庶萬民。蔡邕《太尉汝南李公碑》："憲天心以教育，沐垢濁以揚清，爲國有賞，蓋有億兆之心。"元稹《酬別致用》："達則濟億兆，窮亦濟毫釐。" 君親：君王與父母，亦特指君主。葛洪《抱朴子·酒誡》："臣子失禮於君親之前，幼賤悖慢於耆宿之坐。"王禹偁《讓西京留守表》："荷君親終始之分，近古殊無；守宮闕宗廟之司，非才莫可。" 乳哺：哺育，養育。《法苑珠林》卷六："時有羅刹婦，名曰驢神。見兒不污，念言福子。遂於空中接取洗持，將往雪山，乳哺畜養，猶如己子。"蘇軾《異鵲》："云此方乳哺，甚畏鳶與蛇。" 豺狼：比喻凶殘的惡人。王績《薛記室收過莊見尋率題古意以贈》："伊昔逢喪亂，曆數閏當餘。豺狼塞衢路，桑梓成丘墟。"王昌齡《詠史》："荷畚至洛陽，杖策遊北門。天下盡兵甲，豺狼滿中原。"本文喻指幽鎮的朱克融、王庭湊。 驅脅：驅使脅迫。陸贄《普王荆襄江西等道兵馬都元帥制》："驅脅丁壯，暴骸於原野；攘奪羸老，轉死於溝壑。"白居易《與金陵立功將士等敕書》："而乃保界重江，竊弄凶器。抗拒朝命，驅脅師人。背德欺天，亂常干紀。" 飛走：飛禽走獸。《後漢書·法雄傳》："古者至化之世，猛獸不擾，皆由恩信寬澤，仁及飛走。"左思《吳都賦》："籠烏兔於日月，窮飛走之栖宿。"這裏喻指幽鎮下層的士卒與百姓。 網羅：比喻法網。司空曙《酬張芬有赦後見贈》："紫鳳朝銜五色書，陽春忽布網羅除。"歐陽修《江鄰幾文集序》："其間又有不幸罹憂患，觸網羅，至困阨流離以至。" 犯命：違抗命令。《周禮·地官·小司徒》："施其賞罰，誅其犯命者。"《左傳·昭公六年》："有犯命者，君子廢，小人降。" 開其一面：猶"網開三面"、"網開一面"，《史記·殷本紀》："湯出，見野張網四面，祝曰：'自天下四方，皆入吾網。'湯曰：'嘻，盡之矣！'乃去其三面，祝曰：'欲左，左；欲右，右。不用命，乃入吾網。'諸侯聞之，曰：'湯德至矣！及禽獸。'"後

因以"網開三面"喻法令寬大，恩澤遍施。劉禹錫《賀赦表》："澤及八荒，網開三面。"蘇軾《到惠州謝表》："此蓋伏遇皇帝陛下以大有爲之資，行不忍之政。湯網開其三面，舜干舞於兩階。"亦省作"網開"。《舊唐書·昭宗紀》："是以雷解而義文象德，網開而湯化歸仁，用彼懷柔，式存彝範。"

④ 區域：土地的界劃，指地區。潘岳《爲賈謐作贈陸機》："芒芒九有，區域以分。"劉子元《上蕭至忠論史書》："斯並宜明立科條，審定區域，儻人思自勉，則書可立成。"　蜂蟻：喻叛亂者。杜甫《青絲》："不聞漢主放妃嬪，近静潼關掃蜂蟻。"岳飛《題永州祁陽縣大營驛》："他日掃清胡虜，復歸故國，迎兩宮還朝，寬天子宵旰之憂。此所志也，顧蜂蟻之群豈足爲功？"　巢聚：謂聚集在巢穴中。《景定建康志·文籍志·露布》："伏念臣本乏異能，過叨繁使，屬蟻蜂之巢聚……"義近"巢窟"，敵人或盜賊盤踞之地。《三國志·陳留王奐傳》："蜀所恃賴，唯維而已，因其遠離巢窟，用力爲易。"《隋書·楊素傳》："高壁據嶮，抗拒官軍。公以深謀，出其不意，霧廓雲除，冰消瓦解，長驅北邁，直趣巢窟。"　蔡有逆孽：指淮蔡叛首吳元濟，元和九年叛亂，元和十二年被擒，腰斬於長安獨柳樹下。元稹有《爲嚴司空謝招討使表》、《代諭淮西書》、《祭淮瀆文》、《賀誅吳元濟表》、《賀裴相公破淮西啓》涉及吳元濟。　逆孽：指叛亂作孽者。杜牧《守論》"論曰：厥今天下何如哉？干戈杇，鈇鉞鈍，含弘混貸，煦育逆孽，殆爲故常。"李商隱《爲懷州李中丞謝上表》："況潞潛逆孽，許出全師，緊此州兵，橫制賊境。"　齊有狡童：指青淄節度使李師道，在元和後期，李師道時而叛唐，時而歸唐，反反復復，變幻不定，最後被部將劉悟所殺，獻首田弘正，傳首京師。元稹《憲宗章武孝皇帝挽歌詞三首》二："天寶遺餘事，元和盛聖功。二凶梟帳下，三叛斬都中（楊惠琳、李師道傳首京師，劉闢、李錡、吳元濟腰斬都市）。"　狡童：指霸佔一方的割據者。于邵《内侍省内常侍孫常楷神道碑》："公以單車之使，仗節直進。誕

敷威德，陰携黨與。元惡奔潰，狡童折首。"權德輿《張公遺愛碑銘》：
"博陵上谷，地直析木。既夷狡童，則理長轂。威謀抗勵，命賜渥縟。"
"厥初圖征"四句：事見《舊唐書·裴度傳》："（元和十一年）六月，蔡州
行營唐鄧節度使高霞寓兵敗於鐵城，中外恟駭。先是，詔群臣各獻誅
吳元濟可否之狀。朝臣多言罷兵赦罪爲便，翰林學士錢徽、蕭俛語尤
切，唯度言賊不可赦。及霞寓敗，宰相以上必厭兵，欲以罷兵爲對。
延英方奏，憲宗曰：'夫一勝一負，兵家常勢。若帝王之兵不合敗，則
自古何難於用兵？累聖不應留此凶賊！今但論此兵合用與否，及朝
廷制置當否，卿等唯須要害處置。將帥有不可者，去之勿疑；兵力有
不足者，速與應接。何可以一將不利，便沮成計？'於是宰臣不得措
言，朝廷無敢言罷兵者，故度計得行。" 疑議：有疑問而難以決定的
爭論。《後漢書·張純傳》："建武初，舊章多闕，每有疑議，輒以訪純，
自郊廟婚冠喪紀禮儀，多所正定。"《三國志·許慈傳》："值庶事草創，
動多疑議。" 懼惑：恐懼惶惑。王充《論衡·明雩》："見異懼惑，變易
操行。"《南齊書·褚淵傳》："常時懼惑，當慮先定結壘新亭，枕戈待
敵。" 挺然：挺拔特立貌。《南史·柳世隆傳》："挺然自立，不與衆
同。"杜甫《課伐木詩序》："維條伊枚，正直挺然。" 披攘：猶披靡。
《文選·曹植〈責躬詩〉》："朱旗所拂，九土披攘。玄化滂流，荒服來
王。"呂向注："披攘，猶披靡也。"杜牧《郡齋獨酌》："腥膻一掃灑，凶狼
皆披攘。"

⑤ 苟：假如，如果，衹要。《史記·周本紀》："子苟能，請以國聽
子。"韓愈《江漢答孟郊》："苟能行忠信，可以居夷蠻。" 司南：比喻行
事的準則，正確的指導。《鬼谷子·謀篇》："夫度材量能揣情者亦事
之司南也。"李商隱《會昌一品集序》："爲九流之華蓋，作百度之司
南。" 允：語氣助詞。《詩·周頌·時邁》："允王保之。"王引之《經傳
釋詞》卷一："允王保之，言王保之也。允，語詞耳！"韓愈《劉統軍碑》：
"允余之思，其可止哉！" 罔：不。《三國志·先主傳》："今曹操阻兵

安忍，戮殺主后，滔天泯夏，罔顧天顯。”白行簡《李娃傳》：“生惶惑發狂，罔知所措。”　濟：成功，成就。《書·君陳》：“必有忍，其乃有濟。”孔傳：“爲人君長必有所含忍，其乃有所成。”葛洪《抱朴子·博喻》：“身與名難兩濟，功與神㔞並全。”　憲考：即顯考，指亡父。元稹《崔倰授尚書户部侍郎制》：“惟朕憲考，亟征不庭。薰剔幽妖，擒滅罪戾。用力滋廣，理財是切。”李宗閔《馬公家廟碑》：“皇帝曰：‘昔我憲考，聰明聖武。兵衛四出，掃定郡邑。愛敬忠良，爲民父母……’”　神宗：古代指堯廟。《書·大禹謨》：“正月朔旦，受命于神宗。”孔傳：“神宗，文祖之宗廟。言神，尊之。”蔡沈集傳：“神宗，堯廟也。蘇氏（蘇軾）曰：‘堯之所從受天下者曰文祖，舜之所從受天下者曰神宗。受天下於人，必告於其人之所從受者。《禮》曰‘有虞氏禘黄帝而郊嚳，祖顓頊而宗堯’，則神宗爲堯明矣！’”後亦用以指天子的祖廟。《樂府詩集·誠敬》：“虔奉蘋藻，肅事神宗。”　股肱：比喻左右輔佐之臣。《書·益稷》：“臣作朕股肱耳目。”《漢書·蘇武傳》：“上思股肱之美，乃圖畫其人於麒麟閣，法其形貌，署其官爵姓名。”　運用：謂根據事物的特性加以利用。袁宏《三國名臣序贊》：“公達潛朗，思同蓍蔡。運用無方，動攝群會。”喬琳《鵪鴿賦》：“苟日新於運用，能獨善於行藏？”　忠力：忠誠與力量。《史記·秦始皇本紀》：“是上毋以報先帝，次不爲朕盡忠力，何以在位？”盡忠效力。《新唐書·李光顔傳》：“弘素蹇蹤，陰挾賊自重，且惡光顔忠力，思有以橈蠛之。”

⑥ 小子：舊時自稱謙詞，也包括皇帝的自稱。元稹《蕭俛等加勛制》：“惟爾俛屢贊大儀，以詔予一人；惟爾文昌作策度，以道揚末命，俾小子審訓弗違，時乃之休。”白居易《蕭俛除吏部尚書制》：“矧予小子，宜有加焉！”　蒙受：受到，遭受。孫寶《救鄭崇書》：“近臣蒙受冤譖，虧損國家，爲謗不小，臣請治昌以解衆心。”元稹《報雨九龍神文》：“刺史稹以二從事蒙受塵露，百里詣龍，爲七邑民赴訴不雨。”　景靈：這裏指李唐列祖列宗。許敬宗《賀杭州等龍見並慶雲朱草表》：“自五

帝寂寥，九皇悠緬。神龍逃夏中之世，一去莫追；景靈歇伊帝之朝，千齡不嗣。"常衮《減淮南租庸地稅制》："蓋祖宗景靈，被此嘉貺，仰荷殊慶，兢懷益深。" 冀服於前：元和十五年十月，王承宗病故，其弟王承元上表請朝廷命帥，田弘正受命自魏博移鎮成德軍。《舊唐書·穆宗紀》："（元和十五年）冬十月庚午朔……成德軍節度使王承宗卒，其弟承元上表請朝廷命帥……乙酉，以魏博等州節度觀察等使、光祿大夫、檢校司徒兼侍中、魏博大都督府長史、上柱國、沂國公、食邑三千戶、實封三百戶田弘正可檢校司徒兼中書令、鎮州大都督府長史、成德軍節度、鎮冀深趙等州觀察處置等使。以鎮冀深趙等觀察度支使、朝議郎、試金吾左衛胄曹參軍兼監察御史王承元可銀青光祿大夫、檢校工部尚書、使持節滑州諸軍事、守滑州刺史、御史大夫，充義成軍節度、鄭滑等州觀察等使。" 冀：自漢至清之行政區劃名，漢武帝時爲十三刺史部之一，轄境大致爲河北省中南部，山東省西端和河南省北端，後代轄境漸小，治所亦遷移不一，本文以"冀州"指代成德軍節度使府的轄境。孫逖《唐齊州刺史裴公德政頌》："自長安令臨此郡，自宣城守改授冀州。翁歸爲政，不移於故迹；延壽理人，亟登於高第。"徐浩《唐尚書右丞相中書令張公神道碑》："尋……封曲江縣男，轉太常少卿，出冀州刺史。" 燕平於後：長慶元年二月，幽州節度使劉總奏請分幽州爲三道，張弘清受命自宣武軍移鎮幽州。《舊唐書·穆宗紀》："（長慶元年二月）己卯，幽州節度使劉總奏請去位落髮爲僧，又請分割幽州所管郡縣爲三道，請支三軍賞設錢一百萬貫……（三月）癸丑，以幽州盧龍軍節度副大使、知節度事、押奚契丹兩蕃經略等使、檢校司空、同中書門下平章事、楚國公劉總可檢校司徒兼侍中、天平軍節度、鄆曹濮等州觀察等使。以宣武軍節度使、檢校右僕射、同平章事張弘靖爲檢校司空、同平章事兼幽州大都督府長史，充幽州盧龍軍節度使。從劉總所奏故也。" 燕：古國名，周代諸侯國，又稱北燕，姬姓，周公奭之後，在今河北省北部和遼寧省西端，建都薊（今北

京城西南隅)。戰國時爲七雄之一,後爲秦所滅。《孟子·梁惠王》:
"齊人伐燕,勝之。"《史記·燕召公世家》:"周武王之滅紂,封召公於
北燕。"裴駰集解:"《世本》曰:'居北燕。'宋忠曰:'有南燕,故云北
燕。'"本文指代幽州節度使所轄之地。　　撫御:猶撫馭。《宋書·沈
文秀傳》:"文秀善於撫御,將士咸爲盡力,每與虜戰,輒摧破之。"王讜
《唐語林·補遺》:"王郢叛,趙相以撫御失宜致仕。"　　失理:違背道理
或事理。曹植《王仲宣誄》:"筭無遺策,畫無失理。"《晉書·劉頌傳》:
"帝以頌持法失理,左遷京兆太守。"　　盤牙:指盜賊或叛亂者。元稹
《唐故朝議郎侍御史內供奉鹽鐵轉運河陰留後河南元君墓誌銘》:"其
在於京邑捕盜者八年,破囊橐,掘盤牙,不可勝數。"元稹《元萇等可餘
杭等州刺史制》:"近俗偷末,倒置是非。省寺以地望自高,郡縣以勢
卑自劣。盤牙不解,稂莠不除。比比有之,患由此起。"　　復生:復活,
再生。《孫子·火攻》:"亡國不可以復存,死者不可以復生。"牛僧孺
《玄怪錄·齊推女》:"且無涕泣,幸可復生。"

　　⑦ 求思:追求,思,助詞,用於語末。《詩·周南·漢廣》:"漢有
遊女,不可求思。"張九齡《感遇》:"漢上有遊女,求思安可得?"　　弭
寧:平息。元稹《招討鎮州制》:"於戲! 封域之中,干戈作矣! 廊廟樽
俎,無忘弭寧。佈告朕懷,以須良畫。"錢珝《代史館王相公讓相位第
一表》:"所務者生靈富壽,每痛雕殘;所制者兵革弭寧,尚聞侵伐。"
中夜:半夜。曹植《美女行》:"盛年處房室,中夜起長嘆。"杜牧《投知
己書》:"自十年來,行不益進,業不益修,中夜忖量,自愧於心。"　　元
老:天子的老臣,後稱年輩、資望皆高的大臣或政界人物。《後漢書·
章帝紀》:"行太尉事節鄉侯熹三世在位,爲國元老。"唐時宰相相呼爲
元老。李肇《唐國史補》卷下:"宰相相呼爲元老,或曰堂老。"　　懇惻:
誠懇痛切。蔡邕《上封事陳政要七事》:"又元和故事,復申先典,前後
制書,推心懇惻。"曹操《手書答朱靈》:"來書懇惻,多引咎過,未必如
所云也。"

⑧ 於戲：猶於乎，感嘆詞。歐陽詹《泉州刺史席公宴邑中赴舉秀才于東湖亭序》：“於戲！行其教，不必耳提而口授；移其風，不必門扃而戶吹。”白居易《香山寺白氏洛中集記》：“於戲！垂老之年，絕筆於此。有知我者，亦無隱焉！” 累代：歷代，接連幾代。《管子·參患》：“一戰之費，累代之功盡。”《晉書·惠帝紀》：“〔永平四年〕冬十月，武庫火，焚累代之寶。” 襲授：猶“襲位”，封建時代，子孫承襲先代的尊位。《新唐書·侯君集傳》：“君集次磧口，而文泰死，子智盛襲位。”猶“襲承”，承受，繼承。韋展《日月如合璧賦》：“可以襲承天意，可以敬授人時。” 山東：稱太行山以東地區。張說《奉和聖製行次成皋應制》：“夏氏階隋亂，自言河朔雄。王師進穀水，兵氣臨山東。”杜甫《兵車行》：“君不聞漢家山東二百州，千村萬落生荊杞！縱有健婦把鋤犁，禾生隴畝無東西。” 結連：聯結，結合。李絳《論鎮州事宜狀》：“今鎮州事宜，與此有異。外則結連勢廣，內則膠固歲深。以此用兵，必爲不可。”元稹《授牛元翼成德軍節度使制》：“王庭湊，山東一叛卒也，非有席勛藉寵之資，强大結連之勢。” 布畫：運籌畫策。宋庠《舍人院觀御篆紫微閣榜賜宴奏御》：“近署新層構，仙趼錫寶題。凝章下天漢，布畫儼星奎。”陳淵《用中示以字瑞既書其事又賦詩一首》：“河圖布畫非人力，鳥迹成文豈偶然？自昔秘藏神所護，至今陳露墨猶鮮。” 持重：擔負重大任務。《史記·魏其武安侯列傳》：“魏其者，沾沾自喜耳！多易，難以爲相持重。”《後漢書·李固杜喬傳論》：“李固據位持重，以爭大義，確乎而不可奪。” 四封：四境之內，四方。《晏子春秋·諫》：“今四封之民，皆君之臣也……四封之貨，皆君之有也。”李白《虞城縣令李公吉思頌碑》：“由是百里掩骼，四封歸仁。”

⑨ 蛇豕：長蛇封豕，比喻貪殘害人者。語出《左傳·定公四年》：“吳爲封豕長蛇，以薦食上國。”杜預注：“言吳貪害如蛇豕。”李咸用《題陳正字林亭》：“家林蛇豕方群起，宮沼龜龍未有期。” 李祐：事迹見《舊唐書·李祐傳》：“李祐，本蔡州牙將。事吳元濟，驍勇善戰。自

王師討淮西，祐爲行營將，每抗官軍，皆憚之。元和十二年，爲李愬所擒。愬知祐有膽略，釋其死，厚遇之。推誠定分，與同寢食，往往帳中密語，達曙不寐。人有耳屬於外者，但屢聞祐感泣聲。而軍中以前時爲祐殺傷者多，營壘諸卒會議，皆恨不殺祐。愬以衆情歸怨，慮不能全，因送祐於京師，乃上表救之。憲宗特恕，遂遣祐賜愬。愬大喜，即以三千精兵付之。祐所言，無有所疑，竟以祐破蔡，擒元濟。以功授神武將軍，遷金吾將軍、檢校左散騎常侍、夏州刺史、御史大夫、夏綏銀宥節度使。”　鯨鯢：即鯨，雄曰鯨，雌曰鯢，比喻凶惡的敵人。元稹《代曲江老人百韻》：“背恩欺乃祖，連禍及吾民。獿貐當前路，鯨鯢得要津。”白居易《題海圖屏風》：“鯨鯢得其便，張口欲吞舟。萬里無活鱗，百川多倒流。”　逆順：逆與順，多指臣民的順與不順，情節的輕與重等。《史記·張釋之馮唐列傳》：“法如是足也。且罪等，然以逆順爲差。”杜甫《往在》：“主將曉逆順，元元歸始終。”　忠孝：忠於君國，孝于父母。杜甫《覽柏中允兼子侄數人除官制詞因述父子兄弟四美載歌絲綸》：“紛然喪亂際，見此忠孝門。蜀中寇亦甚，柏氏功彌存。”于濆《戍客南歸》：“爲子惜功業，滿身刀箭瘡。莫渡汨羅水，回君忠孝腸。”

⑩　無名：沒有名聲，聲名不顯於世。《國語·晉語》：“爲人子者，患不從，不患無名。”白居易《初入峽有感》：“常恐不才身，復作無名死。”　暴狂：凶暴狂妄。元稹《沂國公魏博多政碑》：“爾視群孽，胡爲而亡？僭久而大，頑昏暴狂。”猶“暴戾”，殘暴酷虐，粗暴乖戾。柳宗元《時令論下》：“若陳隋之季，暴戾淫放，則無不爲矣！”　斧鑕：亦作“斧質”，斧子與鐵鑕，古代刑具，行刑時置人於鑕上，以斧砍之。《晏子春秋·問》：“寡君之事畢矣！嬰無斧鑕之罪，請辭而行。”《漢書·項籍傳》：“孰與身伏斧質，妻子爲戮乎？”顏師古注：“質謂鑕也，古者斬人，加於鑕上而斫之也。”　椒蘭：比喻美好。元稹《授牛元翼深冀州節度使制》：“聞爾鼙鼓之音，懷爾椒蘭之德。”喻美好賢德者。《舊

唐書·列女傳序》：“末代風靡，貞行寂寥。聊播椒蘭，以貽閨壼。彤管之職，幸無忽焉！”

⑪ 自愛：自己愛護自己，自重。《老子》：“是以聖人自知不自見，自愛不自貴。”《史記·高祖本紀》：“臣少好相人，相人多矣！無如季相，願季自愛。” 焉：疑問代詞，相當於“怎麼”、“哪里”。《後漢書·樊英傳》：“臣非禮之禄，雖萬鍾不受。若申其志，雖簞食不厭也。陛下焉能富臣？焉能貧臣？”柳宗元《非國語·滅密》：“康公之母誠賢耶？則宜以淫荒失度命其子，焉用懼之以數？” 開懷：放寬胸懷，能容人，推誠相待，虛心聽取意見。《資治通鑑·梁武帝天監元年》：“〔蕭憺〕謂佐吏曰：‘政之不臧，士君子所宜共惜。吾今開懷，卿其無隱！’”蘇軾《因擒鬼章論西羌夏人事宜札子》：“若非心服，則吾雖蕩然開懷，待之如舊，能必其不叛乎？” 緩帶：寬束衣帶，形容悠閑自在，從容不迫。《漢書·匈奴傳贊》：“使邊城守境之民父兄緩帶，稚子咽哺。”《晉書·羊祜傳》：“在軍常輕裘緩帶，身不被甲。”

[編年]

《年譜》、《年譜新編》編年理由：“《舊唐書·穆宗紀》云：‘（長慶元年八月）己丑，以河東節度裴度充幽鎮兩道招撫使。’”沒有說明具體時日。《編年箋注》編年：“《舊唐書·裴度傳》：‘穆宗即位，長慶元年秋，張弘靖爲幽州軍所囚，田弘正於鎮州遇害，朱克融、王廷湊復亂河朔，詔度以本官充鎮州四面行營招討使。’《穆宗紀》：長慶元年（八二一）八月‘乙丑，以河東節度裴度充幽鎮兩道招撫使’。”

我們以爲，一、《舊唐書·穆宗紀》：“（長慶元年）八月甲子朔……乙丑，以河東節度裴度充幽鎮兩道招撫使。”按干支推算，“乙丑”應該是八月二日，但鎮州王庭湊叛亂的消息，是在八月六日才傳到長安的，八月二日之時，消息未達長安，朝廷如何能有任命裴度爲幽鎮兩道招撫使之詔令？《舊唐書·穆宗紀》：“（長慶元年）八月甲子朔，己

巳,鎮州監軍宋惟澄奏:七月二十八日夜軍亂,節度使田弘正并家屬
將佐三百餘口並遇害,軍人推衙將王廷湊爲留後。"其後還有"辛未,
以左金吾將軍楊元卿爲涇州刺史,充四鎮北庭行軍、涇原節度使。敕
公卿大臣至中書議幽鎮討伐之謀。癸酉,王廷湊遣盜殺冀州刺史王
進岌,據其郡。乙亥,以前涇原節度使田布起復檢校工部尚書兼魏州
大都督府長史,充魏博節度使。己卯以深州刺史、本州團練使牛元翼
充深冀節度使。辛巳……冀州刺史吳暐潛爲幽州兵所逐。瀛州兵
亂,囚觀察使盧士玫,瀛州尋爲幽州兵所據"等諸多有關幽鎮叛亂消
息的記載,然後才是"乙丑,以河東節度裴度充幽鎮兩道招撫使。"其
"乙丑"應該是"己丑"之誤,故《年譜》與《編年箋注》的改動是合適的,
可惜沒有說清理由。而《編年箋注》"乙丑"的引用顯然有誤,而且所
引《舊唐書·裴度傳》一段,與本文編年了不相干,任命裴度爲"鎮州
四面行營招討使",那是另外一道詔令,發生在十月,不在八月。二、
即使《年譜》《年譜新編》的改動無誤,但其編年結論仍然需要微調:
因爲"己丑",亦即八月二十六日僅僅是朝廷正式發佈裴度"幽鎮兩道
招撫使"之日,並非是元稹撰寫本文之時。本文的撰寫應該在此前一
二日,亦即八月二十四日或八月二十五日,地點自然在長安,元稹時
任中書舍人翰林承旨學士之職。

◎ 范季睦授尚書倉部員外郎制(一)①

敕:權知倉部員外郎、判度支案范季睦:野有餓殍不知
發,狗彘食人之食不知檢,此經常之失政也②。而況於戎車
未息,飛輓猶勤。新熟之時,豈宜無備? 乃詔執事,聿求其
才。乘我有秋,大實倉廩③。

僉曰季睦,副予虛懷。汝其往哉! 予用訓汝。夫廉賈五

之，不爭之謂也。出納必吝，有司之常也④。貳上下之價，則茫昧者受弊；雜苦良之貨⁽二⁾，則豪右者受贏⁽三⁾⑤。惟一惟公，乃罔不同；惟平惟實，乃罔不吉。爾其戒之，無替朕命。可尚書倉部員外郎，依前判度支案，充京西京北糴使，餘如故⑥。

録自《元氏長慶集》卷四七

［校記］

（一）范季睦授尚書倉部員外郎制：楊本、叢刊本作“范季睦授尚書倉部員外郎”，《淵鑑類函》作“行范季睦倉部員外”，《全文》作“授范季睦尚書倉部員外郎制”，各備一説，不改。

（二）雜苦良之貨：叢刊本、《淵鑑類函》、《全文》同，楊本誤作“雜若良之貨”，不從不改。

（三）則豪右者受贏：叢刊本同，楊本作“則豪右者受贏”，《淵鑑類函》、《全文》作“則豪右者受贏”，各備一説，不改。

［箋注］

① 范季睦：除本文外，未見其他文獻記載，僅見白居易《柳公綽父子溫贈尚書右僕射竇侔父叔向贈工部尚書薛伯高父懌贈尚書司封郎中元宗簡父鋸贈尚書刑部侍郎皇甫鏞父愉贈尚書右僕射韋文恪父漸贈太子少保王正雅父翃贈太子太師范季睦父彦贈禮部郎中八人亡父同制》：“敕：古人有云：樹欲静而風不止，子欲養而親不待。向無顯揚褒贈之事，則何以旌先臣德，慰後嗣心乎？故朕每施大恩，行大慶，而哀榮之命未嘗闕焉！銀青光禄大夫、行尚書吏部侍郎、上護軍、河東縣開國子柳公綽父温等，咸有令子，集於中朝。資父事君，移忠自孝。本於嚴訓，酬以寵名。賜命追榮，各高其等。嗚呼！存者不匱，往者有知。斯可以載揚蘭陔之光，輟風樹之嘆耳！可依前件。”據《舊

唐書·穆宗紀》，白居易元和十五年十二月二十八日任職主客郎中、知制誥臣，在穆宗朝開始從事知制誥之職。朱金城先生據此在《白居易集箋校》中編年此文作於長慶元年。而據穆宗朝三次慶典活動中，僅僅元和十五年二月五日和長慶元年正月三日有追贈亡父亡母之恩典，上尊號慶典則無追贈之恩典，故白居易此《制》宜作於長慶元年正月初三之時，白居易剛剛拜職主客郎中、知制誥之職，當然也可以稱爲"中書舍人"。而白居易文中的范季睦，當時的身份祇是"權知倉部員外郎、判度支案"，故雖在"中朝"任職，而職務較低，所以名列最後。《名賢氏族言行類稿·花》："唐有倉部員外郎花季睦。"《氏族大全·花》："花季睦，仕唐爲倉部員郎。"《萬姓統譜·花》："唐花季睦，倉部員外郎。"所述時代、職務均與本文相合，但"花"應該是"范"之刊誤。倉部員外郎：從六品上，戶部屬員，《舊唐書·職官志》："(倉部)郎中、員外之職，掌判天下倉儲，受納租稅，出給祿廩之事。凡中外文武官，品秩有差，歲再給之。乃置木契一百枚，以與出給之司合。諸司官人及諸色人應給食者，皆給米。凡致仕之官，五品已上及解官充侍者，各給半祿。即遷官者，通計前祿，以充後數。凡都已東租納含嘉倉，自含嘉轉運以實京太倉。自洛至陝爲陸運，自陝至京爲水運，置使，以監充之。凡王公已下，每歲田苗皆有簿書。凡義倉所以備歲不足，常平倉所以均貴賤也。"王泠然《論薦書》："相公必欲選良宰，莫若舉前倉部員外郎吳太元爲洛陽令；必欲舉御史中丞，莫若舉襄州刺史吳靳。"權德輿《朝議郎行尚書倉部員外郎集賢院待制權府君墓誌》："學該古今，加集賢院待制；識通理典，遷尚書倉部員外郎。"

②　權知：謂代掌某官職。權德輿《唐贈兵部尚書宣公陸贄翰苑集序》："服闋復內職，權知兵部侍郎。覲見之日，天子爲之興，改容叙吊，優禮如此。"李翱《唐故福建等州都團練觀察處置等使兼御史中丞贈右散騎常侍獨孤公墓誌銘》："出刺韶州，復入虞部、左司二員外，得郎中，數月遷權知諫議大夫。"　度支：官署名，魏晉始置，掌管全國的

財政收支，長官爲度支尚書，南北朝以度支尚書領度支、金部、倉部、起部四曹。隋開皇初改度支尚書爲民部尚書，唐因避太宗李世民諱，改民部爲戶部，旋復舊稱。駱浚《題度支雜事典庭中柏樹》：“榦聳一條青玉直，葉鋪千疊綠雲低。争如燕雀偏巢此？却是鴛鴦不得栖。”權德輿《和王侍郎病中領度支煩迫之餘過西園書堂閑望》：“憑檻輟繁務，晴光烟樹分。中邦均禹貢，上藥驗桐君。” 判案：謂政府官員批閱公文，處理政務。白居易《詔授同州刺史病不赴任因詠所懷》：“可憐病判案，何以醉吟詩？”《新唐書·百官志》：“以六員分押尚書六曹，佐宰相判案，同署乃奏。” 餓殍：餓死的人。《後漢書·仲長統傳》：“及至一方有警，一面被災，未逮三年，校計騫短，坐視戰士之蔬食，立望餓殍之滿道。”餓得快要死的人。白居易《辨水旱之災明存救之術策》：“凶歉之年，則賤糶以活餓殍。” 發：散發，發給。《書·武成》：“散鹿臺之財，發鉅橋之粟，大賚于四海，而萬姓悦服。”《新唐書·韓遊瓌傳》：“陛下約士以不次之賞，今貢賦方至，發而酬之，其守自固。” 狗彘：犬與豬。《孟子·梁惠王》：“雞豚狗彘無失其時，七十者可以食肉矣！”賈誼《新書·時變》：“黥劓者攘臂而爲政，行惟狗彘也。” 檢：約束，限制。《書·伊訓》：“與人不求備，檢身若不及。”孔穎達疏：“檢，謂自攝斂也。”王昌齡《送韋十二兵曹》：“縣職如長纓，終日檢我身。” 經常：常道，常法。《管子·問》：“令守法之官曰：行度必明，無失經常。”葉適《答少詹書》：“至於以機變爲經常，以不遜爲坦蕩……此道德之棄才也。” 失政：政治混亂。《左傳·襄公二十六年》：“衛人歸衛姬於晉，乃釋衛侯，君子是以知平公之失政也。”《後漢書·皇甫嵩傳》：“嵩從子酈時在軍中，説嵩曰：‘本朝失政，天下倒懸。’”

③ 戎車：兵車，引申指戰事。《詩·小雅·采薇》：“戎車既駕，四牡業業。”《後漢書·張衡傳》：“夫戰國交争，戎車競驅。” 飛輓：謂迅速運送糧草。劉禹錫《賀復吳少誠官爵表》：“念饋餉飛輓之勤，閔戰争暴露之苦。”梅堯臣《送河東轉運劉察院》：“塞郡屯師久，飛芻始得

人。”亦作“飛芻輓粟”，《漢書·主父偃傳》：“又使天下飛芻輓粟。”顏師古注：“運載芻稾，令其疾至，故曰飛芻也。輓謂引車船也。”陸贄《論兩河及淮西利害狀》：“罷關右賦車籍馬之擾，減山東飛芻輓粟之勞。”　新熟：作物剛剛成熟。白居易《荔枝樓對酒》：“荔枝新熟鷄冠色，燒酒初開琥珀香。欲摘一枝傾一盞，西樓無客共誰嘗？”《太平廣記·烏君山》：“或果穀新熟，輒祭。先獻虛空，次均宿老。”　執事：有職守之人，官員。王昌齡《上李侍郎書》：“惟明公能以至虛納，惟昌齡敢以無妄進。故未便絕意，願就執事陳之。”于邵《與蕭相公書》：“近二三年，有執事者，蔽主之耳目，括囊容身，內懷奸忌，外擅威柄。”　聿：助詞，用於句首或句中。《詩·唐風·蟋蟀》：“蟋蟀在堂，歲聿其莫。”韓愈《禘祫議》：“凡在擬議，不敢自專。聿求厥中，延訪群下。”　有秋：豐收，豐年，有收成。《書·盤庚》：“若農服田力穡，乃亦有秋。”陶潛《丙辰歲八月中于下潠田舍穫》：“司田春有秋，寄聲與我諧。飢者歡初飽，束帶候鳴鷄。”　倉廩：貯藏米穀的倉庫。《墨子·非樂》：“士君子……內治官府，外收斂關市山林澤梁之利，以實倉廩府庫，此其分事也。”《禮記·月令》：“季春之月……命有司發倉廩，賜貧窮，振乏絕。”孔穎達疏引蔡邕曰：“穀藏曰倉，米藏曰廩。”

　　④僉：都，皆。《書·堯典》：“僉曰：‘於，鯀哉！’”《新唐書·辛秘傳》：“僉謂秘材任將帥，會河東范希朝出討王承宗，召秘爲希朝司馬，主留務。”　虛懷：謙遜虛心。《晉書·王渾傳》：“時吳人新附，頗懷畏懼。渾撫循羇旅，虛懷綏納。座無空席，門不停賓。於是江東之士，莫不悦附。”杜甫《贈王二十四侍御契四十韻》：“洗眼看輕薄，虛懷任屈伸。”　“夫廉賈五之”兩句：指不貪眼前小利而謀長遠厚利的商賈。《史記·貨殖列傳》：“廉賈歸富。”《漢書·巴寡婦清傳》：“貪賈三之，廉賈五之。”顏師古注引孟康曰：“貪賈，未當賣而賣，未當買而買，故得利少，而十得其三。廉賈，貴乃賣，賤乃買，故十得五也。”　出納：財物的支出和收入。《墨子·號令》：“收粟米、布帛、錢金，出內畜產，

皆平直其賈。"秦觀《安都》:"大賈之室,斂散金錢以逐什一之利,出納百貨以收倍稱之息。" 吝:吝嗇,愛惜,捨不得。《論語·泰伯》:"子曰:'如有周公之才之美,使驕且吝,其餘不足觀也已。'"《舊唐書·裴延齡傳》:"陛下與人終始之意則美矣!其於改過勿吝,去邪勿疑之道或未盡善。" 有司:官吏,古代設官分職,各有專司,故稱。唐臨《議蕭齡之罪狀奏》:"比來有司,多行重法。敘勛必須刻削,論罪務從重科。非是憎惡前人,止欲自爲身計。"李嶠《爲朝集使等上尊號表》:"特命有司,勉膺殊典。使尊名嘉號,與法日而俱懸;寶算靈基,比恒沙而不極。"

⑤ 貳:變易,變化。《詩·小雅·都人士序》:"古者長民,衣服不貳。"鄭玄箋:"變易無常謂之貳。"陳子昂《申宗人冤獄書》:"當此之時,忠必見信,行必見明,自謂專一事君無貳也。" 價:價格。《韓非子·外儲説》:"鄭縣人賣豚,人問其價。"韓愈《答胡生書》:"雨不止,薪芻價益高。" 茫昧:模糊不清。《漢武故事》:"神道茫昧,不宜爲法。"韓愈《南山詩》:"山經及地志,茫昧非受授。" 弊:弊病,害處。韓愈《論變鹽法事宜狀》:"所利至少,爲弊則多。"《宋史·樊知古傳》:"不細籌之,則民果受弊矣!" 苦:粗劣。《周禮·天官·典婦功》:"凡授嬪婦功,及秋獻功,辨其苦良,比其小大而賈之。"鄭玄注:"鄭司農'苦'讀爲'盬',謂分別其縑帛與布紵之麤細,皆比方其大小書其賈數而著其物。"《史記·五帝本紀》:"舜耕歷山……陶河濱,河濱器皆不苦窳。"張守節正義:"'苦'讀如'盬',音古,盬,麤也。" 豪右:封建社會的富豪家族、世家大户。《後漢書·明帝紀》:"濱渠下田,賦與貧人,無令豪右得固其利。"李賢注:"豪右,大家也。"劉禹錫《訊甿》:"其佐嘗宰京邑也,能誅鉏豪右。" 贏:餘,滿。《荀子·非相》:"與世偃仰,緩急贏絀。"楊倞注:"贏,餘也。"揚雄《太玄·數》:"極一爲二,極二爲三,極三爲推,推三爲贏贊。"范望注:"贏,滿也。"

⑥ 一:相同,一樣。《孟子·離婁》:"先聖後聖,其揆一也。"趙岐

注:"言聖人之度量同也。"《淮南子·説山訓》:"所行則異,所歸則一。"　公:公平,公正。《書·周官》:"以公滅私,民其允懷。"孔傳:"從政以公平滅私情,則民其信歸之。"《呂氏春秋·序意》:"夫私視使目盲,私聽使耳聾,私慮使心狂,三者皆私設精則智無由公。"高誘注:"公,正也。"　罔:無,没有。《詩·大雅·抑》:"罔敷求先王,克共明刑。"鄭玄箋:"罔,無也。"《史記·秦始皇本紀》:"二十有六年,初並天下,罔不賓服。"　平:平允,公正。《荀子·致士》:"刑政平而百姓歸之,禮儀備而君子歸之。"韓愈《唐正議大夫尚書左丞孔公墓誌銘》:"(孔)戣爲人,守節清苦,論議正平。"　實:真實,不虚假。《後漢書·曹褒傳》:"後坐上灾害不實免。"韓愈《與祠部陸員外書》:"其爲人,淳重方實,可以任事。"　無替:不廢,無盡。《書·旅獒》:"王乃昭德之致於異姓之邦,無替厥服。"孔傳:"使無廢其職。"李頻《長安書懷投知己》:"與善應無替,垂恩本有終。"　和糴:古時官府以議價交易爲名向民間强制徵購糧食,始於北魏。《魏書·食貨志》:"又收内郡兵資與民和糴,積爲邊備。"《新唐書·高力士傳》:"和糴不止,則私藏竭,逐末者衆。"糴使即和糴使,負責和糴的官員。

[編年]

　　《年譜》編年:"《制》有'戎車未息,飛輓猶勤','乘我有秋,大實倉廩'等語,與《舊唐書·穆宗紀》所載'(元和十五年六月)壬辰,詔:"……今則歲屬豐登,兵方偃息……"'不合,《制》非元和十五年撰。《制》撰於長慶元年秋,理由如下:(一)長慶元年七月,朱克融、王庭湊叛亂,與《制》中'戎車未息'等語相合。(二)《舊唐書·穆宗紀》:'(長慶元年三月)戊申,罷京西、京北和糴使,擾人故也。'《制》云:'惟一惟公,乃罔不同。惟平惟實,乃罔不吉。爾其戒之,無替朕命。可……充京西京北糴使。'是罷使復置口吻。"《編年箋注》、《年譜新編》所舉理由與《年譜》後半部份大致相同,《編年箋注》的結論是:"權定此

《制》撰於長慶元年（八二一）夏秋間。"《年譜新編》的結論是："制當作於長慶元年秋。"

我們以爲，據《舊唐書·穆宗紀》，朱克融叛亂在長慶元年七月十日，同月甲寅，亦即七月二十日傳至長安，李唐雖然並未採取任何軍事行動，但李唐朝廷已經在同月二十三日與二十五日兩次貶職張弘清。王庭湊叛亂在七月二十八日，但消息傳至長安已經是八月六日。八月八日李唐朝廷才"敕公卿大臣至中書議幽、鎮討伐之謀"，十二日才拜命田布爲魏博節度使，十六日才拜命牛元翼爲深冀節度使，二十二日才拜命裴度爲"幽鎮兩道招撫使"，征討幽鎮的大幕才徐徐拉開，至此在河朔地區才出現"戎車未息，飛輓猶勤"的戰爭景象，時間應該是八月中下旬，甚至可能已經是九月上旬的暮秋季節，其時也正是農作物"新熟"之時，本文即應該撰成於其時，地點在長安，元稹時任中書舍人翰林承旨學士之職。而《編年箋注》"撰於長慶元年夏秋間"，亦即四月至九月的意見，《年譜》、《年譜新編》"撰於長慶元年秋"，亦即七月至九月的意見，則顯然是籠統的，也是不可取的。

◎ 觀兵部馬射賦（以"藝成而動舉必有功"爲韵）①

大司馬以馳射而選才〔一〕，衆君子皆注目而觀藝。至張侯之所，乃執弓而誓②，誓曰："今皇帝製羽舞以敷文德，擇材官而奮武衛。兼以超乘者爲雄〔二〕，不惟中鵠者得祭〔三〕，用先才捷，志亦和平。以多馬爲能，故以馬爲試。以得鹿爲美，故以鹿爲正〔四〕。豈獨武人之利，實唯君子之爭。"③射者皆曰："諾！雖五善之末習〔五〕，庶一舉而有成！"④

於是馬逸駛駛，士勇伾伾。蓄銳氣〔六〕，候歌詩。初聽《采蘋》之章，共調白羽；次逞穿楊之妙，忽縱青絲⑤。旁瞻突過，咸懼發遲。曾驥足之展矣（七），翻猿臂而射之。揮弓電掣，激矢風追；方當耦象，決裂麗龜⑥。耆爾摧班，示偏工於小者；安然飛鞚，故無憂於殆而（八）。信候蹄之不爽，則舍拔之無遺⑦。

故司射舉旌以效勝曰：“爾能克備，我爵可期。貫餘勇者，宜乘破竹之勢；善量力者，當引負薪之辭。”⑧由是靡不爭先，莫肯爲後（九），皆曰：“揩杯於肘，十得其九。”⑨

恣明試者（一〇），亦何嘗而不有？破的之術，萬不失一。凡獻藝者，豈自疑於無必⑩？衝冠髮怒，揚鞭氣逸。引滿雷砰（一一），騰凌飆疾。皆窮百中之妙，盡由一孔而出（一二）。乃知來者之藝，蓋亦前人之匹（一三）⑪。若此，則蹲甲壯基（一四），揚鞬觀孔（一五）。信一場之獨擅，終六轡之未總⑫。豈比乎浮雲迴度，開月影而彎環；驟雨橫飛，挾星精而搖動。雖當至理，不忘庸功⑬。

天子垂衣，儼鷻行於北闕；夏官司馬，閱騎從於南宮。貢士之程，職司其舉（一六）⑭。會款塞五方之俗，觀校埒百夫之禦（一七）。得俊爲雄，唯能是與⑮。星郎草奏，上獻拱辰之防；天驕解顏，喜見射雕之侶⑯。

客獨顧之而笑曰（一八）：“此蓋有司之拔萃（一九），固非吾君之右汝。我有筆陣與詞鋒，可以偃干戈而息戎旅。”⑰司文者聞之而驚曰：“爾其自礪於爾躬，吾將獻爾於王所。”⑱

錄自《元氏長慶集》卷二七

[校記]

（一）大司馬以馳射而選才：蘭雪堂本、叢刊本、《英華》、《淵鑒類函》、《歷代賦彙》、《全文》同,楊本作"大司馬以馳射而遇才",各備一說,不改。

(二)兼以超乘者爲雄:楊本、叢刊本、《全文》同,《英華》、《淵鑒類函》、《歷代賦彙》作"莫不以超乘者爲雄",各備一說,不改。

(三)不惟中鵠者得祭:楊本、叢刊本、《全文》同,《英華》、《淵鑒類函》、《歷代賦彙》作"中鵠者得祭",各備一說,不改。

(四)以多馬爲能,故以馬爲試。以得鹿爲美,故以鹿爲正:原本作"以多馬爲能,故以馬爲試。以得祿爲美,故以鹿爲正",楊本、叢刊本同,據《英華》、《歷代賦彙》、《全文》改。《淵鑒類函》無此四句。

(五)雖五善之未習:叢刊本同,楊本、《淵鑒類函》作"雖五菩之未習",《英華》、《歷代賦彙》、《全文》作"雖五善之未習",各備一說,不改。

(六)蓄銳氣:楊本、叢刊本、《歷代賦彙》、《全文》同,《英華》作"蓋銳氣",《淵鑒類函》作"養銳氣",各備一說,不改。

(七)曾驥足之展矣:楊本、叢刊本、《英華》、《歷代賦彙》、《淵鑒類函》同,《全文》作"冀驥足之展矣",各備一說,不改。

(八)眘爾摧班,示偏工於小者;安然飛鞚,故無憂於殆而:楊本、叢刊本、《歷代賦彙》、《全文》同,《英華》作"眘爾摧班,示偏工於小者;安然飛控,故無憂於殆而",《淵鑒類函》無此四句,各備一說,不改。

(九)莫肯爲後:楊本、叢刊本、《全文》同,《英華》、《歷代賦彙》、《淵鑒類函》作"莫爲我後",各備一說,不改。

(一〇)忝明試者:楊本、叢刊本、《全文》同,《英華》、《歷代賦彙》、《淵鑒類函》作"參明試者",各備一說,不改。

(一一)引滿雷砰:原本作"引滿雷碎",楊本、叢刊本同,據《英華》、《歷代賦彙》、《淵鑒類函》、《全文》改。

(一二)盡由一孔而出:原本作"盡由一札而出",楊本、叢刊本、《全文》同,據《英華》、《歷代賦彙》、《淵鑒類函》改。

（一三）乃知來者之藝，蓋亦前人之匹：楊本、叢刊本、《歷代賦彙》、《全文》同，《英華》作"乃知來者之藝，蓋由前人之匹"，《淵鑒類函》無此兩句。

（一四）則蹲甲壯基：叢刊本、《全文》同，楊本作"則蹲中壯基"，《英華》、《歷代賦彙》、《淵鑒類函》作"則蹲甲壯潘"，各備一說，不改。

（一五）揚觶觀孔：《英華》、《淵鑒類函》、《歷代賦彙》、《全文》同，楊本、叢刊本誤作"場觶觀孔"，不從不改。

（一六）職司其舉：楊本、叢刊本同，《英華》、《淵鑒類函》、《歷代賦彙》作"職司具舉"，《全文》作"職思其舉"，各備一說，不改。

（一七）觀校埒百夫之禦：楊本、叢刊本、《全文》同，《英華》作"觀校將百夫之禦"，《淵鑒類函》、《歷代賦彙》作"觀校將百夫之主"，各備一說，不改。

（一八）客獨顧之而笑曰：《英華》、《歷代賦彙》、《淵鑒類函》、《全文》同，楊本、叢刊本作"客獨訂之而笑曰"，不從不改。

（一九）此蓋有司之拔萃：叢刊本、《英華》、《歷代賦彙》、《淵鑒類函》、《全文》同，楊本作"此蓋有司之拔莘"，各備一說，不改。

［箋注］

① 兵部：六部之一，主管全國武官選用和兵籍、軍械、軍令等事宜。魏置五兵尚書，至隋改兵部尚書，歷代王朝皆沿用其制。蘇頲《昆明池晏坐答王兵部珣三韻見示》："畫舸疾如飛，遙遙汎夕暉。石鯨吹浪隱，玉女步塵歸。"岑參《送緜州李司馬秩滿歸京因呈李兵部》："劍北山居小，巴南音信稀。因君報兵部，愁淚日沾衣。"　馬射：猶騎射。《新唐書·百官志》："馬射，設掤鼓金鉦，施龍床。"《通典·選舉》："長安二年，教人習武藝……又穿土爲埒，其長與垛均，綴皮爲兩鹿，歷置其上，馳馬射之，名曰馬射。"

② 大司馬：官名。《周禮·夏官》有大司馬，掌邦政。漢承秦制，

置丞相、御史大夫、太尉，漢武帝罷太尉置大司馬。西漢一朝，常以授掌權的外戚，多與大將軍、驃騎將軍、車騎將軍等聯稱，也有不兼將軍號的。東漢初爲三公之一，旋改太尉，末年又別置大司馬。魏晉爲上公之一，位在三公之上。南北朝或置或不置，陳但爲贈官，後代用作兵部尚書的別稱。杜甫《諸將五首》三：“殊錫曾爲大司馬，總戎皆插侍中貂。炎風朔雪天王地，只在忠臣翊聖朝。”徐凝《浙東故孟尚書種柳》：“孟家種柳東城去，臨水逶迤思故人。不似當時大司馬，重來得見漢南春。”　馳射：騎馬射箭。《戰國策·趙策》：“飾車騎，習馳射。”沈括《夢溪筆談·辯證》：“以至擊刺馳射，皆盡夷夏之術。”　選才：選拔人才。元稹《代諭淮西書》：“夫李錡據吳楚之雄，兼權管之利，選才養士，向十五年。”盧尚卿《東歸詩》：“九重丹詔下塵埃，深鎖文闈罷選才。桂樹放教遮月長，杏園終待隔年開。”　君子：對男性有地位他人的尊稱。蘇頲《先是新昌小園期京兆尹一訪兼郎官數子自頃沈痾年復一年兹願不果率然成章》：“其如衆君子，嘉會阻清塵。”張説《和魏僕射還鄉》：“富貴還鄉國，光華滿舊林。秋風樹不静，君子嘆何深！”注目：注視，集中目光看。曹植《陳審舉表》：“夫能使天下傾耳注目者，當權者是矣！”蘇軾《十八大阿羅漢贊·迦諾迦跋梨隨暗尊者》：“揚眉注目，拊膝橫拂。”　觀藝：觀看比試武藝。李邕《唐贈太子少保劉知柔神道碑》：“觀藝知巧，覩葉知秋，吉禄大來，壽考休佑，吾無間然矣！”張濯《唐寶應靈慶池神廟記》：“濯客自東鄙，觀藝而來。美精誠之動天，多築護之盡力。輒采聞見，題於樂石。”　侯：箭靶，以獸皮或畫上獸形的布爲之。《詩·小雅·賓之初筵》：“大侯既抗，弓矢斯張。”高亨注：“侯，箭靶。”《漢書·吾丘壽王傳》：“《詩》云‘大侯既抗，弓矢斯張。’”顔師古注：“侯，所以居的，以皮爲之。天子射豹侯，諸侯射熊侯，卿大夫射麋侯，士射鹿豕侯。”　誓：軍中發佈有關告戒、約束將士的號令。《書·牧誓》：“稱爾戈，比爾干，立爾矛，予其誓。”《左傳·閔公二年》：“夫帥師，專行謀，誓軍旅，君與國政之所圖也。”杜預

注:"宣號令也。"

③　羽舞:古代一種文舞,舞者執羽。《周禮·春官·樂師》:"掌國子之政,以教國子小舞。凡舞:有帗舞,有羽舞,有皇舞,有旄舞,有干舞,有人舞。"權德輿《德宗神武孝文皇帝挽歌詞三首》一:"賡歌凝庶績,羽舞被深恩。"　文德:指禮樂教化,與"武功"相對。《論語·季氏》:"故遠人不服,則修文德以來之。"《後漢書·光武帝紀》:"言武功則莫之敢抗,論文德則無所與辭。"　材官:秦漢始置的一種地方預備兵兵種。《史記·韓長孺列傳》:"當是時,漢伏兵車騎、材官三十餘萬,匿馬邑旁谷中。"《漢書·刑法志》:"天下既定,踵秦而置材官於郡國,京師有南北軍之屯。"　武衛:謂以武力藩衛。《書·禹貢》:"三百里揆文教,二百里奮武衛。"孔傳:"文教外之二百里奮武衛,天子所以安。"《漢書·王莽傳》:"在揆文教,奮武衛,是爲惟垣。"　超乘:引申指勇士、武士。沈約《應詔樂游苑餞呂僧珍》:"超乘盡三屬,選士皆百金。"形容勇猛敏捷。王充《論衡·無形》:"凡可冀者,以老翁變爲嬰兒,其次,白髮復黑,齒落復生,身氣丁強,超乘不衰,乃可貴也。"　中鵠:射中靶子。馬戴《酬李景章先輩》:"平生詩句忝多同,不得陪君奉至公。金鏑自宜先中鵠,鉛刀甘且學雕蟲。"張蠙《逸句》:"一箭不中鵠,五湖歸釣魚。"　"以多馬爲能"四句:馬射必須騎馬進行,而以皮製的鹿爲箭靶。　正:箭靶的中心位置。《詩·齊風·猗嗟》:"終日射侯,不出正兮!"鄭玄箋:"正,所以射於侯中者。"孔穎達疏:"正者,侯中所射之處。"庾信《三月三日華林園馬射賦》:"正繪五采之雲,壺寧百福之酒。"　武人:指將帥軍人。葛洪《抱朴子·行品》:"奮果毅之壯列,騁干戈以靜難者,武人也。"權德輿《送山人歸舊隱》:"武人榮燕頷,志士戀漁竿。"

④　五善:古代射禮的五項要求。《論語·八佾》:"射不主皮。"何晏集解引馬融曰:"射有五善焉:一曰和志,體和;二曰和容,有容儀;三曰主皮,能中質;四曰和頌,合雅頌;五曰興儛,與舞同。"范仲淹《陽

禮教讓賦》:"揖讓而升,非尚六鈞之勇;進退可庶,不矜五善之功,此射之讓也。" 庶:副詞,希望,但願。許冲《説文解字後序》:"庶有達者,理而董之。"段玉裁注:"庶,冀也。"諸葛亮《前出師表》:"庶竭駑鈍,攘除奸凶,興復漢室,還於舊都。" 一舉:謂一次行動。《左傳·襄公二十五年》:"九世之卿族,一舉而滅之,可哀也哉!"駱賓王《蕩子從軍賦》:"樓船一舉爭沸騰,烽火四連相隱見。"

⑤ 逸:奔跑。《國語·晉語》:"〔張侯〕乃左並轡,右援枹而鼓之,馬逸不能止,三軍從之。"韋昭注:"逸,奔也。"揚雄《解嘲》:"往昔周網解結,群鹿爭逸。" 駸駸:馬行雄壯貌。《詩·小雅·采薇》:"駕彼四牡,四牡駸駸。"摯虞《太康頌》:"龍馬駸駸,風於華陽。" 伾伾:疾行有力貌。《詩·魯頌·駉》:"有駓有駓,以車伾伾。"毛傳:"伾伾,有力也。"陸德明釋文:"《字林》作'駓',走也。" 銳氣:旺盛的氣勢。《孫子·軍爭》:"故善用兵者,避其銳氣,擊其惰歸,此治氣者也。"《史記·淮陰侯列傳》:"夫銳氣挫於險塞,糧食竭於内府。" 歌詩:詠唱詩篇。《左傳·襄公十六年》:"晉侯與諸侯宴于温,使諸大夫舞,曰:'歌詩必類。'"杜預注:"歌古詩,當使各從義類。"《墨子·公孟》:"君與父母、妻、後子死,三年喪服……歌詩三百,舞詩三百。"孫詒讓間詁:"《周禮·小師》注云:歌,依詠詩也。" 《采蘋》:《詩·召南》篇名。《詩·召南·采蘋序》謂:"《采蘋》,大夫妻能循法度也。"《左傳·隱公三年》:"風有《采蘩》、《采蘋》,雅有《行葦》、《泂酌》,昭忠信也。"後因以"采蘋"讚美德行。王安石《王中甫學士挽辭》:"種橘園林無舊業,采蘋洲渚有新篇。" 白羽:指羽箭。《文選·司馬相如〈上林賦〉》:"彎蕃弱,滿白羽,射遊梟,櫟蜚遽。"郭璞注:"以白羽爲箭,故言白羽也。"鮑照《擬古八首》三:"留我一白羽,將以分符竹。" 穿楊:謂射箭能於遠處命中楊柳的葉子,極言射技之精,語本《戰國策·西周策》:"楚有養由基者,善射;去柳葉者百步而射之,百發百中。"薛業《晚秋贈張折衝》:"位以穿楊得,名因折桂還。"李涉《看射柳枝》:"玉弨朱絃

敕賜弓，新加二斗得秋風。萬人齊看翻金勒，百步穿楊逐箭空。"也常常借指科舉及第。楊衡《送陳房謁撫州周使君》："匡山一畝宮，尚有桂蘭叢。鑿壁年雖異，穿楊志幸同。趙嘏《落第寄沈詢》："穿楊力盡獨無功，華髮相期一夜中。別到江頭舊吟處，爲將雙淚問春風。" 青絲：指馬韁繩。王僧孺《古意》："青絲控燕馬，紫艾飾吳刀。"杜甫《前出塞九首》二："走馬脫轡頭，手中挑青絲。"

⑥ 旁瞻：四望，環顧。楊炯《李懷州墓誌銘》："大庭之庫，少昊之墟。上直降婁，金精吐宿；旁瞻日觀，木德題山。"元稹《松鶴》："俯瞰九江水，旁瞻萬里壑。" 突過：衝過。《宋書·張興世傳》："規欲突過，行至貴口，不敢進。"《宋史·沈畸傳》："嘗經國子監門，有小內侍從數騎絶道突過，騶卒追問不爲止。" 發：出發，起程。《孫子·軍爭》："故迂其途，而誘之以利，後人發，先人至，此知迂直之計者也。"謝靈運《廬陵王墓下作》："曉月發雲陽，落日次朱方。" 遲：晚。《戰國策·楚策》："見兔而顧犬，未爲晚也；亡羊而補牢，未爲遲也。"陸機《燕歌行》："非君之念思爲誰，別日何早會何遲？" 驥足：比喻高才。《三國志·龐統傳》："龐士元非百里才也，使處治中、別駕之任，始當展其驥足耳！"雍陶《寄永樂殷堯藩明府》："百里豈能容驥足？九霄終自別雞群。" 猿臂：謂臂長如猿，可以運轉自如。《史記·李將軍列傳》："廣爲人長，猿臂，其善射亦天性也。"裴駰集解引如淳曰："臂如猿，通肩。"羅鄴《老將》："弓欺猿臂秋無力，劍泣虯髯曉有霜。" 揮弓：猶張弓，開弓。蘇轍《乞責降韓縝第七狀》："而三指揮弓，箭手大獲其用。"趙善括《翟侯行狀跋》："伏讀少傅翟公行實，觀其揮弓屬聲，合冰頓解，以陷渡河之敵。" 電掣：電光急閃而過，喻迅速、轉瞬即逝。蕭綱《金錞賦》："野曠塵昏，星流電掣。"姜特立《霜天曉角·爲夜遊湖作》："歡娛電掣，何況輕離別！" 激矢：疾飛的箭。《呂氏春秋·去宥》："夫激矢則遠，激水則旱。"《後漢書·趙壹傳》："繳彈張右，羿子彀左，飛丸激矢，交集於我。" 風追：義同"追風"，形容馬行、箭飛

之速。《文選·曹植〈七啓〉》:"駕超野之駟,乘追風之輿。"李善注:"超野、追風,言疾也。"葛洪《抱朴子·名實》:"騁逸足以追風。" 方當:猶將要,會當。《後漢書·楊由傳》:"有風吹削哺,太守以問由,由對曰:'方當有薦木實者,其色黃赤。'頃之,五官掾獻橘數包。"韋應物《冰賦》:"微客卿之言,則何以雪余惑? 方當命有司而撤冰,書盤盂以自式。" 耦象:指箭靶,古代行鄉射禮時,侯(即箭靶)的正中均畫熊、麋、虎、豹之類的頭象,故稱。義近"畫象",《漢書·武帝紀》:"朕聞昔在唐虞,畫象而民不犯,日月所燭,莫不率俾。"顏師古注:"應劭曰:'二帝但畫衣冠,異章服,而民不敢犯也。'《白虎通》云:'畫象者,其衣服象五刑也。'"《晉書·刑法志》:"傳曰:三皇設言而民不違,五帝畫象而民知禁。" 麗龜:射中禽獸背部隆起的中心處。《左傳·宣公十二年》:"麋興於前,射麋麗龜。"杜預注:"麗,著也;龜,背之隆高當心。"楊伯峻注:"古之田獵者,其箭先著背以達於腋爲善射。"段成式、鄭符《游長安諸寺聯句·三階院》:"麗龜何足敵! 殪豕未爲長。"

⑦ 耆:象聲詞,形容雷聲、水聲、斷裂聲、關門聲、奔馳聲等。獨孤及《仙掌銘》:"耆如剖竹,騞若裂帛。"迅捷貌。盧綸《和趙給事白蠅拂歌》:"耆如寒隼驚暮禽,颯若繁埃得輕雨。"李郢《茶山貢焙歌》:"駉騎鞭聲耆流電,半夜驅夫誰復見?" 爾:助詞,用作詞綴,猶"然"。《論語·先進》:"鼓瑟希,鏗爾,舍瑟而作。"白居易《青氈帳十二韵》:"傍通門豁爾,内密氣温然。" 安然:猶泰然,心情安定貌。《後漢書·馮衍傳》:"老母諸弟見執於軍,而邑安然不顧者,豈非重其節乎?"《敦煌變文集·降魔變文》:"見者寒毛卓竪,舍利弗獨自安然。"飛鞚:謂策馬飛馳。鮑照《擬古八首》三:"獸肥春草短,飛鞚越平陸。"令狐楚《少年行四首》二:"等閑飛鞚秋原上,獨向寒雲試射聲。" 無憂:没有憂患,不用擔心。《史記·張儀列傳》:"爲大王計,莫如事秦。事秦則楚韓必不敢動;無楚韓之患,則大王高枕而卧,國必無憂矣!"羅鄴《上東川顧尚書》:"龍節坐持兵十萬,可憐三蜀盡無憂。" 侯蹄:

謂駕車之馬發蹄前後相應,整齊有律。《穀梁傳·昭公八年》:"車軌
塵,馬候蹄,揜禽旅,御者不失其馳,然後射者能中。"范寧注:"發足相
應,遲疾相投。"楊士勛疏:"馬候蹄,舊解四蹄皆發,後足躡前足而相
伺候。"　不爽:不差,沒有差錯。《詩·小雅·蓼蕭》:"其德不爽,壽
考不忘。"毛傳:"爽,差也。"《南齊書·褚淵王儉傳贊》:"民譽不爽,家
稱克隆。"　舍拔:發箭。《詩·秦風·駟驖》:"公曰:'左之!'舍拔則
獲。"毛傳:"拔,矢末也。"鄭玄箋:"拔,括也。"孔穎達疏:"舍放矢括,
則獲得其獸。"李咸《田獲三狐賦》:"乃捨拔而則獲,於是長舒遠引,自
北徂南,遇豐草而必陟,逢虎穴而爭探。"　無遺:沒有脫漏或餘留。
《管子·版法解》:"是故明君兼愛而親之……如此則衆親上鄉意,從
事勝任矣!故曰兼愛無遺,是謂君心。"董仲舒《春秋繁露·玉英》:
"此亦《春秋》之義,善無遺也。"

　　⑧ 效勝:致勝,取勝。《戰國策·秦策》:"於是乃廢文任武,厚養
死士,綴甲厲兵,效勝於戰場。"《左氏傳説·公敗齊師於乘丘》:"時桓
公計功謀利,比文公時便少,桓公不急功效勝文公,桓公却做得王者
事,何故?"　賈餘勇:亦即"餘勇可賈",《左傳·成公二年》:"齊高固
入晉師,桀石以投人,禽之而乘其車,繫桑本焉!以徇齊壘,曰:'欲勇
者賈余餘勇。'"杜預注:"賈,買也。言己勇有餘,欲賣之。"《隋書·宇
文慶傳》:"從武帝攻河陰……中石乃墜,絶而後蘇。帝勞之曰:'卿之
餘勇,可以賈人也。'"因以"餘勇可賈"謂尚有未用盡的勇力可以使出
來。成伯璵《毛詩指説·文體》:"後來英彥,各擅文章,致遠直尚於輕
浮,鈎深曲歸於美麗。蓋餘勇可賈,逸氣難收。"　破竹之勢:喻不可
阻擋的形勢。《北史·周武帝紀》:"嚴軍以待,擊之必尅。然後乘破
竹之勢,鼓行而東,足以窮其窟穴。"《舊唐書·李密傳》:"於是熊羆角
逐,貔虎争先,因其倒戈之心,乘我破竹之勢,曾未旋踵,瓦解冰銷。"
量力:衡量人的力量和能力。賈誼《新書·過秦》:"試使山東之國,與
陳涉度長絜大,比權量力,則不可同年而語矣!"韓愈《上張僕射書》:

"量力而任之,度才而處之,其所不能,不強使爲是。" 負薪:指地位低微的人。《後漢書・班固傳》:"採擇狂夫之言,不逆負薪之議。"李賢注:"負薪,賤人也。"《三國志・陸凱傳》:"漢所以强者,躬行誠信,聽諫納賢,惠及負薪。"

⑨ 靡:無,没有。《詩・邶風・泉水》:"有懷於衛,靡日不思。"鄭玄箋:"靡,無也。"陶潛《桃花源詩》:"春蠶收長絲,秋熟靡王税。" 爭先:猶搶前。《左傳・襄公二十七年》:"晉楚爭先。"杜預注:"爭先歃血。"孟浩然《送陳七赴西軍》:"一聞邊烽動,萬里忽爭先。" "措杯於肘"兩句:列御寇爲古代之善射者,"十得其九"。事見《莊子・田子方》:"列御寇爲伯昏無人射,引之盈貫,措杯水其肘上,發之,適矢復遝,方矢復寅。當是時,猶象人也。伯昏無人曰:'是射之射,非不射之射也。'"

⑩ 忝:常用作謙詞。《後漢書・楊賜傳》:"臣受恩偏特,忝任師傅,不敢自同凡臣,括囊避咎。"沈元明《劾趙彦昭韋嗣立韋安石奏》:"臣忝司清憲,敢不糾彈? 請付紫微黄門,準法處分。" 明試:明白考驗。《書・舜典》:"敷奏以言,明試以功,車服以庸。"孔穎達疏:"諸侯四處來朝,每朝之處,舜各使陳進其治理之言,令自説己之治政。既得其言,乃依其言明試之。"韓愈《祭虞部張員外文》:"往在貞元,俱從賓薦,司我明試,時維邦彦。" 破的:箭射中靶子。《晉書・謝尚傳》:"嘗與(庾)翼共射,翼曰:'卿若破的,當以鼓吹相賞。'尚應聲中之,翼即以其副鼓吹給之。"杜甫《敬贈鄭諫議十韵》:"諫官非不達,詩義早知名。破的由來事,先鋒孰敢爭?" 獻藝:呈獻技藝,表演技藝。《左傳・襄公十四年》:"百工獻藝。"白行簡《舞中成八卦賦》:"容止合於《彖》《象》,幽贊殊乎卜筮,客有欣載之一時,歌聖功而獻藝。" 無必:謂没有成見。吕牧《書軸賦》:"雖偶提而偶携,亦無固而無必。故能退尺則不短,進寸則不長;得隨時之舒卷,合君子之行藏。"蘇軾《鮮于侁左諫議大夫梁燾右諫議大夫制》:"朕之於事,無必無我,可則行之,

否則更之。"

⑪　衝冠髮怒：亦作"衝冠"，謂頭髮上指把帽子冲起，形容極爲憤怒，語出《史記·廉頗藺相如列傳》："相如因持璧却立，倚柱，怒髮上衝冠。"徐悱《古意酬到長史溉登琅玡城》："少年負壯氣，耿介立衝冠。懷紀燕山石，思開九穀丸。"楊廣《白馬篇》："衝冠入死地，攘臂越金湯。"義同"衝冠怒髮"。《舊唐書·鄭畋傳》："而畋衝冠怒髮，投袂治兵，羅劍戟於罇前，練貔貅於闥外。"　揚鞭：揮鞭。岑參《衛節度赤驃馬歌》："揚鞭驟急白汗流，弄影行驕碧蹄碎。"周邦彦《點絳唇》："空回顧，淡烟横素，不見揚鞭處。"　氣逸：義近"逸氣"，超脱世俗的氣概、氣度。《顏氏家訓·文章》："凡爲文章，猶人乘騏驥，雖有逸氣，當以銜勒制之，勿使流亂軌躅，放意填坑岸也。"王利器集解："逸氣，謂俊逸之氣。"李白《天馬歌》："逸氣棱棱凌九區，白璧如山誰敢沽？"　引滿：拉弓至滿。《南史·齊高帝紀》："蒼梧立帝於室内，畫腹爲射的，自引滿，將射之。"《新唐書·朱泚傳》："時令言尚論兵禁中，既上變，乃馳至長樂阪，遇兵還，引滿向令言。"　雷：宏大如雷的聲音。李白《蜀道難》："飛湍瀑流争喧豗，砯崖轉石萬壑雷。"李覯《麻姑山賦》："鳴泉百雷，躍下雲窟。"　砰：象聲詞，多用以形容狂風暴雨、疾雷、流水及器物墜落、碰撞、爆裂等巨大聲響，也用來形容鼓聲、槍聲、弓箭聲、車馬聲、音樂聲等。《文選·潘岳〈西征賦〉》："砰揚桴以振塵，繽瓦解而冰泮。"李善注引《字書》："砰，大聲也。"沈遘《奉祠西太乙宫賦》："鐘磬之音兮，砰焉而震於耳。"　騰凌：騰躍。顏真卿《贈裴將軍》："戰馬若龍虎，騰凌何壯哉！"錢起《巨魚縱大壑》："巨魚縱大壑，遂性似乘時。奮躍風生鬣，騰凌浪鼓鰭。"　飆疾：亦作"颮疾"，迅速勇猛。李子卿《駕幸九成宫賦》："始地窠而天旋，終電馳而飆疾。翻然而八駿騫騰，霍濩而六龍奔逸。"高郢《曹劌請從魯公一戰賦》："兩軍山峙，千騎櫛比。揮戈電飛，激箭颮疾。"　百中：猶言百發百中。枚乘《上書諫吴王》："楊葉之大，加百中焉！可謂善射矣！"杜甫《見王

監兵馬使説近山有白黑二鷹二首》一：“一生自獵知無敵，百中爭能恥下韝。” 一孔：一個洞穴或洞眼。《淮南子·泰族訓》：“事有鑿一孔而生百隙，樹一物而生萬葉者。”班固《奕旨》：“一孔有闕，壞頽不振，有似瓠子汎濫之敗。” 來者：來的人。《左傳·宣公十七年》：“吾若善逆彼以懷來者，吾又執之，以信齊沮，吾不既遇矣乎？”《史記·曹相國世家》：“卿大夫已下吏及賓客見參不事事，來者皆欲有言。” 前人：從前的人。《書·大誥》：“敷前人受命，兹不忘大功。”《史記·周本紀》：“修其訓典，朝夕恪勤，守以敦篤，奉以忠信。奕世載德，不忝前人。”

⑫ 蹲甲：謂把皮甲重疊在一起。《左傳·成公十六年》：“潘尫之黨與養由基蹲甲而射之，徹七札焉！”杜預注：“蹲，聚也。”《續資治通鑒·宋太宗太平興國四年》：“凡控弦之士數十萬，列陣於乘輿前，蹲甲交射，矢集太原城上如蝟毛焉！” 基：即古代射箭高手養由基。《文苑英華·觀兵部馬射賦》原注：“一作養，《左傳》潘尫之黨，與養由基蹲甲而射之。” 揚觶觀孔：事見《禮記·射義》：“孔子射於矍相之圃，蓋觀者如堵牆。射至於司馬，使子路執弓矢出延射，曰：‘賁軍之將，亡國之大夫，與爲人後者不入，其餘皆入。’蓋去者半，入者半。又使公罔之裘、序點揚觶而語，公罔之裘揚觶而語曰：‘幼壯孝弟，耆耋好禮，不從流俗，修身以俟死者，不在此位也。’蓋去者半，處者半。序點又揚觶而語曰：‘好學不倦，好禮不變，旄期稱道，不亂者不在此位也。’蓋僅有存者。”後來用爲選賢的典故。 一場：指一次科場考試。白居易《選人入試繼燭判對》：“將期百鍊之後，思苦彌精；何意一場之中，心勞愈拙。”劉禹錫《送王司馬之陝州》：“案牘來時唯署字，風烟入興便成章。兩京大道多遊客，每遇詞人戰一場。” 獨擅：獨自據有，獨攬，獨自壟斷。《戰國策·秦策》：“昔者中山之地，方五百里，趙獨擅之，功成名立利附，則天下莫能害。”《後漢書·班超傳》：“超知其意，舉手曰：‘掾雖不行，班超何心獨擅之乎？’” 六轡：轡，韁繩，古一

車四馬,馬各二轡,其兩邊驂馬之内轡繫於軾前,謂之軶,御者祇執六轡。《詩・秦風・小戎》:"四牡孔阜,六轡在手。"孔穎達疏:"四馬八轡,而經傳皆言六轡,明有二轡當繫之。馬之有轡者,所以制馬之左右,令之隨逐人意。驂馬欲入,則偪於脅驅,内轡不須牽挽,故知納者,納驂内轡繫於軾前,其繫之處以白金爲觼也。"後以指稱車馬或駕馭車馬。《漢書・韋玄成傳》:"繹繹六轡,是列是理,威儀濟濟,朝享天子。"蘇軾《賀韓丞相啓》:"付八音於師曠,孰敢爭能? 捐六轡於王良,坐將致遠。"　總:總攬。《後漢書・何進傳》:"今將軍總皇威,握兵要,龍驤虎步,高下在心,此猶鼓洪爐燎毛髮耳。"《新唐書・裴炎傳》:"御史崔詧曰:'炎受顧託,身總大權,聞亂不討,乃請太后歸政,此必有異圖。'"

⑬　浮雲:駿馬名。《西京雜記》卷二:"文帝自代還,有良馬九匹,皆天下之駿馬也,一名浮雲。"高適《塞下曲》:"結束浮雲駿,翩翩出從戎。"　月影:月光。邢邵《冬夜酬魏少傅直史館詩》:"風音響北牖,月影度南端。"元稹《江陵三夢》一:"月影半床黑,蟲聲幽草移。"　彎環:謂彎曲如環。李賀《河南府試十二月樂詞・十月》:"金鳳刺衣著體寒,長眉對月鬥彎環。"范成大《獨遊虎跑泉小庵》:"苔徑彎環入,茅齋取次成。"　驟雨:暴雨。《老子》:"驟雨不終日。"秦觀《滿庭芳・詠茶》:"曉色雲開,春隨人意,驟雨才過還晴。"　橫飛:四處飛揚。李播《周天大象賦》:"霹靂交震,雷電橫飛。"蘇舜欽《和彦猷晚宴明月樓二首》一:"艷歌橫飛送落日,哀箏自響吹霜風。"　星精:猶言星之靈氣。庾信《周太子太保步陸逞神道碑》:"祥符雲氣,慶合星精。"貫休《商山道者》:"澄潭龍氣來縈砌,月冷星精下聽琴。"　至理:猶真理,正常的道理。裴頠《崇有論》:"以爲文不足若斯,則是所寄之塗,一方之言也。若謂至理信以無爲冠,則偏而害當矣!"《新唐書・盧承慶傳》:"死生至理,猶朝有暮。"　庸功:功績,功勛。《後漢書・朱祐傳贊》:"帝績思乂,庸功是存。"李賢注:"庸,勛也。言將興帝績,則念勛功之

臣也。"陳山甫《有征無戰賦》:"所以不矜其庸功,不事乎權變。文教被於含育,武德彰於宇縣。由是而言,善用師者,不在乎善戰。"

⑭ 垂衣:亦即"垂衣裳",謂定衣服之制,示天下以禮,後用以稱頌帝王無爲而治。《易·繫辭》:"黄帝堯舜垂衣裳而天下治,蓋取諸乾坤。"韓康伯注:"垂衣裳以辨貴賤,乾尊坤卑之義也。"王充《論衡·自然》:"垂衣裳者,垂拱無爲也。"亦省作"垂衣"、"垂裳"。徐陵《勸進元帝表》:"無爲稱於華鳥,至治表於垂衣。"高適《古歌行》:"天子垂衣方晏如,廟堂拱手無餘議。" 鵷行:指朝官的行列。《梁書·張緬傳》:"殿中郎缺,高祖謂徐勉曰:'此曹舊用文學,且居鵷行之首,宜詳擇其人。'"温庭筠《病中書懷呈友人》:"鳳闕分班立,鵷行竦劍趨。"北闕:古代宫殿北面的門樓,是臣子等候朝見或上書奏事之處。《漢書·高帝紀》:"蕭何治未央宫,立東闕、北闕、前殿、武庫、太倉。"顔師古注:"未央宫雖南嚮,而上書、奏事、謁見之徒皆詣北闕。"用爲宫禁或朝廷的别稱。李白《憶舊遊寄淮郡元參軍》:"北闕青雲不可期,東山白首還歸去。" 夏官:官名。《周禮》載周時設置六官,以司馬爲夏官,掌軍政和軍賦。唐武則天時,曾改兵部尚書爲夏官,不久仍復舊名,後用爲兵部的别稱。張説《奉和聖製太行山中言志應制》:"扈蹕參天老,承榮忝夏官。長勤百年意,思見一勝殘。"李德裕《重過列子廟追感兩爲夏官之代復聯左揆之榮因書四韻奉寄》:"白首過遺廟,朱輪入故城。已慚聯左揆,猶喜抗前旌。" 司馬:官名,《周禮》夏官大司馬之屬官,有軍司馬、輿司馬、行司馬。《周禮·天官冢宰》:"設官分職。"鄭氏注:"鄭司農云:置冢宰、司徒、宗伯、司馬、司寇、司空,各有所職,而百事舉。"《周禮》卷二:"乃施法於官府而建其正,立其貳,設其考,陳其殷,置其輔。"鄭氏注:"正,謂冢宰、司徒、宗伯、司馬、司寇、司空也。貳,謂小宰、小司徒、小宗伯、小司馬、小司寇、小司空也。" 騎從:騎馬的隨從。《史記·項羽本紀》:"麾下壯士騎從者八百餘人,直夜潰圍南出,馳走。"蘇軾《黄州》:"使君厭騎從,車馬留山

前。" 南宮:尚書省的別稱,謂尚書省象列宿之南宮,故稱。《後漢書·鄭弘傳》:"建初,爲尚書令……弘前後所陳有補益王政者,皆著之南宮,以爲故事。"丘仲孚著《南宮故事》百卷,亦以南宮稱尚書省。唐及以後,尚書省六部統稱南宮。韋應物《和張舍人夜直中書寄吏部劉員外》:"西垣草詔罷,南宮憶上才。"韓愈《袁州刺史謝上表》:"臣以愚陋無堪,累蒙朝廷獎用,掌誥西掖,司刑南宮。" 貢士:舊指地方向朝廷薦舉人才。《禮記·射義》:"諸侯歲獻,貢士於天子。"孔穎達疏:"諸侯三年一貢士於天子也。"《後漢書·王符傳》:"其貢士者,不復依其質幹,準其才行,但虛造聲譽,妄生羽毛。" 職司:主管,執掌。《後漢書·蔡邕傳》:"群僚恭己於職司,聖主垂拱乎兩楹。"韓愈《賀雨表》:"臣職司京邑,祈禱實頻,青天湛然,旱氣轉甚。"

⑮ 款塞:叩塞門,謂外族前來通好。《史記·太史公自序》:"海外殊俗,重譯款塞。"裴駰集解引應劭曰:"款,叩也,皆叩塞門來服從也。"盧群《淮西席上醉歌》:"江河潛注息浪,蠻貊款塞無塵。" 五方:東、南、西、北和中央,亦泛指各方。《禮記·王制》:"五方之民,言語不通,嗜欲不同。"孔穎達疏:"五方之民者,謂中國與四夷也。"顏真卿《贈司空上柱國隴西郡開國公李公神道碑》:"陸海殷湊,五方浩劇。"校垺:義同"校場",舊時操練或比武的場地。李濯《內人馬伎賦》:"人矜綽約之貌,馬走流離之血。始争鋒於校場,遂寫鞚於金垺。"陸游《老學庵筆記》卷一:"淳熙己酉十月二十八日,車駕幸候潮門外大校場大閱。" 百夫:猶衆人,多人。《詩·秦風·黃鳥》:"維此仲行,百夫之防。"韓愈《孟生》:"一門百夫守,無籍不可尋。" 得俊:俘獲敵方的猛將勇士,謂得勝。《左傳·莊公十一年》:"大崩曰敗績,得俊曰克。"孔穎達疏:"戰勝其師,獲得其軍内之雄俊者,故云得俊曰克。"劉知幾《史通·申左》:"魯侯禦宋,得俊乘丘。" 能:在某方面見長,有才能,有本領。《易·繫辭》:"乾知大始,坤作成物;乾以易知,坤以簡能。"孔穎達疏:"坤以簡能者,簡謂簡省凝静,不須繁勞。以此爲能,

故曰坤以簡能也。"諸葛亮《前出師表》："將軍向寵,性行淑均,曉暢軍事,試用於昔日,先帝稱之曰能。"

⑯ 星郎:《後漢書·明帝紀》:"館陶公主爲子求郎,不許,而賜錢千萬。謂群臣曰:'郎官上應列宿,出宰百里,苟非其人,則民受殃,是以難之。'"後因稱郎官爲"星郎"。張諤《贈吏部孫員外濟》:"天子愛賢才,星郎入拜來。" 草奏:草擬奏章。《漢書·王莽傳》:"竦者博通士,爲崇草奏,稱莽功德。"戴叔倫《贈司空拾遺》:"陳琳草奏才還在,王粲登樓興不賒。" 拱辰:拱衛北極星,語本《論語·爲政》:"爲政以德,譬如北辰,居其所,而衆星共之。"後因以喻拱衛君王或四裔歸附。元稹《兩省供奉官諫駕幸温湯狀》:"陛下若騎從輕馳,則道途無拱辰之備。"《宋史·高麗傳》:"載推柔遠之恩,式獎拱辰之志。" 天驕:亦作"天之驕子",漢時匈奴用以自稱,後亦泛稱强盛的邊地少數民族或其首領。《漢書·匈奴傳》:"單於遣使遺漢書云:'南有大漢,北有强胡。胡者,天之驕子也。'"亦省稱"天驕"。王維《出塞作》:"居延城外獵天驕,白草連天野火燒。"杜甫《留花門》:"北門天驕子,飽肉氣勇決。"本文借指李唐天子。 射雕:喻善射。《史記·李將軍列傳》:"中貴人將騎數十縱,見匈奴三人,與戰,三人還射,傷中貴人,殺其騎且盡。中貴人走廣,廣曰:'是必射雕者也。'"裴駰集解引文穎曰:"雕,鳥也,故使善射者射也。"王維《觀獵》:"忽過新豐市,還歸細柳營。迴看射雕處,千里暮雲平。"

⑰ 客:來賓,賓客。《易·需》:"有不速之客三人來,敬之終吉。"《禮記·曲禮》:"主人敬客,則先拜客。客敬主人,則先拜主人。"特指上客,貴賓。《左傳·襄公二十三年》:"季氏飲大夫酒,臧紇爲客。"杜預注:"爲上客。"《國語·魯語》:"公父文伯飲南宮敬叔酒,以露睹父爲客。"韋昭注:"禮飲尊一人以爲客。"本文指作者元稹。 拔萃:唐代考選科目之一。《新唐書·選舉志》:"選未滿而試文三篇,謂之宏辭,試判三條,謂之拔萃,中者即授官。"韓愈《中大夫陝府左司馬李公

墓誌銘》：“其後比以書判拔萃，選爲萬年尉。”　右：親近，袒護。《戰國策·魏策》：“張儀相魏，必右秦而左魏。”高誘注：“右，親也。左，疏外也。”《新唐書·魏謩傳》：“教坊有工善爲新聲者，詔授揚州司馬，議者頗言司馬品高，郎官、刺史迭處，不可以授賤工，帝意右之。宰相諭諫官勿復言，謩獨固諫不可，工降潤州司馬。”　筆陣：比喻寫作文章，謂詩文謀篇佈局擘畫如軍陣。蕭統《正月啓》：“談叢發流水之源，筆陣引崩雲之勢。”蔡絛《鐵圍山叢談》卷二：“以是學士大夫，自非性天明洽，筆陣豪異，則不能爲之也。”　詞鋒：犀利的文筆或口才。徐陵《與楊僕射書》：“足下素挺詞鋒，兼長理窟，匡丞相解頤之説，樂令君清耳之談，向所諮疑，誰能曉喻？”劉禹錫《唐故相國贈司空令狐公集序》：“未幾，改職方，知制誥。詞鋒犀利，絶人遠甚。”　干戈：指戰争。《史記·儒林列傳序》：“然尚有干戈，平定四海，亦未暇遑庠序之事也。”葛洪《抱朴子·廣譬》：“干戈興則武夫奮，《韶》《夏》作則文儒起。”　戎旅：軍旅，兵事。曹丕《與張郃詔》：“今將軍外勤戎旅，記憶體國朝。”《北史·司馬侃傳》：“少果勇，未弱冠，便從戎旅。”

⑱　司文者：即“司文郎”，唐代職官名，司文局的副職。王維《故右豹韜衛長史賜丹州刺史任君神道碑》：“司文者執簡以往，刊石旌德。”《新唐書·百官志》：“武德四年，改著作曹曰局。龍朔二年，曰司文局；郎曰郎中，佐郎曰司文郎。”　礪：鑽研，磨煉。《文心雕龍·養氣》：“鑽礪過分，則神疲而氣衰。”蘇軾《駙馬都尉張敦禮節度觀察留後制》：“進居兩使之間，增重諸情之遇，益礪士節，以爲國華。”　躬：箭靶的上下幅。《儀禮·鄉射禮》：“侯道五十弓，弓二寸，以爲侯中；倍中以爲躬，倍躬以爲左右舌。”鄭玄注：“躬，身也，謂中之上下幅也，用布各二丈。”賈公彦疏：“身謂中，上、中、下各橫接一幅布者。”夏炘《學禮管釋·釋射侯》：“侯之制，以布爲之……有侯中，有躬，有左右舌。”　王所：指燕寢，古代帝王休息安寢的處所。《周禮·天官·九嬪》：“九嬪掌婦學之法……而以時御叙于王所。”鄭玄注：“王所息之

燕寢。"《史記·周本紀》:"武王至周,自夜不寐,周公旦即王所曰:'曷爲不寐?'"

[編年]

未見《年譜》編年本文。《編年箋注》編年:"《晉書·禮樂志下》:'九月九日,馬射。'或説云:秋金之節,講武習射,立秋之禮也。《通典·選舉下》:'長安二年,教人習武藝……又穿土爲埒,其長與埒均,綴皮爲兩鹿,歷置其上,馳馬射之,名曰馬射。'《新唐書·選舉志》:'長安三年始置武舉,其制有長垛馬射。'此《賦》所寫即兵部武舉考試馬射情景。其中有'今皇帝製羽舞以敷文德,擇材官而奮武衛'之語,又云'我有筆陣與詞鋒,可以偃干戈而息戎旅'。疑在穆宗即位并改元以後,姑定此《制》成於長慶元年(八二一)。"《年譜新編》編年本文於"庚子至辛丑所作其他文章"欄内:"當元和、長慶之際作,故繫於此。"没有説明任何理由。

我們以爲,《編年箋注》的引録過於隨便,如:"《晉書·禮樂志下》"、"《通典·選舉下》"分别是"《晉書·禮志下》"、"《通典·選舉三》"之誤;"《新唐書·選舉志》:'長安三年始置武舉……'"是"長安二年始置武舉……"之筆誤,否則難與《通典·選舉下》之記載相合,更與歷史史實不符;而"此《制》"應該是"此《賦》",才能與本文内容與題目相合。更爲重要的是,《編年箋注》所引録資料與編年"長慶元年"之間缺乏必要的論證,爲什麽不可以是穆宗朝的其他年份? 或者爲什麽不可以是順宗朝、憲宗朝、敬宗朝、文宗朝的作品?

我們以爲,一、馬射,亦即武舉考試由"大司馬"主持,它應該在京城進行。對元稹來説,符合"京城"條件的,祇有貞元末年的校書郎、元和初年的左拾遺、監察御史以及元和十五年、長慶元年與長慶二年的京職任内。二、而元稹作爲兵部特邀的尊貴之"客"出席這樣的盛典,貞元末年、元和初年以及元和十五年都可以排除,因爲那時元稹雖在京城，但官職低微，不符合文中"客"的身份。三、據《晉書·禮志》："九月九日，馬射。或説云：秋金之節，講武習射，立秋之禮也。"《南齊書·禮志》："九月九日，馬射。或説云：秋金之節，講武習射，像漢立秋之禮。"《魏書·裴粲傳》："高陽王雍曾以事屬粲，粲不從，雍甚爲恨。後因九日馬射，敕畿内太守皆赴京師……"知武舉考試一般在秋季的九月九日進行，元稹長慶二年六月五日已經出貶同州刺史，故長慶二年應該排除。四、長慶元年九月九日，元稹時任中書舍人、翰林承旨學士之職，正應該是兵部主持官員眼中的"客"。據此，本文應該撰成於長慶元年九月九日之時，地點在長安。

◎ 加烏重胤檢校司徒制①

門下：古之命將，莫不登諸齋壇，告於郊廟，分其閫限，推其車轂。非所以寵異崇大而姑息之，蓋先王之懋典，授之專柄②。然後遷延者必罪，選懦者必懲。式所以使恩威並流，而人人無辭於賞罰也③。

横海軍節度、滄德棣等州觀察處置等使、銀青光禄大夫、檢校司空、使持節滄州諸軍事兼滄州刺史、御史大夫、上柱國、邠國公、食邑三千户烏重胤，嘗以懷汝之師，南伐叛蔡（帝伐淮西，重胤以河陽節度使討賊，帝割汝州隸其軍，大小百戰，三年賊平）(一)，博大持重，不要奇勝。不用鈇鉞(二)，不嚴刁斗④。舉必示信(三)，戰必剋期。寇仇知其仁，士卒懷其惠。梟獍就執，第其勛庸，雖坐樹不言，而圖功甚大⑤。

先皇帝分命水土，換其旌旄。俾廉於滄，以長横海⑥。幽鎮既亂，人心或摇。師衆無嘩，而湯池自固者，重胤蓋有之矣⑦！而又明於斥候，善揣敵情。動靜以聞（建言河朔屢拒朝命者，以刺史失權，鎮將大重云云），茲實賴汝⑧。是用升其秩序，以大威聲。進位上公，式光戎律。此所以慰薦爾之忠力也，爾其勉之⑨！

於戲！甘之誓曰："用命，賞於祖；不用命，戮於社。"朕奉祖宗而守社稷也，其能私賞罰於天下乎⑩？賞既不俟於成功，罰固難期於後效矣！若驚之寵，無忘戒之！可檢校司徒，依前充橫海軍節度使⑪。

録自《元氏長慶集》卷四二

［校記］

（一）南伐叛蔡：叢刊本、《全文》同，楊本誤作"南代叛蔡"，不從不改。

（二）不用鈇鉞：原本作"不用鈇鉞"，叢刊本同，據楊本、《全文》改。《編年箋注》所用底本是馬本，而他的大著却作"不用鈇鉞"，這本來沒有錯，但沒有出校，就不應該了，應該是疏忽所致。

（三）舉必示信：楊本、叢刊本同，《全文》作"舉必樂信"，各備一説，不改。

［箋注］

① 烏重胤：事迹見《新唐書·烏重胤傳》："烏重胤，字保君，河東將承玼子也。少爲潞牙將，兼左司馬。節度使盧從史奉詔討王承宗，陰與賊連。吐突承璀將圖之，以告重胤，乃縛從史，帳下士持兵合譟，重胤叱曰：'天子有命，從者賞，違者斬！'士斂手遺部，無敢動。憲宗嘉其功，擢河陽節度使，封張掖郡公。帝討淮蔡，詔重胤以兵壓賊境，割汝州隸其軍，與李光顏相掎角，大小百餘戰，凡三年，賊平，再遷檢

校司空,進邠國公。徙橫海軍,建言:「河朔能拒朝命者,蓋刺史失權,鎮將領軍能作威福也。使刺史得職,大帥雖有祿山、思明之奸,能據一州爲叛哉?臣所管三州,輒還刺史職,各主其兵。」因請廢景州,法制修立,時以爲宜。討王庭湊也,出屯深州,方朝廷號令乖迕,賊寖不制,重胤久不敢進。穆宗以爲觀望,詔杜叔良代之,以重胤爲……山南西道節度使。」　檢校:官名,晉代始設,原爲散官,元代以後爲屬官,清代僅府有檢校官,爲低級辦事官員。張鷟《朝野僉載》卷一:「正員不足,權補試、攝、檢校之官。」陸游《老學庵筆記》卷四:「宣和末,鄭伸自檢校太師,忽落檢校爲真太師,國初以來所無有也。」　司徒:官名,相傳少昊始置,唐虞因之。周時爲六卿之一,曰地官大司徒,掌管國家的土地和人民的教化。漢哀帝元壽二年,改丞相爲大司徒,與大司馬、大司空並列三公。東漢時改稱司徒,歷代因之。本文是榮銜,並非實職。蘇頲《贈司徒豆盧府君挽詞》:「寵贈追胡廣,親臨比賀循。幾聞投劍客,多會服緦人。」杜甫《故司徒李公光弼》:「司徒天寶末,北收晉陽甲。胡騎攻吾城,愁寂意不愜。」

②　命將:任命將帥,派遣將帥。《晉書·陸機傳》:「自古命將遣師,未有臣凌其君而可以濟事者也。」許景先《奏停賜射疏》:「河朔騷然,命將除凶,未圖克捷。興師十萬,日費千金。」　齋壇:古代帝王祭天地的場所。劉禹錫《唐故相國李公集序》:「刺近輔,居保厘,登齋壇,皆再焉!」李賀《贈陳商》:「風雪直齋壇,墨經貫銅綬。」　郊廟:古代天子祭天地與祖先。《書·舜典》:「汝作秩宗。」孔傳:「秩,序;宗,尊也。主郊廟之官。」孔穎達疏:「郊謂祭天南郊,祭地北郊;廟謂祭先祖,即《周禮》所謂天神人鬼地祇之禮是也。」古帝王祭天地的郊宮和祭祖先的宗廟。陳琳《爲袁紹檄豫州》:「使從事中郎徐勛,就發遣操,使繕修郊廟,翊衛幼主。」　閫:門檻。《史記·張釋之馮唐列傳》:「臣聞上古王者之遣將也,跪而推轂曰:『閫以内者,寡人制之;閫以外者,將軍制之。』」《梁書·沈顗傳》:「顗從叔勃,貴顯齊世,每還吳興,賓客

填咽,顥不至其門。勃就見,顥送迎不越於閾。" 車轂:車輪中心插軸的部分,亦泛指車輪。《漢書·韓延壽傳》:"吏民數千人送至渭城,老小扶持車轂,爭奏酒炙。"權德輿《送韋起居老舅假滿歸嵩陽舊居序》:"朝廷搢紳先生之徒,車轂擊於通逵,觴酒交於竹林。執其衣袪,惜乎分陰。" 寵異:指帝王給以特殊的尊崇或寵愛。《漢書·叙傳》:"班侍中本大將軍所舉,宜寵異之。"鄭綮《開天傳信記》:"上至廟,見神橐鞬俯伏庭東南大柏樹下……自書製碑文以寵異之。" 崇大:宏大,高大。《左傳·襄公三十一年》:"僑聞文公之爲盟主也,宮室卑庳,無觀臺榭,以崇大諸侯之館。"尊崇光大。杜甫《送高司直尋封閬州》:"拔爲天軍佐,崇大王法度。" 姑息:無原則的寬容。李肇《唐國史補》卷中:"德宗自復京闕,常恐生事,一郡一鎮,有兵必姑息之。"《資治通鑑·唐肅宗乾元元年》:"自是之後,積習爲常,君臣循守,以爲得策,謂之姑息。" 懋典:盛典。王筠《昭明太子哀册文》:"傳聲華於懋典,觀德業於徽謚。"李適《汾陰後土祠作》:"號令垂懋典,舊經備闕文。" 專柄:不待請命而行事的權柄。李昂《授崔宏禮天平軍節度使制》:"至於簡拔,常所重難,況齊魯分疆,河朔接境,遏寇虞而固封守,宣德教而按州部,付之專柄,思得全才。"杜牧《唐故太子少師奇章郡開國公贈太尉牛公墓誌銘并序》:"劉稹以上黨叛誅死,時李太尉專柄五年,多逐賢士,天下恨怨。"

③ 遷延:徘徊,停留不前貌。《戰國策·楚策》:"白汗交流,中阪遷延,負轅不能上。"司馬相如《美人賦》:"有女獨處,婉然在床。奇葩逸麗,淑質艷光。覩臣遷延,微笑而言。"拖延,多指時間上的耽誤。李商隱《行次西郊作一百韵》:"臨門送節制,以錫通天班。破者以族滅,存者尚遷延。" 選懦:柔弱怯懦。選,通"巽"。《後漢書·西羌傳》:"今三郡未復,園陵單外,而公卿選懦,容頭過身。"葉適《朝請大夫提舉江州太平興國宮陳公墓誌銘》:"選懦遲魯,儒之常患。" 式:準則,法度,指言行所依據的原則。《詩·大雅·下武》:"成王之孚,

下土之式。”毛傳：“式，法也。”鄭玄箋：“王道尚信，則天下以爲法，勤行之。”《莊子·應帝王》：“肩吾曰：‘告我君人者，以己出經式義度，人孰敢不聽而化諸？’狂接輿曰：‘是欺德也。’”　恩威：恩惠與威力，多指仁政與刑治。《魏書·宣武靈皇后胡氏傳》：“自是朝政疏緩，恩威不立。天下牧守，所在貪惏。”崔璞《蒙恩除替將還京洛偶叙所懷》：“務繁多簿籍，才短乏恩威。”　賞罰：獎賞和懲罰。《書·康王之誥》：“惟新陟王，畢協賞罰，戡定厥功，用敷後人休。”李康《運命論》：“賞罰懸於天道，吉凶灼乎鬼神。”

④ 博大：寬廣，廣大。《管子·權修》：“萬乘之國，兵不可以無主；土地博大，野不可以無吏。”袁宏《後漢紀·獻帝紀》：“孝章皇帝，至孝烝烝，仁恩博大。”　持重：擔負重大任務。《史記·魏其武安侯列傳》：“魏其者，沾沾自喜耳！多易，難以爲相持重。”《後漢書·李固杜喬傳論》：“李固據位持重，以爭大義，確乎而不可奪。”穩重，謹慎。《史記·韓長孺列傳》：“張羽力戰，安國持重，以故吳不能過梁。”歐陽修《爲君難論》：“新進之士喜勇銳，老成之人多持重。”　要：探求，求取。《易·繫辭》：“噫亦要存亡吉凶，則居可知矣！”高亨注：“要亦求也，此言用《易經》求人事之存亡吉凶，則安坐可知矣！”秦觀《韓愈論》：“別白黑陰陽，要其歸宿，決其嫌疑，此論事之文如蘇秦、張儀之所作是也。”　奇勝：出奇計而致勝。張説《兵部試將門子弟策問三道》：“又聞乎兵以正合，戰以奇勝。”嚴從《風後握機圖序》：“然此離合之勢，奇正之術，故曰‘或離而爲八，或合而爲一，以正合，以奇勝’，其要在此矣！”　鈇鉞：斫刀和大斧，腰斬及砍頭的刑具。《荀子·樂論》：“且樂者，先王之所以飾喜也；軍旅鈇鉞者，先王之所以飾怒也。”《漢書·戾太子劉據傳》：“忠臣竭誠不顧鈇鉞之誅以陳其愚，志在匡君安社稷也。”顏師古注：“鈇，所以斫人，如今莝刀也。”　刁斗：古代行軍用具，斗形有柄，銅質；白天用作炊具，晚上擊以巡更。《史記·李將軍列傳》：“及出擊胡，而廣行無部伍行陳，就善水草屯，舍止，人

人自便，不擊刁斗以自衛。"裴駰集解引孟康曰："以銅作鐎器，受一斗，晝炊飯食，夜擊持行，名曰刁斗。"李頎《古從軍行》："行人刁斗風沙暗，公主琵琶幽怨多。"

⑤ 示信：表示真實可靠。李竦《偃武修文論》："三王既往，霸者是繼。晉文伐原以示信，齊桓勤王以稱德，宋殤好戰以隕越，徐偃專文以喪亡。"楊於陵《謝手詔許受吐蕃信物表》："又蒙宸慈，特賜答蕃書本。宣威示信，體遠懷人。俾無飾詐之虞，實感曲成之道。" 剋期：限期，定期，如期。《後漢書·鍾離意傳》："意遂於道解徒桎梏，恣所欲過，與剋期，俱至，無或違者。"白居易《題裴晉公女几山刻石詩後詩序》："裴侍中晉公出討淮西時，過女几山下，刻石題詩，末句云：'待平賊壘報天子，莫指仙山示武夫。'果如所言，剋期平賊。" "寇仇知其仁"兩句：事見《新唐書·烏重胤傳》："重胤出行伍，善撫士，與下同甘苦。蔡將李端降重胤，蔡人執其妻殺之，妻呼曰：'善事烏僕射！'得士心大抵如此。待官屬有禮，當時有名士如温造、石洪，皆在幕府。既歿，士二十餘人刲股以祭。" 寇仇：仇敵，敵人。《左傳·僖公三十三年》："武夫力而拘諸原，婦人暫而免諸國，墮軍實而長寇仇，亡無日矣！"曹唐《和周侍御買劍》："將軍溢價買吳鉤，要與中原靜寇仇。"仁惠：仁慈惠愛。《史記·律書》："今陛下仁惠撫百姓。"陸游《老學庵筆記》卷八："蓋欲敦崇仁惠，蕃衍庶物，立政經邦，咸率斯道。" 梟獍：舊説梟爲惡鳥，生而食母；獍爲惡獸，生而食父，比喻忘恩負義之徒或狠毒的人。楊衒之《洛陽伽藍記·永寧寺》："若兆者蜂目豺聲，行窮梟獍，阻兵安忍，賊害君親。"范祥雍校釋："《漢書》二十五《郊祀志》：'祠黃帝用一梟破鏡。'孟康注：'梟，鳥名，食母；破鏡，獸名，食父。'破鏡即是獍，此以比喻狠戾忘恩之人。"《魏書·侯剛傳》："曾無犬馬識主之誠，方懷梟鏡返噬之志。" "第其勛庸"三句：參見《後漢書·馮異傳》："異爲人謙退不伐，行與諸將相逢，輒引車避道，進止皆有表識，軍中號爲整齊。每所止舍，諸將並坐論功，異常獨屏樹下，軍

中號曰'大樹將軍'。及破邯鄲，乃更部分，諸將各有配隸，軍士皆言願屬'大樹將軍'，光武以此多之。"　勛庸：功勛。《後漢書·荀彧傳》："曹公本興義兵，以匡振漢朝，雖勛庸崇著，猶秉忠貞之節。"《舊唐書·李嗣業傳》："總驍果之眾，親當矢石，頻立勛庸。"　圖功：圖謀建立功業。劉憲《奉和聖製幸望春宮送朔方大總管張仁亶》："命將擇耆年，圖功勝必全。"白居易《贈寫真者》："迢遞麒麟閣，圖功未有期。"

　　⑥ "先皇帝分命水土"四句：事見《舊唐書·烏重胤傳》："烏重胤，潞州牙將也。元和中王承宗叛，王師加討，潞帥盧從史雖出軍，而密與賊通。時神策行營吐突承璀與從史軍相近，承璀與重胤謀縛從史於帳下，是日重胤戒嚴，潞軍無敢動者。憲宗賞其功，授潞府左司馬，遷懷州刺史，兼充河陽三城節度使……元和十三年，代鄭權爲橫海軍節度使。"　先皇帝：前代帝王。《晉書·鄭沖傳》："翼亮先皇，光濟帝業。"杜甫《憶昔二首》一："憶昔先皇巡朔方，千乘萬騎入咸陽。"分命：命令，任命。陸機《辯亡論》："分命銳師五千。"皇甫曾《送和西蕃使》："白簡初分命，黃金已在腰。"　水土：山川，國土。曹操《讓還司空印綬表》："水土不平，奸宄未靜。臣常媿辱，憂爲國累。"杜甫《石犀行》："安得壯士提天綱，再平水土犀奔茫？"　旌旄：軍中用以指揮的旗子。劉向《說苑·權謀》："有狂兕從南方來，正觸王左驂，王舉旌旄而使善射者射之。"李頻《陝府上姚中丞》："關東領藩鎮，闕下授旌旄。"　俾：使。《詩·邶風·綠衣》："我思古人，俾無訧兮。"毛傳："俾，使。"《新唐書·裴冕傳》："陛下宜還冕於朝，復俾輔相，必能致治成化。"　廉：通"覝"，考察，查訪。《管子·正世》："過在下，人君不廉而變，則暴人不勝，邪亂不止。"尹知章注："廉，察也。"《漢書·高帝紀》："且廉問，有不如吾詔者，以重論之。"顏師古注："廉，察也。廉字本作覝，其音同耳！"　長：長久，永久。《書·盤庚》："汝不謀長。"孔傳："汝不謀長久之計。"桓寬《鹽鐵論·徭役》："夫文猶可長用，而武難久行也。"

⑦ 幽鎮既亂：長慶元年七月，幽州朱克融與鎮州王庭湊相繼叛唐，李唐再次失去對河朔的控制。柳道倫《魏博節度使田布碑》：“時討幽鎮諸軍，庶事草創，計司荒略，供饋大廧。公乃以本部六州之租入，權以自濟，冰雪方盛，飛挽阻艱。”元稹《加裴度幽鎮兩道招撫使制》：“況朕均養億兆，爲之君親，燕人冀人，皆吾乳哺而育之，安忍以豺狼驅脅之故，絕其飛走，盡致網羅？” 人心：人的心地。《孟子·滕文公》：“我亦欲正人心，息邪説，距詖行，放淫辭，以承三聖者。”梅堯臣《送懷倅李太傅》：“朝騎快馬暮可到，風物人心皆故鄉。” 師衆：猶師旅，指軍隊。《左傳·襄公三年》：“臣聞師衆以順爲武，軍事有死無犯爲敬。”《三國志·廖立傳》：“是羽怙恃勇名，作軍無法，直以意突耳，故前後數喪師衆也。” 湯池：指難以逾越的護城河，形容城池防守嚴固。《漢書·食貨志》：“神農之教曰：‘有城十仞，湯池百步，帶甲百萬，而亡粟，弗能守也。’”杜甫《秋日送石首薛明府辭滿告別三十韻》：“湯池雖險固，遼海尚填淤。” 自固：鞏固自身的地位，確保自己的安全。揚雄《州箴·執金吾箴》：“國以自固，獸以自保。”《南史·梁武帝紀》：“迫之，因復散走，退保朱雀，憑淮自固。”

⑧ 斥候：偵察，候望。《史記·李將軍列傳》：“然亦遠斥候，未嘗遇害。”司馬貞索隱：“許慎注《淮南子》云：‘斥，度也。候，視也，望也。’”司空圖《亂前上盧相》：“虜黠雖多變，兵驕即易乘。猶須勞斥候，勿遣大河冰。” 敵情：敵方的情況，特指敵人對我方採取行動的情況。《三略·上略》：“用兵之要，必先察敵情，視其倉庫，度其糧食。”王行先《爲趙侍郎論兵表》：“此則未究敵情，小之而不設備，以至於是也。” 動靜：情況，消息。《易·艮》：“時止則止，時行則行。動靜不失其時，其道光明。”《六韜·動靜》：“先戰五日，發我遠候往視其動靜，審候其來，設伏而待之。”

⑨ 秩：官職，品位。《左傳·文公六年》：“委之常秩。”杜預注：“常秩，官司之常職。”韓愈《雪後寄崔二十六丞公》：“秩卑俸薄食口

衆,豈有酒食開客顏?」　序:同「叙」,舊指按等級次第授官或依照功績給予獎勵。《史記·商君列傳》:「序有功,尊有德。」王融《求自試啓》:「若微誠獲信,短才見序,文武更法,惟所施用。」　威聲:威名。《周書·齊煬王憲傳》:「齊人夙聞威聲,無不憚其勇略。」元稹《批劉悟謝上表》:「昔者李抱真用之,一舉破朱滔,再舉蹙田悦。訓養十萬,威聲殷然。」　進位:進升爵位,封號。《後漢書·竇憲傳》:「而篤進位特進,得舉吏,見禮依三公。」溫大雅《大唐創業起居注》卷一:「裴寂等請進位大將軍,以隆府號,不乖古今,權藉威名。」　上公:周制,三公(太師、太傅、太保)八命,出封時,加一命,稱爲上公,後代沿用其名稱。岑參《奉送李太保兼御史大夫充渭北節度使》:「詔出未央宮,登壇近總戎。上公周太保,副相漢司空。」皇甫冉《彭祖井》:「上公旌節在徐方,舊井莓苔近寢堂。訪古因知彭祖宅,得仙何必葛洪鄉!」公爵的尊稱,亦泛指高官顯爵。李華《寄趙七侍御》:「屬詞慕孔門,入仕希上公。」　式:語助詞。《詩·大雅·蕩》:「式號式呼,俾晝作夜。」《舊唐書·文宗紀》:「載軫在予之責,宜降恤辜之恩,式表殷憂,冀答昭誡。」戎律:軍機,軍務。《魏書·羊祉傳》:「祉志存埋輪,不避強禦;及贊戎律,熊武斯裁。」岑參《入劍門作寄杜楊二郎中》:「良籌佐戎律,精理皆碩畫。」軍紀,軍法。陳子昂《爲金吾將軍陳令英請免官表》:「上不能允副聖心,中不能匡正戎律。」　慰薦:猶慰藉。《漢書·匈奴傳》:「〔匈奴〕既服之後,慰薦撫循,交接賂遺,威儀俯仰,如此之備也。」柳宗元《與太學諸生書》:「乃知欲煩陽公宣風裔土,覃布美化於黎獻也,遂寬然少喜,如獲慰薦於天子休命。」　忠力:忠誠與力量。《史記·秦始皇本紀》:「是上毋以報先帝,次不爲朕盡忠力,何以在位?」《新唐書·李光顏傳》:「弘素蹇蹔,陰挾賊自重,且惡光顏忠力,思有以橈嶷之。」

⑩「甘之誓曰」五句:典見《尚書·甘誓》:「用命,賞于祖;不用命,戮于社。」孔傳:「天子親征,必載遷廟之祖主行,有功則賞,祖主前

示不專。天子親征，又載社主，謂之社事。不用命奔北者，則戮之於社主前。" 社稷：古代帝王、諸侯所祭的土神和穀神。社，土神；稷，穀神。《書‧太甲》："先王顧諟天之明命，以承上下神祇，社稷宗廟罔不祇肅。"《孟子‧盡心》："民爲貴，社稷次之，君爲輕。" 賞罰：獎賞和懲罰。《書‧康王之誥》："惟新陟王，畢協賞罰，戡定厥功，用敷後人休。"李康《運命論》："賞罰懸於天道，吉凶灼乎鬼神。"

⑪ 成功：成就的功業，既成之功。《史記‧秦始皇本紀》："今名號不更，無以稱成功，傳後世，其議帝號。"司空圖《太尉琅玡王公河中生祠碑》："大寇既逃，鄰封共慶。遽求罷任，本切歸寧。堅避成功，益彰傑操。" 後效：指日後的成效或勞績。《後漢書‧安帝紀》："秋節既立，鷙鳥將用。且復重申，以觀後效。"《魏書‧肅宗紀》："其有失律亡軍、兵戌逃叛、盜賊劫掠伏竄山澤者，免其往咎，録其後效。" 寵：恩寵，寵愛。《東觀漢記‧和帝紀》："望長陵東門，見二臣之墓，生既有節，終不遠身，誼臣受寵，古今所同。"韓愈《爲韋相公讓官表》："伏奉今日制命，以臣爲尚書右丞，同中書門下平章事。非常之寵，忽降於上天；不次之恩，遽屬於庸品。承命震駭，心神靡寧。" 戒：警戒，鑒戒。《新唐書‧康承訓傳》："可師恃勝不戒，弘立以兵襲之，可師不克陣而潰。"曾鞏《王制》："富而能約，不從以敗禮；貴而能戒，不恫以好逸。"

［編年］

《年譜》編年："《制》云：'幽鎮既亂，人心或搖，師衆無嘩，而湯池自固者，重胤蓋有之矣。而又明於斥堠，善揣敵情，動静以聞，兹實賴汝。是用升其秩序，以大威聲，進位上公，式光戎律……可檢校司徒，依前充横海軍節度使。'當撰於長慶元年八月以後。"究竟"以後"到何年何月，《年譜》則語焉不詳。《編年箋注》、《年譜新編》與《年譜》一樣引述本文之外，又引："《舊唐書‧穆宗紀》載：長慶元年十月'丙戌，以深冀行營節度使杜叔良爲滄州刺史、橫海軍節度使,以代烏重胤'。幽鎮亂在八月,推知此《制》撰於長慶元年(八二一)八月至十月間。"

　　我們以爲,本文應該也可以進一步細化編年。一、據《舊唐書·憲宗紀》《舊唐書·穆宗紀》,烏重胤自元和十三年(818)十一月拜職橫海軍節度使,至長慶元年(821)十月丙戌離任,一直在橫海軍節度使任。而元稹任職知制誥臣在元和十五年二月五日至長慶元年十月十九日間,兩個時間的後半段基本是重合的,本文即應該在元稹任職知制誥臣任期之內,"八月至十月間"的判斷,其中有十一天已經超出了元稹知制誥的任期,應該排除。二、幽鎮之亂分別起自長慶元年七月十日與七月二十八日,傳至長安分別在七月二十日與八月六日。本文:"幽鎮既亂,人心或搖。師衆無嘩,而湯池自固者,重胤蓋有之矣!"説明烏重胤在河朔戰場已經堅持了相當長的一段時間,八月不應該包括在內,故"八月至十月間"的判斷也應該商榷。三、本文:"甘之誓曰:'用命,賞於祖;不用命,戮於社。'朕奉祖宗而守社稷也,其能私賞罰於天下乎? 賞既不俟於成功,罰固難期於後效矣!"這在元稹的制誥文中僅見於此,説明急於平叛的唐穆宗已經顯得很不耐煩,發出了明確無誤的警告。而"升其秩序,以大威聲。進位上公,式光戎律"之舉,目的無他,鼓勵烏重胤早日平叛而已,計其時日,應該以九月爲宜,因此"八月至十月間"的判斷同樣還應該商榷。四、但烏重胤拜命"司徒"之後,並無平叛的進一步舉動,《舊唐書·穆宗紀》僅僅在十月十五日有"滄州烏重胤奏於饒陽破賊"寥寥數字記載,烏重胤甚至連破賊的數字也沒有能够上報朝廷。急於平叛的唐穆宗終於按捺不住,在十月十八日或者十七日下定決心,以杜叔良代替烏重胤,於是就有了元稹的另一篇制文《授烏重胤山南西道節度使制》。而在決定調動烏重胤的十月上半月,唐穆宗肯定不會再有加烏重胤爲"司徒"的打算,也沒有必要發出"賞於祖","戮於社"這樣的警告。據此,我們以爲本文應該撰成於長慶元年九月,地點在長安,元稹時任中書舍人翰林承旨学士之职。

◎ 加裴度镇州四面招讨

使制（时长庆元年十月）^{(一)①}

门下：《传》云："死者不可复生，刑者不可复属。"^(二)是以先王斩一支指，杀一犬彘，莫不伏念隐悼^(三)。至於旬时决而行者^(四)，盖不得已也②。

予於镇人亦然^(五)，伏念俟其悛革^(六)，詎止旬时（七月招抚，十月招讨，几三月矣）！前命相臣^(七)，招怀抚谕。矜其註误，示以生门。期於尽脱纲罗，岂欲驱之陷穽^{(八)③}？而豺狼当道，荆棘牵衣，虽欲归之於仁^(九)，厥路无由而至。况王师压境，义勇争先。朕每抑其锋铓，未忍覆其巢穴。是犹爱稂莠而伤稼穑，养癃疽以溃肌肤。独怀儿女之仁，虑失祖宗之典④。

今上台居镇，算画无遗。操晋阳之利兵，驱屈产之良马。举河东、义武之众^(一○)，合沧景、泽潞之师^{(一一)⑤}。当元翼授命之初（时牛元翼初为成德节度），乘田布雪冤之忿（时起复田布为魏博节度使，以讨廷凑）^(一二)。举毛拾芥，其易可知。兼用恩威，尚存招致，宜令河东节度使裴度充镇州四面招讨使⑥。

於戏！以一城之卒，敌天下之师。徇猖蹶之徒，抗君父之命。吾哀尔辈，死实无名。苟能自新，亦冀容汝。主者施行⑦。

录自《元氏长庆集》卷四二

[校记]

（一）加裴度镇州四面招讨使制：杨本、丛刊本、《英华》、《文章辨體彙選》、《山西通志》、《全文》同，《唐大詔令集》作“裴度鎮州四面招討使制”，《畿輔通志》作“唐穆宗加裴度鎮州四面招討使制”，各備一說，不改。

（二）死者不可復生，刑者不可復屬：原本作“死者不復生，刑者不復屬”，楊本、叢刊本同，而《春秋公羊傳》作：“死者不可復生，刑者不可復屬。”諸多古籍文獻均同，故據《唐大詔令集》、《英華》、《文章辨體彙選》、《畿輔通志》、《山西通志》、《全文》改。

（三）莫不伏念隱悼：宋浙本、叢刊本、《唐大詔令集》、《英華》、《文章辨體彙選》、《畿輔通志》、《山西通志》、《全文》同，楊本誤作“莫不伏念穩悼”，不從不改。

（四）至於旬時決而行者：楊本、叢刊本、《全文》同，《英華》、《文章辨體彙選》、《畿輔通志》、《山西通志》、作“至於旬時決而行之”，《唐大詔令集》作“至於由時決而行之”，各備一說，不改。

（五）予於鎮人亦然：楊本、叢刊本、《畿輔通志》、《全文》同，《唐大詔令集》、《英華》《文章辨體彙選》、《山西通志》作“予於鎮人亦既”，各備一說，不改。

（六）伏念俟其悛革：宋浙本、叢刊本、《唐大詔令集》、《英華》、《文章辨體彙選》、《畿輔通志》、《山西通志》、《全文》同，楊本作“伏念候其悛革”，各備一說，不改。

（七）前命相臣：楊本、叢刊本、《全文》同，《唐大詔令集》、《英華》、《文章辨體彙選》、《畿輔通志》作“乃命相臣”，《山西通志》作“及命相臣”，各備一說，不改。

（八）豈欲驅之陷穽：楊本、叢刊本、《全文》同，《唐大詔令集》、《英華》、《文章辨體彙選》、《畿輔通志》、《山西通志》作“豈可驅之陷穽”，各備一說，不改。

（九）雖欲歸之於仁：楊本、叢刊本、《全文》同，《唐大詔令集》、《英華》、《文章辨體彙選》、《畿輔通志》、《山西通志》作“雖欲歸於有仁”，各備一説，不改。

（一〇）舉河東、義武之衆：原本作“舉河東、義成之衆”，楊本、叢刊本、《全文》同，《唐大詔令集》、《英華》、《文章辨體彙選》、《畿輔通志》、《山西通志》作“舉河東、義武之衆”。元稹《招討鎮州制》“宜令魏博、横海、昭義、河東、義武等軍各出全軍以臨界首。仍各飛書檄，具諭朝旨”云云，足以説明“義成”是“義武”之誤。又據《舊唐書·穆宗紀》：“（長慶元年十月）乙酉，以魏博等州節度觀察等使、光禄大夫、檢校司徒兼侍中、魏博大都督府長史、上柱國、沂國公、食邑三千户、實封三百户田弘正可檢校司徒兼中書令、鎮州大都督府長史、成德軍節度、鎮冀深趙等州觀察處置等使。以鎮冀深趙等觀察度支使、朝議郎、試金吾左衛冑曹參軍兼監察御史王承元可銀青光禄大夫、檢校工部尚書、使持節滑州諸軍事、守滑州刺史、御史大夫，充義成軍節度、鄭滑等州觀察等使。”成德軍之將卒，是王承元的舊部，主動請求離開成德軍的王承元，怎麽可能重返舊地？還有，義成節度使領滑州、鄭州、穎州，不與成德軍節度使轄境及幽州節度使轄境相鄰，如何越境而往，豈非勞師遠征而難建功業？而義武節度使領易、定兩州，地與成德軍及幽州相鄰，夾在兩大叛鎮中間，理應參與這場不期而遇的平叛。元稹《加陳楚檢校左僕射制》：“義成軍節度使、檢校工部尚書陳楚，茂昭之甥。酷似其舅。總齊義武，於今六年。以兩郡之賦輿，備三軍之供費。民不勞耗，而兵能繕完，政有經矣！今遼陽冀分，紛亂交虐。楚實間居於此，其勤可知。自非國之干城，總之利器，安能爲我堡障，艾夷寇仇？”《舊唐書·穆宗紀》：“（長慶元年）十一月甲午朔，裴度奏破賊於會星鎮。朱克融兵大寇定州，節度使陳楚出師拒戰，破賊二萬。”《新唐書·王庭湊傳》：“帝乃詔義武節度使陳楚閉境，督諸軍三道攻。”故據《唐大詔令集》、《英華》、《文章辨體彙選》、《畿輔通志》、《山西通志》改。《編年箋注》：“成：《英華》作‘武。’”沒有改正應該改正的錯誤，沒有舉出應該舉出的理由。

（一一）合滄景、澤潞之師：叢刊本、《英華》、《文章辨體彙選》、《畿輔通志》、《山西通志》、《全文》同，楊本、《唐大詔令集》誤作“合滄景澤路之師”，不從不改。

（一二）乘田布雪冤之忿：楊本、叢刊本同，《英華》、《文章辨體彙選》、《畿輔通志》、《山西通志》、《全文》作“乘田布雪冤之頃”，《唐大詔令集》作“乘田布雪冤之憤”，各備一說，不改。

［箋注］

① 加裴度鎮州四面招討使制：據《舊唐書·穆宗紀》記載，本文正式發佈在長慶元年十月三日，而十六天之後的十月十九日，元稹即被罷相，起因就是裴度的三次彈劾：“（長慶元年）冬十月甲子朔，丙寅……以河東節度使裴度充鎮州四面行營都招討使……壬午……河東節度使裴度三上章，論翰林學士元稹與中官知樞密魏弘簡交通，傾亂朝政。以稹爲工部侍郎，罷學士，弘簡爲弓箭庫使。”“元稹勾結宦官”，這個一千多年以來一直爲大家所公認的定論，從來沒有人懷疑過。我們曾在一九八六年發表《元稹與宦官》，率先否認元稹勾結宦官，其後又在拙稿《宦官再三的打擊與元稹一生的貶謫》、《裴度的彈劾與元稹的貶職》、《元稹“勸穆宗罷兵”考辨》、《元稹“變節”與元稹的依附》、《元稹與唐穆宗》、《元稹的獻詩與元稹的升職》、《關於元稹知制誥及翰林承旨學士任內的幾個問題》等文章中擴展新視點，補充新證據，繼續堅持我們否認“元稹勾結宦官”的觀點。而《裴度的彈劾與元稹的貶職》中裴度彈劾元稹勾結宦官魏弘簡，成“刎頸之交”，破壞河朔平叛大業的問題，這是歷史學家、文學史研究者認爲“元稹勾結宦官”的主要證據之一，無論如何不可不辯。我們已在以下六個方面加以闡述：第一方面：裴度連續三次彈劾元稹魏弘簡。此事的因果關係還得從頭說起，問題的真假也必須認真分析。長慶元年元稹在翰林承旨學士任，正當他一心一意爲河朔平叛大業贊助唐穆宗謀畫的

時候，別有用心的"巧者"王播，却利用元稹裴度間在長慶元年考試事件中的矛盾而加以挑撥，胡說什麼元稹勾結宦官頭目、知樞密使魏弘簡，破壞河北平叛。裴度即從八月二十六日至十月十四日，亦即從李唐朝廷八月二十六日發佈元稹撰寫的《加裴度幽鎮兩道招撫使制》之後，直至本文發表前後，連上三疏，彈劾魏弘簡與元稹的三條罪狀。裴度第一疏，亦即《論魏弘簡元稹疏》全文如下："臣度言：臣聞主聖臣直，今既遇聖主輒爲直臣，上答殊私下塞群謗，誓除國蠹無以家爲。苟獻替之可行，何性命之足惜！臣某中謝。伏惟文武孝德皇帝陛下恭承丕業，光啓雄圖，方殄頑人之風，以立太平之事。而逆豎構亂，震驚山東，奸臣作朋，擾亂國政。陛下欲掃蕩幽鎮，先宜肅清朝廷。何者？爲患有大小，議事有先後。河朔逆賊只亂山東，禁闈奸臣必亂天下。是則河朔患小，禁闈患大。小者臣等與諸道戎臣必能剪滅，大者非陛下制斷，非陛下覺悟，無計驅除。今文武百寮，中外萬品，有心者無不憤忿，有口者無不咨嗟。直以威權方重，獎用方深，有所畏避，不敢抵觸。恐事未行而禍已及，不爲國計，且爲身計者耳！臣比猶懷隱忍，不願發明，一則以罪惡如山，怨謗如雷，伏料聖君必自誅殛。一則以四方無事，萬樞且過，紀綱潜壞，賄賂公行，待其貫盈，必自顛覆。今屬凶徒擾攘，宸衷憂軫。凡有制命，繫於安危。痛此奸臣，恣其欺罔。干亂聖略，非止一途。又與翰苑近臣結爲朋黨，陛下聽其所説，則必訪於近臣，不知近臣已先計會，更唱迭和，蔽惑聰明。所以臣自兵興已來，所陳章疏事皆要切，所奉書詔多有參差。蒙陛下委寄之意不輕，被奸臣抑損之事不少。臣素與佞作亦無仇嫌，只是昨者臣請乘傳詣闕面陳戎事。奸臣之黨最所畏懼，知臣若到御座之前，必能悉數其罪，以此百計止臣此行。臣又請領兵齊進，逐便討賊，奸臣之黨尤所阻礙，恐臣統率諸道或有成功。進退皆受羈牽，意見悉遭杜塞。復恐一二人險狡同辭合力，或令兩道招撫逗留旬時，或遣他州行營拖拽日月。但欲令臣失所，使臣無成，則天下理亂，山東勝負悉不顧矣！

爲臣事君一至於此！且陛下前後左右忠良至多，亦有熟會典章，亦有飽諳師旅，足得任使，何獨斯人？以臣愚見，若朝中奸臣盡去，則河北逆賊不討而自平；若朝中奸臣盡在，則河朔逆賊縱平無益。臣伏讀國史，知代宗之朝蕃戎侵軼，直犯都城，代宗不知，蓋被程元振蒙蔽，幾危社稷。當時柳伉乃太常一博士耳！猶抗表歸罪，爲國除害。今臣所任兼總將相，豈可坐觀凶邪，有曀日月？臣不勝感憤嫉惡之至。謹附中使趙奉國奉表以聞，儻陛下未甚信臣，猶惑奸黨，伏乞出臣此表，令三事大夫與百寮集議，彼不受責，臣合伏辜。天鑒孔明，照臣肝血。但得天下之人知臣不負陛下，則臣雖死之日猶生之年！”裴度的《論魏弘簡元稹疏》呈上之後，也許是唐穆宗沒有什麼反應，也許是裴度覺得意猶未盡，緊接著又呈上了《第二狀》；《第二狀》仍然不見效果，裴度又呈上現在題誤爲“第二表”而實際上已是“第三表”的《第二表》，必欲罷免元稹、魏弘簡的職位：“臣某言：臣聞木有蠹蟲，其木必壞，國有奸臣，其國必亂。伏以前件人爲蠹爲奸，欺下罔上，百辟卿士，莫敢指名。若不竄逐，必爲患難。陛下他時追悔，亦恐無及。臣所以奮不顧身舉明罪惡，其《第一表》、《第二狀》伏恐聖意含弘，留中不行。臣謹再寫重進，伏乞聖恩宣出，令文武百官於朝堂集議，必以臣表狀虛謬抵牾權倖，伏望更加譴責，以謝弘簡、元稹。如弘簡、元稹等實爲朋黨，實蔽聖聰，實是奸邪，實作威福，伏望議事定刑，以謝天下。臣今將赴行營，誓除凶寇，而憂心在腹，不在四支，憂在朝堂，不在河朔。伏感諸葛亮出師之時，上表言事，猶以宮中府中不宜同異科犯，爲善爲惡請申刑賞。臣才雖不逮諸葛亮，心有慕于古人。昧死聞天，伏紙流汗。”裴度的這兩篇奏狀，詞語確實感人，宛然是爲國爲君不愛官位不惜性命的架勢，完全是一副不罷免元稹、魏弘簡之職權無法出兵河朔也誓不甘休的樣子。《舊唐書》、《新唐書》以及《資治通鑑》都把裴度的奏狀作爲正面材料加以引用，遂使“元稹勾結宦官，破壞河朔平叛”成爲歷史定論。有關歷史著作如《通鑑紀事本末》、《唐鑒》、《冊府元龜》、《通鑑總類》等等都不加辨析照搬照抄，又使"元稹勾結宦官，破壞河朔平叛"的罪名一直背到今天。如李綱《梁谿集·靖康傳信錄》（《宋史·李綱傳》、《續資治通鑑》同）："余感其言，起受命，上錄《裴度傳》以賜。余入札子具道：'吳元濟以區區淮蔡之地，抗唐室，與金人強弱固不相侔。而臣曾不足以望裴度萬分之一，以度況臣，實謂非倫。且言諸葛亮《出師表》謂親賢臣遠小人，此先漢之所以興隆也；親小人遠賢臣，此後漢之所以傾頹也。夫君子小人于用兵之間若不相及，而亮深以爲言者，誠以寇攘外患，有可掃除之理，而小人在朝，蠹害本根，浸長難去，其患有不可勝言者。是以吉甫贊周王以北伐，必有孝友之張冲；裴相贊唐王以東討，必去奸邪之元稹。用能成功，焜耀圖史。君子小人之不兩立，從古已然。臣竊觀陛下嗣位之初，適遭金人入寇，宵旰憂勤，屬精圖治，思刷前恥，雖古帝王勤儉之德無以遠過。然君子小人尚猶混淆於朝，翕訿成風，殊未退黜。謂宜留神照察，在於攘逐戎狄之先。朝廷既正，君子道長，則所以捍禦外患者有不難也。今取裴度論元稹魏洪（弘）簡章疏，節其要語，輒塵天聽。'上優詔寵答。"在李綱和史臣的眼裏，元稹是張邦昌、李邦彥、蔡京、童貫、高俅一類奸臣，豈不冤屈了元稹！這事是關係到元稹政治品質好壞的大是大非問題，牽連到元稹是否勾結宦官的嚴肅課題，我們不得不加以辨正以正視聽，還元稹以歷史的本來面貌。關於這件事情，當事人元稹的《表奏（有序）》："穆宗初，宰相更相用事，丞相段公一日獨得對，因請亟用兵部郎中薛存慶、考功員外郎牛僧孺，予亦在請中。上然之，不十數日次用爲給、舍。他忿恨者日夜構飛語，予懼罪，比上書自明。上憐之，三召與語，語及兵賦洎西北邊事，因命經紀之。是後書奏及進見，皆言天下事，外間不知，多臆度。陛下益憐其不漏禁中語，召入禁林，且欲亟用爲宰相。是時裴度在太原，亦有宰相望，巧者謀欲俱廢之，乃以予所無構于裴。"元稹的話十分清楚：在元稹和裴度即將拜相的前夕，巧者亦即王播爲了阻斷唐穆宗拜元稹與裴度爲相的舉措，把元稹並不存在的"破壞河朔平叛，阻止裴度用兵"的"陰謀"通過他人告知裴度，挑起鷸蚌之爭，達到坐收漁翁之利的目的。

第二方面：裴度彈劾元稹的真正原因。而裴度之所以故意聽信他人毫無根據的挑撥，"一本正經"地作爲自己彈劾元稹的內容，根據我們的考證原因有三，其一，裴度與令狐楚早在淮西平叛時就結怨甚深，《舊唐書·令狐楚傳》："楚與皇甫鎛、蕭俛同年登進士第，元和九年鎛初以財賦得幸，薦俛、楚俱入翰林充學士，遷職方郎中、中書舍人，皆居內職。時用兵淮西，言事者以師久無功，宜宥賊罷兵，唯裴度與憲宗志在殄寇。十二年夏，度自宰相兼彰義軍節度、淮西招撫宣慰處置使，宰相李逢吉與度不協，與楚相善，楚草度《淮西招撫使制》，不合度旨，度請改制內三數句語。憲宗方責度用兵，乃罷逢吉相任，亦罷楚內職，守中書舍人，元和十三年四月出爲華州刺史。其年十月皇甫鎛作相，其月以楚爲河陽懷節度使。十四年四月裴度出鎮太原，七月皇甫鎛薦楚入朝，自朝議郎授朝議大夫、中書侍郎、同平章事，與鎛同處台衡，深承顧待。"這裏需要説明一下：元和九年皇甫鎛薦蕭俛入爲翰林學士的記載有誤，蕭俛元和六年已經是翰林學士；但皇甫鎛、蕭俛、令狐楚三人是互爲援引的小集團，則是衆所周知、大家公認的事實。而令狐楚"特於廊廟間道稹詩句"，極力爲元稹延譽于穆宗，比元稹爲"今代之鮑、謝"的舉動，促成穆宗索詩元稹，成爲元稹升任祠部郎中、知制誥臣的原因之一，也因此引起了裴度的忌恨，把元稹目爲令狐楚的同黨。其二是因爲在平淮西碑文上，裴度、韓愈與李愬、段文昌之間發生過激烈的矛盾和衝突，《舊唐書·韓愈傳》："元和十二年八月，宰臣裴度爲淮西宣慰處置使兼彰義軍節度使，請愈爲行軍司馬，仍賜金紫。淮蔡平，十二月隨度還朝，以功授刑部侍郎，仍詔愈撰《平淮西碑》，其辭多叙裴度事。時先入蔡州擒吳元濟，李愬功第一，愬不平之。愬妻出入禁中，因訴碑辭不實。詔令磨愈文，憲宗命翰林學士段文昌重撰文勒石。"這個矛盾本來與元稹無關，但是此前段文昌一再保舉元稹,使元稹得以晉升爲祠部郎中、知制誥臣,不久元稹又升任翰林承旨學士。因此裴度因段文昌而遷怒元稹,轉而舉發元稹。而《舊唐書·韓愈傳》中的"愬妻",即元稹《李愬妻韋氏封魏國夫人制》中的"韋氏",元稹在《李愬妻韋氏封魏國夫人制》中對韋氏讚揚備至:"笄年事愬,克有令儀。天蔭雖高,猶執婦道。持其門戶,使愬有姻族之和;奉其蘋蘩,使愬有烝嘗之潔。愬當分閫之際,終無内顧之憂者,由此婦也。"這大約也多多少少刺激了裴度敏感的神經,引起裴度對元稹的進一步不滿。其三,在長慶元年科舉考試中,元稹又同意段文昌的舉奏,通過嚴格的復試,榜落已經及第的裴度之子裴譔,裴度對元稹的不滿大大加深,矛盾更加激化。怨恨元稹而尋機報復的裴度,乘段文昌出鎮外任、自己手握重兵征討叛鎮的機會,急忙將明知根本不存在的"事實"、"巧者"王播捏造的内容作爲自己攻擊元稹的藉口。這樣裴度可以一石二鳥:既可以借機打擊段文昌薦舉的元稹,回敬段文昌的舉奏,發泄自己兒子被榜落的私憤,迫使唐穆宗特賜其子進士及第;又可以借此罷脱自己"政敵"的牽制,擴大自己在處置河朔問題上的自由度,爲自己謀取更多的權益。長慶元年下半年,裴度三次氣勢洶洶地彈劾元稹與魏弘簡"爲刎頸之交",勾結成私黨,破壞河朔平叛,"謀亂朝政"。但在半年之後的長慶二年春天,事主之一魏弘簡即參與了李逢吉誣陷元稹謀刺裴度的陰謀活動,莫名其妙地導致元稹罷相而出貶同州。從中可見裴度指責元稹、魏弘簡爲"刎頸之交"的彈劾,是完完全全的"莫須有"誣陷。而據《新唐書·劉克明傳》的記載,時間僅僅過去了五年,到了寶曆二年的十二月,昔日的"奸臣"却成了"功臣",過去的彈劾者裴度與被彈劾者魏弘簡則成了政治上的"盟友":"劉克明……得幸敬宗……帝獵夜還……更衣,燭忽滅,克明與佐明、定寬弑帝更衣室……于時樞密使王守澄、楊承和、中尉梁守謙、魏從簡與宰相裴度共迎江王,發左右神策及六軍飛龍兵討之,克明投井死,出其尸戮之。"此事發生在寶曆二年十二月八日,《舊唐書·敬宗紀》:"十二月甲午朔,辛丑,帝夜獵還宮,與中官劉克明、田務成、許文端打球,軍將蘇佐明、王嘉憲、石定寬等二十八人飲酒,帝方酣,入室更衣,殿上燭忽滅,劉克明等同謀害帝,即時殂于室內,時年十八。群臣上諡曰睿武昭湣孝皇帝,廟號敬宗,大和元年七月十三日葬于莊陵。"而據《册府元龜》"魏弘簡……寶曆二年遷右神策軍護軍中尉"的材料,《新唐書·劉克明傳》中的"魏從簡"就是魏弘簡的筆誤。魏弘簡到底是元稹勾結的盟友還是仇視的敵手,魏弘簡與裴度之間是政治仇敵還是政治盟友? 這個問題,雖然不是一句兩句話可以交待清楚,但相信人們不難得出自己的結論。第三方面:裴度的彈劾是根本站不住腳的誣陷。根據我們的考證,裴度指責元稹的所謂"罪狀"是根本站不住腳的。彈奏中除了"賄賂公行"之類帽子嚇人而舉無實據的攻擊之外,裴度彈奏的其他內容可概括如下:第一,指責元稹在書詔中多次抑損裴度:這完全是無中生有的捏造。自征討河北叛亂開始,直至裴度連上三疏的三個多月內,屬元稹起草與裴度有關的書詔,除在《招討鎮州制》中"宜令魏博、橫海、昭義、河東、義武等軍各出全軍以臨界首。仍各飛書檄,具諭朝旨"的話提及裴度統轄的河東軍之外,另外還有兩個書詔與裴度直接有關:即八月二十六日發佈的《加裴度幽鎮兩道招撫使制》和十月三日發佈的《加裴度鎮州四面招討使制》,亦即本文。在這兩個書詔中,元稹對裴度過去的功勳可謂讚揚備至,而這樣的讚語遠遠超出了元稹同期書詔中對他人的褒揚,特別應指出的是在這兩個書詔中元稹對裴度並無隻言片語的貶意。我們相信讀者的結論應與我們大致相同,既然如此,裴度又怎能無中生有地指責元稹在書詔中"仰損"自己呢? 這裏我們需要插一句,裴度指責他人在事關自己的書詔"仰損"自己而導致他人貶官的事例這決不是第一次,元和年間就有過類如的事件:《舊唐書·令狐楚傳》:"時用兵淮西,言事者以師久無功,宜宥賊罷兵,唯裴度與憲宗志在殄寇。十二年夏,度自宰相兼彰義軍節度淮西招撫宣慰處置使,宰相李逢吉與度不協,與楚相善,楚草度淮西招撫使制,不合度旨,度請改制內三數句語。憲宗方責度用兵,乃罷逢吉相任,亦罷楚內職。"裴度這次僅僅是故伎重演而已。第二,彈劾文給元稹加上阻止裴度"乘傳詣闕,面陳戎事"的嚇人罪名:事實上元稹獨自一人有無阻止裴度"乘傳詣闕,面陳戎事"的權力,我們姑且不論。退一萬步講,即使元稹他們真有阻止裴度"乘傳詣闕,面陳戎事"之事實,據大和年間《令藩鎮俟詔方入覲敕》,爲了"行止之際,臨事不失事機",規定即使是無戰事的平時,藩鎮也必須"候得朝旨允許"之後才能"即任進發":"方面大臣皆吾股肱心膂,思與相見無時暫忘。想其戀闕之心,願修朝覲之禮,其於忠懇悉亦可知。但緣兵革未停,務先安緝;或地鄰戎寇,須有防虞;或鎮重軍雄,切於綏撫;臨機處分,要合便宜。自今以後,諸道節度、都團練、防禦、經略等使,有請朝覲者,但先獻表章,候得詔旨允許,即任進發,務使行止之際,臨時不失事機。故此宣示,遍使知悉。"此詔雖寫於大和年間,亦即河朔長慶戰事五六年之後,但其說明的四個理由無疑也適用于長慶年間;李唐朝廷之所以發佈這樣的詔令,也許根據的正是長慶年間的情況。何況裴度要求召見之日,正是河北戰事吃緊、亟需裴度出兵之時。據《舊唐書·地理志》以及《新唐書·百官志》,河東距長安約有一千三百多里,以"乘傳日四驛","每驛三十里"計,往返當需二十多天。在瞬息萬變的戰場上,如何能允許身爲統帥的裴度離開戰場長達二十多天之久?而這麼重大的問題,顯然不是元稹一人所能決定得了的,定然需要由時刻關心河朔戰事的穆宗親自作出決定才行。我們以爲,無論是穆宗還是元稹、魏弘簡,在戰事萬分緊迫的情況面前,不允許裴度赴闕而督其速速前往河朔平叛第一線是完全正確的,也是無可非議的。我們以爲裴度請求"乘傳詣闕,面陳戎事",非常有可能是他延誤出兵河朔以求自保的一種策略。第三,指責元稹"遣他州行營拖曳日月":我們查閱了現存所有元稹的詩文,並無一篇一句一詞涉及河朔平叛期間元稹阻止各節度對叛鎮作戰的，與此相反元稹積極奉行、認真配合穆宗對河北藩鎮的作戰，現存元稹詩文集中對田弘正、田布、牛元翼、劉悟等詔文中的詞語已清楚地説明了這一點。事實上他州行營也並非如裴度所指責的那樣爲保存實力而拖曳日月觀望不前：鎮州亂起之後，鎮州大將王位等二千餘人在内部準備謀殺王廷湊，結果事敗被殺，《舊唐書・王廷湊傳》："長慶元年……七月二十八日夜，廷湊乃結銜兵噪於府署。遲明，盡誅弘正與將吏家族三百餘人，廷湊自稱留後、知兵馬使，將吏逼監軍宋惟澄上章，請授廷湊節鉞……是月鎮州大將王位等謀殺廷湊事泄，坐死者二千餘人。"瀛莫節度使盧士玫因抗擊叛軍而被囚，《舊唐書・盧士玫傳》："士玫亦罄家財助軍用，堅拒叛徒者累月，竟以官軍救之不至。又瀛漠之卒親愛多在幽州，遂爲其下陰導克融之兵以潰。士玫及從事皆被拘執送幽州，囚於賓館。"魏博節度使李愬當時正在病中，不能親臨第一綫作戰，但他態度非常積極，素服流涕激勵魏人，並以祖傳寶劍、玉帶贈送牛元翼，鼓勵其平叛之志，《資治通鑑》："(長慶元年八月)魏博節度使李愬聞田弘正遇害，素服令將士曰：'魏人所以得通聖化至今安寧富樂者，田公之力也。今鎮人不道，輒敢害之，是輕魏以爲無人也。諸君受田公恩，宜如何報之？'衆皆慟哭。深州刺史牛元翼，成德良將也，愬使以寶劍、玉帶遺之曰：'昔吾先人以此劍創立大勛，吾又以之平蔡州，今以授公，努力蔫庭湊！'元翼以劍、帶徇於軍，報曰：'願盡死！'愬將出兵，會疾作，不果。"新任魏博節度使田布才到任所，就立刻廣散家財，動員將卒，親赴貝州行營，逼近深鎮二州，拔敵二柵，竭盡全力救援深州。《資治通鑑》："(長慶元年八月)乙亥，起復前涇原節度使田布爲魏博節度使，令乘驛之鎮。布固辭不獲，與妻子賓客訣曰：'吾不還矣！'悉屏去旌節導從而行，未至魏州三十里，被髮徒跣號哭而入，居於堊室。月俸千緡一無所取，賣舊産得錢十餘萬緡，皆以頒士卒，舊將老者兄事之……冬十月……辛巳，魏博節度使田布將全軍三萬人討王庭湊，屯于南宮之南，拔其二柵。"《舊唐書‧穆宗紀》："（長慶元年）九月甲午朔……癸酉，魏博節度使田布奏，出師五千赴貝州行營……冬十月甲子朔……戊子，魏博田布奏，自率全師進討……二年春正月癸巳朔……庚子，魏博兵自潰於南宮縣。戊申，魏博牙將史憲誠奪師，田布伏劍而卒。"據元積《王進岌冀州刺史制》以及《資治通鑑》所示，冀州刺史王進岌也因抗叛而被殺，《新唐書‧穆宗紀》："（長慶元年）七月甲辰……癸酉，王廷湊陷冀州，刺史王進岌死之。"據元積《授牛元翼成德軍節度使制》、《舊唐書‧穆宗紀》等資料顯示，深冀行營節度使牛元翼更是"居四戰之中，堅一城之守"，以少勝多，以孤敵衆，堅守到最後。《舊唐書‧王廷湊傳》："時廷湊合幽薊之兵圍深州，梯冲雲合，牛元翼嬰城拒守……裴度率衆屯承天軍，諸將挫敗，深州危急。"《資治通鑑》："（長慶二年正月）王庭湊圍牛元翼於深州，官軍三面救之，皆以乏糧不能進，雖李光顏亦閉壁自守而已。軍士自采薪芻，日給不過陳米一勺，深州圍益急……未幾，牛元翼將十騎突圍出，深州大將藏平等舉城降，庭湊責其久堅守，殺平等將吏百八十餘人。"《新唐書‧牛元翼傳》："元翼聞平等死，憤恚卒，悉還所賜於朝，廷湊遂夷其家。"據元積《加烏重胤檢校司徒制》揭示，易州刺史柳公濟、橫海軍節度使烏重胤也分別破賊于白石嶺和饒陽，《舊唐書‧穆宗紀》："（長慶元年）冬十月甲子朔……戊寅，王廷湊兵寇貝州。易州刺史柳公濟奏，于白石嶺破燕軍三千。滄州烏重胤奏，于饒陽破賊。"《新唐書‧穆宗紀》："（長慶元年十月）戊寅，王廷湊陷貝州。己卯，易州刺史柳公濟及朱克融戰于白石，敗之。庚辰，橫海軍節度使烏重胤及王廷湊戰于饒陽，敗之。"《新唐書‧朱克融傳》："克融縱兵掠易州，敗兩縣，寇蔚州，易州刺史柳公濟戰白石嶺，斬三千級。"據《舊唐書‧王廷湊傳》、《新唐書‧穆宗紀》、元積文《加陳楚檢校右僕射制》，易定節度使陳楚積極抗擊叛鎮，《舊唐書‧穆宗紀》："（長慶元年）十一月甲午朔……朱克融兵大寇定州，節度使陳楚出師拒戰，破賊二萬……十二月甲子朔……定州陳楚破朱克融賊二萬於望都。"鎮州亂起，沂海兗觀察使曹華積極應對，《舊唐書‧曹華傳》："及鎮州軍亂，殺田弘正，華表請以本軍進討，就加檢校工部尚書，升兗海爲武寧節度，賜之節鉞。"深州樂壽鎮兵馬使傅良弼、瀛州博野鎮遏使李寰也聚衆堅壁，死守到底，《新唐書‧傅良弼李寰傳》："初，瀛之博野樂壽介范陽成德間，每兵交先薄二城，故常爲劇屯。德宗以王武俊破朱滔功，皆隸成德，故以良弼守樂壽，李寰守博野。廷湊之叛，兩賊交誘之，而堅壁爲國固守。"《資治通鑑》："(長慶二年正月)丙寅，以牛元翼爲山南東道節度使，以左神策行營樂壽鎮兵馬使清河傅良弼爲沂州刺史，以瀛州博野鎮遏使李寰爲忻州刺史。良弼、寰所戍在幽鎮之間，朱克融、王庭湊互加誘脅，良弼、寰不從，各以其衆堅壁，賊竟不能取，故賞之。"類似的例子還有很多，這裏就無法一一例舉了。在這樣的史實面前，裴度的指責應該是不攻而自破。第四方面：裴度在河朔平叛中口口聲聲指責元稹勾結宦官、振振有詞彈劾元稹破壞平叛的裴度，在這緊要關頭，裴度又是如何效忠李唐朝廷又是如何動作的呢？裴度毫無疑問應該是李唐中期重要的歷史人物，我們無法、事實上也不可能在這篇幅有限的書稿中全面評價他在歷史上的功過是非；我們祇是想在這裏指出：就河朔平叛而言，裴度長慶元年八月十四日奉詔進討王廷湊，元稹《招討鎮州制》："宜令魏博、橫海、昭義、河東、義武等軍各出全軍，以臨界首。仍各飛書檄，具諭朝旨。"《資治通鑑》："(長慶元年八月)丁丑，詔魏博、橫海、昭義、河東、義武諸軍各出兵臨成德之境，若王庭湊執迷不復，宜即進討。"八月二十四日，溫造奉旨銜命河東等地"喻以軍期"，《舊唐書‧溫造傳》："及朱克融逐弘靖，鎮州殺田弘正，朝廷用兵，乃先令造銜命河東、魏博、澤潞、橫海、深冀、易定等道，喻以軍期，事皆稱旨。"《資治通鑑》："(長慶元年八月)丁亥，以殿中侍御史溫造爲起居舍人充鎮州四面諸軍宣慰使，歷澤潞、河東、魏博、橫海、深冀、易定等道諭以軍期。"八月二十六日，裴度又受命爲幽鎮兩道招撫使，元稹《加裴度幽鎮兩道招撫使制》：“（裴度）可依前守司空兼門下侍郎、同中書門下平章事、河東節度使，充幽鎮兩道招撫使，餘如故。”九月十三日，又命內常侍段文政監軍，《舊唐書・穆宗紀》：“九月甲午朔……丙午令內常侍段文政監領鄭滑、河東、許三道兵救援深州。”十月三日又授命其爲鎮州四面招討使，亦即本文。但裴度仍按兵不動，長達六十一天，一直等到十月十四日才奏稱從故關路進討，《舊唐書・穆宗紀》：“冬十月甲子朔……丁丑，裴度奏，自將兵取故關路進討。”《山右石刻叢編・承天題記》：“長慶元年七月，趙人亂其帥，弘正爲下所弒。我公（裴度）詔率諸侯之師問罪，十月師次承天。”故關路和承天都是河東轄地承天軍同一地名的另外兩種不同的名稱。由此可知，裴度到這時尚在河東領地，並未進兵河朔。計其日期，裴度自奉詔至此已有六十一天。由此可知直到十月十四日之前裴度還逗留在自己的轄地觀望不前，按兵不動，却緊鑼密鼓地連上三個疏文，彈劾元稹與魏弘簡，一再要求自己跋涉千里，進京面見唐穆宗，推託征討叛鎮，拖延進兵河朔的意圖十分明顯。這時傅良弼、李寰等人抗擊叛軍已兩月，牛元翼被圍已四十五天，而新任魏博節度使田布出師亦已二十天……但裴度的河東軍在離開河東駐地僅一百多里，“逐廷湊兵於會星，又入元氏焚壁二十二”，之後不久即自行潰回河東的承天軍駐地，據《新唐書・王廷湊傳》：“裴度以河東節度使兼幽鎮招撫使，屯承天軍……度逐廷湊兵於會星，又入元氏焚壁二十二。叔良率諸道兵救深州，戰博野，大奔，失所持節，以身免……師由是敗。”可見在征討中真正拖延日月的不是別人，正是裴度自己。裴度的實際行動究竟如何？是積極平叛還是消極觀望？我們還可以舉出田布的臨終遺言，以此來反觀田布眼中的裴度平叛舉動：田布臨終念念不忘的是：敦促朝廷營救在河朔前綫浴血苦戰的“忠臣義士”李光顏與牛元翼，並無隻言片語提及裴度，說明裴度不在河朔戰場，至少不像牛元翼李光顏那樣處在隨時有可能被叛鎮“屠害”的危險處境之中。《舊唐書·田布傳》："(田布)即日密表陳軍情,且稱遺表,略曰:'臣觀衆意,終負國恩,臣既無功,不敢忘死。伏願陛下速救光顏元翼,不然則義士忠臣皆爲河朔屠害。'奉表號哭,拜授其從事李石,乃入啓父靈,抽刀自刺曰:'上以謝君父,下以示三軍。'言訖而絕。時議以布才雖不足,能以死謝家國,心志決烈,得燕趙之古風焉!"而田布懇請穆宗"速救",就是要求裴度"速救",其實也是對裴度擁兵觀望、不肯進兵河朔的尖銳批評。《春秋正傳》卷二五:"鳥之將死,其鳴也哀。人之將死,其言也善。"田布的話,我們以爲不能不信也不可不信。第五方面:互相矛盾的"史實"與拙劣造假的文章。在這裏我們還想增加一段文字揭示一件奇聞,供大家欣賞:當時有人爲了坐實實際上並不存在的元稹排擠裴度的罪行,特地借用元稹生前生後都是最要好朋友白居易的名義,僞造了《論請不用奸臣表》的文章:"臣某言:臣聞主聖臣忠,聖主既明,臣輒獻至忠之誠,上理國之典,下去邪之疑。伏望陛下納臣之諫,則海隅蒼生兵屯咸偃。無大臣之諫則國必敗,有大臣之諫則國必安。非元稹之愆,其事有實,亦不虛矣!矯詐亂邪,實元稹之過。朝廷俱惡,卿士同冤。裴度論議之謀,陛下已令獎度之勛。不允所請,理已爲乖。今陛下含忍不爲竄逐,處之台司,同議國典,天下人心無不惶戰。何執元稹之言,居度散司之職?且同議裴度,今功業今代一人,卿侯士庶無不同惜,今天下欽度者多,奉稹者少。陛下不念其功,何忍信其奸臣之論?況裴度有平蔡之功,元稹有囂軒之過。東都留守誠即清閑,大勞之功,不合居於散地。伏望陛下聖恩照明,並無矯言,伏乞追裴度別議寵榮。臣素與元稹至交,不欲發明,伏以大臣沈屈,不利於國,方斷往日之交,以存國章之政。臣等職當諫列,不敢不奏。謹奉表以聞,無任兢迫戰切之極。瞻望回恩,天下同慶。"撰寫《論請不用奸臣表》作者的用意十分清楚,那就是竭力勸説唐穆宗重用有"大勞之功"的裴度,"乞追裴度,別議寵榮";不讓元稹"處之台司,同議國典",而是應該"竄逐"元稹。作爲一名拜領皇禄的朝廷官員，混淆是非，顛倒黑白已是嚴重的失職。更爲可笑的是無視元稹與白居易至死不渝的友誼，竟然敢冒用白居易的名義，胡説什麽"臣素與元稹至交，不欲發明，伏以大臣沈屈，不利於國，方斷往日之交，以存國章之政"。長慶元年白居易的前後任職爲司門員外郎、尚書主客郎中知制誥、中書舍人，而造假者竟然胡説"臣等職當諫列"云云，"諫列"根本與白居易"司門員外郎、尚書主客郎中知制誥、中書舍人"的職務靠不上邊。用心之惡毒使人憤恨，而伎倆之拙劣又令人捧腹。正因爲如此，故《英華》文後注："元白交分，始終不替，方元傾裝，白不應有此論列，《集》固無之。光謂君直友逆，則順君以誅友，古有行之者，則此奏亦不爲過，但白非其人也。與元稹二表俱非是，當以《唐書》爲正。"無獨有偶，還有一篇千古奇文：《李德裕相公貶崖州三首》也是冒白居易之名，其一："樂天當任蘇州日，要勒須教用禮儀。從此結成千萬恨，今朝果中白家詩。"其二："昨夜新生黄雀兒，飛來直上紫藤枝。擺頭撼腦花園裏，將謂春光總屬伊。"其三："田園不解栽桃李，滿地唯聞種蒺藜。萬里崖州君自去，臨行怊悵欲冤誰？"宋代王得臣所撰《麈史》被《四庫全書總目》稱爲"其間參稽經典，辨別異同，亦深資考證，非他家説部惟載瑣事者比"之作，其卷二載後人的駁斥："令狐先生曰：唐白傅以丞相李德裕貶崖州爲三絶句，便不免世人訾毁。予以謂詩三百皆出聖賢發憤而爲，又何傷哉！後嘗語於客，會安陸令李楚老翹叟在坐上曰：'非白公之詩也！白公卒于李貶之前。'予因按唐史，會昌六年白公卒，是歲宣宗即位。明年改元大中，又明年李貶。蓋當時疾李者託名爲之，附於集。詩曰……予觀其詞意鄙淺，白爲雜律詩譏世人，故人得以輕效之。"《漁隱叢話後集》卷一三亦云："會昌之初，李文饒用事，樂天適已七十，遂致仕，不三年而没。嗟夫！文饒尚不能置一樂天於分司中邪？然樂天每間吟衰病，發於詠歎，輒以公卿投荒僇死，不獲其終者自解，余亦不鄙之。至其聞文饒《謫朱崖三絶句》，刻核尤甚。樂天雖陋，蓋不至此也。且樂天死於會昌之初，而文饒之竄在會昌末年，此決非樂天之詩。豈樂天之徒、淺陋不學者附益之邪？樂天之賢，當爲辨之。《苕溪漁隱》曰：'余以《元和錄》考之，居易年長於德裕，視德裕爲晚進。方德裕任浙西觀察使，居易爲蘇州刺史，德裕以使職自居，不少假借，居易不得已，以卑禮見。及其貶也，故爲詩云……然《醉吟先生傳》及《實錄》皆謂居易會昌六年卒，而德裕貶於大中二年，或謂此詩爲僞。余又以《新唐書》二人本傳考之：會昌初白居易以刑部尚書致政，六年卒；李德裕大中二年貶崖州司户參軍，會昌盡六年，距大中二年正隔三年，則此三詩非樂天所作明甚！但蘇子由以謂樂天死於會昌之初，而文饒竄於會昌之末，偶一時所記之誤耳！"《韵語陽秋》卷二〇亦云："白樂天作《八漸偈》云：'苦既非真，悲亦是假。'則世間悲歡人，我必能忘情。始憲宗欲以樂天爲刺史，王涯以資淺爲言，遂得江州司馬。及涯敗，作詩快之，有'當君白首同歸日，是我青山獨往時'之句。李德裕於樂天不見有隙，德裕貶崖州，亦作三絕快之……蓋嘗以唐史考之，樂天卒於會昌之初武宗時也，而德裕之貶乃在宣宗大中年，則德裕之謫，樂天死也久，非樂天之詩明矣！以是準之，快王涯之句，恐亦未必然也。"《詩話總龜後集》卷一五也有同樣的記載，不再重複引錄。也許，白居易生前已估計到他人會如此作賤他與元稹之間這種真摯的友情，估計到有人會千方百計造假來爲自己的政治利益服務，故他在晚年亦即會昌五年所寫的《白氏長慶集後序》裏詳細介紹了自己文集的卷次以及收藏五處的情況，最後鄭重地聲明："若集內無而假名流傳者，皆謬爲耳！會昌五年夏五月一日樂天重記。"《論請不用奸臣表》、《李德裕相公貶崖州三首》今天不見於《白氏長慶集》，白居易的嚴正聲明充分説明：《論請不用奸臣表》、《李德裕相公貶崖州三首》是徹頭徹尾的僞作，不僅不可信從，而且從這兩篇作假的奇文裏，我們可以進一步看清元稹、李德裕對立面的卑劣嘴臉。如果他們真正掌握了元稹勾結宦官的過硬證據，完全可以拿出真憑實據，舉奏元積的罪惡，又何必以如此卑劣的手法假名白居易誣陷元稹！唐人孫光憲《北夢瑣言・白太傅墓誌》："白太傅與元相國友善，以詩道著名，時號'元白'，其集内有詩輓元相云：'相看掩淚俱無語，別後傷心事豈知？想得咸陽原上樹，已抽三丈白楊枝。洎自撰《墓誌》云：'與彭城劉夢得爲詩友。'殊不言元公，時人疑其隙終也。"宋人王讜《唐語林・補遺》承其説，也以"隙終"誣言元白之友誼。事實究竟如何？且不論白居易情真意切的《唐故武昌軍節度處置等使正議大夫檢校户部尚書鄂州刺史兼御史大夫賜紫金魚袋尚書右僕射河南元公墓誌銘并序》，也不談聲淚俱下《祭微之文》，筆者請以元稹病故之後白居易部份的詩歌爲例：《哭微之二首》，其一："八月涼風吹白幕，寢門廊下哭微之。妻孥朋友來相吊，唯道皇天無所知。"其二："文章卓犖生無敵，風骨英靈殁有神。哭送咸陽北原上，可能隨例作灰塵。"《寄劉蘇州》："去年八月哭微之，今年八月哭敦詩。何堪老淚交流日，多是秋風揺落時？泣罷幾回深自念，情來一倍苦相思。同年同病同心事，除却蘇州更是誰？"《覽盧子蒙侍御舊詩多與微之唱和感今傷昔因贈子蒙題於卷後》："早聞元九詠君詩，恨與盧君相識遲。今日逢君開舊卷，卷中多道贈微之。相看掩淚情難説，別有傷心事豈知？聞道咸陽墳上樹，已抽三丈白楊枝。"《醉中見微之舊卷有感》："今朝何事一霑襟？檢得君詩醉後吟。老淚交流風病眼，春箋揺動酒杯心。銀鈎塵覆年年暗，玉樹泥埋日日深。聞道墓松高一丈，更無消息到如今。"《夢微之》："夜来携手夢同遊，晨起盈巾淚莫收。漳浦老身三度病，咸陽草樹八廻秋。君埋泉下泥銷骨，我寄人間雪滿頭。阿衛韓郎相次去，夜臺茫昧得知不？"《聞歌者唱微之詩》："新詩絶筆聲名歇，舊卷生塵篋笥深。時向歌中聞一句，未容傾耳已傷心。"《微之敦詩晦叔相次長逝歸然自傷因成二絶》，其一："併失鵷鸞侣，空留麋鹿身。只應嵩洛下，長作獨遊人。"其二："長夜君先去，殘年我幾何？秋風滿衫淚，泉下故人多。"《感舊》："晦叔墳荒草已陳，夢得墓濕土猶新。微之捐館將一

紀,杓直歸丘二十春。城中雖有故第宅,庭蕪園廢生荊榛。篋中亦有
舊書札,紙穿字蠹成灰塵。平生定交取人窄,屈指相知唯五人。四人
先去我在後,一枝蒲柳衰殘身。豈無晚歲新相識,相識面親心不親。
人生莫羨苦長命,命長感舊多悲辛。"《哭劉尚書夢得二首》一:"四海
齊名白與劉,百年交分兩綢繆。同貧同病退閑日,一死一生臨老頭。
杯酒英雄君與操,文章微婉我知丘。賢豪雖歿精靈在,應共微之地下
遊。"元白的友誼是"隙終",還是"始終如一",相信讀者不難得出準確
的結論。第六方面:元稹罷職之後的感慨,以及此後裴度的所作所
爲。在平叛的緊急關頭,元稹面對裴度蠻不講理的一再指責和《論請
不用奸臣表》作者無中生有的誣陷,面對元稹自以爲對自己非常信任
和十分瞭解的穆宗,却並沒有爲他辨明是非曲直的尷尬,元稹也衹好
爲平叛大局含冤受屈,其有《感事三首(學士時作)》,我們在本書稿裏
已經作過介紹,這裏就沒有必要重複了。他又以翰林院前的小松樹
爲題訴說内心的委屈,對唐穆宗寄託著殷切的期待:"檐礙修淋亞,霜
侵簇翠黄。唯餘入琴韵,終待舜弦張。"爾後,非常清楚元稹冤屈的當
事人穆宗,又被迫答應了裴度的無理要求,罷免了元稹翰林承旨學士
和魏弘簡樞密使的職務,改任元稹爲工部侍郎,改任魏弘簡爲弓箭庫
使,以企望裴度全力平叛,元稹《表奏》:"裴奏至,驗之皆失實。上以
裴方握兵,不欲校曲直,出予爲工部侍郎。"以上是元稹罷職之後真情
流露的詩歌和痛心疾首的感慨,應不是題外之言吧!而罷免元稹翰
林承旨學士的職位之後,裴度的表現又是怎樣? 我們還是讓史實來
說話:罷免元稹職位之前,裴度曾經在奏疏中以不容置疑的口氣向唐
穆宗保證:"若朝中奸臣盡去,則河朔逆賊不討而自平。"而當穆宗依
裴度之奏罷免了元稹與魏弘簡後,裴度却沒有兌現其"必能翦滅"河
朔逆賊的諾言。他自己所率領的河東軍深入鎮州僅僅一百多里,佔
領元氏縣之後,亦即隨杜叔良一起敗回,退守河東轄地承天軍,從此
再也沒有深入鎮州一步。田布遺表衹云救元翼、光顔,不云救裴度,

正説明其時裴度不在戰場。而在鎮州四面招討使裴度指揮下的河朔討叛戰役，李唐軍隊的敗仗却接二連三，《資治通鑑》："(穆宗長慶元年十二月)自憲宗征四方，國用已虛。上即位，賞賜左右及宿衛諸軍無節。幽鎮用兵久無功，府藏空竭，勢不能支。執政乃議：'王廷湊殺田弘正而朱克融全張弘靖，罪有輕重，請赦克融專討廷湊。'上從之。乙酉，以朱克融爲盧龍軍節度使。"《資治通鑑》："(長慶二年正月)幽鎮逆命，朝廷徵諸道兵計十七八萬，四面圍攻已逾半年。王師無功，賊勢猶盛。"裴度在戰場上無法取勝，無計可施的穆宗才不得不同意宰臣崔植、杜元穎、王播的建議而赦免朱克融。正是在裴度無力平叛而兵潰的情況下，穆宗出於無奈，祗好改變初衷，先赦免了朱克融，接著又詔雪了王廷湊。關於這次罷兵的責任，史書却混淆是非，顛倒黑白，把它記到了元稹頭上，《舊唐書·裴度傳》："及元稹爲相，請上罷兵，洗雪廷湊克融，解深州之圍，蓋欲罷度兵柄故也。"關於這段歷史冤案，我們已在拙作《元稹"勸穆宗罷兵"考辨》中澄清辨正：李唐王室赦免朱克融詔雪王廷湊之時，元稹已從翰林承旨學士罷爲工部侍郎，並不在相位；請求穆宗罷兵的是時相崔植、杜元穎、王播的主意，與元稹無涉；與此相反元稹還同情因反對"罷兵"而遭貶斥的李景儉，並爲自己無力救出在河朔戰場孤軍奮戰的牛元翼而自責，還爲冒險前往叛鎮宣諭的韓愈而憂慮；等到元稹拜相，又爲召回李景儉而奔走，最終爲營救牛元翼而被誣罷相。雖李唐王室又是"赦免"，又是"詔雪"，但朱克融、王廷湊勝券在握，對李唐王室的"寬大"不予理睬，拒不撤圍深州。而裴度——這位曾在朱克融、王廷湊面前敗績的統帥，却僅僅一紙書至，朱克融"解圍而去"，王廷湊"亦退舍"，《舊唐書·裴度傳》："時朱克融王廷湊雖受朝廷節鉞，未解深州之圍。度初發太原，與二鎮書，諭以大義。克融解圍而去，廷湊亦退舍。"《新唐書·裴度傳》："度之行，移克融庭湊書，開説諄遲，傅以大誼，二人不敢桀，皆願罷兵。"朱王兩個叛鎮爲何不肯聽從朝廷的詔命，而獨獨從命于裴度的一紙私書？爲何在戰役開始的時候不"罷兵"，不"退舍"，不"解圍"，而在自己打了勝仗之後反而要"罷兵"，要"退舍"，要"解圍"了呢？而且要聽命於敗在自己面前的裴度？豈非天大的怪事！而且河北平叛以失敗而告終，其指揮機關——河北行營自然也跟著解散，裴度改拜爲東都留守。值得深思的是，這時一些宦官與藩鎮紛紛出來爲其鳴不平，《新唐書·裴度傳》："會中人使幽鎮還，言：'軍中謂度在朝，而兩河諸侯忠者懷，強者畏。今居東，人人失望。'……帝釋然，乃拜度守司徒領淮南節度使……乃以本官兼中書侍郎平章事。"正是在中人及藩鎮的多方面的支持下，裴度得以先領鎮淮南，接著復入知政事。順便提一下裴度此後與宦官與藩鎮的關係：長慶二年宦官梁守謙、王守澄和李逢吉一起謀立景王（即後來的唐敬宗）爲太子，裴度積極謀劃參與其事，又是上疏又是面諫。唐敬宗遇害後，宦官梁守謙親詣裴度宅密商"定策誅劉克明等，迎立江王"，扶"江王"爲皇帝，是爲唐文宗。可見裴度一直與宦官、重臣共同參與廢立皇帝這樣的國家大事，權勢極重。大和二年藩鎮李同捷叛命，另一藩鎮史憲誠暗以糧餉爲助。有人舉發其事，裴度以全家百口保其不叛不反，包庇叛鎮史憲誠，《資治通鑑》（《新唐書·韋處厚傳》、《舊唐書·韋處厚傳》同）："（大和二年）八月庚子削同捷官爵，命烏重胤、王智興、康志睦、史憲誠、李載義與義成節度使李聽、義武節度使張播各帥本軍討之。同捷遣其子弟以珍玩、女妓賂河北諸鎮。戊午，李載義執其侄，並所略獻之。史憲誠與李全略爲婚姻，及同捷叛，密以糧助之。裴度不知其所爲，謂憲誠無貳心。憲誠遣親吏至中書請事，韋處厚謂曰：'晉公於上前以百口保爾使主，處厚則不然，但仰俟所爲，自有朝典耳！'"在開成年間，裴度又爲"跋扈難制，逐崔群，剽奪貢物，重斂以結權倖"的藩鎮王智興撰文作碑，盛讚其功。《寶刻類編》卷三"潞州"有記載："《太傅侍中王智興碑》，裴度撰，柳公權書，惟則篆額，開成元年十月立。"趙明誠《金石錄》卷三〇批評説："《唐贈太尉王智興碑》：右唐王智興碑，

裴晉公撰。智興出於卒伍，無他才能。其爲將帥，雖有破李師道、李
岕、李同捷之功，然在徐州跋扈難制，逐崔群、侯弘度，剽奪貢物，重斂
以結權倖，其功不足掩過。晉公爲此碑，可謂過其實矣!"據史書記
載，長慶年間因王智興驅逐崔群而裴度再次復入知政事，《舊唐書·
王智興傳》(《新唐書·王智興傳》同)："長慶初，河朔復亂，徵兵進討。
穆宗素知智興善將，遷檢校左散騎常侍兼御史大夫，充武寧軍節度副
使、河北行營都知兵馬使。初召智興以徐軍三千渡河，徐之勁卒皆在
部下，節度使崔群慮其前軍難制，密表請追赴闕，授以他官。事未行，
會赦王廷湊，諸道班師。智興先期入境，群頗憂疑，令府僚迎勞且誡
之曰：'兵士悉輸甲仗於外，副使以十騎入城。'智興既首處賓僚，聞之
心動，率歸師斬關而入，殺軍中異己者十餘人，然後詣衙謝群曰：'此
軍情也。'群治裝赴闕，智興遣兵士援送群家屬。到埇橋，遂掠鹽鐵院
緡幣及汴路進奉物，商旅貲貨率十取七八。逐濠州刺史侯弘度，弘度
棄城走。朝廷以罷兵，力不能加討，遂授智興檢校工部尚書、徐州刺
史、御史大夫，充武寧軍節度、徐泗濠觀察使。"《舊唐書·裴度傳》
(《資治通鑑》同)："度方受冊司徒，徐州奏節度副使王智興自河北行
營率師還，逐節度使崔群，自稱留後。朝廷駭懼，即日宣制，以度守司
徒、同平章事，復知政事。"裴度在這個時候讚揚王智興，很難說不是
一種前因後果的關係。由此可見，裴度與叛亂藩鎮跋扈宦官之間的
關係未必盡如舊史書吹捧的那樣正直。因此我們有理由相信：裴度
指責元稹勾結宦官魏弘簡，彈劾元稹破壞河朔平叛是根本不能成立
的，極有可能是裴度推託河朔平叛失敗的一種計謀，何況他未必不是
在爲兒子的被榜落而挾私報復元稹呢!《編年箋注》在本文的"箋證"
中，以異乎尋常的篇幅，以兩千字之多，一反常態，分七個方面敘述，
除第七部份概述《劍橋中國隋唐史》之言論外，其餘六個部份與我們
大致相似，都是抨擊裴度，爲元稹鳴冤之言論。對此舉動，我們非常
歡迎。不過希望《編年箋注》能夠前後一致，將其他各篇中裴度提携

元稹返回京城任職的言論徹底修改，免得讓不明就裏的讀者無所適從。

　　② 復生：復活，再生。《孫子·火攻》：“亡國不可以復存，死者不可以復生。”牛僧孺《玄怪録·齊推女》：“且無涕泣，幸可復生。”　刑者：受刑的人。《漢書·刑法志》：“刑者歲十萬數，民既不畏，又曾不恥，刑輕之所生也。”《舊唐書·刑法志》：“今陛下矜死刑之多，設斷趾之法，格本合死，今而獲生，刑者幸得全命，豈憚去其一足？”　先王：指上古賢明君王。《易·比》：“先王以建萬國，親諸侯。”《孝經·開宗明義》：“先王有至德要道，以順天下，民用和睦。”李隆基注：“先代聖德之主，能順天下人心，行此至要之化。”　犬彘：狗和豬。《呂氏春秋·明理》：“國有遊蛇西東，馬牛乃言，犬彘乃連，有狼入於國。”宋務光《洛水漲應詔上直言疏》：“陛下不出都邑，近觀朝市，則以爲率土之既康且富；及至踐閭陌，視鄉亭，百姓衣牛馬之衣，食犬彘之食，十室而九空。”　隱悼：沉痛悼念。《國語·晉語》：“使寡君之紹續昆裔，隱悼播越，託在草莽，未有所依。”韋昭注：“隱，憂也。”元稹《高允恭授尚書户部郎中判度支案制》：“兹用省於有司之獄，莫不伏念隱悼，周知物情。”　旬時決而行者：語見《尚書·康誥》：“要囚，服念五六日，至於旬時，丕蔽要囚。”孔傳：“要囚，謂察其要辭以斷獄，既得其辭，服膺思念五六日，至於十日，至於三月，乃大斷之，言必反覆思念，重刑之至也。”　不得已：無可奈何，不能不如此。《老子》：“兵者，不祥之器，非君子之器。不得已而用之，恬淡爲上，勝而不美。”《漢書·景帝紀》：“乃者吳王濞等爲逆，起兵相脅，詿誤吏民，吏民不得已。”顏師古注：“已，止也，言不得止而從之，非本心也。”

　　③ 悛革：悔改。《宋書·顏延之傳》：“延之昔坐事屏斥，復蒙抽進，而曾不悛革，怨誹無已。”《舊唐書·田承嗣傳》：“仍以其子華尚永樂公主，冀以結固其心，庶其悛革。”　詎：副詞，表示反詰，相當於“豈”、“難道”。陶潛《讀山海經十三首》一〇：“徒設在昔心，良辰詎可

待?”《新唐書·突厥傳》:“卜不吉,神詎無知乎?我自決之。” 旬時:
旬日,十天。吳質《答東阿王書》:“自旋之初,伏念五六日,至於旬時,
精散思越,惘若有失。”《資治通鑑·唐昭宗光化三年》:“自宮闈變故,
已涉旬時。若不號令率先以圖反正,遲疑未決,一朝山東侯伯唱義連
衡,鼓行而西,明公求欲自安,其可得乎?”胡三省注:“旬時,即旬日
也。”據《舊唐書·穆宗紀》,任命裴度爲幽鎮兩道招撫使在長慶元年
八月二十六日,而拜命裴度爲鎮州招討使在十月三日,兩者相距已經
一月有餘。 相臣:宰相,亦泛指大臣。韓愈《祭馬僕射文》“東征淮
蔡,相臣是使。公兼邦憲,以副經紀。”梅堯臣《送張待制知越州》:“滄
海東邊會稽郡,朱輪遠下相臣家。” 招懷:招撫,懷柔。《史記·汲鄭
列傳》:“是時,漢方征匈奴,招懷四夷。”《魏書·吐谷渾傳》:“興和中,
齊獻武王作相,招懷荒遠,蠕蠕既附於國,誇呂遣使致敬。” 撫諭:亦
作“撫喻”,安撫曉喻。顏真卿《容州都督元君表墓碑銘》:“容府自艱
虞以來,所管皆固拒山谷。君單軍入洞,親自撫諭,六旬而收復八
州。”王明清《揮塵餘話》卷二:“朝廷知,必使岳相公來彈壓撫喻。”
矜:憐憫,同情。《書·泰誓》:“天矜於民。”孔傳:“矜,憐也。”《論語·
子張》:“嘉善而矜不能。” 詿誤:貽誤,連累。《戰國策·韓策》:“夫
不顧社稷之長利,而聽須臾之說,詿誤人主者,無過於此者矣!”《漢
書·息夫躬傳》:“昔秦繆公不從百里奚、蹇叔之言,以敗其師,悔過自
責,疾詿誤之臣,思黃髮之言,名垂於後世。” 生門:猶“生道”,使民
生存之道。《孟子·盡心》:“以生道殺民,雖死不怨殺者。”邵說《賢良
策對》:“以生道殺之者,雖死不貳;以逸道勞之者,雖勤不怨。” 網
羅:比喻法網。《韓非子·解老》:“好用其私智而棄道理,則網羅之爪
角害之。”司空曙《酬張芬有赦後見贈》:“紫鳳朝銜五色書,陽春忽布
網羅除。” 陷穽:陷阱。《後漢書·寇榮傳》:“臣思入國門,坐於肺石
之上,使三槐九棘平臣之罪。而閶闔九重,陷穽步設。”李白《君馬
黃》:“猛虎落陷穽,壯士時屈厄。”

④　豺狼：比喻凶殘的惡人。皇甫冉《太常魏博士遠出賊庭江外相逢因叙其事》：“烽火驚戎塞，豺狼犯帝畿。川原無稼穡，日月翳光輝。”元稹《捉捕歌》：“捉捕復捉捕，莫捉狐與兔。狐兔藏窟穴，豺狼妨道路。”　當道：執政，掌權。韓愈《答竇秀才書》：“當朝廷求賢如不及之時，當道者又皆良有司，操數寸之管，書盈尺之紙，高可以釣爵位。”歐陽修《與韓忠獻王》九：“尋以移守南都，苦於當道，頗闕修問，徒切瞻思。”　荆棘：比喻奸佞小人。《楚辭·東方朔〈七諫·怨思〉》：“行明白而曰黑兮，荆棘聚而成林。”王逸注：“荆棘多刺，以喻讒賊。”《文選·袁宏〈三國名臣序贊〉》：“思樹芳蘭，剪除荆棘。”李善注：“荆棘以喻小人。”比喻紛亂。《後漢書·馮異傳》：“爲吾披荆棘，定關中。”李賢注：“荆棘，榛梗之謂，以喻紛亂。”劉長卿《和袁郎中破賊後上太尉》：“剗路除荆棘，王師罷鼓鼙。”　牽裾：據《三國志·辛毗傳》，魏文帝曹丕要從冀州遷十萬戶到河南去，群臣上諫，不聽。辛毗再去諫，曹丕不答而入内，辛毗拉住他的衣裾，後來終於減去五萬戶。後以“牽裾”、“牽衣”、“牽裳”指直言極諫。《北齊書·孫騰傳》：“孫騰牽裾之誠，有足稱美。”杜甫《建都十二韵》：“牽裾恨不死，漏網辱殊恩。”本文反用其意，意謂叛亂小人一再牽制忠臣義士，使其不得自由。　歸仁：歸附仁德仁政。《孟子·離婁》：“民之歸仁也，猶水之就下，獸之走壙也。”張華《勵志》：“復禮終朝，天下歸仁。”　王師：天子的軍隊，國家的軍隊。陳子昂《送著作佐郎崔融等從梁王東征》：“金天方蕭殺，白露始專征。王師非樂戰，之子慎佳兵。”劉長卿《和袁郎中破賊後軍行過剗中山水謹上太尉》：“剗路除荆棘，王師罷鼓鼙。農歸滄海畔，圍解赤城西。”　壓境：謂對方緊逼對方之境。《陳書·傅縡傳》：“今疆場日蹙，隋軍壓境。”李敬方《近無西耗》：“遠戍兵壓境，遷客泪橫襟。”　義勇：指義勇的人。《後漢書·張酺傳》：“酺雖儒者，而性剛斷，下車擢用義勇，搏擊豪强。”元稹《招討鎮州制》：“尚念一軍之中，豈無義勇？”　鋒鋩：比喻銳利的氣勢。《漢書·王莽傳》：“衆將未及

齊其鋒芒，臣崇未及盡其愚慮，而事已決矣！"孔平仲《續世説·直諫》："伏願去妻菲之牙角，頓奸險之鋒鋩。" 巢穴：敵人或盜賊盤踞之地。顔真卿《中散大夫京兆尹漢陽郡太守贈太子少保鮮于公神道碑銘》："山南盜賊，舊多光火。公察其名居，悉傾巢穴，人到於今賴焉！"牟融《謝惠劍》："犬戎從此滅，巢穴不時平。萬里橫行去，封侯賴有成。" 稂莠：泛指對禾苗有害的雜草，常比喻害群之人。《後漢書·王符傳》："夫養稂莠者傷禾稼，惠奸軌者賊良民。"舒元輿《坊州按獄》："去惡猶農夫，稂莠須耘耨。" 稼穡：指農作物，莊稼。《詩·大雅·桑柔》："降此蟊賊，稼穡卒癢。"朱熹集傳："又降此蟊賊，則我之稼穡又病，而不得以代食矣！"儲光羲《晚次東亭獻鄭州宋使君文》："林晚鳥雀噪，田秋稼穡黄。" 癰疽：毒瘡名。葉適《故贈右諫議大夫龔公謚節肅議》："方讒人尚熾，邪正未分，如癰疽隱起於其身，不決潰之不止。"比喻禍患，毛病。《舊唐書·孫思邈傳》："山崩土陷，天地之癰疽也。" 肌膚：喻最親近或親密者，猶骨肉。董仲舒《春秋繁露·玉杯》："《春秋》不譏其前，而顧譏其後，必以三年之喪，肌膚之情也。"《漢書·叙傳》："高四皓之名，割肌膚之愛。"顔師古注引晉灼曰："不立戚夫人子。" 兒女仁：婦孺的不忍之心，比喻感情脆弱。曹植《贈白馬王彪》："無乃兒女仁，倉卒骨肉情。能不懷苦辛？苦辛何慮思！"李白《留别賈舍人至二首》二："何必兒女仁，相看泪成行！" 祖宗：特指帝王的祖先，語本《禮記·祭法》："（殷人）祖契而宗湯，（周人）祖文王而宗武王。"《漢書·張湯傳》："國家承祖宗之業，制諸侯之重，新失大將軍，宜宣章盛德以示天下，顯明功臣以填藩國。"

　⑤上台：泛指三公、宰輔。阮籍《詣蔣公奏記辭命》："明公以含一之德，據上台之位，群英翹首，俊賢抗足。"元稹《李愬妻韋氏封魏國夫人制》："今愬積行累功，以致爵位，六遷重鎮，名列上台。" 算畫：猶計畫，謀劃。元稹《紀懷贈李六户曹崔二十功曹五十韵》："夒龍勞算畫，貔虎帶威棱。"杜牧《上李司徒相公論用兵書》："雖樽俎之謀，算

畫已定。而賤末之士，芻蕘敢陳。”　　無遺：没有脱漏或遺漏。《管子·版法解》：“是故明君兼愛而親之……如此則衆親上鄉意，從事勝任矣！故曰兼愛無遺，是謂君心。”董仲舒《春秋繁露·玉英》：“此亦《春秋》之義，善無遺也。”　　晉陽：太原的别稱。《元和郡縣志·太原府》：“太原府，今爲河東節度使理所……春秋晉荀吳敗狄於大鹵，即太原晉陽縣也。中國曰太原，夷狄曰大鹵。按晉太原、大鹵、大夏、夏墟、平陽、晉陽六名，其實一也。”時裴度爲河東節度使，故言。王昌齡《寒食即事》：“晉陽寒食地，風俗舊來傳。雨滅龍蛇火，春生鴻雁天。”杜甫《故司徒李公光弼》：“司徒天寶末，北收晉陽甲。胡騎攻吾城，愁寂意不愜。”　　利兵：鋒利的武器。《左傳·哀公二十五年》：“司徒期因三匠與拳彌以作亂，皆執利兵，無者執斤。”賈誼《過秦論》：“信臣精卒，陳利兵而誰何？”　　屈産：春秋晉地名，産良馬。《公羊傳·僖公二年》：“請以屈産之乘與垂棘之白璧，往必可得也。”何休注：“屈産，出名馬之地。”王禹偁《大閲賦》：“又若屈産新羈，渥窪逸駕，汗血蘭筋，騰霜照夜。”　　良馬：駿馬。《墨子·親士》：“良馬難乘，然可以任重致遠。”曹丕《善哉行二首》一：“策我良馬，被我輕裘。載馳載驅，聊以忘憂。”　　河東：即河東節度使府。《舊唐書·地理志》：“河東節度使：治太原府，管汾、遼、沁、嵐、石、忻、憲等州。”白居易《送盧郎中赴河東裴令公幕》：“别時暮雨洛橋岸，到日涼風汾水波。荀令見君應問我，爲言秋草閉門多。”　　義武：即義武節度使府。《舊唐書·地理志》：“義武軍節度使，治定州，領易、祁二州。”權德輿《九華觀宴餞崔十七叔判官赴義武幕兼呈書記蕭挍書》：“炎光三伏書，洞府宜幽步。宿雨潤芝田，鮮風摇桂樹。”白居易《兵部郎中知制誥馮宿侍御史裴注義武軍行軍司馬御史中丞蕭籍饒州刺史齊照鄭州刺史渾鐵並可朝散大夫同制》：“敕：某官馮宿等……並可朝散大夫。”　　滄景：即義昌軍節度使府。《舊唐書·地理志》：“義昌軍節度使，治滄州，管滄、景、德三州。”韓愈《送鄭尚書序》：“鄭公嘗以節鎮襄陽，又帥滄景德棣，歷河南尹、華州刺史,皆有功德可稱道。"《舊唐書·穆宗紀》:"(長慶二年三月)己未……以德棣節度使李全略復爲滄州節度使,仍合滄景、德棣爲一鎮。" 澤潞:即昭義軍節度使府。《舊唐書·地理志》:"昭義軍節度使,治潞州,領潞、澤、邢、洺、磁五州。"李端《將之澤潞留別王郎中》:"弱年知己少,前路主人稀。貧病期相惜,艱難又憶歸。"姚合《送張郎中副使赴澤潞》:"曉陌事戎裝,風流粉署郎。機籌通變化,除拜出尋常。"

⑥ 授命:接受天命。授,通"受"。孔璋《理李邕疏》:"臣聞明主御宇,舍過舉能,取材棄行;烈士抗節,勇不避死,見危授命。"元稹《才識兼茂明於體用策》:"古之王者,授命君人,兢兢業業,承天順地,靡不思賢能以濟其理,求讜直以聞其過。" 雪冤:猶"雪仇",洗除仇怨,報仇。趙曄《吳越春秋·勾踐陰謀外傳》:"而五年未聞敢死之士,雪仇之臣,奈何而有功乎?"《三國志·蔣濟傳》:"勾踐養胎以待用,昭王恤病以雪仇。" 舉毛拾芥:猶"易如拾芥",容易得如拾芥子一樣,形容成事極易。語本《漢書·夏侯勝傳》:"經術苟明,其取青紫如俛拾地芥耳!"李嶠《經》:"五千道德闡,三百禮儀成。青紫方拾芥,黃金徒滿贏。"高郢《佝僂丈人承蜩賦》:"豈伊拾芥,將同注瓦!或挾三而兼兩,或指多而就。" 恩威:恩惠與威力,多指仁政與刑治。《魏書·宣武靈皇后胡氏傳》:"自是朝政疏緩,恩威不立。天下牧守,所在貪惏。"崔璞《蒙恩除替將還京洛偶叙所懷》:"務繁多簿籍,才短乏恩威。" 招致:招而使至,收羅。《風俗通·淮南王安神仙》:"俗說:淮南王安招致賓客方術之士數千人。"《舊唐書·崔胤傳》:"〔胤〕慮全忠急於篡代,乃與鄭元規謀招致兵甲,以扞茂貞爲辭。" 招討:招撫征討。無可《送李使君赴瓊州兼五州招討使》:"分竹雄兼使,南方到海行。臨門雙斾引,隔嶺五州迎。"《新五代史·西方鄴傳》:"荆南高季興叛,明宗遣襄州節度使劉訓等招討,而以東川董璋爲西南面招討使。"

⑦ 猖蹶：亦作"猖獗"，任意橫行。賈誼《新書・俗激》："今世以侈靡相競，而上無制度……其餘猖蹶而趨之者，乃豕羊驅而往。"《北齊書・孫靈暉傳》："〔南陽王〕綽所爲猖蹶，靈暉唯默默憂頷，不能諫止。"　君父：對父爲國君者的稱呼。《左傳・僖公五年》："重耳曰：'君父之命不校。'"《國語・晉語》："孝、敬、忠、貞，君父之所安也。"特稱天子。曹植《求自試表》："昔耿弇不俟光武，亟擊張步，言不以賊遺於君父也。"元稹《贈田弘正父庭玠等》："朕以眇身，欽承大寶。爲億兆人之君父，奉十一聖之宗祧。"　無名：没有名聲，聲名不顯於世。《國語・晉語》："爲人子者，患不從，不患無名。"嚴忌《哀時命》："時曖曖其將罷兮，遂悶嘆而無名。"　自新：自己改正錯誤，重新做人。《史記・孝文本紀》："妾願没入爲官婢，贖父刑罪，使得自新。"葉適《代宗彦遠青詞》："雖積罪以致禍，猶積哀而自新。"　主者：主管人。《史記・陳丞相世家》："上曰：'主者謂誰？'平曰：'陛下即問決獄，責廷尉；問錢穀，責治粟内史。'"沈約南郊恩詔："主者詳爲條格，疾速施行。"

［編年］

《年譜》、《編年箋注》、《年譜新編》編年："《舊唐書・穆宗紀》云：'(長慶元年十月丙寅)以河東節度使裴度充鎮州四面行營都招討使。'"

我們以爲，有《舊唐書・穆宗紀》之記載在，本文編年不應該成爲問題，不過應該據現有材料給予更清楚的説明：據《舊唐書・穆宗紀》所記，通過干支推算，"冬十月甲子朔"，"丙寅"應該是十月三日，而這僅僅是正式發佈的日子，故元稹撰寫本文應該在此前一二日，地點在長安，元稹時任中書舍人翰林承旨學士之職。

◎ 授王播中書侍郎同平章事使

職如故制(時長慶元年十月)^(一)①

門下：昔蕭何用新造之漢，而能調發子弟，完補敗亡^(二)，使關東糧餽不絕者，以其盡得秦之圖籍，而周知其眾寡也^(三)②。

我國家乘十一聖之區寓^(四)，提億兆人之生齒^(五)，而曰不能足食足兵，朕甚懍焉③！得非調陰陽撫夷夏者^(六)，不欲侵貨泉之任？而主會計校盈虛者，不得參邦國之重乎？予將兼之^(七)，允在能者④。

諸道鹽鐵轉運等使、大中大夫、守刑部尚書、騎都尉、大原縣開國男、賜紫金魚袋王播^(八)，在德宗時以對詔入仕，踐更臺閣^(九)，由御史中丞、大京兆尹掌縣官鹽鐵爲春官尚書(討淮西時，播以給軍興有功，超拜禮部尚書)^(一〇)。乃長巴蜀^(一一)，以控蠻蜑(播由劍南西川節度使徵還)^(一二)，盡稱厥職，達于予聞⑤。

洎詔徵還^(一三)，便殿與語。得所未得，聞所未聞^(一四)。昭然發矇^(一五)，幾至前席⑥。重委操斲，鋩刃益精(播還自西川，復掌鹽鐵)。國有羨財，而人不加賦。東師在野，物力蕭然。不有主張，孰能戡濟⑦？是用命爾作相，仍以舊務因之^(一六)。爾其西備戎羌^(一七)，東定燕冀，內實九府，外豐萬人。百度群倫，罔不在爾⑧。

於戲！典謨訓誥^(一八)，行之具存^(一九)。邪正是非，知之孔易。予唯以不敏不明，茲故用爾爲股肱耳目^(二〇)⑨。又安能一二戒誨，垂之空言？爾其自勵于爾心，無令觀聽者論爾於鄉校。可守中書侍郎同中書門下平章事,依前充鹽鐵轉運等使,散官、勳、封如故^{(二一)⑩}。

録自《元氏長慶集》卷四二

[校記]

(一) 授王播中書侍郎同平章事使職如故制:《全文》同,楊本、宋浙本、盧校、叢刊本作“授王播中書侍郎同平章事兼鹽鐵使制”,《英華》、《淵鑑類函》作“授王播中書侍郎平章事兼鹽鐵使副制”,《唐大詔令集》作“王播平章事制”,《册府元龜》作“長慶元年十月制”,《山西通志》作“穆宗授王播中書侍郎平章事兼鹽鐵使副制”,各備一說,不改。《淵鑑類函》僅僅引録本文部份文句,故不作爲參校本。

(二) 完補敗亡:楊本、叢刊本、《唐大詔令集》、《册府元龜》、《山西通志》、《全文》同,《英華》作“完補報亡”,各備一說,不改。

(三) 而周知其衆寡也:楊本、叢刊本、《英華》、《唐大詔令集》、《山西通志》、《全文》同,《册府元龜》作“而用知其衆寡也”,各備一說,不改。

(四) 我國家乘十一聖之區寓:叢刊本同,楊本、《全文》作“我國家乘十一聖之區寓”,《唐大詔令集》作“我國家乘十一聖之區宇”,《英華》、《山西通志》作“我國家秉十一聖之區宇”,《册府元龜》作“我國家承十一聖之區宇”,各備一說,不改。

(五) 提億兆人之生齒:楊本、叢刊本、《英華》、《山西通志》、《全文》同,《册府元龜》作“億兆人之生齒”,《唐大詔令集》作“提億兆姓之生齒”,各備一說,不改。

(六) 得非調陰陽撫夷夏者:叢刊本、《英華》、《唐大詔令集》、《山西通志》、《全文》同,楊本作“得非謂陰陽撫夷夏者”,《册府元龜》作“則非惟調陰陽撫夷夏者”,各備一說,不改。

（七）予將兼之：楊本、叢刊本同，《英華》作“予今兼之”，《全文》作“今將兼之”，《山西通志》作“于今兼之”，據《唐大詔令集》、《册府元龜》改。

（八）諸道鹽鐵轉運等使、大中大夫、守刑部尚書、騎都尉、大原縣開國男、賜紫金魚袋王播：原本作“諸道鹽鐵轉運等使、太中大夫、守刑部尚書王播”，叢刊本同，楊本、《唐大詔令集》、《全文》作“諸道鹽鐵轉運等使、大中大夫、守刑部尚書王播”，《英華》作“諸道鹽鐵轉運等使、大中大夫、守刑部尚書、騎都尉、太源縣開國男、賜紫金魚袋王播”，《山西通志》作“具官王播”，據《册府元龜》補改。

（九）踐更臺閣：宋浙本、叢刊本、《册府元龜》、《全文》同，《英華》、《山西通志》作“踐履臺閣”，《唐大詔令集》作“踐歷臺閣”，各備一説，不改。楊本誤作“錢更臺閣”，不從不改。

（一〇）由御史中丞、大京兆尹掌縣官鹽鐵爲春官尚書：楊本、叢刊本、《全文》同，《唐大詔令集》作“由御史大夫、大京兆尹掌縣官鹽鐵爲春曹尚書”，《册府元龜》作“由御史中丞尹京兆掌縣官鹽鐵爲春曹尚書”，《英華》、《山西通志》作“由御史中丞、京兆尹掌縣官鹽鐵爲春官尚書”，各備一説，不改。

（一一）乃長巴髳：楊本、叢刊本、《册府元龜》、《全文》同，《英華》、《唐大詔令集》、《山西通志》作“乃長邑髦”，各備一説，不改。

（一二）以控蠻蜑：楊本、叢刊本、《全文》同，《英華》、《唐大詔令集》、《山西通志》作“以控蠻蜒”，《册府元龜》作“以控蠻蛋”，各備一説，不改。

（一三）洎詔徵還：楊本、叢刊本、《唐大詔令集》、《册府元龜》、《全文》同，《英華》作“駉詔徵還”，《山西通志》作“驛詔徵還”，各備一説，不改。

（一四）聞所未聞：楊本、叢刊本、《英華》、《唐大詔令集》、《山西通志》、《全文》同，《册府元龜》作“聞吾未聞”，各備一説，不改。

（一五）**昭然發矇**：楊本、叢刊本、《唐大詔令集》、《全文》同，《英華》、《册府元龜》、《山西通志》作"昭然發蒙"，各備一説，不改。

（一六）**仍以舊務因之**：宋浙本、叢刊本、《英華》、《山西通志》、《全文》同，《唐大詔令集》、《册府元龜》作"仍以舊務嬰之"，各備一説，不改。楊本誤作"何以舊務因之"，不從不改。

（一七）**爾其西備戎羌**：楊本、叢刊本、《唐大詔令集》、《册府元龜》、《山西通志》、《全文》同，盧校作"爾則西被戎羌"，《英華》作"爾爲西備戎羌"，各備一説，不改。

（一八）**典謨訓誥**：楊本、叢刊本、《英華》、《唐大詔令集》、《山西通志》、《全文》同，《册府元龜》作"典謀訓誥"，各備一説，不改。

（一九）**行之具存**：楊本、叢刊本、《英華》、《唐大詔令集》、《山西通志》、《全文》同，《册府元龜》作"行之維艱"，各備一説，不改。

（二〇）**兹故用爾爲股肱耳目**：楊本、叢刊本、《唐大詔令集》同，《英華》、《山西通志》、《全文》作"故用爾爲股肱耳目"，《册府元龜》作"兹用爾爲股肱耳目"，各備一説，不改。

（二一）**可守中書侍郎同中書門下平章事，依前充鹽鐵轉運等使，散官、勛、封如故**：原本作"可依前件"，楊本、叢刊本同，《全文》作"可依前件，守中書侍郎同中書門下平章事，依前充鹽鐵轉運等使，散官、勛封如故"，《英華》、《山西通志》作"可守中書侍郎同中書門下平章事，依前充諸道鹽鐵轉運等使，散官、勛、封賜如故"，《册府元龜》作"可守中書侍郎平章事，依前充鹽鐵轉運等使"，據《唐大詔令集》改。

[箋注]

① **授王播中書侍郎同平章事使職如故制**：本文可與長慶元年二月的《授王播刑部尚書諸道鹽鐵轉運等使制》以及緊接本文之後的《批王播謝官表》並讀，三文均爲王播而作，互有聯繫。　**王播**：事迹見《舊唐書·王播傳》："王播，字明敭……（長慶元年）十月，兼中書侍

郎、平章事，領使如故。長慶中，內外權臣率多假借。播因銅鹽擢居輔弼，專以承迎爲事，而安危啓沃，不措一言。時河北復叛，朝廷用兵。會裴度自太原入覲，朝野物論，言度不宜居外。明年三月，留度復知政事，以播代度爲淮南節度使、檢校右僕射，領使如故。仍請携鹽鐵印赴鎮，上都院印請別給賜，從之。播至淮南，屬歲旱儉，人相啖食，課最不充，設法掊斂，比屋嗟怨。敬宗即位，就加銀青光禄大夫、檢校司空，罷鹽鐵轉運使。時中尉王守澄用事，播自落利權，廣求珍異，令腹心吏内結守澄以爲之助。守澄乘閒啓奏，言播有才，上于延英言之。諫議大夫獨孤朗、張仲方、起居郎孔敏行、柳公權、宋申錫、補闕韋仁實、劉敦儒、拾遺李景讓、薛廷老等請開延英面奏播之奸邪，交結寵倖，復求大用。天子冲幼，不能用其言。自是物議紛然不息，明年正月，播復領鹽鐵轉運使。播既得舊職，乃于銅鹽之内，巧爲賦斂，以事月進，名爲羨餘，其實正額，務希奬擢，不恤人言。時揚州城內官河水淺，遇旱即滯漕船，乃奏自城南閶門西七里港開河向東，屈曲取禪智寺橋通舊官河，開鑿稍深，舟航易濟，所開長一十九里，其工役料度不破省錢，當使方圓自備，而漕運不阻，後政賴之。文宗即位，就加檢校司徒。太和元年五月，自淮南入覲，進大小銀盌三千四百枚，綾絹二十萬匹。六月，拜尚書左僕射、同平章事，領使如故。二年，進封太原公、太清宮使。四年正月，患喉腫暴卒，時年七十二。廢朝三日，贈太尉。播出自單門，以文辭自立，踐昇華顯，鬱有能名。而隨勢沉浮，不存士行，奸邪進取，君子恥之。然天性勤于吏事，使務填委，胥吏盈廷取決，簿書堆案盈几，他人若不堪勝，而播用此爲適。”呂温《祭座主故兵部尚書顧公文》：“維貞元十年歲次甲申月日，門生侍御史王播、監察御史劉禹錫、陳諷、柳宗元、左拾遺呂温、李逢吉、右拾遺盧元輔、劍南西川觀察支使李正叔、萬年縣主簿談元茂、集賢殿校書郎王啓、秘省校書郎李建、京兆府文學李逢、渭南縣尉席夔、鄠縣尉張隸初、奉禮郎獨孤鬱、協律郎蕭節、奉禮郎時元佐、滎陽主薄李宗衡、前鄉貢進士鄭素等，謹以清酌之奠，祭於座主故兵部尚書東都留守顧公之靈……"白居易《論制科人狀》："揚於陵以考策敢收直言者，故出爲廣府節度。韋貫之同所坐，故出爲果州刺史。裴垍以覆策又不退直言者，故免內職，除戶部侍郎。王涯同所坐，出爲虢州司馬。盧坦以數事舉爲人所惡，因其彈奏小誤，得以爲名，故黜爲左庶子。王播同之，亦停知雜。"　中書侍郎：中書省的副職，協助主官中書令處理中書省的有關事務。《舊唐書·職官志》："中書省……中書令二員……中書侍郎二員（漢置中書，掌密詔，有令、僕、丞、郎四官。魏曰中書郎。晉加'侍'字。隋置內書省，改爲中書侍郎，正四品。武德初爲內史侍郎，三年改爲中書侍郎。龍朔、光宅、開元，隨曹易號。至德復爲中書侍郎。武德定令，與尚書侍郎俱第四品。大曆二年九月，與門下侍郎共昇爲正三品也）中書侍郎掌貳令之職。凡邦國之庶務，朝廷之大政，皆參議焉！凡臨軒册命大臣，令爲之使，則持册書以授之。凡四夷來朝，臨軒則授其表疏，升于西階而奏。若獻贄幣，則受之以授於所司。"宋之問《餞中書侍郎來濟》："曖曖去塵昏灞岸，飛飛輕蓋指河梁。雲峰衣結千重葉，雪岫花開幾樹粧。"沈佺期《和中書侍郎楊再思春夜宿直》："西禁青春滿，南端皓月微。千廬宵駕合，五夜曉鐘稀。"　同平章事：古代官名，唐代以尚書、中書、門下三省長官爲宰相，因官高權重，不常設置，選任其他官員加同中書門下平章事之名，簡稱"同平章事"，同參國事，唐睿宗時又有平章軍國重事之稱。常袞《貞懿皇后哀册文》："十三年十月癸酉，乃命門下侍郎同平章事常袞持節册命，以其月二十五日丁酉，遷座於莊陵，禮也。"白居易《除裴垍中書侍郎同平章事制》："朕聞后德惟哲，臣德惟良。在太宗時，實有房、杜贊貞觀之業；在玄宗時，實有姚、宋輔開元之化"　使：官名，唐時及以後特派負責某種政務者稱使，如節度使、鹽鐵轉運使等。柳宗元《諸使兼御史中丞壁記》："古者交政于四方，謂之使。今之制，受命臨戎，職無所統屬者，亦謂之使。凡'使'之號，蓋專焉而行其道者也。"徐鉉《王崇文劉仁贍張鈞並本州觀察使制》:"肆於布慶之辰,而有加等之命。就升使職,並駕兼車。仍崇馭貴之封,增立將軍之號。"

② 蕭何:西漢著名的政治家,在滅秦興漢中發揮了他人無法替代的關鍵作用。《史記·蕭相國世家》:劉邦入咸陽,"諸將皆爭走金帛財物之府分之,何獨先入收秦丞相御史律令圖書藏之",劉邦以"蕭何功最盛,封爲酇侯,所食邑多","功臣皆曰:'臣等身被堅執銳,多者百餘戰,少者數十合,攻城掠地,大小各有差。今蕭何未嘗有汗馬之勞,徒持文墨議論不戰,顧反居臣等上,何也?'高帝曰:'諸君知獵乎?'曰:'知之。''知獵狗乎?'曰:'知之。'高帝曰:'夫獵追殺獸兔者,狗也。而發蹤指示獸處者,人也。今諸君徒能得走獸耳!功狗也。至如蕭何,發蹤指示,功人也。且諸君獨以身隨我,多者兩三人。今蕭何舉宗數十人皆隨我,功不可忘也。'群臣皆莫敢言。"漢初蕭何推行與民休息政策,繁榮漢朝經濟,制定《漢律》,成爲後世模仿的宰相楷模。杜甫《憶昔二首》二:"百餘年間未災變,叔孫禮樂蕭何律。"劉禹錫《樂天示過敦詩舊宅有感一篇吟之泫然追想昔事因成繼和以寄苦懷》:"凄涼同到故人居,門枕寒流古木疏。向秀心中嗟棟宇,蕭何身後散圖書。" 新造:新建成,新建立。《三國志·劉表傳》:"以新造之楚而禦國家,其勢弗當也。"《新五代史·王景崇傳》:"是時,漢方新造,鳳翔侯益、永興趙贊皆嘗受命契丹,高祖立,益等內顧自疑。" 調發:徵調,徵發。《漢書·王莽傳》:"調發諸郡兵穀,復訾民取其十四。"王安石《本朝百年無事劄子》:"蓋監司之吏以至州縣,無敢暴虐殘酷,擅有調發,以傷百姓。" 子弟:指從軍者,兵丁。《史記·淮陰侯列傳》:"且三秦王爲秦將,將秦子弟數歲矣!所殺亡不可勝計,又欺其衆降諸侯。"《漢書·韓安國傳》:"今以陛下之威,海內爲一,天下同任,又遣子弟乘邊守塞,轉粟輓輸,以爲之備,然匈奴侵盜不已者,無它,以不恐之故耳!" 完補:補救,修復。鄭吉《楚州修城南門記》:"乃完補卒伍,乃犀利甲兵,乃餞飽吏士,乃恢崇規制。"蘇軾《乞椿管

錢氏地利房錢修表忠觀及墳廟狀》:"廟宇舊屋間架,元造廣大,一百餘年不曾修治,例皆損塌,須得一起修葺,稍可完補。"　敗亡:失敗滅亡。《史記·淮陰侯列傳》:"廣武君辭謝曰:'今臣敗亡之虜,何足以權大事乎!'"《漢書·五行志》:"天潛周公之德,痛其將有敗亡之釁,故於郊祭而見戒云。"　關東:指函谷關、潼關以東地區。王維《冬日遊覽》:"渭北走邯鄲,關東出函谷。秦地萬方會,來朝九州牧。"劉長卿《獄中聞收東京有赦》:"傳聞闕下降絲綸,爲報關東滅虜塵。壯志已憐成白首,餘生猶待發青春。"　糧餽:糧食給養。《漢書·伍被傳》:"男子疾耕不足於糧餽,女子紡績不足於蓋形。"顏師古注:"餽亦饋字也。"《後漢書·堅鐔傳》:"一年間道路隔塞,糧餽不至。鐔食蔬菜,與士卒共勞苦。"　圖籍:地圖和户籍,常以指疆土人民。《荀子·榮辱》:"循法則、度量、刑辟、圖籍,不知其義,謹守其所,慎不敢損益也。"楊倞注:"圖謂模寫土地之形,籍謂書其户口之數也。"《鮑氏戰國策·秦策》:"據九鼎,按圖籍,挾天子以令天下。"鮑彪注:"土地之圖,人民金穀之籍。"　周知:遍知。《周禮·地官·大司徒》:"以天下土地之圖,周知九州之地域廣輪之數。"鄭玄注:"周,猶遍也。"王安石《本朝百年無事札子》:"太祖躬上智獨見之明,而周知人物之情偽,指揮付託,必盡其材。"　衆寡:多或少。《論語·堯曰》:"君子無衆寡,無小大,無敢慢。"《三國志·孫韶傳》:"(孫)權問青徐諸屯要害遠近、人馬衆寡、魏將姓名。"

　　③ 國家:統治階級實施統治的政治組織。《易·繫辭》:"君子安而不忘危,存而不忘亡,治而不忘亂,是以身安而國家可保也。"柳宗元《封建論》:"今國家盡制郡邑,連置守宰,其不可變也固矣!"　十一聖:在穆宗之前,李唐自高祖、太宗、高宗、中宗、睿宗、玄宗、肅宗、代宗、德宗、順宗、憲宗,前後共有十一位皇帝。出於封建正統觀念的考慮,武則天不會被計算在内。馬總《鄆州刺史廳壁記》:"唐受天修命,用古道理,仁覆德載,與二倅大,宏煦丕冒,與三並曜。繼明嗣睿,萬

葉其始於十一聖；聖謨熙載，千祀其初於十四歲。”白居易《爲宰相賀赦表（長慶元年正月就南郊撰進）》：“況陛下承二百祀鴻業之重，纂十一聖耿光之初，始奉嚴禋，新開寶曆。天下之目，專專然觀陛下之動；天下之耳，禺禺然聽陛下之言。”　區寓：謂廣闊的區域或範圍。張景毓《縣令岑君德政碑》：“其後佐帝師王，封侯尚主。十卿五公之貴，七珥三組之榮。衣冠燭耀於區寓，允緒綿聯於載籍。亦由秦移趙璧，魏得隋珠。”李忱《洗雪南山平夏德音》：“朕君臨區寓，深念黎元。凡曰含生，皆同赤子。但欲爲人除害，固非黷武佳兵。每睹殺傷，深多憫惻。”　億兆：極言其數之多。《左傳·昭公二十年》：“雖有善祝，豈能勝億兆人之詛？”杜預注：“萬萬曰億，萬億曰兆。”葛洪《抱朴子·尚博》：“而不識合鏑銖可以重於山陵，聚百十可以致數於億兆。”　生齒：人口，人民。權德輿《司徒贈太傅馬公行狀》：“生齒益息，庶物蕃阜。”《宋史·河渠志》：“横遏西山之水，不得順流而下，瀦溢於千里，使百萬生齒居無廬、耕無田，流散而不復。”　足食足兵：糧食、軍備充足。《論語·顏淵》：“子貢問政，子曰：‘足食足兵，民信之矣！’”《三國志·蔣琬傳》：“亮數外出，琬常足食足兵以相供給。”　懵：不明。謝莊《月賦》：“昧道懵學，孤奉明恩。”黃滔《答陳磻隱論詩書》：“授雅音而聽者懵，語正道而對者睡。”

④得非：猶得無，莫非是。《魏書·郭祚傳》：“祚曰：‘高山仰止。’高祖曰：‘得非景行之謂？’”杜甫《奉先劉少府新畫山水障歌》：“得非玄圃裂，無乃瀟湘翻。”　調陰陽撫夷夏者：指宰相之任責所在。典見荀悅《前漢紀·孝文紀》：“上以問平，平曰：‘陛下即問決獄，責廷尉。問錢穀，責治粟内史。’上曰：‘君所主者何事？’對曰：‘陛下不知臣駑下，使臣待罪宰相。宰相在上佐天子調理陰陽，下遂萬物之宜，外鎮撫四夷，内親附百姓，使公卿大夫各得其職。’”　陰陽：天地。《禮記·郊特牲》：“樂由陽來者也，禮由陰作者也，陰陽和而萬物得。”孔穎達疏：“和，猶合也，得謂各得其所也，若禮樂由於天地，天地與之和

合則萬物得其所也。”孫希旦集解：“樂由天作，故屬乎陽；禮由地制，故屬乎陰。陰陽和則萬物得，禮樂和則萬事順。”李隆基《春晚宴兩相學士探得風字》：“陰陽調曆象，禮樂報玄穹。”　夷夏：夷狄與華夏的並稱，古代常以指中國境内的各族人民。《周書·於翼傳》：“翼又推誠布信，事存寬簡，夷夏感悦，比之大小馮君焉！”劉禹錫《賀赦表》：“用含弘光大之澤，副夷夏會同之心。”　貨泉：王莽時貨幣名。《漢書·食貨志》：“天鳳元年，復申下金銀龜貝之貨，頗增減其賈直。而罷大小錢，改作貨布……直貨泉二十五，貨泉徑一寸，重五銖，文右曰‘貨’，左曰‘泉’，枚直一，與貨布二品並行。”貨幣的通稱。陸贄《均節賦税恤百姓六條》：“先王懼物之貴賤失平，而人之交易難准，又立貨泉之法，以節輕重之宜。”《舊唐書·王彦威傳》：“彦威儒學雖優，亦勤吏事，然貨泉之柄，素非所長。”　會計：核計，計算。《周禮·地官·舍人》：“歲終則會計其政。”管理財物及其出納等事，後指監督和管理財務的工作。《孟子·萬章》：“孔子嘗爲委吏矣！曰：‘會計當而已矣！’”　盈虚：有餘與不足。《舊唐書·楊炎傳》：“豐儉盈虚，雖大臣不得知。”曾鞏《賀轉運狀》：“豈止調盈虚於歲計，内足邦儲；方且知緩急於人情，下流主澤。”　邦國：國家。劉琨《勸進表》：“或多難以固邦國，或殷憂以啓聖明。”楊炯《少室山少姨廟碑》：“瑤臺美化，闡邦國之風猷；銀牓嘉聲，茂君親之典禮。”　兼：同時具有的能力或兼任涉及幾種事物或若干方面的責任。《易·繫辭》：“《易》之爲書也，廣大悉備。有天道焉！有人道焉！有地道焉！兼三材而兩之，故六。”《孟子·公孫丑》：“宰我、子貢善爲説辭，冉牛、閔子、顔淵善言德行：孔子兼之。”這裏指唐穆宗擬將“同平章事”與“鹽鐵轉運使”兩種官職合二爲一，由一個人擔任。　允：符合。《魏書·太祖紀》：“〔陛下〕躬履謙虚，退身後己，宸儀未彰，袞服未御，非所以上允皇天之意，下副樂推之心。”韓愈《舉錢徽自代狀》：“況時名年輩，俱在臣前，擢以代臣，必允衆望。”　能：在某方面見長，有才能，有本領。《易·繫辭》：“乾知大始，坤作成物；乾以易知，坤以簡能。"孔穎達疏："坤以簡能者，簡謂簡省凝静，不須繁勞。以此爲能，故曰坤以簡能也。"諸葛亮《前出師表》："將軍向寵，性行淑均，曉暢軍事，試用於昔日，先帝稱之曰能。"

⑤ 對詔：猶對策。元稹《白氏長慶集序》："會憲宗皇帝册召天下士，樂天對詔稱旨，又登甲科。"《新唐書·員半千傳》："客晉州，州舉童子，房玄齡異之，對詔高第，已能講《易》、《老子》。" 入仕：入朝作官。《文心雕龍·議對》："對策者以第一登庸，射策者以甲科入仕，斯固選賢要術也。"元稹《唐故京兆府盩厔縣尉元君墓誌銘》："君始以蔭入仕，四仕爲盩厔尉。" 踐更：交替任職，先後任職。《舊唐書·楊於陵傳》："居朝三十餘年，踐更中外，始終不失其正。"柳宗元《爲崔中丞請朝覲表》："中外踐更，出入迭用。" 臺閣：漢時指尚書臺，後亦泛指中央政府機構。《後漢書·仲長統傳》："光武皇帝慍數世之失權，忿强臣之竊命，矯枉過直，政不任下，雖置三公，事歸臺閣。"李賢注："臺閣，謂尚書也。"王安石《送李宣叔倅漳州》："朝廷尚賢俊，磊砢充臺閣。" 春官：唐代光宅年間曾改禮部爲春官，後"春官"遂爲禮部的别稱。杜甫《奉留贈集賢院崔于二學士》："天老書題目，春官驗討論。"皎然《兵後送姚太祝赴選》："名動春官籍，翩翩才少儔。" "乃長巴鼙"兩句：王播曾任職西川節度使，故言。《舊唐書·王播傳》："（元和）十三年，檢校户部尚書、成都尹、劍南西川節度使。穆宗即位，皇甫鎛貶，播累表求還京師。長慶元年七月徵還，拜刑部尚書，復領鹽鐵轉運等使。"據《舊唐書·穆宗紀》："二月戊辰朔……壬申……以劍南西川節度使王播爲刑部尚書，充鹽鐵轉運使。"《舊唐書·王播傳》"長慶元年七月徵還"，應該是"長慶元年二月徵還"之誤。《編年箋注》引用《舊唐書·王播傳》之本條資料，未對"七月"與"二月"之異加以任何説明，屬於對讀者不負責任的行爲。 巴：古族名，國名，其族主要分佈在今川東、鄂西一帶。其族人一支遷至今鄂東，東漢時稱江夏蠻，西晉、南北朝時稱五水蠻。一支遷至今湘西，構成武陵蠻或五

溪蠻的一部分，一說與今湘西土家族有淵源關係。而留在四川境内的部分，稱板楯蠻。楊炯《奉和上元酺宴應詔》："襄城非牧豎，楚國有巴人。"蘇頲《利州北佛龕前重於去歲題處作》："重巖載看美，分塔起層標。蜀守經塗處，巴人作禮朝。"　髳：古代西南少數民族名。《書・牧誓》："及庸、蜀、羌、髳、微、盧、彭、濮人。"孔穎達疏："此八國皆西南夷也。"柳宗元《祭姊夫崔使君簡文》："蜀寇内侮，禍聯羌髳。君出顯畫，披攘其徒。"　蠻蜑：南方少數民族名，多船居，稱蜑戶，也稱蛋戶。劉恂《嶺表録異》卷中："邕州舊以刺竹爲墻，蠻蜑來侵，竟不能入。"王讜《唐語林・補遺》："諸葛武侯相蜀，制蠻蜑侵漢界。自吐蕃西至東，接夷陵境，七百餘年不復侵軼。"　稱職：德才和職位相稱，能勝任所擔當的職務。《漢書・成帝紀》："公卿稱職。"顏師古注："稱職，克當其任也。"歐陽修《外制集序》："州縣之吏，多不稱職，而民弊矣！"　厥：代詞，其，表示領屬關係。《書・伊訓》："古有夏先後方懋厥德，罔有天灾。"韓愈《祭柳子厚文》："遍告諸友，以寄厥子。不鄙謂余，亦托以死。"　達：送到，傳送。《國語・吳語》："寡人其達王於甬句東，夫婦三百，唯王所安，以没王年。"韋昭注："達，致也。"李朝威《柳毅》："尺書遠達兮，以解君憂。"

　　⑥　泊：至，到。《莊子・寓言》："吾及親仕，三釜而心樂；後仕，三千鍾而不泊，吾心悲。"郭象注："泊，及也。"柳宗元《終南山祠堂碑》："夏泊秋不雨，穡人焦勞，嘉穀用虞。"自，自從。康駢《劇談録・鳳翔府舉兵討賊》："〔相國〕泊日午達於明旦，口暗尚未能語。"　徵：徵召，徵聘，多指君召臣。韓愈《唐故江西觀察使韋公墓誌銘》："公行至漢中，上疏言：'梓州在圍間，守方盡力，不可易將。'徵還，入議蜀事。"柳宗元《祭李中丞文》："道途謳歌，有詔徵還。丞我御史，執其憲矩。"便殿：正殿以外的別殿，古時帝王休息消閑之處。《漢書・武帝紀》："夏四月壬子，高園便殿火。"顏師古注："凡言便殿、便室、便坐者，皆非正大之處，所以就便安也。園者，於陵上作之，既有正寢以象平生

正殿，又立便殿爲休息閑宴之處耳！”陸游《監丞周公墓誌銘》：“孝宗皇帝召對便殿，論奏合上指。”　聞所未聞：亦作“聞所不聞”，聽到從未聽到過的，形容事物非常希罕。《史記·酈生陸賈列傳》：“越中無足與語，至生來，令我日聞所不聞。”揚雄《法言·淵騫》：“七十子之於仲尼也，日聞所不聞，見所不見，文章亦不足爲矣！”　昭然：明白貌。《禮記·仲尼燕居》：“三子者，既得聞此言也，於夫子，昭然若發矇矣！”李隆基《孝經序》：“約文敷暢，義則昭然。”　發矇：使盲人眼睛復明，喻啓發蒙昧，開拓眼界。《楚辭·東方朔〈七諫·沉江〉》：“將方舟而下流兮，冀幸君之發矇。”王逸注：“冀幸懷王開其矇惑之心。”《後漢書·東平憲王蒼傳》：“丙寅所上便宜三事，朕親自覽讀，反覆數周，心開目明，曠然發矇。”李賢注：“韋昭注《國語》曰：‘有眸子而無見曰矇。’”　前席：《史記·商君列傳》：“衞鞅復見孝公，公與語，不自知卻之前於席也。”後以“前席”謂欲更接近而移坐向前。《漢書·賈誼傳》：“文帝思賈誼，徵之。至，入見，上方受釐，坐宣室，上因感鬼神事而問鬼神之本，誼具道所以然之故。至夜半，文帝前席。”李商隱《賈生》：“可憐夜半虛前席，不問蒼生問鬼神。”

⑦ 操劀：操刀細割，比喻認真處理政事。元稹《盧士玫權知京兆尹制》：“爲爾正名，無吝操劀！”王定保《唐摭言·主司失意》：“如臣孤微，豈合操劀？徒以副陛下振用，明時至公。是以不聽囑論，堅收沈滯。”　鋩刃：鋒尖，刃口。韓愈《苦寒》：“凶飆攪宇宙，鋩刃甚割砭。”比喻突出的才華。劉禹錫《唐故衡州刺史呂君集紀》：“兩科連中，鋩刃愈出。”　羨財：多餘的錢財。宋申錫《義成軍節度鄭滑潁等州觀察處置等使李公德政碑銘》：“公省溢員之職，罷冗貿之徒，收散墜之羨財，減浮靡之甚費。用此惠濟，沛然有餘。”《舊唐書·韋貫之傳》：“身歿之後，家無羨財。”　賦：田地稅，泛指賦稅。張九齡《賀誅奚賊可突於狀》：“且知河朔無轉輸之勞，林胡爲賦稅之地？”白居易《策林·息遊惰》：“問：一夫不田，天下有受其餒者；一婦不蠶，天下有受其寒者。

斯則人之性命繫焉！國之貧富屬焉！”　東師：古稱我國東部諸侯國的軍隊。《左傳・成公十七年》：“此戰也，郤至實召寡君。以東師之未至也，與軍帥之不具也，曰：‘此必敗！吾因奉孫周以事君。’”杜預注：“齊、魯、衛之師。”這裏指幽州朱克融、鎭州王庭湊對抗李唐王室的叛亂，李唐正調集各路人馬進討。《舊唐書・穆宗紀》：“（長慶元年七月）甲寅，幽州監軍使奏：‘今月十日軍亂，囚節度使張弘靖別舘，害判官韋雍、張宗元、崔仲卿、鄭塤，軍人取朱滔子洄爲留後。丁巳，貶張弘靖爲太子賓客分司。己未再貶弘靖爲吉州刺史。朱洄自以年老，令軍人立其子克融爲留後……八月甲子朔，己巳，鎭州監軍宋惟澄奏：七月二十八日夜軍亂，節度使田弘正並家屬將佐三百餘口並遇害。軍人推牙將王廷湊爲留後……辛未……敕公卿大臣至中書議幽鎭討伐之謀。癸酉，王廷湊遣盜殺冀州刺史王進岌，據其郡。乙亥，以前涇原節度使田布起復檢校工部尚書，兼魏州大都督府長史，充魏博節度使。己卯，以深州刺史、本州團練使牛元翼充深冀節度使。辛巳……冀州刺史吳暐潛爲幽州兵所逐。瀛州兵亂，囚觀察使盧士玫。瀛州尋爲幽州兵所據。乙丑，以河東節度裴度充幽鎭兩道招撫使……癸巳，鎭州出兵圍深州。”　物力：可供使用的物資。《漢書・食貨志》：“生之有時，而用之亡度，則物力必屈。”韓愈《黃家賊事宜狀》：“兵鎭所處，物力必全。”　蕭然：空寂，蕭條。陶潛《五柳先生傳》：“環堵蕭然，不蔽風日。”《新唐書・程元振傳》：“虜扣便橋，帝倉黃出居陝，京師陷。賊剽府庫，焚閭衖，蕭然爲空。”　不有：無有，沒有。劉義慶《世説新語・賞譽》：“不有此舅，焉有此甥？”杜甫《城西陂泛舟》：“不有小舟能蕩槳，百壺那送酒如泉！”　主張：主宰，作主。《莊子・天運》：“天其運乎？地其處乎？日月其爭於所乎？孰主張是？孰維綱是？”孫光憲《北夢瑣言》卷九：“我非天王，南嶽神也，主張此地，汝何相侮？”　孰：疑問代詞，誰。《左傳・襄公三十年》：“取我衣冠而褚之，取我田疇而伍之，孰殺子產，我其與之。”《漢書・王莽傳》：“國家之大綱，微朕孰當統之？” 戡濟：猶戡定，平定。常袞《代杜相公讓河南等道副元帥第二表》“陛下聰明神武，超然過之。戡濟多難，犬戎大定。”曾鞏《韓琦制》：“及受末命，戡濟艱難。以己徇時，坐定大議。”

⑧ 是用：因此。李嶠《爲王及善讓内史第二表》：“永言授受，豈當容易？是用深鑒陳力，載懷量己，方憂折鼎，乞保懸車。”陸贄《普王荊襄江西等道兵馬都元帥制》：“一物失所，是用疚心；萬方有罪，每懷咎己。” 舊務：原來的事務。常袞《華州刺史李公墓誌銘》：“尋拜御史大夫、檢校工部尚書，並兼舊務。”王棨《耕弄田賦》：“神農舊務，嘗廢於他年；后稷餘風，復興於此日。” 戎：古代典籍泛指我國西部的少數民族。《禮記·王制》：“西方曰戎。”《三國志·諸葛亮傳》：“西和諸戎，南撫夷越。” 羌：我國古代西部民族之一。《吴越春秋·越王無餘外傳》：“家於西羌，地曰石紐。”温大雅《大唐創業起居注》卷二：“青羌白狄。” 燕：古國名，周代諸侯國，又稱北燕，姬姓，周公奭之後，在今河北省北部和遼寧省西端，建都薊（今北京城西南隅）。《孟子·梁惠王》：“齊人伐燕，勝之。”《史記·燕召公世家》：“周武王之滅紂，封召公於北燕。”裴駰集解：“《世本》曰：‘居北燕。’宋忠曰：‘有南燕，故云北燕。’” 冀：即冀州，自漢至清行政區劃名，漢武帝時爲十三刺史部之一，轄境大致爲河北省中南部，山東省西端和河南省北端，後代轄境漸小，治所亦遷移不一。岑參《冀州客舍酒酣貽王綺寄題南樓》：“相看復乘興，携手到冀州。前日在南縣，與君上北樓。”王起《馮公神道碑銘》：“公諱宿，字拱之，冀州長樂人，漢光禄勛奉世廿五代孫也。” 九府：周代掌管財幣的機構，後泛指國庫。《史記·貨殖列傳》：“其後齊中衰，管子修之，設輕重九府。”張守節正義：“周有大府、玉府、内府、外府、泉府、天府、職内、職金、職幣，皆掌財幣之官，故云九府也。”《陳書·周迪傳》：“擅斂征賦，罕歸九府。” 萬人：猶“萬民”，廣大百姓。《易·謙》：“勞謙君子，萬民服也。”《史記·蒙恬

列傳》：“凡臣之言，非以求免於咎也，將以諫而死，願陛下爲萬民思從道也。”　百度：百事，各種制度。陸機《辨亡論》：“天人之分既定，百度之缺粗修。”《新唐書‧陳子昂傳》：“今百度已備，但刑急罔密，非爲政之要。”　群倫：同類或同等的人們。揚雄《法言‧孝至》：“聖人聰明淵懿，繼天測靈，冠乎群倫。”劉禹錫《袁州廣禪師碑》：“惟四海之大，群倫之富，必有以得其門而會其宗者。”　罔不：沒有不，雙重否定，加强肯定的語氣。《書‧湯誓》：“爾不從誓言，予則孥戮汝，罔有攸赦。”《史記‧秦始皇本紀》：“二十有六年，初並天下，罔不賓服。”爾：代詞，你們，你。《書‧盤庚》：“凡爾衆，其惟致告：自今至於後日，各恭爾事。”《詩‧小雅‧無羊》：“誰謂爾無羊？三百維群！”鄭玄箋：“爾，女也。”

⑨ 於戲：猶於乎，感嘆詞。元稹《授韋審規等左司户部郎中等制》：“於戲！提紀綱而分命六聰，左右司之職甚重；登生齒以比董九賦，人曹郎之任非輕。”穆員《同德寺凑禪師院群公會集序》“於戲！從公率俗，道機交態。倦息得於此，樂道得於此。衆君子同之，員亦同之。”　典謨：《尚書》中《堯典》、《舜典》、和《大禹謨》、《皋陶謨》等篇的並稱。彭殷賢《應文辭雅麗科對策》：“此二君者，動而之險，不由信順。失天人之所助，能無及此乎？然則合大中之道者如彼，失皇極之用者如此，古之興敗，備在典謨。”劉嶢《取士先德行而後才藝疏》：“況古之作文，必諧《風》、《雅》；今之末學，不近典謨。”　訓誥：《尚書》六體中訓與誥的並稱，訓乃教導之詞，誥則用於會同時的告誡。《書序》：“足以垂世立教，典謨、訓誥、誓命之文凡百篇。”泛指訓導告誡之類的文辭。《陳書‧宣帝紀》：“懋賞之言，明於訓誥；挾纊之美，著在撫巡。”陸佃《答陳民先都曹書》：“古之人胥訓誥，不必親相與言也，以文與象示之而已。”　具存：猶具在。《漢書‧揚雄傳贊》：“自雄之没至今四十餘年，其《法言》大行，而《玄》終不顯，然篇籍具存。”《後漢書‧王允傳》：“又集漢朝舊事所當施用者，一皆奏之。經籍具存，允

有力焉!" 邪正:邪惡與正直。《漢書·劉向傳》:"今賢不肖渾殽,白黑不分,邪正雜糅,忠讒並進。"蘇軾《學士院試春秋定天下之邪正論》:"爲《穀梁》者曰:成天下之事業,定天下之邪正,莫善於《春秋》。" 是非:對的和錯的,正確與錯誤。許嵩《建康實錄序》:"司馬子長善敘事,古稱良史。然班固嫌其疏略,是非頗謬於聖人,言論數篇,以爲所蔽。"張仲素《千金市駿骨賦》"夫其取與之分,戒其鄙吝;是非罔惑,孰敢妄進?" 孔:副詞,甚,很。《詩·周南·汝墳》:"雖則如燬,父母孔邇。"毛傳:"孔,甚。"韓愈《處州孔子廟碑》:"像圖孔肖,咸在斯堂;以瞻以儀,俾不或忘。" 不敏:不明達,不敏捷。《國語·晉語》:"款也不才,寡智不敏,不能教導,以至於死。"韋昭注:"敏,達也。"《後漢書·曹世叔妻》:"鄙人愚暗,受性不敏。"謙詞,猶不才。《論語·顏淵》:"回雖不敏,請事斯語矣!"《漢書·司馬遷傳》:"小子不敏,請悉論先人所次舊聞,不敢闕。" 不明:不賢明。《史記·殷本紀》:"帝太甲既立三年,不明,暴虐,不遵湯法,亂德,於是伊尹放之於桐宮。"干寶《晉紀總論》:"故齊王不明,不獲思庸於亳。" 股肱:比喻左右輔佐之臣。《漢書·蘇武傳》:"上思股肱之美,乃圖畫其人於麒麟閣,法其形貌,署其官爵姓名。"元稹《令狐楚等加階制》:"汝爲股肱耳目以賚予,予敷心腹腎腸以告汝。" 耳目:比喻輔佐或親信之人。《書·益稷》:"帝曰:'臣作朕股肱耳目。'"孔穎達疏:"君爲元首,臣爲股肱耳目,大體如一身也。"《舊唐書·姚珽傳》:"臣以庸朽,濫居輔弼,虛備耳目。"

⑩ 安:副詞,表示疑問,相當於"怎麼"、"豈"。《論語·先進》:"安見方六七十如五六十而非邦也者?"韓愈《送惠師》:"離合自古然,辭別安足珍!" 一二:一兩個,表示少數。《書·康誥》:"〔文王〕用肇造我區夏,越我一二邦以修。"《景德傳燈錄·泰欽禪師》:"此山先代一二尊宿曾説法來,此坐高廣,不才何升?" 戒誨:告誡教誨。李綱《梁谿集序》:"言之者無罪,聞之者足以戒。三百六篇,變風變雅居其

大半，皆箴規、戒誨、美刺、傷閔、哀思之言。”《拍案驚奇》卷一七《西山觀設篆度亡魂　開封府備棺追活命》：“既只是一個，我戒誨他一番，留他性命養你後半世也好。”　垂：留傳，流傳。《後漢書·鄧禹傳》：“但願明公威德加於四海，禹得效其尺寸，垂功名於竹帛耳！”文天祥《正氣歌》：“時窮節乃見，一一垂丹青。”　空言：謂衹起褒貶作用而不見用於當世的言論主張。《史記·太史公自序》：“子曰：‘我欲載之空言，不如見之於行事之深切著明也。’”司馬貞索隱：“空言，謂褒貶是非也。空立此文，而亂臣賊子懼也。”韓愈《與孟尚書書》：“孟子雖賢聖，不得位，空言無施，雖切何補？”　爾其：連詞，表承接，辭賦中常用作更端之詞，猶言至於，至如。張衡《南都賦》：“爾其地勢則武闕關其西，桐柏揭其東。”杜甫《雕賦》：“爾其鷦鵲鴟鴉之倫，莫益於物，空生此身。”　自勵：勉勵自己。《後漢書·袁安傳》：“聞之者皆感激自勵。”《新五代史·李昇世家》：“昇獨好學，接禮儒者，能自勵爲勤儉，以寬仁爲政，民稍譽之。”　無令：不使。《魏書·高祖紀》：“一夫制治田四十畝，中男二十畝。無令人有餘力，地有遺利。”岑參《送王伯倫應制授正字歸》：“科斗皆成字，無令錯古文。”　觀聽：引申爲輿論。《後漢書·陰識傳》：“富貴有極，人當知足，誇奢益爲觀聽所譏。”蘇軾《賀楊龍圖啓》：“伏審新改直職，擢司諫垣。傳聞邇遐，竦動觀聽。”鄉校：古代地方學校，周代特指六鄉州黨的學校。《左傳·襄公三十一年》：“鄭人遊於鄉校以論執政。”杜預注：“鄉校，鄉之學校……鄭國謂學爲校。”袁宏《後漢紀·光武帝紀》：“更拜（寇）恂爲汝南太守，郡中無事，乃修鄉校，能爲《左氏春秋》者，親與學焉！”施德操《北窗炙輠》卷下：“關子開，頗有前輩風，嘗爲鄉校直學。”　守：猶攝，暫時署理職務，多指官階低而署理較高的官職。高承《事物紀原·守官》：“漢有守令守郡尉，以秩未當得而越授之，故曰守，猶今權也。則官之有守，自漢始也……《通典》曰：試，未正命也，階高官卑稱行，階卑官高稱守。”《史記·汲鄭列傳》：“司馬安爲淮陽太守，發其事，莊以此陷罪，贖爲庶人，頃之，守長史。" 充：充當，擔任。《書·囧命》："爾無昵於憸人，充耳目之官，迪上以非先王之典。"孔傳："汝無親近於憸利小子之人，充備侍從在視聽之官，道君上以非先王之法。"韓愈《入關詠馬》："歲老豈能充上駟？力微當自慎前程。"

[編年]

《年譜》編年："《唐大詔令集》卷四七《大臣·宰相·命相》載此制，注：'長慶元年十月。'《舊唐書·穆宗紀》云：'（長慶元年十月）丙寅，太中大夫、守刑部尚書、騎都尉王播可中書侍郎、同中書門下平章事，依前充鹽鐵轉運使。'"《編年箋注》引錄《資治通鑑·長慶元年》："冬，十月，丙寅，以鹽鐵轉運使、刑部尚書王播爲中書侍郎、同平章事。使職如故。"認爲："長慶元年十月甲子朔，丙寅乃是月初三。定此《制》撰於長慶元年（八二一）十月三日。"《年譜新編》也引用與《編年箋注》一樣的《資治通鑑》資料，編年本文於"長慶元年"。

我們以爲，本文編年長慶元年固然籠統，但編年"長慶元年十月丙寅"與"長慶元年（八二一）十月三日"仍然可以商榷：據《舊唐書·穆宗紀》長慶元年十月丙寅的記載，長慶元年十月初三僅僅祇是正式發佈王播爲"可中書侍郎、同中書門下平章事，依前充鹽鐵轉運使"的日子，而"中書侍郎、同中書門下平章事"與"鹽鐵轉運使"是關係李唐命脈的重要職位，唐穆宗授職之前，定然一再慎重考量權衡。而元稹接到任命王播的聖意之後，也不可能當日"倚馬"爲文。而且元稹撰成本文之後，自然還需要經唐穆宗過目與首肯。故本文不可能撰成於長慶元年十月三日，至少應該在此前一二日撰成，地點自然在長安，元稹時任中書舍人翰林承旨學士之職。

◎ **批王播謝官表**(按《唐書》、《通鑑》,當是中書侍郎同平章事時。蓋方播爲刑部尚書,幽冀未反。及其出鎮淮南,而幽鎮已得節鉞矣)^{(一)①}

朕聞有衆不言弱^(二),有地不言貧。是以管夷吾用區區之齊,而諸侯九合^②。今朕四海之大,億兆之衆,獨不能擒廷湊、克融,而曰物力先困,朕甚惑焉^③!況高祖、太宗之法令具存,德宗、憲考之舊老猶在^(三)。制誥比下,選拔日聞^(四)。較量重輕^(五),勤恤仁隱^{(六)④}。而室閭益耗,縣道益貧^(七)。職業壞墮,程品差戾。議論講貫,殊無古風。豈朕聽之不聰,而股肱耳目莫得宣其效也^⑤?

先皇帝以卿有廊廟之畫,倚以爲相(播自憲宗時已爲户部尚書、劍南西川節度使。按:西川實宰相回翔之地,故云)。眇朕小子,得而用之^⑥。卿宜勉竭誠懷,副兹嘉屬^(八)。無爲齪齪,以傷先帝之明。所謝知^{(九)⑦}。

録自《元氏長慶集》卷四一

[校記]

(一)按《唐書》、《通鑑》,當是中書侍郎同平章事時。蓋方播爲刑部尚書,幽冀未反。及其出鎮淮南,而幽鎮已得節鉞矣:以上六句,非元稹原文,而是馬本《元氏長慶集》整理者馬元調所加,但與史實基本相符,録以備考。

(二)朕聞有衆不言弱:楊本、《全文》同,《英華》此句之上有"省表具知"四字,與文末之"所謝知"重複,故不從不改。

（三）德宗、憲考之舊老猶在：原本作"德宗、憲考之舊章猶在"，楊本、叢刊本、《全文》同，"法令"與"舊章"有重複之感，《英華》作"德宗、憲宗之舊老猶在"，而以穆宗之名義而直呼"憲宗"似屬不妥有誤，故存"憲考"而據《英華》改"舊章"爲"舊老"。

（四）選拔日聞：楊本、叢刊本、《全文》同，《英華》作"選狀日聞"，各備一說，不改。

（五）較量重輕：楊本、《英華》同，《全文》作"較量輕重"，各備一說，不改。

（六）勤恤仁隱：楊本、叢刊本、《全文》同，《英華》作"勤恤人隱"，各備一說，不改。

（七）縣道益貧：楊本、叢刊本、《全文》同，《英華》作"縣官益貧"，語義不順，不從不改。

（八）副兹嘉屬：楊本、叢刊本、《全文》同，《英華》作"副兹屬望"，各備一說，不改。

（九）無爲齷齪，以傷先帝之明。所謝知：楊本、叢刊本、《全文》同，《英華》無，僅備一說，不從不改。

［箋注］

① 批：批示。黃滔《寄獻梓橦山侯侍御》："賜衣僧脫去，奏表主批還。"周煇《清波別志》卷下："聖人出口爲敕，批出，誰敢違？" 王播：主要事迹見《舊唐書·王播傳》、《新唐書·王播傳》等。《舊唐書·憲宗紀》："（元和五年正月乙巳）以兵部侍郎王播爲御史中丞……冬十月戊辰朔，以京兆尹許孟容爲兵部侍郎，以中丞王播代孟容……（元和六年四月）京兆尹王播爲刑部侍郎，充諸道鹽鐵轉運使……（元和十三年正月）辛亥，以禮部尚書王播爲成都尹、劍南西川節度使……（長慶元年二月壬申）以劍南西川節度使王播爲刑部尚書，充鹽鐵轉運使……冬十月甲子朔，丙寅太中大夫、守刑部尚書、騎

都尉王播可中書侍郎、同中書門下平章事,依前充鹽鐵轉運使……
(長慶二年三月戊午)以中書侍郎、平章事王播檢校右僕射,兼揚州大
都督府長史,充淮南節度使,依前兼諸道鹽鐵轉運使。"歷史現象常常
爲後人提供令人大跌眼鏡的"讀本":元稹時爲翰林承旨學士,正當他
一心一意爲河朔平叛贊助穆宗謀畫的時候,正當他爲王播拜職宰相
撰寫制文和批復王播謝表的時候,別有用心的"巧者"王播,却利用元
稹與裴度間在長慶元年考試事件中的矛盾而加以挑撥,胡説什麼元
稹勾結宦官破壞河北平叛,而王播的真正目的則是促成裴度與元稹
之間的鷸蚌相争,坐收自己拜相的漁翁之利,元稹的《表奏》:"召(稹)
入禁司,且欲亟用爲宰相,是時裴太原亦有宰相望,巧者謀欲俱廢之,
乃以予所無構于裴。"本來就因長慶元年考試事件而怨恨元稹想尋機
報復的裴度,聽到這種挑撥,不問真假或者故意不問真假,將根本不
存在的、"巧者"王播捏造的内容作爲攻擊元稹的借口,自八月二十六
日至十月十四日連上三疏,彈劾元稹與宦官頭目魏弘簡勾結的三條
罪狀。最終,元稹被罷免了翰林承旨學士的内職,降爲工部侍郎。元
稹有《感事三首》訴説自己内心的苦悶與委屈,其一:"爲國謀羊舌,從
來不爲身。此心長自保,終不學張陳。"其二:"自笑心何劣,區區辨所
冤。伯仁雖到死,終不向人言。"其三:"富貴年皆長,風塵舊轉稀。白
頭方見絶,遥爲一霑衣。"拜請讀者記住這個話頭,元稹實實在在當了
一回冤大頭。　　謝官表:舊時臣僚接到皇上任命之後,按例在謝恩的
同時,還要表示自己難以勝任新職,像模像樣撰寫"謝官表"向皇上推
辭一番。這種"謝官表",一般都由當事人信任的他人代筆。元稹《代
李中丞謝官表》"臣某言:伏奉今月二十九日,制授臣御史中丞。寵秩
逾涯,心魂戰越。臣某中謝。"白居易《爲宰相謝官表(爲微之作)》:
"臣某言伏奉今月日制書,授臣守本官同中書門下平章事者,殊常之
命,非望之恩,出自宸衷,加於凡陋。竦駭震越,不知所爲。中謝。"就
是其中的例子。

② 衆：兵，軍隊。《左傳·昭公元年》：“既聘，將以衆逆，子產患之。”杜預注：“以兵入逆婦。”《晉書·劉聰載記》：“願大王以重衆守此，（趙）染請輕騎襲之。” 不言：不說。孫綽《天台山賦》：“恣語樂以終日，等寂默於不言。”韓愈《秋懷詩十一首》九：“空堂黃昏暮，我坐默不言。” 弱：衰弱，衰微。張衡《西京賦》：“秦據雍而強，周即豫而弱。”張悛《爲吳令謝詢求爲諸孫置守塚人表》：“追惟吳僞武烈皇帝，遭漢室之弱，值亂臣之強，首倡義兵，先衆犯難。” 地：領土，屬地，地區。《周禮·地官·大司徒》：“諸公之地，封疆方五百里。”《淮南子·兵略訓》：“夫爲地戰者，不能成其王；爲身戰者，不能立其功。” 貧：缺少財物，貧困，與“富”相對。《漢書·揚雄傳》：“得士者富，失士者貧。”白居易《酬皇甫賓客》：“性慵無病常稱病，心足雖貧不道貧。”管夷吾：即管仲，字夷吾，春秋時期齊國宰相。曾輔助齊桓公會盟諸侯，成爲春秋五霸——齊桓公、晉文公、楚莊王、吳王闔閭、越王句踐之一。元稹《競舟》：“吾聞管仲教，沐樹懲墮遊。節此淫競俗，得爲良政不？”胡曾《召陵》：“小白匡周入楚郊，楚王雄霸亦咆哮。不思管仲爲謀主，爭敢言徵縮酒茅？” 區區：小，少，形容微不足道。曹植《與司馬仲達書》：“今賊徒欲保江表之城，守區區之吳爾！無有爭雄於宇內、角勝於中原之志也。”《舊唐書·張鎬傳》：“臣聞天子修福，要在安養含生，靖一風化，未聞區區僧教，以致太平！” 諸侯：古代帝王所分封的各國君主，在其統轄區域內，世代掌握軍政大權，但按禮要服從王命，定期向帝王朝貢述職，並有出軍賦和服役的義務。《易·比》：“先王以建萬國，親諸侯。”《史記·五帝本紀》：“於是軒轅乃習用干戈，以征不享，諸侯咸來賓從。” 九合：多次會盟。《論語·憲問》：“桓公九合諸侯，不以兵車，管仲之力也！”邢昺疏：“言九合者，《史記》云：兵車之會三，乘車之會六。《穀梁傳》云：衣裳之會十有一。”一説謂糾合，朱熹集注：“九，《春秋傳》作‘糾’，督也，古字通用。”

③ 四海：猶言天下，全國各處。晁良貞《應文可經邦科對策》：

“三雄鼎立，四海瓜分。魏氏獨跨於中原，孫、劉割據於南土。”李紳《古風二首》一：“春種一粒粟，秋成萬顆子。四海無閑田，農夫猶餓死。”　億兆：指庶民百姓，猶言衆庶萬民。元稹《酬別致用》：“達則濟億兆，窮亦濟毫氂。”司馬光《陳治要上殿札子》：“蓋以王者奄有四海，君臨億兆。若事無巨細，皆以身親之，則所得至寡，所失至多矣！”　廷湊：即王廷湊，鎮州叛亂藩鎮之頭目。《舊唐書·穆宗紀》：“(長慶元年)八月甲子朔，己巳鎮州監軍宋惟澄奏：‘七月二十八日夜軍亂，節度使田弘正並家屬將佐三百餘口並遇害，軍人推衙將王廷湊爲留後。’”皇甫湜《韓愈神道碑》：“王廷湊屠衣冠，圍牛元翼，人情望之若大蚖虺。先生奉詔入賊，淵然無事行者。”王涯《上論用兵書》：“如此，則幽薊之衆，可示寬刑；鎮冀之戎，必資先討。況廷湊闒茸，不席父祖之資；成德分離，又多迫脅之勢。”　克融：即朱克融，幽州叛亂藩鎮之頭目。《舊唐書·穆宗紀》：“(長慶元年)七月乙未朔……甲寅，幽州監軍使奏：‘今月十日軍亂，囚節度使張弘靖別舘，害判官韋雍、張宗元、崔仲卿、鄭塤，軍人取朱滔子洄爲留後……朱洄自以年老，令軍人立其子克融爲留後。”白居易《論行營狀·請因朱克融授節後速討王庭湊事》：“克融、庭湊同惡相濟，物情事理，斷在不疑。”李翺《傅公神道碑》：“長慶初，幽州繼亂，范陽執其帥弘靖而扶克融，成德殺其帥弘正，將庭湊因盜有地。”　物力：可供使用的物資。元稹《授王播中書侍郎同平章事使職如故制》：“東師在野，物力蕭然，不有主張，孰能裁濟？是用命爾作相，仍以舊務因之。”白居易《周願可衡州刺史尉遲銳可漢州刺史薛鯤可河中少尹三人同制》：“前復州刺史周願等：夫勞者之思休息，病者之思救療，人之本情也。”　惑：糊塗，令人不解。《孟子·離婁》：“鄉鄰有鬥者，被髮纓冠而往救之，則惑也。”韓愈《與孟尚書書》：“進退無所據而信奉之，亦且惑矣！”

④　高祖：多爲開國之君的廟號。《漢書·高帝紀》：“高祖，沛豐邑中陽里人也。”顏師古注引張晏曰：“《禮》謚法無‘高’，以爲功最高

而爲漢帝之太祖，故特起名焉！"本文指唐高祖李淵。《新唐書·高祖紀》："貞觀三年，太上皇徙居大安宫。九年五月，崩於垂拱前殿，年七十一，謚曰太武，廟號高祖。" 太宗：本文指唐太宗李世民，是李唐建國的核心人物，公元六二七年至六四九年在位，年號貞觀，在位期間，政治清明，政局穩定，史稱"貞觀之治"。杜甫《北征》："園陵固有神，掃灑數不缺。煌煌太宗業，樹立甚宏達。"張籍《董公詩》："在朝四十年，天下誦其功。相我明天子，政成如太宗。" 法令：法律、政令等的總稱。《老子》："法令滋彰，盜賊多有。"《南史·郭祖深傳》："伏願去貪濁，進廉平，明法令，嚴刑罰，禁奢侈，薄賦斂，則天下幸甚。" 具存：猶具在。陸贄《論關中事宜狀》："承平漸久，武備浸微，雖府衛具存，而卒乘罕習。故禄山竊倒持之柄，乘外重之資，一舉滔天，兩京不守。"白居易《策林·儀百官職田》："國家自多事已來，厥制不舉。故稽其地籍，而田則其具存。考以户租，而數多散失。" 德宗：即唐德宗李適，公元七七九年至公元八〇五年在位，年號建中、興元、貞元。其子唐順宗，其孫唐憲宗，其曾孫唐穆宗。杜佑《杜城郊居王處士鑿山引泉記》："貞元中，族叔司空相國黄裳，時任太子賓客，韋曲莊亦謂佳麗，中貴人復以公主賞愛，請買賜與，德宗不許。"元稹《叙詩寄樂天書》："時貞元十年已後，德宗皇帝春秋高，理務因人，最不欲文法吏生天下罪過。" 憲考：即顯考，指亡父。韓愈《郾州溪堂詩》："帝奠九壖，有葉有年。有荒不條，河岱之間。及我憲考，一收正之。"李忱《加祖宗謚號赦》："王者之御天下也，莫不懋建皇極，惟懷永圖。先德禮以導人，用政刑以佐理。"本文指唐憲宗，唐穆宗之父，時已亡故。 舊老：原先的老人。陸贄《奉天論前所答奏未施行狀》："元宗躬定大難，手振宏綱。開懷納忠，克己從諫。尊用舊老，采拔群材。"元稹《郭釗等轉勛制》："証居環尹，夜警晝巡。堪致厥政，時惟舊老。" 制誥：皇帝的詔令。權德輿《唐贈兵部尚書宣公陸贄翰苑集序》："公之文集有詩文賦，集表狀爲別集十五卷。"元稹《制誥（有序）》："制誥本於

《書》，《書》之誥命、訓誓，皆一時之約束也。」　比：副詞，連續，頻頻。《戰國策・燕策》：「人有賣駿馬者，比三日立市，人莫之知。」鮑彪注：「比，猶連。」《新唐書・關播傳》：「帝曰：‘朕比下詔求賢才，又遣使黜陟，搜逮所遺，須能者用之，若何？’」　選拔：挑選舉拔。《漢書・田延年傳》：「選拔尹翁歸等以爲爪牙，誅鋤豪强，奸邪不敢發。」杜牧《朱叔明授右武衛大將軍制》：「自長慶以還，益輕邊事，選拔將帥、多非賢良。」　日聞：天天聽説。李邕《大唐贈歙州刺史葉公神道碑》：「奇迹多緒，嘉聲日聞。」李抱玉《西海雙白龍見賦》：「夫如是，則在宥之理足徵，無疆之休可待；洋洋歌頌，日聞於四海者也。」　較量：商討評定。《北史・裴漢傳》：「武成中，爲司車路下大夫，與工部郭彦、太府高賓等參議格令，每較量時事，必有條理。」蘇鶚《杜陽雜編》卷中：「〔上〕常延學士於内廷，討論經義，較量文章。」　重輕：指重與輕、高與下。賈誼《新書・六術》：「喪服稱親疏以爲重輕，親者重，疏者輕。」曾鞏《王君俞哀辭》：「其爲辭章可道，耻出較重輕，漠然自如。」　勤恤：憂憫，關懷。《書・召誥》：「上下勤恤。」《宋書・裴松之傳》：「出爲永嘉太守，勤恤百姓，吏民便之。」　仁隱：仁愛惻隱。陳子昂《爲人陳情表》：「伏惟陛下仁隱自天，孝思在物，哀臣孤苦，降鑒幽冥，使臣來年，得營葬具，斬草舊域，合骨先墳。」元稹《對才識兼茂明於體用策》：「雖有慈惠之長，仁隱之吏尚不能存。」

⑤ 室閭：房舍。薛用弱《集異記・王積薪》：「積薪虔謝而別，行數十步再詣，則已失向之室閭矣！」猶鄉里。曾鞏《福州上執政書》：「閩之餘盜，或數十百爲伍者，往往蟻聚於山谷，桀黠能動衆爲魁首者又以十數，相望於州縣，閩之室閭莫能寧。」　耗：虧損，消耗。葛洪《抱朴子・極言》：「夫有盡之物，不能給無已之耗；江河之流，不能盈無底之器也。」零落。《淮南子・時則訓》：「秋行夏令，華；行春令，榮；行冬令，耗。」高誘注：「耗，零落也。」　縣道：縣和道，漢制，邑有少數民族雜居者稱道，無者稱縣。《史記・司馬相如列傳》：「檄到，亟下縣

道,使咸知陛下之意。"裴駰集解:"《漢書·百官表》曰:'縣有蠻夷曰道。'" 貧:缺少財物,貧困,與"富"相對。白居易《策林·息遊惰》:"是以商賈大族,乘時射利者,日以富豪;田壟疲人,終歲勤力者,日以貧困。"李存勗《南郊赦文》:"鄉村糶貨斗斛,及賣薪炭等物,多被牙人於城外接賤糴買,到房店增價邀求,遂使貧困之家,常置貴物,稱量之際,又罔平人。" 職業:官事和士農工商四民之常業。《荀子·富國》:"事業所惡也,功利所好也,職業無分,如是,則人有樹事之患而有争功之禍矣!"楊倞注:"職業,謂官職及四人之業也。"白居易《馮宿除兵部郎中知制誥制》:"故吾於今歸汝職業,仍遷秩爲五兵郎中,勉繼顏陳,無辱吾舉。" 壞:敗壞,衰亡。《左傳·襄公十四年》:"王室之不壞,繄伯舅是賴。"《書·大禹謨》:"戒之用休,董之用威,勸之以九歌,俾勿壞。"孔穎達疏:"用此事使此善政勿有敗壞之時。" 隳:毁壞,廢棄。《老子》:"故物或行或隨,或歔或吹,或强或羸,或載或隳。"陸德明釋文:"隳,毁也。"《吕氏春秋·必己》:"合則離,愛則隳。"高誘注:"隳,廢也。" 程品:法式,規範。《史記·張丞相列傳》:"若百工,天下作程品。"常衮《授崔渙工部尚書制》:"程品之重,有若百工;號令之先,尤難六職。" 差戾:變異,反常。《隋書·天文志》:"參星差戾,王臣貳。"猶"交戾",彼此乖違。歐陽詹《出門賦》:"事紛挐以争校,情交戾而不和。" 議論:謂評論人或事物的是非、高低、好壞,亦指非議,批評。《史記·貨殖列傳》:"臨淄亦海岱之間一都會也,其俗寬緩闊達,而足智,好議論。"《顏氏家訓·勉學》:"及有吉凶大事,議論得失,蒙然張口,如坐雲霧。" 講貫:猶講習。《國語·魯語》:"晝而講貫,夕而習復。"韋昭注:"貫,習也。"黄滔《啓薛舍人》:"金口開時,講貫則處其異等。" 古風:古人之風,指質樸淳古的習尚、氣度和文風。韓愈《王公神道碑銘》:"天子曰:王某之文可思,最宜爲誥,有古風。"陸游《遊山西村》:"簫鼓追隨春社近,衣冠簡樸古風存。" 聰:聽覺靈敏。《禮記·雜記》:"視不明,聽不聰,行不正,不知哀,君子病之。"韓愈《元和聖德詩》：“皇帝神聖，通達古今。聰聰視明，一似堯禹。”　股肱：比喻左右輔佐之臣。權德輿《韓公行狀》：“上曰：‘元首股肱，本爲同體，卿之疾痛，何異朕身？’”白居易《除裴坰中書侍郎同平章事制》：“予欲宣力，汝爲股肱；予欲詢謀，汝爲心膂。”　耳目：比喻輔佐或親信之人。元稹《授沈傳師中書舍人制》：“《書》云：‘臣作朕股肱耳目。’言天下不可一人理也。”劉軻《上韋右丞書》：“且一人之耳，待宰相而聰之；一人之目，待宰相而明之。宰相之耳目，亦資天下之士。”

⑥ 先皇帝：即“先皇”，前代帝王。韋應物《溫泉行》：“北風慘慘投溫泉，忽憶先皇遊幸年。身騎廄馬引天仗，直入華清列御前。”戎昱《秋望興慶宮》：“先皇歌舞地，今日未遊巡。幽咽龍池水，淒涼御榻塵。”　廊廟：殿下屋和太廟，指朝廷。《國語·越語》：“謀之廊廟，失之中原，其可乎？王姑勿許也。”《後漢書·申屠剛傳》：“廊廟之計，既不豫定，動軍發衆，又不深料。”李賢注：“廊，殿下屋也；廟，太廟也，國事必先謀於廊廟之所也。”　眇：細小，微末，有時用作自謙之辭。《莊子·德充符》：“眇乎小哉！”《陳書·世祖紀》：“龍圖寶曆，眇屬朕躬。”小子：舊時自稱謙詞，也包括皇上的自稱。元稹《蕭俛等加勳制》：“惟爾文昌作策度，以道揚末命，俾小子審訓弗違，時乃之休。”白居易《蕭俛除吏部尚書制》：“先皇帝常創於是，故在位十五載，凡解相印者殆二十人，多寵爲大僚，或付以兵柄。矧予小子，宜有加焉！”　得用：得到任用。《史記·儒林列傳》：“瑕丘江生爲《穀梁》、《春秋》，自公孫弘得用，嘗集比其義，卒用董仲舒。”韓愈《順宗實錄》：“叔文最所賢重者李景儉，而最所謂奇才者呂溫。叔文用事時，景儉持母喪在東都，而呂溫使吐蕃半歲，至叔文敗方歸，故二人皆不得用。”

⑦ 誠懷：誠心，真誠的情懷。陸贄《招諭河中詔》：“朕之誠懷，竟未宣佈。夙夜自愧，寢食不安。”李絳《對憲宗得賢興化問》：“今陛下以上聖之資，撫易化之運。積勵精思理之志，求希代濟時之賢。感於誠懷，勞於夢想。言出於口，行加於人。”　嘉屬：嘉許並屬望。《舊唐

書·裴度傳》：“度勁正而言辯，尤長於政體，凡所陳諭，感動物情，自魏博使還，宣達稱旨，帝深嘉屬。” 齷齪：拘謹貌，謹小慎微貌。《史記·貨殖列傳》：“而鄒魯濱洙泗，猶有周公遺風，俗好儒，備於禮，故其民齷齪。”《新唐書·杜牧傳》：“牧剛直有奇節，不爲齷齪小謹，敢論列大事，指陳病利尤切至。” 先帝：前代已故的帝王。《史記·淮南衡山列傳》：“淮南王長廢先帝法，不聽天子詔。”諸葛亮《前出師表》：“先帝創業未半，而中道崩殂。” 所謝知：本文意謂穆宗已經看到王播被命爲宰相之後的“謝官表”，與《英華》所示“省表具知”是同一個意思。

［編年］

《年譜》編年本文於長慶元年，理由是：“《批》云：‘先皇帝以卿有廊廟之畫，倚以爲相，眇朕小子，得而用之’云云。是批王播謝宰相表。”《編年箋注》引錄《年譜》引用的本文，認爲：“《舊唐書·穆宗紀》：長慶元年‘冬十月甲子朔。丙寅，太中大夫、守刑部尚書、騎都尉王播可中書侍郎、同中書門下平章事，依前充鹽鐵轉運使’。丙寅是初三，定此文撰於長慶元年（八二一）十月初三。”《年譜新編》引錄本文馬元調在文題下的注文，然後認爲：“作於前制稍後”，所謂的“前制”亦即《授王播中書侍郎同平章事使職如故制》，《年譜新編》認爲撰成於十月“丙寅”，本文應該撰成於“稍後”，但沒有言明“稍後”至何時。而且，“前制”也不應該撰成於“丙寅”，而應該在“丙寅”之前一二日，《年譜新編》的時間概念不太清晰。

我們以爲，據《舊唐書·穆宗紀》：“（長慶元年）冬十月甲子朔……丙寅，太中大夫、守刑部尚書、騎都尉王播可中書侍郎、同中書門下平章事，依前充鹽鐵轉運使。”按干支推算，“丙寅”確實應該是十月初三，是正式發佈王播爲“可中書侍郎、同中書門下平章事，依前充鹽鐵轉運使”的日子。按照當時的慣例，王播當日或第二天早朝就應該呈上《謝官表》，而以唐穆宗名義批覆的本文，也應該在第二天，亦即十月初四撰成并下達至王播本人。據此，本文應該撰成於長慶元年十月初四，地點自然在長安，元稹時任中書舍人翰林承旨學士之職。

◎ 謝御札狀①

御札二十三字。

右，泰倫重晏至，賜臣前件御札(一)，其中聖旨云"鎮州逆亂，枉害忠良。若與元翼鎮州節度使，即是捨賊之門"者(二)②。伏以睿算若神，聖慈猶父。視凶狡之搆亂，義在克清；念台輔之銜冤，期于必報③。

此蓋仁深天地，勇過雷霆。臣實庸愚，難議窺測④。況臣謀猷失次(三)，罪戾是憂。宸翰忽臨，天章焕發⑤。舞鳳回翔於懷袖，飛龍顧盼於縑緗(四)。豈獨傳之子孫，便可鏤于肌骨。微臣無任踴躍光榮之至⑥。

録自《元氏長慶集》卷三五

［校記］

（一）賜臣前件御札：楊本、叢刊本同，《英華》、《全文》作"宣賜臣前件御札"，各備一説，不改。

（二）"鎮州逆亂，枉害忠良。若與元翼鎮州節度使，即是捨賊之門"者：楊本、叢刊本、《全文》同，《英華》作"鎮州逆亂，枉害忠良。若與元翼鎮州節度，便是捨賊之門者"，其中"元翼"誤作"元冀"，其餘各備一説，不改。

（三）況臣謀猷失次：楊本、叢刊本、《全文》同，《英華》作"況臣謨獻失次”，各備一説，不改。

（四）飛龍顧盼於縑緗：《英華》、《全文》同，楊本、叢刊本作“飛龍顧眄於縑緗”，語義不佳，不從不改。

［箋注］

① 謝御札狀：本文是感謝唐穆宗親筆題寫御札，授意元稹撰寫任命牛元翼爲成德軍節度使的詔令，與元稹《授牛元翼成德軍節度使制》前後相接。　御札：帝王的書札，手詔。《舊五代史·唐莊宗紀》：“出御札示中書門下。”《宋史·職官志》：“凡命令之體有七……曰御札，佈告登封、郊祀、宗祀及大號令，則用之。”　狀：文體名，向上級陳述意見、事實、感謝的文書。如：奏狀，訴狀，供狀，謝狀。《漢書·趙充國傳》：“充國上狀曰：‘……臣謹條不出兵留田便宜十二事。’”韓愈《論今年權停舉選狀》：“謹詣光順門奉狀以聞，伏聽聖旨。”

② 泰倫重：人名，至元稹私宅傳達唐穆宗聖旨之人，一般由宦官擔任。元稹《謝恩賜告身衣服并借馬狀》標示傳達唐穆宗旨意的宦官，也是此人，想來此宦官是負責傳送旨意之人。　晏：晚上。張九齡《經江寧覽舊迹至玄武湖》：“南國更數世，北湖方十洲。天清華林苑，日晏景陽樓。”韋應物《答韓庫部協》：“日晏下朝來，車馬自生風。清宵有佳興，皓月直南宮。”　賜：對帝王下達旨意的敬稱。《公羊傳·昭公二十五年》：“子家駒曰：‘臣不佞，陷君於大難，君不忍加之以鈇鑕，賜之以死。’”《新唐書·承天皇帝倓傳》：“帝惑偏語，賜倓死，俄悔悟。”　聖旨：帝王的意旨和命令。蔡邕《陳政事七要疏》：“臣伏讀聖旨，雖周成遇風，訊諸執事，宣王遭旱，密勿祇畏，無以或加。”荀悦《漢紀·元帝紀》：“延壽、湯承聖旨，倚神靈，總百蠻之軍，攬城郭之兵，出萬死之計，入絶域之地。”　“鎮州逆亂”兩句：據《舊唐書·穆宗紀》，指長慶元年七月二十八日，王廷湊殺害成德軍節度使田弘正并自爲留後之事。　逆亂：叛亂，變亂。《管子·霸言》：“攻逆亂之國，

賞有功之勞,封賢聖之德,明一人之行,而百姓定矣!"元結《喻灢溪鄉舊遊》:"況曾經逆亂,日厭聞戰爭。"　尪害:尪加殘害。葛洪《抱朴子·逸民》:"以軍法治平世,尪害賢人,酷誤已甚矣!"《三國志·朱異傳》:"〔朱異〕爲孫綝所尪害。"　忠良:忠誠善良的人。《左傳·成公十六年》:"信讒慝而棄忠良,若諸侯何?"鮑照《代出自薊北門行》:"時危見臣節,世亂識忠良。"　捨賊之門:制服賊人的辦法。　捨:停留,止息。王儉《褚淵碑文》:"感逝川之無捨,哀清暉之眇然。"呂周任《泗州大水記》:"河瀉瓴建,不捨晝夜。"也義近"捨離",棄之使離去。《百喻經·婦詐稱死喻》:"邪婬心盛,欲逐傍夫,捨離己婿。"李復言《續玄怪錄·辛公平上仙》:"心非金石,見之能無少亂? 今已捨離,固亦釋然。"　門:門徑,竅門。《楚辭·九章·惜誦》:"事君而不貳兮,迷不知寵之門。"庾肩吾《書品論》:"是以鷹爪含利,出彼兔毫;龍管潤霜,遊茲蠆尾。學者鮮能具體,窺者罕得其門。"

③睿算:聖明的決策。白居易《賀平淄青表》:"皇靈有截,睿算無遺。妖氛廓清,遐邇慶幸。"蘇轍《潁濱遺老傳》:"凡如此類,皆先帝之睿筭。"　聖慈:聖明慈祥,舊時對皇帝或皇太后的諛稱。《後漢書·孔融傳》:"臣愚以爲諸在冲亂,聖慈哀悼,禮同成人,加以號謚者,宜稱上恩,祭祀禮畢,而後絕之。"楊巨源《春日奉獻聖壽無疆詞十首》六:"造化膺神契,陽和沃聖慈。"　凶狡:指凶頑狡詐之人。《宋書·禮志》:"寇羯飲馬於長江,凶狡虎步於萬里。遂使神州蕭條,鞠爲茂草。四海之內,人迹不交。"徐陵《爲貞陽侯與陳司空書》:"況復邦家不造,至此橫流。凶狡猶存,何所逃責?"　搆亂:作亂,叛亂。《周書·杜杲傳》:"屬鳳州人仇周貢等搆亂,攻逼修城,杲信洽於民,部內遂無叛者。"　克清:義近"克平",制伏,平定。《晉書·禿髮傉檀》:"君神爽宏拔,逸氣凌雲,命世之傑也,必當剋清世難,恨吾年老不及見耳!"封演《封氏聞見記·修復》:"河朔克平,別駕吳子晃好事之士也,掘碑使立於廟所。"　台輔:三公宰輔之位。《後漢書·張奮

傳》：“臣累世台輔，而大典未定。私竊惟憂，不忘寢食。”杜甫《奉送嚴公入朝十韵》：“公若登台輔，臨危莫愛身。”田弘正移鎮成德軍節度使府之時，位兼同平章事之榮銜，故言。　　銜冤：含冤，謂冤屈無從申訴。《宋書·索虜傳論》：“偏城孤將，銜冤就虜。”杜甫《哭台州鄭司戶蘇少監》：“流慟嗟何及！銜冤有是夫。”　　期：希望，企求。韓愈《哭楊兵部凝陸歙州參》：“人皆期七十，纔半豈蹉跎？”岳飛《謝講和赦表》：“臣願定謀於全勝，期收地於兩河。”　　報：報復。干寶《搜神記》卷一一：“吾干將、莫邪子也，楚王殺吾父，吾欲報之。”元稹《四皓廟》：“遂令英雄意，日夜思報秦。”

④　天地：猶天下。《文選·張衡〈南都賦〉》：“方今天地之睢剌，帝亂其政，豺虎肆虐，真人革命之秋也。”李善注：“天地，猶天下也。”徐彦伯《擬古三首》二：“擾擾天地間，出處各有情。何必巖石下，枯槁閑此生？”　　雷霆：對帝王或尊者的暴怒的敬稱。樊衡《爲幽州長史薛楚玉破契丹露布》：“頃萬歲通天中，亦慎其不恭，雷霆發怒，驅熊羆之卒，策貔武之將，以數十萬，相繼而出，没之峽中，隻輪不返。”楊炎《四鎮節度副使右金吾大將軍楊公神道碑》：“公以中軍副鼓行而前，雲火照于王庭，雷霆起於帳下。故贏師破竹，後騎建瓴，灌夫之勇也。”庸愚：庸下愚昧，自謙之詞。袁映《神岳舉賢良方正策》：“臣雖庸愚，有以知其不然也。”權德輿《代賈相公乞退表》：“臣以庸愚，謬尸寵禄。位居師長，職重台司。”　　窺測：窺探測度。《北齊書·孝昭帝紀》：“帝聰敏有識度，深沉能斷，不可窺測。”蘇軾《論高麗買書利害札子》：“今使者所至，圖畫山川形勝，窺測虛實，豈復有善意哉？”

⑤　謀猷：計謀，謀略。《宋書·劉穆之傳》：“故尚書左僕射、前將軍臣穆之，爰自布衣，協佐義始，内端謀猷，外勤庶政。”王丘《奉和聖製送張尚書巡邊》：“台司計祈父，師律總元戎。出入敷能政，謀猷體至公。”　　失次：猶失常。劉禹錫《謝中書張相公啓》：“昨者詔書始下，驚懼失次。”張祜《送李長史歸涪州》：“急灘船失次，疊嶂樹無行。好

爲題新什,知君思不常。" 　罪戾:罪愆。《左傳·莊公二十二年》:"赦其不閑於教訓而免於罪戾,弛於負擔,君之惠也。"秦觀《邊防策》:"赦其罪戾,與之更始。" 　是:助詞,用在賓語和它的動詞之間,起著把賓語提前的作用,以達到強調的目的。《書·益稷》:"無若丹朱傲,惟慢遊是好。"韓愈《祭十二郎文》:"吾少孤,及長,不省所怙,惟兄嫂是依。" 　憂:憂愁,憂慮。白居易《賣炭翁》:"可憐身上衣正單,心憂炭賤願天寒。"王讜《唐語林·補遺》:"德宗嘆曰:'卿理虢州而憂他郡百姓,宰相才也。'" 　宸翰:帝王的墨迹。沈佺期《立春日內出彩花應制》:"花迎宸翰發,葉待御筵披。"趙彥衛《雲麓漫抄》卷一:"我淵聖皇帝居東宮日,親灑宸翰,畫唐十八學士,並書姓名序贊,以賜宮僚。" 　天章:指帝王的詩文。徐陵《丹陽上庸路碑》:"御紙風飛,天章海溢。"岑參《送顏平原》:"天章降三光,聖澤該九州。" 　焕發:照射,光彩四射。陳鴻《長恨歌傳》:"光彩焕發,轉動照人。"李商隱《爲尚書濮陽公賀鄭相公狀》:"焕發丹青,光昭簡素。乾惕無咎,謙尊以光。"

　　⑥ 舞鳳:舊傳國家太平,君王仁慈,則鳳凰來儀,因以"舞鳳"爲文教昌明之典。張說《東都酺宴四首》二:"朱城塵曀滅,翠幕景情開。震震靈鼉起,翔翔舞鳳來。"薛存誠《御題國子監門》:"爲著盤龍迹,能彰舞鳳蹲。" 　回翔:盤旋飛翔。傅玄《秋蘭篇》:"雙魚自踴躍,兩鳥時回翔。"孟浩然《自潯陽泛舟經明海》:"遙憐上林雁,冰泮也回翔。" 　懷袖:猶懷抱。班婕妤《怨歌行》:"出入君懷袖,動搖微風發。"江淹《傷愛子賦》:"奪懷袖之深愛,爾母氏之麗人。" 　飛龍:飛的龍。《莊子·逍遙遊》:"藐姑射之山,有神人居焉……乘雲氣,御飛龍,而遊乎四海之外。"《史記·趙世家》:"四年,王夢衣偏裻之衣乘飛龍上天。"比喻帝王。韓琮《公子行》:"別殿承恩澤,飛龍賜渥窪。" 　顧盼:眷顧,禮遇。韓思彥《酬賀遂亮》:"古人一言重,嘗謂百年輕。今投歡會面,顧盼盡平生。"李白《猛虎行》:"三吳邦伯皆顧盼,四海雄俠兩追隨。" 　縑緗:指書册。孫過庭《書譜》:"若乃師宜官之高名,徒彰史

牒;邯鄲淳之令範,宜著縑緗。"駱賓王《上兗州刺史啓》:"頗遊簡素,少閱縑緗。" 子孫:兒子和孫子,泛指後代。韓愈《謝自然詩》:"下以保子孫,上以奉君親。苟異於此道,皆爲棄其身。"柳宗元《田家三首》一:"盡輸助徭役,聊就空自眠。子孫日已長,世世還復然。" 肌骨:猶胸臆,常指内心深處。《三國志·公孫度傳》:"淵亦恐權遠不可恃,且貪貨物,誘致其使,悉斬送彌晏等首。"裴松之注引魚豢《魏略》:"權之怨疾,將刻肌骨。"謝朓《拜中軍記室辭隋王箋》:"撫臆論報,早誓肌骨。"

[編年]

　　《年譜》根據"《狀》云:'御札二十三字。'其中聖旨云:"鎮州逆亂,枉害忠良,若與元翼鎮州節度使,即是舍賊之門"者。"編年本文:"當撰於長慶元年七月二十八日鎮州'軍亂'之後,十月五日(戊辰)以牛元翼爲成德軍節度使之前。"《編年箋注》:"幽州復亂,如何收拾局面,穆宗手諭元稹用深州刺史牛元翼爲深冀節度使,此《狀》謝此御札。《舊唐書·穆宗紀》載:長慶元年八月,'己卯,以深州刺史、本州團練使牛元翼充深冀節度使',推知穆宗提議在此前不久,今定此《謝狀》撰於長慶元年(八二一)八月。"《年譜新編》編年本文於長慶元年,除引述《年譜》所引述的根據之外,又引《舊唐書·穆宗紀》"(長慶元年)八月甲子朔。己巳,鎮州監軍宋惟澄奏:七月二十八日夜軍亂,節度使田弘正并家屬將佐三百餘口並遇害。軍人推衙將王廷湊爲留後"作爲理由。

　　我們以爲,一、據《舊唐書·穆宗紀》,鎮州王廷湊叛亂在長慶元年七月二十八日,惡耗傳至長安在八月六日。八月八日,"敕公卿大臣至中書議幽鎮討伐之謀"。八月十二日,"以前涇原節度使田布起復檢校工部尚書兼魏州大都督府長史,充魏博節度使"。八月十六日,"以深州刺史、本州團練使牛元翼充深冀節度使"。唐穆宗在八月六日沒有得到鎮州叛亂消息之前是不可能發出如"鎮州逆亂,枉害忠良"這樣的聖旨的。而元稹如果沒有接奉唐穆宗的聖旨,也決不會撰制本文。元稹本文豈能"撰於長慶元年七月二十八日鎮州'軍亂'之後"? 二、而唐穆宗的聖旨有"若與元翼鎮州節度使"之言,御札在前,元稹焉能自作主張,擅自纂改"鎮州節度使"爲深冀節度使?《編年箋注》:"穆宗手諭元稹用深州刺史牛元翼爲深冀節度使,此《狀》謝此御札。"又云:"《舊唐書‧穆宗紀》載:長慶元年八月,'己卯,以深州刺史、本州團練使牛元翼充深冀節度使',推知穆宗提議在此前不久,今定此《謝狀》撰於長慶元年(八二一)八月。'"完全是閉著眼睛說話。三、而據《舊唐書‧穆宗紀》,元稹《授牛元翼成德軍節度使制》正式發佈於長慶元年十月五日,撰作《授牛元翼成德軍節度使制》應該在長慶元年十月四日之前。元稹接奉唐穆宗命人連夜送達自己私宅的"御札",豈敢拖拉? 應該在連夜草擬"謝狀"的同時,立即著手草擬《授牛元翼成德軍節度使制》,故本文撰作應該與牛元翼"成德軍節度使制"同時,亦即長慶元年十月四日撰成,地點自然在長安,元稹時任中書舍人翰林承旨學士之職。

◎ 授牛元翼成德軍節度使制(一)①

門下:王廷湊,山東一叛卒也(二)。非有席勳藉寵之資,強大結連之勢,一朝驅朕赤子,弄吾甲兵,是猶以羊將狼,其下必當潰其心腹(三)②。而猶越月逾時,莫見舂其喉者,豈非常山無帥,趙子弟未有所歸耶(四)? 翕而受之,我有長畫③。

檢校左常侍、深冀等州節度觀察等使牛元翼(五),燕趙間號爲飛將,望其旗幟者(六),莫不風靡雨散(七)。圖其戰伐(八),不可勝書(九)④。而又忠孝謹廉,慈仁和惠。愛養士伍,均如鵙鳩。鎮之三軍，爭在麾下⑤。

自領深冀，殷然雷霆。居四戰之中，堅一城之守。以少擊衆，以智料愚。鼓角不驚，而梯衝自隕。人願爲用，寇不敢前。掃吾氛烟，捨此安往⑥？前所謂我有長畫，莫若命爾以來鎮人（一〇）。是用益以二州，超之八座。帥我成德，廉其四封⑦。

爾宜來者懷之（一一），迷者諭之，老者視之，幼者撫之，狂者過之，逆者絶之。惟是六者，爾其懋哉！可檢校工部尚書，充鎮州大都督、成德軍節度使、鎮深冀趙等州觀察處置等使（一二）⑧。

録自《元氏長慶集》卷四四

［校記］

（一）授牛元翼成德軍節度使制：楊本、叢刊本、《英華》、《全文》同，《畿輔通志》作"唐穆宗授牛元翼成德軍節度使制"，各備一説，不改。

（二）山東一叛卒也：楊本、叢刊本、《全文》同，《英華》、《畿輔通志》作"山東之一叛卒也"，各備一説，不改。

（三）其下必當潰其心腹：楊本、叢刊本、《全文》同，《英華》作"莫不以潰其心腹"，《畿輔通志》作"早已潰其心腹"，各備一説，不改。

（四）趙子弟未有所歸耶：楊本、叢刊本、《全文》同，《英華》、《畿輔通志》作"趙子弟無所歸耶"，各備一説，不改。

（五）檢校左常侍、深冀等州節度觀察等使牛元翼：楊本、叢刊本作"某官某"，《英華》、《畿輔通志》作"深冀節度使、檢校右散騎常侍牛元翼"，《全文》作"檢校右常侍、深冀等州節度觀察等使牛元翼"，各備一説，不改。

（六）望其旗幟者：楊本、叢刊本、《全文》同，《英華》、《畿輔通志》

作"望其旌幟者",各備一説,不改。

（七）莫不風靡雨散：楊本、叢刊本、《英華》、《畿輔通志》、《全文》同,盧校作"莫不風飛雨散",各備一説,不改。

（八）圖其戰伐：《英華》、《畿輔通志》、《全文》同,楊本、叢刊本作"圖而戰伐",不從不改。

（九）不可勝書：《英華》、《畿輔通志》、《全文》同,楊本、叢刊本誤作"不可勝盡",不從不改。

（一〇）莫若命爾以來鎮人：楊本、叢刊本、《全文》同,《英華》作"莫若用爾以來鎮人",《畿輔通志》作"莫若用心以來鎮人",各備一説,不改。

（一一）爾宜來者懷之：楊本、叢刊本、《全文》同,《英華》、《畿輔通志》作"爾其來者懷之",各備一説,不改。

（一二）可檢校工部尚書,充鎮州大都督、成德軍節度使、鎮深冀趙等州觀察處置等使：原本作"可鎮州大都督、成德軍節度使、深冀趙等州觀察處置等使",楊本、叢刊本同,均漏"鎮"字,與本文"是用益以二州"一句不符,宜改,《全文》作"可鎮州大都督、成德軍節度使、鎮深冀趙等州觀察處置等使",據《英華》、《畿輔通志》補改。

［箋注］

① 牛元翼：牛元翼被任命成德軍節度使之後,王庭湊緊緊圍住深州不放,韓愈因此出使叛鎮成德軍節度使府,歷涉險地,會見王庭湊及其部下。李翱《故正議大夫行尚書吏部侍郎上柱國賜紫金魚袋贈禮部尚書韓公行狀》："鎮州亂,殺其帥田弘正,征之不克,遂以王庭湊爲節度使,詔公往宣撫。既行,衆皆危之,元稹奏曰:'韓愈可惜。'穆宗亦悔,有詔令至境觀事勢,無必於入。公曰:'安有受君命而滯留自顧?'遂疾驅入。庭湊嚴兵拔刃,弦弓矢以逆。及館,甲士羅於庭,公與庭湊、監軍使三人就位。既坐,庭湊言曰:'所以紛紛者,乃此士

卒所爲，本非庭湊心。’公大聲曰：‘天子以爲尚書有將帥材，故賜之以節，實不知公共健兒語，未嘗及大錯。’甲士前奮言曰：‘先太史爲國打朱滔，滔遂敗走，血衣皆在。此軍何負朝廷，乃以爲賊乎？’公告曰：‘兒郎等且勿語！聽愈言：愈將爲兒郎已不記先太史之功與忠矣！若猶記得，乃大好。且爲逆與順，利與病，不能遠引古事，但以天寶來禍福爲兒郎等明之：安祿山、史思明、李希烈、梁崇義、朱滔、朱泚、吳元濟、李師道，復有若子若孫在乎？亦有居官者乎？’衆皆曰：‘無。’又曰：‘令公以魏博六州歸朝廷，爲節度使，後至中書令，父子皆授旌節，子與孫雖在童幼者亦爲好官，窮富極貴，寵榮耀天下。劉悟、李祐皆居大鎮，王承元年始十七亦仗節，此皆三軍耳所聞也。’衆乃曰：‘田弘正刻此軍，故軍不安。’公曰：‘然汝三軍亦害田令公身，又殘其家矣！復何道？’衆乃謹曰：‘侍郎語是。’庭湊恐衆心動，遽麾衆散出，因泣謂公曰：‘侍郎來，欲令庭湊何所爲？’公曰：‘神策六軍之將，如牛元翼比者不少，但朝廷顧大體，不可以棄之耳！而尚書久圍之，何也？’庭湊曰：‘即出之。’公曰：‘若真耳，則無事矣！’因與之宴而歸，而元翼果出。乃還，於上前盡奏與庭湊言及三軍語，上大悦曰：‘卿直向伊如此道！’”元稹爲救援牛元翼而被政敵利用而罷相。《舊唐書·元稹傳》：“時王廷湊、朱克融連兵圍牛元翼於深州，朝廷俱赦其罪，賜節鉞，令罷兵，俱不奉詔。稹以天子非次拔擢，欲有所立以報上。有和王傅于方者，故司空頔之子，干進於稹，言有奇士王昭、王友明二人，嘗客於燕趙間，頗與賊黨通熟，可以反間而出元翼，仍自以家財資其行，仍賂兵、吏部令史，爲出告身二十通，以便宜給賜，稹皆然之。有李賞者，知于方之謀，以稹與裴度有隙，乃告度云：‘于方爲稹所使，欲結客王昭等刺度。’度隱而不發。及神策軍中尉奏于方之事，乃詔三司使韓皋等訊鞫，而害裴事無驗，而前事盡露，遂俱罷稹、度平章事，乃出稹爲同州刺史，度守僕射。諫官上疏，言責度太重，稹太輕，上心憐稹，止削長春宮使。稹初罷相，三司獄未奏，京兆尹劉遵古遣坊所由潛邏積居第。”因牛元翼久困不出，朝廷不得不讓馮宿代理山南東道，王起《馮公神道碑銘》則涉及這一段史實：“天子以深州刺史牛元翼納忠效順，詔除襄州節度使。時重圍不解，未克之官。下江漢上游，舟車四會，久虛統帥，弛紊由之。因思文武全德，姑攝其任。上曰：‘侍臣有魁岸奇表珥貂蟬者爲誰？’丞相以公對，上曰：‘峴南留務，斯人可矣！’”李翱《傅公神道碑》：“詔以樂壽爲神策行營，命公以爲都知兵馬使，與深州將牛元翼、博野李寰犄角相應。賊屢攻之，卒不能克。”成德軍節度使：節度使府名，府治恒州，即今石家莊市。《舊唐書·地理志》：“成德軍節度使，治恒州，領恒、趙、冀、深四州。”事實是當時大部份地區都在叛將王庭湊的控制之中，牛元翼祇能固守深州，僅僅是名義上的成德軍節度使而已，類同於行營節度使而已。陸贄《授王武俊李抱真官封並招諭朱滔詔》：“開府儀同三司、檢校司空、同中書門下平章事、使持節恒州諸軍事、守恆州刺史、充成德軍恒冀深趙等州節度觀察處置等使、琅邪郡王王武俊，秉志沉密，臨事能斷，忠而致力，勇且有仁。”劉禹錫《爲杜相公慰王太尉薨表》：“伏承成德軍節度使太尉兼中書令王武俊今月某日薨没。伏以武俊生逢昌時，天授忠節。奮揚義勇，茂建勛庸。秩冠朝端，參燮和於台鉉；姻連戚里，承嘉慶於雲霄。”

　②　王廷湊：河朔叛將，事見《舊唐書·王廷湊傳》：“廷湊沉勇寡言，雄猜有斷，爲王承元衙内兵馬使。初，承元上稟朝旨，田弘正帥成德軍，國家賞錢一百萬貫，度支輦運不時至，軍情不悦。廷湊每抉其細故，激怒衆心。會弘正以魏兵二千爲衛隊，左右有備，不能間。長慶元年六月，魏軍還鎮。七月二十八日夜，廷湊乃結衙兵謀於府署，遲明盡誅弘正與將吏家族三百餘人。廷湊自稱留後、知兵馬使，將吏逼監軍宋惟澄上章請授廷湊節鉞。穆宗怒，下詔徵鄰道兵，仍以河東節度裴度充幽鎮兩道招撫使，仍以弘正子涇原節度使布代李愬爲魏博節度使，令率魏軍進討。又以承宗故將、深州刺史牛元翼爲成德軍

節度使。下詔購誅廷湊，是月，鎮州大將王位等謀殺廷湊事泄，坐死者二千餘人。"《舊唐書‧穆宗紀》："（長慶元年八月）癸酉，王廷湊遣盜殺冀州刺史王進岌，據其郡。"《舊唐書‧穆宗紀》："（長慶元年十二月）乙酉……時朝議以克融能保全弘靖，王廷湊殺害弘正，可赦燕而誅趙，故有是詔。"　山東：古代稱太行山以東地區。王建《上李吉甫相公》："兩河開地山川正，四海休兵造化仁。曾向山東爲散吏，當今竇憲是賢臣。"韓愈《鎮州路上謹酬裴司空相公重見寄》："銜命山東撫亂師，日馳三百自嫌遲。風霜滿面無人識，何處如今更有詩？"　叛卒：猶叛人、叛兵。陸贄《論叙遷幸之由狀》："臣前日蒙恩召見，陛下叙說涇原叛卒驚犯宮闕，及初行幸之事，因自克責，辭旨過深。"令狐楚《賀行營破賊狀》："凶徒風散，叛卒星分，亦足以快帝怒於高天，宣皇威於下土。"　席：憑藉，倚仗。《漢書‧楚元王傳》："吕産、吕禄席太后之寵，據將相之位。"顏師古注："席，猶因也，言若人之坐於席也。"《新唐書‧房玄齡傳》："治家有法度，常恐諸子驕侈，席勢凌人。"　勳：功勳，功勞。楊炯《出塞》："二月河魁將，三千太乙軍。丈夫皆有志，會見立功勳。"王昌齡《塞下曲四首》四："功勳多被黜，兵馬亦尋分。更遣黄龍戍，唯當哭塞雲。"　藉：同"借"，因，憑藉，依託。《商君書‧開塞》："故王者以賞禁，以刑勸，求過不求善，藉刑去刑。"韓愈《順宗實録》："叔文欲專兵柄，藉希朝年老舊將，故用爲將帥。"　寵：貴寵，榮耀。《國語‧楚語》："赫赫楚國，而居臨之，撫征南海，訓及諸夏，其寵大矣！"韋昭注："寵，榮也。"《史記‧趙世家》："爲人臣者，寵有孝弟長幼順明之節，通有補民益主之業，此兩者臣之分也。"張守節正義："寵，貴寵也。"　結連：聯結，結合。《漢書‧趙充國傳》："臣恐羌變未止此，且復結聯他種，宜及未然之備。"顧況《韓公行狀》："自信安洪光、東陽捍狠士僧惟曉等，結連數部，熒惑愚眊，破其巢窟，伏戎自殄，山越一清。"　赤子：百姓，人民。許棠《講德陳情上淮南李僕射八首》二："嘗念蒼生如赤子，九州無處不沾恩。"羅隱《淮口軍葬》："一陣孤軍不復迴，更無分別只荒堆。莫言賦分須如此，曾作文皇赤子來。”　甲兵：披甲的士兵，亦指軍隊。《荀子·王制》：“故不戰而勝，不攻而得，甲兵不勞而天下服。”高蟾《宋汴道中》：“平野有千里，居人無一家。甲兵年正少，日久戍天涯。”　心腹：心與腹。《戰國策·秦策》：“秦韓之地形，相錯如繡。秦之有韓，若木之有蠹，人之病心腹。”袁宏《後漢紀·順帝紀》：“譬之一人之身：本朝者，心腹也；州郡者，四支也。”也比喻要害部位。《東觀漢記·來歙傳》：“上以略陽嚻所依阻，心腹已壞，則制其支體易也。”

③越月：超過一個月。盧虔《御史中丞晉州刺史高公神道碑》：“越月，除奉先。是邑也有不腆之賦，戶人適其邑三千，公庾止未幾，戶人復歸如初。”柳宗元《斷刑論》：“必使爲善者不越月逾時而得其賞，則人勇而有勸焉！爲不善者不越月逾時而得其罰，則人懼而有懲焉！”　逾時：超過規定的時間。《禮記·三年問》：“今是大鳥獸，則失喪其群匹，越月逾時焉！則必反巡，過其故鄉，翔回焉！鳴號焉！”《漢書·谷永傳》：“使天下黎元咸安家樂業，不苦逾時之役，不患苛暴之政，不疾酷烈之吏。”　舂：衝，衝擊。《史記·魯周公世家》：“獲長翟喬如，富父終甥舂其喉，以戈殺之。”裴駰集解引服虔曰：“舂猶衝。”李賀《猛虎行》：“長戈莫舂，強弩莫抨。”　常山：地名，戰國時期爲趙國轄境。原爲恒山郡，因恒山而爲名，漢代避文帝之諱，曾改名常山。劉長卿《尋南溪常山道人隱居》：“過雨看松色，隨山到水源。溪花與禪意，相對亦忘言。”韓愈《奉使常山早次太原呈副使吳郎中（愈使鎮州吳丹以駕部郎中副行）》：“朗朗聞街鼓，晨起似朝時。翻翻走驛馬，春盡是歸期。”中唐詩人爲了避諱唐穆宗之諱，也常常在詩文中稱恒山爲常山。　子弟：指從軍者，兵丁。《史記·淮陰侯列傳》：“且三秦王爲秦將，將秦子弟數歲矣！所殺亡不可勝計，又欺其衆降諸侯。”元稹《授王播中書侍郎平章事兼鹽鐵使制》：“昔蕭何用新造之漢，而能調發子弟，完補敗亡，使關東糧饋不絕者，以其盡得秦之圖籍，而周知

其眾寡也。" 翕然：一致貌。《漢書·鄭當時傳》："聞人之善言，進之上，唯恐後。山東諸公以此翕然稱鄭莊。"安寧、和順貌。《史記·太史公自序》："諸侯驕恣，吳首爲亂，京師行誅，七國伏辜，天下翕然。"忽然，突然。陸贄《奏收河中後請罷兵》："天下之情，翕然一變。曩討之而愈叛，今釋之而畢來。" 長畫：長遠的謀劃。《史記·太史公自序》："敢犯顏色以達主義，不顧其身，爲國家樹長畫。"姚合《送任畹評事赴沂海》："任生非常才，臨事膽不搖。必當展長畫，逆波斬鯨鰲。"

④ 燕趙：指戰國時燕趙二國，亦泛指其所在地區，即今河北省北部及山西省一帶。劉駕《效古》："新人且莫喜，故人曾如此。燕趙猶生女，郎豈有終始？"于濆《苦辛吟》："我願燕趙姝，化爲嫫母姿。一笑不值錢，自然家國肥。" 飛將："飛將軍"的省稱，也泛稱敏捷善戰的將領。王昌齡《出塞》："但使龍城飛將在，不教胡馬度陰山。"李涉《寄河陽從事楊潛》："吾友從軍在河上，腰佩吳鉤佐飛將。" 旗幟：各種旗子的總稱，這裏指主帥的大旗。《史記·留侯世家》："益爲張旗幟諸山上，爲疑兵。"元稹《古社》："壯聲鼓鼙震，高焰旗幟翻。" 風靡：歸順，降伏。蔡邕《太尉汝南李公碑》："百司震肅，饕餮風靡，惡直醜正。"《資治通鑑·唐玄宗天寶十四載》："上始聞禄山反，河北郡縣皆風靡，嘆曰：'二十四郡，曾無一人義士邪！'" 雨散：比喻人們分崩離析。謝朓《和劉中書繪入琵琶峽望積布磯詩》："山川隔舊賞，朋僚多雨散。"王維《酬諸公見過》："登車上馬，倏忽雨散。" 圖：繪畫，描繪。《文心雕龍·物色》："寫氣圖貌，既隨物以宛轉。"張喬《華山》："青蒼河一隅，氣狀杳難圖。" 戰伐：征戰，戰爭。《三國志·辛毗傳》："連年戰伐，而介胄生蟣蝨。"杜甫《閣夜》："野哭幾家聞戰伐？夷歌數處起漁樵。" 勝書：記之難盡。權德輿《唐西川節度副大使中書令南康郡王韋公先廟碑》："大凡四廟之支，旁尊群從，炬爀昭融，不可勝書。"武元衡《賀連理棠樹合歡瓜白兔表》："故得正祥薦臻，策簡填委。迨於今日，不可勝書。"

⑤ 忠孝：忠於君國，孝於父母。盧照鄰《大劍送別劉右史》："地咽綿川冷，雲凝劍閣寒。倘遇忠孝所，爲道憶長安。"蘇頲《九月九日望蜀臺》："青松繫馬攢巖畔，黃菊留人籍道邊。自昔登臨湮滅盡，獨聞忠孝兩能傳。"　謹廉：謹慎廉正。元稹《李立則可檢校虞部員外郎知鹽鐵東都留後制》："勉服所職，無忘謹廉。"盧求《成都記序》："公至，以儉約帥之，以謹廉不伐臨之，以刑賞法制平治之。人歡且舞，旦夕詠公之德矣！"　慈仁：慈善仁愛。《莊子·天下》："薰然慈仁，謂之君子。"《百喻經·嘆父德行喻》："我父慈仁，不害不盜。直作實語，兼行佈施。"　和惠：溫和仁惠。《漢書·匡衡傳》："寬柔和惠，則眾相愛。"李德裕《宰相與盧鈞書》"聖上以尚書廉簡奉公，和惠恤下，所至之地，皆有能名……"　愛養：愛護養育。《漢書·張騫傳》："遂持歸匈奴，單于愛養之。"《晉書·劉曜載記》："隴上歌之曰：'隴上壯士有陳安，軀幹雖小腹中寬，愛養將士同心肝。'"　士伍：亦作"士五"，士卒，引申指軍隊。睡虎地秦墓竹簡《秦律十八種·內史雜》："除佐必當壯以上，毋除士五新傅。"《史記·秦本紀》："五十年十月，武安君白起有罪，爲士伍，遷陰密。"裴駰集解引如淳曰："嘗有爵而以罪奪爵，皆稱士伍。"　鳲鳩：即布穀鳥。《詩·曹風·鳲鳩》："鳲鳩在桑，其子七兮！"毛傳："鳲鳩，秸鞠也。鳲鳩之養七子，朝從上下，莫從下上，平均如一。"鄭玄注："興者，喻人君之德當均一於下也。"後用爲君以仁德待下的典實。曹植《上責躬詩表》："七子均養者，鳲鳩之仁也。"王安石《楚國太夫人陳氏墓誌銘》："俾仁鳲鳩，以母諸子。"　三軍：軍隊的通稱。李嶠《送駱奉禮從軍》："劍動三軍氣，衣飄萬里塵。琴尊留別賞，風景惜離晨。"沈佺期《春閨》："鐵馬三軍去，金閨二月還。邊愁離上國，春夢失陽關。"　麾下：謂將旗之下。王維《隴頭吟》："關西老將不勝愁，駐馬聽之雙淚流。身經大小百餘戰，麾下偏裨萬戶侯。"李涉《灉陽行》："泗水三千招義軍，本是征戰邀殊勛。十年麾下蓄壯氣，一朝此地爲愁人。"

⑥ 殷然：轟鳴震動貌。谷神子《博異志·韋思恭》：“及三子歸院，烹蛇未熟，忽聞山中有聲殷然地動。”《新唐書·王鐸傳》：“及鐸檄至，號令殷然。士氣皆起，爭欲破賊。” 雷霆：對帝王或尊者暴怒的敬稱。《後漢書·彭修傳》：“修排闥直入，拜於庭，曰：‘明府發雷霆於主簿，請聞其過！’”《南史·虞寄傳》：“願將軍少戢雷霆，賒其晷刻。” 四戰：猶言四面受敵。《史記·樂毅列傳》：“趙，四戰之國也，其民習兵，伐之不可。”張守節正義：“〔趙〕東鄰燕、齊，西邊秦、樓煩，南界韓、魏，北迫匈奴。”《後漢書·呂布傳》：“君擁十萬之衆，當四戰之地，撫劍顧眄，亦足以爲人豪，而反受制，不以鄙乎？”李賢注：“陳留地平，四面受敵，故謂之四戰之地也。” 一城：一個城市，孤城。杜甫《蠶穀行》：“天下郡國向萬城，無有一城無甲兵。焉得鑄甲作農器？一寸荒田牛得耕。”竇牟《送東光呂少府之官連帥奏授》：“遠愛東光縣，平臨若木津。一城先見日，百里早驚春。” 鼓角：戰鼓和號角，軍隊用以報時、警衆或發出號令。《後漢書·公孫瓚傳》：“袁氏之攻，狀若鬼神，梯衝舞吾樓上，鼓角鳴於地中。日窮月急，不遑啓處。”杜甫《閣夜》：“五更鼓角聲悲壯，三峽星河影動搖。” 梯衝：古代攻城之具，雲梯與冲車。庾信《哀江南賦》：“俄而梯衝亂舞，冀馬雲屯。”楊炯《昭武校尉曹君神道碑》：“梯衝所及，攻靡堅城；矛戟所臨，野無橫陣。”隕：墜落。《左傳·莊公七年》：“夜中星隕，如雨。”陸德明釋文：“隕，落也。”錢起《淮上別范大》：“悲風隕凉葉，送歸怨南楚。” 氛烟：猶烽烟，喻戰火。楊巨源《觀打球有作》：“欲令四海氛烟静，杖底纖塵不敢生。”皎然《奉送袁高使君詔徵赴行在效曹劉體》：“天子幸漢中，輾轅阻氛烟。”

⑦ 來：歸服，歸順。《易·兑》：“六三：來兑。”李鏡池通義：“來，歸，以使人歸服爲悦。”《左傳·文公七年》：“若吾子之德，莫可歌也，其誰來之？”杜預注：“來，猶歸也。”招致，招攬。《周禮·夏官·懷方氏》：“懷方氏掌來遠方之民。”賈公彥疏：“曉諭以王之德美，又延引以

王之美譽以招來之。"柳宗元《答元饒州論政理書》："不如是，則無以來至當之言。"　益以二州：意謂在原來深州、冀州之外，再增加鎮州、趙州。《編年箋注》："二州：指深州與冀州。"大誤。牛元翼原來是"檢校左常侍、深冀等州節度觀察等使"，這次的新職務是"檢校工部尚書，充鎮州大都督、成德軍節度使、鎮深冀趙等州觀察處置等使"，明明增加了鎮州與趙州，與"益"相呼應。　八座：亦作"八坐"，封建時代中央政府的八種高級官員，歷朝制度不一，所指不同。東漢以六曹尚書並令、僕射爲"八座"；三國魏、南朝宋齊以五曹尚書、二僕射、一令爲"八座"；隋唐以六尚書、左右僕射及令爲"八座"。崔融《户部尚書崔公挽歌》："八座圖書委，三臺章奏盈。舉杯常有勸，曳履忽無聲。"李嘉祐《送元侍御還荆南幕府》："八座由持節，三湘亦置軍。自當行直指，應不爲功勛。"本文指牛元翼的新頭銜"工部尚書"而言。四封：四境之内，四方。《晏子春秋·諫》："今四封之民，皆君之臣也……四封之貨，皆君之有也。"李白《虞城縣令李公吉思頌碑》："由是百里掩骼，四封歸仁。"

　⑧ 來者：歸來的人們。崔祐甫《滑亭新驛碑陰記》："鄭公孫僑論晉文襄之霸也，宮室卑庫，無觀臺樹，而崇大諸侯之館，故來者如歸。"韓愈《重答翊書》："人之來者，雖其心異於生，其於我也，皆有意焉！"懷：安慰，安撫。《禮記·中庸》："懷諸侯，則天下畏之。"《後漢書·皇甫規傳》："今臣但費千萬，以懷叛羌。"　迷者：迷惑的人們，是非辨別不清的人們。令狐楚《授裴度彰義軍節度使制》："雖棄地求生者實繁有徒，而嬰城執迷者未翦其類。何獸困而猶鬥？豈鳥窮之無歸歟？"柳宗元《永州龍興寺修淨土院記》："其後天台顗大師著《釋淨土十疑論》，宏宣其教，周密微妙，迷者咸賴焉！"　諭：告曉，告知。《周禮·秋官·訝士》："掌四方之獄訟，諭罪刑於邦國。"鄭玄注："告曉以麗罪及制刑之本意。"孫詒讓正義："謂以刑書告曉邦國。'制刑之本意'，謂依罪之輕重製作刑法以治之，其意義或深遠難知，訝士則解釋告曉

之，若後世律書之有疏議也。"《漢書·董仲舒傳》："子大夫明先聖之業，習俗化之變，終始之序，講聞高誼之日久矣！其明以諭朕。"顏師古注："諭，謂曉告也。" 老者：年歲大的人們，韓愈《原道》："老者曰：'孔子，吾師之弟子也。'佛者曰：'孔子，吾師之弟子也。'"柳宗元《起廢答》："老者育德，少者馳聲。" 視：照顧，照料。《後漢書·劉虞傳》："青徐士庶避黃巾之難歸虞者百餘萬口，皆收視溫恤，爲安立生業。"蘇軾《石菖蒲贊序》："顧恐陸行不能致也，乃以遺九江道士胡洞微，使善視之。" 幼者：兒童，未成年的人們。柳宗元《上權德輿補闕溫卷決進退啓》："竊以宗元幼不知恥，少又躁進，拜揖長者，自于幼年。"白居易《策林·養老》："使幼者事長，少者敬老，雖不與之爵，而老者得以貴矣！" 撫：撫育，愛護。《後漢書·梁竦傳》："《詩》云：'父兮生我，母兮鞠我，撫我畜我，長我育我。'"王安石《答虞醇翁》："感子撫我厚，欲言只慚羞。" 狂者：瘋癲的人，精神失常的人。張懷瓘《評書藥石論》："是以君子慎其所從，白沙在泥，與之同墨；狂者東走，逐者非一……"元結《自述三篇序》："天寶庚寅，元子初習靜於商餘。人聞之非，非曰：'此狂者也。'" 遏：斷絕，禁絕。《書·武成》："敢祇承上帝，以遏亂略。"孔傳："言誅紂敬承天意，以絕亂路。"《楚辭·天問》："永遏在羽山，夫何三年不施？"王逸注："遏，絕也。" 逆者：背叛的人，作亂的人。皮日休《白門表》："是以逆者必殺，順者必生，所以示天下不私也。"石敬瑭《平張從賓赦制》："負國者天地不容，爲逆者人神共怒。" 絕：滅亡，死亡。《書·甘誓》："有扈氏威侮五行，怠棄三正，天用勦絕其命。"孔傳："勦，截也。截絕，謂滅之。"韓愈《祭柳子厚文》："嗟嗟子厚！今也則亡。臨絕之音，一何琅琅！" 懋：勤勉，努力。《書·舜典》："汝平水土，惟時懋哉！"勸勉，勉勵。《國語·晉語》："懋穡勸分，省用足財。"曾鞏《文思使張俊等遷官制》："躐升位等，以懋爾勞。"

[編年]

《年譜》、《年譜新編》編年本文於長慶元年，理由是："《舊唐書·穆宗紀》云：'(長慶元年十月)戊辰，以深冀節度使牛元翼爲鎮州大都督府長史，充成德軍節度、鎮冀深趙等州節度使。'"《編年箋注》編年理由與《年譜》同，結論是："此《制》撰於長慶元年(八二一)十月戊辰即初五。"

我們以爲，《舊唐書·穆宗紀》云："(長慶元年)冬十月甲子朔……戊辰，以深冀節度使牛元翼爲鎮州大都督府長史，充成德軍節度、鎮冀深趙等州節度使。"推其干支，"戊辰"確實是十月五日，但這是牛元翼成德軍節度使詔命正式發佈的日子，而元稹撰寫本文應該在此前一二天之內，亦即十月三日或四日之間，地點在長安，元稹時任中書舍人翰林承旨學士之職。

■ 和吐綬鳥詞 (代擬題)^(一)^①

據劉禹錫《吐綬鳥詞并序》

[校記]

（一）吐綬鳥詞：元稹本佚失詩所據劉禹錫《吐綬鳥詞并序》，分別見於《劉賓客外集》、《全詩》、《全唐詩録》，不見異文。

[箋注]

① 和吐綬鳥詞：據劉禹錫《吐綬鳥詞并序》提及"滑州牧尚書李公"，即李德裕，其出任"滑州牧"亦即"檢校户部尚書，兼滑州刺史、義成軍節度使"在大和三年十月，幾乎與元稹出任武昌軍節度使同時。而李德裕與元稹、李紳情頗款密，劉禹錫《吐綬鳥詞并序》所謂"有翰

林二學士同賦之"之"翰林二學士",應該指元稹與李紳。據此,元稹、李紳應該有"吐綬鳥詞"之和篇,但今不見,應該是佚失,故據補。

吐綬鳥詞:劉禹錫《吐綬鳥詞序》:"《吐綬鳥詞》,滑州牧尚書李公以《吐綬鳥詞》見示,兼命繼聲。蓋尚書前爲御史時所作,有翰林二學士同賦之,今所謂追和也。鳥之所異,具於本篇。"今過録劉禹錫原詩,以推測"翰林二學士"之一的元稹《吐綬鳥詞》之大致內容,劉禹錫《吐綬鳥詞》詩云:"越山有鳥翔寥廓,嗉中吐綬光若若。越人偶見而奇之,因名吐綬江南知。四明天姥神仙地,朱鳥星精鍾異氣。赤玉雕成彪炳毛,紅綃剪出玲瓏翅。湖烟始開山日高,迎風吐綬盤花條。臨波似染瑯琊草,映葉疑開阿母桃。花紅草綠人間事,未若靈禽自然貴。鶴吐明珠暫報恩,鵲銜金印空爲瑞。春和秋霽野花開,玩景尋芳處處來。翠幕雕籠非所慕,珠丸柘彈莫相猜。栖月啼烟凌縹緲,高林先見金霞曉。三山仙路寄遥情,刷羽揚翹欲上征。不學碧雞依井絡,願隨青鳥向層城。太液池中有黃鵠,憐君長向高枝宿。如何一借羊角風,來聽簫韶九成曲。"劉禹錫的和作如此,想來元稹的和作也大致相當。

吐綬鳥:即吐綬雞。任昉《述異記》卷上:"吐綬鳥身大如鸐,五色,出巴東山中。毛色可愛,若天晴淑景,即吐綬,長一尺,須臾還吞之。"段成式《酉陽雜俎·廣動植》:"魚復縣南山有鳥大如鴝鵒,羽色多黑,雜以黃白,頭頰似雉,有時吐物長數寸,丹采彪炳,形色類綬,因名爲吐綬鳥。" 詞:文體名,古代樂府詩體的一種。元稹《樂府(有序)》:"《詩》訖於周,《離騷》訖於楚。是後詩之流爲二十四名,賦、頌、銘、贊、文、誄、箴、詩、行、詠、吟、題、怨、嘆、章、篇、操、引、謠、謳、歌、曲、詞、調,皆詩人六義之餘而作者之旨。"嚴羽《滄浪詩話·詩體》:"曰詞,《選》有漢武《秋風詞》,樂府有《木蘭詞》。"

[編年]

不見《元稹集》、《年譜》、《編年箋注》採録,僅《年譜新編》採録於長慶元年"佚詩"欄內。

　　據《舊唐書·李德裕傳》，李德裕爲"監察御史"在"元和十四年"，"明年正月，穆宗即位，召入翰林充學士……時德裕與李紳、元稹俱在翰林，以學識才名相類，情頗款密。"又據《舊唐書·文宗紀》："(大和三年九月)壬辰，以兵部侍郎李德裕檢校户部尚書，兼滑州刺史、義成軍節度使……(大和四年)冬十月壬寅朔，戊申，以東都留守崔元略檢校吏部尚書，兼滑州刺史、義成軍節度使，代李德裕。以德裕檢校兵部尚書，兼成都尹，充劍南西川節度使。"據劉禹錫詩序及《舊唐書·文宗紀》，劉禹錫《吐綬鳥詞》應該作於大和三年九月十五日之後、大和四年十月七日之間，時劉禹錫在禮部郎中、集賢學士任，地點在長安。但劉禹錫詩序已經明言自己之詩是"追和"李德裕在元和十四年"爲御史時所作"之《吐綬鳥詞》，而此前的長慶元年，李德裕"與李紳、元稹俱在翰林，以學識才名相類，情頗款密。"所謂"翰林二學士同賦之"之"翰林二學士"應該即是指元稹與李紳。元稹與李德裕、李紳同在"翰林"的時間是長慶元年二月十六日至十月十九日間，元稹酬和李德裕的《和吐綬鳥詞》，即應該在這一時間段內，元稹時任中書舍人、翰林承旨學士之職，地點在長安。

◎ 感事三首(此後並是學士時詩)(一)①

爲國謀羊舌，從來不爲身②。此心長自保，終不學張陳③。
自笑心何劣，區區辨所冤④。伯仁雖到死，終不向人言⑤。
富貴年皆長，風塵舊轉移(二)⑥。白頭方見絶，遥爲一霑衣⑦。

録自《元氏長慶集》卷四

[校記]

（一）感事三首(此後並是學士時詩)：楊本、叢刊本同,《全詩》作“感事三首(此後并是學士時作)”,《萬首唐人絕句》作“感事三首”,無題注。

（二）風塵舊轉移：楊本、叢刊本、《萬首唐人絕句》、《全詩》作“風塵舊轉稀”,語義不同,不改。

[箋注]

① 感事：因事興感。韋應物《感事》：“霜雪皎素絲,何意墜墨池？青蒼猶可濯,黑色不可移。”李端《長安感事呈盧綸》：“十五事文翰,大兒輕孔融。長裾遊邸第,笑傲五侯中。” 學士：古代原指在國學讀書的學生。《周禮·春官·樂師》：“帥學士而歌《徹》。”鄭玄注：“學士,國子也。”《儀禮·喪服》：“大夫及學士則知尊祖矣！”孔穎達疏：“此學士謂鄉庠、序及國之大學、小學之學士。”也泛指普通讀書人。《莊子·盜跖》：“使天下學士不反其本,妄作孝弟,而徼倖於封侯富貴者也。”葛洪《抱朴子·崇教》：“省文章既不曉,親學士如草芥。”韓愈《答殷侍御書》：“每逢學士真儒,嘆息踟躕,愧生於中,顏變於外。”本詩是官名,南北朝以後,以學士爲司文學撰述之官。唐代翰林學士亦本爲文學侍從之臣,因接近皇帝,往往參預機要。元稹爲學士的時間在長慶元年二月十六日至同年十月十九日,亦即公元八二一年三月二十三日至同年十一月六日。

② “爲國謀羊舌”兩句：春秋時期晉國大夫范宣子懷疑欒盈叛亂,欒盈逃亡之後范宣子殺了欒盈的同夥羊舌虎。又因爲羊舌叔向是羊舌虎之兄,因而范宣子將羊舌叔向囚禁起來。後世即以此作爲受株連而蒙冤的典故。又據《左傳·昭公三年》,羊舌氏一宗至此僅存羊舌肸一人,羊舌肸並無子孫後代,但仍然忠心耿耿爲晉國整日思

慮日夜奔走從不考慮自己。元稹這時老年傷子哀痛無比，又爲河朔平叛受到裴度接二連三的彈劾，指責詩人勾結宦官破壞平叛，心情難免不快，因此以羊舌胅自喻，但詩人仍然表明自己爲了國家大局，並不想斤斤計較個人的是非得失。庾信《擬連珠四十四首》四一："是以延年之家，預論掃墓；羊舌之族，先知滅門。"葛勝仲《題柘城懷古亭》："嗚呼女戎禍，陳祚僅如綫。餘波及羊舌，伯石實首難。"

③　"此心長自保"兩句："張陳"是秦漢之際張耳和陳餘的合稱，兩人都是大梁的名士，彼此爲刎頸之交。後來投身陳涉義軍，成爲當時的重要將領。但兩人隨即發生權勢之爭，最後陳餘死在張耳之手，後人用作密友成仇的典故。詩人在這裏也應該有所隱喻：他在憲宗朝曾經支持裴度彈劾權幸的鬥爭，又與裴度同路趕赴貶謫之地洛陽，一起受到故相裴垍的賞識。原本不錯的朋友在長慶年間則成了彈劾與被彈劾的主角，情景頗有點與張耳陳餘相類。但詩人仍然表示自己祗求自保，不想也不會像張耳那樣謀害對方。李咸用《論交》："松篁貞管鮑，桃李豔張陳。"范仲淹《得李四宗易書》："須期管鮑垂千古，不學張陳負一朝。"　自保：自己保持自身原來所具備的品格，決不隨風使舵，趨炎附勢，見利忘義。員半千《隴右途中遭非語》："出遊非懷璧，何憂乎忌人。正須自保愛，振衣出世塵。"岑參《行軍詩二首（時扈從在鳳翔）》一："吾竊悲此生，四十幸未老。一朝逢世亂，終日不自保。"

④　自笑：自嘲。李白《覽鏡書懷》："得道無古今，失道還衰老。自笑鏡中人，白髮如霜草。"竇鞏《從軍別家》："自笑儒生著戰袍，書齋壁上挂弓刀。如今便是征人婦，好織迴文寄竇滔。"　劣：弱，小，少。曹植《辨道論》："壽命長短，骨體強劣，各有人焉！"劉知幾《史通·雜說》："逮於苻氏，則兼而有之。《禹貢》九州，實得其八，而言地劣於趙，是何言歟？"貫休《讀劉得仁賈島集二首》二："馬病唯湯雪，門荒劣有人。"　區區：形容一心一意。梅堯臣《金陵有美堂》："願公樂此殊

未央，慎勿區區思故鄉。”引申謂真情摯意。《玉臺新詠·繁欽〈定情詩〉》：“何以致區區，耳中明月珠？”蘇軾《與陳公密書三首》一：“即造宇下，一吐區區，預深欣躍。” 冤：枉曲，冤屈。韓愈《陸渾山火和皇甫湜用其韵》：“又詔巫陽反其魂，徐命之前問何冤。”拾得《詩》五：“烹豬又宰羊，誇道甜如蜜。死後受波吒，更莫稱冤屈！”關於此事的真相，錯綜複雜，關於元稹的冤情，一言難盡：長慶元年七月，河北藩鎮發動叛亂。元稹時爲翰林承旨學士，正當他一心一意爲河朔平叛贊助穆宗謀畫的時候，別有用心的“巧者”王播卻利用元稹裴度間在長慶元年考試事件中的矛盾而加以挑撥，胡説什麼元稹勾結宦官破壞河北平叛，而王播的真正目的則是促成鷸蚌相爭，坐收漁翁之利，元稹的《表奏》云：“召（稹）入禁司，且欲亟用爲宰相，是時裴太原亦有宰相望，巧者謀欲俱廢之，乃以予所無構於裴。”本來就因長慶元年考試事件而怨恨元稹想尋機報復的裴度，聽到這種挑撥，不問真假或者故意不問真假，乘段文昌出鎮外任、自己手握重兵征討叛鎮的機會，將根本不存在的、“巧者”王播捏造的內容作爲攻擊元稹的藉口，自八月二十六日至十月十四日連上三疏，彈劾元稹魏弘簡（宦官，時爲樞密使）的三條罪狀，必欲置元稹魏弘簡於絶境而後快。在裴度咄咄逼人的氣勢下，明知内情的唐穆宗，不得不違心遷就裴度的無理要求，將元稹從翰林承旨學士降爲工部侍郎，本詩即作於降職的前夜。

　　⑤ “伯仁雖到死”兩句：“伯仁”是另一個含冤受屈的故事，據《晉書·周顗傳》記載：周顗字伯仁，晉元帝時爲僕射，與同僚王導感情極深。永昌元年（322），王導的堂兄、江州刺史王敦起兵謀叛，王導赴闕待罪，周顗多次在晉元帝面前爲王導分辯，説王導與王敦並未通謀，才保全了王導的性命。王敦後來攻入京城建業，以舊怨要殺周顗。知道自己的堂弟王導與周顗感情深厚，事先徵求王導的意見，但王導並沒有表態。周顗被抓，自己也沒有説出曾在晉元帝面前爲王導分辯之事，結果被殺。後來王導得知自己因周顗的分辯才活下來的原

委之後，痛哭流涕説：“吾雖不殺伯仁，伯仁由我而死，幽冥之中負此良友！”詩人在這裏仍然在自喻與他喻自己與裴度的事情，委婉地説明自己像伯仁一樣冤屈，但又會像伯仁一樣“終不向人言”。楊炯《和劉長史答十九兄》：“風標自落落，文質且彬彬。共許刁元亮，同推周伯仁。”徐積《節孝集·語録》：“王導、謝安皆晉室之碩輔，然王導挾私忿而殺周伯仁，謝安有期服而不廢樂，此皆所短。”　言：訴説，表白。元稹《竹部(石首縣界)》：“分爾有限資，飽我無端腹。愧爾不復言，爾生何太蹙！”白居易《新樂府·海漫漫》：“何況玄元聖祖五千言，不言藥，不言仙，不言白日昇青天。”

⑥ 富貴：富裕而顯貴，猶言有財有勢。《論語·顏淵》：“商聞之矣！死生有命，富貴在天。”韓愈《省試顏子不貳過論》：“不以富貴妨其道，不以隱約易其心。”　長：指時間相隔距離大。《孫子·虛實》：“日有短長，月有死生。”《樂府詩集·傷歌行》：“憂人不能寐，耿耿夜何長！”　風塵：塵世，紛擾的現實生活境界。郭璞《遊仙詩》：“高蹈風塵外，長揖謝夷齊。”皇甫冉《送朱逸人》：“雖在風塵裏，陶潛身自閑。”宦途，官場。葛洪《抱朴子·交際》：“馳騁風塵者，不戀建德業，務本求己。”塵事，平庸的世俗之事。《顏氏家訓·省事》：“而爲執政所患，隨而伺察。既以利得，必以利治，微染風塵，便乖蕭正。”戴叔倫《贈殷亮》：“山中舊宅無人住，來往風塵共白頭。”　轉移：轉換，遷移。《周禮·天官·大宰》：“九曰閑民，無常職，轉移執事。”鄭玄注引鄭司農曰：“閑民，謂無事業者，轉移爲人執事，若今傭賃也。”《史記·匈奴列傳》：“唐虞以上有山戎、獫狁、葷粥，居於北蠻，隨畜牧而轉移。”

⑦ 白頭：猶白髮，形容衰年老人。宋之問《有所思》：“寄言全盛紅顏子，須憐半死白頭翁。此翁白頭真可憐，伊昔紅顏美少年。”劉希夷《故園置酒》：“願逢千日醉，得緩百年憂。舊里多青草，新知盡白頭。”　霑衣：眼泪沾濕衣服。李嶠《汾陰行》：“昔時青樓對歌舞，今日黃埃聚荆棘。山川滿目泪沾衣，富貴榮華能幾時？”陳子昂《田光先

生》:"自古皆有死,狥義良獨稀。奈何燕太子,尚使田生疑。伏劍誠已矣! 感我涕沾衣。"儘管元稹在飽受冤屈的情況下,仍然爲了國家的平叛大業忍氣吞聲,不作任何反擊。但非常清楚元稹冤屈的當事人穆宗,並沒有爲元稹伸張正義,反而最終被迫答應了裴度的無理要求,罷免了元稹翰林承旨學士的職務,改任爲工部的實際主官工部侍郎。

[編年]

《年譜》編年本詩於長慶元年,理由是:"題下注:'此後並是學士時作。'第一首云:'爲國謀羊舌,從來不爲身。此心長自保,終不學張陳。'第二首云:'自笑心何劣,區區辨所冤。伯仁雖到死,終不向人言。'似是元稹受裴度彈劾時作。"《編年箋注》編年:"穆宗長慶元年(八二一),元稹爲中書舍人、翰林承旨學士,裴度彈劾元稹交結宦官魏弘簡。此詩……此時所作。詳下《譜》所考。"《年譜新編》亦編年長慶元年:"題下注:'此後並是學士時詩。'"

我們以爲,《年譜》與《編年箋注》編年雖然大致不錯,但過於含糊。裴度彈劾元稹魏弘簡的三個疏文,起自長慶元年八月二十六日,至十月十四日,"長慶元年"的時間表述過長,可以進一步確定。而《年譜新編》所云"是學士時詩",表述的時間更長,也更加模糊,均不可取。而從三首詩篇所揭示的詩意來看,應該是受到他人誣奏、彈劾之後所作。元稹在翰林承旨學士期間,受他人誣奏、彈劾祇有裴度。那麼裴度彈劾元稹魏弘簡,究竟又在何時?《資治通鑑》長慶元年八月丁丑十四日:"詔魏博、橫海、昭義、河東、義武諸軍出兵臨成德之境。若王廷湊執迷不復,至即進討。"在這裏詔文明令包括裴度的河東在內的諸鎮軍兵臨成德即河朔之境。但裴度並沒有遵詔,而是按兵河東不發一兵一卒。裴度後又連接數詔,督促其出兵河東,但仍不見動靜。裴度正式出兵是在這年的十月十四日:《舊唐書・穆宗紀》

長慶元年十月十四日條云"裴度奏自將兵取故關路進討";《山右石刻叢編》中題名裴度而實爲他人所撰的《承天題記》亦云:"長慶元年……十月師次承天。"由此可知裴度至此時尚在河東領地,並未進兵河朔。計其日期,裴度自奉詔至此已有六十一天。裴度彈劾元稹魏弘簡奸佞的第一疏云"或令兩道招撫逗留時日",所指即是長慶元年八月二十六日任命裴度爲兩道招撫使一事。其第三疏曰"臣今將赴行營"、"伏感諸葛亮出師之時",由此可知,裴度彈劾元稹的三個疏文都是在其受命幽鎮兩道招撫使之後、出師河朔之前。而裴度之所以要連上三個疏文,特別是第三個疏文,就是裴度覺得前面的書奏沒有給元稹造成真正的威脅,沒有罷免元稹的職務,沒有達到自己的目的。因此我們以爲,直到十月十四日前不久,裴度的第三個疏文送到穆宗手中,元稹也預感到自己將成爲穆宗的政治犧牲品的時候,自己可能要被罷免,才有可能賦詠這三首詩篇,表白自己的心迹與無奈,時間應該在十月十四日之後。而十月十九日,元稹已經被罷爲工部侍郎。我們以爲,元稹這三首詩篇,即應該作於這五天左右的時間之內。

◎ 題翰林東閣前小松⁽⁻⁾①

檐礙修鱗亞,霜侵簇翠黄⁽⁻⁾②。惟餘入琴韵,終待舜絃張③。

録自《元氏長慶集》卷四

[校記]

(一)題翰林東閣前小松:叢刊本、《全詩》、《萬首唐人絕句》、《御選唐詩》同,楊本作"題翰林東閣前小松",《佩文齋詠物詩選》作"題翰林院東閣小松",語義相類,不改。

（二）霜侵簇翠黄：楊本、叢刊本、《萬首唐人絕句》、《全詩》、《佩文齋詠物詩選》同，《御選唐詩》作"霜清簇翠黄"，語義不通，不從不改。

［箋注］

①　題：書寫，題署。劉義慶《世説新語·方正》："太極殿始成，王子敬時爲謝公長史，謝送版，使王題之。王有不平色，語信云：'可擲箸門外。'"杜甫《弊廬遣興奉寄嚴公》："把酒宜深酌，題詩好細論。"翰林：即翰林院。《舊唐書·職官志》："翰林院，天子在大明宫，其院在右銀臺門內。在興慶宫，院在金明門內。若在西內，院在顯福門。若在東都、華清宫，皆有待詔之所。其待詔者，有詞學、經術。合練、僧道、卜祝、術藝、書奕，各別院以稟之，日晚而退，其所重者詞學。武德、貞觀時，有溫大雅、魏徵、李百藥、岑文本、許敬宗、褚遂良。永徽後，有許敬宗、上官儀，皆召入禁中驅使，未有名目。乾封中，劉懿之劉禕之兄弟、周思茂、元萬頃、范履冰，皆以文詞召入待詔，常於北門候進止，時號北門學士。天后時，蘇味道、韋承慶皆待詔禁中。中宗時，上官昭容獨當書詔之任。睿宗時，薛稷、賈膺福、崔湜又代其任。玄宗即位，張説、陸堅、張九齡、徐安貞、張垍等召入禁中，謂之翰林待詔。王者尊極，一日萬幾。四方進奏，中外表疏批答，或詔從中出。宸翰所揮，亦資其檢討，謂之視草，故嘗簡當代士人，以備顧問。至德已後，天下用兵，軍國多務，深謀密詔，皆從中出。尤擇名士，翰林學士得充選者，文士爲榮。亦如中書舍人，例置學士六人，內擇年深德重者一人爲承旨，所以獨承密命故也。德宗好文，尤難其選。貞元已後，爲學士承旨者，多至宰相焉！"元稹當時職任翰林承旨學士，故有本詩。元稹後來也官拜宰相，與"貞元已後，爲學士承旨者，多至宰相焉"的説法相印證。元稹另有《酬樂天待漏入閣見贈（時樂天爲中書舍人，予在翰林學士）》詩："未勘銀臺契，先排浴殿關。沃心因特召，

丞旨絕常班(丞旨學士在諸學士上)……密視樞機草,偷瞻咫尺顏。恩垂天語近,對久漏聲閒。”也從另一個側面證明了唐代翰林承旨學士得以寵榮的情景,形象地補充了《舊唐書·職官志》的記載。　東閣:古代稱宰相款待賓客的地方。李商隱《九日》:“不學漢臣栽苜蓿,空教楚客詠江蘺。郎君官貴施行馬,東閣無因再得窺。”蘇軾《九日次韻王鞏》:“鬢霜饒我三千丈,詩律輸君一百籌。聞道郎君閉東閣,且容老子上南樓。”李唐翰林院也有東閣,即所謂的“東第一閣”,元稹《翰林承旨學士記》:“憲宗章武孝皇帝以永貞元年即大位,始命鄭公爲承旨學士,位在諸學士上,居在東第一閣。”這裏應該是後者。　小松:元稹以“小松”自喻,意在表明自己高潔而遠大的志向,同時也自嘆自己現在還祇是一棵沒有長大的小樹,還沒有成爲根深葉茂的大樹,難以抗衡來自四面八方的暴風驟雨。元稹喜歡以松樹自喻,如《西齋小松二首》,其一:“松樹短於我,清風亦已多。況乃枝上雪,動搖微月波。幽姿得閒地,詎感歲蹉跎。但恐廈終構,藉君當奈何?”其二:“簇簇枝新黃,纖纖攢素指。柔荑漸依條,短莎還半委。清風日夜高,凌雲竟何已。千歲盤老龍,修鱗自茲始。”又如《松樹》:“華山高幢幢,上有高高松。株株遥各各,葉葉相重重。槐樹夾道植,枝葉俱冥蒙。既無貞直幹,復有冒挂蟲。何不種松樹?種之搖清風。秦時已曾種,顦頷種不供。可憐孤松意,不與槐樹同。閒在高山頂,樛盤虬與龍。屈爲大廈棟,庇廕侯與公。不肯作行伍,俱在塵土中。”又如《和樂天感鶴》:“君看孤松樹,左右蘿蔦纏。既可習爲飽,亦可薰爲荃。期君常善救,勿令終棄捐。”

②“檐礙修鱗亞”兩句:詩人以小松自喻,委婉地道及自己目前如他人屋檐下的矮小松樹一樣受到屋檐遮天避日的有意阻礙,無法伸枝展葉實現自己的理想;又好比松樹在秋冬季節遭到無情寒霜的一再侵襲,松葉有些發黃松樹的英姿有些萎靡。　檐:屋檐,屋瓦邊滴水的部分。陶潛《歸園田居六首》一:“榆柳蔭後檐,桃李羅堂前。”

李白《題東谿公幽居》：“好鳥迎春歌後院，飛花送酒舞前檐。客到但知留一醉，盤中祇有水晶鹽。” 亞：低矮。元稹《和友封題開善寺十韻》：“亞樹牽藤閣，橫查壓石橋。”李昌符《尋僧元皎因贈》：“高松連寺影，亞竹入窗枝。”

③ “唯餘入琴韵”兩句：但詩人確信所有這些磨難最終都將過去，自己忠君愛國的一片赤誠之心必將爲聖明的唐穆宗所覺察所賞識，自己的政治理想也一定會有實現那一天，即所謂的“唯餘入琴韵，終待舜弦張”。 琴韵：猶琴音。劉禕之《奉和別越王》：“管聲依折柳，琴韵動流波。”許渾《重遊飛泉觀題宿龍池》：“松葉正秋琴韵響，菱花初曉鏡光寒。”也指琴音的韵味。陸龜蒙《零陵總記·于頔》：“于頔司空嘗令客彈琴。其嫂知音，聽於簾下，曰：‘三分中一分箏聲，二分琵琶聲，絶無琴韵。’” 舜弦：《樂府詩集》在虞舜《南風歌二首》題下注：“《古今樂録》曰：‘舜彈五弦之琴，歌《南風》之詩。《史記·樂書》曰：‘舜歌《南風》而天下治。’《南風》者，生長之音也。舜樂好之樂與天地同意，得萬國之歡心，故天下治也。”潘存實《賦得玉聲如樂》：“杳杳疑風送，泠泠似曲成。韵含湘瑟切，音帶舜絃清。”韓偓《感事三十四韻》：“唯理心無黨，憐才膝屢前。焦勞皆實録，宵旰豈虛傳？始議新堯曆，將期整舜絃。”

［編年］

《年譜》編年本詩於長慶元年，理由大概是《感事三首》所示：“題下注：‘此後並是學士時作。”《編年箋注》編年：“穆宗長慶元年（八二一），元稹爲中書舍人、翰林承旨學士，裴度彈劾元稹交結宦官魏弘簡……《題翰林東閣前小松》爲此時所作。詳卞《譜》所考。”《年譜新編》編年本詩於長慶元年，没有説明理由。

《年譜》、《編年箋注》、《年譜新編》的編年太籠統，不够確切，我們以爲詩題爲“題翰林東閣前小松”，明確無誤地表明本詩應該作於元積翰林承旨學士期間。具體地説,本詩應該與《感事三首》作於同時,即長慶元年十月十四日至同月十九日稍後的七天時間內。理由也同上,此不重複。

● 授烏重胤山南西道節度使制(一)①

門下:惟梁州會險形束,襟帶皇都。南開蜀國,西控戎落。地宜用武,政必兼文。兹惟信臣,膺是專委②。

橫海軍節度使烏重胤,才本雄勇,器惟溫茂。承累將之業,不以驕人;歷重兵之權,每思下士③。沈威不耀,至信自彰。立奇節於遏亂之初,成休勛於盪寇之日。焯然來效,夙簡朕心④。

自經理海邦,訓齊戎旅。災荒之後,安阜爲難。政以和均,人斯悦勸。善績可舉,壯猷克宣⑤。是用遷鎮近藩,更弘遠略。恢復西土,伊正南都。式寵忠勛,宜服榮獎。可檢校司徒(二),充山南西道節度使⑥。

録自《元氏長慶集》補遺卷五

[校記]

(一)授烏重胤山南西道節度使制:《英華》同,《全文》誤作"授烏重允山南西道節度使制",不從不改。

(二)可檢校司徒:原本作"可檢校司空",《英華》、《全文》同,《舊唐書·烏重胤傳》作"以重胤檢校司徒,兼興元尹,充山南西道節度使。"《册府元龜》作"以重胤檢校司徒兼興元尹兼御史大夫,充山南西道節度使。"據改。

[箋注]

① 授烏重胤山南西道節度使制：本文不見於諸多《元氏長慶集》，但馬本之《元氏長慶集》在補遺卷五中收錄，又見於《英華》、《全文》，署名元稹，故據補。　烏重胤：中唐平叛名將，一直在平叛一綫效勞。而烏重胤這次被調離河朔平叛之地，完全是唐穆宗急於平叛所致。而烏重胤之拜，成了元稹最後爲唐穆宗撰寫的制誥。更加有意思的是，元稹被罷免之日，又是白居易榮升之時。而杜叔良的升遷，却是滿嘴大話誑騙而得，不久即大敗而回。《舊唐書·穆宗紀》："（長慶元年）冬十月甲子朔……壬午，以尚書主客郎中、知制誥白居易爲中書舍人。河東節度使裴度三上章，論翰林學士元稹與中官知樞密魏弘簡交通，傾亂朝政，以稹爲工部侍郎，罷學士；弘簡爲弓箭庫使……丙戌，以深冀行營節度使杜叔良爲滄州刺史、橫海軍節度使，以代烏重胤，授重胤檢校司徒、興元尹，充山南西道節度使。時上急於誅賊，杜叔良出征日面辭奏云：'臣必旦夕破賊！'重胤善將知兵，以賊勢未可卒平，用兵稍緩，故有是拜。十二月甲子朔……庚午，杜叔良之軍與賊戰於博野，爲賊所敗，七千人陷賊，叔良僅免。"《舊唐書·烏重胤傳》："及屯軍深州，重胤以朝廷制置失宜，賊方憑凌，未可輕進，觀望累月。穆宗急於誅叛，遂以杜叔良代之，以重胤檢校司徒、兼興元尹，充山南西道節度使。"李絳《論澤潞事宜狀》"臣昨已具狀，陳烏重胤不可便授以澤潞，請與河陽，却除孟元陽澤潞。"元稹《加烏重胤檢校司徒制》："烏重胤嘗以懷汝之師，南伐叛蔡，博大持重，不要奇勝，不用鈇鉞，不嚴刁鬥，舉必樂信，戰必克期。"　山南西道節度使：管轄十六州，地域較廣。《舊唐書·地理志》："山南西道節度使：治興元府，管開、通、渠、興、集、鳳、洋、蓬、利、璧、巴、閬、果、金、商等州。"州治依次地當今天漢中、開縣、達縣、渠縣、略陽、南江、鳳縣、西鄉、儀隴南、廣元、通江、巴中、閬中、南充、安康、商縣。而據《元和郡縣志·山南道》，所轄州府爲十七州，互有變動出入："管興元府、洋州、利州、

鳳州、興州、成州、文州、扶州、集州、壁州、巴州、蓬州、通州、開州、閬州、果州、渠州。"劉禹錫《山南西道節度使廳壁記》："文皇帝初元,始畫天下爲十道。古荆梁之地舉曰山南,厥後析爲東西。天漢之邦,實居右部。按梁州爲都督治所,領十有五州。"鄭璘《授李繼密山南西道節度使制》："朕以恭己視朝,詳理興化。對山河之美,必念功臣。聽鼙鼓之聲,每思良帥。"韓愈《薦樊宗師狀》："攝山南西道節度副使、朝議郎、前檢校水部員外郎兼殿中侍御史、賜緋魚袋樊宗師:右件官,孝友忠信,稱於宗族朋友,可以厚風俗……謹録狀上,伏聽處分。"柳宗元《故永州刺史崔君權厝誌》："博陵崔君,由進士入山南西道節度府,始掌書記至府留後,凡五徙職,六增官,至刑部員外郎出刺連、永兩州……"

　　② 梁州:《元和郡縣志・興元府》："今爲山南西道節度使理所……春秋時及戰國並屬楚,楚懷王時,秦惠文王取漢中地六百里,以爲漢中郡。秦亡,項羽封高祖爲漢王,高祖欲攻羽,蕭何曰:'《語》曰:天漢其稱,甚美。'遂從之。後漢末張魯據漢中,改漢中爲漢寧郡。曹公討平之,復爲漢中郡。蜀先主破魏將夏侯妙才,遂有其地,爲重鎮。魏延、蔣琬、姜維相繼屯守,其後鍾會既克蜀,又置梁州。晉末李特據蜀,漢中又爲所有,桓溫討平之。譙縱時,又失漢中,縱滅,又歸舊理。自漢宋以還,多理南鄭,隋開皇三年罷郡,所領縣並屬梁州。大業三年,罷州,爲漢川郡。武德元年,又改爲褒州。二十年,又爲梁州。興元元年,因德宗遷幸,改爲興元府。按漢中當巴蜀捍蔽,故先主初得漢中,謂人曰:'曹公雖來,無能爲也!'及蕭齊明帝時,後魏大將元英率兵十萬,通斜谷,圍南鄭,刺史蕭懿拒守百餘日,不拔而退……管縣六:南鄭、褒城、金牛、三泉、城固、西。"元積《使東川・梁州夢》："夢君同繞曲江頭,也向慈恩院院遊。亭吏呼人排去馬,忽驚身在古梁州。"熊孺登《奉和興元鄭相公早春送楊侍郎》："征鞍欲上醉還留,南浦春生百草頭。丞相新裁別離曲,聲聲飛出舊梁州。"　禚

帶:謂山川屏障環繞,如襟似帶,比喻險要的地理形勢。張衡《東京賦》:"苟民志之不諒,何云巖險與襟帶?"楊炯《後周青州刺史齊貞公宇文公神道碑》:"三秦六輔之奧區,五嶽四瀆之襟帶。" 皇都:京城,國都。韓愈《早春呈張水部二首》一:"最是一年春好處,絕勝花柳滿皇都。"歐陽詹《送張驃騎邠寧行營》:"寶馬珊弓金僕姑,龍驤虎視出皇都。揚鞭莫怪輕胡虜,曾在漁陽敵萬夫。" 蜀國:泛指蜀地。楊炯《遂州長江縣孔子廟堂碑》:"華陽曾子,鼓篋來遊;蜀國顏生,摳衣請學。"劉得仁《送智玄首座歸蜀中舊山》:"蜀國烟霞開,靈山水月澄。"戎落:戎族聚居地,泛指西北少數民族地區。《新唐書·狄仁傑傳》:"出爲寧州刺史,撫和戎落,得其歡心,郡人勒碑以頌。"《資治通鑑·唐代宗永泰元年》:"子儀以靈武初復,百姓雕弊,戎落未安,請以朔方軍糧使三原路嗣恭鎮之。" 用武:使用武力。《史記·留侯世家》:"雒陽雖有此固,其中小,不過數百里,田地薄,四面受敵,此非用武之國也。"杜甫《昔遊》:"幽燕盛用武,供給亦勞哉!" 兼:同時具有或涉及幾種事物或若干方面。《孟子·公孫丑》:"宰我、子貢善爲説辭,冉牛、閔子、顏淵善言德行,孔子兼之。"韓愈《苦寒》:"四時各平分,一氣不可兼。" 信臣:忠誠可靠之臣。《左傳·宣公十五年》:"寡君有信臣,下臣獲考死,又何求?"柳宗元《與顧十郎書》:"賴中山劉禹錫等,遑遑惕憂,無日不在信臣之門,以務白大德。" 膺:承當,擔當。《書·武成》:"誕膺天命。"孔傳:"大當天命。"《舊唐書·吉頊傳》:"嘗以經緯之才,允膺匡佐之委。" 專委:委以專職。孫逖《誡勵吏部兵部禮部掌選知舉官等敕》:"其流外銓及武學,專委郎官,恐不詳悉,共爲取捨,適表公憑。"白居易《裴宏泰可太府少卿知左藏庫出納制》:"受藏之府,事繁物殷,量其器能,可以專委。勉膺是任,無替前勞。"

③雄勇:勇猛威武。李商隱《偶成轉韵七十二句贈四同舍》:"彭門十萬皆雄勇,首戴公恩若山重。"歐陽修《菱溪石記》:"嗟夫!劉金者,雖不足道,然亦可謂雄勇之士。" 溫茂:溫和美善。元稹《鶯鶯

傳》：“貞元中，有張生者，性溫茂，美風容。內秉堅孤，非禮不可入。”李瀗《授杜審權河中晉絳節度使制》：“貞方飾躬，溫茂繕性。儉不逼下，畏以居高。”　累將：猶將門之後。徐鉉《劉公神道碑》：“流光受社，潛齊累將之家；崇德計功，下視慚卿之族。”李昊《創築羊馬城記》：“襲門胄則重侯累將，保勳榮則帶河礪山。會族而象簡盈床，奕葉而貂冠滿座。其爲盛也，無得名焉！”　驕人：傲視他人，向他人顯示驕矜。《史記·魏世家》：“諸侯而驕人則失其國，大夫而驕人則失其家。”《後漢書·馮衍傳論》：“夫貴者負埶而驕人，才士負能而遺行，其大略然也。”　重兵：指力量雄厚的軍隊。王涯《上論用兵書》：“又聞用兵若鬥，先扼其喉。今瀛莫易定，兩賊之咽喉也。誠宜假之威柄，戍以重兵，俾其死生不相知，間諜無所入。”李翱《勸裴相不自出征書》：“即韓侍中親率重兵以壓境矣！田司空深入賊地以立功矣！”下士：屈身交接賢士。《史記·魏公子列傳》：“公子爲人仁而下士，士無賢不肖皆謙而禮交之，不敢以其富貴驕人。”《後漢書·陳元傳》：“陛下宜修文武之聖典，襲祖宗之遺德，勞心下士，屈節待賢，誠不宜使有司察公輔之名。”

　　④ 沈威：猶“秉威”執掌威權。《後漢書·荀悅傳》：“安居則寄之內政，有事則用之軍旅，是謂秉威。”猶“英威”，英勇威武。李德裕《寒食日三殿侍宴奉進》：“英威揚絕漠，神算盡臨洮。”　耀：炫耀，誇耀。柳宗元《哭連州凌員外司馬》：“記室征西府，宏謀耀其奇。”韓愈《唐故秘書少監贈絳州刺史獨孤府君墓誌銘》：“於古風，襮順而裏方，不耀其章，其剛不傷。”　至信：最大的誠信。《淮南子·修務訓》：“皋陶馬喙，是謂至信。”高誘注：“喙若馬口，出言皆不虛，故曰至信。”徐兢《宣和奉使高麗圖經·海道》：“潮汐往來，應期不爽，爲天地之至信。”彰：顯揚，表彰。《史記·孟嘗君列傳》：“上則爲君好利不愛士民，下則有離上抵負之名，非所以屬士民彰君聲也。”《舊唐書·郭子儀傳》：“聖旨微婉，慰諭綢繆。彰微臣一時之功，成子孫萬代之寶。”　立奇

節於遏亂之初：事見《舊唐書·烏重胤傳》：「烏重胤，潞州牙將也。元和中，王承宗叛，王師加討。潞帥盧從史雖出軍，而密與賊通。時神策行營吐突承璀與從史軍相近，承璀與重胤謀，縛從史於帳下。是日，重胤戒嚴潞軍，無敢動者。憲宗賞其功，授潞府左司馬，遷懷州刺史兼充河陽三城節度使。」　奇節：奇特的節操，多爲褒語。《史記·蕭相國世家論》：「蕭相國何于秦時爲刀筆吏，錄錄未有奇節。」蘇軾《上韓太尉書》：「東漢之末，士大夫多奇節而不循正道。」　遏亂：抑制禍害，中止叛亂。楊譚《兵部奏桂州破西原賊露布》：「然則五材並用，金革爲遏亂之資；八卦相宣，弧矢乃濟時之具。」元稹《叙詩寄樂天書》：「旋以狀聞天子曰：『某邑將某能遏亂，亂衆寧附，願爲其帥。』」成休勛於盪寇之日：事見《舊唐書·烏重胤傳》：「會討淮蔡，用重胤壓境仍割汝州隸河陽。自王師討淮西三年，重胤與李光顏犄角相應，大小百餘戰，以至元濟誅，就加檢校尚書右僕射，轉司空。」　休勛：美盛的功勛。班固《高祖沛水亭碑銘》：「休勛顯祥，永永無疆。」張九齡《大唐金紫光禄大夫忠憲公裴公碑銘并序》：「徑取才於無迹，懸收功於未朕。而終致大用，克成休勛。」　盪：掃蕩，衝殺。《韓詩外傳》卷七：「子路曰：『由願奮長戟，盪三軍。』」《晉書·劉曜載記》：「隴上歌之曰：『隴上壯士有陳安……丈八蛇矛左右盤，十盪十决無當前。』」　焯然：昭著貌。趙汝愚《奉使上仁宗乞戒諭所遣使推揚德音悉究利害》：「或愚繆昏耄，無所是非，或依倚權勢，壞裂公法，其焯然有狀可指數也。」《續資治通鑑·宋理宗端平三年》：「了翁刻苦向學凡四十年，國家人才焯然有稱如了翁者幾人？願亟召還，處以台輔。」　來效：前來效勞。《韓非子·揚權》：「事在四方，要在中央；聖人執要，四方來效。」曾鞏《曲珍四廂都指揮使絳州防禦使制》：「尚有異恩，待爾來效。」簡：簡省。《文心雕龍·物色》：「物色雖繁，而析辭尚簡。」韓愈《送張道士序》：「其言簡且要，陛下幸聽之。」

⑤　經理：治理。《史記·秦始皇本紀》：「皇帝明德，經理宇内，視

聽不怠。"吳兢《貞觀政要·杜讒邪》："及朕居兹寶位，經理天下，雖不及堯舜之明，庶免乎孫皓、高緯之暴。"　海邦：古指近海邦國。《詩·魯頌·閟宮》："遂荒大東，至於海邦。"鄭玄箋："海邦，近海之國也。"陸雲《祖考頌》："光宅海邦，大造江漢。"本文指烏重胤原任滄州刺史、橫海軍節度、滄景德棣觀察等使所轄之地，滄州等地臨海，故言。齊：古地名，今山東省泰山以北黃河流域和膠東半島地區，爲戰國時齊地，漢以後仍沿稱爲齊，這裏仍然指滄、景、德、棣地區。《史記·吳太伯世家》："齊國之政，將有所歸。未得所歸，難未息也。"胡曾《即墨》："即墨門開縱火牛，燕師營裏血波流。固存不得田單術，齊國尋成一土丘。"　戎旅：軍旅，兵事。曹丕《與張郃詔》："今將軍外勤戎旅，記憶體國朝。"元稹《觀兵部馬射賦》："我有筆陣與詞鋒，可以偃干戈而息戎旅。"　灾荒：指自然給人類造成的損害。《三國志·魏文帝紀》："元年二月壬戌……"裴松之注引王沈《魏書》："關津所以通商旅，池苑所以禦灾荒。"陳去疾《送人謫幽州》："莫言塞北春風少，還勝灾荒入瘴嵐。"這裏以灾荒借喻戰亂。　安阜：安定富足。韓愈《賀徐州張僕射白兔狀》："武德行也，不戰而來之之道也，有安阜之嘉名焉！"謝觀《却走馬賦》："貞元初既平凶醜，海縣安阜。歸戍人於田里，却戰馬於隴畝。"　和均：協調；諧和。應劭《風俗通·樂正後夔一足》："和均五聲，以通八風。"葉適《王夫人畫像贊》："摯別而有和均之德，淑順而有堅貞之力。"　悦勸：樂於接受教化。《晉書·滑帝紀論》："仁以厚下，儉以足用，和而不弛，寬而能斷，故民詠維新，四海悦勸矣！"敬括《對知名配社判》："俾善政彰聞，下人悦勸。伊可趕也，何其糾之？"　善績：猶"令績"，美盛的業績。沈約《齊故安陸昭王碑文》："升降二宮，令績斯俟；禁旅尊嚴，主器彌固。"猶"勤績"，勞績。蘇轍《論渠陽蠻事札子》："臣竊見知潭州謝麟，屢經蠻事，頗有勤績。溪洞之間，伏其智勇。"　壯猷：宏大的謀略。語出《詩·小雅·采芑》："方叔元老，克壯其猷。"鄭玄箋："猷，謀也；謀，兵謀也。"朱熹注：

"猶,謀也;言方叔雖老,而謀則壯也。"徐陵《讓左僕射初表》:"氣懷沈密,文史優裕。東南貴秀,朝廷親賢。並見壯猷,皆宜左執。" 克宣:猶"輔宣",輔助並發揚。《漢書·谷永傳》:"臣永幸得以愚朽之材爲太中大夫,備拾遺之臣,從朝者之後,進不能盡思納忠輔宣聖德,退無被堅執銳討不義之功。"韓愈《論今年權停舉選狀》:"清閑之餘,時賜召問。必能輔宣王化,銷殄旱災。"

⑥ 是用:因此。《左傳·襄公八年》:"如匪行邁謀,是用不得於道。"張衡《東京賦》:"百姓弗能忍,是用息肩於大漢,而欣戴高祖。" 遷鎮:猶"移鎮","移藩"。韓愈《唐故昭武校尉守左金吾衛將軍李公墓誌銘》:"十一年來朝,遷鎮鄂州,以鄂岳道兵會平淮西,以功加御史大夫。"柳宗元《代節使謝遷鎮表》:"臣尸素歲久,譴謫宜加。豈冀襃升,更遷重鎮!再忝澄清之寄,仍同獻替之榮。" 近藩:靠近京城的藩鎮。常袞《授李永秘書少監制》:"頃佐近藩,衆稱淹滯。俾參榮於秘府,仍貳職於名都。"鄭谷《所知從事近藩偶有懷寄》:"官舍種莎僧對榻,生涯如在舊山貧。酒醒草檄聞殘漏,花落移厨送晚春。" 遠略:經略遠方。《左傳·僖公九年》:"齊侯不勤德,而勤遠略,故北伐山戎,南伐楚。"《後漢書·鮮卑傳》:"武帝情存遠略,志闢四方。" 恢復:《文選·班固〈東都賦〉》:"系唐統,接漢緒,茂育群生,恢復疆宇。"劉良注:"恢,大也,大復前後之疆宇。"後凡失而復得或回復原狀皆稱"恢復"。《新五代史·李景世家》:"苟不能恢復内地,申畫邊疆,便議班旋,真同戲劇。" 西土:指蜀地。常璩《華陽國志·公孫述劉二牧志》:"於是西土宅心,莫不凫藻。"《文選·桓溫〈薦譙元彦表〉》:"方之於秀,殆無以過,於今西土,以爲美談。"李善注:"西土,蜀也。" 伊:發語詞,無義。《詩·周頌·我將》:"伊嘏文王,既右饗之。"高亨注:"伊,發語詞。"劉知幾《史通·浮詞》:"伊、惟、夫、蓋,發語之端也;焉、哉、矣、兮,斷句之助也。去之則言語不足,加之則章句獲全。" 南都:地名,東漢光武帝的故鄉在南陽郡,郡治宛在京都洛陽之南,因稱

宛爲南都,在今河南省南陽市。張衡有《南都賦》,李善注引摯虞曰:
"南陽郡,治宛,在京之南,故曰南都。"李白《南都行》:"南都信佳麗,
武闕橫西關。"這裏借指山南西道的節度使府興元,興元在長安之南,
又唐德宗曾經避難興元,故言。　　式:語助詞。《詩·大雅·蕩》:"式
號式呼,俾晝作夜。"《舊唐書·文宗紀》:"載軫在予之責,宜降恤辜之
恩,式表殷憂,冀答昭誠。"　　忠勛:盡忠的勛績,亦指盡忠而有勛績的
人。《後漢書·桓帝紀》:"斯誠社稷之祐,臣下之力,宜班慶賀,以酬
忠勛。"徐陵《進武帝爲長城公詔》:"思所以敬答忠勛,用申朝典,可進
爵爲長城縣公。"　　榮獎:猶"優獎",優厚的獎勵。《南齊書·武帝
紀》:"今區寓寧晏,庶績咸熙,念勤簡能,宜加優獎。"白居易《薦李晏
韋楚狀》:"身典三郡,家無一金。據此清廉,別堪優獎。"

[編年]

　　《年譜》編年本文於長慶元年,理由是:"《舊唐書·穆宗紀》云:
'(長慶元年十月丙戌)授重胤檢校司徒、興元尹,充山南西道節度
使。'"但沒有交待清楚元稹壬午解職與烏重胤丙戌拜命的關係,讓人
生疑。《編年箋注》編年:"《舊唐書·穆宗紀》載:長慶元年十月,丙
午,'授重胤檢校司徒、興元尹,充山南西道節度使。'又載:'壬午,以
尚書主客郎中、知制誥白居易爲中書舍人。河東節度使裴度三上章,
論翰林學士元稹與中官知樞密魏弘簡交通,傾亂朝政。以稹爲工部
侍郎,罷學士;弘簡爲弓箭庫使。'是月甲子朔,壬午爲十九,丙戌爲二
十三,在壬午後四日,其時元稹既解中書舍人、翰林學士任,不可能草
制。故疑此《制》爲他人所作,誤入元稹集中。姑附於此,以利討論。"
《年譜新編》據《舊唐書·穆宗紀》,認爲:"授重胤檢校司徒、興元尹,
充山南西道節度使"之時,"元稹解中書舍人、翰林學士任已五天,不
可能草制,故此制疑僞"。

　　我們過去一直認爲本文爲元稹所作,但因爲據《舊唐書·穆宗

紀》的記載,元稹解職在前,任命烏重胤爲山南西道節度使在後,我們也曾懷疑是不是《舊唐書·穆宗紀》的記載有誤。經我們現在編排元稹所有的制誥之後發現,我們原來的懷疑沒有道理。因爲一般的制誥撰成之後,不可能當日立即宣佈,而要經由皇上過目與首肯。元稹本文即撰成於十月十八日或更前,本文送呈唐穆宗之後,還沒有等到唐穆宗的過目與首肯,元稹就因裴度的彈劾而匆匆解職。而元稹解職之後,烏重胤的任命才最後得以公佈。據此,本文仍然是元稹所撰,並非是《編年箋注》、《年譜新編》懷疑的"他人所作"或"僞作"。撰作的時間是在長慶元年十月十八日或更前一天,而不是《年譜》認定的"十月丙戌",亦即十月二十三日,元稹撰文的地點在長安,元稹當時還擔任中書舍人、翰林承旨學士之職。根據現有資料,本文也許就是元稹在中書舍人、翰林承旨學士任上的最後一篇制誥作品。

◎ 制誥(有序)(一)①

　　制誥本於《書》,《書》之誥命訓誓,皆一時之約束也。自非訓導職業,則必指言美惡,以明誅賞之意焉②!是以讀《説命》,則知輔相之不易;讀《胤征》,則知廢怠之可誅。秦漢已來,未之或改③。

　　近世以科試取士文章,司言者苟務刑飾(二),不根事實。升之者美溢於詞,而不知所以美之之謂;黜之者罪溢於紙,而不知所以罪之之來④。而又拘以屬對,局以圓方,類之於賦判者流,先王之約束,蓋掃地矣⑤!

　　元和十五年,余始以祠部郎中知制誥。初約束不暇,及後累月,輒以古道干丞相,丞相信然之⑥。又明年,召入禁林,專掌內命。上好文,一日從容議及此,上曰:"通事舍人不知書便其宜，宣贊之外無不可。”自是司言之臣，皆得追用古道，不從中覆⑦。然而余所宣行者，文不能自足其意，率皆淺近，無以變例。追而序之，蓋所以表明天子之復古，而張後來者之趣尚耳⑧！

錄自《元氏長慶集》卷四〇

［校記］

（一）制誥（有序）：楊本、叢刊本、宋浙本、盧校作“制誥序”，《全文》作“制誥自序”，各備一説，不改。

（二）司言者苟務刊飾：楊本、叢刊本、《全文》同，盧校作“司言者苟務文飾”，各備一説，不改。

［箋注］

①　制誥：皇帝的詔令。劉禹錫《酬樂天醉後狂吟十韵》：“詩家登逸品，釋氏悟真筌。制誥留臺閣，歌詞入管弦。”白居易《初除主客郎中知制誥與王十一李七元九三舍人中書同宿話舊感懷》：“閑宵静話喜還悲，聚散窮通不自知。已分雲泥行異路，忽驚鷄鶴宿同枝。”有：助詞，無義，作名詞詞頭，因此“制誥（有序）”，與其他文獻的“制誥序”、“制誥自序”的含義其實是一樣的。劉長卿《唐睦州司倉參軍盧公夫人鄭氏墓誌銘》：“有唐大曆十三年九月二十一日，睦州司倉參軍范陽盧公夫人鄭氏終於所寓之官舍，享年四十八。”獨孤及《唐故正議大夫右散騎常侍贈禮部尚書李公墓誌銘并序》：“歲在丁未，七月丁卯，有唐故右散騎常侍李季卿薨，享年五十九。”　序：同“叙”，文體名稱，亦稱“序文”、“序言”。一般是作者陳述作品的主旨、著作的經過等。本文可以看作元稹制誥專文集的序文，值得讀者關注。朱桃椎《王氏家書雜録》：“退而求之，得《中説》一百餘紙，大抵雜記，不著篇

目。首卷及序,則蠹絶磨滅,示能詮次。"何延之《蘭亭始末記》:"《蘭亭》者,晉右將軍、會稽内史琅琊王羲之逸少所書之詩序也。"需要説明的是:元稹在本文中并没有説明具體究竟撰作了多少篇制誥文,我們點檢《元氏長慶集》中的制誥文,計有一百三十二篇,但我們相信這些並不是元稹制誥文的全部,馬本《元氏長慶集》隨手補遺二十五篇制誥文就是一個間接的證據;但馬本《元氏長慶集》也尚未完備,如經我們補入被馬本《元氏長慶集》漏收《授孟子周太子賓客制》、《令狐楚衡州刺史制》兩篇就是具體的例證。元稹的制誥文具體究竟有多少篇? 今天難於回答,有待後來智者的考證或將來地下文物的發掘。

②《書》:指《尚書》。《禮記·經解》:"温柔敦厚,《詩》教也;疏通知遠,《書》教也……故《詩》之失愚,《書》之失誣。"《文心雕龍·征聖》:"《易》稱'辨物正言,斷辭則備';《書》云'辭尚體要,弗惟好異'。" 誥命:誥和命,皇帝的命令。《後漢書·竇憲傳》:"和帝即位,太后臨朝,憲以侍中,内幹機密,出宣誥命。"《舊唐書·蘇安恒傳》:"惟陛下思之,將何聖顔以見唐家宗廟? 將何誥命以謁大帝墳陵?" 訓誓:《尚書》六體中的訓與誓的並稱,訓乃教導之詞,誓則用於軍旅。孔安國《尚書序》:"典、謨、訓、誥、誓、命之文,凡百篇。"《魏書·陸俟傳》:"高祖親幸城北,訓誓群帥。" 約束:規章,法令。《史記·曹相國世家》:"參代何爲漢相國,舉事無所變更,一遵蕭何約束。"蘇軾《杭州謝放罪表》:"職在承宣,當遵三尺之約束;事關利害,輒從一切之便宜。" 訓導:教誨開導。《國語·楚語》:"聞一二之言,必誦志而納之,以訓導我。"吕温《地圖志序》:"使嗜學之徒,未披文而見義,不由户而覩奥,斯訓導之明也。" 指言:猶指陳。元稹《白氏長慶集序》:"比比上書言得失,因爲《賀雨》、《秦中吟》等數十章,指言天下事,時人比之《風》《騷》焉!"白居易《與元九書》:"啓奏之外,有可以救濟人病,裨補時闕,而難於指言者,輒詠歌之,欲稍稍遞進聞於上。" 美惡:美醜,好壞,指財貨、容貌、年成、政俗等。劉向《説苑·談叢》:"鏡以精明,美惡自服。"《後漢書·賈琮傳》:"刺史當遠

視廣聽,糾察美惡,何有反垂帷裳以自掩塞乎?"是非。《禮記・學記》:
"君子知至學之難易而知其美惡,然後能博喻。"鄭玄注:"美惡,説之是
非也。"　誅賞:責罰與獎賞。《周禮・天官・大宰》:"三歲,則大計群吏
之治而誅賞之。"潘岳《西征賦》:"昔明王之巡幸,固清道而後往,懼銜橛
之或變,峻徒御以誅賞。"

　　③ 説命:《尚書》的篇目之一,分上、中、下三篇。元稹《人道短》:
"周公周禮二十卷,有能行者知紀綱。傅説説命三四紙,有能師者稱
祖宗。"吕温《傅巖銘并序》:"若存想《説命》三篇,幾墜秦火,百代之
後,德音如何?"　輔相:宰相,也泛指大臣。《史記・孔子世家》:"王之
輔相有如顏回者乎?"韓愈《後廿九日復上宰相書》:"愈聞周公之爲輔
相,其急於見賢也,方一食三吐其哺,方一沐三捉其髮。"　《胤征》:《尚
書》篇目之一。鄭亞《太尉衛公會昌一品制集序》:"唐虞之盛,二典存
焉! 夏殷之隆,厥有訓誥。自《胤征》、《甘誓》,乃有誓命之書,皆三代之
文,一王之法也。"張九成《湯誓論》:"余讀堯舜二典以還,初見《甘誓》而
悵然曰:'去堯舜未遠,而有此舉,堯舜之風不復有矣!'既又讀《胤征》,
則又異焉!"　廢怠:因懈怠而曠廢其職。元稹《沂國公魏博德政碑》:
"始初山東逼越廢怠,裁而制之,舉而用之,可以爲法矣!"杜牧《朱載言
除循州刺史袁循除渭南縣令張公及除獻陵令韋幼章除京兆府倉曹等
制》:"幼章以才敏,坐京兆劇曹,各有官業,無自廢怠。可依前件。"

　　④ 近世:猶近代。《韓非子・奸劫弑臣》:"故屬雖癰腫疽瘍,上
比於春秋,未至於絞頸射股也;下比于近世,未至饑死擢筋也。"韓愈
《襄陽盧丞墓誌銘》:"陰陽星曆,近世儒莫學,獨行簡以其力餘學,能
名一世。"　科試:科舉考試。白居易《與元九書》:"家貧多故,二十七
方從鄉賦,既第之後,雖專於科試,亦不廢詩。"《宋史・選舉志》:"是
歲以科試,明堂同在嗣歲,省司財計艱於辦給。"　司言:謂擔任中書
舍人,唐之中書舍人掌管詔令、侍從、宣旨、接納上奏文表等事,故云。
劉禹錫《代裴相祭李司空文》:"度忝司言,公持化權。"錢起《和范郎中

宿直中書曉玩清池贈南省同僚兩垣遺補》:"司言兼逸趣,鼓興接知音。" 刊飾:雕琢修飾。李覯《太平興國禪院十方住持記》:"始傳佛之道以來,其道無怪譎,無刊飾,不離尋常。"義近"刊琢",雕琢。蘇舜欽《別鄰幾予賦高山詩以見意》:"器成必刊琢,德盛資澡刷。" 不根:沒有根據。《漢書‧嚴助傳》:"朔、皋不根持論,上頗俳優畜之。"顏師古注:"議論委隨,不能持正,如樹木之無根柢也。"岳珂《桯史‧泉江三地名》:"或曰殺童男女瘞其下爲厭勝,是爲童丁,説皆不根誕謾。"美溢:好話説盡。《晉書‧慕容盛傳》:"主無怨言,臣無流謗,道存社稷,美溢古今。"宋祁《陳州瑞麥賦並表》:"事昭邦絳,美溢農書。" 罪溢:壞事做絕。江淹《被黜爲吳興令辭建平王箋》:"況罪溢朔方,尚駐一等之刑;咎過朱崖,猶緩再重之施。金石無知,何以識答?" 溢:過分,過度。董仲舒《春秋繁露‧陰陽終始》:"冬至之後,陰俛而西入,陽仰而東出,出入之處常相反也。多少調和之適,常相順也。有多而無溢,有少而無絶。"劉勰《文心雕龍‧誇飾》:"曠而不溢,奢而無玷。"

　⑤ 屬對:謂詩文對仗。元稹《叙詩寄樂天書》:"聲勢沿順,屬對穩切者爲律詩。"《新唐書‧宋之問傳》:"魏建安後迄江左,詩律屢變,至沈約、庚信,以音韵相婉附,屬對精密。" 圓方:謂隨物賦形,或方或圓。司空圖《二十四詩品‧委曲》:"道不自器,與之圓方。"范仲淹《金在熔賦》:"因烈火而變化,逐懿範而圓方。" 賦:文體名,是韵文和散文的綜合體,講究詞藻、對偶、用韵。最早以"賦"名篇的爲戰國荀况,今實存《禮賦》、《知賦》等五篇,後盛行於漢魏六朝。班固《西都賦序》:"賦者,古詩之流也。"韓愈《感二鳥賦序》:"故爲賦以自悼。"判:指審理獄訟的判決書。柳宗元《段太尉逸事狀》:"諶盛怒,召農者曰:'我畏段某耶?何敢言我!'取判鋪背上,以大杖擊二十。"元稹《田中種樹判》:"百草麗地,在物雖佳;五稼用天,于人尤急。" 先王:指上古賢明君王。《易‧比》:"先王以建萬國,親諸侯。"朱熹《大學章句序》:"於是獨取先王之法,誦而傳之,以詔後世。" 掃地:比喻除盡,

丢光。《文選·揚雄〈羽獵賦〉》：“軍驚師駭，刮野掃地。”李善注：“言殺獲皆盡，野地似乎掃刮也。”費袞《梁溪漫志·行卷》：“士之自處既輕，而先達待士之風，至此亦掃地矣！”

⑥　知制誥：掌管起草誥命之意，後用作官名，唐初以中書舍人爲之，掌外制，其後亦有以他官代行其職者，則稱某官知制誥，開元末，改翰林供奉爲學士院，翰林入院一歲，則遷知制誥，專掌内命，典司詔誥。韓愈《唐故相權公墓碑》：“〔權德輿〕轉起居舍人，遂知制誥，凡撰命詞九年，以類集爲五十卷，天下稱其能。”《舊唐書·韋郊傳》：“郊文學尤高，累歷清顯，自禮部員外郎知制誥，正拜中書舍人。”　古道：古代之道，泛指古代的制度、學術、思想、風尚等。桓寬《鹽鐵論·殊路》：“夫重懷古道，枕籍《詩》《書》，危不能安，亂不能治。”韓愈《師説》：“余嘉其能行古道，作《師説》以貽之。”　信然：確實如此。《後漢書·段潁傳》：“潁於道僞退，潛于還路設伏。虜以爲信然，乃入追潁。”劉義慶《世説新語·雅量》：“諸兒競走取之，唯戎不動。人問之，答曰：‘樹在道邊而多子，此必苦李。’取之信然。”

⑦　禁林：翰林院的別稱。元稹《寄浙西李大夫四首》三：“禁林同直話交情，無夜無曾不到明。”《舊唐書·鄭畋傳》：“禁林素號清嚴，承旨尤稱峻重。”　内命：由皇帝直接發佈的命令。《新唐書·百官志序》：“開元二十六年，又改翰林供奉爲學士，別置學士院，專掌内命。”強至《答福建轉運曹司勛狀》：“比玷茂恩，並加誤寵。擢司内命，假尹中畿。猥蒙慶問之流，第劇感懷之摯。”　通事舍人：官名，掌詔命及呈奏案章等事。高適《酬秘書弟兼寄幕下諸公并序》：“乙亥歲，適征詣長安，時侍御楊公任通事舍人。”孟元老《東京夢華録·下赦》：“樓上以紅綿索通門下一彩樓，上有金鳳銜赦而下，至彩樓上，而通事舍人得赦宣讀。”　宣贊：弘揚贊助。鮑照《代白紵舞歌詞四首奉始興王命作並啓》：“言既無雅，聲未能文，不足以宣贊聖旨，抽拔妙實。”《北齊書·文宣帝紀》：“王有安日下之大勛，加以表光明之盛德，宣贊洪

獻,以左右朕言。” 中覆:朝廷的批覆。《漢書·馮唐傳》:“賞賜決於外,不從中覆也。”顏師古注:“覆謂覆白之也。”向朝廷請示。《新唐書·鄭畋傳》:“事有機急,不可中覆,請便宜從事。”

⑧ 宣行:宣佈和施行王命。《南史·梁元帝紀》:“〔帝〕在幽逼,求酒飲之,制詩四絕……梁王詧遣尚書傅準監行刑,帝謂之曰:‘卿幸爲我宣行。’準捧詩,流泪不能禁,進土囊而殞之。”《舊唐書·蕭瑀傳》:“比每受一敕,臣必勘審,使與前敕不相乖背者,始敢宣行。” 自足:自覺滿意,不侈求。王羲之《三月三日蘭亭詩序》:“當其欣於所遇,暫得於己,快然自足。”朱慶餘《行路難》:“人心不自足,公道爲誰平?” 淺近:淺顯,不深奧。杜預《春秋經傳集解序》:“末有穎子嚴者,雖淺近,亦復名家。”顏真卿《干禄字書序》:“所謂俗者,例皆淺近。” 變例:不符合常例的變通條例。杜預《春秋經傳集解序》:“推變例以正褒貶,簡二傳而去異端,蓋丘明之志也。”《宋史·楊億傳》:“三年,詔爲翰林學士,又同修國史,凡變例多出億手。” 復古:恢復舊的制度、習俗等。《詩·小雅·車攻序》:“《車攻》,宣王復古也。”陳瓘《復古編原序》:“今去子雲又千有餘歲,士守所學而能不忘復古之志者,可不謂之難得也。” 趣尚:志趣和好尚。蔡邕《陳實碑》:“是以邦之子弟,遐方後生,莫不同情瞻仰,由其模範,從其趣尚。”情致,風格。蘇舜欽《答韓持國書》:“今言如是,疑非出於持國也,然筆迹趣尚皆持國,又不足疑。”

[編年]

未見《年譜》、《年譜新編》編年本文。《編年箋注》沒有説明編年本文的理由,自然也沒有見到編年本文於何年何時的文字説明,但在《編年箋注》中,好不容易查到本文編列在“長慶四年(八二四)”之中,列在《叙奏》之後、《永福寺石壁法華經記》之前。《年譜》、《年譜新編》遺漏本文的編年自然很不應該,但《編年箋注》編年本文於長慶四年的做法我們無法苟同,也難以認同。

　　我們以爲,本文:"元和十五年,余始以祠部郎中知制誥……又明年,召入禁林。"元稹長慶元年二月十六日拜職中書舍人翰林承旨學士,表明本文應該撰成於長慶元年二月十六日之後。同年,元稹因裴度彈劾元稹"破壞河朔平叛"而罷職,改任工部侍郎,時在長慶元年十月十九日:《舊唐書·穆宗紀》:"(長慶元年)冬十月甲子朔……壬午……河東節度使裴度三上章,論翰林學士元稹與中官知樞密魏弘簡交通,傾亂朝政,以稹爲工部侍郎罷學士,弘簡爲弓箭庫使。"元稹《翰林承旨學士記》"每自誨其心曰"直至最後的一段,就流露了這種無可奈何的情緒,元稹《感事三首》、《題翰林東閣前小松》與《謝御札狀》流露了同樣無奈的心態。元稹離開了中書舍人翰林承旨學士的內職,他意識到也許自己今後再也不能回到翰林院爲皇上草制制誥,值得元稹榮耀的一段仕歷就這樣出人意料地結束了。爲了感激"天子之復古"美意,也爲了"張後來者之趣尚",元稹因此將經由自己執筆的制誥收集整理在一起,並在這些制誥的前面留下了這篇"序言"。本文撰成的具體時間應該在元稹離開翰林院之後不久,亦即長慶元年十月十九日之後不久,估計就在其後的旬日之内,地點在長安,元稹時任工部侍郎之職。

▲ 九奏中新聲(一)①

　　此乃九奏中新聲,八珍中異味也! 有旨哉,有旨哉②!

據白居易《禽蟲十二章序》

[校記]

　　(一)九奏中新聲:四句所據白居易《禽蟲十二章序》,又見《白香山詩集》、《全詩》、《歷代詩話》,關鍵詞語無異文。

[箋注]

① 九奏中新聲：白居易《禽蟲十二章序》："《莊》、《列》寓言，《風》、《騷》比興，多假蟲鳥以爲筌蹄。故詩義始於《關雎》、《鵲巢》，道説先乎鯤鵬蜩鷃之類是也。予閑居，乘興偶作一十二章，頗類志怪放言。每章可致一哂，一哂之外，亦有以自警其衰耄封執之惑焉！頃如此作，多與故人微之、夢得共之。微之、夢得嘗云：'此乃九奏中新聲，八珍中異味也！有旨哉，有旨哉！'今則獨吟，想二君在目，能無恨乎！"據此，元稹應該説過"此乃九奏中新聲"等四句的話，但今存《元氏長慶集》中未見，據補。　九奏：指古代行禮奏樂九曲。《書·益稷》："《簫韶》九成，鳳凰來儀。"孔傳："備樂九奏而致鳳凰。"孔穎達疏："成，謂樂曲成也。鄭云：'成，猶終也。每曲一終，必變更奏。'故經言九成，傳言九奏，《周禮》謂之九變，其實一也。"《史記·趙世家》："簡子寤，語大夫曰：'我之帝所甚樂，與百神遊於鈞天，廣樂九奏萬舞，不類三代之樂，其聲動人心。'"　新聲：新作的樂曲，新穎美妙的樂音。陶潛《諸人共游周家墓柏下》："清歌散新聲，緑酒開芳顔。"孟郊《楚竹吟酬盧虔端公見和湘弦怨》："握中有新聲，楚竹人未聞。"

② 八珍：泛指珍饈美味。《三國志·衛覬傳》："飲食之肴，必有八珍之味。"杜甫《麗人行》："黃門飛鞚不動塵，御厨絡繹送八珍。"異味：異常的美味。《左傳·宣公四年》："子公之食指動，以示子家曰：'他日我如此，必嘗異味。'"《後漢書·光武帝紀》："往年已敕郡國，異味不得有所獻御。"　旨：意圖，宗旨。《三國志·魯肅傳》："肅徑迎之，到當陽長阪，與備會，宣騰權旨。"《舊五代史·寇顏卿傳》："好書史，復善伺太祖旨。"

[編年]

未見《元稹集》採録，也未見《年譜》、《編年箋注》、《年譜新編》採録與編年。

　　白居易《禽蟲十二章》,據朱金城先生《白居易集箋校》考證。賦成於會昌三年至六年間,似乎爲大和九年的"甘露事變"而作。但當時元稹已經謝世四年有餘,元稹與劉禹錫的感慨不當抒發於當時。考元稹《有鳥二十章》賦成於元和五年,《蟲豸詩七篇》作於元和十三年,元和十五年夏至長慶二年夏,元稹白居易兩人曾在長安相聚,作爲文朋詩友的他們,自然而然要討論到詩歌創作的問題,自然而然要討論到元稹詩歌創作中的"感物寓意",特別是元稹遭到裴度三次彈劾而無法自辯之時,白居易作爲朋友卻不能救助,欣賞他們"多假蟲鳥以爲筌蹄"的手法,疑元稹的感慨即闡發於當時,亦即長慶元年十月之後、長慶二年六月元稹出貶同州刺史之前,元稹在工部侍郎任,後來在工部侍郎同平章事任,但任職時間都非常短暫。至於劉禹錫,大和二年之後才回到京城任職主客郎中,與同一期間回京任職刑部侍郎的白居易相聚,劉禹錫的感慨,大概就闡發在這一時期吧!

◎ 唐故越州刺史兼御史中丞浙江東道觀察等使贈左散騎常侍河東薛公神道碑文銘①

　　天下萬族,言多大冠冕人物者,凡八姓,薛其一也。自晉安西將軍懿避寇汾陰,後世子孫遂與裴氏、柳氏爲河東三著姓②。近世諸薛群從伯季,死喪猶相功緦者數十人,迭居中外要秩,皆邠州刺史寶胤之二世、三世孫③。

　　公諱戎,字元夫。父曰湖州長史、贈刑部尚書同。母曰贈某郡太夫人陸氏,尚書景融女。祖曰河南縣令、贈給事中縑(一)。河南於邠州爲季子。刑部五男:乂終郎,丹終賓客,擁終御史,公實刑部府君第某子。今尚書兵部侍郎、集賢殿

6923

學士放,於公爲季弟④。

公初不樂爲吏,徒以家世多貴富,門户當有持之者。會兩弟相繼舉進士,皆中選,公自喜,遂入陽羨山,年四十餘,不出。李衡爲刺史,能以禮下公。及衡觀察江西,求公爲幕中賓,公許衡⑤。衡遷,復爲觀察使齊映乞自佐。映卒,湖南觀察使李巽遽辟之。未幾,福建觀察使柳冕奏署書下,詔公判冕觀察府中事,累遷殿中侍御史⑥。

冕俾公攝行泉州刺史事。時貞元中,寵重方鎮,方鎮喜自用,不用朝廷法。公在郡,用朝廷法,不用冕所自用者,冕惡之⑦。先是,宦者薛盈珍譖馬總爲泉州别駕,冕諭公陷總。總無罪,公不忍陷。冕怒,并囚之。值冕病,俱得脱,公由總以義聞⑧。

冕卒,閻濟美代冕使福建,復請公副團練事,始受五品服。濟美使浙東,公亦隨副之,轉侍御史⑨。給事中穆質有直氣,愛公,稱於朝,因拜尚書刑部員外郎,改河南令⑩。王師出征,以中貴人護諸將,州府吏迎迓、館穀畏不及,持賫餽於道路者相接,唯公境内按故,道塗無所役,且制閭閻無得授。留守卒壞公制,公命寘諸獄,留守怒,遣將率徒略出之,公不與卒致留守,諸市人皆賴之⑪。

遷衢州刺史,到所部,視前刺史所爲皆便俗,公怡然無所改,不周月而政就。移刺湖州,其最患人者,荻塘河水潛淤逼塞,不能負舟,公濬之百餘里⑫。改刺常州,不累月遽刺越州,仍以御史中丞觀察團練浙東、西。所部郡皆禁酒,官自爲壚,以酒禁坐死者每歲不知數,而產生祠祀之家,受酒於官,皆醨偏淬壞、不宜復進於杯棬者,公即日奏罷之⑬。舊制:包橘之貢取於人，未三貢鬻者，罪且死。公命市貢之，鬻者無所禁。旬月之内，越俗無餘弊，朝廷宜之，積累歲不遷⑭。

長慶元年以疾自去，九月庚申薨于蘇州之私第。始生歲丁亥，至是七十五年矣！天子廢視朝，使使者贈賵賻祭臨，且以左散騎常侍追加焉⑮！十一月庚申，泊夫人韋氏葬偃師河南府君之墓左。公後娶李夫人，亦又殁于天。子曰沂(二)，始九歲，洽次之。有女四人，皆及其嫁⑯。

公始以隱者心為吏，不尚約束，不求名譽，隨人便安(三)，尤惡苛雜⑰。為郡時有善歸之所部縣，為鎮時有善歸之所部郡。是以在郡在鎮時，無灼灼可驚人者(四)，然既去人思(五)。賦斂多饒裕(六)，而儉於用(七)，予視其庫庾案牘盈美無遺負⑱。予在中書時，公既殁，浙東使上公所美之財貫緡積帛之數，凡三十有九萬，則其去他郡也可知矣！惜乎今之人揚善政者少(八)，公既不自稱(九)，人亦莫能盡知公之所以理(一〇)⑲。至於脫馬總之禍、抗居守之略、弛酒禁、市貢橘、惠施於人而殁而盈美，皆予之適知者，非公之不能有以多於此也⑳。

性誠厚溫重，然而歡愛親戚，及為大官，遠近多歸之，衣食婚嫁之外無餘財。一旦盡所有分遺親戚曰：「吾病矣！爾輩各為歸去資！」親戚故舊皆哭泣，盡散去。及公去越之日，徒御不過數十人，觀者嗟嘆多出涕㉑。

公為河南令，余以御史理東臺，自是熟公之所為。又嘗與公季弟放為南北曹侍郎，公殁矣！非我傳信，孰當傳焉㉒？

銘曰：婉婉邠州(一一)，厥生九子。子又生孫，實大以祉㉓。祉延于公，有浙之東。仲氏臨汝，季氏南宮㉔。門戶有赫，有赫斯融。我禄斯美，我族斯豐㉕。朋舊親戚，羈離困窮。無遠無遁，有來斯雍㉕。公之喪矣！族亦瘁止。分散舟車，各自鄉里㉗。有今之季（一二），悲哀不已。前年孟亡，今年仲死。撫視遺孤，瞻望墳壘㉘。何以推之？古今同此。貽之斯文，以永來祀㉙。

録自《元氏長慶集》卷五三

［校記］

（一）贈給事中縑：宋蜀本、叢刊本、《全文》同，楊本作"贈給事中練"，形近而訛，不改。

（二）子曰沂：原本作"子曰沂"，楊本、叢刊本同，《全文》作"子曰沂"，韓愈《唐故朝散大夫越州刺史薛公墓誌銘》"男二人，曰沂，曰洽"，據改。

（三）隨人便安：原本作"人人便安"，《全文》同，叢刊本作"□人便安"，宋蜀本、盧校、楊本作"隨人便安"，語義更佳，據改。

（四）無灼灼可驚人者：宋蜀本、楊本、叢刊本、《全文》作"無灼灼可驚者"，語義相類，不改。

（五）然既去人思：宋蜀本、楊本、叢刊本、《全文》作"既去人思"，語義相類，不改。

（六）賦斂多饒裕：宋蜀本、楊本、叢刊本、《全文》作"賦斂多饒裕人"，語義相類，不改。

（七）而儉於用：宋蜀本、楊本、叢刊本、《全文》作"然而儉於用"，語義相類，不改。

（八）惜乎今之人揚善政者少：楊本、叢刊本、《全文》同，宋蜀本、盧校作"惜乎今之人揚善根者少"，各備一說，不改。

（九）公既不自稱：原本作"公既不目稱"，語義不通，刊刻之誤，據宋蜀本、楊本、叢刊本、《全文》改。

（一〇）人亦莫能盡知公之所以理：楊本、叢刊本、《全文》同，宋蜀本、盧校作“人亦不能盡知公之所以理”，語義相類，不改。

（一一）婉婉邠州：宋蜀本、楊本、《全文》同，叢刊本作“婉婉汾州”，遵從原本，不改。

（一二）有今之季：楊本、叢刊本、《全文》同，宋蜀本作“有今之貴”，且語義與下句“悲哀不已，前年孟亡，今年仲死”不接，遵從原本，不改。

［箋注］

① 唐故越州刺史兼御史中丞浙江東道觀察等使贈左散騎常侍河東薛公神道碑文銘：關於薛戎，韓愈有《唐故朝散大夫越州刺史薛公墓誌銘》可以互相印證，《東雅堂昌黎集註‧唐故朝散大夫越州刺史薛公墓誌銘(薛戎：元稹爲〈神道碑〉，而公誌其墓。公嘗爲河南，與薛爲代，故誌及之)》註釋較爲詳盡，可以補元稹、韓愈文章之不足：“公諱戎，字元夫(河中寶鼎人)，其上祖懿爲晉安西將軍，實始居河東。公之四世祖嗣汾陰，公諱德儒(汾陰，河中縣也，後名寶鼎)，爲隋襄城郡書佐以卒，襄城有子二人，皆貴(二人：寶積、寶胤)。其後皆蕃以大，而其季尤盛，官至邠州刺史，邠州諱寶胤，有子九人(續、純、絢、綰、繪、紘、緇、絳、縑)，皆有名位。其最季諱縑，爲河南令以卒。河南有子四人，其長諱同，卒官湖州長史，贈刑部尚書。尚書娶吳郡陸景融女，有子五人(人、丹、戎、放、朗)，皆有名迹，其達者四人(人，溫州刺史；丹，廬州刺史；戎，浙東觀察使；放，江西觀察使)。公於倫次爲中子，仁孝、慈愛、忠厚而好學，不應徵舉，沈浮閭巷間，不以事自累爲貴(戎少有學術，不求聞達，居於毗陵之陽羨山，年四十餘，不易其操)。常州刺史李衡遷江西觀察使，曰：‘州客至多，莫賢元夫，吾得，與之俱足矣！’即署公府中職，公不辭讓。李衡爲常州刺史，能以禮下(戎，貞元八年二月衡自湖南移鎮江西，辟爲從事，使者三返，乃應)。

年四十餘，始脫褐衣爲吏，衡遷給事中。齊映自桂州以故相代衡，爲江西公，因留佐映治（貞元八年六月，以桂管觀察使故相齊映代衡鎮江西，召衡爲給事中，映重戎，留之）。映卒（貞元十一年七月，映卒，戎復歸陽羨），湖南使李巽、福建使柳冕交表奏，公自佐詔以公與冕（貞元十一年三月，以柳冕爲福建觀察使，表戎爲判官）。在冕府，累遷殿中侍御史。冕使公攝泉州，冕文書所條下有不可者，公輒正之，冕惡其異於已，懷之未發也。遇馬摠以鄭滑府佐，忤中貴人，貶爲泉州別駕。冕意欲除，摠附上意爲事，使公按置其罪，公歎曰：‘公乃以是待我，我始不願仕者，正爲此耳！’不許，冕遂大怒，囚公於浮圖寺，而致摠獄事聞遠近，值冕亦病且死，不得已，俱釋之。冕死後，使至，奏公自副（冕卒，閭濟美代冕使福建，奏戎爲團練副使）。又副使事於浙東府（濟美使浙東，戎又副之），轉侍御史。元和四年，徵拜尚書刑部員外郎（給事中穆質有直氣，愛戎，稱於朝，因拜刑部員外郎）。遷河南令，歷衢、湖、常三州刺史。所至，以廉貞寬大爲稱，朝廷嘉之。某年，拜越州刺史兼御史中丞、浙東觀察使。至則悉除去煩弊，儉出薄入，以致和富。部刺史得自爲治，無所牽制。四境之內，竟歲無一事。公篤於恩義，盡用其祿以周親舊之急。有餘，頒施之內外，親無疏遠，皆家歸之，疾病去官，長慶元年九月庚申，至於蘇州以卒，春秋七十五。奏至天子，爲之罷朝，贈左散騎常侍，使臨弔祭之，士大夫多相弔者。以其年十一月庚申，葬于河南偃師先人之兆，次以韋氏夫人祔公。凡再娶，先夫人京兆韋氏，後夫人趙郡李氏，皆先卒。子男二人：曰沂，曰洽，長生九歲，而幼七歲矣！女四人，皆已嫁。愈既與公諸昆弟善，又嘗代公令河南（公嘗令河南，與薛爲代）。公之葬也，故公弟、集賢殿學士、尚書刑部侍郎放屬余以銘，其文曰：薛氏近世，莫盛公門。公倫五人，咸有顯聞。公之初志，不以事累。倃俛以隨，亦貴於位。無怨無惡，中以自寶。不能百年，曷足謂壽？公宜有後，有二稚子。其祐成之，公食廟祀。”　浙江東道節度使：《舊唐書·地理志》：“治越州，管越、衢、婺、溫、台、明等州，或爲觀察使。”府治分別爲今浙江省紹興、衢州、金華、溫州、臨海、寧波。《舊唐書·呂渭傳》：“呂渭，字君載，河中人。父延之，越州刺史、浙江東道節度使。”《舊唐書·李自良傳》：“李自良，兗州泗水人……後從袁傪討袁晁、陳莊賊，積功至試殿中監，隸浙江東道節度使薛兼訓。”　河東：黃河自北而南流經陝西省與山西省交界處，故稱黃河以西陝西省境內的地区为“河西”，稱黃河以东山西省境內的地区为“河東”。儲光羲《奉和韋判官獻侍郎叔除河東採訪使》：“天卿小冢宰，道大名亦大。醜正在權臣，建旗千里外。”王昌齡《駕幸河東》：“晉水千廬合，汾橋萬國從。開唐天業盛，入沛聖恩濃。”　薛公：即薛戎，《舊唐書·薛戎傳》：“薛戎字元夫，河中寶鼎人。少有學術，不求聞達，居於毗陵之陽羨山。年餘四十，不易其操。江西觀察使李衡辟爲從事，使者三返，方應。故相齊映代衡，又留署職，府罷歸山。福建觀察使柳冕表爲從事，累月轉殿中侍御史。會泉州闕刺史，冕署戎權領州事。是時姚南仲節制鄭滑，從事馬總以其道直爲監軍使誣奏，貶泉州別駕。冕附會權勢，欲構成總罪，使戎按問曲成之。戎以總無辜，不從冕意，別白其狀。戎還自泉州，冕盛氣據衙而見賓客，戎遂歷東廡從容而入。冕度勢未可屈，徐起以見，一揖而退。又構其罪以狀聞，置戎於佛寺，環以武夫，恣其侵辱，如是累月，誘令成總之罪。操心如一，竟不動搖。杜佑鎮淮南，知戎之冤，乃上其表，發書諭冕，戎難方解，遂辭職寓居於江湖間。後閻濟美爲福建觀察使，備聞其事，奏充副使。又隨濟美移鎮浙東，改侍御史，入拜刑部員外郎。出爲河南令，累改衢、湖、常三州刺史，遷浙東觀察使。所莅皆以政績聞，居數歲，以疾辭官。長慶元年十月卒，贈左散騎常侍。戎檢身處約，不務虛名，俸入之餘，散於宗族。身歿之後，人無譏焉！”史書所述，應該受到元稹本文的影響。除元稹本文之外，韓愈也有《唐故朝散大夫越州刺史薛公墓誌銘》：“公諱戎，字元夫，其上祖懿爲晉安西將軍，實始居河東……長慶元年九月庚申，至於蘇州以卒，春秋七十五。”也應該是史書撰寫薛戎傳文的依據吧！白居易《薛戎贈左散騎常侍制》：“老而將智，病且知終。方覬闕庭，忽捐館舍。是用廢朝軫念，加賻申恩。俾增九原之光，追備八貂之列。”《會稽掇英總集·唐太守題名記》：“薛戎（元和十二年正月自常州刺史授，長慶元年九月隨表朝覲），丁公著（權知吏部銓選事、檢校右散騎常侍授，長慶三年九月追赴闕），元稹（長慶三年八月自同州防禦使授，太和三年九月除尚書左丞）。” 神道碑：舊時立於墓道前記載死者生平事迹的石碑，以漢代楊宸所題《太尉楊公神道碑銘》爲最早。據高承《事物紀原·神道碑》載，秦漢以來，死有功業，生有德政者皆可立碑。晉宋之世，始盛行天子及諸侯立神道碑。《舊五代史·唐閔帝紀》：“藩侯帶平章事以上薨，許立神道碑，差官撰文。”顧文薦《負暄雜録·碑碣》：“天子諸侯葬時下棺之柱，其上有孔，以貫綍索，至棺而下，取其安審，事畢因閉壙中，臣子或書君父勛伐于碑上。後又立隧口，故謂之神道碑，言神靈之道也。今古碑上往往有孔者，蓋貫綍之遺像。”指墓碑上記載死者事迹的文字，爲文體的一種。白居易《唐故湖州長城縣令贈户部侍郎博陵崔府君神道碑銘》：“唐虞之際，因生爲姜姓；暨周封齊，分類曰崔氏。”文瑩《玉壺清話》卷六：“是夕，普卒，上感悼涕泗，自撰神道碑，八分御書賜之。”

② 天下：古時多指中國範圍内的全部土地。李昂《賦戚夫人楚舞歌》：“定陶城中是妾家，妾年二八顏如花。閨中歌舞未終曲，天下死人如亂麻。”王昌齡《塞下曲四首》三：“奉詔甘泉宮，總徵天下兵。朝廷備禮出，郡國豫郊迎。” 萬族：猶萬類。陶潛《詠貧士》：“萬族各有託，孤雲獨無依。”白居易《夏旱》：“瘖瘖萬族中，唯農最辛苦。” 冠冕：冠族，仕宦之家。《世説新語·德行》：“王綏在都。”劉孝標注引《中興書》：“自王渾至坦之，六世盛德，綏又知名於時，冠冕莫與爲比。”《顔氏家訓·勉學》：“雖千載冠冕，不曉書記者，莫不耕田養馬。”王利器集解：“《文選·奏彈王源》李善注引《袁子正書》：‘古者，命士

已上，皆有冠冕，故謂之冠族。’”　八姓：當代八個著名的望族：鄧名世《古今姓氏書辯證·薛》：“《姓氏譜》：劉、朱、周、武、薛爲沛國五姓，《魏太和族品》：柳、裴、薛爲河東三姓。”關於“八姓”，說法甚多，但不見其他文獻有李唐八姓的記載，據《新唐書·柳冲傳》，李唐有四姓的說法，即崔、盧、李、鄭四姓。白居易《唐河南元府君夫人滎陽鄭氏墓誌銘》：“天下有五甲姓，滎陽鄭氏居其一。”在元稹的概念裏，“五甲姓”加上“河東三姓”，就算是“天下八姓”吧！待考。　薛懿：河東薛姓之祖。王應麟《小學紺珠·崔李鄭薛三祖》：“薛懿三子：恢號北祖，雕南祖，興西祖(《唐世系表》)。”方以智《通雅·姓氏》：“薛懿三子：詠號北祖，雕南祖，興西祖，見《唐世系表》，此言祖者，猶言宗也。”

③“自晉安西將軍懿避寇汾陰”兩句：韓愈《唐故朝散大夫越州刺史薛公墓誌銘》：“其上祖懿爲晉安西將軍，實始居河東。”與元稹所述相符。　群從：指堂兄弟及諸子侄。《顏氏家訓·兄弟》：“兄弟不睦，則子侄不愛。子侄不愛，則群從致薄。”楊炯《常州刺史伯父東平楊公墓誌銘》：“乃率群從子弟，營別業於宜神鄉之望仙里。”　伯季：指兄弟排行裏的最大的和最小的。《孔叢子·連叢子》：“吾聞孔氏自三父之後，能傳祖之業者，常在於叔祖；今觀《連叢》所記，信如所聞。然則伯季之後，弗克負荷矣！”崔學甫《穆氏四子講藝記》“使君有四子，曰贊曰質曰賡曰賞……使君第三子字紹古，於伯季之間，肄文史，考故實，甚精而成。”　功緦：古代以親疏爲差等的五種喪服，有大功、小功、斬縗、齊縗、緦麻之分。《禮記·學記》：“師無當於五服，五服弗得不親。”孔傳：“五服，斬衰至緦麻之親。”孔穎達疏：“五服，斬衰也，齊衰也，大功也，小功也，緦麻也。”大功是喪服五服之一，服期九月，其服用熟麻布做成，較齊衰稍細，較小功爲粗，故稱大功。舊時堂兄弟、未婚的堂姊妹、已婚的姑、姊妹、侄女及衆孫、衆子婦、侄婦等之喪，都服大功。已婚女爲伯父、叔父、兄弟、侄、未婚姑、姊妹、侄女等服喪，也服大功。小功是五服之第四等，其服以熟麻布製成，視大功

爲細，較緦麻爲粗，服期五月。凡本宗爲曾祖父母、伯叔祖父母、堂伯叔祖父母，未嫁祖姑、堂姑，已嫁堂姊妹，兄弟之妻，從堂兄弟及未嫁從堂姊妹；外親爲外祖父母、母舅、母姨等，均服之。《儀禮·喪服》："小功者，兄弟之服也。"《唐律疏議·名例》："小功之親有三：祖之兄弟、父之從父兄弟、身之再從兄弟是也。此數之外，據《禮》，内外諸親，有服同者，並準此。"斬縗，又名斬衰，是舊時五種喪服中最重的一種，用粗麻布製成，左右和下邊不縫，服制三年。子及未嫁女爲父母、媳爲公婆，承重孫爲祖父母，妻妾爲夫，均服斬衰。先秦諸侯爲天子、臣爲君亦服斬衰。《周禮·春官·司服》："凡喪，爲天王斬衰，爲王后齊衰。"《漢書·霍光傳》："昌邑王典喪，服斬縗，亡悲哀之心。"齊縗也是五服之一，服用粗麻布製成，以其緝邊縫齊，故稱"齊衰"。服期有三年的，爲繼母、慈母；有一年的，爲"齊衰期"，如孫爲祖父母，夫爲妻；有五月的，如爲曾祖父母；有三月的，如爲高祖父母。《儀禮·喪服》："同居，則服齊衰期，異居，則服齊衰三月。"《史記·趙世家》："趙武服齊衰三年，爲之祭邑，春秋祠之，世世勿絶。"緦麻是五服中之最輕者，孝服用細麻布製成，服期三月。凡本宗爲高祖父母、曾伯叔祖父母、族伯叔父母、族兄弟及未嫁族姊妹，外姓中爲表兄弟、岳父母等均服之。《儀禮·喪服》："緦麻三月者。"賈誼《新書·六術》："喪服稱親疏以爲重輕，親者重，疏者輕，故復有麤衰、齊衰、大紅、細紅、緦麻，備六，各服其所當服。"《編年箋注》："功縗：古代喪服之大功、小功與斬縗、齊縗之總稱。"所述不够全面，請讀者注意。　要秩：要職。李顯《授楊再思檢校左臺大夫制》："避車要秩，非德靡升；專席雄班，惟賢是屬。"强至《上察院書》："佐邦漕之劇司，適資心計；兼臺綱之要秩，允稱恩章。"

④　季子：排名第四的兒子，但不一定是最小的兒子。張九齡《故開府儀同三司行尚書左丞相燕國公贈太師張公墓誌銘并序》："公諱説，字道濟，范陽方城人。晉司空壯武公之裔孫，周通道館學士諱弋府君之曾孫，慶州都督諱恪府君之孫，贈丹州刺史刑部尚書諱騭府君之季子。"常

衮《叔父故禮部員外郎墓誌銘》：“生長子侍御史著……次子弘農縣令曾……季子渭南縣尉魯……”　季弟：排名第四的弟弟，不一定是最小的弟弟。《左傳·文公十一年》：“衛人獲其季弟簡如。”元稹《陽城驛》：“妹夫死他縣，遺骨無人收。公令季弟往，公與仲弟留。”

⑤ 家世：謂世代相傳的門第或家族的世系。《史記·蒙恬列傳》：“始皇二十六年，蒙恬因家世得爲秦將，攻齊，大破之，拜爲内史。”范成大《送洪内翰北使二首》二：“單于若問公家世，説與麟麟畫老臣。”　門户：猶門第，指家庭在社會上的地位等級。劉長卿《戲題贈二小男》：“異鄉流落頻生子，幾許悲歡併在身……未知門户誰堪主？且免琴書別與人！”王建《別李贊侍御》：“講易工夫尋已聖，説詩門户別來情。薦書自入無消息，賣盡寒衣却出城。”指家世、出身履歷。《舊唐書·張玄素傳》：“陛下禮重玄素，頻年任使，擢授三品，翼贊皇儲，自不可更對群臣，窮其門户。”

⑥ “及衡觀察江西”三句：韓愈《唐故朝散大夫越州刺史薛公墓誌銘》：“常州刺史李衡遷江西觀察使，曰：‘州客至多，莫賢元夫！吾得與之俱，足矣！’即署公府中職，公不辭讓。年四十餘，始脱褐衣爲吏。”韓愈文與本文所述，基本一致。　佐：輔助，幫助。《孫子·火攻》：“故以火佐攻者明，以水佐攻者強。”杜甫《送從弟亞赴河西判官》：“帝曰大布衣，藉卿佐元帥。”指副職或任副職者。《左傳·僖公二十八年》：“胥臣以下軍之佐當陳、蔡。”韓愈《歐陽生哀辭》：“自詹已上皆爲閩越官，至州佐縣令者，累累有焉！”　辟：徵召，薦舉。《漢書·鮑宣傳》：“大司馬衛將軍王商辟宣，薦爲議郎，後以病去。”《舊唐書·韋思謙傳》：“古者取人，必先採鄉曲之譽，然後辟於州郡；州郡有聲，然後辟於五府；才著五府，然後昇之天朝。”　判：署理。《北齊書·鮮于世榮傳》：“七年，後主幸晉陽，令世榮以本官判尚書右僕射事。”決定，斷定。《宋書·張暢傳》：“義恭去意已判，唯二議未決，更集群僚謀之。”《資治通鑑·宋文帝元嘉二十七年》引此文，胡三省注云：“判，亦決也。”

⑦ "公在郡"四句：韓愈《唐故朝散大夫越州刺史薛公墓誌銘》："冕使公攝泉州，冕文書所條下有不可者，公輒正之，冕惡其異於己懷，之未發也。"韓愈所述，與本文同。　俾：使。《詩·邶風·綠衣》："我思古人，俾無訧兮！"毛傳："俾，使。"《新唐書·裴冕傳》："陛下宜還冕於朝，復俾輔相，必能致治成化。"　攝行：代理行使職權。《史記·五帝本紀》："堯立七十年得舜，二十年而老，令舜攝行天子之政，薦之於天。"杜甫《冬狩行》："況今攝行大將權，號令頗有前賢風。"方鎮：指掌握兵權、鎮守一方的軍事長官，如晉持節都督，唐節度使、觀察使、經略等。《新唐書·裴均傳》："德宗以均任方鎮，欲遂相之。"趙與時《賓退錄》卷一："開元九年置朔方節度，自是始有方鎮。"

⑧ "先是"十句：韓愈《唐故朝散大夫越州刺史薛公墓誌銘》："遇馬總以鄭滑府佐忤中貴人，貶爲泉州別駕。冕意欲除總附上意，爲事使公按置其罪，公嘆曰：'公乃以是待我，我始不願仕者，正爲此耳！'不許，冕遂大怒，囚公於浮圖寺，而致總獄事聞遠近。值冕亦病且死，不得已俱釋之。"韓愈與元稹所述，大致相符。　宦者：宦官，又稱"中人"。《漢書·齊悼惠王劉肥傳》："齊有宦者徐甲，入事漢皇太后。"顏師古注："宦者，奄人。"韓愈《順宗實錄》："上疾不能言，伾即入，以詔召叔文入坐翰林中使決事。伾以叔文意入言於宦者李忠。"《編年箋注》誤"宦者薛盈珍"爲"官者薛盈珍"，無法說通。　譖：讒毀，誣陷。《論語·顏淵》："浸潤之譖，膚受之愬。"白居易《蚊蟆》："斯物頗微細，中人初甚輕。如有膚受譖，久則瘡痏成。"　別駕：州刺史的屬官之一，上州從四品下，中州正五品下，下州從五品上。宋之問《餞湖州薛司馬》："別駕促嚴程，離筵多故情。交深季作友，義重伯爲兄。"蘇頲《贈彭州權別駕》："雙流脈脈錦城開，追餞年年往復迴。祗道歌謠迎半刺，徒聞禮數揖中臺。"

⑨ 副團練事：防禦團練使的副手，協助防禦團練使處理有關事務。《舊唐書·職官志》："防禦團練使：至德後中原置節度使，又大郡

要害之地置防禦使,以治軍事,刺史兼之,不賜旌節。上元後改防禦使爲團練守捉使,又與團練兼置防禦使,名前使,各有副使、判官,皆天寶後置,未見品秩。"郭威《幸兗州札》:"朕取五月五日進發離京,赴兗州城下慰勞行營將士,沿路側近節度、防禦團練使、刺史,不得離本州府來赴朝覲。"盧損《酌定不便時宜條件奏》:"又天成三年五月、長興二年七月敕:'許節度使帶使相歲薦五人,餘薦三人,防禦團練使二人。'"　　五品:九品官階的第五級。《隋書‧禮儀志》:"今犢車通幰,自王公已下至五品已上,並給乘之。"劉餗《隋唐嘉話》卷中:"秘書省少監崔行功未得五品前,忽有鸕鶿衔一物入其堂,置案上而去。"

⑩　直氣:正氣。杜甫《別李義》:"先朝納諫諍,直氣橫乾坤。"文天祥《發高郵》:"不能裂肝腦,直氣摩斗牛。"　　河南:洛陽治內之屬縣之一,其置縣與撤縣反反復復,不可詳述。《舊唐書‧地理志》:"景龍元年復爲河南縣。"顔真卿《祭伯父豪州刺史文》:"一門之內,生死哀榮。真卿時赴饒州,至東京得申拜掃。又方遠辭違,伏增感咽,謹以清酌庶羞之奠,以伯母河南縣君元氏配。尚饗!"白居易《牛僧孺監察御史制》:"河南縣尉牛僧孺,志行修飾,詞學優長。頃對策於庭,其詞亮直。累從史職,頗謂滯淹。訪諸時論,宜當朝選。"　　令:官名,秦漢時大縣的行政長官。《漢書‧百官公卿表》:"縣令、長,皆秦官,掌治其縣。萬户以上爲令……减萬户爲長。"自魏晉至南北朝末,凡縣之長官一律稱令,歷代相沿,明、清時改稱爲知縣。權德輿《送從翁赴任長子縣令》:"家風本鉅儒,吏職化雙鳧。啓事才方愜,臨人政自殊。"劉禹錫《答東陽于令寒碧圖詩》:"東陽本是佳山水,何况曾經沈隱侯。化得邦人解吟詠,如今縣令亦風流。"

⑪　王師:天子的軍隊,國家的軍隊。《三國志‧陸遜傳》:"蠻夷猾夏……拒逆王師。"杜甫《新安吏》:"况乃王師順,撫養甚分明。送行勿泣血,僕射如父兄。"　　中貴人:帝王所寵倖的近臣。《史記‧李將軍列傳》:"匈奴大入上郡,天子使中貴人從廣勒習兵擊匈奴。"裴駰

集解引《漢書音義》：“內官之幸貴者。”司馬貞索隱引董巴《輿服志》：“黃門丞至密近，使聽察天下，謂之中貴人使者。”專稱顯貴的侍從宦官。《舊唐書·李林甫傳》：“林甫多與中貴人善，乃因中官干惠妃云：‘願保護壽王。’惠妃德之。”陸游《曾文清公墓誌銘》：“一日，有中貴人傳中旨取庫金，而不賫文書。”本文的“中貴人”是指憲宗朝的宦官頭目吐突承璀，元和四年出任討伐叛鎮王承宗的統帥，《舊唐書·憲宗紀》：“（元和四年十月）以神策左軍中尉吐突承璀為鎮州行營招討處置等使。”爲此輿論一片嘩然，諫官阻諫不斷，但唐憲宗決意已定，一概不聽。　迎迓：猶迎接。元稹《沂國公魏博多政碑》：“至則迎迓承奉。”李商隱《爲滎陽公上門下李相公狀》：“昨者迎迓之初，粗停浮費；至止之後，務扇仁風。”　館穀：居其館，食其穀，指駐軍扎營就食。《左傳·僖公二十八年》：“楚師敗績……晉師三日館穀，及癸酉而還。”杜預注：“館，舍也，食楚軍穀三日。”《舊唐書·李密傳》：“未若直取滎陽，休兵館穀，待士勇馬肥，然後與人爭利。”　畚：用草繩或竹篾編織的盛物器具。《周禮·夏官·挈壺氏》：“挈轡以令舍，挈畚以令糧。”鄭玄注引鄭司農曰：“畚，所以盛糧之器。”《文選·謝惠連〈祭古冢文〉》：“捨畚悽愴，縱鍤漣而。”呂延濟注：“畚，土籠也。”　劚：古農具名，鋤屬，即斫劚。韓愈《憶昨行和張十一》：“頭輕目朗肌骨健，古劍新劚磨塵埃。”元稹《和劉猛古題樂府十首·田家詞》：“一日官軍收海服，驅牛駕車食牛肉。歸來攸得牛兩角，重鑄鋤犂作斤劚。”　闤闠：街市，街道。《文選·左思〈魏都賦〉》：“班列肆以兼羅，設闤闠以襟帶。”呂向注：“闤闠，市中巷繞市，如衣之襟帶然。”《宋書·後廢帝紀》：“趨步闤闠，酣歌壚肆。”借指店鋪、商業。玄奘《大唐西域記·印度總述》：“闤闠當塗，旗亭夾路。”《舊五代史·高漢筠傳》：“有孽吏常課外獻白金二十鎰，漢筠曰：‘非多納絲蒃，則刻削闤闠，吾有正俸，此何用焉！’”借指民間。《敦煌變文集·捉季布傳文》：“公曾泗水爲亭長，久於闤闠受飢貧。”劉叉《雪車》：“闤闠餓民凍欲死，死中猶被豺狼食。」　留守:指軍隊進發時,留駐部分人員以爲守備。《漢書·張良傳》:「沛公乃令韓王成留守陽翟。」《宋書·武帝紀》:「五月,至下邳,留船,步軍進琅邪,所過築城留守。」《編年箋注》認爲「留守」爲東都留守。但根據下文「留守怒」四句描述的情狀來看,東都留守應該是河南令的上司,根本不必採用「遣將率徒略出之」這樣不必要的非法手段,而薛戎也不能採用「不與卒致留守」這樣生硬的對抗手段,所以還是應該指東征軍隊留守洛陽的部隊爲宜。

⑫ 忻然:喜悦貌,愉快貌。《史記·周本紀》:「姜原出野,見巨人迹,心忻然説,欲踐之,踐之而身動如孕者。」嵇康《聲無哀樂論》:「夫會賓盈堂,酒酣奏琴,或忻然而歡,或慘爾而泣。」　荻塘:河水名,在浙江湖州和江蘇蘇州市之吳江區境内,雪溪東向與今蘇州市吳江區平望境内的大運河相連。《太平寰宇記·湖州》:「荻塘在州南一里一百步,《吳興記》云晉太守殷康所開,傍溉田千頃。楊佩《隋録》云烏程沈恒居荻塘,家貧好學,每燒荻以照夜。塘西引雪溪,東達平望官河,北入松江。」《江南通志·蘇州府》:「鶯脰湖在震澤縣西南,其源自天目東流,至荻塘,會爛溪水,併出平望,匯於此,以其形似鶯脰,故名亦名鶯鬥湖。又有震澤湖、唐家湖、蠡澤湖、沈張湖,並在縣治。」張光朝《荻塘西莊贈房元垂》:「門在荻塘西,塘高何聯聯!往昔分地利,遠近無閑田。」李令從《荻塘聯句》:「畫舸悠悠荻塘路,真僧與我相隨去。寒花似菊不知名,霜葉如楓是何樹?」　逼塞:擁塞,充滿。《敦煌變文集·金剛般若波羅蜜經講經文》:「也剛築,也柔和,虛空逼塞滿娑婆。」堵塞,淤塞。吳元美《玉田洞記》:「玉田洞在韜眞觀之西,巫山寨之北,其界相望也。洞闢三門,其高者險絶難攀,其卑者逼塞難行。」

⑬ 禁酒:禁止釀酒或飲酒。《後漢書·吕布傳》:「布怒曰:『布禁酒,而卿等醖釀,爲欲因酒共謀布邪?』」劉義慶《世説新語·言語》:「魏太祖以歲儉禁酒,融謂酒以成禮,不宜禁。」　壚:古時酒店裏安放酒甕的爐形土臺子,借指酒店。辛延年《羽林郎》:「胡姬年十五,春日

獨當壚。"韋應物《酒肆行》:"繁絲急管一時合,他壚鄰肆何寂然!"
醨:薄酒。《楚辭·漁父》:"衆人皆醉,何不餔其糟而歠其醨?"韓愈
《感春四首》二:"屈原離騒二十五,不肯餔啜糟與醨。"

⑭ 包橘:橘子的一種。韓彥直《橘録·包橘》:"包橘取其纍然若包
聚之義,是橘外薄内盈,隔皮脈瓣可數,有一枝而生五六顆者,懸之可
愛。"鍾傳客《占曆日包橘》:"太歲當頭坐,諸神不敢當。其中有一物,常
帶洞庭香。" 鬻:賣。《孟子·萬章》:"百里奚自鬻於秦養牲者。"杜甫
《歲晏行》:"況聞處處鬻男女,割慈忍愛還租庸。" 遷:晉升或調動。
《史記·張丞相列傳》:"〔申屠嘉〕以材官蹶張從高帝擊項籍,遷爲隊
率。"葉適《江陵府修城記》:"天子遷趙公金紫光禄大夫,以寵褒之。"

⑮ 薨:死的别稱,自周代始,人之死亡有尊卑之分,"薨"以稱諸侯
之死。《禮記·曲禮》:"天子死曰崩,諸侯曰薨,大夫曰卒,士曰不禄,庶
人曰死。"唐代則以薨稱三品以上大官之死。《新唐書·百官志》:"凡
喪,三品以上稱薨,五品以上稱卒,自六品達于庶人稱死。"婦人之死,則
隨從丈夫品級而稱。《春秋·隱公二年》:"十有二月乙卯,夫人子氏
薨。"韓愈《曹成王碑》:"太妃薨,王棄部,隨喪之河南葬。" 庚申:根據
《舊唐書·穆宗紀》"九月甲午朔"推算,此"庚申"應該是長慶元年九月
二十七日。 丁亥:以"七十五年"逆推,此"丁亥"當指天寶六載,亦即
公元七四七年。 視朝:謂臨朝聽政。《禮記·曾子問》:"諸侯適天子,
必告于祖,奠於禰,冕而出視朝。"蘇軾《富鄭公神道碑》:"上聞訃,震悼,
爲輟視朝。" 賵賻:因助辦喪事而以財物相贈。《禮記·文王世子》:
"至於賵賻承含,皆有正焉!"《陳書·姚察傳》:"兩宮悼惜,賵賻甚厚。"
追加:舊指對死者給予封賜或貶削。《漢書·五行志》:"戾后,衞太子
妾,遭巫蠱之禍,宣帝既立,追加尊號。"陸游《老學庵筆記》卷五:"元豐
間建尚書省於皇城之西,鑄三省印,米芾謂印文背戾,不利輔臣,故自用
印以來,凡爲相者悉投竄,善終者亦追加貶削。"

⑯ 庚申:根據《舊唐書·穆宗紀》"十一月甲午朔"推算,此"庚申"

應該是長慶元年十一月二十七日。　泊:通"暨",和,與。《書‧無逸》:"其在高宗,時舊勞於外,爰泊小人。"蕭穎士《清明日南皮泛舟序》:"邑宰東海徐君,泊英僚二三,皆人傑秀出,吏能高視。郊驛繼當時之歡,濠梁重莊叟之興。"　府君:舊時對已故男性的敬稱,多用於碑版文字。柳宗元《唐故朝散大夫永州刺史崔公墓志》:"以某年某月日,歸葬於某縣某原,祔於皇考吏部侍郎贈户部尚書府君之墓。"歐陽修《瀧岡阡表》:"皇曾祖府君累贈金紫光禄大夫、太師中書令……皇祖府君累贈金紫光禄大夫、太師中書令兼尚書令。"　殁:死,去世。《國語‧晉語》:"管仲殁矣! 多讒在側。"《周書‧鄭孝穆傳》:"父叔四人並早殁。"　夭:短命,早死。《書‧高宗肜日》:"降年有永有不永,非天夭民,民中絶命。"孫星衍疏:"夭者,《釋名》云:'少壯而死曰夭,如取物中夭折也。'"韓愈《祭十二郎文》:"孰謂少者殁而長者存,强者夭而病者全乎!"

⑰ 隱者:隱居者。《易‧乾》:"龍德而隱者也。"孔穎達疏:"聖人有龍德隱居者也。"《史記‧樊酈滕灌列傳》:"〔樊噲〕以屠狗爲事,與高祖俱隱。"　約束:纏縛,束縛。歐陽修《玉樓春》一四:"紅條約束瓊肌穩,拍碎香檀催急袞。"限制,管束。羅隱《讒書‧市賦》:"非信義之所約束。"蘇軾《潮州韓文公廟碑》:"祝融先驅海若藏,約束蛟鱷如驅羊。"　名譽:名望與聲譽。《墨子‧修身》:"名不徒生,而譽不自長,功成名遂,名譽不可虛假,反之身者也。"楊衒之《洛陽伽藍記‧崇真寺》:"宣明少有名譽,精經史。"　苛:苛刻,狠虐,嚴厲。《荀子‧富國》:"重田野之税以奪之食,苛關市之征以難其事。"《史記‧李將軍列傳》:"寬緩不苛,士以此愛樂爲用。"　雜:多,繁多。《荀子‧性惡》:"齊給便敏而無類,雜能旁魄而無用。"李隆基《諭河南河北租米折留本州詔》:"今歲屬和平,時遇豐稔,而租米所入,水陸運漕,緣腳錢雜,必甚傷農。"

⑱ 灼灼:彰著貌。潘岳《夏侯常侍誄》:"英英夫子,灼灼其俊。"李賀《公莫舞歌序》:"會中壯士,灼灼於人。"葉蒽奇注:"昭昭在人耳

目。" 賦：田地税，泛指賦税。《書·禹貢》："厥賦惟上上錯。"孔傳："賦，謂土地所生以供天子。"韓愈《送陸歙州詩序》："當今賦出於天下，江南居十九。"徭役，兵役。《周禮·地官·小司徒》："以任地事而令貢賦。"鄭玄注："賦，謂出車徒給繇役也。"《淮南子·要略》："武王繼文王之業，用太公之謀，悉索薄賦，躬擐甲胄，以伐無道而討不義。" 斂：賦税。《資治通鑑·唐僖宗乾符二年》："巢善騎射，喜任俠……民之困於重斂者爭歸之。"王安石《乞制置三司條例》："省勞費，去重斂，寬農民，庶幾國用可足，民財不匱矣！" 庫庾：糧倉。蔡景行《更建崇明州記》："明年二月，黃堂重嚴，門廡輝映，幕廳、吏舍、譙樓、庫庾，靡不完好。"王直《延真觀正一堂興造記》："先作後堂五間，重堂七間，左右厨屋、庫庾凡二十餘間。" 案牘：官府文書。謝朓《落日悵望》："情嗜幸非多，案牘偏爲寡。"吳曾《能改齋漫録·事始》："以江西民喜訟，多竊去案牘，而州縣不能制，湛爲立千丈架閣。" 盈羨：充足有餘，盈餘。元稹《兩省供奉官諫駕幸温湯狀》："伏以駕幸温湯，始自玄宗皇帝，乘開元致理之後，當天寶盈羨之秋。"《舊五代史·康福傳》："福鎮靈武凡三歲，每歲大稔，倉儲盈羨，有馬千駟。" 逋負：拖欠，短少。元稹《才識兼茂明於體用策》："今之課吏者，以賦斂無逋負爲上。"王禹偁《監察御史朱府君墓誌銘》："鹽鐵奏秦州銀坑冶，比多逋負，未入之數不減萬計，請擇朝臣以主之。"

⑲ 中書：官名，中書舍人的省稱，隋唐時爲中書省的屬官，也作官署名，唐代的中書省、宋代的政事堂，亦直稱爲"中書"。白居易《和裴相公傍水閑行絕句》："行尋春水坐看山，早出中書晚未還。"葉夢得《石林詩話》卷中："文潞公在樞府，嘗一日過中書，與荆公行至題下。"貫緡：貫和緡都是穿錢繩，舊時錢千文稱一貫或一緡，借指錢財。温庭筠《爲前邑府段大夫上宰相啓》："曾無禄賜，惟抱憂危，至無尺絹、貫緡以爲歸費。"《舊唐書·殷侑傳》："自元和末收復師道十二州爲三鎮，朝廷務安反側，征賦所入盡留贍軍，貫緡、尺帛不入王府。" 帛：

古代絲織物的通稱。《漢書・朱建傳》:"臣衣帛,衣帛見;臣衣褐,衣褐見,不敢易衣。"杜甫《自京赴奉先縣詠懷五百字》:"彤庭所分帛,本自寒女出。"　善政:清明的政治,良好的政令。《書・大禹謨》:"德惟善政,政在養民。"《後漢書・臧宮傳》:"今國無善政,灾變不息。"

⑳ 居守:留置守護。《左傳・成公十六年》:"韓厥將下軍,郤至佐新軍,荀罃居守。"也作官名,留守的別稱。韓愈《送溫處士赴河陽軍序》:"自居守河南尹以及百事之執事,與吾輩二縣之大夫,政有所不通,事有所可疑,奚所諮而處焉?"按:韓愈文中的"居守"謂東都留守鄭餘慶。皇甫枚《三水小牘・王公直》:"既發囊,唯有人左臂,若新支解焉!群吏乃反接,送于居守。"《編年箋注》認爲本文之"居守"爲鄭餘慶:"居守:此指東都留守。元和三年至六年,東都留守爲鄭餘慶。"我們以爲,根據史實,元稹與鄭餘慶關係較爲密切:元稹妻子韋叢的生母亦即元稹的岳母裴氏是裴耀卿的親孫女,而鄭餘慶最好朋友裴佶也是裴耀卿的親孫子,韓愈《監察御史元君妻京兆韋氏夫人墓誌銘》:"夫人諱叢,字茂之,姓韋氏……王考夏卿以太子少保,卒贈左僕射。僕射娶裴氏皋女。皋爲給事中,皋父宰相耀卿。夫人於僕射爲季女,愛之,選婿得今御史河南元稹。"《新唐書・裴佶傳》:"裴耀卿……子綜,吏部郎中。綜子佶……佶清勁明銳,所與友皆第一流,鄭餘慶尤厚善。既歿,餘慶爲行服,士林美之。"也許有了這一層的特殊關係,再加上元稹的品行與才華,所以元稹在出貶通州而病重求醫興元期間,鄭餘慶非常看重元稹,給予多方照顧,並特地贈詩元稹。元稹的《滎陽鄭公以積寓居嚴茅有池塘之勝寄詩四首因有意獻》即反映了這種情況:"激射分流闊,灣環此地多。暫停隨梗浪,猶閱敗霜荷。恨阻還江勢,思深到海波。自傷才畎澮,其奈贈珠何?"此外,元和十五年鄭餘慶正在京城,正在國子祭酒任上,元稹也多次出席鄭餘慶的宴請,得到鄭餘慶的高度讚揚,有元稹自己的《獻滎陽公詩五十韵》、《奉和滎陽公離筵作》爲證,鄭餘慶是元稹的恩遇,也曾經是元稹的上司,元稹《贈鄭餘慶太保制》對剛剛故世的鄭餘

慶讚揚備至："故金紫光禄大夫,檢校司徒兼太子少師鄭餘慶,始以衣冠禮樂行於山東,餘力文章,遂成儒學。出入清近,盈五十年。再任臺衡,屢分戎律。凡所劇職,無不踐更。貴而能謙,卑以自牧。謇直行於臺閣,柔睦用於閨門。受命有考父之恭,待士有公孫之廣。焚書逸禮盡所口傳,古史舊章如因心匠。"元稹不可能在鄭餘慶尸骨未寒之時,在剛剛擱筆《贈鄭餘慶太保制》之後,如此攻擊昔日的上司與恩遇。據歷史事實與上下文意,我們以爲此"留守"應該以"留置守護"的解釋爲宜,《編年箋注》解釋成官名不妥。 酒禁:釀酒飲酒之禁。《後漢書·孔融傳》:"時年飢兵興,操表制酒禁,融頻書争之。"《新唐書·食貨志》:"唐初無酒禁。"

㉑ 誠厚:誠實寬厚。李嶠《爲武攸寧辭奪禮表》:"陛下愛結敦叙,慈深宴逸,免之苦塊,錫以衣簪:葭莩之恩,飲澤誠厚,荼蓼之戚,胡顏以寬?"權德輿《奉送從叔赴任鄱陽序》:"叔父端懿誠厚,退然自牧,博洽前載,不以沽名待價爲心。" 溫重:溫和而莊重。元稹《盧士玫權知京兆尹制》:"盧士玫自居郎署,執政者言其溫重不回,守法專固。"白居易《祭浮梁大兄文》:"伏惟兄……行成門内,信及朋僚。廉幹露於官方,溫重形於酒德。冀資福履,保受康寧。" 餘財:富餘的財物。《周禮·天官·大府》:"凡式貢之餘財,以共玩好之用。"鄭玄注:"謂先給九式及吊用,足府庫而有餘財,乃可以共玩好。"《三國志·司馬芝傳》:"卒於官,家無餘財。" 徒御:挽車、御馬的人。《詩·小雅·車攻》:"徒御不驚,大庖不盈。"毛傳:"徒,輦也。御,御馬也。"劉禹錫《和董中庶古散調辭贈尹果毅》:"低徊顧徒御,慘色懸雙眉。" 嗟嘆:吟嘆,嘆息。《禮記·樂記》:"言之不足,故長言之。長言之不足,故嗟嘆之。嗟嘆之不足,故不知手之舞之足之蹈之也。"《東觀漢記·牟融傳》:"帝數嗟嘆,以爲才堪宰相。"

㉒ "公爲河南令"三句:韓愈《唐故朝散大夫越州刺史薛公墓誌銘》:"元和四年,徵拜尚書刑部員外郎,遷河南令。"元和四年,元稹以

監察御史分務東臺，正與時任河南令的薛戎在洛陽相逢。而當時韓
愈也正在洛陽任職"尚書都官員外郎"，韓愈《迓杜兼題名》文云："河
南尹水陸運使杜兼、尚書都官員外郎韓愈、水陸運判官洛陽縣尉李宗
閔、水陸運判官伊闕縣尉牛僧孺、前同州韓城縣尉鄭伯義，元和四年
九月二十二日，大尹給事奉詔祠濟瀆回，愈與二判官於此迎候，遂陪
遊宿。愈題。"元稹、韓愈與薛戎之間，交往甚多，了解日深，友誼月
增，所以元稹與韓愈兩文所言，均是史實的真實回憶，兩兩相符也就
不足爲奇了。　　季弟放：即薛戎兄弟中排名第四的弟弟薛放。《舊
唐書・薛放傳》："(薛氏)兄弟五人，季弟放最知名。放登進士第，
性端厚寡言……遇憲宗以儲皇好書求端士，輔導經義，選充皇太子
侍讀。及穆宗嗣位，未聽政間，放多在左右，密參機命，穆宗常謂放
曰：'小子初承大寶，懼不克荷，先生宜爲相以匡不逮！'放叩頭曰：
'臣實庸淺，獲侍冕旒，固不足猥塵大位。輔弼之任，自有賢能。'其
言無矯飾，皆此類也。穆宗深嘉其誠，因召對思政殿，賜以金紫之
服。轉工部侍郎、集賢學士，雖任非峻切，而恩顧轉隆。轉刑部侍
郎，職如故……放因召對，懇求外任，其時偶以節制無闕，乃授以廉
問。及鎮江西，惟用清潔爲理，一方之人至今思之。寶曆元年卒於江
西觀察使，廢朝一日……史臣曰……戎、放之道義，元和已來稱爲令
族，宜哉！贊曰：……薛氏一門，難兄難弟。"元稹在元和末年、長慶初
年能夠在穆宗朝平步青雲，先後拜職翰林承旨學士、同平章事，這與
元稹得到薛放在穆宗面前的延譽有很大關係，説詳拙稿《元稹考論・
元稹與宦官考論》，拜請參閱。　　南曹：唐代吏部的屬官，由員外郎一
人充任，負責審核官吏的檔案和政績，並向上級呈報，以爲升遷的依
據。韓愈《送靈師》："手持南曹叙，字重青瑤鐫。"亦指南曹官署。《新
唐書・韓滉傳》："三遷吏部員外郎，性強直，明吏事，蒞南曹五年，簿
最詳緻。"錢易《南部新書》："唐制，員外郎一人判南曹，在曹選街之
南，故曰南曹。"　　侍郎：古代官名，漢制，郎官入臺省，三年後稱侍郎。

隋唐及以後，中書、門下及尚書省所屬各部皆以侍郎爲長官之副。張南史《同韓侍郎秋朝使院》："重門啓曙關，一葉報秋還。露井桐柯濕，風庭鶴翅閒。"王建《寄上韓愈侍郎》："重登大學領儒流，學浪詞鋒壓九州。不以雄名疏野賤，唯將直氣折王侯。"長慶元年十月二十三日之後，元稹自翰林承旨學士改拜工部侍郎，這時薛放應該在兵部侍郎任上，故言"又嘗與公季弟放爲南北曹侍郎"。　傳信：謂把確信的事實傳告於人。《穀梁傳·桓公五年》："《春秋》之義，信以傳信，疑以傳疑。"顏真卿《有唐開認儀同三司行尚書右丞相上柱國贈太尉廣平文貞公宋公神道碑銘》："雖青史傳信，實錄已編於方冊；而豐碑勒銘，表墓願備於論撰。"

㉓ 銘：這是"墓誌銘"的第二部份。墓誌銘是放在墓裏刻有死者事迹的石刻，一般包括誌和銘兩部分。誌多用散文，敘述死者姓氏、生平等。銘是韵文，用於對死者的讚揚、悼念。《宋書·建平宣簡王宏傳》："上痛悼甚至，每朔望輒出臨靈，自爲墓誌銘并序。"庾信《周大將軍聞喜公柳霞墓誌銘》："君諱霞，字子昇，河東解縣人也……銘曰：有莊有惠，居魯居衛。義是隨時，才堪濟世……"　婉婉：和順貌。韓愈《衢州徐偃王廟碑》："婉婉偃王，惟道之耽。以國易仁，爲笑於頑。"曾鞏《祭亡妻晁氏文》："及其既退，婉婉其儀。不矜以色，不伐以辭。"柔美，美好。《文選·潘岳〈爲賈謐作贈陸機〉》："婉婉長離，淩江而翔。"呂向注："婉婉，美貌。"　邠州：即本文開頭提及的邠州刺史薛寶胤，是薛戎薛放一族的最早祖先。　厥：代詞，其，表示領屬關係。韓愈《祭柳子厚文》："遍告諸友，以寄厥子，不鄙謂余，亦托以死。"代詞，其，起指示作用。《孟子·滕文公》："書曰：'若藥不瞑眩，厥疾不瘳。'"　祉：福。《詩·小雅·巧言》："君子如祉，亂庶遄已。"毛傳："祉，福也。"司馬相如《難蜀父老》："今封疆之内，冠帶之倫，咸獲嘉祉，靡有闕遺矣！"

㉔ "祉延于公"兩句：意謂降福薛戎，而薛戎最後的職務是浙東

觀察使,故言"有浙之東"。 仲氏臨汝:據本文,薛戎"兄弟五人",
"仲氏"應該是兄弟五人中的二兄,聯繫下文"前年孟亡,今年仲死",
根據韓愈《唐故朝散大夫越州刺史薛公墓誌銘》所述,這裏的"仲"是
指薛丹而不是薛戎,薛丹大概曾經在汝州治所臨汝縣任職,元積本
文:"刑部五男:乂終郎,丹終賓客,擁終御史,公實刑部府君第某子。
今尚書兵部侍郎、集賢殿學士放,於公爲季弟。"韓愈與元積兩文在薛
戎兄弟的人名上稍有出入,但認定老二不是薛戎則是完全一致,沒有
分歧。《編年箋注》:"'仲氏'二句:意謂薛戎兄弟行中老二曾任職於
臨汝。"其實這位"仲氏"是薛丹,《編年箋注》沒有根據韓愈所撰的《唐
故朝散大夫越州刺史薛公墓誌銘》和元積本文揭示薛丹之人名,屬於
失誤。 季氏南宮:季氏是兄弟中排名第四的一位,這裏指薛放,他曾
經任職工部侍郎、刑部侍郎,這時正在兵部侍郎任上,而工部侍郎、刑部
侍郎、兵部侍郎都是尚書省的屬官。南宮是尚書省的別稱,謂尚書省象
列宿之南宮,故稱。《後漢書·鄭弘傳》:"建初爲尚書令……弘前後所
陳有補益王政者,皆著之南宮,以爲故事。"唐及以後尚書省六部統稱南
宮。韋應物《和張舍人夜直中書寄吏部劉員外》:"西垣草詔罷,南宮憶
上才。"韓愈《袁州刺史謝上表》:"臣以愚陋無堪,累蒙朝廷獎用,掌誥西
掖,司刑南宮。"《編年箋注》:"南曹侍郎:南曹即南宮,指尚書省。時元
積爲工部侍郎,薛放爲刑部侍郎。"所述薛放的官職有誤。

　㉕ 赫:顯赫,顯耀。《詩·大雅·生民》:"以赫厥靈,上帝不寧。"
毛傳:"赫,顯也。"陸雲《大將軍宴會被命作詩》:"神風潛駭,有赫茲
威。"盛大,興盛。《文選·宋玉〈高唐賦〉》:"巫山赫其無疇兮,道互折
而曾累。"李善注:"赫然,盛貌。"王績《過漢故城》:"何其赫隆盛,自謂
保靈長。曆數有時盡,哀平嗟不昌。" 禄:俸給,古代制禄之法或賜
或頒無定,或田邑或粟米或錢物歷代差等不一。《易·夬》:"君子
以施禄及下,居德則忌。"《周禮·夏官·司士》:"以德詔爵,以功詔
禄。"《史記·孔子世家》:"衛靈公問孔子:'居魯得禄幾何?'對曰:

'奉粟六萬。'禄位。《易·否》:"君子以儉德辟難,不可榮以禄。"
孔穎達疏:"不可榮華其身以居禄位。"《漢書·劉向傳》:"方今同姓
疏遠,母黨專政,禄去公室,權在外家。" 豐:增大,擴大。《左傳·
哀公元年》:"今吳不如過,而越大於少康,或將豐之,不亦難乎?"陳
鴻《廬州同食館記》:"陶瓦于原,伐木於山,磨舊礎,築新埤,迺豐賓
堂,迺羲前軒。"

㉖ 羈離:飄泊他鄉。高適《東平贈狄司馬》:"耿介挹三事,羈離
從一官。"梅堯臣《春晴對月》:"寥落將寒食,羈離念故京。" 困窮:艱
難窘迫。《史記·南越列傳論》:"伏波困窮,智慮愈殖,因禍爲福。"陸
游《心太平庵》:"困窮何足道?持此端可死。" 雍:和諧。曾鞏《吳太
初哀詞》:"父母之歡兮,兄弟以雍。"歡悦貌。《書·無逸》:"其惟不
言,言乃雍。"孫星衍疏:"史公'雍'作'讙'者,與《檀弓》《坊記》同,集
解引鄭玄曰'讙',喜悦也。"曾運乾注:"雍,聲和雍也。"

㉗ 瘁:憂愁。宋玉《高唐賦》:"愁思無已,嘆息垂泪,登高望遠,
使人心瘁。"《文選·陸機〈嘆逝賦〉》:"傷懷悽其多念,戚貌瘁而鮮
歡。"李善注引《蒼頡篇》:"瘁,憂也。" 舟車:船和車。《左傳·哀公
元年》:"宫室不觀,舟車不飾,衣服財用,擇不取費。"司馬相如《難蜀
父老》:"夷狄殊俗之國,遼絕異黨之域,舟車不通,人迹罕至。" 鄉
里:家鄉,故里。《管子·立政》:"勸勉百姓,使力作毋偷,懷樂家室,
重去鄉里,鄉師之事也。"《後漢書·劉盆子傳》:"〔楊音〕與徐宣俱歸
鄉里,卒於家。"

㉘ 孟:兄弟姊妹中排行居長的。《詩·鄘風·桑中》:"云誰之
思?美孟姜矣!"鄭玄箋:"孟姜,列國之長女。"高亨注:"孟,長也。兄
弟姊妹中的年長者稱'孟'……姜,是姓。"班固《白虎通·姓名》:"適
長稱伯,伯禽是也;庶長稱孟,魯大夫孟氏是也。"元積本文:"公實刑
部府君第某子。"意即薛戎不是薛家兄弟五人中的老大,長兄前年已
經亡故。"今年仲死"似乎指薛戎,但韓愈《唐故朝散大夫越州刺史薛

公墓誌銘》:"河南有子四人,其長諱同,卒官湖州長史,贈刑部尚書。尚書娶吳郡陸景融女,有子五人(人、丹、戎、放、朗),皆有名迹,其達者四人(人,溫州刺史。丹,廬州刺史。戎,浙東觀察使。放,江西觀察使),公於倫次爲中子"。元稹本文又:"又終郎,丹終賓客,擁終御史,公實刑部府君第某子。今尚書兵部侍郎、集賢殿學士放,於公爲季弟。"故"今年仲死"應該指廬州刺史薛丹,不是薛戎,薛丹與薛戎同年,亦即都是長慶元年病故。　　撫視:撫養照看。《三國志·高柔傳》:"又哀兒女,撫視不離,非是輕狡不顧室家者也。"《周書·盧柔傳》:"少孤,爲叔母所養,撫視甚於其子。"　遺孤:死者遺留下來的孤兒。《三國志·崔琰傳》:"及琰友人公孫方、宋階早卒,琰撫其遺孤,恩若己子。"徐夤《經故廣平員外舊宅》:"門巷蕭條引涕洟,遺孤三歲著麻衣。"　瞻望:遠望,展望。《詩·魏風·陟岵》:"陟彼岵兮,瞻望父兮!"《後漢書·陳球傳》:"既議,坐者數百人,各瞻望中官,良久莫肯先言。"

㉙ 貽:贈送,給予。《詩·邶風·静女》:"静女其孌,貽我彤管。"曹植《朔風詩》:"子好芳草,豈忘爾貽?繁華將茂,秋霜悴之。"　永:永久,永遠。《詩·衛風·木瓜》:"匪報也,永以爲好也。"《宋史·西南諸夷》:"夷首斗望及諸村首領悉赴監自陳,願貸死,永不寇盜邊境。"　祀:古代對神鬼、先祖所舉行的祭禮。《書·洪範》:"八政:一曰食,二曰貨,三曰祀。"孔傳:"敬鬼神以成教。"韓愈《楚國夫人墓誌銘》:"公曰姑止,以承我祀。"

[編年]

《年譜》編年本文於長慶元年,理由是:"碑主是薛戎。《碑》云:'長慶元年……九月庚申,薨于蘇州之私第……十一月庚申……葬偃師河南府君之墓左。'"《編年箋注》:"其卒年,本傳稱爲長慶元年十月,二《銘》均作九月庚申,應以九月庚申爲是。其葬在十一月庚申。

則此《神道碑銘》撰于長慶元年(八二一)九月庚申以後,十一月庚申以前。"《年譜新編》亦編年本文於長慶元年,有譜文"九月,薛戎卒,元稹爲撰神道碑",但没有説明本文編年的理由,祇是提及元稹與薛戎相識在洛陽,時在元和四年十月。

我們以爲,根據本文"九月庚申"與"十一月庚申"的叙述,本文撰寫的上限似乎應該是長慶元年九月二十七日,下限則應該是長慶元年十一月二十七日。但我們以爲本文還可以進一步明確,韓愈的《墓誌銘》與元稹的《神道碑銘》均説薛戎病卒於"蘇州",而安葬於"偃師河南府君之墓左",不説靈柩運到河南偃師需要時日,就是靈耗傳到長安也已經是"十月二十四日",《舊唐書·穆宗紀》:"(長慶元年)冬十月甲子朔……丁亥,前浙東觀察使薛戎卒。"與《舊唐書·薛戎傳》:"長慶元年十月卒。"所云就是明證,而當時元稹正在長安,故"丁亥"之前,亦即"十月二十四日"之前的歲月可以排除。本文又稱"又嘗與公季弟放爲南北曹侍郎",元稹罷職翰林承旨學士而改任工部侍郎在長慶元年十月十九日,故本文撰寫的上限在長慶元年十月二十四日之後,下限在長慶元年十一月二十七日之前,地點在長安,元稹時任工部侍郎之職。

◎ 别毅郎（此後工部侍郎時詩）（一）①

爾爺只爲一杯酒,此别那知死與生②！兒有何辜才七歲,亦教兒作瘴江行③！

愛惜爾爺唯有我,我今顧頷望何人④？傷心自比籠中鶴,翦盡翅翎愁到身（二）⑤。

録自《元氏長慶集》卷二一

［校記］

（一）別毅郎（此後工部侍郎時詩）：楊本、叢刊本、《全詩》作“別毅郎（此後三首，工部侍郎時詩）”，《萬首唐人絕句》作“別毅郎二首”，語義相類，不改。

（二）翦盡翅翎愁到身：楊本、叢刊本、《全詩》同，《萬首唐人絕句》、《全詩》注作“翦盡羽翎愁到身”，語義相類，不改。

［箋注］

① 別：告別，離別。《楚辭·離騷》：“余既不難夫離別兮，傷靈修之數化。”王逸注：“近曰離，遠曰別。”江淹《別賦》：“黯然銷魂者，唯別而已矣！”杜甫《石壕吏》：“天明登前途，獨與老翁別。” 毅郎：李景儉的兒子，時年七歲，名毅或者名毅郎。郎，古代是青少年男子的通稱。《三國志·周瑜傳》：“時瑜年二十四，吳中皆呼爲周郎。”杜甫《少年行》：“馬上誰家白面郎，臨軒下馬坐人床？”對他人之子的敬稱。《玉臺新詠·古詩〈爲焦仲卿妻作〉》：“還家十餘日，縣令遣媒來。云有第三郎，窈窕世無雙。”王讜《唐語林·補遺》：“〔李景讓〕除劍南節度使，未幾，請致仕，客有勸之曰：‘僕射廉潔，縱薄於富貴，豈不爲諸郎謀耶？’” 工部侍郎：關於工部，《新唐書·百官志》的叙述甚爲詳細：“工部尚書一人，正三品。侍郎一人，正四品下。掌山澤、屯田、工匠、諸司公廨紙筆墨之事。其屬有四：一曰工部，二曰屯田，三曰虞部，四曰水部。”元稹《制誥（有序）》：“是時裴度在太原，亦有宰相望，巧者謀欲俱廢之，乃以予所無構於裴。裴奏至，驗之皆失實。上以裴方握兵，不欲校曲直，出予爲工部侍郎，而相裴之期亦衰矣！不累月，上久所構者，雖不能暴揚之，遂果初意，卒用予與裴俱爲宰相。”章孝標《歸燕詞辭工部侍郎》：“舊壘危巢泥已落，今年故向社前歸。連雲大廈無栖處，更望誰家門户飛？”元稹任職工部侍郎，已經從穆宗左膀右臂的

"内相"翰林承旨學士降爲一般的六部主官,離開了李唐政治決策、人事任免的核心圈子,失去了參與討論李唐核心機密、重大朝政的權力與機會,祇是負責一些具體的國家事務,裴度彈劾元稹的主要目的應該説已經達到。正因爲如此,元稹面對李景儉的出貶外地,祇能"我今顒頷望何人"來感嘆。

② 爺:父親。古樂府《木蘭詩》:"軍書十二卷,卷卷有爺名。"杜牧《别家》:"初歲嬌兒未識爺,别爺不拜手吒叉。"個别區域之方言稱祖父爲爺。沈榜《宛署雜記·民風》:"祖曰爺。"本詩是指前者。　死與生:亦即"死生",死亡和生存。《易·繫辭》:"原始反終,故知死生之説。"《史記·魯仲連鄒陽列傳》:"今死生榮辱,貴賤尊卑,此時不再至,願公詳計而無與俗同。"

③ 何辜:何罪,有什麽罪。曹丕《燕歌行》:"牽牛織女遥相望,爾獨何辜限河梁?"白居易《哭王質夫》:"江南有毒蟒,江北有妖狐。皆享千年壽,多於王質夫。不知彼何德? 不識此何辜?"　瘴江行:這裏指李景儉貶降漳州刺史之行。古人,自然包括唐人,對南方瘴氣印象深刻,有瘴鄉、瘴海、瘴江、瘴雲之稱。如唐人翁綬《行路難》:"雙輪晚上銅梁雪,一葉春浮瘴海波。"白居易《京使回累得南省諸公書》:"瘴鄉得老猶爲幸,豈敢傷嗟白髮新?"

④ 愛惜:愛護珍惜。朱浮《爲幽州牧與彭寵書》:"臨人親職,愛惜倉庫。"杜甫《古柏行》:"君臣已與時際會,樹木猶爲人愛惜。"疼愛,憐愛。干寶《搜神記》卷二〇:"隆愈愛惜,同於親戚。"白居易《得微之到官後書備知通州之事悵然有感因成四章》三:"人稀地僻醫巫少,夏旱秋霖瘴瘧多。老去一身須愛惜,别來四體得如何?"　顒頷:形容枯槁瘦弱。禰衡《鸚鵡賦》:"音聲悽以激揚,容貌慘以顒頷。"《顔氏家訓·勉學》:"齊孝昭帝侍婁太后疾,容色顒悴,服膳減損。"憂愁,困苦。《淮南子·主術訓》:"百姓黎民顒頷於天下,是故使天下不安其性。"柳宗元《上桂州李中丞薦盧遵啓》:"若宗元者,可謂窮厄困辱者

矣！世皆背去，頏頜曠野。” 望：希望，期待。《孟子·梁惠王》：“王如知此，則無望民之多於鄰國也。”韓愈《與孟東野書》：“自彼至此，雖遠，要皆舟行可至，速圖之，吾之望也。”盼望。《戰國策·齊策》：“女朝出而晚來，則吾倚門而望；女暮出而不還，則吾倚閭而望。”司馬相如《封禪文》：“名山顯位，望君之來。”希圖，企圖。《韓非子·主道》：“絕其能望，破其意、勿使人欲之。”《後漢書·岑彭傳》：“人苦不知足，既平隴，復望蜀。”

　　⑤ “傷心自比籠中鶴”兩句：這是元稹對貶降工部侍郎狀況的真實描述，可爲《舊唐書·元稹傳》穆宗“乃罷稹內職，授工部侍郎，上恩顧未衰”以及《資治通鑑考異》“蓋稹未爲相時勸上（罷兵）也”云云的反證。 傷心：心靈受傷，形容極其悲痛。陳子良《於塞北春日思歸》：“爲許羈愁長下淚，那堪春色更傷心。驚鳥屢飛恒失侶，落花一去不歸林。”盧僎《南望樓》：“去國三巴遠，登樓萬里春。傷心江上客，不是故鄉人。” 籠中鶴：被關在籠子裏，不能飛翔、失去自由的鶴。顧況《酬柳相公》：“天下如今已太平，相公何事喚狂生？個身恰似籠中鶴，東望滄溟叫數聲。”元稹《六年春遣懷八首》一：“傷禽我是籠中鶴，沉劍君爲泉下龍。重纊猶存孤枕在，春衫無復舊裁縫。” 翅翎：翅膀。韓愈《南山有高樹行贈李宗閔》：“路遠翅翎短，不得持汝歸。”陸龜蒙《水鳥》：“水鳥山禽雖異名，天工各與雙翅翎。”

［編年］

　　《年譜》長慶元年“詩編年”條下編入本詩，理由是：“題下注：‘此後三首，工部侍郎時詩。’”雖然在譜文裏有“本年，李景儉召爲諫議大夫，貶爲漳州刺史”的話，並列舉了三則“附錄”加以證明發生在本年與李景儉有關的史實，但並沒有提及元稹的《別毅郎》詩二首，更沒有涉及詩歌的賦吟時間是十二月。《編年箋注》編年長慶元年十二月，編年理由是：“元稹於穆宗長慶元年（八二一）十月罷翰林學士，爲工部侍郎。毅郎，諫議大夫李景儉之子。《舊唐書·李景儉傳》:'景儉乘醉詣中書謁宰相，呼王播、崔植、杜元穎名，面疏其失，辭頗悖慢，宰相遜言止之，旋奏貶漳州刺史。'此是長慶元年十二月事。元稹此詩作於同時。見下《譜》。《年譜新編》亦編本詩於長慶元年，理由是:"題下注:'此後三首，工部侍郎時詩。''毅郎'，景儉之子。《舊唐書·穆宗紀》云:'(長慶元年十二月)丁卯，貶諫議大夫李景儉爲楚州刺史……景儉乘醉見宰相漫罵故也。'詩當作於是時。"

我們以爲《別毅郎》不能僅據題下注文繫於長慶元年，尚可進一步明確具體月份。其一曰:"爾爺只爲一杯酒，此別那知死與生。兒有何辜才七歲，亦教兒作瘴江行?"其二曰:"愛惜爾爺唯有我，我今憔悴望何人? 傷心自比籠中鳥，剪盡翅翎愁到身。"詩中所言"爾爺"是指元稹的老朋友李景儉，毅郎應是李景儉的小兒子。"爾爺只爲一杯酒"云云，據《舊唐書·李景儉傳》，是指發生在長慶元年的"使酒罵座"事件，這年十二月李景儉與同僚馮宿、温造、獨孤朗等七人一起飲酒，酒後李景儉來到中書省，呼宰相王播、崔植、杜元穎的名字，"面疏其失"，不日李景儉即被貶任漳州刺史。"我今憔悴"即是指元稹於長慶元年十月十九日從翰林承旨學士任上被貶爲工部侍郎之事。"瘴江行"是指李景儉因"使酒罵座"事件而被貶爲漳州刺史一事。合前後事情推之，元稹《別毅郎二首》具體的寫作年月應是長慶元年十二月。

也許有人會説，《年譜》編年已落實到具體的年份，就不必吹毛求疵，以没有落實到具體的月份而提出商榷意見了。我們以爲這種看法恐怕連《年譜》的著者也不會同意。在《年譜》詩文編年欄目中，許多詩文都一一具體到年到月到日，如《授沈傳師中書舍人制》編年長慶元年二月二十四日，《起復田布魏博節度使制》編年長慶元年八月十二日，《報三陽神文》編年元和十三年九月十五日，《六年春遣懷八首》編年元和六年寒食日，《泛江玩月十二韵》編年元和五年六月十四日……即是其中的一些例子。

　　也許還有人要説,《編年箋注》與《年譜新編》已經具體編年這首詩歌於長慶元年十二月,你不能視而不見,不尊重他人的成果。面對如此尷尬的責難,筆者不得不無奈地告知諸位:筆者發表於《徐州師院學報》一九八六年第二期的《元稹"勸穆宗罷兵"考辨》已經論及《別毅郎》賦詠於長慶元年十二月的問題,諸位如有興趣,歡迎查對。不過,《元稹"勸穆宗罷兵"考辨》早在一九八〇年發表之先,就被一名"知名度"不小的"學者"以"推薦發表"爲由拿走了我的原稿,此後不見任何結果,數月之後才看到拙稿經過別人掐頭去尾之後被發表,不過署的是那位學者的大名。當時我就向我的老師訴説,老師也十分無奈,祗好將拙稿推薦到《徐州師院學報》發表。事情已經過去三十年了,本來也不想舊事重提,但朋友們勸我還是説明一下爲好,否則也許會被白白反咬一口的。《編年箋注》與《年譜新編》已經是這位"學者"的後來者。筆者無奈之外,祗能以"英雄所見略同"自嘲而已。

　　今天,我們還想在原來的基礎進一步細化編年:《舊唐書·穆宗紀》:"(長慶元年)十二月甲子朔……丁卯,貶諫議大夫李景儉爲楚州刺史……戊寅……貶員外郎獨孤朗韶州刺史,起居舍人溫造朗州刺史,司勛員外郎李肇澧州刺史,刑部員外郎王鎰郢州刺史,坐與李景儉於史館同飲,景儉乘醉見宰相謾罵故也。兵部郎中知制誥馮宿、庫部郎中知制誥楊嗣復各罰一季俸料,亦坐與景儉同飲,然先起,不貶官。"據"十二月甲子朔"推算,"丁卯"是十二月四日,"戊寅"是十二月十五日,本詩應該賦成於十二月四日之後,詩中又沒有涉及獨孤朗、溫造的貶官史實,應該賦成於十二月十五日之前。據"貶官不能擅自滯留京城"規定來推測,本詩應該賦成於李景儉剛剛被貶職之時、即將赴任貶地之前,亦即十二月四日之後一天之內,賦詩地點在長安,元稹時任工部侍郎。

長慶二年壬寅(822) 四十四歲

▲ 韓愈可惜^(一)

韓愈可惜①。

據皇甫湜《韓文公神道碑》

[校記]

（一）韓愈可惜：《英華》、《唐文粹》、《唐宋八大家文鈔》、《文章辨體彙選》、《古文淵鑒》、《唐宋文醇》、《唐宋詩醇》、《唐詩紀事》所引“韓愈可惜”四字，均無異文。

[箋注]

① 韓愈可惜：皇甫湜《韓文公神道碑》：“王廷湊反，圍牛元翼於深。救兵十萬，望不敢前。詔擇庭臣往諭，衆慄縮，先生勇行。元積言於上曰：‘韓愈可惜！’穆宗悔，馳詔無徑入。”李翱《故正議大夫行尚書吏部侍郎上柱國賜紫金魚袋贈禮部尚書韓公行狀》：“鎮州亂，殺其帥田弘正，征之不克，遂以王庭湊爲節度使，詔公往宣撫。既行，衆皆危之，元積奏曰：‘韓愈可惜！’穆宗亦悔，有詔令至境觀事勢，無必於入。”據皇甫湜、李翱之文，“韓愈可惜”四字，確實是元積之言，據補。韓愈：字退之，行十八，貞元八年進士，歷職宣武軍節度推官、四門博士、監察御史、陽山令、江陵府法曹參軍、都官員外郎、河南令、比部郎中史館修撰、考功郎中知制誥、潮州刺史、兵部侍郎中等職，長慶二年二月，奉詔宣諭鎮州王庭湊，轉吏部侍郎、京兆尹等，長慶四年十二月

二日病故,是唐代著名詩人,唐宋八大家之一。韓愈《華嶽題名(此文刻於金天祠石闕,昔人嘗集華嶽題名,自唐開元至後唐清泰,録爲十卷。此文雖未必盡出公手,然筆削之嚴,要非公不可,故録之)》:"淮西宣慰處置使、門下侍郎平章事裴度,副使、刑部侍郎兼御史大夫馬總,行軍司馬、太子右庶子兼御史中丞韓愈,判官、司勳員外郎兼侍御史李正封,都官員外郎兼侍御史馮宿,掌書記、禮部員外郎兼侍御史李宗閔,都知兵馬使、左驍衛將軍、威遠軍使兼御史大夫李文悦,左廂都押衙兼都虞候、左衛將軍兼御史中丞密國公高承簡,元和十一年八月丞相奉詔平淮右,八日東過華陰,禮于嶽廟,總等八人,實備將佐以從。"孟郊《汴州離亂後憶韓愈李翱》:"會合一時哭,別離三斷腸。殘花不待風,春盡各飛揚。"張籍《寄韓愈》:"野館非我室,新居未能安。讀書避塵雜,方覺此地閑。" 可惜:值得惋惜。袁宏《後漢紀‧靈帝紀》:"甑破可惜,何以不顧?"杜甫《莫相疑行》:"男兒生無所成頭皓白,牙齒欲落真可惜。"应予爱惜。《顔氏家訓‧勉學》:"光陰可惜,譬諸逝水。"梅堯臣《依韵和希深新秋會東堂》:"良時誠可惜,清燕此無荒。"對於韓愈冒險深入叛鎮行營,前人評價甚多,後人對元稹救援韓愈的所作所爲大加讚揚,宋代謝薖《竹友集‧書元稹遺事》就是其中的一例,作者引古論今,讚譽備至,並感歎於"乃不載之本傳":"余觀司馬遷遭李陵之禍,蓋出於無辜,竊怪在廷之臣無有争之者。而遷亦自歎恨,以爲交遊莫救,左右親近不爲一言,故作《史記》之書,大抵欲寓其憂憤之懷。爲《晏平仲列傳》,書其解左驂以贖越石父之罪,而卒稱之曰:'假令晏子而在,雖爲之執鞭,所欣慕焉!'余讀其書至此,三復其辭而悲之。使漢廷臣有一晏平仲,豈忍坐視遷之無辜以受刑而不一引手而救之耶?及觀《韓愈傳》,見王庭凑之圍牛元翼也,朝廷命愈使而人莫不危之。是時庭凑擁强兵,恣睢跋扈,天子遣一介之臣投餌虎狼之口,若萬一無生還理,得不爲朝廷失一賢士耶?得不貽天下後世笑耶?然當時公卿大臣無爲愈言者,獨元稹言:'韓愈可惜!'穆宗亦稍稍悔之。嗚呼！誰謂元積而能如是哉！世之君子少而小人常多，小人不特偷安於朝，又沮毀以害君子歟！君子一有受其害，從而擠之者皆是也。而積乃能知愈之賢，不忍視其身之危，將無援以死，且重爲朝廷惜之。是亦可謂難能也已！觀積之於愈如此，使其在漢廷，必能出一言以救司馬遷之禍，使後世復有司馬遷，亦必特書其事，且願爲之執鞭焉！彼作史者乃不載之本傳而特見於愈事之末，是可歎也。積與白居易同時，俱以詩名天下，然多纖豔無實之語，其不足論明矣！觀其立朝大概，交結魏弘簡，沮抑裴度之言，以浮躁險薄稱于時。至於知賢救難，奮激敢言，凛凛有古直臣之風！夫以元積而猶能如是，又況不爲元積者乎！”謝薖的話，應該引起歷史學家與文學史研究者的深思，也值得我們與讀者的深思。“韓愈可惜”四字，雖然當時不一定形諸於文篇，但四字之光芒，足以洞照後世之“正人君子”們！

［編年］

未見《元積集》採録，也未見《年譜》、《編年箋注》、《年譜新編》採録與編年。

《舊唐書·穆宗紀》：“（長慶二年）二月癸亥朔，甲子，詔雪王廷湊，仍授鎮州大都督府長史、御史大夫，充成德軍節度、鎮冀深趙等州觀察等使。三軍將士，待之如初。仍令兵部侍郎韓愈往彼宣諭。”推算其干支，“甲子”應該是長慶二年二月二日，時爲韓愈奉詔宣諭的時日。李翱《故正議大夫行尚書吏部侍郎上柱國賜紫金魚袋贈禮部尚書韓公行狀》：“既行，衆皆危之，元積奏曰：‘韓愈可惜！’”故元積“韓愈可惜”之言，即闡發於韓愈出發之後，亦即二月二日或三日，地點在長安，元積時任祠部郎中、知制誥之職。

◎ 自　責^{(一)①}

犀帶金魚束紫袍，不能將命報分毫^②。他時得見牛常
侍，爲爾君前捧佩刀^③。

録自《元氏長慶集》卷二一

［校記］

（一）自責：本詩存世各本，包括楊本、叢刊本、《萬首唐人絶句》、
《全詩》諸本，均未見異文。

［箋注］

① 自責：自己責備自己。李商隱《爲汝南公以妖星見賀德音
表》：“德已厚矣！仁已極矣！然猶避寢自責，撤膳貽憂。”韓偓《守
愚》：“一畝落花圍隙地，半竿斜日界空墻。今來自責趨時懶，翻恨松
軒書滿床。”元稹這裏自責的是自己在牛元翼問題上的失策，其實元
稹是借用自責的方式，委婉責備朝廷在河朔平叛問題上的失策，其中
也包含對平叛河朔的總指揮裴度的譴責。

② 犀帶：即犀角帶，非品官不能佩帶。白居易《元微之除浙東觀
察使喜贈長句》：“稽山鏡水歡遊地，犀帶金章榮貴身。官職比君雖校
小，封疆與我且爲鄰。”和凝《宫詞百首》七九：“停穩春衫窄地長，通天
犀帶綴金章。近臣銜命離丹禁，高捧恩波灑萬方。”　金魚：即金魚
符，金質的魚符，亦省作“金魚”。唐代親王及三品以上官員佩帶，見
《新唐書·車服志》。劉禹錫《酬樂天見貽賀金紫之什》：“久學文章含
白鳳，却因政事賜金魚。郡人未識聞謡詠，天子知名與詔書。”朱慶餘
《羽林郎》：“宅將公主同時賜，官與中郎共日除。大笑魯儒年四十，腰

間猶未識金魚。" 紫袍：紫色朝服，高官所服。白居易《初授祕監拜賜金紫閑吟小酌偶寫所懷》："紫袍新祕監，白首舊書生。鬢雪人間壽，腰金世上榮。"韋莊《觀淅西府相畋遊》："十里旌旗十萬兵，等閑遊獵出軍城。紫袍日照金鵝鬥，紅斾風吹畫虎獰。" 命：教令，政令，王命，朝命。《易·姤》："后以施命誥四方。"孔穎達疏："風行草偃，天之威令，故人君法此以施教命誥於四方也。"《禮記·緇衣》："《甫刑》曰：'苗民匪用命，制以刑，惟作五虐之刑曰法。'"鄭玄注："命謂政令也。"元稹在工部侍郎之前，任職翰林承旨學士，應該有影響唐穆宗取捨的能力，應該有影響朝政的威力，但客觀的歷史事實是由於裴度等一批朝廷大臣的消極態度，由於裴度一而再再而三對元稹彈劾，元稹既要幫助唐穆宗出謀劃策，又要時時防備來自裴度方面的一再攻擊，唐穆宗與元稹的設想最終都沒有能夠付諸實現，所以字裏行間，元稹透露出諸多無奈。 分毫：形容極細微或極少量。傅毅《七激》："淰養之魚，膾其鯉魴；分毫之割，纖如髮芒。"葛洪《抱朴子·博喻》："盈乎萬鈞，必起於錙銖；竦秀凌霄，必始於分毫。"

③ 他時：將來，以後。徐鉉《送郝郎中爲浙西判官》："若許他時作閑伴，殷勤爲買釣魚船。"《太平廣記》卷一四〇引《廣德神異錄·僧一行》："唐開元十五年，一行禪師臨寂滅，遺表云：'他時慎勿以宗子爲相，蕃臣爲將。'"從元稹本詩"他時"的語氣來推測，牛元翼這時還沒有突出重圍，還在深州，還在王廷湊的重兵包圍之中，但處境已經非常危險，而李唐朝廷對此又無可奈何，眼看牛元翼的危險而無所作爲。元稹這時已經因裴度的三次彈劾而被罷免翰林承旨學士的職務，擔任工部侍郎，處於無權過問河朔平叛大事的尷尬境地。 牛常侍：即牛元翼，他在此前以檢校右散騎常侍的榮銜，職任鎮州大都督、成德軍節度使、深冀趙等州觀察處置等使，故稱。《新唐書·牛元翼傳》："牛元翼，趙州人。材果而謀，王承宗時倚其計爲強雄，與傅良弼二人冠諸將。王庭湊叛，穆宗以元翼在成德名出庭湊遠甚，自深州刺

史擢爲深冀節度使,以携其軍。庭凑怒,遣部將王位以鋭兵攻元翼,不勝,乃合朱克融共圍之。詔進元翼成德軍節度使,以宣武兵五百進援,元翼固守。長慶二年,詔赦庭凑罪,徙元翼山南東道,以深州賜庭凑,使中人促元翼南。庭凑恨之,已受詔,兵不解。招討使裴度詒書誚讓,克融解而歸,庭凑退舍。詔並加檢校工部尚書,兩悦之。淹月,元翼率十餘騎冒圍跳德、棣,朝京師。庭凑入,盡殺元翼親將臧平等百八十人。元翼見延英,賚問優縟,命中人楊再昌取其家,並迎田弘正喪。庭凑辭以弘正殯亡在所,元翼家須秋遣。魏博節度使史憲誠遣其弟入趙,四返,説庭凑曰:'田公非得罪於趙,屍尚何惜? 元翼去深州,乃一孤將,何利其家?'庭凑乃歸弘正喪於京師。元翼聞平等死,憤恚卒,悉還所賜於朝,庭凑遂夷其家。"　常侍:官名,皇帝的侍從近臣。秦漢有中常侍,魏晉以來有散騎常侍,隋唐内侍省有内常侍,均簡稱常侍。《史記·司馬相如列傳》:"以貲爲郎,事孝景帝,爲武騎常侍,非其好也。"曹操《讓縣自明本志令》:"故在濟南,始除殘去穢,平心選舉,違迕諸常侍。"但牛元翼的"常侍",祇是一種榮銜,並非實職,這在當時非常普遍,並非僅僅是牛元翼一人而已。　捧:兩手承托。《莊子·達生》:"〔委蛇〕其爲物也,惡聞雷車之聲,則捧其首而立。"韓愈《和虞部盧四酬翰林錢七赤藤杖歌》:"歸來捧贈同舍子,浮光照手欲把疑。"但這裏不可理解爲元稹真的要爲牛元翼兩手承托佩刀,祇是以此表達自己的敬意與悔恨而已,這樣的情況在古人中非常普遍。柳宗元《謝李夷簡啓》:"過蒙承問,捧讀喜懼,浪然流涕。"徐鉉《答林正字書》:"十二月日,復書正字足下,辱貺長箋,詞高旨遠,循環捧讀,欲罷不能,見顧之深良足愧也!"　佩刀:佩在腰間的刀,古代男子,尤其是武將的服飾之一,佩之以示威武。《漢書·王尊傳》:"願觀相君佩刀。"《晉書·王祥傳》:"吕虔有佩刀,工相之,以爲必登三公,可服此刀。"

［編年］

《年譜》長慶元年"詩編年"條下編入元稹本詩,没有列舉理由,我們估計即是上面《别毅郎》二首詩的理由:"題下注:此後三首,工部侍郎時詩。"《年譜新編》編年:"此詩在《别毅郎》下,當作於長慶元年十月解翰林學士任後。"《編年箋注》編年:"此時爲朝廷對幽鎮用兵失策而作。當時王廷凑圍牛元翼於深州,朝廷徵諸道兵,計十七八萬,在鎮州四面招討使裴度指揮下,四面圍攻,已逾半年。王師無功,賊勢猶盛。元稹爲眼前形勢深表憂痛。"其中"此時"應該是"此詩"的筆誤。據《資治通鑑》的記載,《編年箋注》所云文字已經是長慶二年的事情了:"二年春正月……中書舍人白居易上言:以爲自幽鎮逆命,朝廷徵諸道兵計十七八萬(《考異》曰:《白集》作'七八十萬',計無此數,恐是'十七八萬'誤耳),四面攻圍,已踰半年,王師無功,賊勢猶盛。"以長慶二年才發生的事情作爲理由,編年本詩於長慶元年,是不是有點荒唐?

本詩編年如一定要説得把握一些,應與元稹工部侍郎任的起止時間相一致,即長慶元年十月十九日至長慶二年二月十九日之間。而不完全是《年譜》認定的長慶元年,其中包含長慶元年十月十九日稍前的時日更是錯誤的。也不完全是《年譜新編》所云"長慶元年十月解翰林學士任後"。因爲長慶元年元稹在工部侍郎任祇有兩個多月,而長慶二年任職時間也將近兩個月。

我們認爲與《别毅郎》二首一樣,《自責》詩仍然可以進一步具體明確寫作時間。本詩中的"牛常侍",是當時正"居四戰之中,堅一城之守"、奮戰在河北平叛戰場最前綫的牛元翼,有元稹自己所撰寫的制誥爲證,《授牛元翼深冀等州節度使制》云:"檢校右散騎常侍、深州刺史牛元翼……可檢校左散騎常侍、深冀等州節度觀察等使。"《授牛元翼成德軍節度使制》亦云:"深冀節度使檢校右散騎常侍牛元翼……可鎮州大都督、成德軍節度使、深冀趙等州觀察處置等使。"據

《舊唐書·穆宗紀》,《授牛元翼深冀等州節度使制》時在長慶元年八月十六日,《授牛元翼成德軍節度使制》時在長慶元年十月五日。長慶二年二月四日,已"赦免朱克融"、"昭雪王廷湊"的李唐朝廷不得不向叛鎮妥協,將堅持平叛的牛元翼調離成德軍節度府,前往山南東道充任節度觀察之職,以讓叛鎮"解氣"和放心。但即使這樣,囂張的叛鎮也沒有領情於李唐王室,緊緊圍住牛元翼不肯放他出圍而去,讓李唐朝廷非常難堪。我們認爲元稹這首詩就是在這樣歷史氛圍下寫成的,作於長慶二年二月四日之後至同月十九日元稹自工部侍郎拜相之前,時間應該是在半月之內,並不是《年譜》、《編年箋注》、《年譜新編》認定的長慶元年。詩人既是自責,也是向牛元翼表示歉意,更是向無計可施的李唐皇帝承擔自己的責任。

◎ 代李中丞謝官表①

臣某言:伏奉今月十九日制⁽一⁾,授臣御史中丞,寵秩踰涯,心魂戰越,臣某⁽中謝⁾②。

臣生值聖時,蔭分天屬。雖牽絲入仕,或因瑣碎之文;而執簡當朝,實由睦族而致③。頃以材駑氣直,屢棄遐荒。陛下擢自遠藩⁽二⁾,任兼臺閣。夙夜循省,效報無階⁽三⁾④。

誰謂天眷曲臨⁽四⁾,過蒙獎拔⁽五⁾!坐令專席,位忝中司⑤。固當陳乞於天,安敢叨榮於己?如或綸言既降,丹慊莫從;則當破柱求奸,碎首請事⑥。死而後已,義不苟然。增日月之末光,答天地之殊造⑦。無任懇款屏營之至⁽六⁾⑧。

録自《元氏長慶集》卷三四

[校記]

（一）伏奉今月二十九日制：楊本、《全文》同，《英華》作"伏奉今月二十九日敕"，語義相類，不改。"今月二十九日"云云，筆者疑日期有誤，見下文。

（二）陛下擢自遠藩：楊本、叢刊本、《全文》同，《英華》作"陛下擢自藩方"，語義相類，不改。

（三）效報無階：楊本、叢刊本、《全文》同，《英華》作"報效無階"，語義相類，不改。

（四）誰謂天眷曲臨：楊本、叢刊本同，《英華》、《全文》作"豈謂天眷曲臨"，語義相類，不改。

（五）過蒙獎拔：楊本、叢刊本、《全文》同，《英華》作"過蒙獎擢"，語義相類，不改。

（六）無任懇款屏營之至：原本作"無任"，楊本、叢刊本同，《英華》、《全文》作"無任懇款屏營之至"，據改。

[箋注]

① 代：代替。《書·皋陶謨》："兢兢業業，一日二日萬幾，無曠庶官，天工人其代之。"孔傳："言人代天理官，不可以天官私非其才。"孔穎達疏："居天之官，代天爲治。"《史記·張釋之馮唐列傳》："釋之從行，登虎圈。上問上林尉諸禽獸簿，十餘問，尉左右視，盡不能對。虎圈嗇夫從帝，代尉對上，所問禽獸簿甚悉。"這裏指元稹代李德裕向唐穆宗表示感恩。在古代，接到皇帝授予宰相、御史中丞等重要職位之後，其向皇帝表示感恩的"謝官表"，一般不由本人親自撰作，而由其信任並地位相當的同僚代爲撰作。如元稹長慶二年二月十九日，亦即與李德裕同日拜職，元稹拜職宰相，李德裕拜職御史中丞，元稹的"謝官表"由時爲中書舍人的白居易代作，白居易《爲宰相謝官表（爲

微之作)》："臣某言伏奉今月日制書,授臣守本官同中書門下平章事者,殊常之命,非望之恩,出自宸衷,加於凡陋,悚驁震越,不知所爲(中謝)。臣伏准近例,宰相上後,合獻表陳謝……"類似的例子還有不少,如王禹偁《爲兵部張相公謝官表》："臣某言,臣仰遵帝令,再踐鼎司。無非常之才,負天下之望。任重德薄,以榮爲憂(中謝)。"又如司馬光《爲龐相公謝官表》："荷恩逾分,瀝懇敷言。成命莫回,愧顏無寄(中謝)。"　**李中丞**:即李德裕,其長慶二年二月十九日拜職御史中丞。《舊唐書・穆宗紀》："(長慶二年九月)癸卯……御史中丞李德裕爲潤州刺史,兼御史大夫、浙江西道都團練觀察處置等使,以代竇易直。"《新唐書・李德裕傳》："李德裕,字文饒,元和宰相吉甫子也……穆宗即位,擢翰林學士……再進中書舍人,未幾授御史中丞。"宋人洪遵所編《翰苑群書・元稹承旨學士院記》："李德裕長慶元年正月二十九日以考功郎中知制誥、翰林學士、賜緋魚袋;二月四日遷中書舍人充,餘如故;十九日改御史中丞,出院。"　**謝官表**:感謝授官之表文。劉攽《爲趙尚書謝官表》："伏奉制命,授臣吏部尚書觀文殿學士知徐州者,避賢鼎輔,收餘責於瘝官;假節方州,蒙上仁於佚老。復加寵數,復出等倫。承命若驚,措躬無所。"文同《代楊侍讀謝官表》："臣某言,才短而治劇務,或解去則甚安;學荒而爲近臣,若忝冒則誠愧。讓避不獲,兢危以居,臣某誠惶誠感,頓首頓首。"

② **伏**:敬詞,古時臣對君奏言多用之。《史記・三王世家》："臣青翟、臣湯、博士臣將行等伏聞康叔親屬有十。"獨孤及《謝濠州刺史表》："臣伏奉今年五月一日敕,授臣使持節濠州諸軍事、濠州刺史。"**奉**:敬辭,用於自己的動作涉及對方時,如"伏奉"、"奉央"、"奉求"、"奉告"、"奉託"、"奉陪"等。崔沔《爲崔日知謝洛州長史表》："臣某言:伏奉某月日制書,除臣洛州長史,勛封如故。伏荷殊私,祗承重任,屏營夕惕,無以自寧,臣某中謝。"高適《謝上彭州刺史表》："臣某言,伏奉聖恩,授臣彭州刺史。寵光自天,喜懼交集。臣某誠惶誠恐,

頓首頓首，死罪死罪。" 今月二十九日：這裏標示的日期有誤，應該是"長慶二年二月十九日"之誤。《舊唐書·穆宗紀》："（長慶二年）二月癸亥朔……辛巳……以工部侍郎元稹守本官同平章事。以翰林學士、中書舍人李德裕爲御史中丞。司勛員外郎知制誥李紳爲中書舍人，依前翰林學士。"《舊唐書·李德裕傳》："（長慶）二年二月，轉中書舍人，學士如故……時德裕與李紳、元稹俱在翰林，以學識才名相類，情頗款密。而逢吉之黨深惡之，其月罷學士，出爲御史中丞。時元稹自禁中出，拜工部侍郎平章事。"據此，元稹任職宰相與李德裕拜職御史中丞，應該在同時同日，而本文"伏奉今月二十九日制"應該是"伏奉今月十九日制"、"伏奉二月十九日制"或"伏奉今二月十九日制"之誤，"今"是"二"之誤刻，或是"月"與"二"之乙倒。此外，李紳拜職中書舍人，也在同一天。元稹、李德裕、李紳三人政治見解一致，故而同時受到穆宗皇帝的青睞。 制：指帝王的命令。《史記·秦始皇本紀》："臣等昧死上尊號，王爲'泰皇'，命爲'制'，令爲'詔'。"裴駰集解引蔡邕曰："制書，帝者制度之命也，其文曰'制'。"張九齡《上張燕公書》："今登封沛澤，千載一時，而清流高品，不沾殊恩，胥吏末班，先加章黻，但恐制出之日，四方失望。" 御史中丞：官名，漢以御史中丞爲御史大夫的助理，外督部刺史，内領侍御史，受公卿章奏，糾察百僚，其權頗重。東漢以後不設御史大夫時，即以御史中丞爲御史之長，北魏一度改稱御史中尉。唐宋雖復置御史大夫，亦往往缺位，即以中丞代行其職。蘇頲《同餞陽將軍兼源州都督御史中丞》："右地接龜沙，中朝任虎牙。然明方改俗，去病不爲家。"楊炯《伯母東平郡夫人李氏墓誌銘》："詔徵尚書郎，遷御史中丞，出爲棣曹恒常四州刺史。夫人輔佐君子，聿修内政。" 寵秩：寵愛而授以官秩。《左傳·昭公八年》："子旗曰：'子胡然？彼孺子也。吾誨之，猶懼其不濟，吾又寵秩之，其若先人何？'"《資治通鑑·晉簡文帝咸安元年》："彼慕容評者……秦王堅不以爲誅首，又從而寵秩之，是愛一人而不愛一國之人也。"胡三省注："寵秩,謂寵而序其官,使不失次也。"指尊貴的官秩。
曾敏行《獨醒雜誌》卷八："〔楊邦毅〕綽有張御史之風,無愧顏常山之
節,肆頒恩典,庸慰忠魂……併推寵秩以及遺孤,非止居住之榮,實是
臣工之勸。" 踰涯:亦作"逾涯",超過界限。苑咸《謝兄除補闕表》:
"逾涯之澤,忽降於重霄;非次之榮,猥延於同氣。"柳宗元《代韋永州
謝上表》:"過量逾涯,每深兢惕。" 心魂:心神,心靈。江淹《雜體
詩・效左思〈詠史〉》:"百年信荏苒,何用苦心魂!"蘇舜欽《和菱溪石
歌》:"畫圖突兀亦頗怪,張之屋壁驚心魂。" 戰越:因惶恐而戰慄,
越,殞越,惶恐,多用於章表或上書。張九齡《進龍池聖德頌狀》:"謹
隨封進以聞,塵瀆宸嚴,伏增戰越。"元稹《爲嚴司空謝招討使表》:"天
光下濟,聖澤逾深。捧詔慚惶,心魂戰越。" 中謝:臣僚受職或受賞
後入朝謝恩。王讜《唐語林・政事》:"〔宣宗〕御筆曰:'醴泉縣令李君
奭可爲懷州刺史。'人莫測也,君奭中謝,上諭其事。"《資治通鑑・唐
武宗會昌四年》:"甲辰,以悰同平章事兼度支、鹽鐵轉運使,及悰中
謝,上勞之。"胡三省注:"既受命入謝,謂之中謝。"古代臣子上謝表,
例有"誠惶誠恐,頓首死罪"一類的套語,表示謙恭,後人編印文集往
往從略,而旁注"中謝"二字。《文選・羊祜〈讓開府表〉》:"夙夜戰慄,
以榮受憂(中謝)。"李善注:"中謝,言臣誠惶誠恐,頓首死罪。"周密
《齊東野語・中謝中賀》:"今臣僚上表,所稱誠惶誠恐及誠歡誠喜、頓
首、稽首者,謂之中謝、中賀。自唐以來,其體如此,蓋臣某以下,亦略
叙數語,便入此句,然後敷陳其詳。"

③ 聖時:聖明之時。張説《奉和御製》:"大塊鎔群品,經生偶聖
時。"楊萬里《三月二十六日殿試進士待罪集英殿門》:"諸儒莫作公孫
弘,千載何曾遇聖時!" 蔭:庇蔭,封建時代子孫因先世有功勞而得
到封賞或免罪。《隋書・柳述傳》:"少以父蔭,爲太子親衛。"《新唐
書・顏杲卿傳》:"杲卿以蔭調遂州司法參軍。"《新唐書・李德裕傳》:
"少力於學,既冠,卓犖有大節,不喜與諸生試,有司以蔭補校書郎。"

天屬：天性相連。《莊子·山木》：“或曰：‘棄千金之璧，負赤子而趨，何也？’林回曰：‘彼以利合，此以天屬也。’”後因稱父子、兄弟、姊妹等有血緣關係之親屬爲“天屬”。杜甫《行次昭陵》：“天屬尊堯典，神功協禹謨。”　牽絲：佩綬，謂任官。《文選·謝靈運〈初去郡〉》：“牽絲及元興，解龜在景平。”李善注：“牽絲，初仕；解龜，去官也。”韓翃《家兄自山南罷歸獻詩叙事》：“坐厭牽絲倦，因從解綬旋。”　瑣碎：瑣細，零碎。葛洪《抱朴子·百家》：“惑詩賦瑣碎之文，而忽子論深美之言。”黃庭堅《滿庭芳》：“微雨過，嬰姍藻荇。瑣碎浮萍。”　執簡：手持簡册。《左傳·襄公二十五年》：“南史氏聞太史盡死，執簡以往。”後以指任史官、御史之職。《文心雕龍·史傳》：“爰及太史談，世惟執簡；子長繼志，甄序帝勣。”岑參《送趙侍御歸上都》：“執簡皆推直，勤王豈告勞。帝城誰不戀？回望動離騷！”　當朝：本朝。《後漢書·黨錮傳序》：“時同郡河南尹房植有名當朝。”當代。杜甫《投贈哥舒開府翰二十韻》：“開府當朝傑，論兵邁古風。”　睦族：和睦親族。語出《書·堯典》：“克明俊德，以親九族。九族既睦，平章百姓。”《舊唐書·文宗紀》：“宜開列土之封，用申睦族之典。”

④ 材：資質，本能。《禮記·中庸》：“故天之生物，必因其材而篤焉！故栽者培之，傾者覆之。”鄭玄注：“材，謂其質性也。”韓愈《雜説四首》四：“策之不以其道，食之不能盡其材，鳴之而不能通其意。”才能，才幹。劉向《列女傳·齊田稷母》：“忠孝之事，盡材竭力。”韓愈《燕河南府秀才》：“群儒負己材，相賀簡擇精。”　駑：喻低劣無能。《史記·廉頗藺相如列傳》：“相如雖駑，獨畏廉將軍哉？”《漢書·匡衡傳》：“臣衡材駑，無以輔相善義，宣揚德音。”　氣：指人、物的屬性的天然特點。《易·乾》：“同聲相應，同氣相求。水流濕，火就燥，雲從龍，風從虎。”陸機《辨亡論》：“故同方者以類附，等契者以氣集。”指精神狀態，情緒。《史記·淮南衡山列傳》：“當今諸侯無異心，百姓無怨氣。”韓愈《送浮屠文暢師序》：“措之於其躬，體安而氣平。”　直：公

正,正直。《韓非子·解老》:"所謂直者,義必公正,公心不偏黨也。"
《新唐書·李夷簡傳》:"夷簡致位顯處,以直自閑,未嘗苟辭氣悅人。"
遐荒:邊遠荒僻之地。徐堅《奉和聖製送張說巡邊》:"至德撫遐荒,神
兵赴朔方。帝思元帥重,爰擇股肱良。"李白《流夜郎聞酺不預》:"北
闕聖人歌太康,南冠君子竄遐荒。漢酺聞奏鈞天樂,願得風吹到夜
郎!" 陛下:對帝王的尊稱。蔡邕《獨斷》:"漢天子正號曰皇帝,自稱
曰朕,臣民稱之曰陛下……陛下者,陛,階也,所由升堂也。天子必有
近臣執兵陳於階側,以戒不虞。謂之陛下者,群臣與天子言,不敢指
斥天子,故呼在陛下者而告之,因卑達尊之意也。"李白《春日行》:"小
臣拜獻南山壽,陛下萬古垂鴻名。" 遠藩:遠方的藩國、藩鎮。《魏
書·太宗紀》:"夏四月庚辰,車駕有事於東廟,遠藩助祭者數百國。"
韋應物《答僴奴重陽二甥》:"一朝忝蘭省,三載居遠藩。"《新唐書·李
德裕傳》:"河東張弘靖辟爲掌書記。" 臺閣:漢時指尚書臺,後亦泛
指中央政府機構。《後漢書·仲長統傳》:"光武皇帝慍數世之失權,
忿強臣之竊命,矯枉過直,政不任下,雖置三公,事歸臺閣。"李賢注:
"臺閣,謂尚書也。"王安石《送李宣叔倅漳州》:"朝廷尚賢俊,磊砢充
臺閣。" 夙夜:朝夕,日夜。桓寬《鹽鐵論·刺復》:"是以夙夜思念國
家之用,寢而忘寐,飢而忘食。"柳宗元《爲劉同州謝上表》:"庶當刻精
運力,夙夜祗勤,上奉雍熙,旁流愷悌。" 循省:檢查,省察。韓愈《潮
州謝孔大夫狀》:"欲致辭爲讓,則乖伏屬之禮;承命苟貪,又非循省之
道。"葉夢得《石林燕語》卷九:"今臣自循省,一無可取,乃與之同被選
擢,比肩並進,豈不玷朝廷之舉,爲士大夫所羞哉!" 效報:同"報
效",報恩效力,酬謝。《後漢書·樂恢傳》:"〔樂恢〕上書辭謝曰:'仍
受厚恩無以報效。'"韓愈《答柳柳州食蝦蟆》:"雖蒙句踐禮,竟不聞報
效。" 無階:謂沒有門徑。曹植《離思賦》:"慮征期之方至,傷無階以
告辭。"岳珂《桯史·淳熙內禪頌》:"墮在山林,無階上徹。"

⑤ 天眷:指帝王對臣下的恩寵。《晉書·庾冰傳》:"非天眷之

隆,將何以至此?"元稹《爲蕭相讓官表》:"伏望再移天眷,重選時英。"
曲臨:猶俯照。蕭統《謝敕參解講啓》:"中使曲臨,彌光函席。"《宋
書·謝靈運傳》:"仰憑陛下天鑒曲臨,則死之日,猶生之年也。" 獎
拔:獎勵提拔。《後漢書·郭太傳》:"其獎拔士人,皆如所鑒。"柳珵
《上清傳》:"臣起自刀筆小才,官已至貴,皆陛下獎拔。" 專席:獨坐
一席。《漢官儀》:"御史大夫、尚書令、司隸校尉皆專席,號'三獨
坐'。"《後漢書·宣秉傳》:"光武特詔御史中丞與司隸校尉、尚書令會
同,並專席而坐,故京師號曰'三獨坐'。" 中司:御史中丞的俗稱,錢
大昕《廿二史考異·句龍如淵傳》:"'即擢如淵中司。'中司者,御史中
丞也。此流俗之稱,不當用之正史。"白居易《叙德書情四十韻》:"股
肱分外守,耳目付中司。"蔡絛《鐵圍山叢談》卷三:"蔣八座 猷,賢者
也,嘗爲中司,有端直聲。"

⑥ 陳乞:陳述請求。嚴挺之《自撰墓誌》:"天寶元年,嚴挺之自
絳郡太守抗疏陳乞,天恩允請,許養疾歸閑,兼授太子詹事。"劉禹錫
《代裴相公讓官第一表》:"伏枕之初,已有陳乞,請罷真食,兼辭貴
階。" 叨榮:忝受恩榮。張九齡《賀麥登狀》:"臣等叨榮近侍,倍百恒
情,無任感戴忭躍之至。"《舊唐書·賈耽傳》:"自揣孱愚,叨榮非據。"
綸言:《禮記·緇衣》:"王言如絲,其出如綸。王言如綸,其出如綍。"
鄭玄注:"言言出彌大也。"後因以"綸言"爲帝王詔令的代稱。《晉
書·儒林傳序》:"雖尊儒勸學亟降於綸言,東序西膠未聞於弦誦。"柳
宗元《代韋中丞賀元和大赦表》:"綸言一降,庶政畢行。" 丹慊:猶丹
誠。任昉《爲齊明帝讓宣城郡公第一表》:"鉅平之懇誠必固,永昌之
丹慊獲申。"劉禹錫《代謝平章事表》:"臣恪居官次,遐守藩維,不獲伏
謝彤庭,陳露丹慊。" 破柱求奸:事見《後漢書·李膺傳》:"時張讓弟
朔爲野王令,貪殘無道,至乃殺孕婦,聞膺厲威嚴,懼罪逃還京師,因
匿兄讓第舍,藏於合柱中。膺知其狀,率將吏卒破柱取朔,付洛陽獄。
受辭畢,即殺之。"後以"破柱求奸"爲不畏權貴,搜索壞人,以正國法

的典故。《舊唐書·畢構傳》:"睿宗聞而善之,璽書勞曰:'……覽卿前後執奏,何異破柱求奸?'"亦省作"破柱"。白居易《和春深二十首》八:"何處春深好? 春深御史家……破柱行持斧,埋輪立駐車。"司馬光《送聶之美攝尉韋城》:"官曹大兒戲,弓槊小軍行。破柱翻偷窟,傾林索盜贓。"　碎首:碎裂頭顱,常用以形容敢於死諫的精神或行爲。王充《論衡·儒增》:"儒書言禽息薦百里奚,繆公未聽,出,當門僕頭碎首而死,繆公痛之,乃用百里奚。"《漢書·杜鄴傳》:"臣聞禽息憂國,碎首不恨;卞和獻寶,刖足願之。"　請事:訊問事情發生的原因。《國語·吳語》:"晉軍大駭不出,周軍飭壘,乃令董褐請事。"韋昭注:"請,問也。"猶請示,述職。《史記·秦始皇本紀》:"夏,章邯等戰數却,二世使人讓邯,邯恐,使長史欣請事。"《新唐書·闞播傳》:"德宗初,湖南峒賊王國良驚剽州縣,不可制,詔播宣輯,因得請事,對殿中。"

　　⑦ 死而後已:到死才甘休,形容終身奮鬥,終身忠誠。《論語·泰伯》:"士不可以不弘毅,任重而道遠。仁以爲己任,不亦重乎? 死而後已,不亦遠乎?"諸葛亮《後出師表》:"臣鞠躬盡力,死而後已,至於成敗利鈍,非臣之明所能逆覩也。"　苟然:隨隨便便。王安石《即事》三:"古人事一職,豈敢苟然爲?"尹洙《志古堂記》:"心無苟焉,可以制事;心無蔽焉,可以立言。惟無苟然,後能外成敗而自信其守也。"　日月:喻指帝、后,語本《禮記·昏義》:"故天子之與後,猶日之與月"。《史記·魏其武安侯列傳論》:"魏其之舉以吳楚,武安之貴在日月之際。"　末光:餘輝。陸機《樂府詩》一七:"願君廣末光,照妾薄暮年。"楊炯《中書令汾陰公薛振行狀》:"公含天地之間氣,依日月之末光,能備九德,兼資百行。"皎然《賦得燈心送李侍御萼》:"花驚春未盡,焰喜夜初長。別後空離室,何人借末光?"　天地:天和地,指自然界或社會。《文心雕龍·原道》:"文之爲德也大矣! 與天地並生者何哉!"柳宗元《封建論》:"天地果無初乎? 吾不得而知之也。"　殊造:至尊,代稱帝王。常袞《請入湯

表》：“伏蒙聖慈，特賜醫藥，殊造至深，灰粉酬恩，未申萬一。”柳宗元《代廣南節度使謝出鎮表》：“獻俘未遠，展效有期，希此微功，上答殊造。”

⑧　無任：敬詞，猶不勝，舊時多用於表狀、章奏或箋啓、書信中。張九齡《請御注道德經及疏施行狀》：“凡在率土，實多慶賚；無任忻戴忭躍之至。”蘇軾《徐州謝獎諭表》：“庶殫朽鈍，少補絲毫，臣無任。”懇款：懇切忠誠，亦指懇切忠誠之情。王維《請施莊爲寺表》：“上報聖恩，下酬慈愛，無任懇款之至。”陸游《乞致仕札子》：“天實臨之，冀俯從於懇款。伏望聖慈許臣守本官職，依前致仕。”　屏營：惶恐，彷徨。白居易《答桐花詩》：“無人解賞愛，有客獨屏營。”司馬光《謝御前札子催赴闕狀》：“臣無任瞻天望聖，激切屏營之至！”　之至：達到極點。許敬宗《賀洪州慶雲見表》：“況以臣等謬忝衣簪，旦夕巖廊，親開錫瑞，相呼抃躍，實百常情不勝悅豫之至。”程士禺《上沙門應不拜親表》：“不任私懷之至，謹奉表以聞，塵黷威嚴，伏增戰越。”

［編年］

《年譜》編年本文於元和四年，指實“李中丞”爲李夷簡，説明元稹代李夷簡作《謝官表》。理由是李夷簡拜御史中丞的“元和四年四月二十九日”與《謝官表》中的“今月二十九日”一致；《謝官表》中的“蔭分天屬”、“頃以材駑氣直，屢棄遐荒。陛下擢自遠藩，任兼臺閣”云云與李夷簡的宗室身份及貞元、元和間的經歷相符。《編年箋注》承襲《年譜》之説，認爲：“《舊唐書·憲宗紀》：元和四年四月甲辰‘以刑部郎中、侍御史知雜事李夷簡’。此《表》云：‘伏奉今月二十九日制，授臣御史中丞。’元和四年四月二十九日正當甲辰。又有‘蔭分天屬’之語，與李之宗室身份相合，故知此表撰於元和四年（八〇九）四月二十九日後。”《年譜新編》也承襲《年譜》、《編年箋注》的意見及理由，同樣編年本文於元和四年。唯一不同於《年譜》、《編年箋注》的是：“如此表不僞，元稹至遲五月初已歸到長安。”

　　我們以爲,《年譜》、《編年箋注》、《年譜新編》認爲元稹代爲撰寫謝表之"李中丞"是李夷簡的意見,忽略了最最重要的一點:元稹自元和四年三月七日至同年的五六月間正以監察御史的身份出使東川,遠在長安數千里之外的東川以及往返兩地的途中。元稹《臺中鞫獄憶開元觀舊事呈損之兼贈周兄四十韻》:"二月除御史,三月使巴蠻。蠻民詀諵訴,嚙指明痛瘝。憐蠻不解語,爲發昏帥奸。歸來五六月,旱色天地殷。"在李夷簡拜御史中丞的元和四年四月二十九日,《謝官表》必須馬上撰成並立刻上呈皇上,不容許有任何的拖延,而"五六月"才"歸來"的元稹如何能爲李夷簡代作這樣緊急的《謝官表》? 第二,《年譜》、《編年箋注》、《年譜新編》一再強調的"甲辰"確實是元和四年四月二十九日的干支,但通讀本文全篇,並沒有一詞一句提及"甲辰","甲辰"應該與本文無關,它不能作爲本文編年的證據。第三,本文祇是説"今月二十九日",通篇并沒有説"四月二十九日",兩者並不相同,"四月二十九日"與"今月二十九日"還是有所區別的。第四,《年譜》、《編年箋注》、《年譜新編》對"陰分天屬"的理解是片面的,它不僅適用於宗室身份的李夷簡,也同樣適用於不是宗室身份的其他人。而"牽絲入仕"祇是表明"初仕"而已,則更與"宗室身份"無關。上文"箋注"已經反復論證,此不重複。第五,"頃以材騖氣直,屢棄遐荒。陛下擢自遠藩,任兼臺閣"云云,不一定是李夷簡特有的經歷,其他一些初期仕途不順的人也都具備類似的經歷。

　　如此説來,李夷簡不是元稹《代李中丞謝官表》文中的"李中丞",那末這位"李中丞"又應該是誰呢? 唐代李姓官員太多,李姓的御史中丞也不少,實在很難指實。據《新唐書·李程傳》,李程曾經歷職"御史中丞",他又是元稹的連襟,關係甚近。但據上下文意推算,其出任御史中丞在元和十一、十二年間,十三年六月至長慶二年間,李程就已經出任鄂岳觀察使,而元和十一、十二年間,元稹貶在通州司馬任,並且正在興元治病,無論如何也不可能代長安的李程作"謝官表"。李紳也曾歷職"御史中丞",但具體時間在長慶二年九月,當時元稹已經出貶同州,僅僅從時間、地點推算,元稹也不可能爲李紳撰作"謝官表"。在元稹衆多的"李姓"交遊中,李景儉、李景信、李逢吉、李宗閔、李絳、李建等終身未歷"御史中丞"之職,他們都不應該是本文提及的"李中丞"。

其餘李姓"御史中丞"而又與元稹關係較好者,尚有李德裕。據《舊唐書·李德裕傳》以及《新唐書·李德裕傳》"少力於學,既冠,卓犖有大節,不喜與諸生試,有司以蔭補校書郎"之言,與元稹文"蔭分天屬"、"頃以材驚氣直,屢棄遐荒。陛下擢自遠藩,任兼臺閣"云云,也一一與李德裕生平情況相符。且其時元稹與李德裕同在長安的朝廷之中,元稹還同日從工部侍郎改拜宰相,由白居易代元稹撰作"謝官表":《爲宰相謝官表(爲微之作)》。《舊唐書·穆宗紀》:(長慶二年)"二月癸亥朔……辛巳……以工部侍郎元稹守本官同平章事。以翰林學士中書舍人李德裕爲御史中丞。"元稹與李德裕、李紳三人感情不替,《舊唐書·李德裕傳》:"時德裕與李紳、元稹俱在翰林,以學識才名相類,情頗款密。"《舊唐書·李紳傳》:"歲餘,穆宗召爲翰林學士,與李德裕、元稹同在禁署,時稱三俊,情意相善。"史書日期"二月十九日"與本文日期"今月二十九日"稍有不符,而"二月"與"今月",祇是同一月份的兩種不同説法而已。我們以爲"二十九日"的"二"字爲衍字,或者"月"與"二"兩字乙倒,"今月二十九日"應是"今二月十九日"之誤。據此,我們以爲元稹本文即是爲李德裕而作,時間在長慶二年二月十九日當天或其後一天内,地點在長安,元稹剛剛以工部侍郎同平章事。

◎ 故中書令贈太尉沂國公墓誌銘^①

　　長慶二年某月某日，司禮氏持第一品憲弩已下備衛，椎鉦鼓鳴鐃簫笳笛，前導我沂國公洎某國夫人某氏合葬于某縣某鄉某里某原。先是，沂國嗣子肇乞予銘墓石^②。

　　按：沂國公，姓田氏，諱某字某，平州盧龍人。曾祖璟，官至鄭州別駕。祖延惲，官至安東都護府司馬，沂國既貴，贈尚書右僕射。父庭玠，官至銀青光禄大夫、相州刺史、中丞，沂國既貴，累贈至司空^{(一)③}。

　　公本諱興，司空第某子。幼敏雋，年十八爲魏博衙前都知兵馬使。自是魏劇地劇職盡更之，由太子賓客、沂國公，累加殿中御史、侍御史、中丞、秘書監。元和七年，同節度副使，步射之衆皆隸焉^④！

　　魏帥季安卒，子懷諫始十餘歲，惡輩樹之。不累月，魏法大壞^⑤。一旦，萬衆相鼓噪^(二)，皆曰："田中丞當爲帥！"公曰："叱叱止止！"衆曰："何謂也？"公曰："爾輩牽制孺子，猶一累，吾焉能受？爾輩即欲受吾使，用我乎？"皆曰："諾！"^⑥公曰："孺子之家敢有辱者死，擅殺人者死，掠財者死，天子未命敢有言吾麾節者死，記吾世敢有不從吾忠孝者死，汝輩可乎？"皆曰："可！"^⑦

　　公乃狀其事於先帝，先帝大悦，降工部尚書、魏博相衞貝澶六州節度、支度營田觀察處置制^(三)，刻節以授之。而又賜縑錢，赦死罪，復租入^⑧。公乃獻地圖，編口籍，修職貢，上吏員，凡魏之廢置，不關于有司者，悉罷，軍司馬已下皆請命於

6973

廷。然後斬暴亂，叙勞舊，除僭異，弛禁閉⑨。家家始以燈火相會聚，親戚吉凶通吊問，出入無所詰（四）。魏之人，老者聞見平時多出涕，少者不知所以然，百辟四方皆奉賀⑩。

明年，錫嘉名。又明年，加僕射。十三年，子布功於蔡，加司空。十四年，帥師克東平，加司徒、平章宰相事。八月，朝京師，乞侍從。先帝付以山東，加侍中、實封以遣之⑪。

十五年，會上新即位，成德表帥，上曰："非吾勛賢，莫可入者。"轉中書令以往焉⑫！是日，命子布節度河陽以張之。公既入鎮，去就事法猶在魏。魏之人相與立石乞文于陛下，陛下詔臣稹爲文以付之。先是，瀛之樂壽、博野入於鎮，公乃奏歸之⑬。

長慶元年七月，幽州亂，公即日命將悉帥麾下集於境⑭。鎮人初受制，未慣用於王。是月二十八日，潛作亂，公薨於師，年至五十八。天子震悼，罷五日朝，冊贈太尉⑮。下詔徵天下兵，且命子布脱縗經總魏師以自報。兵勢未合，布冤憤自殺，遂罷討。二年（五），鎮人歸其喪，詔葬有加焉⑯！

嗚呼！魏之法虐切疑忌，諸將以才多死者。公既故爲刺史子，又多才，好讀書，識理亂形勢，孝友信義，士衆多附服，官望已重，不宜免。然而晦養謹慎，不下二十年（六），訖無禍⑰。用是建大勛，更大鎮，模樣聲名施於後世。身以忠殁，子以孝殁，纍纍在壙下者，如公幾何人⑱？公若干男，若干女（七），子布終魏博節度使，子肇鳳翔府少尹，子犫某將軍，子某某官，子某某官。女邵氏，某氏婦。近世勛將，尤貴富者言李、郭，然而汾陽、西平，猶不得父子並世爲節制。公與子布同日登將壇，諸子洎伯季（八），龜綬金銀被腰佩者十數人，不亦多乎哉⑲！

銘曰：忠乎仁乎？可以用於彼而不可用於此乎？何魏人之不我以異，而鎮人之不與我爲徒？化萇弘而爲血，辨青旐於葦蒲。感異物之先兆，豈人力之能圖？送橫之客歌《薤露》，于嗟沂公今已乎⑳！

錄自《元氏長慶集》卷五三

［校記］

（一）累贈至司空：原本作"贈累至司空"，楊本、叢刊本同，據宋蜀本、《全文》改。

（二）萬衆相鼓噪：原本作"萬衆相叫噪"，楊本、叢刊本、《全文》同，據宋蜀本改。

（三）支度營田觀察處置制：原本作"度支營田觀察處置制"。度支是中央官署名，魏晉始置，掌管全國的財政收支，長官爲度支尚書，南北朝以度支尚書領度支、金部、倉部、起部四曹，隋開皇初改度支尚書爲民部尚書，唐因避太宗李世民諱，改民部爲户部，旋復舊稱。唐人詩篇中有諸多書證，如權德輿《奉和度支李侍郎早朝》："鳳駕趨北闕，曉星啓東方。鳴騶分騎吏，列燭散康莊。"又如楊巨源《胡二十拜户部兼判度支》："清機果被公材撓，雄拜知承聖主恩。廟略已調天府實，國征方覺地官尊。"而支度即"支度使"，是地方官名，與"度支"不同。唐各道節度使多兼支度、營田、招討、經略使。其屬有支度判官。又金都運司内亦有支度判官。支度使非户部三司使中的度支使。錢大昕《十駕齋養新録·度支支度不同》："度支者，户部四司之一……至各道節度使有帶支度營田使者，則其屬有支度判官，此外任幕職也。"本書稿中類如的書證比比皆是，如元稹《故金紫光禄大夫檢校司徒兼太子少傅贈太保鄭國公食邑三千户嚴公行狀》："（嚴綬）尋以檢校司空拜荆南節度、觀察、支度等使，兼江陵尹、御史大夫，進封鄭國公，食邑三千户。後累歲，遷山南東道節度、觀察、處置、支度、營田等使，兼襄州刺史、司空、大夫皆如故。”又如白居易《除段祐撿校兵部尚書右神策軍大將軍制》：“四鎮北庭行軍、兼涇原等州節度支度營田觀察處置等使、光禄大夫、撿挍工部尚書、使持節涇州諸軍事、涇州刺史、兼御史大夫、上柱國、雁門郡開國公段祐：早膺事任，累著公忠。名因義聞，位以勤致。”元稹的墓誌銘、白居易的制誥文就是兩個明顯的例證，故此處稱“度支”不妥，據楊本、叢刊本、《全文》改。

（四）出入無所詰：宋蜀本、盧校、叢刊本、《全文》作“出入封無所詰”，楊本作“出入封無所誥”，盧校：“似脱一字。”録以備考，不從不改。

（五）二年：原本作“三年”，楊本、叢刊本、《全文》同，據本文“長慶二年某月某日”句改。

（六）不下二十年：《全文》同，楊本、叢刊本作“物下三十年”，宋蜀本、盧校作“不下三十年”。《舊唐書·田弘正傳》有“當季安之世……弘正假以風痺請告，灸灼滿身，季安謂其無能爲”之描述，是爲田弘正“晦養謹慎”之時。考田季安貞元十二年（796）拜魏博節度使，至元和七年（812）病卒，前後不到二十年，故以“不下二十年”爲是，不從“不下三十年”之説。

（七）公若干男，若干女：原本誤作“公若千男，若千女”，據楊本、叢刊本、《全文》改。

（八）諸子洎伯季：原本作“諸子泊伯季”，楊本、叢刊本同，據宋蜀本、盧校、《全文》改。

［箋注］

① 故中書令贈太尉沂國公墓誌銘：本文與《沂國公魏博德政碑》均是叙述田弘正生平、讚揚其忠於李唐品格之作，兩文與元稹的其他

文稿如《謝准朱書撰田弘正碑文狀》、《進田弘正碑文狀》、《贈田弘正等父制》、《贈田弘正等母制》、《起復田布魏博節度等使制》、《招討鎮州制》等可以並讀，讀來感人至深令人泪下，更見元稹對田弘正不僅言辭讚揚有加，而且從內心欽佩不已。　　故：過去，從前。《史記·李將軍列傳》："今將軍尚不得夜行，何乃故也！"酈道元《水經注·原公水》："縣，故秦置也。"　　中書令：中書省主官，正二品。《舊唐書·職官志》："中書令之職，掌軍國之政令，緝熙帝載，統和天人。入則告之，出則奉之，以厘萬邦，以度百揆，蓋佐天下而執大政也。"皇甫澈《賦四相詩·中書令鍾紹京》："景龍仙駕遠，中禁奸豐結。謀猷葉聖朝，披鱗奮英節。"裴度《題南莊》："野人不識中書令，喚作陶家與謝家。"不過本文的"中書令"僅僅祇是榮銜，並非負有實職的職事官。贈：賜死者以爵位或榮譽稱號。《後漢書·鄧騭傳》："悝閶相繼並卒，皆遺言薄葬，不受爵贈。"趙昇《朝野類要·入仕》："生曰封，死曰贈。"太尉：官名，秦至西漢設置，爲全國軍政首腦，與丞相、御史大夫並稱三公。漢武帝時改稱大司馬，東漢時太尉與司徒、司空並稱三公。歷代亦多曾沿置，但漸變爲加官，無實權。至宋徽宗時，定爲武官官階的最高一級。但本身並不表示任何職務，一般常用作武官的尊稱。上官儀《和太尉戲贈高陽公》："薰爐御史出神仙，雲鞍羽蓋下芝田。紅塵正起浮橋路，青樓遙敞御溝前。"劉長卿《夏口送長寧楊明府歸荆南因寄幕府諸公》："關西楊太尉，千載德猶聞。白日俱終老，清風獨至君。"　　國公：封爵名，隋始置，自唐至明皆因之。《隋書·百官志》："國王、郡王、國公、郡公、縣公、侯、伯、子、男，凡九等。"元稹《贈太保嚴公行狀》："階崇金紫，爵極國公。"　　墓誌銘：放在墓裏刻有死者事迹的石刻，一般包括誌和銘兩部分：誌多用散文，叙述死者姓氏、生平等；銘是韵文，用於對死者的讚揚、悼念。梁蕭《處州刺史李公墓誌銘》："公姓李氏，諱某，隴西成紀人也，字曰公受。"元稹《唐故使持節萬州諸軍事萬州刺史賜緋魚袋劉君墓誌銘》："銘曰：氣成鬱噎，必爲風雲。有志不泄，死當能神。神固不昧，故吾有云。”

② 司禮：唐高宗時一度改百司之名稱，司禮即尚書省禮部。《舊唐書·職官志》：“龍朔二年二月甲子，改百司及官名：改尚書省爲中臺，僕射爲匡政，左右丞爲肅機，左右司郎中爲成務；吏部爲司列，主爵爲司封，考功爲司績；禮部爲司禮，祠部爲司禋，膳部爲司膳，主客爲司蕃；户部爲司元，度支爲司度，倉部爲司倉，金部爲司珍；兵部爲司戎，職方爲司域，駕部爲司輿，庫部爲司庫；刑部爲司刑，都官爲司僕，比部爲司計；工部爲司平，屯田爲司田，虞部爲司虞，水部爲司川；餘司依舊。”《舊唐書·職官志》：“龍朔二年，司禮少常伯孫茂道奏稱：‘舊令六品、七品着綠，八品、九品着青。深青亂紫，非卑品所服，望請改八品、九品着碧，朝參之處聽兼服黃。’從之” 第一品：即“一品”，封建社會中官品的最高一級，自三國魏以後，官分九品，最高者爲一品。《晉書·惠帝紀》：“乃發王公奴婢手春給兵廪，一品以下不從征者，男子十三以上皆從役。”賈島《上杜駙馬》：“妻是九重天子女，身爲一品令公孫。” 幰弩：加有布罩的弓弩，古代儀仗所用。《通典·禮》：“親王鹵簿，清道六人爲三重，次幰弩一。”《新唐書·儀衛志》：“一品鹵簿，有清道四人爲二重，幰弩一騎。” 備衛：儀衛。《晉書·潘尼傳》：“越二十四日景申，侍祠者既齊輿駕次於太學，太傅在前，少傅在後，恂恂乎弘保訓之道。宮臣畢從，三率備衛，濟濟乎肅翼贊之敬，乃埽壇爲殿，懸幕爲宮。”杜光庭《洞淵神咒經序》：“左右龍虎將軍、侍衛官吏各二十餘人，立屏兩畔，如有備衛焉！” 椎：用椎打擊。《戰國策·齊策》：“秦始皇嘗使使者遺君王后玉連環……君王后引椎椎破之。”《史記·魏公子列傳》：“朱亥袖四十斤鐵椎，椎殺晉鄙。” 鉦：一種古代樂器，形似鐘而狹長，有柄，擊之發聲，用銅製成，行軍時用以節止步伐。《詩·小雅·采芑》：“鉦人伐鼓。”毛傳：“鉦以静之，鼓以動之。”孔穎達疏：“《説文》云：‘鉦，鐃也，似鈴，柄中上下通。’然則鉦即鐃也。”陳奐傳疏：“《詩》言誓師，則鉦即《大司馬》之鐸、鐲、鐃

矣……鄭司農注《周禮》亦以鐸、鐲、鐃謂鉦之屬，然則鉦其大名也。”
《文選・張衡〈東京賦〉》：“次和樹表，司鐸授鉦。”薛綜注：“鉦鐸，所以
爲軍節。”一說鉦爲一種形似鐃、鐸的樂器。羅振玉《古器物識小錄・
鐃》：“鉦與鐃不僅大小異，形制亦異：鉦大而狹長，鐃小而短闊；鉦柄
實，故長，可手執；鐃柄短，故中空，須續以木柄，乃便執持。”　鼓：打
擊樂器，多爲圓桶形或扁圓形，中間空，一面或兩面蒙著皮革。《漢
書・律曆志》：“八音：土曰塤，匏曰笙，皮曰鼓，竹曰管，絲曰絃，石曰
磬，金曰鐘，木曰柷。”顏師古注：“鼓音郭也，言郭張皮而爲之。”韓愈
《游城南・晚雨》：“投竿跨馬蹋歸路，繞到城門打鼓聲。”　鳴：使物發
聲。《孟子・離婁》：“孔子曰：‘求非我徒也，小子鳴鼓而攻之可也。’”
孟郊《答晝上人止讒作》：“俗侶唱桃葉，隱士鳴桂琴。”　鐃：一種打擊
樂器，形制與鈸相似，唯中間隆起部分較小，其徑約當全徑的五分之
一，以兩片爲一副，相擊發聲，大小相當的鐃與鈸，鐃所發的音低於鈸
而餘音較長。《文心雕龍・樂府》：“至於軒岐鼓吹，漢世鐃挽，雖戎喪
殊事，而並總入樂府。”黃叔琳注：“《宋書・樂志》：漢《鼓吹鐃歌》十八
曲。譙周《法訓》：《挽歌》者，高帝召田橫，至尸鄉自殺。從者不敢哭，
爲此歌以寄哀音焉！《古今注》：《薤露》、《蒿里》，並喪歌也，言人命如
薤上之露，易晞滅也，亦謂人死魂魄歸乎蒿里。至孝武時，李延年乃
分爲二曲，《薤露》送王公貴人，《蒿里》送士大夫庶人，使挽柩者歌之，
亦呼爲《挽歌》。”柳宗元《唐鐃歌鼓吹曲・東蠻》：“歌詩鐃鼓間，以壯
我之戎。”　簫：一種竹制管樂器，古代的簫用許多竹管編成，有底；後
代的簫衹用一根竹管做成，不封底，直吹，也叫洞簫。韓愈《梁國惠康
公主挽歌二首》二：“秦地吹簫女，湘波鼓瑟妃。”《舊唐書・音樂志》：
“漢世有洞簫，又有管，長尺圍寸而併漆之。”　笳：古管樂器，即胡笳，
漢時流行於塞北和西域一帶，傳說爲春秋時李伯陽避亂西戎時所造，
漢張騫從西域傳入，其音悲凉，後形制遞變，名稱亦各異。魏晉以後
以笳、笛爲軍樂，入鹵簿。杜摯《笳賦》：“羈旅之士，感時用情，乃命狄

人，操筍揚清。"李白《江夏贈韋南陵冰》："山水何曾稱人意？不然鳴
筍按鼓戲滄流，呼取江南女兒歌棹謳。" 笛：笛子。《周禮·春官·
笙師》："笙師掌教龡竽、笙、塤、籥、簫、篪、簜、管、舂牘、應、雅，以教祴
樂。"孫詒讓正義："笛之孔數，言四孔加一者，丘仲也；言五孔者，杜子
春也；言七孔三孔者，許慎也；言六孔七孔者，荀勖也……大抵漢魏六
朝所謂笛，皆豎笛也，宋元以後謂豎笛爲簫，謂橫笛爲笛，而笛之名實
淆矣！"韓愈《和崔舍人詠月二十韻》："郡樓何處望？隴笛此時聽。"
前導：引導，引路。孟元老《東京夢華錄·駕行儀衛》："三衙並帶禦器
械官皆小帽、背子或紫繡戰袍，跨馬前導。"我國古代官吏出行時前列
的儀仗，也包括官吏下葬時的儀仗。《新五代史·安重誨傳》："重誨
嘗出，過御史臺門，殿直馬延誤衝其前導，重誨怒，即臺門斬延而後
奏。" 合葬：古代專指夫妻同葬一墓穴。董仲舒《春秋繁露·三代改
制質文》："別眇夫婦，同坐而食，喪禮合葬，祭禮先享，婦從夫爲昭
穆。"韓愈《故太學博士李君墓誌銘》："其月二十六日，穿其妻墓而合
葬之。" 嗣子：舊時稱嫡長子。韓愈《唐故檢校尚書左僕射右龍武軍
統軍劉公墓誌銘》："子四人：嗣子光禄主簿縱，學於樊宗師，士大夫多
稱之；長子元一……次子景陽、景長，皆舉進士。"王應奎《柳南隨筆·
嗣子》："又〔昌黎〕《節度使李公墓誌銘》云：公有四子，長曰元孫，次曰
元質，曰元立，曰元本。元立、元本皆崔氏出。'葬得日，嗣子元立與
其昆弟四人請銘於韓氏。'昌黎所謂嗣子，與《漢書》正同，皆所謂嫡長
子也。蓋庶出之子，雖年長於嫡出，而不得爲嗣子。" 墓石：墓誌，墓
碑。獨孤及《唐故大理寺少卿兼侍御史河南獨孤府君墓誌銘并序》：
"知已之道，斯其行者鮮矣！及敢不以直詞書仲父之美於墓石？"權德
輿《金紫光禄大夫司農卿邵州長史李公墓誌銘》："元道等泣以墓石見
托，雖文之鄙樸，而不敢辭也。"

　　③ "按"十七句：沂國公，即田弘正，詳見《舊唐書·田弘正傳》，
部份我們已經在《沂國公魏博德政碑》作過介紹，其餘部份如下："田

弘正，本名興。祖延惲。魏博節度使承嗣之季父也。位終安東都護府司馬。延惲生廷玠，幼敦儒雅，不樂軍職，起家爲平舒丞，遷樂壽、清池、束城、河間四縣令，所至以良吏稱。大曆中，累官至太府卿、滄州別駕。遷滄州刺史兼御史中丞，充橫海軍使。承嗣與淄青李正己、恒州李寶臣不協，承嗣既令廷玠守滄州，而寶臣、朱滔聯兵攻擊，欲兼其土宇。廷玠嬰城固守，連年受敵，兵盡食竭，人易子而食，卒無叛者，卒能保全城守。朝廷嘉之，遷洺州刺史，又改相州。屬薛萼之亂，承嗣蠶食薛嵩所部。廷玠守正字民，不以宗門迴避而改節。建中初，族侄悦代承嗣領軍政，志圖凶逆，慮廷玠不從，召爲節度副使。悦奸謀頗露，廷玠謂悦曰：‘爾藉伯父遺業，可稟守朝廷法度，坐享富貴，何苦與恒、鄆同爲叛臣？自兵亂以來，謀叛國家者，可以歷數，鮮有保完宗族者。爾若狂志不悛，可先殺我，無令我見田氏之赤族也！’乃謝病不出，悦過其第而謝之，廷玠杜門不納，將吏請納。建中三年，鬱憤而卒……(元和)十五年十月，鎮州王承宗卒，穆宗以弘正檢校司徒兼中書令、鎮州大都督府長史，充成德軍節度、鎮冀深趙觀察等使。弘正以新與鎮人戰伐，有父兄之怨，乃以魏兵二千爲衛從。十一月二十六日，至鎮州，時賜鎮州三軍賞錢一百萬貫，不時至，軍衆誼騰以爲言。弘正親自撫喻，人情稍安，仍表請留魏兵爲紀綱之僕，以持衆心，其糧賜請給於有司。時度支使崔倰不知大體，固阻其請，凡四上表，不報。明年七月，歸卒於魏州，是月二十八日夜軍亂，弘正并家屬參佐將吏等三百餘口並遇害，穆宗聞之震悼，册贈太尉，賵賻加等。弘正孝友慈惠，骨肉之恩甚厚。兄弟子侄在兩都者數十人，競爲崇飾，日費約二十萬，魏、鎮州之財，皆輦屬於道。河北將卒心不平之，故不能盡變其俗，竟以此致亂。”　別駕：據《舊唐書・職官志》，文職官名，從四品。蘇頲《贈彭州權別駕》：“雙流脈脈錦城開，追餞年年往復迴。祇道歌謠迎半刺，徒聞禮數揖中台。”苑咸《送大理正攝御史判涼州別駕》：“天子念西疆，咨君去不違。垂銀棘庭印，持斧柏臺綱。”　都護：

官名，漢宣帝置西域都護，總監西域諸國，並護南北道，爲西域地區最高長官。其後廢置不常，晉宋以後，公府則有參軍都護、東曹都護，職權較卑，與漢制異。唐置安東、安西、安南、安北、單于、北庭六大都護，權任與漢同，且爲實職。《漢書・鄭吉傳》：“吉既破車師，降日逐，威震西域，遂並護車師以西北道，故號都護，都護之置自吉始焉！”顏師古注：“並護南北二道，故謂之都。都猶大也，總也。”王維《隴西行》：“都護軍書至，匈奴圍酒泉。”

④ 敏隽：聰明俊秀。《北史・宋世景傳》：“道璵少而敏俊，自太學博士轉京兆。”《宋史・楊昭儉傳》：“昭儉少敏俊，後唐長興中登進士第，解褐成德軍節度推官，歷鎮魏掌書記。” 劇地：繁雜難治之地。權德輿《送建州趙使君序》：“是邦爲東閩劇地，故相安平穆公嘗理焉！”蘇舜欽《答范資政書》：“況某性疏且拙……苟致之劇地，責其功績，徒自勞困，而無補於時也。” 劇職：艱巨煩劇的職務。《左傳・襄公十六年》：“祁奚、韓襄、欒盈、士鞅爲公族大夫。”杜預注：“祁奚去中軍尉爲公族大夫，去劇職就閑官。”《北史・裴漢傳》：“漢少有宿疾，恒帶虛羸，劇職煩官，非其好也。” 步射：步兵與弓箭手。李純《授田興魏博節度使制》：“魏博軍步射都知兵馬使、同節度副使、檢校秘書監兼御史中丞、沂國公田興，深明有融，忠孝是力，介若金石，通乎弛張。”李德裕《代彥佐與澤潞三軍書》：“李相公抱真武略忠誠，復總戎柄，教習步射，振起軍聲，爲列鎮之雄，皆李公之力。”

⑤ “魏帥季安卒”五句：事見《新唐書・田弘正傳》：“季安死，子懷諫襲節度，召（弘正）還舊職。懷諫委政於家奴蔣士則，措置不平，衆怒。” 惡輩：指田懷諫身邊的奸險小人。寒山《詩三百三首》九〇：“五逆十惡輩，三毒以爲親。一死入地獄，長如鎮庫銀。”拾得《詩》五〇：“五逆十惡輩，三毒以爲鄰。死去入地獄，未有出頭辰。” 法：規章，制度。《孟子・離婁》：“遵先王之法而過者，未之有也。”司馬光《與王介甫書》：“言利之人，皆攘臂圜視，銜鬻争進，各鬥智巧，以變更

祖宗舊法。” 壞:敗壞,衰亡。柳宗元《衡山中院大律師塔銘》:“礱茲石兮垂萬年,世有壞兮德無遷。”曾鞏《本朝政要策·文館》:“三館之設,盛於開元之世,而衰於唐室之壞。”

⑥ 萬衆:衆人,千萬人,極言人多。《漢書·石顯傳》:“愚臣微賤,誠不能以一軀稱快萬衆。”陸游《題庵壁》:“大床獨卧豪猶在,萬衆橫行策竟疏。” 鼓噪:喧嚷,起哄。《穀梁傳·定公十年》:“兩君就壇,兩相相揖,齊人鼓譟而起,欲以執魯君。”范甯注:“群呼曰譟。”敬括《季秋朝宴觀内人馬伎賦》:“徒觀其匪疾匪徐,以舞以蹈;旋中規而六轡沃若,動合節而萬人鼓噪。” 叱叱:驅使牲畜聲。陸游《致仕後述懷》五:“叱叱驅黄犢,行行跨白驢。”象聲詞。蔣防《霍小玉傳》:“至縣旬日,生方與盧氏寢,忽帳外叱叱作聲。” 止止:停止,止住。《法華經·方便門》:“止止不須説,我法妙難思。”寶參《湖上閑居》:“止止復何云? 物情何自私?” 孺子:幼兒,兒童。《孟子·公孫丑》:“今人乍見孺子將入於井,皆有怵惕惻隱之心。”蘇軾《教戰守策》:“今者治平之日久,天下之人驕惰脆弱,如婦人孺子。”

⑦ 擅殺:未經批准而擅自誅殺。《國語·晉語》:“夫以回鬻國之中,與絶親以買直,與非司寇而擅殺,其罪一也。”《宋史·仁宗紀》:“戊午,詔獲劫盜者奏裁,毋擅殺。” 掠財:搶劫財物。李昂《討王庭湊德音》:“諸軍所次,不得妄加殺戮,並焚爇廬舍,暴掠財産。”《宋史·李好義傳》:“誓於衆曰:‘入宫妄殺人掠財物者死。” 麾節:指揮旗和符節。葛洪《抱朴子·知止》:“丹旗雲蔚,麾節翕赫。”李華《韓國公張仁願廟碑銘》:“瞻我麾節,以爲進退。”借指將帥、節度使。周密《癸辛雜識別集·馬光祖》:“吏事强敏,風力甚著,前後麾節,皆有可觀。” 忠孝:忠於君國,孝於父母。張説《昭容上官氏碑銘》:“外圖邦政,内諗天子。憂在進賢,思求多士。忠孝心感,天焉報之?”楊炎《安州刺史杜公神道碑》:“惟公主忠孝,根仁義。事親有極致之道,執喪有甯戚之哀。”

⑧ 先帝：前代已故的帝王。郭子儀《請改元立號表》：“陛下親討元凶，指麾戎旅，尊先帝於靈武，返上皇於巴蜀。”元稹《授李絳檢校右僕射兼兵部尚書制》：“又焉敢以勞倦之故，煩先帝舊臣？” 支度：即“支度使”，官名，唐各道節度使多兼支度、營田、招討、經略使，其屬有支度判官。《舊唐書·職官志》：“凡天下邊軍，有支度使，以計軍資糧仗之用。”《新唐書·百官志》：“〔節度使〕兼支度、營田、招討、經略使，則有副使、判官各一人。” 緡錢：用繩穿連成串的錢。《舊唐書·劉悟傳》：“悟少有勇力，叔逸準爲汴帥，積緡錢數百萬於洛中，悟輒破扃鐍，悉盜用之。”白居易《策林·息遊惰策》：“當豐歲，則賤糶半價不足以充緡錢；遇凶年，則息利倍稱不足以償逋債。” 死罪：應該判處死刑的罪行。《左傳·昭公二年》：“有死罪三，何以堪之？不速死，大刑將至。”《史記·太史公自序》：“爲人臣子而不通於《春秋》之義者，必陷篡弑之誅、死罪之名。” 復：還，返回。《易·泰》：“無往不復。”高亨注：“復，返也。”李頻《寄遠》：“槐欲成陰分袂時，君期十日復金扉。槐今落葉已將盡，君向遠鄉猶未歸。” 租入：繳納的賦稅，租稅收入。《後漢書·成武孝侯順傳》：“封成武侯，邑戶最大，租入倍宗室諸家。”柳宗元《捕蛇者說》：“募有能捕之者，當其租入。”

⑨ 地圖：古指描摹土地山川等地理形勢的圖。按：地圖之學，我國自古重之。《史記》、《漢書》明言輿地圖者甚多。晉代裴秀自製《禹貢地域圖》十八篇；唐朝李吉甫《元和郡縣圖志》以當時四十七節鎮爲標準，每鎮篇首皆有圖，但今俱佚不存。《戰國策·趙策》：“臣竊以天下地圖案之，諸侯之地，五倍於秦。”《史記·刺客列傳》：“誠得樊將軍首與燕督亢之地圖，奉獻秦王，秦王必說見臣。” 口籍：名籍，戶口冊。《後漢書·百官志》：“凡居宮中者，皆有口籍於門之所屬。” 口：人，人口。《孟子·梁惠王》：“百畝之田，勿奪其時，數口之家可以無飢矣！”《新唐書·孔戣傳》：“南方鬻口爲貨，掠人爲奴婢。” 籍：人名簿。《史記·蒙恬列傳》：“高有大罪，秦王令蒙毅法治之。毅不敢阿

法,當高罪死,除其宦籍。"《文心雕龍·事類》:"夫經典沈深,載籍浩瀚,實群言之奧區,而才思之神皋也。"　職貢:古代稱藩屬或外國對於朝廷按時的貢納。《左傳·襄公二十九年》:"魯之於晉也,職貢不乏,玩好時至。"玄奘《大唐西域記·磔迦國》:"摩揭陀國婆羅阿迭多王崇敬佛法,愛育黎元,以大族王淫刑虐政,自守疆場,不供職貢。"吏員:泛指大小官員。《漢書·百官公卿表》:"吏員自佐史至丞相,十二萬二百八十五人。"《後漢書·光武帝紀》:"今百姓遭難,戶口耗少,而縣官吏職所置尚繁,其令司隸、州牧各實所部,省減吏員。"　廢置:猶興革。《後漢書·卓茂傳》:"初,茂到縣,有所廢置,吏人笑之,鄰城聞者皆蚩其不能。"《宋史·兵志》:"厥後廢置損益,隨時不同。"　司馬:唐制,節度使屬僚有行軍司馬。劉長卿《送裴使君赴荆南充行軍司馬》:"盛府南門寄,前程積水中。月明臨夏口,山晚望巴東。"白居易《聞李六景儉自河東令授唐鄧行軍司馬以詩賀之》:"泥埋劍戟終難久,水借蛟龍可在多? 四十著緋軍司馬,男兒官職未蹉跎。"　暴亂:行凶作亂,以武力破壞社會秩序。《管子·明法解》:"夫舍公法而行私惠,則是利奸邪而長暴亂也。"《淮南子·齊俗訓》:"讓則禮義生,爭則暴亂起。"　勞舊:有功的舊臣。《舊唐書·張九齡傳》:"官爵者,天下之公器,德望爲先,勞舊次焉!"元稹《郭釗等轉勛制》:"粵若十有二勛,以馭親賢,以詔勞舊,以稽秩序,以行慶賜。"　僭異:指僭服異器。元稹《沂國公魏博德政碑》:"奉宣詔條,除去僭異,猶魏政也。"白居易《判》:"得景於私家陳鐘磬,鄰人告其僭……然恐賜同魏絳,僭異於奚,且彰北闕之恩,何爽南鄰之擊。是殊國禁,無告家藏。"　禁閉:閉關,閉鎖。《宋書·西南夷訶羅陁國傳》:"伏願聖王,遠垂覆護,並市易往反,不爲禁閉。"元稹《代諭淮西書》:"彼魏博三軍之士……蓋苦其束縛禁閉,終日以城門爲戰場,思復泰然游泳於王澤耳!"

⑩ 會聚:聚會,匯合。《公羊傳·莊公四年》:"古者諸侯必有會聚之事,相朝聘之道。"《隋書·音樂志》:"宗室會聚,奏《族夏》。"　吉

凶：指吉事和喪事。班固《白虎通·喪服》：“故吉凶不同服，歌哭不同聲，所以表中誠也。”孟元老《東京夢華録·民俗》：“凡百吉凶之家，人皆盈門。” 吊問：吊祭死者，慰問其家屬。《漢書·蕭望之傳》：“宜遣使吊問，輔其微弱，救其灾患，四夷聞之，咸貴中國之仁義。”李洞《題咸陽樓》：“吊問難知之，登攀强滴罇。” 出入：出進。《史記·項羽本紀》：“所以遣將守關者，備他盗出入與非常也。”杜甫《石壕吏》：“有孫母未去，出入無完裙。” 詰：追問，詢問。《老子》：“視之不見，名曰‘夷’；聽之不聞，名曰‘希’；搏之不得，名曰‘微’。此三者不可致詰，故混而爲一。”《新五代史·裴迪傳》：“迪召公立問東事，公立色動，乃屏人密詰之，具得其事。” 出涕：因感激而流眼泪。杜甫《與嚴二郎奉禮别》：“出涕同斜日，臨風看去塵。”梅堯臣《永叔自南陽至余郊迓馬首訪謝公奄然相與流涕作是詩以寫懷》：“及郊逢故友，出涕各霑襦。” 百辟：百官。《宋書·孔琳之傳》：“（徐）羨之内居朝右，外司轂轂，位任隆重，百辟所瞻。”白居易《醉後走筆酬劉五主簿長句之贈》：“閶闔晨開朝百辟，冕旒不動香烟碧。” 四方：天下，各處。《淮南子·原道訓》：“泰古二皇，得道之柄，立於中央，神與化遊，以撫四方。”高誘注：“撫，安也。四方，謂之天下也。”《新唐書·吐蕃傳》：“陛下平定四方，日月所照，並臣治之。” 奉賀：祝賀。《後漢書·桓榮傳》：“永平十五年，入授皇太子經，遷越騎校尉，詔敕太子、諸王各奉賀致禮。”獨孤及《送李副使充賀正使赴上都序》：“正月元日，和氣資始，大行設九賓於蓬萊前殿，皇帝輦出，百辟奉賀。”

⑪ “明年”十七句：事見元稹《沂國公魏博德政碑》、《舊唐書·田弘正傳》。 嘉名：好名字，好名稱。《楚辭·離騷》：“皇覽揆余于初度兮，肇錫余以嘉名。名余曰正則兮，字余曰靈均。”《舊唐書·肅宗章敬皇后吴氏》：“伏以山陵貞兆，良吉有期，虞祔之儀，式資配享。率由故實，敬奉嘉名。”本文指田興奉唐憲宗之命，改爲田弘正之事。《舊唐書·憲宗紀》：“（元和八年）二月乙酉朔，辛卯，田興改名弘正。”

東平：即鄆州，《元和郡縣志·河南道》："鄆州（東平大都督府）：今爲淄青節度使理所……在漢爲東平國，屬兗州。後漢封皇子蒼，是爲憲王。宋及後魏並爲東平郡，周宣帝于此置魯州，尋廢。隋分兗州萬安縣置鄆州，大業三年罷州爲東平郡。隋亂陷賊，武德五年討平徐圓朗，于今鄆城縣置鄆州，爲總管府，本理鄆城。貞觀八年以下濕，移理須昌，貞元三年爲都督府。"李白《贈閭丘宿松》："阮籍爲太守，乘驢上東平。剖竹十日間，一朝風化清。"高適《東平留贈狄司馬》："古人無宿諾，茲道以爲難。萬里赴知己，一言誠可嘆。"　侍從：隨侍帝王或尊長左右。《漢書·史丹傳》："自元帝爲太子時，丹以父高任爲中庶子，侍從十餘年。"元稹《進馬狀》："右臣竊聞道路相傳，車駕欲暫游幸溫湯，未知虛實者。臣職居守土，侍從無因。"　實封：古代封建國家名義上封賜給功臣貴戚食邑的户數與實際封賞數往往不符，實際上賜與的封户叫實封。《資治通鑑·唐玄宗開元十年》："十一月乙未，初令宰相共食實封三百户。"胡三省注引《唐會要》曰："舊制，凡有功之臣賜實封者，皆以課户先準户數，州縣與國官、邑官執帳，供其租調，各準配租調，遠近，州縣官司收其脚值，然後付國邑官司。其丁準此，入國邑者收其庸。"高承《事物紀原·實封》："《通典》曰：唐封公侯無國土，其加實封者，則食其所封之户，分食諸郡，以租庸調給。沿革曰魏黃初間，爵自關内侯不食邑，但虛封而已，故唐因之加實封。《宋朝會要》曰：唐制食實封者，户給縑帛，每賜爵遞加一級，唐末及五代始有特加邑户，而罷實封之給，今位爲虛名也。"

⑫ "十五年"三句：事見《舊唐書·王承元傳》："元和十五年冬，（成德軍節度使）承宗卒，秘不發喪，大將謀取帥於旁郡。時參謀崔燧密與握兵者謀，乃以祖母涼國夫人之命，告親兵及諸將，使拜承元。承元拜泣不受，諸將請之不已，承元曰：'天子使中貴人監軍，有事盡先與議。'及監軍至，因以諸將意贊之。承元謂諸將曰：'諸公未忘先德，不以承元齒幼，欲使領事。承元欲效忠於國，以奉先志，諸公能從

之乎?'諸將許諾,遂於衙門都將所理視事,約左右不得呼留後,事無巨細,決之參佐。密疏請帥,天子嘉之,授銀青光禄大夫、檢校工部尚書兼滑州刺史、義成軍節度、鄭滑觀察等使。" 表:啓奏,上奏章給皇帝。《東觀漢紀・劉茂傳》:"茂負太守孫福,逾墙出,藏城西門下空穴中,擔穀給福及妻子百餘日,福表爲議郎。"《新唐書・王同皎傳》:"又博陵人郎岌亦表後及楚客亂,被誅。" 勛賢:有功勛有才能的人。《後漢書・朱景王杜等傳論》:"若乃王道既衰,降及霸德,猶能授受惟庸,勛賢皆序,如管隰之迭升桓世,先趙之同列文朝。"

⑬ "是日"兩句:事見《舊唐書・田布傳》:"十五年冬,弘正移鎮成德軍,仍以布爲河陽三城懷節度使。父子俱擁節旄,同日拜命。時韓弘亦與子公武俱爲節度使,然人以忠勤多田氏。" 張:壯大,盛大,強大。《詩・大雅・韓奕》:"四牡奕奕,孔修且張。"毛傳:"修,長;張,大。"蘇頲《遣御史大夫王晙等巡按諸道制》:"且政寬而慢,法弊則通,弛而張之,庶其致理。" 立石:樹立碑石。《史記・秦始皇本紀》:"二十八年,始皇東行郡縣,上鄒嶧山,立石。"《新唐書・張仲武傳》:"仲武表請立石以紀聖功,帝詔德裕爲銘,揭碑盧龍,以告後世。" 乞文:意謂請求銘刻在石碑上的表彰文章。元稹《沂國公魏博德政碑》:"朕有臣弘正,自魏入鎮,魏人思之。因守臣懇狀其德政,乞文於碑。"柴榮《定考滿月限詔》:"每年常調選人及諸色求仕人,取十月一日已前到京,下納文解及陳乞文狀,委所司依舊例磨勘注授。" "先是"四句:關於博野、樂壽,前後歸屬不同。《舊唐書・地理志》記載:"博野:漢蠡吾縣,屬涿郡,後漢分置博陵縣,後魏改爲博野。武德五年置蠡吾州,領博野、清苑,割定州之義豐三縣,八年州廢,三縣各還本屬。九年復立,蠡州領博野、清苑二縣,貞觀元年廢蠡州,博野、清苑屬瀛州,永泰中屬深州。 樂壽:漢樂城縣,屬河間國,城在今縣東南十六里。後魏移縣東北,近古樂壽亭,因改爲樂壽。隋屬河間郡,永泰中割屬深州。"此事前因後果,事見《舊唐書・憲宗紀》:"(元和十年)秋

七月庚午朔……甲戌詔：‘成德軍節度使王承宗……其所部博野、樂壽兩縣，本屬范陽，宜却隸劉總……’先是，承宗上表怨咎武元衡，留中不報。又肆指斥，上使持其表以示百官，群臣皆請問罪。”此後，還有後文：《舊唐書·穆宗紀》：“（長慶元年十二月）庚午，杜叔良之軍與賊戰於博野，為賊所敗，七千人陷賊，叔良僅免……（長慶二年四月）忻州刺史李寰守博野，王廷湊攻之不下。其李寰所領兵宜割屬右神策，以寰為軍使，仍以忻州軍為名。”正因為如此，田弘正才有“奏歸”之舉。

　　⑭ “長慶元年七月”兩句：事見《舊唐書·穆宗紀》：“（長慶元年七月）甲寅，幽州監軍使奏：‘今月十日軍亂，囚節度使張弘靖別舘，害判官韋雍、張宗元、崔仲卿、鄭塤。軍人取朱滔子洄為留後。’丁巳，貶張弘靖為太子賓客分司。己未，再貶弘靖為吉州刺史。朱洄自以年老，令軍人立其子克融為留後。初劉總歸朝，籍其軍中素難制者送歸闕庭，克融在籍中。宰相崔植、杜元穎素不知兵，心無遠慮，謂兩河無虞，不復禍亂矣！遂奏劉總所籍大將並勒還幽州，故克融為亂，復失河北矣！”　麾下：即部下。《史記·秦本紀》：“繆公與麾下馳追之，不能得晉君。”《後漢書·滕撫傳》：“撫所得賞賜，盡分於麾下。”

　　⑮ “鎮人初受制”六句：事見《舊唐書·穆宗紀》：“（長慶元年）八月甲子朔，己巳，鎮州監軍宋惟澄奏：‘七月二十八日夜軍亂，節度使田弘正并家屬將佐三百餘口並遇害，軍人推衙將王廷湊為留後。辛未……敕公卿大臣至中書議幽鎮討伐之謀。癸酉，王廷湊遣盜殺冀州刺史王進岌，據其郡。乙亥，以前涇原節度使田布起復檢校工部尚書兼魏州大都督府長史，充魏博節度使。己卯，以深州刺史、本州團練使牛元翼充深冀節度使……”　受制：受他人轄制。《後漢書·呂布傳》：“君擁十萬之衆，當四戰之地，撫劍顧眄，亦足以為人豪，而反受制，不以鄙乎？”《三國志·諸葛亮傳》：“權勃然曰：‘我不能舉全吳之地，十萬之衆，受制於人。’”　作亂：製造叛亂，暴亂。《論語·學

而》:"不好犯上而好作亂者,未之有也。"《史記·五帝本紀》:"蚩尤作亂,不用帝命。" 薨:死的別稱。《新唐書·百官志》:"凡喪,三品以上稱薨,五品以上稱卒,自六品達于庶人稱死。"令狐楚《李相薨後題斷金集》:"一覽斷金集,載悲埋玉人。牙弦千古絕,珠泪萬行新。"白居易《感舊并序》:"故李侍郎杓直,長慶元年春薨。元相公微之,太和六年秋薨。崔侍郎晦叔,太和七年夏薨。劉尚書夢得,會昌二年秋薨。" 震悼:驚愕悲悼。《楚辭·九章·抽思》:"願承閑而自察兮,心震悼而不敢。"《陳書·徐陵傳》:"奄然殞逝,震悼於懷。" 罷朝:指皇帝停止臨朝停止處理政事。韓愈《鳳翔隴州節度使李公墓誌銘》:"訃至,上悼愴罷朝,遣郎中臨吊。"元稹《贈賻王承宗制》:"天子之於百辟也,公則有君臣之義,私則有父子之恩。生則有列爵以報功,沒則有加榮以錫命。遠則罷朝以申悼,近則幸第以臨喪。" 册贈:以册書對死者追加封賜。荀悅《漢紀·成帝紀》:"霸薨,上素服臨吊者再,賜東園秘器錢帛,册贈以列侯禮葬,諡曰列君。"令狐峘《顏魯公集神道碑》:"皇帝徹懸震悼,乃册贈上公。詔有司具鼓吹羽儀,送於墓所。"

⑯ "下詔徵天下兵"五句:事見《舊唐書·田布傳》:"布,弘正第三子。始弘正爲田季安裨將,鎮臨清。布年尚幼,知季安身世必危,密白其父帥其所鎮之衆歸朝,弘正甚奇之。及弘正節制魏博,布掌親兵,國家討淮蔡,布率偏師隸嚴綬,軍於唐州,授檢校秘書監兼殿中侍御史。前後十八戰,破凌雲柵,下郾城,布皆有功,擢授御史中丞。時裴度爲宣撫使,嘗觀兵於沱口,賊將董重質領驍騎遽至,布以二百騎突出溝中擊之,俄而諸軍大集,賊乃退去。淮西平,拜左金吾衛將軍兼御史大夫。十三年,丁母憂,起復舊官……長慶元年春,移鎮涇原。其秋,鎮州軍亂,害弘正,都知兵馬使王廷湊爲留後。時魏博節度使李愬病不能軍,無以捍廷湊之亂,且以魏軍田氏舊旅,乃急詔布至,起復爲魏博節度使,仍遷檢校工部尚書,令布乘傳之鎮。布喪服居堊室。去旌節導從之飾。及入魏州,居喪御事,動皆得禮。其祿俸月入

百萬，一無所取。又籍魏中舊産，無巨細計錢十餘萬貫，皆出之以頒軍士。牙將史憲誠出己麾下，謂必能輸誠報效，用爲先鋒兵馬使，精銳悉委之。時屢有急詔，促令進軍。十月，布以魏軍三萬七千討之，結壘於南宮縣之南。十二月，進軍，下賊二柵。時朱克融囚張弘靖，據幽州，與廷湊掎角拒命。河朔三鎮，素相連衡，憲誠陰有異志。而魏軍驕侈，怯於格戰，又屬雪寒，糧餉不給，以此愈無鬥志，憲誠從而間之。俄有詔分布軍與李光顏合勢，東救深州，其衆自潰，多爲憲誠所有，布得其衆八千。是月十日，還魏州。十一日，會諸將復議興師，而將卒益倨，咸曰：‘尚書能行河朔舊事，則死生以之；若使復戰，皆不能也。’布以憲誠離間，度衆終不爲用，嘆曰：‘功無成矣！’即日密表陳軍情，且稱遺表，略曰：‘臣觀衆意，終負國恩。臣既無功，不敢忘死。伏願陛下速救光顏、元翼，不然則義士忠臣，皆爲河朔屠害。’奉表號哭，拜授其從事李石，乃入啓父靈，抽刀自刺，曰：‘上以謝君父，下以示三軍！’言訖而絶。時議以布才雖不足，能以死謝家國，心志決烈，得燕趙之古風焉！穆宗聞之駭嘆，廢朝三日，詔曰：‘……可贈尚書右僕射。’布子在宥，大中年爲安南都護，頗立邊功。(弘正子)群，太和八年爲少府少監，充入吐蕃使，歷棣州刺史、安南都護。(弘正子)牟，會昌初爲豐州刺史、天德軍使，歷武寧軍節度使，大中朝爲兗海節度使，移鎮天平軍。諸子皆以邊上立功，累更藩鎮，以忠義爲談者所稱。” 縗絰：喪服。李冗《獨異志》卷下：“陸雲有笑癖……嘗自服縗絰上船，見水中影，笑而墮水。”《新唐書・吳保安傳》：“時保安以彭山丞客死，其妻亦没，仲翔爲服縗絰，囊其骨，徒跣負之，歸葬魏州。”兵勢：兵力情況，用兵佈陣。《韓非子・十過》：“秦穆公迎而拜之上卿，問其兵勢與其地形。”《南史・曹武傳》：“世宗性嚴明，頗識兵勢，末遂封侯富顯。” 自殺：自己殺死自己。《史記・秦始皇本紀》：“二十四年，王翦、蒙武攻荆，破荆軍，昌平君死，項燕遂自殺。”《後漢書・袁敞傳》：“敞廉勁不阿權貴，失鄧氏旨，遂自殺。” 罷：停止。《論語・子罕》:"夫子循循善誘人,博我以文,約我以禮,欲罷不能。"李夢符《答常學士》:"罷修儒業罷修真,養拙藏愚春復春。" 詔葬:下詔安葬,古代給有勛功大臣的殊榮。《舊唐書・職官志》:"凡詔葬大臣,一品則卿護其喪事,二品則少卿,三品丞一人往。"韓翃《爲田神玉謝詔葬兄神功畢表》:"臣亡兄某以今月二十日詔葬永畢,感恩追慟,肝心如裂。臣某中謝。"白居易《大唐故賢妃京兆韋氏墓誌銘》:"元和四年四月某日,妃薨於某所。以某年四月某日,詔葬於萬年縣上好里洪平原。上悼焉! 哀榮之禮,有以加焉!" 有:助詞,無義,本文作動詞詞頭。《詩・邶風・日月》:"胡能有定? 寧不我顧?"《後漢書・鄭太荀彧等傳贊》:"彧之有弼,誠感國疾。" 加:增益,更加。《論語・子路》:"加我數年,五十以學《易》,可以無大過矣!"《孟子・梁惠王》:"鄰國之民不加少,寡人之民不加多。"

⑰ 虐:殘害,侵淩。《左傳・文公十五年》:"君子之不虐幼賤,畏於天命也。"韓愈《嗟哉董生行》:"時之人,夫妻相虐,兄弟爲讎。" 切:嚴酷,苛刻。《文子・上禮》:"故爲政以苛爲察,以切爲明……大敗大裂之道也。"《魏書・毛修之傳》:"且亮既據蜀……弗量勢力,嚴威切法,控勒蜀人。"《新唐書・朱敬則傳》:"故不設鉤距,無以順人;不切刑罰,無以息暴。" 疑忌:猜疑妒忌。《三國志・劉表傳》:"表雖外貌儒雅,而心多疑忌。"韓愈《張中丞傳後叙》:"〔許遠〕位本在巡上,授之柄而處其下,無所疑忌。" 理亂:治與亂。《管子・霸言》:"堯舜之人,非生而理也;桀紂之人,非生而亂也:故理亂在上也。"李白《經亂離後天恩流夜郎憶舊遊書懷贈江夏韋太守良宰》:"誤逐世間樂,頗窮理亂情。" 形勢:局勢,情況。《文子・上德》:"質的張而矢射集,林木茂而斧斤入,非或召之也,形勢之所致。"呂溫《代賀生擒李錡表》:"陛下重難戎事,深潛遠人。先示招諭,後加討伐。方伯嚴兵,有司調食。經略纔下,形勢已張。" 孝友:指對兄弟友愛。韓愈《順宗實錄》:"城孝友,不忍與其弟異處,皆不娶,給侍終身。"吳曾《能改齋

漫録・議論》：“昔王祥、王覽當東漢之末，兄弟隱居者三十餘年，以孝友著名于世。”　信義：信用和道義。《三國志・諸葛亮傳》：“將軍既帝室之胄，信義著於四海，總攬英雄，思賢如渴。”韓愈《唐故贈絳州刺史馬府君行狀》：“君在家，行孝友，待賓客朋友有信義。”　士衆：衆士兵，指部隊的普通戰鬥成員。《穀梁傳・昭公八年》：“禽雖多，天子取三十焉！其餘與士衆。”《三國志・法正傳》：“鄭度説璋曰：‘左將軍縣軍襲我，兵不滿萬，士衆未附，野穀是資，軍無輜重。’”　附服：親附。范浚《張府君墓誌銘》：“合力保壁，衆悉附服。”周紫芝《頡利殺唐儉》：“及頡利走保鐵山，舉國内附服，而舍之可以柔懷矣！”　晦養：猶養晦，謂隱藏才能，不使外露。蕭至忠《大智禪師碑銘》：“廿三年秋八月，始現衰疾，閉關晦養，不接人事。”李觀《與房武支使書》：“觀静居養晦，束髮初冠，累受郡薦，不隨計偕，直以無親於權右，寡譽於鄉曲。”此事見《舊唐書・田弘正傳》所載：“當季安之世，爲衙内兵馬使。季安惟務侈靡，不恤軍務，屢行殺罰，弘正每從容規諷，軍中甚賴之。季安以人情歸附，乃出爲臨清鎮將，欲捃摭其過害之。弘正假以風痺請告，灸灼滿身，季安謂其無能爲。”　謹慎：言行慎重小心，以免發生有害或不幸的事情。《穀梁傳・桓公三年》：“父戒之曰：‘謹慎從爾舅之言。’母戒之曰：‘謹慎從爾姑之言。’”元稹《叙詩寄樂天書》：“朝廷大臣以謹慎不言爲樸雅，以時進見者不過一二親信。”　訖：副詞，終究，竟然。《後漢書・伏湛傳》：“自行束修，訖無毁玷。”李賢注：“訖，竟也。”宋祁《范陽張公神道碑銘》：“尚書訖不自明，故下遷。”

⑱用是：因此。崔嘏《授李瑤雲陽縣令等制》：“用是被之寵光，旌此休問。各從其適，無忝已知。”杜牧《朱能裕除景陵判官制》：“用是獎擢，爰資守奉。夙夜勤敬，無忝委任。”　大勳：大勳勞，大功業。《後漢書・馮異傳》：“璽書勞異曰：‘赤眉破平，士吏勞苦……方論功賞，以答大勳。’”《晉書・劉頌傳》：“宜承大勳之籍，及陛下聖明之時，開啓土宇。”　大鎮：重鎮，大藩鎮。酈道元《水經注・文水》：“水西出

狐岐之山,東逸六壁城南,魏朝舊置六壁於其下,防離石諸胡,因爲大
鎮。太和中罷鎮,仍置西河郡焉!"《舊唐書·李愬傳》:"惟愬六遷大
鎮,所處先人舊宅一院而已。" 模樣:圖樣,形狀。《南齊書·魏虜
傳》:"群臣瞻見(明堂)模樣,莫不僉然欲速造。"玄奘《大唐西域記·
覩貨邏國故地總述》:"貨用金、銀等錢,模樣異於諸國。" 聲名:名
聲。《禮記·祭統》:"銘者,論譔其先祖之有德善、功烈、勳勞、慶賞、
聲名,列於天下,而酌之祭器。自成其名焉! 以祀其先祖者也。"杜甫
《奉贈王中允維》:"中允聲名久,如今契闊深。" 後世:某一時代以後
的時代。《易·繫辭》:"上古穴居而野處,後世聖人易之以宮室。"韓
愈《送高閑上人序》:"故旭之書,變動猶鬼神,不可端倪,以此終其身
而名後世。" 忠歿:爲忠而獻身。姚勉《運屬姚公伯武墓誌銘》:"初,
乙太學上舍生及進士第,後以忠歿王事。"陳宜甫《吊李時傑》:"忠歿
誰稱叔? 又賢屬官隨。母入幽燕將,門氣概終無。" 孝歿:爲孝獻
身。 孝:孝順,善事父母。《左傳·隱公三年》:"君義,臣行,父慈,
子孝,兄愛,弟敬,所謂六順也。"《舊唐書·李德武妻裴氏傳》:"性婉
順有容德,事父母以孝聞。"謂孝道。《孝經·庶人》:"自天子至於庶
人,孝無終始,而患不及者,未之有也。"李隆基注:"始自天子,終於庶
人,尊卑雖殊,孝道同致。"李密《陳情表》:"伏望聖朝以孝治天下,凡
在故老,猶蒙矜育,況臣孤苦,特爲尤甚。" 歿:死,去世。《史記·屈
原賈生列傳》:"伯樂既歿兮,驥將焉程兮?"《周書·鄭孝穆傳》:"父叔
四人並早歿。" 纍纍:重積貌,眾多貌。《漢書·石顯傳》:"印何纍
纍,綬若若邪!"顏師古注:"纍纍,重積也。"《樂府詩集·紫騮馬歌》:
"遙看是君家,松柏冢纍纍。" 幾何:猶若干,多少。《史記·白起王
翦列傳》:"於是始皇問李信:'吾欲攻取荊,於將軍度用幾何人而
足?'"《新唐書·李多祚傳》:"〔張柬之〕乃從容謂曰:'將軍居北門幾
何?'曰:'三十年矣!'"

⑲ 近世:猶近代。《韓非子·奸劫弑臣》:"故癘雖癰腫疕瘍,上

比於春秋，未至於絞頸射股也；下比於近世，未至餓死擢筋也。"韓愈
《唐故盧丞墓誌銘》："陰陽星曆，近世儒莫學，獨行簡以其力餘學，能
名一世。"　勛將：有功之將軍。《北齊書·高德政傳》："帝便發晉陽，
至平城，都召諸勛將入，告以禪讓之事。"《北齊書·崔昂傳》："世宗入
輔朝政，召爲開府長史。時勛將親族賓客在都下放縱，多行不軌。"
李郭：唐代並稱"李郭"者，既有李光弼與郭子儀之說，也有郭子儀與
李晟之說，他們三人都是唐代平定叛亂、捍衛李唐的名將。所謂"李
郭"，一般指李光弼與郭子儀。《舊唐書·李光弼傳》："李光弼，營州
柳城人，其先契丹之酋長。父楷洛，開元初左羽林將軍同正、朔方節
度副使，封薊國公。"《新唐書·李光弼傳》："與郭子儀齊名，世稱李
郭，而戰功推爲中興第一。"《建炎以來繫年要録·紹興十一年》："李
郭在唐俱稱名將，有大功於王室。然光弼負不釋位之釁，陷於嫌隙。
而子儀聞命就道，以勛名福禄自終。"但本文元稹提及的"李郭"，因爲
下句涉及"汾陽"、"西平"之稱，應該指郭子儀與李晟。據《舊唐書·
郭子儀傳》、《舊唐書·代宗紀》、《舊唐書·德宗紀》，有"汾陽郡王郭
子儀"、"汾陽郡王……郭子儀"等記載，又據《舊唐書·李晟傳》、《舊
唐書·德宗紀》，有"李晟，字良器，隴右臨洮人，祖思恭，父欽，代居隴
右"、"李晟……改封西平郡王"等語。《編年箋注》將本文之"李郭"註
釋爲"李晟"與"郭子儀"並沒有錯，但所引書證却是錯了：《編年箋注》
註釋："李郭：中唐名將李晟與郭子儀之並稱。顏真卿《開府儀同三司
太尉李公神道碑銘》：'臨淮(李晟)、汾陽(郭子儀)秉文武忠義之資，
廓清河朔，保乂王室，翼載三聖，天下之人，謂之李郭。'"其中"(李
晟)"、"(郭子儀)"並非顏真卿原文，而是《編年箋注》所括注。查閱顏
真卿《開府儀同三司太尉李公神道碑銘》之文，亦即顏真卿《開府儀同
三司太尉兼侍中河南副元帥都知河南淮南淮西荆南山南東五道節度
行營事東都留守上柱國贈太保臨淮武穆王李公神道碑銘》之文，却並
非爲李晟所寫，而是爲李光弼而撰，《編年箋注》所引上句接下來即

是:"異代同德,今古一時。公諱光弼,京兆萬年人也。"文題中的"臨淮武穆王李公"是指"李光弼",而非"李晟",《編年箋注》有意或無意略引文題,隱去"臨淮武穆王"關鍵性的五字,並隨意括注"李晟",在讀者眼花繚亂之際,完成了變"李光弼"爲"李晟"的戲法。據上引之文,李光弼祖籍爲"營州柳城",或稱"京兆萬年",李晟祖籍爲"隴右臨洮",雖然同爲"李"姓,却並非一族。《編年箋注》的錯誤雖然算不上"張冠李戴",但也可謂此"李"非彼"李"了。　　並世:同存於世,同時。《墨子·兼愛》:"吾非與之並世同時,親聞其聲,見其色也。"黃庭堅《題劉將軍雁》:"祁連將軍一筆雁,生不並世俱名家。"　節制:指節度使。《舊唐書·李德裕傳》:"〔鄞郡道士〕謂予曰:'公當爲西南節制,孟冬望舒前,符節至矣!'"范仲淹《依韵答并州鄭大資政見寄》:"節制重并汾,淹留又見春。"　將壇:將帥的指揮臺或閱兵臺。元稹《起復田布魏博節度等使制》:"而况於身登將壇,父死人手,家讎國耻,併在一門。"李玨《故丞相太子少師贈太尉牛公神道碑銘》:"出鎮淮海,不改相印,再登將壇。"　伯季:指兄弟排行裏的老大和最小的。《孔叢子·連叢子》:"吾聞孔氏自三父之後,能傳祖之業者,常在於叔祖;今觀《連叢》所記,信如所聞。然則伯季之後,弗克負荷矣!"也作兄弟解。元稹《唐故越州刺史兼御史中丞薛公神道碑文》:"近世諸薛群從伯季,死喪猶相功緦者數十人。"　龜綬:猶龜綬。揚雄《太玄·格》:"格其珍類,龜綬屬。"范望注:"龜爲印,綬爲綬。"《宋史·陳洪進世家》:"祖父荷漏泉之澤,子弟享列土之榮。榮戟在門,龜綬盈室。"腰佩:古代繫在腰間以别官階的佩件。仲謓《後漢溧陽侯史崇墓碑頌》:"三台五鼎,駙馬奉車。腰佩兩印,綬帶雙綢。"元稹《王仲舒等加階制》:"以銀青朝散爲名者,非我特製則不克授。蓋門户有榮戟之榮,腰佩有龜綬之異也。"

⑳　忠:忠誠無私,盡心竭力。《左傳·成公九年》:"無私,忠也。"《新唐書·朱敬則傳》:"元忠、説秉心忠一,而所坐無名,殺之失天下

望。”　仁:仁慈;厚道。《論語·泰伯》:“君子篤於親,則民興於仁;故舊不遺,則民不偷。”何晏集解:“君能厚於親屬,不遺忘其故舊,行之美者,則民皆化之,起爲仁厚之行,不偷薄。”《孟子·告子》:“惻隱之心,仁也。”　萇弘:字叔,又稱萇叔,周靈王、周敬王的大臣劉文公所屬大夫,劉氏與晉范氏世爲婚姻,在晉卿内訌中,由於幫助了范氏,晉卿趙鞅爲此聲討,萇弘被周人殺死,傳說死後三年,其血化爲碧玉,事見《左傳·哀公三年》。《莊子·外物》:“人主莫不欲其臣之忠,而忠未必信,故伍員流於江,萇弘死於蜀,藏其血三年,而化爲碧。”後亦用以借指屈死者的形象。左思《蜀都賦》:“碧出萇弘之血,鳥生杜宇之魄。”　旂:古代畫有兩龍並在竿頭懸鈴的旗。《詩·周頌·載見》:“龍旂陽陽,和鈴央央。”《漢書·韋賢傳》:“黼衣朱紱,四牡龍旂。”葦蒲:義近“旌蒲”,古時徵聘賢士所用的旌帛和蒲車。《後漢書·逸民傳序》:“旌帛蒲車之所徵賁,相望於巖中矣!”蕭繹《薦鮑幾表》:“旌蒲出魯,賁帛歸齊。”　異物:指已死的人。《史記·屈原賈生列傳》:“化爲異物兮,又何足患!”司馬貞索隱:“謂死而形化爲鬼,是爲異物。”孟浩然《過景空寺故融公蘭若》:“故人成異物,過客獨潸然。”先兆:預兆。《文選·陸機〈漢高祖功臣頌〉》:“伐謀先兆,擠響於音。”李善注:“言將伐其謀,先其未兆。”方干《送王霖赴舉》:“須憑吉夢爲先兆,必恐長才偶盛時。”　人力:人的勞力,人的力量。《孟子·梁惠王》:“以萬乘之國伐萬乘之國,五旬而舉之,人力不至於此。”柳宗元《辯侵伐論》:“備三有餘,而以用其人。一曰義有餘,二曰人力有餘,三曰貨食有餘。”　送橫:爲橫死者送喪。《類說·樂府解題》:“喪歌蒿里行,古喪歌,本出田橫門人,歌以送橫一章,言人命奄忽如薤露。”橫:不測,意外,突然。《淮南子·詮言訓》:“内修極而橫禍至者,皆天也,非人也。”李肇《唐國史補》卷中:“臣伏見餘氏一家遭橫禍死者實二平人,蒙顯戮者乃一孝子。”　薤露:樂府《相和曲》名,是古代的挽歌。宋玉《對楚王問》:“其爲《陽阿》、《薤露》,國中屬而和者數百人。”

崔豹《古今注》卷中："《薤露》、《蒿里》，並喪歌也。出田橫門人，橫自殺，門人傷之，爲之悲歌，言人命如薤上之露，易晞滅也，亦謂人死，魂魄歸乎蒿里……至孝武時，李延年乃分爲二曲，《薤露》送王公貴人，《蒿里》送士大夫庶人，使挽柩者歌之，世呼爲挽歌。"葉適《張提舉挽詞》："長年慣唱漁家曲，難聽兹晨薤露聲。" 于嗟：嘆詞，表示悲嘆。《史記·呂太后本紀》："趙王餓，乃歌曰……于嗟不可悔兮寧蚤自財，爲王而餓死兮誰者憐之！"元積《唐故建州蒲城縣尉元君墓誌銘》："禽交加，六神没，于嗟元君歸此室。" 已乎：算了。《左傳·昭公十二年》："〔南蒯〕將適費，飲鄉人酒。鄉人或歌之曰：'我有圃，生之杞乎？從我者子乎？去我者鄙乎？倍其鄰者耻乎？已乎，已乎！非吾黨之士乎！'"楊伯峻注："已乎、已矣乎、已矣哉，皆絶望之詞。"陸贄《謝密旨因論所宣事狀》："伏願稍留睿思，特加省察，斯實群臣庶免於戾，豈唯苗氏一族，存歿幸賴而已乎？"

［編年］

  未見《年譜》、《年譜新編》編年本文，均屬於不應該遺漏的遺漏。而對於《年譜新編》來説，竟然與《年譜》同樣漏編本文，是偶然的巧合，還是另有玄機？據筆者編年元積全部詩文之後得知，《年譜新編》這樣的巧合實在不是一二處而已，相信讀者審閲拙稿之後，肯定會有同感。《編年箋注》編年："此《墓誌銘》云：'長慶二年某月某日，司禮氏持第一品慟弩已下備衛，椎鉦鼓鳴鐃簫笳笛，前導我沂國公洎某國夫人某氏合葬于某縣某鄉某里某原。'權定此《墓誌銘》撰於長慶二年（八二二）元積在相位或刺同期間。"《編年箋注》的編年含糊而籠統，此話等於没有説。

  我們以爲，本文可以具體編年。《新唐書·牛元翼傳》："長慶二年，詔赦庭湊罪，徙元翼山南東道，以深州賜庭湊，使中人促元翼南。庭湊恨之，已受詔，兵不解。招討使裴度詒書誚讓，克融解而歸，庭湊退舍,詔並加檢校工部尚書,兩悅之。"據《舊唐書·穆宗紀》,此事在長慶二年二月四日稍後:"二月癸亥朔,甲子,詔雪王廷湊,仍授鎮州大都督府長史、御史大夫,充成德軍節度、鎮冀深趙等州觀察等使,三軍將士待之如初,仍令兵部侍郎韓愈往彼宣諭。以前吉州刺史張弘靖爲撫州刺史,弘靖初貶官,尚在幽州,拘留半歲,克融授節,始得還,故有是命。丙寅,以前成德軍節度使牛元翼檢校工部尚書、襄州刺史,充山南東道節度、觀察、臨漢監牧等使。"朱克融得以授節,解深州之圍"而歸",并放還關押半年已久的張弘清。加上韓愈出使"宣諭",裴度"詔書誚讓","庭湊退舍",雙方都有所鬆動。"丙寅"牛元翼改命,據干支推算,應該是二月四日。《新唐書·牛元翼傳》又云:"淹月,元翼率十餘騎冒圍跳德、棣,朝京師。庭湊入,盡殺元翼親將臧平等百八十人。元翼見延英,費問優縟,命中人楊再昌取其家,并迎田弘正喪。庭湊辭以弘正殯亡在所,元翼家須秋遣。魏博節度使史憲誠遣其弟入趙,四返,說庭湊曰:'田公非得罪於趙,尸尚何惜?元翼去深州,乃一孤將,何利其家?'庭湊乃歸弘正喪于京師。元翼聞平等死,憤恚卒,悉還所賜于朝,庭湊遂夷其家。"淹月是滿月,延及一月的意思。潘岳《世祖武皇帝誄》:"野無交兵,役不淹月。"《晉書·宣帝紀》:"孟達眾少而食支一年,吾將士四倍於達而糧不淹月,以一月圖一年,安可不速?"《新唐書·太穆竇皇后傳》:"元貞太后羸老有疾,而性素嚴,諸姒娣皆畏,莫敢侍。后事之,獨怡謹盡孝,或淹月不釋衣履。"從二月四日後推一個月,亦即三月四日之時,王庭湊"歸弘正喪于京師",田弘正被害連頭帶尾一共九個月,才得以安葬,本文即應該撰作於其時,讀來令人憤慨讓人心酸。當時元稹時在長安,剛剛拜命宰相,正得唐穆宗重用與信任,故田弘正的兒子田肇能夠向元稹求請撰寫田弘正的墓誌銘。當然,元稹長慶元年年初曾奉詔命撰寫田弘正的德政碑文,對田弘正的功績由衷讚揚,對其家世比較熟悉,也應該是其中的次要原因之一。

◎ 唐故開府儀同三司檢校兵部尚書兼左驍衛上將軍充大內皇城留守御史大夫上柱國南陽郡王贈某官碑文銘①

　　南陽王姓張氏，諱奉國，本名子良⁽一⁾，以某年月日薨于家。其子炭哭於其黨曰："唐制：三品以上歿，既葬，碑於墓，以文其行。我父當得碑，家且貧，無以買其文，卿大夫誰我肯哀者？"②由是因其舅捧南陽王所受制詔，凡八通，歷抵卿大夫之為文者。予與焉！予故聞南陽王忠功，每義之，然其請③。

　　明日，子炭狀其故聞官閥以告曰：我南陽西鄂人，我高祖盈，左武衛將軍、閑廄使。我曾祖蘭，朝散大夫、沙州別駕。我祖景春，朝請大夫、太僕少卿。我父南陽王，太僕府君之第某子也。少學讀經史子，至古今成敗之言，尤所窮究，遂貫穿於神樞鬼藏之間，而盡得擒縱弛張之術矣④！

　　大曆末，始以戎服事郭汾陽於邠。建中中，以騎五百討希烈於蔡。遭太夫人喪，號叫請罷，遂克終制。僕射張建封以壽帥移於徐，始以渦口三城授於我⑤。僕射歿而徐師亂，子乘亂以自立。王不忍討，以師二萬歸于潤。德宗異之，詔召至京，授侍御史。復職於浙西，就加御史中丞，又加國子祭酒，是元和之元年也⑥。

　　二年，李錡叛，王擒之以獻，加檢校工部尚書兼右金吾衛將軍、御史大夫、上柱國，進封南陽郡王，食實封一百五十戶，遂錫嘉名⑦。尋遷檢校刑部尚書，充振武麟勝等州節度營田觀察處置等使。復以刑部尚書兼左金吾衛將軍、御史大夫，歷左龍武統軍、鴻臚卿，就加檢校兵部尚書，轉左驍衛上將軍，充大內皇城留守。以疾薨，壽八十三，特詔贈某官⑧。

　　我南陽郡夫人能氏，祖元晧⁽二⁾，皇朝禮部尚書、左金吾衛將軍、進國公。岌與嵩，南陽夫人之二子也。嵩任某官，岌以某官奪喪制。葬以某年月日於某地，岌不肖，能言先將軍之職官，而不能知先將軍之勳業矣！乞爲碑⑨。

　　予按：僕射張建封以貞元十六年薨於徐，徐人立其子愔求命。南陽王不義其所爲，以渦之衆盡棄去⁽三⁾，由是泗濠之守皆據郡。愔不能令卒帖徐，由南陽王之斷其臂也⑩。

　　元和之二年，潤帥錡求覲京師，既許之，不克覲，辱中貴人，殺其臣寮以令下。揚帥鍔以叛告⁽四⁾，朝廷甚憂之⑪。初，錡筦鹽於潤有年矣！削虐暴狠，其下甚畏之。而庫庾之藏以億計⁽五⁾，潤之師，故南陽韓晉公之所教訓⁽六⁾，弩勁劍利，號爲難當。是時初定蜀，兵始散，物力未完，加誅於錡，甚難之⑫。憲宗皇帝不得已，下誅詔。不浹日，露章自潤曰：“十月十二日，錡就擒，從亂者無遺餘。”問其狀，則曰：“錡既叛，以是月十一日命南陽王、田少卿、李奉仙率銳衆以圖池。南陽王喜養士，又能爲逆順言。明日，與二將誓所部迴討⁽七⁾，錡城守不敢出。環其城，是夕攻愈急。錡衆壞散⁽八⁾，縋于城下，遂就擒。”自是南陽王勳名顯於代⑬。

　　性卑順不伐⁽九⁾，在振武時，以檢儉同士卒勞苦。居餘官，皆謹慎專至如不及。在朝廷十餘年，似無功能者，未嘗圖進取⑭。薨之日，家甚貧，幾無以葬其身。天子憐之，廢視朝，賻布帛⁽一〇⁾，給班劍鼓吹以葬之⑮。

嗚呼(一)！舉三十年爲言，其間至將相者凡百數，耳目相遠之後，非其子孫能識其姓名者，十不能一二焉⑯！若南陽王縛錡棄愔，全徐完潤(一二)，自取爵位，以貽不朽，無幾希矣！碑於其墓，不亦宜乎⑰？

銘曰：在昔徐師(一三)，知于南陽。付授兵柄，以俾爲防(一四)。徐喪其帥，徐人恃強。強以愔嗣，不歸其喪。我欲盡殄，愔亦與亡。不忍自我，焚其構堂(一五)。我或不去，愔童必猖(一六)。斷其右臂(一七)，其能久長？乃挈萬眾，賓于鄰疆。愔果惴惴，不假不狂(一八)。逮及終殁，全歸其阮⑱。潤錡待我，不踰于行。一日叛命(一九)，肆其昏荒(二〇)。我乃遽取，歸之天王。非不可殺，示人不戕⑲。報愔以惠，報錡以常。稱示厚薄，俾之相當(二一)。克勇克義(二二)，不伐不揚。銘于墓石，以永無強(二三)⑳。

錄自《元氏長慶集》卷五二

［校記］

（一）子良：楊本、叢刊本、《舊唐書·李錡傳》、《唐文粹補遺》、《全文》同，《舊唐書·憲宗紀》誤作“文良”，不從改。

（二）祖元晧：楊本、叢刊本同，《唐文粹補遺》、《全文》作“祖元皓”，各備一說，不改。

（三）以渦之衆盡棄去：楊本、叢刊本、《全文》同，宋蜀本、盧校作“以渦之衆盡奔去”，各備一說，不改。

（四）揚帥鍔以叛告：原本作“楊帥鍔以叛告”，楊本、叢刊本同，據《舊唐書·王鍔傳》，時王鍔在淮南節度使任，府治揚州，不當稱“楊帥”，而應該稱爲“揚帥”，據《全文》改。

（五）而庫庾之藏以億計：宋蜀本、《唐文粹補遺》、《全文》同，楊本、叢刊本作“而庫便之藏以億計”，各備一説，不改。

（六）故南陽韓晉公之所教訓：原本作“故南韓晉公之所教訓”，楊本、叢刊本、《全文》同，據盧校與上文補改。

（七）與二將誓所部迴討：宋蜀本、叢刊本、《全文》同，楊本誤作“與一將誓所部迴討”，與上文不符，不從不改。

（八）錡衆壞散：楊本、叢刊本、《全文》同，宋蜀本、盧校作“錡衆潰散”，各備一説，不改。

（九）性卑順不伐：《全文》同，楊本、叢刊本誤作“姓卑順不伐”，各備一説，不改。

（一〇）賻布帛：楊本、叢刊本、《全文》同，宋蜀本作“賻布泉”，各備一説。

（一一）嗚呼：宋蜀本、錢校、叢刊本、《全文》同，楊本誤作“嗚啼”，不從不改。

（一二）全徐完潤：宋蜀本、《唐文粹補遺》、《全文》同，叢刊本作“鑒徐究潤”，各備一説，不改。楊本作“□徐完潤”，不從不改。

（一三）在昔徐師：楊本、叢刊本同，盧校、《唐文粹補遺》、《全文》作“在昔徐帥”，各備一説。據《舊唐書·張建封傳》，似以楊本、叢刊本爲勝。

（一四）以俾爲防：楊本作“渦口爲防”，宋蜀本、盧校、《全文》作“渦俾爲防”，叢刊本作“□俾爲防”，各備一説，不改。

（一五）焚其構堂：原本誤作“焚其搆堂”，楊本、叢刊本同誤，據《全文》改。《元稹集》所據底本爲楊本，《編年箋注》所據底本爲馬本，均誤作“焚其搆堂”，《元稹集》、《編年箋注》没有出校説明，逕自改爲“焚其構堂”。

（一六）惛童必狷：原本作“惛盡必狷”，叢刊本同，據楊本、宋蜀本、盧校、《全文》改。

（一七）**斷其右臂**：楊本、叢刊本上句三字及本句均缺失，《唐文粹補遺》、《全文》作“猖甚則蹶”，各備一説，不改。

（一八）**不假不狂**：叢刊本、《唐文粹補遺》、《全文》同，楊本作“不□不狂”，不從不改。

（一九）**一日叛命**：楊本、叢刊本作“一日叛□”，宋蜀本、《唐文粹補遺》、《全文》作“一日叛誕”，不從不改。

（二〇）**肆其昏荒**：宋蜀本、《唐文粹補遺》、《全文》同，楊本作“肆□昏荒”，叢刊本作“□□昏荒”，不從不改。

（二一）**俾之相當**：《唐文粹補遺》、《全文》同，楊本、叢刊本作“俾文相當”，各備一説，不改。

（二二）**克勇克義**：宋蜀本、《唐文粹補遺》、《全文》同，楊本、叢刊本誤作“失勇克義”，不從不改。

（二三）**以永無强**：楊本、叢刊本、《唐文粹補遺》、《全文》作“以永無疆”，兩字相通，不改。

［箋注］

① 開府：古代指高級官員（如三公、大將軍、將軍等）成立府署，選置僚屬。《後漢書·董卓傳》：“（李）催又遷車騎將軍，開府，領司隸校尉，假節。”阮籍《辭蔣太尉辟命奏記》：“開府之日，人人自以爲掾屬。” 儀同三司：散官名，三司即三公，漢稱太尉、司徒、司空爲三司，“儀同三司”謂官職本非三司而儀制同於三公。東漢殤帝延平元年，鄧隲爲車騎將軍儀同三司，儀同三司之名自此始。魏晉以後，將軍之開府置官屬者稱“開府儀同三司”，北周改開府儀同三司爲開府儀同大將軍，隋文帝時爲散官，唐、宋、元因之，明廢。《後漢書·鄧隲傳》：“延平元年，拜鄧隲車騎將軍、儀同三司，始自隲也。”張説《齊盧思道碑》：“公節義獨存，侍從趨鄴，告至行賞，授儀同三司。” 驍衛：古代武官名，漢有驍衛將軍，東漢改爲驍騎，晉領營兵，兼統宿衛，南朝梁

置左右驍騎，隋改置左右驍衛府，爲禁衛軍之一，唐宋因之，而去“府”字，設上將軍、大將軍、將軍等官。白居易《韓公武授左驍衛上將軍制》：“可檢校左散騎常侍，兼左驍衛上將軍、御史大夫，散官、勛如故。”杜牧《張直方授左驍衛將軍制》：“可銀青光禄大夫、檢校刑部尚書、兼左驍衛將軍、御史大夫。”　大内：皇宮。崔祐甫《代宗睿文皇帝哀册文》：“維大曆十四年歲次己未夏五月二十二日，寶應元聖文武皇帝崩於大明宮蓬萊殿，遷座於大内。二十六日景寅，殯於太極殿之西階。”韓愈《論佛骨表》：“今聞陛下令群臣迎佛骨於鳳翔，御樓以觀，舁入大内。”　皇城：京城的内城。班固《東都賦》：“於是皇城之内，宮室光明。”《舊唐書·地理志》：“皇城在西北隅，謂之西内。”　留守：古時皇帝出巡或親征，命大臣督守京城，便宜行事，謂之“京城留守”。《史記·越王勾踐世家》：“吳王北會諸侯於黃池，吳國精兵從王，惟獨老弱與太子留守。”《後漢書·張禹傳》：“和帝南巡祠園廟，禹以太尉兼衛尉留守。”這裏指常年駐守皇城負責皇城安全的負責官員。李桓《景陵禮成優勞德音》：“太極宮宿衛官及中使、大内皇城留守及押當官等，五品以上各加兩階，六品以下各加一階，白身各賜勛兩轉。”李昂《莊陵禮成優勞德音》：“太極宮宿衛官及中使、大内皇城留守並押當官等，五品已上各加一階。”　郡王：爵位名，其名始於西晉，唐宋及以後，郡王皆爲次於親王一等的爵號，除皇室外，臣下亦得封郡王。韓愈《扶風郡夫人墓誌銘（夫人馬暢之妻）》：“夫人姓盧氏，范陽人……少府監西平郡王贈工部尚書之夫人。”元稹《授劉悟檢校司空幽州節度使制》：“昭義軍節度副大使知節度事、澤潞磁邢洺等州觀察制置使、金紫光禄大夫、檢校尚書右僕射、兼潞州大都督府長史、御史大夫、上柱國、彭城郡王、食邑三百户劉悟……”　碑文：刻在碑上的文字。《後漢書·盧植傳》：“專心研精，合《尚書》章句，考《禮記》失得，庶裁定聖典，刊正碑文。”《三國志·鄧艾傳》：“〔艾〕年十二，隨母至潁川，讀故太丘長陳寔碑文，言‘文爲世範，行爲士則’。”

②"南陽王姓張氏"三句:《册府元龜·將帥部》:"張奉國本名子良,貞元末爲徐州兵馬使,張愔之難,子良以其衆千餘奔於浙西團練使王緯,表加兼御史中丞,仍厚撫其軍士。牙門百職,子良必兼歷焉!元和二年秋,節度使李錡叛命,遣子良以兵三千收宣州。子良乃與錡甥裴行立及大將田少卿、李奉仙等密約圖錡,反戈圍城大呼。錡計窮縋下,生致闕庭。子良殺其餘黨,遂平浙右。憲宗追赴京師,親自褒慰,擢爲右金吾將軍,兼御史大夫,改名奉國,賜第室良田。"白居易《論孫璹張奉國狀·張奉國》建議重用:"奉國當徐州用兵之時,已有殊效;及李錡作亂之日,又立大功。忠節赤誠,海内推服。近來將校,少有比倫。已蒙聖恩,授金吾大將軍,以示獎勸。以臣所見,更宜與一方鎮,以感動天下忠臣之志,以摧攝天下奸臣之心。"元稹《授張奉國上將軍皇城留守制》,更對張奉國讚揚有加:"謙能養勇,明以資忠。" 薨:死的别稱,自周代始,人之死亡,有尊卑之分,"薨"以稱諸侯之死。唐代則以薨稱三品以上大官之死。《新唐書·百官志》:"凡喪,三品以上稱薨,五品以上稱卒,自六品達于庶人稱死。"王起《馮公神道碑銘》:"惟唐開成元年歲在執徐十二月三日,檢校禮部尚書東川節度使長樂公,享年七十,薨於位。天子不視朝一日,贈以天官之秩。"元稹《唐故越州刺史兼御史中丞浙江東道觀察等使贈左散騎常侍河東薛公神道碑文銘》:"長慶元年,以疾自去。九月庚申,薨於蘇州之私第。" 黨:親族。《禮記·雜記》:"有服,人召食之,不往。大功以下,既葬適人,人食之,其黨也食之,非其黨弗食也。"鄭玄注:"黨,猶親也。"李白《門有車馬客行》:"借問宗黨間,多爲泉下人。"三品:古代官吏九品等級之一,始於魏晉,從一品到九品,共分九等。北魏時每品各分正、從,第四品起正、從又各分上下階,共爲三十等。唐宋文職與北魏同,隋及元、明、清保留正、從品,而無上下階之稱,共分十八等。張九齡《南郊赦書》:"升壇行事官及供奉官,三品已上賜爵一級,四品以下加一階。"邵説《爲郭令公謝一子三品官表》:"伏奉

二月二十一日恩制，敕賜臣一子三品之官並階。鴻私曲臨，魂守飛越。臣某中謝。"　碑於墓：在墓前或墓後樹立墓碑。李宗閔《苻公神道碑銘》："今苻氏作率舊章，碑於墓，不亦宜乎？今琅邪侯論撰先德，銘於碑，其可闕乎？"裴敬《翰林學士李公墓碑》："敬嘗游江表，過其墓下。愛其才，壯其氣，味其嗜酒，知其取適，作碑於墓。"碑是書刻圖案或文字，記死者生平功德，作爲紀念物或標記的石頭，秦稱刻石，漢以後稱碑。蔡邕《郭有道碑》："於是樹碑表墓，昭銘景行。"　卿大夫：卿和大夫，後借指高級官員。《國語·魯語》："卿大夫朝考其職，晝講其庶政。"《史記·汲鄭列傳》："至黯七世，世爲卿大夫。"

③ 制詔：皇帝的命令。韋執誼《翰林院故事記》："雖有密近之殊，然亦未定名，制詔書敕，猶或分在集賢。"元稹《贈烏重允等父制》："承我制詔，備陳孝思。皆曰閱禮資忠，實賴先臣之教。"　忠功：盡忠建功。白居易《除某節度留後起復制》："某官某，惟乃祖父，勤勞王家，咸有忠功。"《新唐書·李聽傳》："家聲在人，若示衰薄，恐不見忠功之效，吾欲誇而勸之也。"　義：認爲合乎正義或道德規範而加以稱許。《史記·刺客列傳》："於是襄子大義之。"葉適《中奉大夫直龍圖閣司農卿林公墓誌銘》："諸番義公之爲。"　然：應允，許諾。《史記·遊俠列傳序》："而布衣之徒，設取予然諾，千里誦義，爲死不顧世，此亦有所長，非苟而已也。"張謂《題長安壁主人》："縱令然諾暫相許，終是悠悠行路心。"

④ 官閥：官階，門第。《後漢書·鄭玄傳》："時汝南應劭亦歸於紹，因自贊曰：'故太山太守應中遠，北面稱弟子何如？'玄笑曰：'仲尼之門考以四科，回賜之徒不稱官閥。'"《新唐書·張說傳》："吾聞儒以道相高，不以官閥爲先後。"　高祖：曾祖的父親。《禮記·喪服小記》："繼禰者爲小宗，有五世而遷之宗，其繼高祖者也。"鄭玄注："小宗有四：或繼高祖，或繼曾祖，或繼祖，或繼禰，皆至五世則遷。"元稹《故金紫光祿大夫檢校司徒兼太子少傅贈太保鄭國公食邑三千戶嚴

公行狀》：“自高祖至王考禮部府君，爲政皆嚴明無趨避。” 曾祖：祖父的父親。班固《白虎通·宗族》：“宗其爲曾祖後者，爲曾祖宗。”韓愈《息國夫人墓誌銘》：“夫人曾祖某，綏州刺史。” 府君：舊時對已故者的敬稱，多用於碑版文字，一般稱已經亡故的父親。柳宗元《唐故朝散大夫永州刺史崔公墓志》：“以某年某月日，歸葬於某縣某原，祔於皇考吏部侍郎贈户部尚書府君之墓。”歐陽修《瀧岡阡表》：“皇曾祖府君累贈金紫光禄大夫、太師中書令……皇祖府君累贈金紫光禄大夫、太師中書令兼尚書令。” 經：對典範著作及宗教典籍的尊稱，如《十三經》、佛經等。《荀子·勸學》：“其數則始乎誦經，終乎讀禮。”楊倞注：“經，謂《詩》、《書》。”《文心雕龍·論説》：“聖哲彝訓曰經，述經叙理曰論。” 史：史册，歷史。《孟子·離婁》：“其事則齊桓、晉文，其文則史。”韓愈《長安交遊者》：“陋室有文史，高門有笙竽。” 子：指先秦百家的著作，後世圖書四部分類法（經、史、子、集）中的第三部類。《漢書·藝文志》：“諸子十家，其可觀者九家而已。皆起於王道既微，諸侯力政，時君世主，好惡殊方，是以九家之説蠭出並作。”韓愈《柳子厚墓誌銘》：“議論證據今古，出入經史百子。” 成敗：成功與失敗。《戰國策·秦策》：“良醫知病人之死生，聖主明於成敗之事。”《舊唐書·李密傳贊》：“及偃師失律，猶存麾下數萬衆，苟去猜忌，疾趣黎陽，任世勣爲將臣，信魏徵爲謀主，成敗之勢，或未可知。” 窮究：深入鑽研。《淮南子·覽冥訓》：“拧拔其根，蕪棄其本，而不窮究其所由生。”《後漢書·班固傳》：“九流百家之言，無不窮究。” 神樞鬼藏：謂神奇奧妙的兵書，亦省作“神樞”。劉洎《賀常州龍見表》：“惟幾惟深，運神樞而不測；無爲無事，致實曆於平分。”元稹《授牛元翼深冀州節度使制》：“檢校右散騎常侍深州刺史牛元翼，挺生河朔之間，迥鍾海嶽之秀。幼負兒戲，營壘已成；長學神樞，風雲暗曉。” 擒縱：喻事之嚴寬緩急。杜甫《爲華州郭使君進滅殘寇形勢圖狀》：“愚臣聞見淺狹，承乏待罪，未精慎固之守，輕議擒縱之術。抑臣之夢寐，貴有神益，謹進前件圖如狀，伏聽進止。"楊譚《兵部奏劍南節度破西山賊露布》"競施掎角之勢，各陳擒縱之謀。"　弛張：比喻處事的鬆緊、進退、寬嚴等。《文心雕龍·論説》"夫説貴撫會，弛張相隨，不專緩頰，亦在刀筆。"元稹《劉頗河中府河西縣令》"且言其伐蔡之役，常參謀於懷汝之師，部分弛張，允協軍政，遂命試領銀州郡事。"

　　⑤ 大曆：唐代宗在位時的年號之一，起公元七六七年，終公元七七九年。白居易《新樂府·縛戎人》"大曆年中没落蕃，一落蕃中四十載。遣著皮裘繫毛帶，唯許正朝服漢儀。"崔玄亮《臨終詩》"暫榮暫悴石敲火，即空即色眼生花。許時爲客今歸去，大曆元年是我家。"戎服：軍服，亦指著軍服。《漢書·匈奴傳》"是以文帝中年，赫然發憤，遂躬戎服，親御鞍馬。"《朱子語類》卷九一"隋煬帝遊幸，令群臣皆以戎服從。"　郭汾陽：據《舊唐書·郭子儀傳》，唐代名將郭子儀在安史之亂平息以後，於上元二年二月，以功封爲汾陽王，故稱。于邵《内侍省内常侍孫常楷神道碑》"元惡奔潰，狡童折首。猶以餘衆，嘯聚朔陲。公乃通和獯戎，俾發義師，與郭汾陽等諸軍犄角。"杜牧《雲夢澤》"日旗龍旆想飄揚，一索功高縛楚王。直是超然五湖客，未如終始郭汾陽。"郭子儀大曆三年至大曆十四年爲汾寧節度使、兼汾州刺史，張奉國戎服事郭子儀，當在其地，時爲大曆末年。　建中：唐德宗在位時的年號之一，起公元七八〇年，終公元七八三年。韋應物《送雲陽鄒儒立少府侍奉還京師》"建中即藩守，天寶爲侍臣。歷觀兩都士，多閱諸侯人。"戎昱《辰州建中四年多懷》"荒徼辰陽遠，窮秋瘴雨深。主恩堪灑血，邊宦更何心！"　希烈：即李希烈，事迹見《舊唐書·李希烈傳》"李希烈，遼西人……希烈少從平盧軍，後隨李忠臣過海至河南。寶應初，忠臣爲淮西節度，署希烈爲偏裨，累授將軍、試光禄卿、殿中監。忠臣兼領汴州，希烈爲左廂都虞候，加開府儀同三司。大曆末，忠臣軍政不修，事多委妹婿張惠光，爲押衙，弄權縱恣，人怨。與少將丁暠等斬惠光父子，忠臣奔赴朝廷。詔以忻王爲淮西

節度副大使,授希烈蔡州刺史、兼御史中丞、淮西節度留後,令滑亳節度李勉兼領汴州。德宗即位後月餘,加御史大夫,充淮西節度支度營田觀察使,又改淮西節度淮寧軍以寵之。建中元年,又加檢校禮部尚書。會山南東道節度梁崇義拒捍朝命,迫脅使臣,二年六月,詔諸軍節度率兵討之,加希烈南平郡王,兼漢北都知諸兵馬招撫處置使……是歲長至日。朱滔、田悦、王武俊、李納各僭稱王,滔使至希烈,希烈亦僭稱建興王、天下都元帥……入汴州,於是僭號曰武成,以孫廣、鄭賁、李綬、李元平爲宰相,以汴州爲大梁府,李清虛爲尹,署百官……貞元二年三月,因食牛肉遇疾,其將陳仙奇令醫人陳仙甫置藥以毒之而死,妻男骨肉兄弟共一十七人並誅之。”本文張奉國“以騎五百討希烈於蔡”,當在李希烈稱“建興王、天下都元帥”之時。　太夫人:漢制,列侯之母稱太夫人,後世官吏之母,不論存歿,亦稱太夫人。獨孤及《唐故秘書監贈禮部尚書姚公墓誌銘并序》:“無何,二京陷覆,太夫人捐館。”元稹《王承宗母吳氏封齊國太夫人制》:“魯文在手,燕夢徵蘭。道以匡夫,仁而訓子。”　號叫:呼叫,大聲哭喊。《梁書·宛陵女子傳》:“母爲猛虎所搏,女號叫挈虎,虎毛盡落。”杜甫《暇日小園散病將種秋菜督勒耕牛兼書觸目》:“一步再流血,尚經繒繳勤。三步六號叫,志屈悲哀頻。”　終制:父母去世服滿三年之喪,實際時間應該是二十七個月。《北齊書·高乾傳》:“先是信都草創,軍國權輿,乾遭喪不得終制。”宇文鼎《劾胡潛奏》:“伏以胡潛等先丁母憂,猶未終制。豈得公然食邑,苟竊恩榮?”　僕射張建封以壽帥移於徐:事見《舊唐書·張建封傳》:“張建封,字本立,兗州人……建封素與馬燧友善……建中初,燧薦之於朝,楊炎將用爲度支郎中。盧杞惡之,出爲岳州刺史。時淮西節度使李希烈乘破滅梁崇義之勢,漸縱恣跋扈。壽州刺史崔昭數書疏往來,淮南節度使陳少遊奏之。上遽召宰相,令選壽州刺史。盧杞本惡建封,是日蒼黃,遂薦建封,以代崔昭牧壽陽……貞元四年,以建封爲徐州刺史、兼御史大夫、徐泗濠節度支度營田觀察使。"　僕射：官名，秦始置，漢以後因之，漢成帝建始四年，初置尚書五人，一人為僕射，位僅次尚書令，後來職權漸重，漢獻帝建安四年，置左右僕射。唐宋因之，其左右僕射為宰相之職。王起《馮公神道碑銘》："僕射天寶中，明皇以四子列學官，時與計偕，一鳴上第，藏器不耀，以孝節聞，享年八十，累贈尚書左僕射。"白居易《淮南節度使檢校尚書右僕射趙郡李公家廟碑銘》："王建侯，侯建廟，廟有器，器有銘，所以論撰先德，明著後代，或書於鼎，或文於碑，古今之通制也。"　始以渦口三城授於我：意謂張建封把濠州的守備重任交給張奉國。《元和郡縣志·濠州》："自貞元以後，州西渦口對岸置兩城，刺史常帶兩城使以守其要。"埇橋在今安徽宿州市，渦口與埇橋相近，當也在宿州市。《編年箋注》註釋："'始以'句：指以張萬福為濠州刺史事。《舊唐書·張萬福傳》：'李正己反，將斷江淮路，令兵守埇橋渦口，江淮進奏舡千餘隻，泊渦下，不敢過。德宗以萬福為濠州刺史。'"張萬福曾兩次擔任濠州刺史，一在大曆三年（768），一在建中二年至興元元年（781—784），而張建封出任徐、泗、濠節度使在貞元四年至十六年（788—800）間，在前後的時間上，張建封與張萬福根本扯不上。而本文的碑主是張奉國，張奉國與張萬福也同樣扯不上。《編年箋注》的"考證"我們實在不敢苟同。

　　⑥"僕射殁而徐師亂"兩句：事見《舊唐書·張建封傳》："（貞元）十六年，遇疾，連上表請速除代。方用韋夏卿為徐泗行軍司馬，未至而建封卒，時年六十六，冊贈司徒。子愔，愔以蔭授虢州參軍。初，建封卒，判官鄭通誠權知留後事。通誠懼軍士謀亂，適遇浙西兵遷鎮，通誠欲引入州城為援。事泄，三軍怒，五六千人斫甲仗庫取戈甲，執帶環繞衙城，請愔為留後，乃殺通誠、楊德宗、大將段伯熊、吉遂、曲澄、張秀等。軍衆請於朝廷，乞授愔旄節。初不之許，乃割濠泗二州隸淮南，加杜祐同平章事以討徐州。既而泗州刺史張伓以兵攻埇橋，與徐軍接戰，伓大敗而還。朝廷不獲已，乃授愔起復右驍衛將軍同

正，兼徐州刺史、御史中丞，充本州團練使，知徐州留後。仍以泗州刺史張伾爲泗州留後，濠州刺史杜兼爲濠州留後。正授武寧軍節度、檢校工部尚書。” 自立：没有朝廷任命而自稱爲帥爲王。《左傳·成公十三年》：“負芻殺其太子而自立也，諸侯乃請討之。”《史記·項羽本紀》：“韓信因自立爲齊王。” 潤：即潤州，今江蘇鎮江，時爲浙江西道節度使府治，李錡時在節度使任。《元和郡縣志·江南道》：“潤州，今爲浙西觀察使理所。管潤州、常州、蘇州、杭州、湖州、睦州……（潤州）管縣六：丹徒、丹陽、金壇、延陵、上元、句容。”《舊唐書·德宗紀》：“（貞元十五年正月乙酉），以常州刺史李錡爲潤州刺史、浙西觀察使及諸道鹽鐵轉運使。” 詔召：皇上下令召喚，徵召。《史記·刺客列傳》：“諸郎中執兵皆陳殿下，非有詔召不得上。”《後漢書·周舉傳》：“永和元年，災異數見，省内惡之，詔召公、卿、中二千石、尚書詣顯親殿。” 侍御史：唐代官職名，即殿中侍御史，簡稱侍御，常常作爲虚銜贈送其他官員。李白有《贈韋侍御黄裳二首》，王琦注“侍御”引《因話録》：“御史臺三院，一曰臺院，其僚曰侍御史，衆呼爲端公；二曰殿院，其僚曰殿中侍御史，衆呼爲侍御；三曰察院，其僚曰監察御史，衆呼亦曰侍御。”劉長卿《奉餞郎中四兄罷餘杭太守承恩加侍御史充行軍司馬赴汝南行營》：“星使三江上，天波萬里通。權分金節重，恩借鐵冠雄。”盧綸《和陳翃郎中拜本府少尹兼侍御史獻上侍中因呈同院諸公》：“金印垂鞍白馬肥，不同疏廣老方歸。三千士裏文章伯，四十年來錦繡衣。” 御史中丞：官名，漢以御史中丞爲御史大夫的助理，外督部刺史，内領侍御史，受公卿章奏，糾察百僚，其權頗重。東漢以後不設御史大夫時，即以御史中丞爲御史臺之長。北魏一度改稱御史中尉，唐宋雖復置御史大夫，亦往往缺位，即以中丞代行其職。蘇頲《同餞陽將軍兼源州都督御史中丞》：“右地接龜沙，中朝任虎牙。然明方改俗，去病不爲家。”柳宗元《爲安南楊侍御祭張都護文》：“維年月日，故史某職官某，致祭於故都護御史中丞張公之靈。”本文亦同所舉書證，均是榮銜，並非實職。　　國子祭酒：古代學官名，晉武帝咸寧四年設，以後歷代多沿用，爲國子學或國子監的主管官。傅咸《贈何劭王濟詩序》：“朗陵公何敬祖，咸之從内兄，國子祭酒王武子，咸從姑之外孫也。”張説《素盤盂銘序》：“國子祭酒韋公好遊山水。”本文亦同“御史中丞”，均是榮銜，並非實職。

　⑦ “二年”九句：事見《舊唐書·德宗紀》：“(貞元十七年六月)浙西人崔善真詣闕上書，論浙西觀察使李錡罪狀。上覽奏不悦，令械善真送於李錡，爲鑿坑侍善真。既至，和械推而埋之，由是錡恣橫叛。”《舊唐書·憲宗紀》：“(元和二年)十月己酉，以浙西節度使李錡爲左僕射，以御史大夫李元素爲潤州刺史，鎮海軍、浙西節度使。庚申，李錡據潤州反，殺判官王澹、大將趙琦。時錡詐請入朝，署澹爲留後。因諷兵士亂，殺澹、琦，遂令蘇、常、杭、湖、睦五州戍將殺刺史，修石頭故城，謀欲僭逆。壬戌詔……李錡在身官爵並宜削奪，以淮南節度使王諤充諸道行營招討使，内官薛尚衍爲監軍，率汴、徐、鄂、淮南、宣歙之師取宣州路進討……癸酉，潤州大將張文(子)良、李奉仙等執李錡以獻。辛巳，錡從父弟宗州刺史鋙、通事舍人銑，坐貶嶺外。十一月甲申，斬李錡於獨柳樹下，削錡屬籍。丙戌，以擒李錡潤州牙將張文(子)良爲左金吾衛將軍，封南陽郡王，田少卿、李奉仙等爲羽林將軍，並封公……(元和三年正月)辛未，贈故布衣崔善真睦州司馬，忠諫而死於李錡也。”　　錫：賜予。《詩·大雅·崧高》：“既成藐藐，王錫申伯。四牡蹻蹻，鉤膺濯濯。”鄭玄箋：“召公營位，築之已成，以形貌告於王，王乃賜申伯。”陸游《過張王行廟》：“善人錫之福，奸僞亦擊汝。”嘉名：好名字，好名稱。《楚辭·離騷》：“皇覽揆余于初度兮，肇錫余以嘉名。名余曰正則兮，字余曰靈均。”《舊唐書·肅宗章敬皇后吳氏傳》：“伏以山陵貞兆，良吉有期，虞祔之儀，式資配享。率由故實，敬奉嘉名。”本文指改張子良爲張奉國而言。

　⑧ 振武節度使：《元和郡縣志·單于大都護府》：“單于大都護府

（管單于大都護府、麟州、勝州、東受降城）：今爲振武節度使理所。本漢定襄郡之盛樂縣也，後魏都盛樂，亦謂此城。武德四年平突厥，于此置雲州。貞觀二十年，改爲雲州都督府。麟德三年，改爲單于大都護府。垂拱二年，改爲鎮守使。聖曆元年，改置安化都護。開元七年，隸屬東受降城。八年，復置單于大都護府。”盧綸《送郭判官赴振武》：“黃河九曲流，繚繞古邊州。鳴雁飛初夜，羌胡正晚秋。”李益《送柳判官赴振武》：“邊庭漢儀重，旌甲似雲中。虜地山川壯，單于鼓角雄。” 金吾：古官名，負責皇帝大臣警衛、儀仗以及徼循京師、掌管治安的武職官員。其名稱、體制、許可權歷代多有不同。漢有執金吾，唐宋及以後有金吾衛、金吾將軍、金吾校尉等。《漢書·百官公卿表》：“中尉，秦官，掌徼循京師，有兩丞、侯、司馬、千人。武帝太初元年更名‘執金吾’。”顏師古注：“應劭曰：‘吾者，禦也，掌執金革以禦非常。’金吾，鳥名也，主辟不祥。天子出行，職主先導，以禦非常。故執此鳥之象，因以名官。”王維《故南陽夫人樊氏挽歌》：“石竇恩榮重，金吾車騎盛。將朝每贈言，入室還相敬。”崔顥《代閨人答輕薄少年》：“妾家近隔鳳凰池，粉壁紗窗楊柳垂。本期漢代金吾婿，誤嫁長安遊俠兒。” 鴻臚：官署名。《周禮》官名有大行人之職，秦及漢初稱典客，景帝六年更名大行令，武帝太初元年改稱大鴻臚，主掌接待賓客之事。東漢以後，大鴻臚主要職掌爲朝祭禮儀之贊導。北齊始置鴻臚寺，唐一度改爲司賓寺，主官或稱卿，或稱正卿，副職爲少卿，屬官因各朝代而異，或有鳴贊、序班，或置丞、主簿。《漢書·百官公卿表》：“典客，秦官，掌諸歸義蠻夷，有丞。景帝六年更名大行令，武帝太初元年更名大鴻臚。”顏師古注引應劭曰：“郊廟行禮讚九賓，鴻聲臚傳之也。”《新唐書·百官志》：“凡客還，鴻臚籍衣齎賜物多少以報主客，給過所。”指該官署官員。韓愈《袁氏先廟碑》：“始居華陰，爲拓拔魏鴻臚。” 特詔：帝王的特別詔令。《後漢書·王充傳》：“友人同郡謝夷吾上書薦充才學，肅宗特詔公車徵，病不行。”《晉書·平原王榦傳》：“榦有篤疾，性理不恒，而頗清虛靜退，簡於情欲，故特詔留之。”

⑨ 喪制：特指按禮制規定的居喪期限。陳子昂《爲義興公陳請終喪第二表》：“草土臣某言：去年某月日，奉哀陳請，乞終喪制。”孫逖《授宋渾將作少匠制》：“喪制久除，朝章式叙。宜升髦士之列，俾亞上卿之任。” 不肖：自謙之稱。于邵《爲人請合祔表》：“臣固不肖，寵由父任，累荷朝獎，非臣本才。”李翱《感知己賦》：“翱雖不肖，幸辱於梁君所知，君爲之言於人，豈非譽歟？” 職官：猶官職。《左傳·成公九年》：“公曰：‘能樂乎？’對曰：‘先父之職官也，敢有二事？’”符載《淮南節度使灞陵公杜佑寫真贊》：“大抵自開闢旁行，至乎歷代，有兵食、財賦、職官、禮樂，交關於當世者，莫不摘拾其英華。” 勛業：功業。《三國志·傅碬傳》：“子志大其量，而勛業難爲也，可不慎哉！”李頎《贈別張兵曹》：“勛業河山重，丹青錫命優。”

⑩ 按：即按語，對有關文章、詞句所作的説明、提示或考證。許敬宗《賀洪州慶雲見表》：“謹按《瑞應圖》曰：‘慶雲者，太平之應。’”沈佺期《安興公主謚議文》：“謹按《周禮》謚法：‘容儀恭美曰昭，慈仁短折曰懷’，請謚曰昭懷公主。” 不義：不合乎道義。《國語·周語》：“佻天不祥，乘人不義。”《史記·汲鄭列傳》：“天子置公卿輔弼之臣，寧從諛承意，陷主於不義乎？”

⑪ “元和之二年”六句：事見《舊唐書·李錡傳》：“憲宗即位已二年，諸道倔強者入朝，而錡不自安，亦請入朝。乃拜錡左僕射，錡乃署判官王澹爲留後。既而遷延發期，澹與中使頻喻之，不悦，遂諷將士以給冬衣日殺澹而食之。監軍使聞亂，遣衙將趙琦慰喻，又臠食之。復以兵注中使之頸，錡佯驚救解之，囚於別館。遂稱兵，室五劍，分授管内鎮將，令殺刺史。于於是常州刺史顔防用客李雲謀，矯制制檄于蘇、杭、湖、睦等州，遂殺其鎮將李深。湖州辛秘亦殺其鎮將趙惟忠，而蘇州刺史李素爲鎮將姚志安所繫，釘於船舷，生致於錡，未至而錡

敗,得免。初,錡以宣州富饒,有并吞之意。遣兵馬使張子良、李奉仙、田少卿領兵三千分略宣、池等州。三將夙有向順志,而錡甥裴行立亦思向順,其密謀多決於行立,乃迴戈趣城,執錡於幕,縋而出之,斬於闕下。" 覲:泛稱朝見帝王。《新唐書·李錡傳》:"憲宗即位,不假借方鎮,故倔強者稍稍入朝。錡不自安,亦三請覲。"劉克莊《沁園春·九和林卿韻》:"歷事三朝。覲而執圭,祭而裸璋。" 不克:不能。《詩·齊風·南山》:"析薪如之何,匪斧不克。"鄭玄箋:"克,能也。"柳宗元《答元饒州論春秋書》:"不幸先生疾彌甚,宗元又出邵州,乃大乖謬,不克卒業。" 中貴人:專稱顯貴的侍從宦官。《舊唐書·李林甫傳》:"林甫多與中貴人善,乃因中官干惠妃云:'願保護壽王。'惠妃德之。"陸游《曾文清公墓誌銘》:"一日,有中貴人傳中旨取庫金,而不賫文書。" 臣寮:同"臣僚",猶僚屬。李珏《唐文宗皇帝謚冊文》:"郡國承詔,寢而不揚。鴻名徽號,列聖之所重。臣寮抗疏,約而不受。"劉瞻《請釋醫官韓福建省召康仲殷宗族疏》:"伏望陛下盡釋繫囚,易怒爲喜,虔奉空王之教,以資愛主之靈。中外臣寮,同深懇激。" 揚帥鍔:即時爲淮南節度使的王鍔,因府治揚州,故言。《舊唐書·王鍔傳》:"王鍔,字昆吾,自言太原人……遷廣州刺史、御史大夫、嶺南節度使廣人與夷人雜處,地征薄而叢求於川市。鍔能計居人之業而權其利,所得與兩稅相埒。鍔以兩稅錢上供時進及供奉外,餘皆自入。西南大海中諸國舶至,則盡没其利,由是鍔家財富於公藏。日發十餘艇,重以犀象珠貝,稱商貨而出諸境。周以歲時,循環不絕。凡八年,京師權門多富鍔之財,拜刑部尚書。時淮南節度使杜佑屢請代,乃以鍔檢校兵部尚書,充淮南副節度使。鍔始見佑,以超拜悅佑,退坐司馬廳事。數日,詔杜佑以鍔代之。"《舊唐書·德宗紀》:"(貞元十八年)冬十月丁亥,以刑部尚書王鍔爲淮南節度副使兼行軍司馬……(貞元十九年)三月壬子朔,以杜祐檢校司空、同中書門下平章事、太清宮使,以淮南行軍司馬王鍔檢校尚書右僕射,兼揚州大都督府長

史、淮南節度使。"《舊唐書·憲宗紀》:"(元和三年九月戊戌)以淮南
節度使王鍔檢校司徒、河南尹、河中晉絳慈隰節度使、河中節度使。"

⑫ 筦:同"斡",主管,掌握。《漢書·食貨志》:"浮食奇民,欲擅
斡山海之貨。"顏師古注:"斡,謂主領也,讀與'管'同。"《新唐書·杜
佑傳》:"天性精於吏職,爲治不皦察,數斡計賦,相民利病而上下之,
議者稱佑治行無缺。"　有年:多年。陶潛《移居二首》一:"懷此頗有
年,今日從茲役。"元稹《有唐贈太子少保崔公墓誌銘》:"予與公更相
知善有年矣!"　削虐:苛刻殘暴。　削:侵削,剝削。《左傳·昭公元
年》:"封疆之削,何國蔑有!"孔穎達疏:"言封疆之相侵削,何國無
有。"《史記·屈原賈生列傳》:"兵挫地削,亡其六郡。"　虐:殘暴,凶
殘。《左傳·哀公二十六年》:"君愎而虐,少待之,必毒於民。"韓愈
《唐故檢校尚書左僕射右龍武軍統軍劉公墓誌銘》:"蜀人苦楊琳寇
掠,公單船往説,琳感欷,雖不即降,約其徒不得爲虐。"無節制,縱情。
《詩·衛風·淇奥》:"善戲謔兮,不爲虐兮!"朱熹集傳:"善戲謔不爲
虐者,言其樂易而有節也。"司空圖《閑夜二首》一:"道侶難留爲虐棋,
鄰家聞説厭吟詩。"　暴狠:橫暴凶狠。郭象《睽車志》卷三:"有二農
家……畎畝東西相接,東家淳樸守分,西則狡獪暴狠,淳樸之家常苦
之。"《宋史·梁成大傳》:"成大天資暴狠,心術嶮巇,凡可賊忠害良
者,率多攘臂爲之。"　庫庾:倉庫。元稹《唐故越州刺史兼御史中丞
河東薛公神道碑文銘》:"予視其庫庾,案牘盈羨,無逋負。"沈括《池州
新作鼓角門記》:"巨材生於山林,貨力出於民間,取材於山,合民之
力,以爲官府庫庾,宜不爲難。"　韓晉公:即韓滉。《舊唐書·韓滉
傳》:"韓滉,字太冲……興元元年,就加檢校吏部尚書。數月,又加檢
校右僕射。貞元元年七月,拜檢校左僕射、同平章事、使並如故。二
年春,特封晉國公。"《舊唐書·德宗紀》:"(建中二年五月)庚寅,以浙
江西道爲鎮海軍,加蘇州刺史韓滉檢校禮部尚書、潤州刺史,充鎮海
軍節度使、浙江東西道觀察等使……(貞元三年正月)戊寅,度支鹽鐵

轉運使、鎮海軍節度、浙江東西道觀察等使、檢校左僕射、同中書門下平章事、晉國公韓滉卒，贈太傅。” 教訓：教育訓練。《左傳·哀公元年》：“越十年生聚，而十年教訓，二十年之外，吳其爲沼乎！”權德輿《杜公淮南遺愛碑銘》：“生聚教訓，勤身急病。視闔境如根閫之内，撫編人有父母之愛。” 弩：用機械發箭的弓。《周禮·夏官·司弓矢》：“司弓矢掌六弓四弩八矢之法，辨其名物，而掌其守藏，與其出入。”陳琳《爲袁紹檄豫州》：“幕府奉漢威靈，折衝宇宙，長戟百萬，胡騎千群，奮中黃育獲之士，騁良弓勁弩之勢。” 劍：古兵器名，屬短兵器，兩面有刃，中間有脊，短柄。曹冏《六代論》：“漢祖奮三尺之劍，驅烏集之衆，五年之中，而成帝業。”韓愈《董公行狀》：“置腹心之士，幕於公庭廡下，挾弓執劍以須。” 難當：難以承受，忍受不了。曹植《白鶴賦》：“狹單巢於弱條兮，懼衝風之難當。”陸扆《授石善友鎮武節度使滕存免邕州節度使制》：“具官滕存免，早習兵機，常推忠款。豪曹出匣，其銳難當。” “是時初定蜀”三句：指元和元年平定西川劉闢的叛亂。《舊唐書·憲宗紀》：“（元和元年）九月辛卯朔……辛亥，高崇文奏收成都，擒劉闢以獻……（十月）戊子，斬劉闢並子超郎等九人於獨柳樹下。”對元和二年而言，元和元年剛剛成爲過去。 物力：可供使用的物資。劉禹錫《蘇州刺史謝上表》：“伏以水災之後，物力素空。”白居易《對才識兼茂明於體用策》：“天子誠以爲物力有餘，而不知其情也。” 誅：討伐。《國語·晉語》：“大國道，小國襲焉曰服；小國傲，大國襲焉曰誅。”韓愈《唐故朝散大夫商州刺史除名徙封州董府君墓誌銘》：“兵誅恒州，改度支郎中，攝御史中丞，爲糧料使。”

⑬ 誅詔：誅伐之詔令，義近“誅伐”，討伐，聲討。《呂氏春秋·蕩兵》：“天下無誅伐，則諸侯之相暴也立見。”曹冏《六代論》：“夫欲天下之治安，莫若衆建諸侯而少其力，令海内之勢，若身之使臂，臂之使指，則下無背叛之心，上無誅伐之事。” 浹日：古代以干支紀日，稱自甲至癸一周十日爲“浹日”。《國語·楚語》：“遠不過三月，近不過浹

日。"韋昭注："浹日，十日也。"《新唐書・竇參傳》："不浹日，貶參郴州別駕。"　露章：泛指上奏章。權德輿《朝散大夫守司農少卿賜紫金魚袋隴西縣開國男李公墓誌銘》："露章以聞，已爲巧言所中，坐貶建安尉。"《新唐書・康承訓傳》："〔龐勛〕遣僞將屯柳子，屯豐，屯滕，屯沛，屯蕭，以張其軍，乃露章求節度使。"　城守：據城而守。《史記・梁孝王世家》："梁孝王城守睢陽，而使韓安國、張羽等爲大將軍，以距吳楚。"《後漢書・任光傳》："廷掾持王郎檄詣府白光，光斬之於市，以徇百姓，發精兵四千人城守。"　養士：謂收羅、供養賢才。趙曄《吳越春秋・勾踐陰謀外傳》："幸蒙諸大夫之策，得返國修政，富民養士。"劉洞《石城懷古》："千里長江皆渡馬，十年養士得何人？"　逆順：逆與順，多指事情的順與不順，情節的輕與重，境遇的好與不好，事理的當與不當等。杜甫《往在》："主將曉逆順，元元歸始終。"范成大《偶箴》："逆順境來欣戚變，咄哉誰是主人翁？"　壞散：潰亂，潰散。《史記・項羽本紀》："於是大風從西北而起……楚軍大亂，壞散，而漢王乃得與數十騎遁去。"《漢書・楚元王傳》："放遠佞邪之黨，壞散險詖之聚。"　縋：以繩拴人或物而下或上。《左傳・僖公三十年》："〔燭之武〕夜縋而出。"杜預注："縣城而下。"《左傳・昭公十九年》："子占使師夜縋而登。"杜預注："緣繩登城。"　勛名：功名。《後漢書・張奐傳》："〔張奐〕及爲將帥，果有勛名。"蘇舜欽《春日感懷》："望國勛名晚，傷時歲月飛。"

⑭　卑順：謙恭馴順。《漢書・匈奴傳》："夫夷狄之情，困則卑順，強則驕逆，天性然也。"《舊唐書・魏知古傳》："豺狼之心，首鼠何定？弱則卑順，強則驕逆。"　不伐：不自誇耀。《易・繫辭》："勞而不伐，有功而不德，厚之至也。"劉劭《人物志・釋爭》："蓋善以不伐爲大，賢以自矜爲損。"　檢儉：謂行爲檢點，生活儉樸。柳宗元《唐故邕管經略招討等使朝散大夫持節都督邕州諸軍事守邕州刺史兼御史中丞賜紫金魚袋李公墓誌銘》："有兩婿，博陵崔行檢儉，勁峭有立志；滎陽鄭

師貞,敏捷能群,皆聞名。” 檢:約束,限制。《書·伊訓》:“與人不求備,檢身若不及。”孔穎達疏:“檢,謂自攝斂也。”王昌齡《送韋十二兵曹》:“縣職如長纓,終日檢我身。” 儉:節儉,節省。韓愈《唐故朝散大夫越州刺史薛公墓誌銘》:“儉出薄入,以致和富。”蘇軾《謝除兩職守禮部尚書表》:“儉者,謂約己費省,不傷民財。” 士卒:甲士和步卒,後泛指士兵。《管子·立政》:“兼愛之説勝,則士卒不戰。”《後漢書·皇甫嵩傳》:“嵩溫恤士卒,甚得衆情,每軍行頓止,須營幔修立,然後就舍帳。” 勞苦:勤勞辛苦。《史記·屈原賈生列傳》:“人窮則反本,故勞苦倦極,未嘗不呼天也。”葉適《中奉大夫尚書工部侍郎曾公墓誌銘》:“值旱饑,沿村勸糶,又決獄問囚,走旁郡,勞苦未嘗辭。” 謹慎:言行慎重小心,以免發生有害或不幸的事情。《穀梁傳·桓公三年》:“父戒之曰:‘謹慎從爾舅之言。’母戒之曰:‘謹慎從爾姑之言。’”元稹《叙詩寄樂天書》:“朝廷大臣以謹慎不言爲樸雅,以時進見者不過一二親信。” 專至:專心致志。李適之《大唐蘄州龍興寺故法現大禪師碑銘》:“及乎對詢真蹟,不覺神醉大巫,捨枕麾旗,廢講焚疏,因而退密,專至攝心。”何籌《唐雲居寺故寺主律大德神道碑銘》:“請高行數人,轉藏經七遍。大德宿植精進,專至饒益。” 進取:努力上進,立志有所作爲。《論語·子路》:“狂者進取,狷者有所不爲也。”李咸用《秋日送嵒湘侍御歸京》:“雖道危時難進取,到逢清世又如何?”

⑮ 無以:謂没有什麽可以拿來,無從。《史記·魯周公世家》:“我之所以弗辟而攝行政者,恐天下畔周,無以告我先王、太王、王季、文王。”柳宗元《答元饒州論政理書》:“然不如是,則無以來至當之言。” 視朝:謂臨朝聽政。《禮記·曾子問》:“諸侯適天子,必告于祖,奠於禰,冕而出視朝。”蘇軾《富鄭公神道碑》:“上聞訃,震悼,爲輟視朝。” 賻:贈送財物助人治喪。《禮記·檀弓》:“孔子之衛,遇舊館人之喪,入而哭之哀,出,使子貢説驂而賻之。”蘇軾《上韓魏公乞葬董

傳書》:“故舊在京師者數人,相與出錢賻其家。”　班劍:有紋飾的劍,或曰以虎皮飾之。漢制,朝服帶劍,晉易以木,謂之班劍,取裝飾燦爛之義。後用作儀仗,由武士佩持,天子以賜功臣。《南史·張敬兒傳》:“〔敬兒〕既得開府,又望班劍。語人曰:‘我車邊猶少班蘭物。’”李白《天長節使韋公德政碑》:“羅衣蛾眉,立乎玳筵之上;班劍虎士,森乎翠幕之前。”　鼓吹:演奏樂曲的樂隊。《後漢書·楊震傳》:“及葬,又使侍御史持節送喪,蘭臺令史十人,發羽林騎輕車介士,前後部鼓吹,又敕驃騎將軍官屬司空法駕,送至舊塋。”司馬光《論董淑妃諡議策禮札子》:“鹵簿本以賞軍功,未嘗施於婦人。唯唐平陽公主有舉兵佐高祖定天下之功,方給鼓吹。”

⑯　爲言:猶爲例。獨孤郁《對才識兼茂明於體用策》:“執事者又未嘗聞以生人艱苦爲言,而得罪者豈其盡直而不用乎?”劉軻《上崔相公書》:“抑某聞宰相之事,必以天下爲言。”　將相:將帥和丞相,亦泛指文武大臣。《史記·高祖本紀》:“諸侯及將相相與共請尊漢王爲皇帝。”李涉《與梧州劉中丞》:“三代盧龍將相家,五分符竹到天涯。”“舉三十年爲言”五句:猶言以三十年爲例,那時的人們不能親耳所聞親眼所見現在的事情與人物,除了自己的子孫,旁人能够記住你的名字的,恐怕不到十分之一罷了。　耳目:猶視聽,見聞。《國語·晉語》:“若先,則恐國人之屬耳目於我也,故不敢。”《梁書·武帝紀》:“故能物色幽微,耳目屠釣,致王業於緝熙,被淳風於遐邇。”　相遠:相異,差距大。《論語·陽貨》:“性相近也,習相遠也。”蘇軾《永興軍秋試舉人策問》:“漢之與秦,唐之與隋,其治亂安危,至相遠也。”

⑰　爵位:爵號,官位。葛洪《抱朴子·論仙》:“夫有道者,視爵位如湯鑊,見印綬如縗絰。”韓愈《答竇秀才書》:“高可以釣爵位,循次而進,亦不失萬一於甲科。”　不朽:不磨滅,永存。《左傳·襄公二十四年》:“大上有立德,其次有立功,其次有立言,雖久不廢,此之謂不朽。”《後漢書·李固傳》:“明公踵伯成之高,全不朽之譽,豈與此外戚

凡輩耽榮好位者同日而論哉！" 幾希：相差甚微，極少。《孟子·離婁》："人之所以異於禽獸者幾希。"趙岐注："幾希，無幾也。"蘇軾《擬進士對御試策》："則是未能察脈而欲試華佗之方，其異於操刀而殺人者幾希矣！"

⑱ 南陽：原爲郡名，秦置，包有河南省舊南陽府和湖北省舊襄陽府，《三國志·諸葛亮傳》："臣本布衣，躬耕於南陽，苟全性命於亂世，不求聞達於諸侯。"裴松之注引《漢晉春秋》："亮家于南陽之鄧縣，在襄陽城西二十里，號曰隆中。"韓愈《題廣昌館》："丘墳發掘當官路，何處南陽有近親？"本文借諸葛亮曾經隱居南陽，故以南陽暗喻張建封。兵柄：兵權，軍權。《史記·袁盎晁錯列傳》："是時絳侯爲太尉，主兵柄。"韓愈《順宗實錄》："中人始悟兵柄爲叔文所奪。" 殄：滅絕，絕盡。《書·畢命》："商俗靡靡，利口惟賢。餘風未殄，公其念哉？"孔穎達疏："餘風至今未絕，公其念絕之哉？"宋若昭《和御製麟德殿宴百僚》："修文招隱伏，尚武殄妖凶。" 構堂：《書·大誥》："若考作室，既底法，厥子乃弗肯堂，矧肯構？"孔傳："以作室喻治政也，父已致法，子乃不肯爲堂基，況肯構立屋乎？"後因以"構堂"喻先人的基業。元稹《爲蕭相謝追贈祖父祖妣亡父表》："自陛下遣臣待罪宰相，不能有以匡逮聖明。齷齪知慚，屏營失據。常恐孔氏銘鼎，折足可期。于啓閨門，構堂無所。"《舊唐書·高宗紀贊》："伏戎於寢，構堂終墜。自蘊禍胎，邦家殄瘁。" 童：愚昧，淺陋。《國語·晉語》："聾聵不可使聽，童昏不可使謀。"韋昭注："童，無智；昏，暗亂也。"賈誼《新書·道術》："呧見窕察謂之慧，反慧爲童。" 狷：肆意妄爲。《玉篇·犬部》："狷，狂駭也。"沈遼《秦望閣》："秦王昔東狩，狷狩慕長生。" 右臂：人大多慣於用右手做事，因以右臂喻事物的要害部分。《戰國策·趙策》："今楚與秦爲昆弟之國，而韓魏稱爲東藩之臣，齊獻魚鹽之地，此斷趙之右臂也。"《後漢書·虞翊傳》："賊不知開倉招衆，劫庫兵，守城皋，斷天下右臂，此不足憂也。"李賢注："右臂，喻要便也。"本文喻指張奉

國原來駐守的"渦口三城"，以及由他統領的"二萬"之眾，猶如徐寧軍節度使的左膀右臂。　　萬眾：眾人，千萬人。《漢書·石顯傳》："愚臣微賤，誠不能以一軀稱快萬眾。"《三國志·關羽傳》："羽望見良麾蓋，策馬刺良於萬眾之中。"　　"憛果惴惴"四句：事見《舊唐書·張建封傳》："(張憛)元和元年被疾，上表請代，徵爲兵部尚書。以東都留守王紹爲武寧軍節度，代憛。復隸濠泗二州於徐。徐軍喜復得二州，不敢爲亂。而憛遂赴京師，未出界卒。憛在徐州七年，百姓稱理，詔贈右僕射。"　　惴惴：憂懼戒慎貌。《詩·小雅·小宛》："惴惴小心，如臨于谷。"《魏書·陽固傳》："心惴惴而慄慄兮，若臨深而履薄。"　　全歸：謂保身而得善名以終，語出《禮記·祭義》："父母全而生之，子全而歸之，可謂孝矣！不虧其體，不辱其身，可謂全矣！"元結《夏侯岳州表》："公既壽而貴，保家全歸。"　　吭：比喻地勢險要之地。白居易《除周懷義豐州刺史天德軍使制》："況茲要鎮，實扼戎吭。"吳武陵《陽朔縣廳壁題名》："一日有盜，則吾搤其吭而制其變，皆由善命理者常選於地。"本文喻指徐州。

⑲ 逾：越過，經過。《書·禹貢》："浮于江、沱、潛、漢，逾於洛，至於南河。"孔傳："逾，越也。"《詩·鄭風·將仲子》："將仲子兮，無踰我墙！"　　行：品行，德行。《楚辭·九章·橘頌》："年歲雖少，可師長兮；行比伯夷，置以爲像兮。"楊惲《報孫會宗書》："竊自念過已大矣！行已虧矣！長爲農夫以没世矣！"　　叛命：背叛王命。《後漢書·左雄傳》："今之墨綬，猶古之諸侯，拜爵王庭，輿服有庸，而齊於匹豎，叛命避負，非所以崇憲明理，惠育元元也。"蘇軾《賀韓丞相啓》："蕞爾種羌之叛命，慨然當寧以請行，威聲所加，膻穢自屏。"　　昏荒：昏亂荒謬。元結《管仲論》："予若昏荒淫虐，不納諫諍，失先王法度……"陸贄《議汴州逐劉士寧事狀》："伏以劉士寧昏荒暴慢，惡貫久盈……"　　天王：稱帝王。《莊子·天道》："昔者舜問於堯曰：'天王之用心何如？'"杜甫《憶昔二首》二："犬戎直來坐御床，百官跣足隨天王。"　　示人：讓人

知道,讓人看見。李貽孫《夔州都督府記》:"又西而稍南三四里,得'八陣圖',在沙州之壖,此諸葛所以示人於行兵者也。"白居易《元和南省請上尊號表》:"今陛下宣威紀功,示人以武也;業古垂統,示人以文也。" 戕:古稱他國之臣殺本國君主,或稱犯上之行爲。《左傳·宣公十八年》:"凡自内虐其君曰弑,自外曰戕。"柳宗元《駁復仇議》:"法其可仇乎?仇天子之法而戕奉法之吏,是悖驁而凌上也。"

⑳ 惠:恩惠。《左傳·莊公十年》:"小惠未遍,民弗從也。"元稹《鶯鶯傳》:"必也君亂之,君終之,君之惠也。" 常:倫常,綱常。蔡琰《悲憤詩》:"漢季失權柄,董卓亂天常。"陸贄《奉天請罷瓊林大盈二庫狀》:"近以寇逆亂常,鑾輿外幸。" 厚薄:猶親疏。《淮南子·主術訓》:"夫以一人之心而事兩主,或背而去,或欲身徇之,豈其趨舍厚薄之勢異哉!"《三國志·傅嘏傳》"嘏常論才性同異,鍾會集而論之"裴松之注:"若皆知其不終,而情有彼此,是爲厚薄由於愛憎,奚豫於成敗哉?以愛憎爲厚薄,又虧於雅體矣!" 相當:相宜。賈思勰《齊民要術·園籬》:"必須稀概均調,行伍條直相當。"張鷟《朝野僉載》卷一:"夫人曰:'寧可死,此事不相當也。'" 克:能够。《書·舜典》:"慎徽五典,五典克從。"孔傳:"五教能從,無違命。"《詩·齊風·南山》:"析薪如之何?匪斧不克。"毛傳:"克,能也。" 勇:果敢,決斷。《韓非子·解老》:"得事理則必成功,得成功則其行之也不疑,不疑之謂勇。"《禮記·樂記》:"臨事而屢斷,勇也。" 義:謂符合正義或道德規範。《論語·述而》:"不義而富且貴,於我如浮雲。"《韓非子·忠孝》:"湯武自以爲義而弑其君長。" 揚:顯揚,傳播。《易·夬》:"揚于王庭。"孔穎達疏:"顯然發揚決斷之事於王者之庭,示公正而無私隱也。"《淮南子·覽冥訓》:"不彰其功,不揚其聲。"高誘注:"彰、揚,皆明也。" 墓石:墓誌,墓碑。獨孤及《唐故大理寺少卿兼侍御史河南獨孤府君墓誌銘并序》:"知己之道,斯其行者鮮矣!及敢不以直詞書仲父之美於墓石?"權德輿《金紫光禄大夫司農卿邵州長史李公墓

誌銘》:"元道等泣以墓石見托,雖文之鄙樸,而不敢辭也。"　無强:亦作"無疆",無窮,永遠。《書·大誥》:"洪惟我幼沖人,嗣無疆大歷服。"孔傳:"言子孫承繼祖考無窮。"歐陽詹《王者宜日中賦》:"燭生生於有晦,暖物物於無疆。"

［編年］

《年譜》編年:"碑主是張奉國。《碑》云:'以某年月日(《舊唐書·穆宗紀》作長慶二年三月壬寅)薨于家。其子炭……因其舅捧南陽王所受制詔凡八通,歷扺卿大夫之爲文者。予與焉'當撰於長慶二年三月以後。"《編年箋注》、《年譜新編》也根據《舊唐書·穆宗紀》記載,分別認爲:"此《碑文銘》宜撰於長慶二年(八二二)三月壬寅以後。""碑文銘當作於此後不久。"

我們以爲,一、《舊唐書·穆宗紀》:"(長慶二年)三月壬辰朔……壬寅,左驍衛上將軍張奉國卒。"根據干支推算,"壬寅"應該是三月十一日,本文自然應該撰成於此後。二、本文:"其子炭哭於其黨曰:'唐制:三品以上歿,既葬,碑於墓,以文其行。我父當得碑,家且貧,無以買其文,卿大夫誰我肯哀者?'由是因其舅捧南陽王所受制詔,凡八通,歷扺卿大夫之爲文者。"但張奉國已經失勢,當時在京城的達官顯貴沒有人理會他兒子的請求,辦理喪事以及滿京城地求人,時間估計應該在二十日以上。三、元稹當時雖然在宰相之高位,但剛剛拜相的元稹即捲入"謀刺裴度"的冤案之中,連住宅都受到監視。元稹當時自顧不暇,凡在京城者,可以說無人不知。在這種情況下,張奉國的兒子張炭及其舅舅也肯定不會把元稹作爲首選的求助對象。最後遍求他人而無人願意幫助,才勢必無奈找到元稹請求幫助。元稹"故聞南陽王忠功,每義之,然其請","予與焉"。從中也可見,元稹對張奉國不幸遭遇的深切同情和從不趨炎附勢的可貴品質以及身處困境仍然樂意助人的豁達心態。四、元稹長慶二年六月五日即被出貶同州刺史，其時已經不可能爲張奉國撰寫墓誌銘。故撰寫本文的時間，應該在長慶二年四月、五月之間，本文題曰"贈某官"，文亦稱"贈某官"，意即朝廷尚没有來得及議定授予張奉國之贈官官銜，故撰文時間當離開病故時間不遠，以四月初最爲可能，地點在長安，元稹時任同平章事之職。

◎ 祭亡友文①

嗚呼！英英君子，汲汲仁義。壽則道亨，天亦德熾②。滔滔眾人，役役名利（一）。材不稱官，老不識事。紫綬榮身，黃髮垂穗。徒擲天年，竊耀名器。石頑慧明，亦有何貴（二）③？

君雖促齡，實大其志。呼吸風雲，擺落塵膩。泥滹珠玉，糞土名位。瞪目凡流，傾心俊異。譽如不聞，毁亦不忌。不求近效，直詣殊致④。圈檻豺狼（三），籠御鵬驥。塹山堙海，吞河噴渭（四）。嶽立英髦，粉碎庸媚。德我者煌煌，虐我者惴惴。赫赫其門，揚揚其氣⑤。

念昔日之盡言，此唯君之大意。天不降年，志亦没地。我輩猶在（五），尚可希冀。故曰：交本乎道，道通乎類。身没類存，道則不墜。信後圖之未忘（六），奈目前之歔欷⑥！

昔江潯之送君，每重宵而疊醉。曾不易其津涯，忽奠陳於喪次（七）⑦。孺婦號呼，哀胤提稚。拜我者曩日之舊童，示我者絶時之遺字。埋萬恨於深心，洒終天之別泪（八）。嗚呼哀哉！尚饗⑧。

录自《元氏長慶集》卷六〇

［校記］

（一）役役名利：原本作“没没名利”，楊本、叢刊本、《全文》同，據《文章辨體彙選》改。

（二）亦有何貴：楊本、叢刊本、《文章辨體彙選》、《全文》同，宋蜀本、盧校作“亦又何貴”，各備一說，不改。

（三）圈檻豺狼：楊本、叢刊本、《文章辨體彙選》、《全文》同，宋蜀本、盧校作“檻束豺狼”，各備一說，不改。

（四）吞河噴渭：原本作“吞呵噴渭”，楊本、叢刊本同，據宋蜀本、《文章辨體彙選》、《全文》改。

（五）我輩猶在：原本作“我輩尤在”，楊本、叢刊本同，宋蜀本、《文章辨體彙選》、《全文》作“我輩猶在”，兩字雖然某些義項可通，但原本語義不佳，據宋蜀本等改。

（六）信後圖之未忘：楊本、叢刊本、《文章辨體彙選》、《全文》同，宋蜀本作“信後圖之未亡”，各備一說，不改。

（七）忽奠陳於喪次：原本作“忽莫陳於喪次”，楊本、叢刊本、《文章辨體彙選》、《全文》同，據宋蜀本、盧校改。

（八）洒終天之別淚：《全文》同，楊本、叢刊本、《文章辨體彙選》作“泗終天之別淚”，不從不改。

［箋注］

① 祭文：文體名，祭祀或祭奠時表示哀悼或禱祝的文章。《文心雕龍·祝盟》：“若乃《禮》之祭祀，事止告饗；而中代祭文，兼讚言行。祭而兼讚，蓋引神而作也。”郭彖《睽車志》卷四：“忽有髑髏自空墮几案間，舉家駭愕，詠之爲祭文而埋之。”　亡友：死去的友人。韓愈《祭薛助教文》：“朝散郎守國子博士韓愈、太學助教侯繼，謹以清酌之奠，祭于亡友國子助教薛君之靈。”王灣《哭補闕亡友綦母學士》：“明代資

多士，儒林得異才。書從金殿出，人向玉墀來。"這裏指元稹的摯友李景儉，又稱"李六"，兩人的友誼從元稹與韋叢結婚之後相識韋夏卿的幕僚李景儉起，一直交往不斷，生死不替。本書稿中關於李景儉的詩文比比皆是，相信讀者已經注意到這一點。如元稹《答姨兄胡靈之見寄五十韵》"篇末有云"："迅拔看鵬翠，高音侍鶴鳴。所期人拭目，焉肯自伴盲？"如元稹《紀懷贈李六戶曹崔二十功曹五十韵》："甲科崔並鶩，柱史李齊昇。共展排空翼，俱遭激遠矰。"再如元稹《酬李六醉後見寄口號（用本韵）》："潦倒慚相識，平生頗自奇。明公將有問，林下是靈龜。"又如元稹《陪諸公游故江西韋大夫通德湖舊居有感題四韵兼呈李六侍御即韋大夫舊寮也》："烟波漾日侵隤岸，狐兔奔叢拂坐隅。唯有滿園桃李下，膺門偏拜阮元瑜。"還如元稹《叙詩寄樂天書》："適值河東李明府景儉在江陵時，僻好僕詩章，謂爲能解，欲得盡取觀覽，僕因撰成卷軸。"而《舊唐書·李景儉傳》在對李景儉生平簡略的記述中，不時可見與元稹的友誼："李景儉，字寬中……貞元十五年登進士第，性俊朗，博聞強記，頗閱前史，詳其成敗。自負王霸之略，於士大夫間無所屈降。貞元末，韋執誼、王叔文東宮用事，尤重之，待以管、葛之才。叔文竊政，屬景儉居母喪，故不及從坐。韋夏卿留守東都，辟爲從事。竇群爲御史中丞，引爲監察御史。群以罪左遷，景儉坐貶江陵戶曹，累轉忠州刺史。元和末入朝，執政惡之，出爲澧州刺史。與元稹、李紳相善，時紳、稹在翰林，屢言於上前。及延英辭日，景儉自陳已屈，穆宗憐之，追詔拜倉部員外郎。月餘，驟遷諫議大夫。性既矜誕，寵擢之後，凌蔑公卿大臣，使酒尤甚。中丞蕭俛、學士段文昌相次輔政，景儉輕之，形於談謔。二人俱訴之，穆宗不獲已，貶之，制曰：'諫議大夫李景儉，擢自宗枝，嘗探儒術，荐歷臺閣，亦分郡符。動或違仁，行不由義。附權幸以虧節，通奸黨之陰謀。衆情皆疑，群議難息。據因緣之狀，當寘嚴科；順長養之時，特從寬典。勉宜省過，無或徇非，可建州刺史。'未幾元稹用事，自郡召還，復爲諫議大夫。

其年十二月,景儉朝退,與兵部郎中知制誥馮宿、庫部郎中知制誥楊嗣復、起居舍人溫造、司勳員外郎李肇、刑部員外郎王鎰等同謁史官獨孤朗,乃於史館飲酒。景儉乘醉詣中書謁宰相,呼王播、崔植、杜元穎名,面疏其失,辭頗悖慢,宰相遜言止之,旋奏貶漳州刺史。是日同飲於史館者皆貶逐。景儉未至漳州而元稹作相,改授楚州刺史。議者以景儉使酒,凌忽宰臣,詔令纔行,遽遷大郡。稹懼其物議,追還,授少府少監。從坐者皆召還。而景儉,竟以忤物不得志而卒。景儉疏財尚義,雖不屬名節,死之日,知名之士咸惜之。”不過傳中的差錯也不少,讀者閱讀李景儉本傳還需要注意辨別。

②嗚呼:嘆詞,表示悲傷。張說《孔補闕集序》:“嗚呼!人斯云亡,世閱多故。十年之外,零落將盡。”李邕《長安縣尉贈隴州刺史王府君神道碑》:“往顧慈親,今極真性。臨穴號叫,仰天殞絕。嗚呼!”英英:奇偉的,傑出的。韓愈《贈別元十八協律六首》二:“英英桂林伯,實維文武特。”秦觀《次韻邢敦夫秋懷十首》七:“英英范與蘇,器識兼文武。”　君子:才德出衆的人。班固《白虎通·號》:“或稱君子何?道德之稱也。君之爲言群也,子者丈夫之通稱也。”王安石《君子齋記》:“故天下之有德,通謂之君子。”　汲汲:急切追求貌。《莊子·盜跖》:“子之道狂狂汲汲,詐巧虛僞事也。”《漢書·揚雄傳》:“不汲汲於富貴,不戚戚於貧賤。”　仁義:亦作“仁誼”,仁愛和正義,寬惠正直。《禮記·喪服四制》:“恩者仁也,理者義也,節者禮也,權者知也,仁義禮知,人道具矣!”《吕氏春秋·適威》:“古之君民者,仁義以治之,愛利以安之,忠信以導之,務除其災,思致其福。”　壽:長壽,活得歲數大。《書·洪範》:“五福:一曰壽,二曰富,三曰康寧,四曰攸好德,五曰考終命。”孔穎達疏:“‘一曰壽’,年得長也。”《論語·雍也》:“知者動,仁者靜;知者樂,仁者壽。”　道:政治主張或思想體系。《論語·衛靈公》:“道不同,不相爲謀。”劉禹錫《學阮公體三首》一:“少年負志氣,通道不從時。”　亨:通達,順利。《易·坤》:“坤厚載物,德合無

疆,含弘光大,品物咸亨。"孔穎達疏:"咸亨者,包含以厚,光著盛大,故品類之物,皆得亨通。"元稹《思歸樂》:"我心終不死,金石貫以誠。此誠患不立,雖困道亦亨。" 夭:短命,早死。《書·高宗肜日》:"降年有永有不永,非天夭民,民中絕命。"孫星衍疏:"夭者,《釋名》云:'少壯而死曰夭,如取物中夭折也。'"《墨子·非儒》:"壽夭貧富,安危治亂,固有天命。" 德:道德,品德。《周禮·地官·師氏》:"以三德教國子。"鄭玄注:"德行,內外之稱,在心爲德,施之爲行。"《論語·述而》:"德之不修,學之不講,聞義不能徙,不善不能改,是吾憂也。"熾:昌盛,興盛。《詩·魯頌·閟宮》:"俾爾昌而熾,俾爾壽而富。"阮籍《大人先生傳》:"故天下被其澤,而萬物所以熾也!"

③ 滔滔:普遍。杜甫《惜別行送劉判官》:"劉侯奉使光推擇,滔滔才略滄溟窄。"《新唐書·劉迅傳》:"天下滔滔,知我者希。" 眾人:一般人,群眾。《孟子·告子》:"君子之所爲,眾人固不識也。"元稹《酬樂天赴江州路上見寄三首》三:"人亦有相愛,我爾殊眾人。" 役役:勞苦不息貌。《莊子·齊物論》:"終身役役,而不見其成功。"奔走鑽營貌。韓愈《上考功崔虞部書》:"得一名,獲一利,則棄其業而役役於持權者之門。"狡黠貌。《莊子·胠篋》:"舍夫種種之民,而悅夫役役之佞;釋夫恬淡無爲,而悅夫啍啍之意。"成玄英疏:"役役,輕黠之貌。" 名利:名位與利祿,名聲與利益。《尹文子·大道》:"故曰禮義成君子,君子未必須禮義;名利治小人,小人不可無名利。"韓愈《復志賦》:"惟名利之都府兮,羌眾人之所馳。" "材不稱官"兩句:意謂自己的才能不能與自己的官職相稱,年齡雖然不小,但却一點也不明白人情事理。 稱:相當,符合。《孟子·公孫丑》:"古者棺槨無度,中古棺七寸,槨稱之。"汪遵《鄧中》:"莫言白雪少人聽,高調都難稱俗情。" 官:官職,官位,官銜。《荀子·正論》:"夫德不稱位,能不稱官,賞不當功,罰不當罪,不祥莫大焉!"韓愈《元和聖德詩》:"哀憐陣歿,廩給孤寡,贈官封墓,周帀宏溥。" 識事:瞭解事實,懂得事理。

劉知幾《史通·雜説》：“夫識事未精，而輕爲著述，此其不知量也。”邵雍《觀物吟四首》三：“識事事非易，知人人所艱。”　紫綬：紫色絲帶，古代高級官員用作印組，或作服飾。王昌齡《青樓曲二首》二：“馳道楊花滿御溝，紅妝縵綰上青樓。金章紫綬千餘騎，夫婿朝回初拜侯。”王翰《奉和聖製送張尚書巡邊》：“紫綬尚書印，朱軒丞相車。登朝身許國，出閫將辭家。”　榮身：使其身榮顯。《文心雕龍·論説》：“凡説之樞要，必使時利而義貞；進有契於成務，退無阻於榮身。”徐九臯《詠史》：“亡國秦韓代，榮身劉項年。”　黃髮：指年老，亦指老人。《書·秦誓》：“雖則雲然，尚猷詢兹黃髮，則罔所愆。”杜甫《玉臺觀二首》一：“更肯紅顏生羽翼，便應黃髮老漁樵。”　垂穗：下垂貌。司空曙《酬李端校書見贈》：“綠槐垂穗乳烏飛，忽憶山中獨未歸。青鏡流年看髮變，白雲芳草與心違。”此處形容頭髮下垂貌。　穗：穗狀之物。林逋《送式遵師謁金陵王相國》三：“天竺屧顏暫掩扉，講香浮穗上行衣。”天年：自然的壽數。《莊子·山木》：“此木以不材得終其天年。”《史記·刺客列傳》：“老母今以天年終，政將爲知己者用。”　名器：猶大器，喻國家的棟梁與重要職位。《魏書·崔寬傳》：“衡舉李沖、李元愷、程駿等，終爲名器，世以是稱之。”劉禹錫《奚公神道碑》：“公少以名器自任。”

④ 促齡：壽命短促。《文心雕龍·時序》：“及成康促齡，穆哀短祚……”楊炯《王勃集序》：“嗟乎促齡，材氣未盡，歿而不朽，君子貴焉！”　志：志向，志願。《論語·公冶長》：“盍各言爾志？”韓愈《縣齋有懷》：“身將老寂寞，志欲死閑暇。”　呼吸：猶吞吐，招致，汲引。李白《登廣武古戰場懷古》：“項王氣蓋世，紫電明雙瞳。呼吸八千人，橫行起江東。”元稹《尚書工部侍郎》：“宰相段文昌在蜀時，愛君之磊落善呼吸人，遂相奏天子，以君爲殿中侍御史、銀州長史、知刺史事。”風雲：《易·乾》：“雲從龍，風從虎，聖人作而萬物覩。”意謂同類相感應，後因以“風雲”比喻遇合、相從。荀悦《漢紀·高祖紀贊》：“高祖起

於布衣之中，奮劍而取天下，不由唐虞之禪，不階湯武之王，龍行虎變，率從風雲，征亂伐暴，廓清帝宇。"王勃《上明員外啓》："神交可託，風雲於杵臼之間。" 擺落：撇開，擺脱。陶潛《飲酒二十首》一二："擺落悠悠談，請從余所之。"錢起《題精舍寺》："詩思竹間得，道心松下生。何時來此地，擺落世間情？" 塵膩：猶言污濁。元稹《元和五年予官不了罰俸西歸三月六日至陝府與吳十一兄端公崔二十二院長思愴曩遊因投五十韻》："春衫未成就，冬服漸塵膩。"元稹《野節鞭》："此遺不尋常，此鞭不容易。金堅無繳繞，玉滑無塵膩。" 泥瀆：猶泥水，亦指視爲污泥濁水。 泥：和著水的土。《易·需》："需於泥，致寇至。"義近"泥濁"，污濁，指風俗敗壞。王逸《九思·哀歲》："傷俗兮泥濁，矇蔽兮不章。" 瀆：津液。《廣韵·平真》："瀆，氣之液也。""瀆溰"，水波起伏相連貌。《文選·郭璞〈江賦〉》："溭淢瀆溰，龍鱗結絡。"李善注："溭淢瀆溰，參差相次也。" 珠玉：比喻俊傑，英才。劉義慶《世説新語·容止》："有人詣王太尉，遇安豐、大將軍、丞相在坐，往別屋見季胤、平子，還，語人曰：'今日之行，觸目見琳琅珠玉。'"《晉書·衛玠傳》："驃騎將軍王濟，玠之舅也，每見玠輒嘆曰：'珠玉在側，覺我形穢。'" 糞土：引申爲鄙視。楊衡《經端溪峽中》："逍遙一息間，糞土五侯榮。"《漢書·東方朔傳》："糞土愚臣，忘生觸死。" 名位：官職與品位，名譽與地位。《左傳·莊公十八年》："王命諸侯，名位不同，禮亦異數。"曹植《釋愁文》："沈溺流俗，眩惑名位。" 瞪目：睜眼愣視。劉言史《王中丞宅夜觀舞胡騰》："四座無言皆瞪目，橫笛琵琶遍頭促。"李頎《崔五六圖屏風各賦一物得烏孫佩刀》："回頭瞪目時一看，使予心在江湖上。" 凡流：平凡之人，庸俗之輩。《晉書·劉頌傳》："臣以期運，幸遇無諱之朝。雖嘗抗疏陳辭，氾論政體，猶未悉所見，指言得失，徒荷恩寵，不異凡流。"蘇轍《金沙臺》："獎崇善類詢輿論，過訪仁賢棹小舟。契合通家心異姓，情敦同氣邁凡流。" 傾心：嚮往，仰慕。庾肩吾《有所思行》："悵望情無極，傾心還自傷。"王勃《送白七序》:“天下傾心,盡當年之意氣。”　俊異:傑出異常的人。
《宋書·顏延之傳》:“黃門郎殷景仁亦謂之曰:‘所謂俗惡俊異,世疵
文雅。’”杜甫《宿鑿石浦》:“窮途多俊異,亂世少恩惠。”　譽:名譽,聲
譽。《孟子·告子》:“令聞廣譽施於身,所以不願人之文繡也。”柳宗
元《祭姊夫崔使君簡文》:“譽動京邑,施于方隅,密勿書奏,元侯是
俞。”　毀:譭謗,詆毀,罵詈。《論語·子張》:“叔孫武叔毀仲尼,子貢
曰:‘無以爲也!仲尼不可毀也。’”《新唐書·朱敬則傳》:“咸亨中,高
宗聞其名,召見,異之,爲中書令李敬玄所毀,故授洹水尉。”　不忌:
不畏忌,不嫉妒,不忌諱。《左傳·昭公十四年》:“貪以敗官爲墨,殺
人不忌爲賊。”《列子·湯問》:“〔終北國〕人性婉而從,物不競不争,柔
心而弱骨,不驕不忌,長幼儕居。”　近效:謂近時可見的功效。陸贄
《論裴延齡奸蠹書》:“延齡苟逞近效,不務遠圖。”蘇軾《既醉備五福
論》:“視民如視其身,待其至愚者如其至賢者,是謂至誠,至誠無近
效,要在於自信而不惑。是謂不欲速,不欲速則能久,久則功成。”
殊致:不同的意趣或志趣。《文心雕龍·雜文》:“智術之子,博雅之
人,藻溢於辭,辭盈乎氣。苑囿文情,故日新殊致。”韋應物《贈琮公》:
“出處似殊致,喧静兩皆禪。”

　　⑤ 圈檻:圈禁野獸的柵欄。《淮南子·主術訓》:“故夫養虎豹犀
象者,爲之圈檻,供其嗜欲,適其饑飽,違其怒恚。”蘇洵《兵制》:“秦漢
以來,諸侯之患不減於三代,而御卒伍者,乃知蓄虎豹,圈檻一缺,咆
勃四出,其故何也?”　豺狼:豺與狼,皆凶獸,比喻凶殘的惡人。《東
觀漢記·陽球傳》:“願假臣一月,必令豺狼、鴟梟悉伏其辜。”李白《古
風》一九:“俯視洛陽川,茫茫走胡兵。流血塗野草,豺狼盡冠纓。”
籠御:猶“籠檻”,拘囚禽獸之處,多指鳥籠。《南史·范雲傳》:“雲曰:
‘此政會吾心,今羽翮未備,不得不就籠檻,希足下善聽之。’”白居易
《紅鸚鵡》:“安南遠進紅鸚鵡,色似桃花語似人。文章辯慧皆如此,籠
檻何年出得身?”　鵬:傳説中最大的鳥。《莊子·逍遙遊》:“北冥有

魚,其名爲鯤,鯤之大不知其幾千里也。化而爲鳥,其名爲鵬,鵬之背不知其幾千里也。怒而飛,其翼若垂天之雲。"韓愈《海水》:"海有吞舟鯨,鄧有垂天鵬。" 驥:駿馬,常常比喻傑出的人才。曹操《步出夏門行·龜雖壽》:"老驥伏櫪,志在千里。烈士暮年,壯心不已。"《晉書·虞預傳》:"十室之邑,必有忠信,世不乏驥,求則可致。" 塹:挖掘。《左傳·襄公十八年》:"齊侯禦諸平陰,塹防門而守之,廣里。"杜預注:"於門外作塹,橫行廣一里。"韓愈《烏氏廟碑銘》:"尚書領所部兵塞其道,塹原累石,綿四百里,深高皆三丈,寇不得進。" 堙:填,堵塞。《左傳·襄公二十五年》:"陳侯會楚子伐鄭,當陳隧者,井堙木刊。"杜預注:"堙,塞也。"司馬相如《難蜀父老》:"夏後氏慼之,乃堙洪塞源,決江疏河,灑沈澹災,東歸於海,而天下永寧。" 河:古代對黃河的專稱。《書·禹貢》:"島夷皮服,夾右碣石入於河。"曾鞏《本朝政要策·黃河》:"河自西出而南,又東折,然後北注於海。" 渭:水名,黃河最大支流,源出甘肅省鳥鼠山,橫貫陝西省中部,至潼關入黃河。張衡《西京賦》:"畫地成川,流渭通涇。"韓愈《鳳翔隴州節度使李公墓誌銘》:"船循渭而下,首尾相繼不絕。" 英髦:俊秀傑出的人。劉孝標《辨命論》:"昔之玉質金相,英髦秀達,皆擯斥於當年。"歐陽修《齋宮尚有殘雪思作學士時攝事於此嘗有聞鶯詩寄原父因而有感四首》三:"兩京平日接英髦,不獨詩豪酒亦豪。" 庸:平常。《易·乾》:"庸言之信,庸行之謹。"孔穎達疏:"庸謂中庸,庸常也。"引申爲平凡,平庸。《國語·齊語》:"臣,君之庸臣也。"司馬光《迂書·辨庸》:"苦心勞神而不自知,猶未免夫庸也。" 媚:艷麗,美好。阮籍《詠懷詩十七首》五:"朝爲媚少年,夕暮成醜老。"薛昭蘊《離別難》:"羅帷乍別情難,那堪春景媚。" 煌煌:顯耀,盛美。《漢書·揚雄傳》:"明哲煌煌,旁燭之疆;遜於不虞,以保天命。"沈遘《五言沈沔天隱樓》:"煌煌全盛時,冠蓋充里門。" 惴惴:憂懼戒慎貌。《詩·小雅·小宛》:"惴惴小心,如臨于谷。"《魏書·陽固傳》:"心惴惴而慄慄兮,若臨深而履薄。"

赫赫：光明炫耀貌。揚雄《法言·五百》：“赫赫乎日之光，群目之用也。”梅堯臣《日蝕》：“赫赫初出咸池中，浴光洗迹生天東。”　揚揚：得意貌。《荀子·儒效》：“呼先王以欺愚者而求衣食焉！得委積足以揜其口，則揚揚如也。”楊倞注：“揚揚，得意之貌。”柳宗元《辨伏神文》：“伏神之神兮，惟餌之食……君子食之兮，其樂揚揚。”

　　⑥ 昔日：往日，從前。《史記·田敬仲完世家》：“昔日趙攻甄，子弗能救。”張鷟《遊仙窟》：“昔日曾經自弄他，今朝並悉從人弄。”　盡言：猶直言，謂暢所欲言，毫無保留。《國語·周語》：“唯善人能受盡言，齊其有乎？”李翱《論事于宰相書》：“承閣下厚知，受獎擢者不少，能受閣下德而獻盡言者未必多人。”　大意：大志。《後漢書·耿弇傳》：“弇因說護軍朱祐，求歸發兵，以定邯鄲。光武笑曰：‘小兒曹乃有大意哉！’”王先謙集解引周壽昌曰：“大意，即大志也。”《三國志·杜畿傳》：“縣囚繫數百人，畿親臨獄，裁其輕重，盡決遣之，雖未悉當，郡中奇其年少而有大意也。”　降年：謂上天賜予人的年齡，壽命。《書·高宗肜日》：“降年有永有不永，非天夭民，民中絶命。”孔傳：“言天之下年與民，有義者長，無義者不長。”蔡邕《郭有道碑文》：“降年不永，民斯悲悼。”　没地：人死埋葬於地下，借指壽終，連同他們未了的事業。語本《左傳·隱公十一年》：“若寡人得没於地，天其以禮悔禍於許，無寧兹許公復奉其社稷。”江淹《恨賦》：“至乃敬通見抵，罷歸田里……齎志没地，長懷無已。”張説《貞節君碑》：“神功元年十月乙丑，陽鴻卒於雩都縣。友人沛國朱敬則、清河孟乾祚、范陽盧禹等，哀鴻抱德没地，繼體未識，考行定諡，葬於舊域。”　我輩：我等，我們。劉義慶《世説新語·文學》：“孫興公作《天台賦》成，以示范榮期云：‘卿試擲地，要作金石聲。’范曰：‘恐子之金石，非宮商中聲。’然每至佳句，輒云：‘應是我輩語。’”杜甫《萬丈潭》：“造幽無人境，發興自我輩。”　希冀：希圖，希望得到。《三國志·臧洪傳》：“諸袁事漢，四世五公，可謂受恩。今王室衰弱，無扶翼之意，欲因際會，希冀非望，多

殺忠良以立奸威。"李綱《論和戰札子》:"中國爲和所誤者多矣！十餘年來持和議之説，一切苟且，希冀萬一者，何其紛紛也！"　道:道德，道義。《左傳·桓公六年》:"所謂道，忠於民而信於神也。"《孟子·公孫丑》:"得道者多助，失道者寡助。"　類:指族類，朋輩。《國語·周語》:"其類維何?"韋昭注:"類，族也，言孝子之行，先於室家族類以相致，乃及於天下也。"孔平仲《續世説·讒險》:"此人得權，則吾族無類矣！"　墜:喪失，敗壞。《文選·韋孟〈諷諫〉》:"五服崩離，宗周以墜。"李善注:"墜，失也。"王禹偁《監察御史朱府君墓誌銘》:"文學政事，不墜家法。"　後圖:今後之計，謂爲以後打算。《左傳·桓公六年》:"以爲後圖，少師得其君。"孔穎達疏:"言此計今雖無益，以爲在後圖謀也。"《新五代史·楊行密傳》:"海陵難守，而廬州吾舊治也，城廩完實，可爲後圖。"　歔欷:悲泣，抽噎，嘆息。蔡琰《悲憤詩》:"觀者皆歔欷，行路亦嗚咽。"《新唐書·劉祥道傳》:"稍遷司刑太常伯，每覆大獄，必歔欷累嘆。"

⑦ 昔江潭之送君:元稹與李景儉先後貶職江陵:元和三年李景儉貶爲江陵户曹參軍，元和五年元稹貶爲江陵士曹參軍。但李景儉先元稹離開江陵，據《酬別致用》、《送致用》兩詩所示，李景儉離開江陵應該在元和七年的冬天。離別的時候，元稹《送致用》有"泪霑雙袖血成文，不爲悲身爲別君。望鶴眼穿期海外，待烏頭白老江潭。遙看逆浪愁翻雪，漸失征帆錯認雲。欲識九回腸斷處，潯陽流水九條分"抒情，亦即本文所述"昔江潭之送君"之情景。　江潭:江岸，亦指沿江一帶。陸雲《答吳王上將顧處微九章》四:"於時翻飛，虎嘯江潭。"李白《贈僧崖公》:"虛舟不繫物，觀化遊江潭。"　每重宵而疊醉:在江陵，兩個本來熟悉的朋友因貶謫而共事江陵，飲酒應該是他們生活的重要内容，元稹《飲致用神麴酒三十韵》有句"殘觴猶漠漠，華燭已熒熒。真性臨時見，狂歌半睡聽。喧闐争意氣，調笑學娉婷。酩酊焉知極? 羈離忽暫寧。雞聲催欲曙，蟾影照初醒"，就是本句"每重宵而疊

醉"的最好注解。元稹還有"我有懇憤志,三十無人知。修身不言命,謀道不擇時。達則濟億兆,窮亦濟毫氂。濟人無大小,誓不空濟私"的知心話語向李景儉傾訴。　　重:重疊,重複。《顏氏家訓·勉學》:"〔梁元帝十二歲〕率意自讀史書,一日二十卷,既未師受,或不識一字,或不解一語,要自重之,不知厭倦。"陸游《遊山西村》:"山重水複疑無路,柳暗花明又一村。"　　疊:連續,接連。方干《寄台州孫從事百篇》:"相思莫訝音書晚,鳥去猶須疊日飛。"岳飛《奉詔移偽齊檄》:"今王師已盡壓淮泗,東過海沂,驛騎交馳,羽檄疊至。"　　津涯:岸,水邊。《書·微子》:"今殷其淪喪,若涉大水,其無津涯。"孔傳:"言殷將沒亡,如涉大水無涯際,無所依就。"李綱《小字華嚴經合論後序》:"如泛巨海,浩無津涯,必觀星斗乃辨方所。"　　奠:謂置祭品祭祀鬼神或亡靈。《禮記·檀弓》:"奠以素器,以生者有哀素之心也。"孔穎達疏:"奠謂始死至葬之時祭名,以其時無屍,奠置於地,故謂之奠也。"顏延之《皇太子釋奠會》:"敬躬祀典,告奠聖靈。"　　喪次:停靈治喪的地方。《史記·晉世家》:"十月,里克殺奚齊於喪次,獻公未葬也。"《陳書·侯安都傳》:"〔侯安都〕便按劍上殿,白太后出璽,又手解世祖髮,推就喪次。"李景儉最後的官職是"少府少監",應該病故於長安家中。元稹當時能夠親臨李景儉的病故之地,既說明元稹對李景儉的深情厚意,也說明元稹有親自祭奠的條件與可能。

⑧ 嫠婦:寡婦。《淮南子·修務訓》:"以養孤嫠。"高誘注:"雛家謂寡婦曰嫠婦。"元稹《鶯鶯傳》:"適有崔氏嫠婦,將歸長安。"　　號呼:哀號哭喊,大聲叫喚。語出《詩·大雅·蕩》:"既愆爾止,靡明靡晦。式號式呼,俾晝作夜。"《漢書·王商傳》:"百姓奔走相蹂躪,老弱號呼,長安中大亂。"柳宗元《捕蛇者說》:"號呼而轉徙,飢渴而頓踣。"哀胤提稚:意謂寡婦哀傷自己的孩子,扶持丈夫的後代。　　胤:後嗣,子嗣。《書·堯典》:"胤子朱啓明。"蔡沈集傳:"胤,嗣也。"陶潛《悲從弟仲德》:"慈母沉哀疢,二胤繾數齡。"　　稚:孩子,兒童。《孟子·滕

7037

文公》："爲民父母……使老稚轉乎溝壑，惡在其爲民父母也？"韓愈《復讎狀》："若孤稚羸弱，抱微志而伺敵人之便，恐不能自言於官，未可以爲斷於今也。"　曩日：往日，以前。趙曄《吳越春秋·勾踐伐吳外傳》："意者猶今日之姑胥，曩日之會稽也。"丁謂《丁晉公談録》："曩日西川，元不是臣要殺降卒。"　舊童：元稹有《別毅郎（此後工部侍郎時詩）》，其一："爾爺只爲一杯酒，此別那知死與生？兒有何辜才七歲，亦教兒作瘴江行！"其二："愛惜爾爺唯有我，我今顦顇望何人？傷心自比籠中鶴，翦盡翅翎愁到身。"詩題中的"毅郎"，估計就是本文中的"舊童"。　絶：死亡。《書·甘誓》："有扈氏威侮五行，怠棄三正，天用勦絶其命。"孔傳："勦，截也，截絶，謂滅之。"韓愈《祭柳子厚文》："嗟嗟子厚！今也則亡。臨絶之音，一何琅琅！"　遺字：死者生前的題字、文稿等。孟郊《李少府廳吊李元賓遺字》："零落三四字，忽成千萬年。那知冥寞客，不有補亡篇？"韋驤《和鄧舍人讀之罘碑二十韻》："微芒遺字三四行，容易歷年千五百。文詞事實可考求，賴有子長修簡策。"　深心：深遠的心意或用心。任昉《奏彈劉整》："未見孟嘗之深心。"白居易《勸酒寄元九》："況在名利途，平生有風波。深心藏陷穽，巧言織網羅。"　終天：終身，一般用於死喪永別等不幸的時候。陶潛《祭程氏妹文》："如何一往，終天不返！"白居易《病中哭金鑾子》："莫言三里地，此別是終天！"　別淚：傷別之淚。庾信《擬詠懷二十七首》七："纖腰減束素，別淚損橫波。"杜甫《奉寄高常侍》："天涯春色催遲暮，別淚遙添錦水波。"

［編年］

　　《年譜》編年本文於寶曆元年，理由是："《全唐詩》卷四四四《花前嘆》云：'樊、李、吳、韋盡成土。'自注：'樊絳州宗師、李諫議景儉、吳饒州丹、韋侍郎顗皆舊往還，相繼喪逝。'《全唐文》卷六七八白居易《故饒州刺史吳府君神道碑銘（并序）》云：'寶曆元年六月某日，薨於饒州官次。'《舊唐書·韋顗傳》：'寶曆元年七月卒。'樊宗師、李景儉卒在吳丹、韋顗前。"《編年箋注》編年："據本傳所叙，景儉卒於元稹入相之後。姑定此《文》撰於長慶三年(八二三)前後，元稹時任同州刺史。"《年譜新編》編年本文於長慶三年，理由是："元稹作相在長慶二年，則景儉之卒當在長慶三、四年間，今姑繫於此。"

　　《年譜》、《編年箋注》、《年譜新編》的編年意見值得商榷，我們以爲本文編年長慶二年春夏間的證據主要有：一、白居易《花前嘆》："前歲花前五十二，今年花前五十五。歲課年功頭髮知，從霜成雪君看取(五年前在杭州，有詩云：五十二人頭似霜)。幾人得老莫自嫌？樊李吳韋盡成土(樊絳州宗師、李諫議景儉、吳饒州丹、韋侍郎顗，皆舊往還，相繼喪逝)。"白居易五十五歲，應該是寶曆二年，白居易在蘇州刺史任。二、《花前嘆》是回憶前些年老友的相繼過世：韓愈《南陽樊紹述墓誌銘》："嘗以金部郎中告哀南方(元和十五年正月憲宗崩，宗師以金部郎中告哀南方)，還言某師不治，罷之，以此出爲綿州刺史。一年，徵拜左司郎中，又出刺絳州，綿、絳之人至今皆曰：'於我有德。'以爲諫議大夫，命且下，遂病以卒，年若干。紹述諱宗師……"《新唐書·樊宗師傳》："進諫議大夫，未拜卒。"韓愈及《新唐書》本傳未言樊宗師卒年，唐憲宗病故在元和十五年一月，以"元和十五年一月"又"一年"推之，樊宗師"出刺絳州"、"進諫議大夫"、"未拜卒"應當在長慶元年。據《舊唐書·李景儉傳》以及《舊唐書·穆宗紀》，李景儉"使酒罵座"在長慶元年十二月，而元稹拜相在長慶二年二月十九日，其後即接連發生："景儉未至漳州而元稹作相，改授楚州刺史"，未曾成行，又改"授少府少監"，而"景儉竟以忤物不得志而卒"，推其時日，李景儉病故最早時日可以在長慶二年元稹拜相不久。吳丹的病故比較清楚，白居易《故饒州刺史吳府君神道碑銘(并序)》："寶曆元年六月某日薨於饒州官次。"而《舊唐書·韋顗傳》："寶曆元年七月卒。"《舊唐書·穆宗紀》："(寶曆元年十一月)丁酉，吏部侍郎韋顗卒。"兩者記載不一,當以《舊唐書·穆宗紀》爲準。并與白居易寶曆二年的《花前嘆》相銜接。三、李景儉的最後職務是"少府少監",無疑是京職,病故自然應該在京城。而本文"曾不易其津涯,忽奠陳於喪次"之句表明,元稹親臨李景儉病故之地,亦即京城家中吊祭。計其時日,應該是長慶二年二月十九日元稹拜相之後、長慶二年六月五日拜相之前。根據李景儉"矜誕"的個性以及"使酒罵座"時的作爲,李景儉遭到被召回,并授以"少府少監"閑職的待遇,氣憤填膺是不難想像的,故很快氣憤謝世也就可以想像了。而元稹本文又有"我輩猶在,尚可希冀。故曰:交本乎道,道通乎類。身没類存,道則不墜"之言,品味其口氣,應該尚在宰相任上,尚没有被貶爲同州刺史并被削去長春官使職銜。至於長慶三年秋天,元稹因移職浙東觀察使曾前往兵部領取"雙旌",急急忙忙路過長安,但李景儉的喪期與元稹的進京正巧碰在同時,尚需佐證。一般來説,無此巧合。據此,我們以爲,本文應該撰作於長慶二年二月十九日至同年六月五日的後期,以五月比較可能,地點在長安,元稹時任工部侍郎同平章事之職。